Das Schmetterlingskästchen

SANTA MONTEFIORE

Das Schmetterlingskästchen

Roman

Aus dem Englischen
von Elisabeth Hartmann

Weltbild

Die englische Originalausgabe erschien 2002 unter dem Titel
The Butterfly Box
bei Hodder Stoughton, London.

Besuchen Sie uns im Internet:
www.weltbild.de

Genehmigte Lizenzausgabe für Verlagsgruppe Weltbild GmbH,
Steinerne Furt, 86167 Augsburg

Übersetzung: Elisabeth Hartmann
Umschlaggestaltung: Studio Höpfner-Thoma, München
Umschlagmotive: AKG, Berlin; Corbis, Düsseldorf
Gesamtherstellung: GGP Media GmbH,
Karl-Marx-Straße 24, 07381 Pößneck
Printed in Germany
ISBN 3-8289-7503-8

2007 2006 2005 2004
Die letzte Jahreszahl gibt die aktuelle Lizenzausgabe an.

Für meine Eltern

I. TEIL

EINS

Viña del Mar, Chile, Sommer 1982

Federica erwachte in einer anderen Welt. Es war heiß, aber nicht schwül, denn der Seewind brachte von seinem Spiel mit den Wellen draußen im kalten Pazifik einen kühlen Hauch mit sich. Ihr Zimmer zeichnete sich langsam in dem bleichen Morgenlicht ab, das durch die Lücke im Vorhang drang, helle Streifen über Boden und Wände warf, die Reste der Nacht verschluckte und die ordentlich aufgereihten schlafenden Puppen beschien. Vom unablässigen Bellen heiser, war die Stimme von Señora Baracas Hund am Ende der Straße nicht viel mehr als ein raues Röcheln, doch das Tier bellte weiter wie gewohnt. Eines Tages würde es seine Stimme vollends verlieren, überlegte Federica, was nicht das Schlechteste wäre; dann würde es die Nachbarschaft wenigstens nicht mehr am Schlafen hindern. Einmal hatte sie auf dem Weg zur Schule versucht, ihm einen Keks zu geben, doch ihre Mutter hatte sie gewarnt, dass der Hund wahrscheinlich alle möglichen Krankheiten mit sich schleppte. »Rühr ihn lieber nicht an; du weißt ja nicht, wo er vorher gewesen ist«, hatte sie ihrer sechsjährigen Tochter geraten und sie an der Hand weitergezogen. Doch das war ja das Problem: Er war niemals irgendwo gewesen. Federica atmete den süßen Duft der Orangenbäume ein, der zu ihr heraufwehte, und sie schmeckte die Früchte nahezu auf der Zunge, die wie leuchtende Päckchen am Weihnachtsbaum schwer an den Ästen hingen. Sie warf das Laken von sich und kniete sich ans Fußende des Bettes, um sich zwischen den Vorhängen aus dem Fenster zu lehnen, einer Welt entgegen, die nicht mehr dieselbe war wie die, über der die Sonne am Vortag untergegangen war. Mit dem Aufgehen der neuen Sonne lief ein Schauer über ihren mageren Körper, und ein breites Lächeln trat in ihr blasses Gesicht. Heute kam ihr Vater nach langer Reise wieder nach Hause.

Ramon Campione war ein Riese. Nicht nur von Gestalt – mit weit über einsachtzig war er groß für einen Chilenen und groß für einen Italiener –, sondern auch an Phantasie, die wie das Universum selbst unerschöpflich und voller Überraschungen schien. Seine Abenteuer führten ihn in die entferntesten Winkel der Erde, wo er sich von allem, was anders war und schön, inspirieren ließ. Er reiste, schrieb und reiste wieder. Seine Familie kannte ihn kaum. Er blieb nie so lange, dass sie die Person hinter seinen Texten und seinen zauberhaften Fotografien kennen lernen konnten. In der Vorstellung seiner Tochter war er mächtiger als Gott. Sie hatte Padre Amadeo gegenüber einmal behauptet, Jesus wäre nichts im Vergleich zu ihrem Vater, der entscheidend mehr vollbrachte, als Wasser in Wein zu verwandeln. »Mein Papa kann fliegen«, hatte sie stolz erklärt. Ihre Mutter hatte entschuldigend gelächelt, die Augen verdreht und dem Priester ruhig erklärt, dass Ramon in der Schweiz eine neue Erfindung getestet habe, mit der er auf Skiern von einem Berg fliegen wollte. Padre Amadeo hatte verstehend genickt, später jedoch den Kopf geschüttelt und sich gesorgt, dass das Kind nur leiden würde, wenn der Vater, was unweigerlich geschehen würde, eines Tages von dem Sockel stürzte, auf den es ihn in seiner Unwissenheit erhoben hatte. Derartige Verehrung sollte das Mädchen Gott darbringen, nicht einem Menschen, dachte er fromm.

Federica sehnte sich danach aufzustehen, aber es war noch früh. Der Himmel war blass und ruhig wie eine große, leuchtende Lagune, und nur das Bellen des Hundes und das Geschrei der Vögel unterbrachen die Stille der Morgendämmerung. Von ihrem Zimmer aus sah Federica die Linie des Horizonts, wo das Meer in grauem Nebel verschwand, als saugte der Himmel es auf. Ihre Mutter hatte sie oft zum Strand von Caleta Abarca mitgenommen, obwohl das Meer eigentlich fast zu kalt zum Baden war. Aber zu Hause besaßen sie keinen Swimmingpool, um sich abzukühlen. Manchmal fuhren sie auch in das kleine Küstendorf Cachagua, etwa eine Stunde entfernt, zu ihren Großeltern, die dort ein hübsches strohgedecktes Sommerhaus besaßen, umgeben von Palmen und Akazien. Federica liebte das Meer. Ihr Vater hatte einmal gesagt, sie liebte das Meer, weil sie unter dem Sternzeichen Krebs geboren war. Aber Krebse mochte sie nicht sonderlich.

Nach einer geraumen Weile hörte sie Schritte auf der Treppe und dann die helle Stimme ihres jüngeren Bruders Enrique, nach Shakespeares ›Prince Henry‹ mit dem Spitznamen Hal versehen. Das war Ramons Idee gewesen – seine Frau war zwar Engländerin, interessierte sich jedoch nicht für Literatur oder Geschichte.

»Schatz, du bist ja schon angezogen!«, staunte Helena, als Federica über den Flur in Hals Zimmer hüpfte, wo er von seiner Mutter angekleidet wurde.

»Papa kommt heute!«, sang sie, nicht fähig, auch nur eine Sekunde zur Ruhe zu kommen.

»Ja, er kommt«, erwiderte Helena und holte tief Luft, um ihre Abneigung gegen ihren abwesenden Gatten nicht offenkundig werden zu lassen. »Halt die Füße still, Hal, Schätzchen. Wie soll ich dir die Schuhe anziehen, wenn du so strampelst?«

»Kommt er noch vor dem Mittagessen an?«, fragte Federica und half wie gewohnt ihrer Mutter, indem sie die Vorhänge öffnete und den warmen Sonnenschein ins dämmrige Zimmer ließ.

»Er wird im Lauf des Vormittags eintreffen; seine Maschine landet um zehn«, erwiderte Helena geduldig. »So, mein Süßer, jetzt bist du richtig schön«, fügte sie hinzu und strich Hal das schwarze Haar mit einer weichen Bürste aus der Stirn. Er schüttelte protestierend den Kopf, kreischte, krabbelte vom Bett und lief in den Flur hinaus.

»Ich habe mein bestes Kleid für ihn angezogen«, sagte Federica und folgte ihrer Mutter mit beschwingtem Schritt die Treppe hinab.

»Das sehe ich«, bemerkte ihre Mutter.

»Ich helfe Lidia heute beim Kochen. Es gibt Papas Lieblingsessen.«

»Und was ist das?«

»›Pastel de Choclo‹, und dazu backen wir einen ›Merengon de Lúcuma‹ als Willkommenstorte«, erklärte Federica. Sie warf ihr glattes blondes Haar über die Schulter zurück, so dass es wie ein Wasserfall über ihren Rücken rieselte. Mit einem Haarreif hatte sie es aus der Stirn zurückgeschoben, was sie in Verbindung mit ihrer zarten Gestalt jünger als sechs Jahre erscheinen ließ.

»Papa kommt heute nach Hause«, sagte Federica zu Hal, während sie ihrer Mutter beim Tischdecken half.

»Bringt er mir ein Geschenk mit?«, fragte Hal. Der Vierjährige erinnerte sich allein auf Grund seiner Mitbringsel an den Vater.

»Aber natürlich, Süßer. Er bringt dir doch jedes Mal etwas mit«, sagte Helena und stellte einen Becher Milch vor ihn auf den Tisch. »Außerdem ist ja Weihnachten, und du bekommst jede Menge Geschenke.« Federica gab auf Hal Acht, als dieser Kakaopulver in seine Milch löffelte. Sie holte den Lappen aus der Spüle, um das auf dem Weg zum Becher verstreute Pulver aufzuwischen.

»Fede, die Croissants sind fertig. Es riecht schon leicht angebrannt«, sagte Helena und zündete sich eine Zigarette an. Sie warf einen besorgten Blick auf die Wanduhr und biss sich auf die Unterlippe. Natürlich sollte sie ihn zusammen mit den Kindern am Flughafen abholen, so wie andere Mütter es auch tun würden. Aber sie brachte es nicht über sich. Die langwierige Fahrt vom Flughafen in Santiago bis zur Küste, während der sie Konversation würde machen müssen, als ob alles in bester Ordnung wäre. Nein, es wäre viel besser, ihn erst zu Hause in Empfang zu nehmen. Das Haus war groß, es bot reichlich Platz, um sich aus den Augen zu verlieren. Wie schade, dachte sie bitter, sie hatten sich schließlich schon vor langer Zeit aus den Augen verloren, irgendwo in den riesigen Entfernungen, die sie zwischen einander gelegt hatten. Irgendwo in den fernen Ländern, unter den erfundenen Gestalten, die Ramon offenbar so viel mehr bedeuteten als die wirklichen Menschen in seinem Leben, die ihn brauchten. Sie hatte es versucht. Sie hatte es weiß Gott versucht. Doch jetzt war sie innen wie ausgehöhlt und der Vernachlässigung überdrüssig.

Federica strich Butter auf ein Croissant und schlürfte ihre Eisschokolade, wobei sie mit vor Aufregung lauter Stimme auf ihren Bruder einredete, was die bloßliegenden Nerven ihrer Mutter reizte. Helena stand am Fenster und blies Zigarettenqualm gegen die Scheiben. Einmal hatten sie sich geliebt, aber selbst der Hass war ein Ausdruck von Liebe, nur eben die Kehrseite der Medaille. Dass Helena ihn mittlerweile nicht mehr hasste, wäre ja eigentlich Grund genug zum Bleiben gewesen. Doch es war nur Gleichgültigkeit übrig geblieben, und das machte ihr Angst. Daraus konnte nichts erwachsen. Es war ein unfruchtbares Gefühl, so unfruchtbar wie der Mond.

Helena hatte sich ihr Leben in Chile eingerichtet, weil sie, wie späterhin dann ihre Tochter, Ramon für einen Gott gehalten hatte. Er war eindeutig der herrlichste, schönste Mann, den Polperro je gesehen hatte. Dann war sein Artikel im *National Geographic* erschienen, mit Fotos von all den Schmugglerhöhlen und zerfallenden Schlössern, die Helena ihm gezeigt hatte, und sogar die Fotos waren von einem Licht getränkt, das nicht der Natur entstammte. Sie hatten etwas Mystisches an sich, was Helena nicht beschreiben konnte. Jedes Wort, das Ramon schrieb, war wie Musik für sie und haftete in ihrem Inneren, wenn sie schon lange die letzte Seite umgeblättert hatte. Jetzt wusste sie, dass dieser Zauber die Liebe war, denn er war ihnen die ersten sechs Jahre hindurch stets gefolgt und hatte ganz alltägliche Dinge wie zum Beispiel das Volltanken des Autos in ein magisches Erlebnis verwandelt. Ihre körperliche Liebe hatte einer anderen Ebene, weit oberhalb der physischen, angehört, und Helena hatte geglaubt, die Macht wohne ihm inne, ihm allein. Erst nachdem diese Macht nicht mehr war, erkannte Helena, dass eine Verbindung getrennt worden war – wie elektrischer Strom war ihrer beider ›Zauber‹ durch sie beide entstanden und war in dem Augenblick verflogen, als einer von ihnen sich entzaubert fühlte. Als er verflogen war, war er für immer fort. Diese Art Zauberei besitzt große Energie, aber nur kurze Lebensdauer. Zuerst waren sie zusammen gereist, bis ins tiefste China, in die staubigen Wüsten Ägyptens und die feuchten Seengebiete Schwedens. Als sie mit Federica schwanger war, kehrten sie zurück nach Chile, um sesshaft zu werden. Ihr ›Zauber‹ war ihnen auch dorthin gefolgt, wo der weiße pudrige Strand und die ländliche Schlichtheit sie begeistert hatte. Doch inzwischen spiegelte das Land die Leere in ihrem Inneren, denn die Liebe, die sie einst ausgefüllt hatte, war versiegt. Es gab keinen Grund zu bleiben. Sie war des Schauspielens müde. Sie war es leid, sich selbst etwas vorzumachen. Sie sehnte sich nach den feuchten, frischen grünen Hügeln ihrer Jugend, so sehr, dass ihr vor Sehnsucht die Hände zitterten. Sie zündete sich eine weitere Zigarette an und sah noch einmal auf die Uhr.

Federica räumte vor sich hin summend und hüpfenden Schritts das Frühstücksgeschirr ab. Hal spielte im Kinderzimmer mit seiner Eisenbahn. Helena stand noch immer am Fenster.
»Mama!«, rief Hal. »Meine Eisenbahn ist kaputt, sie tut's nicht mehr!« Helena griff nach ihrer Zigarettenpackung, ging aus der Küche und überließ Federica die Aufräumarbeiten. Nachdem der Tisch abgewischt und das Geschirr abgewaschen war, band Federica sich ihre Kochschürze um und wartete auf Lidia.

Als Lidia geschäftig durch das Tor gewatschelt kam, sah sie Federicas kleines, eifriges Gesicht, das ihr, an die Scheibe gedrückt, breit entgegenlächelte.
»*Hola*, Señorita«, sagte sie außer Atem beim Eintreten in die Halle. »Du bist ja diesmal schnell fertig.«
»Ich habe sogar schon das Frühstücksgeschirr abgeräumt«, erwiderte Federica auf Spanisch. Obwohl ihre Mutter ausgezeichnet Spanisch sprach, unterhielten sie sich innerhalb der Familie nur in Englisch, sogar, wenn ihr Vater zu Hause war.
»Also, du bist wirklich ein tüchtiges Mädchen«, keuchte Lidia und folgte dem Kind in die Küche. »Ach, du Engelchen, du hast die ganze Arbeit allein gemacht«, sagte sie mit einem Blick auf die schon auf dem Tisch bereitgelegten Rührschüsseln und Löffel.
»Für Papa soll alles besonders schön sein«, sagte sie mit glühenden Wangen. Sie konnte ihre Ungeduld kaum im Zaum halten und unterdrückte ihren Drang zu rennen, indem sie, statt zu gehen, hüpfte. Auf die Weise konnte sie das nervöse Flattern in ihrem Magen ein bisschen besänftigen. Lidia kämpfte sich in ihren pinkfarbenen Overall und wusch sich die geschwollenen braunen Hände. Federica empfahl sie das Gleiche.
»Du musst dir vor dem Kochen immer die Hände waschen, du weißt ja nicht, wo sie überall gewesen sind«, sagte sie.
»Wie Señora Baracas Hund«, kicherte Federica.
»*Pobrecito*«, seufzte Lidia, neigte den runden Kopf auf die Seite und lächelte dünn und mitleidig. »Er ist den ganzen Tag in diesem kleinen Garten angebunden; kein Wunder, dass er bellt.«
»Führt sie ihn niemals aus?«, fragte Federica, während sie sich die Hände unter dem Wasserhahn wusch.
»Oh doch, dann und wann schon, aber sie ist alt«, erklärte Lidia, »und wir alten Leute haben nicht mehr die Energie für so was.«
»Du bist nicht alt, Lidia«, sagte Federica liebevoll.
»Nicht alt, aber fett«, bemerkte Helena auf Englisch und trat mit Hals Spielzeugeisenbahn in die Küche. »Sie hätte entschieden

mehr Energie, wenn sie nicht so viel essen würde. Stell dir nur vor, was für ein Gewicht sie den ganzen Tag mit sich herum schleppt. Kein Wunder, dass sie immer so keuchen muss.«

»*Buenos días, Señora*«, wurde sie von Lidia begrüßt, die kein Englisch verstand.

»Guten Morgen, Lidia. Ich brauche ein Messer, um diese verflixte Eisenbahn zu reparieren«, erklärte Helena auf Spanisch und ließ sich nicht einmal zu einem winzigen, erzwungenen Lächeln herbei. Sie war zu besorgt und zu ungeduldig, um an irgendjemanden außer an sich selbst denken zu können.

»Lassen Sie das doch; Don Ramon wird ja bald zu Hause sein. Er kann das reparieren. Das ist Männerarbeit«, sagte Lidia fröhlich.

»Danke, Lidia, das hilft mir auch nicht weiter. Fede, reich mir bitte ein Messer«, verlangte sie gereizt. Fede gab ihr das Messer und blickte ihr nach, als sie die Küche verließ.

»Ach, dass dein Papa heimkommt, das ist so schrecklich aufregend«, begeisterte sich Lidia und nahm Federica liebevoll in die Arme. »Ich wette, du hast heute Nacht kein Auge zugetan.«

»Nicht eine Sekunde«, bestätigte sie und sah zur Uhr. »Er wird bald hier sein«, sagte sie, und Lidia bemerkte, dass ihre kleinen Hände zitterten, als sie die Butter in Stücke schnitt.

»Gib Acht, dass du dich nicht schneidest«, sagte sie sanft. »Du willst doch nicht, dass dein Vater zu einer Tochter mit nur sieben Fingern heimkommt.« Sie lachte, sog dann pfeifend die Luft ein und begann zu husten.

Helena, gewöhnlich sehr geschickt in Reparaturen, beschädigte die Lok so, dass sie völlig unbrauchbar war. Hal fing an zu weinen. Helena zog ihn in ihre Arme und tröstete ihn, indem sie ihm eine neue Lok versprach, eine größere, bessere. »Diese Lok war sowieso schon alt und klapprig. Was willst du denn noch damit? Die Eisenbahn sieht ohne diese Lok viel besser aus«, sagte sie und dachte daran, wie gern sie selbst ein einzelner Waggon ohne Lok wäre. Sie zündete sich noch eine Zigarette an. Die Türen zum Garten standen offen und ließen den sanften Windhauch vom Meer herein, der einen Duft von Orangen und Ozon mit sich brachte. Es ist zu heiß, um in der Vorstadt zu hocken; wir sollten jetzt am Strand sein, dachte sie frustriert. Sie wischte sich mit dem Handrücken den Schweiß von der Stirn und blickte auf ihre Armbanduhr. Ihre Kehle schnürte sich zusammen. Seine Maschine müsste inzwischen gelandet sein.

Federica und Lidia huschten geschäftig in der Küche umher. Federica half liebend gern und befolgte Lidias Anweisungen voller Begeisterung. Sie fühlte sich wie eine Erwachsene, und Lidia behandelte sie auch so. Nach Lidias Meinung war Federica viel zu erwachsen für ein knapp siebenjähriges Mädchen, aber wenn man ihre Mutter sah, wusste man auch, warum es so war. Helena übertrug ihrer Tochter so viel Verantwortung – wahrscheinlich zu viel –, dass das Kind sicher in der Lage wäre, den ganzen Haushalt allein zu führen.

Als Helena die Küche betrat, betörte der Duft von *pastel de choclo* ihre Sinne, und eine Mischung aus Hunger und Anspannung brachte ihren Magen zum Knurren. Federica trocknete ab, während Lidia die Küchengeräte und Rührschüsseln abwusch. Helena erwischte gerade noch die Sahneschüssel, bevor Lidia sie mit ihren feisten Händen ins Seifenwasser zog. Sie fuhr mit dem Finger über den Boden der Schüssel und führte ihn an die blassen Lippen. »Gut gemacht, Schatz«, sagte sie beeindruckt. Sie lächelte ihre Tochter an und strich ihr über das glänzende blonde Haar. »Du bist eine großartige Köchin.«

Federica lächelte, längst gewöhnt an die Launenhaftigkeit ihrer Mutter. War sie eben noch gereizt, konnte sie ihm nächsten Moment richtig nett sein, ganz anders als ihr Vater, der immer fröhlich und unbeschwert war. Helenas Lob freute Federica wie immer, und vor Stolz schien sie geradezu in die Höhe zu wachsen.

»Sie ist nicht nur eine gute Köchin, Señora, sondern auch eine gute Hauswirtschafterin«, sagte Lidia voller Zuneigung, und das große schwarze Mal an ihrem Kinn zitterte, als ihr Gesicht sich in Lachfalten legte. »Sie hat ganz allein das Frühstücksgeschirr abgeräumt«, fügte sie in leicht vorwurfsvollem Ton hinzu, denn Señora Helena überließ immer alles ihrer Tochter.

»Ich weiß«, erwiderte Helena. »Ich habe keine Ahnung, was ich ohne sie tun würde«, bemerkte sie gleichgültig, schnippte die Zigarettenasche in den Abfalleimer und ging hinaus, nach oben. Sie war erschöpft. Ihr Herz war so schwer, dass sie nur mit Mühe die Treppe hinaufsteigen konnte. Barfuß ging sie über den Holzfußboden den kühlen weißen Flur entlang, zu schlaff, um im Vorbeigehen wenigstens die verwelkten Blüten von den blassen Orchideen in ihren Töpfen zu zupfen. In ihrem Zimmer spielte der seidige Wind mit den weißen Leinenvorhängen, als wollte er sie aus eigener Kraft zurückziehen. Gereizt schob Helena sie zur Seite und blickte hinaus aufs Meer. Es lag leise vibrierend und schimmernd da, verlockte sie, mit ihm an einen fernen Ort zu segeln. Der Horizont versprach ihr Freiheit und ein anderes Leben.

»Mama, soll ich dir helfen, dein Zimmer aufzuräumen?«, fragte Federica leise. Helena drehte sich um und blickte in das kleine, ernste Gesicht ihrer Tochter.

»Vermutlich willst du es für Papa aufräumen?«, erwiderte sie und drückte ihre Zigarette im Aschenbecher aus.

»Ich habe Blumen gepflückt …«, sagte sie verlegen.

Helenas Herz krampfte sich zusammen. Ihre Tochter tat ihr Leid wegen der Liebe, die sie ihrem Vater trotz seiner langen Abwesenheiten entgegenbrachte. Sie liebte ihn bedingungslos, und je öfter er fortging, desto glücklicher war sie bei seiner Rückkehr, warf sich ihm in die Arme wie eine dankbare Geliebte. Es drängte Helena, ihr die Wahrheit zu sagen und ihre Illusionen zu zerstören. Die Welt der Kinder war so herrlich einfach, und sie beneidete sie darum.

»Gut, Fede. Räum auf, für Papa. Er wird sich bestimmt über die Blumen freuen«, sagte sie gepresst. »Mich brauchst du nicht zu beachten«, setzte sie hinzu, schlenderte zum Badezimmer und zog die Tür hinter sich zu. Federica hörte, wie sie die Dusche aufdrehte und wie das Wasser in die Emailwanne prasselte. Dann machte sie das Bett, parfümierte die Laken mit frischem Lavendel, wie ihre Großmutter es ihr gezeigt hatte, und stellte eine kleine blaue Vase mit Geißblatt auf den Nachttisch ihres Vaters. Sie legte die Kleidungsstücke ihrer Mutter zusammen und verstaute sie in dem alten Eichenschrank, ordnete auch das Chaos, das sie darin vorfand, bis sämtliche Regale an einen gut geführten Laden erinnerten. Sie öffnete die Fenster, so weit es ging, damit der Duft von Garten und Meer den schmutzigen Geruch der Zigaretten ihrer Mutter verscheuchte. Dann setzte sie sich an den Frisiertisch ihrer Mutter und griff nach einem alten Foto im Silberrahmen, von dem ihr Vater ihr entgegenlächelte. Er sah sehr gut aus mit seinem glänzend schwarzen Haar, dem dunklen Teint, den strahlenden braunen Augen, die ehrlich und klug dreinschauten, und dem großzügigen Mund, der mit seinem etwas schiefen Lächeln Sinn für Humor und einen angeborenen Charme verriet. Federica fuhr mit dem Daumen über das Glas und bemerkte ihre nachdenkliche Miene im Spiegel. In ihrem Abbild sah sie nur die Mutter. Das hellblonde Haar, die hellblauen Augen, die hellrosa Lippen, die helle Haut – sie wünschte sich, die dunkle italienische Schönheit ihres Vaters geerbt zu haben. Er sah so gut aus, und Hal würde zweifellos einmal genauso gut aussehen. Doch Federica war daran gewöhnt, dass sie wegen ihres wehenden weißblonden Haares auffiel. Alle anderen Mädchen in ihrer Klasse waren dunkel wie Hal. Man starrte sie an, wenn sie mit ihrer Mutter nach Valparaíso kam, und Señora Escobar, die Besitzerin des Imbissladens am Platz, nannte sie ›La Angelita‹ (das Engelchen), weil sie sich nicht vorstellen konnte, dass ein menschliches Wesen so helles Haar haben könnte. Helenas beste Freundin, Lola Miguens, hatte versucht, sie nachzuahmen, indem sie ihr schwarzes Haar mit Wasserstoff blond färbte, doch auf halbem Weg hatte sie der Mut verlassen. Nun lief sie mit Haaren herum, die die Terracottafarbe ihres Daches hatten, was Federica ausgesprochen hässlich fand.

Ihre Mutter machte sich nicht die Mühe, sich zu pflegen wie die chilenischen Frauen, die immer lange, manikürte Fingernägel, perfekt geschminkte Lippen und makellose Kleider hatten. Helena lief mit nachlässig hochgestecktem Haar herum, und gewöhnlich steckte eine Zigarette zwischen ihren Lippen. Federica fand sie wunderschön, wenn sie sich Mühe gab, und alten Fotos nach zu urteilen, musste sie früher wirklich sehr schön gewesen sein. Doch in letzter Zeit hatte sie sich gehen lassen. Federica hoffte, dass sie sich für ihren Vater Mühe gab.

Gefolgt von einer Dampfwolke trat Helena aus dem Badezimmer. Ihr Gesicht war rosig, und ihre Augen glitzerten von der Feuchtigkeit. Federica lag auf der weißen Tagesdecke aus Damast und sah zu, wie ihre Mutter sich ankleidete und sich auf die Heimkehr ihres Mannes vorbereitete.

Helena bemerkte den Duft von Lavendel und reifen Orangen und verzichtete darauf, sich noch eine Zigarette anzuzünden. Sie fühlte sich schuldig. Federica war so aufgeregt, dass sie vibrierte wie ein Rennpferd kurz vorm Start, während sie selbst Ramons Rückkehr mit Kleinmut erwartete und mit dem geheimen Wissen, dass nun der Zeitpunkt, an dem sie all ihren Mut zusammen nähme und ihn endgültig verließe, immer näher rückte. Während sie sich schminkte, beobachtete sie unbemerkt ihre Tochter im Spiegel.

Federica blickte aus dem Fenster aufs Meer hinaus, als käme ihr Vater per Schiff und nicht mit dem Auto heim. Ihr Profil war kindlich, aber der Gesichtsausdruck war der einer erwachsenen Frau. Die vor sehnsüchtiger Erwartung gekrauste Stirn, das Zittern der Lippen verrieten zu viel Bewusstheit für ein Kind ihres

Alters. Sie betete ihren Vater in hündischer Verehrung an, wogegen Hal seine Mutter anbetete, die nach Helenas Meinung seine Liebe auch eher verdient hatte.

Als Helena ihre engen weißen Hosen und ein weißes T-Shirt angezogen und sich das noch feuchte Haar hochgesteckt hatte, setzte sie sich neben ihre Tochter aufs Bett und strich ihr mit der feuchten Hand übers Gesicht.

»Du siehst hinreißend aus, Schatz. Wirklich«, sagte sie und küsste sie liebevoll auf die kindliche Stirn.

»Er kommt doch bald, oder?«, fragte Federica leise.

»Er muss jeden Augenblick hier sein«, antwortete Helena und verbarg das Zittern ihrer Stimme hinter einer jahrelang trainierter Festigkeit. Sie erhob sich abrupt und eilte die Treppe hinunter. Im Schlafzimmer konnte sie nicht rauchen, nicht, nachdem Federica es so liebevoll hergerichtet hatte, aber sie brauchte dringend eine Zigarette. Als sie gerade unten ankam, als ihre Espadrilles gerade auf den kalten Steinfliesen des Flurs landeten, wurde die Haustür aufgestoßen, und Ramon füllte wie ein großer schwarzer Wolf den Eingang aus. Helena rang nach Luft und spürte, wie ihr Magen sich hob. Sie starrten einander an, schätzten wortlos die unterkühlte Fremdheit ab, die immer noch zwischen ihnen wuchs, sobald sie sich im selben Raum aufhielten.

»Fede, Papa ist da!«, rief Helena. Ihre Züge blieben unbewegt, aber ihre Stimme war gebrochen von unterdrückten Gefühlen. Ramon löste den Blick seiner dunkelbraunen Augen von dem versteinerten Gesicht seiner Frau und hielt Ausschau nach seiner Tochter, die er begeistert kreischen hörte. Sie hüpfte die Treppe hinunter und sprang, vorbei an ihrer Mutter, in die Umarmung ihres Vaters hinein. Sie schlang die dünnen Ärmchen um seinen Nacken, vergrub ihr Gesicht an seinem Hals und atmete den schweren, würzigen Duft ein, der ihn von allen anderen Menschen auf der Welt unterschied. Er küsste ihre warme Wange, hob sie hoch und lachte so laut, dass sie die

Erschütterungen an ihrem eigenen Körper spürte wie ein Erdbeben.
»Du hast mich also vermisst!«, sagte er und schwang sie im Kreis herum, bis sie die Beine um seine Taille schlingen musste, um nicht zu stürzen.
»Ja, Papa!«, lachte sie, klammerte sich an ihn und erstickte fast an ihrem Glück.
In diesem Moment kam Hal in den Flur gelaufen, erblickte seinen Vater und brach in Tränen aus. Helena, dankbar für die Ablenkung, lief zu ihm, nahm ihn in die Arme und küsste seine nasse Wange. »Das ist doch Papa, Hal. Er ist heimgekommen«, sagte sie und versuchte, ein wenig Begeisterung in ihren Tonfall zu mischen. Doch ihre Stimme war wie tot, und Hal spürte es und fing erneut an zu weinen. Ramon setzte seine Tochter ab und ging zu seinem weinenden Söhnchen.
»Halcito, ich bin's, Papa«, sagte er und lachte mit seinem großzügigen Mund in das verängstigte Gesicht des Kindes. Hal barg den Kopf an Helenas Hals und schmiegte sich enger an sie.
»Es tut mir Leid, Ramon«, sagte sie flach. Sie ahnte seine Enttäuschung, freute sich jedoch insgeheim über die ablehnende Haltung des Kindes. Sie hätte ihm gern erklärt, dass er nicht erwarten könnte, von seinen Kindern geliebt zu werden, solange er keinerlei Anteil an ihrem Leben nahm, doch sie sah Federicas Wangen glühen vor Liebe, sah die Bewunderung in ihren hellen, vertrauensvollen Augen und wusste, dass die Wahrheit anders aussah. Dennoch, er hatte die Liebe seiner Tochter nicht verdient.
»Ich habe ein Geschenk für dich, Hal«, sagte Ramon, ging noch einmal zu seiner Tasche und öffnete den Reißverschluss. »Und auch eines für dich, Fede«, setzte er hinzu, als seine Tochter ihm liebevoll die Hand auf den Rücken legte, während er nach den Geschenken kramte. »Ah, das hier ist für dich, Hal«, sagte er und ging auf den kleinen Jungen zu. Hals Augen weiteten sich angesichts der bunt bemalten Eisenbahn, die sein Vater ihm

entgegenhielt. Hal vergaß seine Angst und streckte die Hände aus. »Na also, ich habe mir doch gedacht, dass sie dir gefallen würde.«
»Ich habe heute seine Lok kaputtgemacht«, sagte Helena, um der Kinder willen um ein Entgegenkommen bemüht. »Das Geschenk kommt wie gerufen, stimmt's, Hal?«
»Schön«, erwiderte Ramon und wandte sich seinem Koffer zu. »Ja, wo ist denn nun deines, Fede? Für dich habe ich etwas ganz Besonderes«, sagte er und blickte hoch in ihr erwartungsvolles Gesicht. Wieder spürte er ihre Hand auf seinem Rücken. Die Geste war so typisch für Fede, die stets körperlichen Kontakt haben musste, um sich jemandem nahe fühlen zu können. Ramon grub mit beiden Händen in der Tasche, die nicht mit Kleidungsstücken, sondern mit Schreibblöcken, Fotogerät und Souvenirs aus fernen Ländern gefüllt war. Endlich ertastete er das Gesuchte. Er nahm es aus der Tasche, wobei er sorgsam darauf achtete, nicht gegen das harte Metall seiner Ausrüstungsgegenstände zu stoßen. »Hier«, sagte er und drückte Federica das Päckchen in die zitternden Hände.
»Danke, Papa«, hauchte sie und wickelte das Geschenk behutsam aus. Hal war ins Kinderzimmer gelaufen, um mit seiner neuen Eisenbahn zu spielen. Helena zündete sich eine Zigarette an, lehnte sich an das Treppengeländer und rauchte nervös.
»Nun, wie geht's dir?«, fragte Ramon, ohne sich ihr zu nähern.
»Gut. Weißt du, nichts hat sich verändert«, erwiderte sie kalt.
»Schön«, sagte er.
Helena seufzte bekümmert. »Wir müssen miteinander reden, Ramon.«
»Jetzt nicht.«
»Natürlich nicht.«
»Später.«

Federica wickelte eine grob geschnitzte hölzerne Schachtel aus dem Papier. Hübsch war sie nicht. Nicht einmal ansprechend.

Sie spürte Tränen in den Augen; vor Enttäuschung schnürte sich ihr die Kehle zu. Nicht etwa, weil sie sich ein schöneres Geschenk gewünscht hätte – sie war nicht materialistisch oder verwöhnt –, sondern weil Hals Geschenk so viel schöner war als ihres. Sie interpretierte Ramons Geschenke als Spiegel seiner Liebe. Sie, Federica, liebte er wohl nicht sonderlich, wenn er sich nicht einmal die Mühe gemacht hatte, ein schönes Geschenk für sie auszusuchen.

»Danke, Papa«, sagte sie erstickt und würgte beschämt an ihren Tränen. »Das ist sehr hübsch.« Doch sie hatte nicht die Kraft, sich gegen ihre Gefühle zu wehren. Die Aufregung war zu viel gewesen, und jetzt stürzte die Enttäuschung sie plötzlich in ein tiefes Loch. Die Tränen liefen über und rannen über ihre erhitzten Wangen.

»*Fede, mi amor*«, sagte Ramon, zog sie in seine Arme und küsste ihr nasses Gesicht.

»Es ist schön«, sagte sie, bemüht, Dankbarkeit zu zeigen und ihren Vater nicht zu kränken.

»Mach's auf«, flüsterte er ihr ins Ohr.

Sie zögerte.

»Mach schon, *amorcita*, öffne es.«

Mit zitternder Hand klappte Federica das Kästchen auf. So schlicht, wenn nicht gar hässlich es von außen war, von innen war es das Allerschönste, was Fede je gesehen hatte, und außerdem spielte es auch eine Melodie, so seltsam, so schmeichelnd, wie sie noch nie eine gehört hatte.

Zwei

Federica betrachtete voller Ehrfurcht das Innere des Kästchens. Es war vollständig ausgekleidet mit fein geschnittenen Steinen in allen Farben, die glitzerten, als enthielte jeder einzelne ein kleines Herz aus purem Licht. Kein Fleckchen Holz, auch nicht das allerkleinste, war zwischen den blitzenden Kristallen auszumachen. Von innen sah das Kästchen aus, als bestünde es gar nicht aus Holz, sondern einzig und allein aus den Steinen, wie der Kern eines kristallisierten Felsbrockens. Auf dem Boden des Kästchens bebten die zarten Flügel eines Schmetterlings, deren Farbe von tiefem Tintenblau am Ansatz über verschiedene Blautöne bis ins hellste Aquamarin und schließlich in Gelbbraun überging. Die Flügel waren so zart, dass Federica sie behutsam mit dem Finger berührte, um sich zu vergewissern, dass sie tatsächlich aus Edelsteinen bestanden und nicht aus glitzernden Wassertropfen von einem geheimen Zauberbrunnen. Ein seltsames, irisierendes Licht brachte den Schmetterling zum Zittern, als wollte er im nächsten Augenblick seine Flügel ausbreiten und davonfliegen. Federica drehte das Kästchen vorsichtig in den Händen, um zu sehen, woher das Licht stammte, und sogleich war sie fasziniert von der zauberhaften Veränderung des Schmetterlings, dessen Blautöne, als sie das Kästchen neigte, sich zuerst in Rosa, dann in Rot und Orange verwandelten. Sie hielt den Atem an und hielt das Kästchen wieder gerade. Der Schmetterling nahm wieder seine kühle Meeresfärbung an, um gleich wieder von feurigen Farben zu sprühen, als Federica das Kästchen neigte.

»Wie schön«, schluchzte sie, ohne den Blick von dem glitzernden Schatzkästlein zu lösen.

»Schönheit ist nicht immer äußerlich, Fede«, sagte Ramon leise und drückte sie an sich. Er blickte zu seiner Frau auf, die immer noch steif ans Geländer gelehnt dastand und Rauchwolken in die Luft blies. Sie seufzte gereizt und schüttelte den Kopf, bevor sie die Eingangshalle durchquerte und, eine Rauchfahne hinter sich herziehend, im Flur verschwand. Sie hätte Ramon gern erklärt, dass er die Liebe seiner Tochter nicht dauernd mit Geschenken erkaufen sollte. Aber leider wusste sie, dass er sie gar nicht zu kaufen brauchte; er besaß sie ohnehin, völlig gratis.

Ramon stand auf und löste den Blick von den Rauchschwaden, neben dem unguten Gefühl das Einzige, was seine Frau bei ihm zurückließ. Er sah hinunter in das strahlende Gesicht seiner Tochter, die sich der Atmosphäre von Enttäuschung nicht bewusst war. Er fuhr sich mit der Hand über das unrasierte Gesicht und das schmutzige, schulterlange schwarze Haar. Es war heiß. Er brauchte Luft, Abkühlung. Er hatte sich auf die Heimkehr gefreut, hatte sie in seinem Kopf immer großartiger und romantischer ausgestaltet. Doch jetzt, da er zu Hause war, wäre er am liebsten gleich wieder abgereist. In seinem Wunschdenken war sein Zuhause stets viel schöner als in Wirklichkeit. Er sollte es beim Wunschdenken belassen.
»Komm, Fede«, sagte er. »Gehen wir zum Strand, nur du und ich. Nimm das Kästchen mit.«
Federica sprang auf, drückte ihren Schatz an ihre schmale Brust, ergriff Ramons Hand und folgte ihm zur Tür hinaus.
»Und Mama und Hal?«, fragte sie, benommen vor Glück, weil sie die Auserwählte war, die Ramon begleiten durfte, sie allein.
»Hal ist glücklich mit seiner Eisenbahn, und Mama ist bei ihm. Außerdem will ich dir erzählen, wie ich dein Kästchen gefunden habe. Dazu gehört eine sehr traurige Geschichte, und ich weiß ja, wie sehr du Geschichten liebst.«
»Deine Geschichten«, erwiderte sie, während sie hüpfte, um mit seinen langen Schritten mithalten zu können.

Helena sah hilflos zu, als ihr Mann das Haus verließ und das übermächtige Gewicht seiner Gegenwart mit sich nahm. Plötzlich fühlte sie sich betrogen, so als wäre der Druck, der sich in ihrer Brust aufgebaut hatte, völlig überflüssig gewesen. Das Haus erschien ihr still und irgendwie geräumiger als vorher, als Ramons kraftvoller Körper es ausgefüllt hatte. Frustriert nagte Helena an ihrer Unterlippe. »Wie kann er es wagen, uns immer allein zu lassen?«, dachte sie bitter. »Warum kann er nicht ein einziges Mal bleiben?«

Die Mittagssonne brannte trotz der leicht kühlenden Brise vom Meer her sengend heiß hernieder. Sie gingen die Straße entlang, vorbei an Señora Baracas Hund, der an der Leine zerrte und wild zu bellen begann, als er sie sah. Federica erzählte ihrem Vater, dass der Hund unablässig bellte, weil er so gern umherlaufen wollte, was in dem kleinen Garten nicht möglich war.

»Na, dann wollen wir ihn mal ausführen«, sagte Ramon.

»Wirklich? Dürfen wir?«, fragte Federica aufgeregt. Voller Stolz sah sie ihren Vater den Klingelknopf drücken. Sie warteten im Schatten eines Mandelbaums. Der Lärm von den auf der Straße spielenden Kindern hallte herüber, ihr Lachen war wie der Gesang der Seevögel am Strand. Fede hatte nicht den Wunsch, dabei zu sein. Sie wünschte sich nur, dass ihr Vater dieses Mal blieb und nie wieder fortging.

»Sí?«, ertönte hinter der Tür eine Stimme. Sie klang tief und kehlig von Bronchitis.

»Señora Baraca. Ich bin's, Ramon Campione«, sagte er mit der ihm eigenen Selbstsicherheit. Federica straffte sich, wobei sie ihren Vater nachahmte, der sich immer sehr aufrecht und stolz hielt.

»Tatsächlich, Ramon Campione«, sagte die Frau und wagte sich wie eine scheue Krähe zur Tür hinaus. Sie war alt und krumm und trug ein schwarzes Trauerkleid, obwohl ihr Mann schon vor mehr als zehn Jahren gestorben war. »Ich dachte, du wärst am anderen Ende der Welt«, krächzte sie.

»Jetzt bin ich zu Hause«, erwiderte er etwas leiser, um sie nicht zu erschrecken. Federica umklammerte fest seine Hand. »Meine Tochter würde so gern einmal mit Ihrem Hund am Strand spazieren gehen. Vielleicht könnten wir Ihnen eine Freude machen, wenn wir ihm ein wenig Bewegung verschaffen.«

Die alte Frau kaute eine Weile auf ihrem zahnlosen Kiefer. »Na ja, ich kenne dich ja, also wirst du ihn schon nicht stehlen«, antwortete sie. »Vielleicht kannst du ihn mal zum Schweigen bringen. Wenn der Kummer mich nicht in den Wahnsinn treibt, dann tut es eines Tages dieses Bellen.«

»Wir wollen unser Bestes tun«, sagte Ramon und lächelte höflich. »Nicht wahr, Fede?« Federica drückte sich hinter ihn und senkte schüchtern den Blick. Señora Baracas knotige Finger nestelten unbeholfen an der Leine, die Haare an ihrem Kinn wirkten im Sonnenlicht wie Spinnweben. Endlich öffnete sie das Tor und übergab Ramon die Leine. Der Hund hörte auf zu bellen und begann herumzutollen und mit der Begeisterung eines befreiten Gefangenen zu hecheln und zu schnauben.

»Er heißt Rasta«, sagte die Alte, die Hände in die Hüften gestemmt. »Mein Sohn hat ihn mir geschenkt, bevor er endgültig verschwand. Das ist alles, was mir geblieben ist. Ich hätte aber lieber meinen Sohn; der hat weniger Lärm gemacht.«

»Wir bringen Rasta noch vor Mittag zurück«, versicherte Ramon.

»Wie du willst, Don Ramon«, antwortete sie und blinzelte voller Unbehagen ins helle Sonnenlicht, wie jemand, der sich an die Düsternis der eigenen Melancholie gewöhnt hat.

Ramon und Federica gingen hügelabwärts in Richtung Meer und mussten immer wieder laufen, um mit Rasta Schritt zu halten, der vor ihnen her hüpfte und sprang, an der Leine zerrte, an jedem Tor und jedem Pfosten, jedem Büschel Gras und jedem Baum schnüffeln musste und überall, wo er die Witterung eines anderen Tiers aufnahm, das Bein hob. Er war außer sich vor

Glückseligkeit. Federicas Herz jubelte, als sie den mageren schwarzen Bastard zum ersten Mal seit Monaten die Freiheit schmecken sah. Mit vor Bewunderung glühenden Wangen blickte sie zu ihrem Vater auf. Es gab nichts, was er nicht möglich machen konnte.

Sie überquerten die Straße längs der Küste und stiegen die gepflasterten Stufen zum Strand von Caleta Abarca hinab. Ein paar Leute wanderten den Strand auf und ab, ein Kind spielte mit einem kleinen Hund, warf einen Ball ins Wasser, den er apportieren sollte. Federica streifte ihre Sandalen ab und spürte den Sand weich wie Lidias Mehl zwischen ihren rosigen Zehen. Ramon zog seine Badehose an, überließ es Federica, seine Kleider und Ledermokassins zu hüten, stieg ins kalte Wasser des Pazifiks und wusch sich den Reisestaub ab.

Federica blickte ihm nach, als er zum Meer lief, begeistert verfolgt von Rasta. Er war stark und haarig, hatte den kraftvollen Körperbau eines Bergsteigers und bewegte sich trotzdem mit erstaunlicher Grazie. Ramon Campiones phantastische Geschichten waren tief und geheimnisvoll wie das Meer, voller Wracks und versunkener Kontinente. Federica war mit ihnen aufgewachsen, und irgendwie hatten sie diese Geschichten seine Abwesenheit nicht so schmerzhaft fühlen lassen. Wenn sie auf ihr kurzes Leben zurückblickte, sah sie immer nur die langen Reisen durch die fruchtbare Phantasie ihres Vaters. An diese Abenteuer erinnerte sie sich, nicht an die langen Monate der Dürre.

Sie sah zu, wie Ramon mit Rasta im glitzernden Wasser tobte. Lichtreflexe blitzten auf den Wellen und in seinem seidigen Haar, und hätte sie es nicht besser gewusst, hätte sie ihn für einen verspielten Seehund gehalten. Sie legte sich das Kästchen in den Schoß und strich mit der Hand über das raue Holz. Zu gern hätte sie gewusst, wem es einmal gehört haben mochte. Ein Schauer der Vorfreude lief ihr beim Gedanken an seine ihr noch unbekannte geheimnisvolle Geschichte über den Rücken. Unter dem Klingeln kleiner Glöckchen öffnete sie das Kästchen und staunte erneut über die blitzenden Edelsteine, die die Schmetterlingsflügel erbeben ließen.

Endlich setzte Ramon sich triefnass neben Federica in den heißen Sand, um sich von der Sonne trocknen zu lassen. Rasta, nicht bereit, auch nur für einen Augenblick auf den Genuss der Freiheit zu verzichten, hüpfte am Strand auf und ab und spielte Fangen mit dem Wasser. Ramon freute sich darüber, dass seiner Tochter das Kästchen gefiel. Sie hatte es verdient. Helena hatte ja Recht: Er war wirklich kein guter Vater. Gute Väter schenkten ihren Kindern ihre Zeit. Diese Sorte Vater konnte er nicht sein. Es war ihm nicht gegeben. Er war ein Wanderer, ein Nomade. Seine Mutter pflegte zu sagen, Kinder würden geben, was sie von den Eltern empfangen haben. Nun, dann musste er schließlich doch irgendetwas richtig gemacht haben, denn Federica liebte ihn, und diese Liebe stand ihr eindeutig ins Gesicht geschrieben.
Er richtete den Blick auf den blauen Horizont und fragte sich, wie lange es ihn an diesem Gestade halten würde, bevor das Zucken in seinen Füßen wieder die Oberhand gewann und Winde voller neuer Abenteuer erneut vor seinem Fenster wehten, um ihn fortzulocken.

»Erzähl mir die Geschichte, Papa«, bat Federica. Ramon hob seine Tochter zwischen seine Knie, so dass er hinter ihr saß, die Arme um ihren Körper geschlungen, seine raue Wange an ihrer. Sie schauten beide auf das Mosaik aus Kristallen und lauschten dem leisen Klimpern winziger Glöckchen.
»Dieses Kästchen gehörte einstmals einer wunderschönen Inkaprinzessin«, begann er. Federica hielt verzückt den Atem an. Sie liebte seine Geschichten und schmiegte sich enger an ihn, denn sie wusste, dass diese Erzählung etwas Besonderes sein würde. Sie hielt das Kästchen geöffnet auf den Falten ihres gelben Klei-

des, strich über die Steine und drehte es in den Händen, um zu sehen, wie sich die Farben auf geheimnisvolle Weise veränderten.

»Die Inkaprinzessin hieß Topahuay und lebte in einem Palast in dem peruanischen Bergdorf Pisac. Die Inka waren eine alte indianische Zivilisation, die Inti, die Sonne, anbetete und ihren Herrscher, den regierenden Inka, verehrte. Dem Herrscher folgte in der Rangordnung der Adel, die »Capac Inka«, die wahren Nachkommen des Stammvaters Manco Capac.

Topahuay war Tochter eines dieser regierenden Häuser, die *panacas* hießen. Sie hatte seidige braune Haut, ein rundes, offenes Gesicht, scharfe grüne Augen und langes schwarzes Haar, das ihr, zum Zopf geflochten, beinahe bodenlang über den Rücken fiel. Alle bewunderten sie, und sämtliche jungen Männer aus dem Adel wünschten sie sich zur Frau. Doch Topahuay war heimlich in einen Mann von niederer Geburt verliebt, in einen Angehörigen der *yanakuna*, der Domestikenklasse, die den *panacas* diente. Eine Heirat zwischen Mitgliedern zweier so entfernter Klassen war undenkbar. Aber Topahuay und Wanchuko, das war sein Name, liebten einander so innig, dass sie allen Gesetzen ihres Landes trotzten und sich heimlich trafen. Manchmal verkleidete Topahuay sich als *yanakuna*-Frau. Dann fielen sie auf den Straßen gar nicht auf, hielten sich an den Händen, fern von den misstrauischen Blicken ihrer Verwandten, und küssten sich sogar, wenn niemand hinschaute.

Topahuay war erst dreizehn Jahre alt. Du denkst vielleicht, mit dreizehn wäre ein Mädchen viel zu jung, um an Heirat zu denken, aber zu jener Zeit wurde ein Mädchen bereits mit dreizehn zur Frau. Dann suchten die Eltern in ihrer Gesellschaft nach einem passenden Mann für die Tochter.

Topahuay fühlte sich gefangen in einer Welt mit strengstem Sozialkodex, aus der es kein Entrinnen gab. Sie wusste in ihrem Herzen, dass sie einen Adligen heiraten und Wanchuko für immer aufgeben musste.

Da beschloss Wanchuko, ihr ein Kästchen zu fertigen, so unauffällig, dass sie es auf allen ihren Wegen bei sich tragen konnte, ohne Verdacht zu erregen, welches aber eine geheime Botschaft enthielt, die nur Topahuay allein je zu sehen bekommen sollte, zur Erinnerung an ihre Liebe. Also machte er sich an die Arbeit und schuf einen schlichten Holzkasten. Er war so schlicht, dass er nahezu hässlich genannt werden konnte.

Als der Kasten fertig war, suchte er in den Bergen und Höhlen nach den schönsten Steinen. Einige waren wertvoll, andere waren einfach Kristalle, wieder andere waren seltene Kostbarkeiten, die er auf dem Grund des Sees fand, in so exquisiten Blau- und Grüntönen, dass er meinte, sie wären aus dem Wasser des Sees gemacht. Als er genügend Steine beisammen hatte, schloss er sich vom Morgengrauen bis zur Abenddämmerung in seinem kleinen Zimmer ein, wo er meißelte und schnitt und jeden Stein sorgfältig ins Holz des Kastens einfügte. Dann baute er noch ein kleineres Kästchen, das einen besonderen, von ihm selbst erfundenen Mechanismus enthielt, der bewirkte, dass eine sonderbare Musik, wie das Klingeln von kleinen Glöckchen, erklang, sobald die größere Schachtel geöffnet wurde.

Es geht die Sage, dass die Schachtel Zauberkräfte besessen habe, gefügt aus der Macht einer Liebe, die nicht von dieser Welt war. Diese übersinnliche Kraft hielt die Steine zusammen. Verstehst du, Wanchuko benutzte keinen Leim. Die Steine halten sich gegenseitig, wie ein prachtvolles Mosaik. Würde man einen Stein entfernen, müsste alles auseinanderfallen, und das Bild wäre in alle Ewigkeit zerstört. Also müssen tatsächlich Zauberkräfte daran beteiligt sein. Eine andere Erklärung gibt es nicht. Auf dem Boden des Kästchens formte Wanchuko einen Schmetterling, als Symbol für Topahuays Gefangenschaft und für ihre Schönheit.

Als er ihr sein Geschenk überreichte, weinte sie große silberne Tränen und sagte, sie wünsche sich Flügel wie der Schmetterling, damit sie mit Wanchuko davonfliegen könnte.

Wanchuko wusste allerdings nicht, dass der Symbolgehalt des Schmetterlings über Gefangenschaft und Schönheit hinausreicht: Schmetterlinge leben nur einen Tag. Topahuays Leben würde – wie das des Schmetterlings – auf dem Gipfel ihrer Schönheit frühzeitig enden.

Der Inka-Herrscher befand sich ebenfalls auf dem Gipfel seiner Macht. Seines war das größte und mächtigste Reich, das Südamerika je gekannt hatte. Doch alles sollte eine dramatische Wendung nehmen.

Die Spanier kamen, um in einem der blutigsten Feldzüge der Geschichte des Reichs Peru zu erobern. Zu einem Zeitpunkt, da sie alle Hoffnung hatten fahren lassen und das Blut Tausender von Inka in Strömen von den Bergen zu Tal floss, opferten sie ihre wunderschöne und geliebte Topahuay dem Kriegsgott, in der verzweifelten Hoffnung, dass dieser ihr Volk retten würde. Topahuay drückte das Kästchen an die Brust, als man sie in herrlich gewebte Wollstoffe kleidete und hundert glänzende Kristalle in ihr Haar flocht. Auf ihrem Kopf befestigte man einen großen Fächer aus weißen Federn, der sie in die andere Welt tragen und die Dämonen auf ihrem Weg verscheuchen sollte.

Wanchuko konnte sie nicht retten. Er konnte nur zusehen, hilflos und mit gebrochenem Herzen, wie sie mit einem Gefolge von Hohepriestern und Würdenträgern den Bergpfad hinaufgeführt wurde. Als sie an ihm vorüberschritt, richtete sie ihren Blick auf ihn, mit einer Liebe, so übermächtig, dass um ihren Kopf herum ein Schimmer entstand, ein Lichtschein nicht von dieser Welt.

Wanchukos Lippen zitterten; in einem Versuch, sie zu retten, ergriff er einen Zipfel ihres Wollmantels. Doch es nützte nichts, das Gefolge schritt an ihm vorüber und stieg hinauf zum nebligen Gipfel des Berges. Hinauf zu der Brücke, die diese Welt mit der anderen verband, zu einer Brücke, die Topahuay allein würde überqueren müssen.

Wanchuko war zu zornig, um weinen zu können, und hatte zu

viel Angst, um ihr nachzueilen. Als er die Faust öffnete, entdeckte er einen leuchtend bunten Wollfetzen in seiner zitternden Hand. Einen Augenblick später hörte er einen kurzen, durchdringenden Schrei. Er blickte hinauf zu dem Berg, von dem aus der Schrei sich erhob und von den zerklüfteten Gipfeln widerhallte, bevor er im Wind erstarb.

Als er den Blick auf seine Hand senkte, hatte der Wollfetzen sich in einen schimmernden Schmetterling verwandelt. Bestürzt sah er zu, wie der Schmetterling eine knappe Sekunde bebend, wie benommen von seiner eigenen Verwandlung, auf seiner Handfläche verweilte. Dann breitete er die zarten Flügel aus und flog davon. Topahuay war schließlich doch zu einem Schmetterling geworden, und ihr Geist war befreit.«

Federica weinte vor Rührung, und eine Träne tropfte in das Kästchen und versickerte zwischen den Kristallen. »Woher hast du die Schachtel, Papa?«, flüsterte sie, als könnte der Klang ihrer Stimme den Zauber des Augenblicks zerstören.

»Ich habe sie in einem Dorf namens Puca Pucara gefunden. Topahuays Familie hatte sie retten können, bevor das Mädchen auf dem Berg begraben wurde. Sie nahmen das Kästchen mit in ihr Dorf und hüteten es eine Weile, bis die Spanier kamen mit ihren Waffen und ihrem Gemetzel. Da gab Topahuays Mutter es an Wanchuko weiter, denn sie wusste, welches Geheimnis ihre Tochter im Herzen trug, und riet dem jungen Mann, Peru zu verlassen, bis wieder sichere Zeiten anbrachen. Wanchuko tat, wie ihm geraten, ging fort und kam erst Jahrzehnte später als alter Mann zurück. Er hatte nie geheiratet, denn er hatte sich selbst in seinem Herzen gelobt, einzig und allein Topahuay zu lieben. Er hatte einsam die Welt bereist, hatte immer nur an Topahuay gedacht. In seinen Träumen, ob er nun schlief oder wachte, kam sie zu ihm mit ihrem offenen Gesicht und den lächelnden Augen und brachte ihm Trost in seinem einsamen Leben. Als er nach Pisac zurückkehrte, kannte er dort niemanden

mehr. Seine Familie wie auch die von Topahuay war niedergemetzelt worden; der Tod hatte alle Klassenschranken aufgehoben. Sie waren zusammen gestorben, Herren und Diener.
Der Verzweiflung nahe, stieg Wanchuko den gleichen Pfad hinauf wie seinerzeit an jenem schicksalhaften Tag vor langen Jahren Topahuay.
Auf dem Gipfel traf er zu seiner Überraschung auf eine kleine alte Frau, die im Gras saß und über das Königreich der Berggipfel hinwegblickte. Sie war völlig allein. Als er sich ihr näherte, erkannte er in ihr Topahuays Schwester, Topaquin. Die Zeit hatte ihre Haut schrumpeln lassen und die Knochen zermürbt, genau wie bei ihm. Doch er erkannte sie, und sie erkannte ihn ebenfalls und forderte ihn auf, sich zu ihr zu setzen. Sie sprachen über Topahuay, über ihr kurzes, tragisches Leben, über die spanischen Heere der Zerstörung, die ihre Kultur und Lebensart für immer vernichtet hatten.
Wanchuko schenkte Topaquin das Kästchen und erzählte ihr, das Topahuays Geist im Schein der Kristalle tanzte und zur Musik der kleinen Glöckchen sang. Dann legte er sich nieder an der Stelle, wo Topahuay so grausam das Leben genommen worden war, und starb. Auch er überquerte die Brücke, die dieses Leben mit dem anderen verbindet. Doch er war nicht allein, denn Topahuay war bei ihm, und ihre Liebe war da, um ihn zu führen, damit ihm nichts Böses widerfahren konnte.
Das Kästchen gelangte nach Puca Pucara und blieb dort die ganze Zeit, von einer Generation weitergereicht an die nächste. Merkwürdig ist, dass eine alte Frau es mir gegeben hat. Sie sagte, es hätte besondere Kräfte. Sie sagte, ich bräuchte es nötiger als sie. Und so wickelte sie es ein und gab es mir. Es ist wohl unbezahlbar, Fede, wie du. Also halte es in Ehren, denn es wurde mit Liebe geschaffen und muss mit Liebe erhalten werden.«
»Ich werde es immer und ewig in Ehren halten, Papa. Danke«, erwiderte sie, überwältigt von Dankbarkeit und so gerührt von der Geschichte, dass die Farbe aus ihren Lippen gewichen war.

Ramon warf einen Blick auf seine Uhr, während seine Tochter dasaß wie in Trance und mit unsicherer Hand den Schmetterling streichelte. »Wir sollten zum Mittagessen nach Hause gehen«, flüsterte er ihr ins Ohr und strich mit zärtlichen Fingern über ihren weichen weißen Nacken. »Wo ist Rasta?« Er lachte leise und suchte den Strand mit seinen Blicken ab. Dann erhob er sich, reckte sich und kleidete sich an. Widerwillig folgte Federica seinem Beispiel. Sie schloss das Kästchen, stand auf und strich die Falten in ihrem hübschen gelben Kleid glatt, bevor sie nach Rasta rief. Nass und sandig, immer noch energiegeladen, einen Ball in der Schnauze, tauchte er schließlich wieder auf.

»Hierher, Rasta«, befahl Federica und klopfte sich auf den Schenkel. Der Hund trabte zu ihr und ließ den Ball zu Boden fallen. Federica schüttelte den Kopf. Irgendein armer Mensch vermisst ihn sicherlich, dachte sie. Sie schaute sich um, entdeckte aber niemanden. »Was soll ich mit dem Ball machen, Papa?«, fragte sie.

»Ach, ich schätze, er kann ihn behalten. Der arme alte Rasta. Er hat ja nichts anderes zum Spielen, und ich sehe niemanden, der nach dem Ball sucht«, erwiderte er und schlüpfte in seine Mokassins. Federica warf den Ball weit auf den Strand hinaus. Rasta rannte hinterher. »Komm, gehen wir«, sagte Ramon, ergriff ihre Hand und führte sie die Treppe hinauf.

»Das war ein wunderschöne Geschichte, Papa.«

»Ich wusste, dass sie dir gefallen würde.«

»Und wie! Und ich liebe das Kästchen. Ich werde es immer in Ehren halten. Es ist das Schönste, was ich habe«, sagte sie und drückte das Kästchen gegen ihre Brust.

Auf dem Weg hügelan nach Hause war Ramon still und nachdenklich. Er litt unter der düsteren Vorahnung, dass Helena aufgegeben hatte. Ihr Blick hatte so in die Ferne gerichtet gewirkt, anders als früher. Irgendwie resigniert. Ihre Züge hatten das Lebhafte verloren, als wäre sie des Kampfes überdrüssig und

wollte sich zurückziehen. Er seufzte schwer. Federica war immer noch weit weg in Pisac bei Topahuay und Wanchuko und stieg schweigend neben ihm den Hügel hinauf.
Sie brachten Rasta zurück zu Señora Baraca, die froh darüber war, dass er nicht mehr bellte, sondern nur hechelte und vor Vergnügen mit dem dünnen Schwanz wedelte. Sie sagte, Federica dürfe ihn ausführen, wann immer sie wollte. »Wenn er euch nicht gebissen hat, wird er euch wohl mögen«, sagte sie ohne zu lächeln und kaute auf ihren Kiefern herum.
Federica folgte ihrem Vater über die Straße. »Mama sagt, ich darf ihn nicht anfassen. Sie sagt, wir wissen ja nicht, wo er gewesen ist«, erklärte sie ihrem Vater.
»Aber jetzt wissen wir es«, antwortete er und lächelte auf sie herab. »Trotzdem solltest du lieber tun, was sie sagt, und dir vor dem Essen die Hände waschen.«
»Ich habe mit Lidia dein Lieblingsessen gekocht«, sagte sie stolz. Er lächelte, und seine weißen Zähne blitzten im Kontrast zu seiner dunklen Haut. »*Pastel de choclo*«, sagte er, und Federica nickte. »Ich habe dich gar nicht verdient.«
»O doch, doch! Du bist der beste Vater auf der ganzen Welt«, widersprach sie glücklich, drückte ihr Zauberkästchen an sich und umfasste Ramons Hand so fest, dass er wusste, sie meinte es ernst.

Drei

Federica folgte ihrem Vater im mittäglichen Schatten der Akazien zum Eingangstor und dann den Weg entlang zur Haustür. Kurz bevor sie ankamen, erschien Lidia mit hochrotem Gesicht.

»Don Ramon! Señora Helena wartet mit dem Mittagessen. Ich soll Sie suchen«, keuchte sie, und ihr schwerer Busen wogte vor Anstrengung.

Ramon trat zu ihr und entwaffnete sie mit seinem breiten Lächeln. »Nun, Lidia, wir sind zurück, und du brauchst uns nicht mehr zu suchen. Wie ich höre, gibt es *pastel de choclo* zu Mittag«, sagte er und ging an ihr vorbei in die Eingangshalle.

»*Sí*, Don Ramon. Federica hat es ganz allein zubereitet«, erklärte sie, schloss dir Tür hinter sich und folgte den beiden in die Küche.

»Es duftet köstlich«, sagte er und sog den warmen Zwiebelgeruch genüsslich ein. »Vergiss nicht, dir die Hände zu waschen, Fede«, setzte er hinzu, während er sich bereits Wasser aus dem Hahn über die Finger laufen ließ. Federicas Augen blitzten vor Glück, sie lächelte hingebungsvoll. Nach dem Händewaschen eilte sie ins Wohnzimmer, um ihrer Mutter die Geschichte des Kästchens zu erzählen.

»Mama!«, rief sie und hüpfte durch den Flur. »Mama!«

Helena erschien, erschöpft und mit verärgerter Miene, Hal auf dem Arm.

»Wo warst du, Fede?«, fragte sie und fuhr dem Kind über das windzerzauste Haar. »Hal kommt um vor Hunger.«

»Wir waren am Strand. Wir haben Señora Baracas Hund, Rasta,

mitgenommen. Weißt du, jetzt bellt er nicht mehr, er wollte einfach mal ein bisschen herumlaufen. Das arme Tier. Dann ist Papa schwimmen gegangen, und ich habe auf seine Sachen aufgepasst. Und dann hat Papa mir die Sage erzählt.«

»Welche Sage?«, erkundigte sich Helena ihrer Tochter zuliebe, während sie sie in Richtung Speiseraum schob.

»Über Topahuay und Wanchuko. Die Inkaprinzessin. Das Kästchen wurde für sie gemacht.«

»Ach ja? Wie hübsch«, bemerkte Helena geduldig. Sie hob den Blick zu ihrem Mann, der jetzt den Raum betrat, ihn mit seiner Ausstrahlung erfüllte und mit der Anspannung, die mit ihm ins Haus zurückgekommen war. Einen Augenblick hielten sich ihre Blicke fest wie die zweier Fremder, die einander zum ersten Mal neugierig mustern. Helena wandte sich als Erste ab.

»Ich möchte neben Papa sitzen«, meldete Federica fröhlich an, rückte einen Stuhl zurecht und klopfte besitzergreifend auf das Platzdeckchen.

»Du kannst sitzen, wo du möchtest, mein Schatz«, sagte Helena und ließ Hal behutsam in seinen Kinderstuhl gleiten. »Hoffentlich hast du dir die Hände gewaschen«, fügte sie in Gedanken an den Hund hinzu.

»O ja. Señora Baraca sieht aus wie eine Hexe!« Federica lachte.

»Ja, wirklich«, pflichtete Ramon ihr bei und lachte leise bei dem Versuch, die Atmosphäre zu entspannen.

»Wollen wir hoffen, dass sie euch nicht verzaubert hat«, ging Helena um der Kinder willen auf das Geplänkel ein. Die Kehle war ihr wie zugeschnürt, und die Brust wurde ihr eng unter dem Druck, Theater spielen zu müssen. Sie brannte darauf, unter vier Augen mit Ramon zu sprechen. Sie musste sich von der Last ihrer Gedanken befreien. Sie musste einen Ausweg aus der Situation finden. So konnte es nicht weitergehen. Es war für keinen von ihnen gut.

»Aber nein. Sie war sehr dankbar, dass wir ihren Hund ausgeführt hatten«, erklärte Federica.

»Ich will den Hund sehen«, nölte Hal und strampelte ungeduldig in seinem Kinderstuhl. Lidia kam mit dem dampfenden *pastel de choclo*.
»Das hat Fede heute Morgen für dich gekocht«, erklärte Helena und nahm ihrem Mann gegenüber am anderen Ende des Tisches Platz.
»Das habe ich schon gehört. Du bist sehr gut zu mit, Fede«, sagte er voller Aufrichtigkeit.
»Das ist sie wirklich«, bestätigte Helena trocken und hätte gern noch hinzugefügt, dass er so viel Liebe nicht verdient hatte. Sie spülte den Impuls mit einem Schluck Wasser hinunter. »Sie hat den ganzen Morgen gearbeitet, nicht wahr, Fede?«
»Papa hat sein Zimmer noch gar nicht gesehen«, antwortete sie mit einem verlegenen Lächeln.
»Was hast du mit meinem Zimmer angestellt, du ungezogenes Äffchen?«
»Schau doch selbst nach«, sagte sie.
»Fede hat heute Morgen Blumen gepflückt«, verriet Hal. »Stimmt's, Fede?«
»Mama!«, empörte sich Fede.
»Gefällt dir die Eisenbahn, Hal?«, fragte Ramon, um das Kind am weiteren Ausplaudern zu hindern.
»Sie ist ganz bunt und fährt sehr schnell!« Hal imitierte die Lok: »Chuga chuga chuga.«
Lidia setzte ihm einen dampfenden Teller vor. »Ich mag keinen süßen Mais«, quengelte er, warf sich in seinem Stuhl zurück und verschränkte die Arme vor der Brust.
»Mag er doch«, sagte Federica. »Er tut nur so, weil er weiß, dass ich ihn gekocht habe.«
»Gar nicht.«
»Doch.«
»Nein.«
»Doch.«
»Das reicht, ihr zwei«, sagte Ramon streng. »Hal, du isst deinen

Mais, oder du gehst ohne Mittagessen und ohne deine Eisenbahn in dein Zimmer.«
Hal sah seine Schwester finster an, die braunen Augen waren tiefschwarz vor Abneigung.

Ramons und Helenas Unterhaltung war durch die Kinder bestimmt. Wenn die Kinder schwiegen, was nach einem Streit oft der Fall war, sahen sie sich gezwungen, miteinander zu reden, was beide nicht wollten, jedenfalls nicht mit dieser falschen Höflichkeit, wie Schauspieler in einem schlechten Stück. Ramon ließ Federica ihrer Mutter die Geschichte von der Inka-Prinzessin erzählen und unterbrach sie nur dann, wenn sie sich um Hilfe an ihn wandte. Ramon staunte, wie viel sie sich gemerkt hatte. Helena hörte zu und wandte sich nur gelegentlich ihrem Sohn zu, wenn Hal »Mama« weinte und ihre Aufmerksamkeit verlangte. Federica war daran gewöhnt, dass ihr Bruder sie störte, und sie war ebenso daran gewöhnt, dass ihre Mutter auf jede Störung einging und zärtlich fragte: »Was ist denn, mein Schatz?« Ihr war es gleich. Oft genug erträgt man Dinge aus reiner Gewohnheit.
»Liebling, was für eine entzückende Geschichte. Und jetzt gehört dieses Kästchen dir. Du hast großes Glück«, sagte Helena.
»Ich dachte, wir könnten vielleicht für ein paar Wochen nach Cachagua fahren«, schlug Ramon beiläufig vor, als wäre alles wie immer, als hätte er nicht die Veränderung in Helenas Haltung bemerkt. »Weihnachten mit meinen Eltern feiern. Sie würden sich so freuen, dich und die Kinder zu sehen.«
»Oh ja, bitte, Mama!«, schrie Federica voller Entzücken. Sie besuchte die Großeltern von Herzen gern. Sie hatten ein gemütliches, strohgedecktes Haus mit Blick übers Meer.
Helena wünschte sich, er hätte das Thema nicht vor den Kindern angesprochen. Zuerst mussten sie unter vier Augen reden. Er hatte sich nicht mit ihr abgesprochen. Wenn sie jetzt sagte, sie könnten nicht fahren, wären die Kinder enttäuscht, und sie

ertrug es schwer, ihre Kinder zu enttäuschen. Hal blickte mit hoffnungsfrohen braunen Augen zu ihr auf.

»Ja! Ja!«, schrie er und schlug mit der Gabel auf den Tisch. Auch er war gern bei den Großeltern. Sie kauften ihm Eis und ließen ihn am Strand auf einem Pony reiten. Sein Großvater las ihm Geschichten vor und trug ihn auf den Schultern.

»Gut, fahren wir nach Cachagua«, gab sie müde nach. »Ramon, nach dem Essen muss ich mit dir reden. Bitte, mach dich nicht wieder mit Fede aus dem Staub.« Sie bemühte sich um einen beiläufigen Tonfall, um die Kinder nicht zu erschrecken. Was sie ihm zu sagen hatte, war bereits in ihrem Kopf zurechtgelegt, und sie fürchtete, ihre Gedanken könnten sich selbst verraten.

»Nein«, versprach er und sah sie nachdenklich an. Ihr Tonfall enthielt etwas Endgültiges, und es gefiel ihm nicht. Frauen mussten immer alles auseinander pflücken. Alles musste ausdiskutiert werden. Helena war auch so. Sie war nicht fähig, den Dingen einfach ihren Lauf zu lassen und abzuwarten, was dabei herauskam. Sie musste immer Entscheidungen treffen und diese in die Tat umsetzen.

Nach dem ersten Gang, für den Ramon seiner Tochter mit einem liebevollen Kuss auf die Stirn dankte, hüpfte Federica mit Lidia hinaus, um den Willkommens-*merengon de lúcuma* servierfertig zu machen. Während ihrer Abwesenheit sprachen Ramon und Helena lieber mit Hal als miteinander. Unter der großzügigen Beachtung, die er fand, blühte Hal auf und fing an, ein Lied über einen Esel zu singen, das er im Kindergarten gelernt hatte. Endlich öffnete sich die Tür, und Federica trat ein, in den Händen ein Tablett mit einer weißen Torte, auf der eine einzelne Kerze flackerte. Hal sang ›Happy Birthday‹. Ramon und Helena lachten, und für einen Augenblick ließ die Verspannung in Helenas Nacken und Brust nach, so dass sie frei atmen konnte. Federica stellte die Torte vor ihren Vater hin und sah zu, wie er die Kerze ausblies. Hal klatschte in die kleinen Händchen und kicherte, als die Kerze wie durch einen Zauber von neuem aufflammte. In gespielter Überraschung blies Ramon sie erneut aus. Beide Kinder lachten über den Scherz, überzeugt, dass ihr Vater aufrichtig verwundert über die unauslöschliche Flamme war. Schließlich tauchte Ramon die Finger in sein Wasserglas und nahm den Docht zwischen Daumen und Zeigefinder. Die Flamme erstickte und rauchte voller Protest. »Willkommen daheim!«, las Ramon laut vor, was Federica in ihrer mädchenhaften Handschrift mit brauner Zuckerschrift auf die weiße Sahne geschrieben hatte. »Danke, Fede«, sagte er, zog sie in die Arme und gab ihr einen Kuss auf die Wange. Federica blieb auf seinem Schoß, während er die Torte anschnitt. Hal fuchtelte mit seinem Teelöffel herum und erhaschte schließlich ein bisschen von der Creme. Er schob sie schnellstens in den Mund, bevor jemand es verbieten konnte. Helena gab vor, nichts bemerkt zu haben. Sie war zu erschöpft, um den kleinen Rest Energie, den sie für das Gespräch mit Ramon aufbewahren wollte, an ihr freches Kind zu vergeuden.

Nach dem Essen folgte Federica Hal widerwillig in den Garten, während die Eltern nach oben gingen, um zu reden. Sie hätte gern gewusst, worüber sie reden wollten, und sie nahm es ihrer Mutter übel, dass sie ihr den Vater entführte. Sie nahm das Kästchen mit in den Garten, ließ sich im Schatten der Orangenbäume nieder, öffnete es und dachte über die Geschichte nach, die ihr Vater ihr erzählt hatte.

»Darf ich dein Kästchen sehen?«, fragte Hal und setzte sich neben sie.

»Ja, wenn du schön vorsichtig bist.«

»Bin ich«, sagte er und nahm es an sich. »Wow!«, staunte er. »Ist das schön!«

»Ja. Es hat mal einer Inkaprinzessin gehört.«

»Was ist ein Inka?«, fragte er.

»Die Inka waren ein Volk in Peru«, erwiderte sie.

»Was war mit der Prinzessin?«, wollte er wissen.
»Hast du bei Tisch nicht zugehört?«, fragte sie und lächelte nachsichtig auf ihn herab.
»Ich möchte es noch einmal hören«, sagte er. »Bitte.«
»Gut. Ich erzähl dir die Geschichte noch einmal«, willigte sie ein. »Aber du musst zuhören und ganz still sein, sonst tu ich's nicht.«
»Ich bin ganz leise«, sagte er und gähnte. Es war sehr heiß, selbst im Schatten der Bäume. Das leise Summen von Bienen in den Blumenbeeten und das ferne Grollen des Meers bildeten eine einlullende Hintergrundmusik für die müßigen Siestastunden. Federica legte den Arm um Hal und ließ es zu, dass er sich mit dem Kopf an sie lehnte.
»Es war einmal im tiefsten Peru«, begann sie. Hal schloss die Augen und trat ein in eine fremde, neue Welt.

Ramon folgte seiner Frau nach oben. Beide schwiegen. Er betrachtete sie, als sie mit gebeugten Schultern und gesenktem Kopf den Flur entlangging. Als er sich seinem Zimmer näherte, roch er Lavendelduft und fühlte sich an seine Mutter in Cachagua erinnert. Als hätte sie seine Gedanken gespürt, erklärte Helena ihm, dass Federica seine Laken mit frischem Lavendel aus dem Garten parfümiert hatte.
Das Zimmer war luftig und sauber und roch außerdem nach Orangen und Rosen. Ramon blickte sich um in dem Raum, den er mindestens sieben Jahre seiner zwölfjährigen Ehe hindurch mit seiner Frau geteilt hatte, doch er fühlte sich nicht heimisch. Trotz Federicas Blumen und ihrer liebevollen Vorbereitung war es das Zimmer seiner Frau, und ihre kühle Haltung verriet ihm, dass er hier nicht mehr willkommen war.
Er stellte seinen Koffer ab und setzte sich auf die Bettkante. Helena trat ans Fenster und blickte aufs Meer hinaus.
»Also, worüber willst du reden?«, fragte er, doch die Antwort kannte er längst.

»Über uns«, antwortete sie tonlos.
»Was genau über uns?«
»Na ja, es ist nicht mehr wie früher, oder?«
»Nein.«
»Ich habe keine Lust mehr, den Kindern vorzugaukeln, dass alles in Ordnung wäre. Das stimmt einfach nicht. Ich bin nicht glücklich. Für dich ist ja alles schön und gut; du reist wie ein Zigeuner durch die Welt und schreibst deine Erzählungen. Aber ich bin es, die hier im Haus ohne dich gefangen ist. Ohne jegliche Unterstützung. Ich habe die Kinder nahezu allein großgezogen«, sagte sie und fühlte, wie die Verspannung im Nacken auf ihren Kopf übergriff.
»Aber du hast von Anfang an gewusst, dass mein Leben so aussieht. Du hast nichts anderes erwartet. Das hast du selbst gesagt. Du hast mir meine Freiheit gelassen, weil dir klar war, dass ich ohne sie nicht überleben könnte«, sagte er kopfschüttelnd und zog die Stirn in Falten.
»Ich weiß. Aber ich habe nicht gewusst, wie es dann wirklich sein würde. Anfangs sind wir zusammen auf Reisen gegangen. Das war wie ein Traum. Ich liebte diese Zeit, und ich liebte dich. Aber jetzt ...« Sie sprach nicht weiter.
»Jetzt?«, hakte er traurig nach.
»Jetzt liebe ich dich nicht mehr.« Sie wandte sich ihm zu. Als sie den Schmerz in seinem Blick erkannte, fügte sie rasch hinzu: »Liebe muss gehegt und gepflegt werden, Ramon. Man darf sie nicht verkümmern lassen. Ich habe dich einmal geliebt, aber jetzt bist du mir fremd geworden. Ich weiß nur, das ich das ständige Alleinsein satt habe, und du lässt mich ja immer wieder monatelang allein. Und das wird sich nie ändern«, sagte sie. Tränen liefen ihr über die Wangen.
»Was willst du also tun?«, fragte Ramon.
Sie ging zögernd auf ihn zu und hockte sich neben ihn aufs Bett. »Wenn du Angst hättest, mich zu verlieren, Ramon, würdest du bleiben und deine Bücher hier schreiben. Um meinet-

willen würdest du dich verändern. Aber das tust du nicht, oder?«

Er überlegte eine Weile, und sein Schweigen war ihr Antwort genug. »Liebst du mich, Ramon?«, fragte sie zaghaft.

Seine glänzenden Kastanienaugen sahen sie verloren an. »Ja, ich liebe dich, auf meine Weise liebe ich dich immer noch, Helena. Aber ich liebe dich nicht genug, um mich deinetwegen zu ändern. Wenn ich mit dir und den Kindern hierbleiben müsste, würde ich verdorren. Ich würde vertrocknen wie eine Pflanze in der Wüste. Verstehst du das nicht? Ich will dich und die Kinder nicht verlieren, aber ich kann mich nicht ändern.« Er schüttelte den Kopf. »Ich komme nach Hause, und mein erster Gedanke ist die Frage, wann ich wieder abreisen kann. Es tut mir Leid.«

Beide saßen schweigend da. Helena weinte vor Erleichterung darüber, dass sie ihre Gefühle zum Ausdruck gebracht hatte. Sie spürte, wie das Schwere sich hob und der Druck auf ihre Schläfen nachließ. Ramon fragte sich, was sie jetzt unternehmen würde. Er wollte sie nicht verlieren. Sie war sein sicherer Hort. Es gefiel ihm, ein Heim zu haben, in das er zurückkehren konnte. Selbst wenn er es selten nutzte, war er froh, dass es existierte. Er liebte seine Kinder. Doch den alltäglichen Routineumgang mit Kindern war er nicht gewohnt. Er war kein Familienvater.

»Also, was soll jetzt werden?«, fragte er nach einer Weile.

»Ich möchte nach Hause«, antwortete sie, stand wieder auf und ging zum Fenster.

»Du meinst, nach England?«

»Ja.«

»Aber das ist am anderen Ende der Welt!«, wandte er ein.

»Was macht das schon? Du bist für mich immer am anderen Ende der Welt, und das wird sich nie ändern. Welche Rolle spielt es denn, wo wir sind? Du wirst dich doch immer auf einem anderen Kontinent aufhalten.«

»Aber die Kinder?«

»Sie werden in England zur Schule gehen. Wir ziehen nach

Cornwall zu meinen Eltern.« Dann stürzte sie zu ihm hin und kniete sich zu seinen Füßen auf den Boden. »Bitte, Ramon. Bitte lass mich die Kinder mit zu mir nach Hause nehmen. Ich halte es hier nicht mehr aus. Nicht so, wie es inzwischen geworden ist. Ohne dich hat es keinen Sinn, verstehst du das nicht? Ich gehöre nicht hierher, wie du. Ich hätte mich gern zugehörig gefühlt, ich hatte es fest vor, aber jetzt möchte ich nach Hause.«
»Was wirst du ihnen sagen?«
»Ich werde ihnen sagen, dass wir nach Hause gehen. Dass du uns besuchen wirst, wie immer schon. Wir werden nur in einem anderen Land leben. Sie sind noch jung, sie werden es akzeptieren«, sagte sie fest und sah ihn beschwörend an. »Bitte, Ramon.«
»Willst du die Scheidung?«, fragte er ungerührt.
»Nein«, antwortete sie hastig. »Nein, keine Scheidung.«
»Also nur eine Trennung?«
»Ja.«
»Und dann?«
»Nichts. Ich will nur fort«, sagte sie und senkte den Kopf.

Seine Vorahnung hatte ihn nicht getäuscht. Sie wollte ihn verlassen. Sie benötigte seine Erlaubnis, um die Kinder außer Landes zu bringen, und er würde sie ihr geben. Wie hätte er ihr das verweigern können? Die Kinder gehörten viel mehr zu ihr als zu ihm, betrachtete man die Zeit, die sie jeweils mit ihnen verbrachten. Sie hatte Recht, es spielte keine Rolle, wo sie waren: Er war doch immer Tausende von Meilen entfernt von ihnen.
»In Ordnung, du kannst mit den Kindern zurück nach England gehen«, sagte er bekümmert. »Aber vorher möchte ich mit ihnen nach Cachagua zu meinen Eltern. Sie sollen ein Weihnachtsfest in der Familie erleben, damit sie mich immer so in Erinnerung behalten.«
»Ramon«, flüsterte sie, denn ihre Stimme war rau vor innerer Erregung, »du wirst uns doch besuchen, nicht wahr?« Sie forschte in seinen Augen, sie hatte Angst, dass er nicht mehr

versuchen würde, eine Rolle im Leben seiner Kinder zu spielen, wenn sie sich von ihm trennte.
»Natürlich«, antwortete er und schüttelte den wuscheligen Kopf.
»Die Kinder werden dich schrecklich vermissen. Du darfst sie nicht im Stich lassen, Ramon. Sie brauchen dich.«
»Ich weiß.«
»Bestraf sie nicht für das, was ich tu. Es ist eine Angelegenheit zwischen Erwachsenen.«
»Ich weiß.«
»Fede liebt dich, Hal auch. Ich könnte mich selbst nicht mehr ertragen, wenn du sie meinetwegen im Stich lassen würdest.« Unvermittelt richtete sie sich auf. »Ich werde nicht fortgehen, wenn die Trennung von dir bedeuten würde, dass ich meinen Kindern den Vater nehme. Für sie würde ich mein eigenes Glück opfern«, sagte sie und begann zu schluchzen.
Ramon war verwirrt. Er fuhr mit der Hand über ihr blondes Haar. »Ich lasse sie nicht im Stich, Helena.«
Sie blickte mit glasigen Augen zu ihm auf. »Danke.«
Plötzlich waren seine Lippen an ihrem Mund. Ohne zu begreifen, was sie taten, rebellierten ihre Körper gegen die distanzierte Kälte ihres Verstands. Sie rissen einander die Kleider vom Leib, wie durstige Tiere, die auf dem Boden nach Wasser scharren. Helena spürte das Kratzens eines stoppelbärtigen Kinns an ihrem, die weiche Feuchtigkeit seiner Lippen und seines Zahnfleischs. In den Monaten seiner Abwesenheit hatte sie oft davon geträumt, mit anderen Männern zu schlafen. Gelegenheiten hatten sich durchaus geboten, doch sie hatte jeden abgewiesen, aus dem schlichten Grund, dass sie die Frau eines anderen war, wenn auch nur dem Namen nach. Jetzt aber gab sie sich ganz der Berührung dieses Mannes hin, obwohl sie nichts mehr für ihn empfand außer Dankbarkeit. In diesen intensiven Augenblicken der Intimität erweckten sie fälschlicherweise den Eindruck, ihre Liebe wäre wieder aufgeflackert. Doch Helena wusste, dass Lust allein keine Liebe war, dass sie so illusorisch war wie eine Luft-

spiegelung. Sie schloss die Augen, entzog sich der traurigen Wirklichkeit ihrer Situation und gestattete es sich, die Lust zu genießen, als seine Hände die Rundungen ihres Körpers streichelten, als erforschte er sie zum ersten Mal.

Viele Monate waren vergangen, seit sie zuletzt so zusammen gewesen waren. Sie hatten beide vergessen, wie der Körper des anderen beschaffen war. Als hätte sie sich nicht mehr unter Kontrolle, fuhren ihre Finger über sein Rückgrat und liebkosten das Haar auf seinen Schultern wie seinerzeit, als sie noch von Liebe getrieben waren. Mit der Zunge spürte sie auf seiner Haut den Geschmack nach Meer und Mann. Als er sie küsste, öffnete sie die Augen und sah, dass seine geschlossen waren. Sie fragte sich, von wem er träumen mochte, und ob sich ihm auf seinen Reisen auch Gelegenheiten geboten hatten. Sie wollte es nicht wissen. Dann war er in ihr, weckte ihr Verlangen aus dem monatelangen Winterschlaf, und sie dachte nicht mehr an andere Frauen, die er vielleicht gehabt hatte. Sie vergaßen den jeweils anderen und wanden sich wie ein einziger Körper, ohne das Stöhnen und lustvolle Seufzen zu hören, das tief aus ihren Kehlen kam. Als sie verschwitzt und erschöpft voneinander abließen und sich der schwere Duft ihrer Körper mit dem von Orangen und Rosen mischte, blickten beide zur Decke auf und fragten sich, warum sie sich so hatten gehen lassen können.

Helena war zu verlegen, um Ramon ansehen zu können. Verschämt zog sie das Laken über ihren schweißnassen Körper. Eine lächerliche Geste, nachdem Ramon ihn so intim erfahren hatte. Sie kramte in der Nachttischschublade nach einer Zigarette, zündete sie mit zitternden Fingern an und rauchte nervös. Wie seltsam, dachte sie, dass wir einander so nahe sein können, um dann im nächsten Augenblick nebeneinander zu liegen, Tausende von Meilen voneinander entfernt. Sie blickte zu ihm hinüber, und Ramon wandte ihr das Gesicht zu.

»Das war schön«, sagte er.

»Ja«, bestätigte sie gepresst.

»Bereu es doch nicht, Helena. Es spricht nichts dagegen, der Fleischeslust nachzugeben, selbst wenn du nichts als körperliches Verlangen spürst.«

Sie sog an ihrer Zigarette. »Ich bereue es nicht«, sagte sie. Sie wusste nicht, ob es stimmte oder nicht. Hatte sie ihn wirklich geliebt, ohne Liebe für ihn zu empfinden? Zusammen mit dem Rauch blies sie den Gedanken von sich. Es war nicht mehr wichtig. Sie würde nach Hause zurückgehen.

VIER

Ramon sah zu, wie sich seine Frau im Dämmerlicht des Schlafzimmers ankleidete. Sie sprachen kein Wort. Zigarettengeruch überlagerte den Duft der Lavendelblüten, die Federica in die Laken gepresst hatte, und den der liebevoll gepflückten Gartenblumen in der blauen Vase auf Ramons Nachttisch. Von der vorangegangenen Leidenschaft zeugte nur noch das zerwühlte Bett. Ramon fragte sich, ob von ihrer Liebe noch etwas übrig war. Dann hörte er Federica im Garten mit leiser Stimme singen, und ihm wurde bewusst, dass seine Kinder die Manifestation einer Liebe waren, die sie einander voller Glück geschenkt hatten. Ihn schauderte bei dem Gedanken, auf sie verzichten zu müssen.

Helenas Körper war immer noch fest und schlank und von der durchscheinenden Blässe, die ihn vor zwölf Jahren so fasziniert hatte. Jetzt war sie dreißig Jahre alt, zu jung, um allein zu sein, ohne die Zuwendung eines liebenden Mannes. Als er sie an jenen alten Stränden in Cornwall gefunden hatte, war sie jung gewesen und zu jedem Opfer bereit, um bei ihm sein zu können. Zusammen hatten sie die Welt bereist, einig in ihrem Abenteuerdurst und ihrem Hunger nach Liebe. Es ging gut, bis die Sesshaftigkeit sie auseinander trieb.

Ramon sah zu, wie sie ihr langes blondes Haar ausbürstete und hochsteckte. Er mochte es lieber, wenn sie es offen trug. Es hatte einmal bis zu ihrer Taille gereicht, und sie hatte Jasmin hineingeflochten. Damals war sie wunderschön gewesen. Jetzt sah sie müde aus, und die Ernüchterung nahm ihrem Gesicht die Farbe, so dass ihre Blässe, vormals so zauberhaft, nun nicht mehr leuchtete, sondern stumpf wirkte wie ein austrocknender Tümpel in der Trockenzeit. Wenn er sie nicht gehen ließe, würde nichts mehr von ihr übrig bleiben.

Sie sah im Spiegel, dass er sie beobachtete, lächelte jedoch nicht, wie sie es früher getan hätte.

»Wann willst du nach Cachagua aufbrechen?«, fragte sie.

»Morgen. Ich rufe meine Eltern an und bereite sie auf unseren Besuch vor.«

»Was willst du ihnen sagen?«

»Über uns?«

»Ja.«

Er seufzte und richtete sich auf. »Ich weiß es noch nicht.«

»Sie werden mich für herzlos halten. Sie werden mir die Schuld geben«, sagte sie mit zitternder Stimme.

»Nein. Sie kennen mich besser, als du denkst.«

»Ich fühle mich schuldig«, sagte sie und starrte ihr Spiegelbild an.

»Du hast deine Entscheidung getroffen«, sagte er ungerührt und stand auf.

Helena wünschte sich, dass er sie anflehte, bei ihm zu bleiben. Sie hatte gehofft, dass er auf die Knie fiel und ihr versprach, sich zu ändern, wie andere Männer es getan hätten. Doch Ramon war nicht wie andere Männer. Er war einzigartig. Gerade in diese Einzigartigkeit hatte sie sich ja verliebt. Er war so eigenständig, brauchte niemanden. Er brauchte lediglich Luft zum Atmen, Augen, um all die wundersamen Orte, die er bereiste, in sich aufzunehmen, und Werkzeug, um alles niederzuschreiben. Er hatte ihre Liebe nicht gebraucht, doch sie hatte sie ihm gegeben und dafür weiter nichts verlangt, als dass er sie annahm. Es liegt allerdings in der menschlichen Natur, immer mehr zu verlangen, als man besitzt. Als sie schließlich seine Liebe gewonnen hatte, wollte sie auch seine Freiheit besitzen. Die aber wollte er nicht aufgeben. Er wollte es noch immer nicht. Er war so schwer zu halten gewesen wie eine Wolke. Sie hätte wissen müssen, dass

er sich niemals ändern würde, dass für sie die Zeit des Alleinseins kommen würde, denn seine Seele gehörte der weiten Welt, und Helena hatte nicht mehr die Kraft, um sie zu kämpfen. Aber sie wollte immer noch, dass er um sie kämpfte. Wie konnte er sie noch lieben und sich trotzdem weigern, um sie zu kämpfen? Er gab ihr das Gefühl, wertlos zu sein.
Helena trat hinaus in den Garten, blinzelte in die grellweiße Sonne und entdeckte Hal, der im Schatten eines Orangenbaums schlief, während Federica auf der Schaukel saß und sang. Federica würde es das Herz brechen, wenn sie Viña verlassen musste, doch die Trennung ihrer Eltern würde sie noch bedeutend mehr schmerzen. Helena sah zu, wie ihre Tochter im Sonnenschein schaukelte, sich der düsteren Strömung nicht bewusst, die ihren herrlichen Tag unterlief.
Als Federica ihre Mutter an der Tür sah, sprang sie von der Schaukel, hob ihr Zauberkästchen vom Rasen auf und lief zu ihr.
»Hast du jetzt genug mit Papa geredet?«, fragte sie.
»Ja, Schatz. Morgen fahren wir nach Cachagua«, antwortete sie im Wissen, dass es sie glücklich machte.
Federica lächelte. »Ich habe Hal die Geschichte von der Inkaprinzessin erzählt. Jetzt schläft er.« Sie lachte. Hal lag auf dem Rücken, Arme und Beine in ungehemmter Seligkeit von sich gestreckt. Seine Brust hob und senkte sich sanft unter der Nachmittagshitze.
»Wir wollen ihn nicht aufwecken«, sagte Helena und betrachtete ihr Kind voller Zärtlichkeit. Hal war seinem Vater so ähnlich. Er hatte Ramons dunkles Haar und die kastanienbraunen Augen, allerdings ohne dieses ärgerliche selbstgenügsame Blitzen. Federica war gern allein, Hal dagegen brauchte ständige Beachtung. Er war der Teil von Ramon, den sie geliebt hatte, an dem sie sich hatte festhalten dürfen. Hal brauchte sie und liebte sie bedingungslos.
Federica hüpfte ins Haus und fand ihren Vater im Wohnzim-

mer, wo er auf Spanisch telefonierte. Mit ihrem Kästchen ging sie zu ihm, hockte sich auf die Armlehne des Sessels und wartete auf das Ende des Gesprächs. Sie lauschte der Unterhaltung und stellte fest, dass ihr Vater mit ihrer Großmutter sprach. »Erzähl Abuelita von meinem Kästchen«, verlangte sie aufgeregt.

»Nein, erzähl du es ihr«, sagte Ramon und reichte ihr den Hörer.

»Abuelita, Papa hat mir ein Kästchen mitgebracht, das einmal einer Inkaprinzessin gehört hat ... ja, einer echten Prinzessin ... mach ich, ich erzähl es dir morgen ... ich auch ... einen dicken Kuss für dich, *yo también te quiero*«, sagte sie und blies ein Küsschen ins Telefon. Mit einem leisen Lachen nahm Ramon den Hörer zurück.

»Wir sind rechtzeitig zum Mittagessen bei euch«, versprach er und legte auf. »Gut, Fede, was machen wir jetzt?«

»Ich weiß nicht«, antwortete sie und lächelte, denn sie wusste genau, dass ihr Vater immer etwas in petto hatte.

»Wollen wir in die Stadt fahren und ein Geschenk für deine Großmutter kaufen?«

»Und einen Saft«, fügte sie hinzu.

»Einen Saft und ein *palta*-Sandwich«, sagte Ramon und stand auf. »Geh, sag deiner Mutter, dass wir zum Tee zurück sind.«

Mariana Campione legte den Hörer auf und rief nach ihrem Mann Ignacio, der auf der Terrasse in der Hängematte lag und las, die runden Brillengläser auf der Adlernase und den Panamahut bis auf die buschigen Brauen herabgezogen – ein deutlicher Hinweis, dass er nicht gestört werden wollte.

»Nacho, Ramon ist zurück und kommt morgen mit seiner Familie zu Besuch«, berichtete sie entzückt. Ignacio rührte sich nicht, blätterte lediglich die Seite seines Buches um. Mariana, eine üppige, starkknochige Frau mit silbergrauem Haar und einem freundlichen, offenen Gesicht, trat durch eine Fenstertür

auf die Terrasse, wo ihr Mann im Schatten einer Akazie lag. »*Mi amor*, hast du nicht gehört? Ramon ist zurück. Morgen kommen sie zu Besuch«, wiederholte sie, und ihre Wangen glühten vor Freude.
»Ich habe es gehört, Weib«, sagte er, ohne den Blick von seinem Buch zu heben.
»Nacho, du hast es nicht verdient, Enkelkinder zu haben«, sagte sie, doch sie lächelte und schüttelte den Kopf.
»Er taucht monatelang unter, ohne auch nur ein einziges Mal zu schreiben. Was ist das für ein Mann, der seiner Familie so etwas antut? Ich sage ja, eines Tages wird Helena die Geduld mit ihm verlieren. Ich habe schon vor Jahren die Geduld mit ihm verloren, und ich bin nicht mal mit ihm verheiratet«, sagte er streng und warf dann über den Buchrand hinweg einen Blick auf seine Frau, um zu sehen, wie sie reagierte.
»Sei nicht albern«, schimpfte sie sanft. »Helena ist eine gute Ehefrau und Mutter. Sie ist Ramon treu. Ich will ja nicht sagen, dass es richtig von ihm ist, sie ständig so allein zu lassen, aber sie ist eine altmodische Frau. Sie versteht ihn. Ich freue mich wahnsinnig auf ihren Besuch.« Ein zärtliches Lächeln grub Falten in ihr großflächiges Gesicht.
»Wie lange bleiben sie?«, fragte Ignacio, der sie immer noch ansah.
»Ich weiß es nicht. Das hat er nicht gesagt.«
»Wahrscheinlich müssen wir froh und dankbar sein«, bemerkte er sarkastisch. »Von unseren acht Kindern sehen wir Ramon am seltensten, und wenn er dann mal kommt, ist es ein umso größeres Fest.«
»Sei nicht so mürrisch.«
»Mariana, um Gottes willen, der Mann ist vierzig Jahre alt, und es ist höchste Zeit, dass er erwachsen wird und Verantwortung übernimmt, bevor er alles verliert. Wenn seine über alle Maßen duldsame Frau ihn verlässt, hat er es allein sich selbst zuzuschreiben, und ich bin hundertprozentig auf ihrer Seite.«

Mariana lachte und zog sich ins kühle Hausinnere zurück. Sie hatte diese Argumente schon so oft gehört, dass sie sie auswendig kannte. Ramon war nun mal ein Freigeist, sie verstand ihn so, wie Helena es tat, glaubte sie zumindest.
Mariana ging in die Küche, um Estella, das junge Hausmädchen, über die zu erwartenden Gäste zu informieren.
Ramon war so begabt, dass es eine Sünde wäre, ihn einzuengen und seine kostbare Kreativität zu ersticken. Sie las all seine Bücher und Artikel immer wieder und war ungeheuer stolz, wenn Leute ihrer Begeisterung über Ramons Werke Ausdruck gaben. In Chile war er ein gefeierter Autor, und die Achtung, die man ihm zollte, hatte er verdient. »Ich weiß, ich bin seine Mutter«, pflegte Mariana sich ihrem Mann gegenüber zu äußern, »aber er schreibt einfach wundervoll.«
Estella war von der Siesta erwacht und hackte bereits das Gemüse fürs Abendessen, als Mariana in die Küche trat. Wie in den meisten Häusern der Reichen gehörte die Küche zum Wohnbereich des Dienstmädchens, der einschließlich Schlaf- und Badezimmer verborgen hinter dichten immergrünen Büschen und Bougainvillea hinter dem Haus angesiedelt war.
Estella war neu. Nachdem Consuelo, ihr Dienstmädchen über die letzten zwanzig Jahre hinweg, im vergangenen Sommer gestorben war, konnten sie sich glücklich schätzen, Estella über Freunde mit einem Sommerhaus im benachbarten Zapallar gefunden zu haben. Mariana hatte sie auf Anhieb gemocht. Während Consuelo zu alt geworden war, um noch gründlich saubermachen zu können, und zu griesgrämig, um mit Begeisterung zu kochen, hatte Estella sich sofort ans Werk gemacht, hatte mit dem Elan der Jugend, einem fröhlichen Lächeln und dem Wunsch zu gefallen, poliert, gefegt, geschrubbt und gelüftet. Sie war höflich und zurückhaltend und hatte eine rasche Auffassungsgabe, was unbedingt wichtig war, denn Ignacio war ungeduldig und pedantisch.
»Estella, mein Sohn Ramon kommt morgen gegen Mittag mit

seiner Frau und seinen beiden kleinen Kindern. Sorge bitte dafür, dass das blaue Gästezimmer und das daneben liegende bereitet werden, denn mein Sohn legt großen Wert auf genügend Platz. Die Kinder können sich einen Raum teilen; so haben sie auch mehr Spaß.«

»*Sí*, Señora Mariana«, antwortete das Mädchen gehorsam, bemüht, ihre Aufregung zu verbergen. Sie hatte unheimlich viel über Ramon Campione gehört, hatte sein Bild in den Zeitungen gesehen und sogar ein paar von seinen Artikeln gelesen. Die Poesie seiner Schilderungen hatte ihr Herz berührt, und sie sehnte eine Begegnung mit Ramon herbei.

Sie liebte es, im Haus umherzuschlendern und die Fotos auf Kaminsimsen und Tischen zu betrachten. Ramon sah so gut, so romantisch aus mit seinem langen schwarzen Haar, den wachen braunen Augen und dem Mund, der zu groß für sein Gesicht war und dennoch so anziehend wirkte. Sie hatte viel Zeit damit verbracht, das Glas zu polieren, das sein Gesicht schützte. Jetzt würde sie ihn kennen lernen, und sie konnte es kaum erwarten.

»Reibe Lavendel in die Laken, und ich möchte, dass du in allen drei Räumen Vasen mit frischen Blumen aufstellst. Vergiss um Himmels willen nicht die Blumen. Federica liebt die Natur. Sie ist ein liebes Mädchen. Saubere Handtücher, frisches Trinkwasser und Obst«, ordnete Mariana an, darauf bedacht, nicht die geringste Kleinigkeit außer Acht zu lassen.

»Wie lange werden sie bleiben, Señora Mariana?«, fragte Estella, bemüht, sich nicht durch das Zittern in ihrer Stimme zu verraten.

Mariana hob die Schultern. »Ich weiß es nicht, Estella. Zehn Tage, vielleicht auch etwas länger. Ich würde sie gern überreden, bis Neujahr hier zu bleiben, aber mein Sohn lässt sich nicht gern festnageln. Ramon lebt in den Tag hinein, er plant nie voraus«, erklärte sie stolz. »Eben noch ist er hier, und man denkt, er würde bleiben, und im nächsten Moment steht er auf und geht, einfach so. Und dann sehen und hören wir monatelang nichts von ihm. So hat ihn Gott geschaffen, und ich will mich nicht beklagen.«

»*Sí*, Señora Mariana«, sagte Estella.

»Meine Enkelkinder lieben *manjar blanco*, also sorge dafür, das genügend im Hause ist. Ich möchte sie nicht enttäuschen«, setzte sie hinzu, bevor sie hinausging.

Estella seufzte vor Glück. Sofort machte sie sich daran, die Zimmer herzurichten. Wie ein Tornado fegte sie durch den Raum für die Kinder, bezog die Betten mit echtem irischen Leinen, kehrte den Holzfußboden und wischte Staub.

Dem Eheschlafzimmer widmete sie noch mehr Sorgfalt. Sie parfümierte die Laken mit Lavendel und öffnete die Fensterläden, um die frische Brise vom Meer und das Gezwitscher der Vögel in den Eukalyptusbäumen einzulassen.

Als sie die Tür zu Ramons Zimmer öffnete, atmete sie tief ein, bevor sie das Bett mit langsamen, zärtlichen Bewegungen bezog und mit eleganten braunen Fingern die letzten Falten aus den Kissen strich. Sie stellte sich vor, wie er dort lag, zu ihr aufblickte und sie aufforderte, zu ihm zu kommen. Dann legte sie sich aufs Bett, schloss die Augen und atmete den berauschenden Duft der Tuberosen ein, die sie in einer Vase auf die Kommode gestellt hatte. Sie lächelte bei dem Gedanken, dass morgen vielleicht sein Kopf genau dort lag, wo jetzt der ihre lag, und dass er niemals erfahren würde, wie nah sie einander gewesen waren.

Sie hoffte, dass er recht lange blieb.

Ignacio senkte sein Buch und wälzte sich aus der Hängematte. Er fühlte sich schläfrig und lethargisch. Der Abend war kühl, die Schatten wurden schon lang, die Flut kroch am Strand hinauf wie ein nächtliches Raubtier.

Er stand auf der Terrasse, lehnte sich ans Geländer und blickte über die glatte Fläche des suggestiv seufzenden Meers hinweg. Ihm war unbehaglich. Sein wettergegerbtes Gesicht verzog sich besorgt, während er versuchte, die Wurzel seines Unbehagens zu finden. Das Licht war in ein warmes Orangerot übergegangen, während die Sonne hinter den Horizont sank, um an einem anderen Gestade wieder aufzugehen. Vielleicht war es die natürliche Melancholie des Sonnenuntergangs, die dieses Gefühl in ihm wachrief, überlegte er hoffnungsvoll. Doch er wusste, dass es eher mit seinem Sohn als mit der Natur zu tun hatte. Ignacio ahnte, dass nicht alles so war, wie es hätte sein sollen.

Mariana gesellte sich zu ihm und brachte ihm das allabendliche Glas Whisky mit Wasser. »Hier«, sagte sie und reichte es ihm. »Du bist so still heute Abend.« Sie lächelte ihn an.

»Ich bin müde«, erwiderte er und trank einen Schluck.

»Du hast zu lange gelesen.«

»Ja.«

»Es kann einen niederdrücken, wenn man so viel liest«, sagte sie freundlich und tätschelte seinen wettergegerbten braunen Arm.

»Ja«, wiederholte er.

»Aber morgen können Ramon und Helena und diese wunderbaren Kinder dich unterhalten.«

»Ich weiß«, pflichtete er ihr bei und nickte ernst.

»Ramon hat Fede ein Kästchen geschenkt, das einmal einer Inkaprinzessin gehört hat. Das sagt sie zumindest«, berichtete Mariana und sah zu, wie die Sonne flüssiges Gold auf dem Meer ausgoss.

»Das klingt nach einer von Ramons Geschichten.«

»Ja, nicht wahr?« Sie lachte leise. »Typisch Ramon. Ich staune immer wieder über seine lebhafte Phantasie.«

»So so, eine Inkaprinzessin.«

»Fede glaubt die Geschichte.«

»Aber natürlich, Mariana. Sie betet ihren Vater an«, sagte er und schüttelte den Kopf. »Sie betet ihn an, und er lässt sie einfach allein. Es ist eine Schande.«

»Also wirklich, Nacho. Bist du deswegen so still? Wegen Ramons Lebensweise? Die geht uns nun wirklich nichts an. Wenn

die beiden damit zurechtkommen, sollten du und ich uns deswegen keine Gedanken machen.«
»Aber kommen sie tatsächlich damit zurecht?«, fragte er und sah sie fest an. »Ich weiß es nicht. Ich habe so ein Gefühl in den Knochen.«
»Deine Knochen sind alt, Nacho. Mich wundert, dass sie überhaupt noch etwas fühlen.« Sie lächelte.
»Meine Knochen sind alt, Weib, aber sie sind genauso empfindlich wie eh und je. Magst du mit mir zum Strand gehen?«, fragte er plötzlich und leerte sein Glas.
Mariana sah ihn verwundert an. »Jetzt?«
»Natürlich. Wir Alten müssen das Eisen schmieden, solange es heiß ist. Vielleicht schlägt schon morgen unser letztes Stündchen.«
»Was für ein Unsinn, *mi amor*. Manchmal ist es wirklich deprimierend, mit dir zusammen zu sein. Aber natürlich, ich komme mit dir zum Strand. Wir ziehen die Schuhe aus, kriegen nasse Füße und halten Händchen wie früher.«
»Das würde mir sehr gefallen«, sagte er, nahm den Panamahut ab und küsste Marianas weiche Wange.
»Du alter Romantiker«, sagte sie und lachte über ihrer beider Albernheit. Sie waren zu alt für solche Spielchen.

Ramon brachte Federica zu Bett. Er bemerkte das Kästchen auf ihrem Nachttisch.
»Ich habe Angst, dass das Kästchen nicht mehr da ist, wenn ich aufwache«, sagte sie plötzlich und verzog sorgenvoll das Gesicht.
»Nicht doch, Fede, es ist ganz bestimmt noch da, wenn du aufwachst. Niemand nimmt es dir weg, während du schläfst. Ich verspreche es dir.«
»Es ist das Schönste, was ich je besessen habe, und ich will es nie verlieren, nie.«
»Wirst du ja auch nicht«, versicherte er und küsste sie auf die

Stirn. »Ist dir aufgefallen, dass Señora Baracas Hund heute Abend gar nicht bellt?«

»Er ist müde und glücklich, wie ich«, sagte sie und lächelte zu ihrem Vater auf.

»Er ist erschöpft.«

»Was machen wir morgen? Können wir ihn noch ausführen, bevor wir nach Cachagua fahren?«

»Aber natürlich«, sagte er und strich mit den Fingerspitzen über ihre Wange. »Wir können wieder mit ihm zum Strand gehen.«

»Señora Baraca tut mir Leid«, sagte Federica.

»Warum?«

»Weil sie so traurig ist.«

»Sie will traurig sein, Fede.«

»Wirklich?«

»Ja. Jeder Mensch hat die Wahl, kann entweder glücklich sein oder traurig.«

»Aber Mama hat gesagt, ihr Mann ist gestorben«, wandte sie ein.

»Mama hat Recht. Aber ihr Mann ist vor mehr als zehn Jahren gestorben, noch bevor du geboren wurdest. Das ist eine lange Zeit.«

»Aber Wanchuko war sein Leben lang traurig.«

»Ja. Aber er hätte nicht traurig sein müssen. Manchmal ist es besser weiterzugehen, statt in der Vergangenheit zu verweilen«, erklärte er. »Man sollte aus der Vergangenheit lernen und sie dann loslassen.«

»Was hätte Señora Baraca aus der Vergangenheit lernen sollen?«, fragte Federica gähnend.

»Dass sie mehr Zeit mit ihrem Hund verbringen sollte als mit der Trauer um ihren verstorbenen Mann. Meinst du nicht auch?« Er lachte.

»Ja«, sagte sie und schloss die Augen. Ramon beobachtete sie, als sie in die Welt der Prinzessinnen und der verzauberten Schmetterlinge hinüberglitt. In ihren langen Wimpern fing sich das Licht vom Flur her, was ihr eine überirdische Schönheit verlieh. Ihr Gesicht war lang und edel, großzügig und aufrichtig.

Ramons Kehle schnürte sich zu bei dem Gedanken, sie verlassen zu müssen, und wenn es ihn in seinem Entschluss auch nicht wankend machte, wurde er ihm doch ein wenig schwerer. Er beugte sich herab und küsste das Kind noch einmal auf die Stirn, spürte die samtige Haut an seinen trockenen Lippen. Er nahm den Duft ihrer Seife wahr und den sauberen Geruch ihres Haars. Am liebsten hätte er sie ganz fest in die Arme genommen, um sie vor der rauen Wirklichkeit einer Welt zu schützen, die ihr doch nur Enttäuschungen bringen würde.

Bevor Ramon zu Bett ging, schlich er in Hals Zimmer, um ihn im Schlaf zu betrachten. Seinem Sohn fühlte er sich nicht so nahe. Das Kind war erst vier Jahre alt und kannte ihn kaum. Hal hing mehr an seiner Mutter und beachtete seinen Vater kaum. Der Junge brauchte ihn nicht so, wie Federica ihn brauchte. Er sah, wie Hal im Schlaf am Daumen lutschte und seinen Plüschhasen an sich drückte. Hal sah aus, als verkörperte er alle Vorzüge eines Engels, als hätte Gott selbst ihn in dieses Bettchen gelegt. Seine Haut war makellos, seine Miene heiter und zufrieden. Ramon fuhr mit der rauen Hand über das Haar des Jungen. Hal bewegte sich und drehte sich auf die Seite, wachte aber nicht auf. Ramon verließ das Zimmer so leise, wie er gekommen war.

Trotz der warmen Nacht war es kalt im Bett. Helena schlief zusammengerollt auf der einen Seite und fiel fast von der Bettkante in ihrem Bemühen, Ramon nicht nahe zu kommen. Ramon lag auf dem Rücken und starrte auf das eisige Mondlicht, das über die Decke wanderte. Beide dachten nicht mehr an das fieberhafte Zwischenspiel am Nachmittag. Sie wollten es nicht. Helena wünschte sich, es wäre nie geschehen, und sie wurde schamrot, wenn sie nur daran dachte.

Sie spürte Ramon neben sich, nicht, weil er sich bewegt hatte, sondern weil die Atmosphäre so aufgeladen war. Es war, als läge eine dritte Person zwischen ihr und ihm. Helena traute sich nicht, sich zu bewegen oder ein Geräusch von sich zu geben, und atmete deshalb ganz flach und lag starr da, wie eine Leiche. Als der Schlaf sie schließlich doch übermannte, war er unruhig und seicht. Helena träumte von ihrer Ankunft in Cornwall, wo sie den Weg nach Polperro nicht fand. Ramon träumte, er stünde am Strand, während Federica draußen im Meer ertrank. Er tat nichts, um sie zu retten.

Fünf

Als Federica erwachte, sah sie zu ihrer Enttäuschung dichten grauen Seenebel vor ihrem Fenster, der die Sonne verdeckte und die Vogelstimmen auslöschte. Es war kühl und feucht. Ihre Mutter sagte immer, der Seenebel würde von der Hitze in Santiago landeinwärts gesogen. Wenn es in der Hauptstadt sehr heiß war, dann herrschte in Viña Nebel.
Federica hasste den Nebel. Er war so deprimierend. Doch dann vergaß sie das trübe Wetter und stellte sich das Schmetterlingskästchen auf den Schoß. Sie öffnete es, bewegte es hin und her, fuhr mit den Fingern über die Steine und freute sich, dass das Licht immer noch da war und die schimmernden Flügel zum Zittern und Beben brachte.
So fand ihre Mutter sie vor, völlig versunken in Ramons zauberhafte Scheinwelt, irgendwo bei einer Prinzessin in den Bergen von Peru.
Helena hatte kaum geschlafen. So fühlte sie sich zumindest. Sie spürte einen unangenehmen Druck im Kopf und hoffte, dass die Schmerztabletten, die sie eingenommen hatten, schnell Wirkung zeigten. Barfuß, im Bademantel trat sie in Federicas Zimmer, gefolgt von Hal, der schon angezogen war und mit seiner neuen Eisenbahn spielte.
Federica bemerkte ihre Blässe und die umschatteten Augen sofort und fragte, ob ihr etwas fehlte.
»Mir geht's gut, danke, mein Schatz«, antwortete Helena und lächelte gequält. Ihre Augen lächelten aber nicht mit, sondern blieben stumpf und ausdruckslos. Federica runzelte die Stirn und klappte das Kästchen zu.

»Du siehst krank aus, Mama. Soll ich dir Frühstück machen? Wo ist Papa?«, fragte sie und sprang aus dem Bett.

»Papa schläft noch. Weck ihn lieber nicht auf. Zieh doch deinen Bademantel an, dann machen wir das Frühstück zusammen«, schlug sie vor und tätschelte Hals Kopf, als er, Eisenbahngeräusche ausstoßend, an ihr vorbeidrängte.

Federica schlüpfte in ihren Bademantel und überlegte, ob ihr Vater sich wohl an sein Versprechen, mit ihr und Rasta zum Strand zu gehen, erinnern würde. Hoffentlich wachte er bald auf und verbrachte nicht, wie so oft, den ganzen Vormittag im Bett.

Leichtfüßig hüpfte sie die Treppe hinunter, durch die Eingangshalle und in die Küche. Hal hockte auf dem Boden und ließ seine Eisenbahn über die Terrakottafliesen fahren, unter dem Tisch und den Stühlen hindurch, und dabei redete er mit sich selbst und imitierte die Geräusche der Lok.

Federica half ihrer Mutter, den Tisch im Speisezimmer zu decken. Wenn ihr Vater zu Hause war, nahmen sie die Mahlzeiten nicht nach englischer Sitte in der Küche ein, sondern nach chilenischer im Speisezimmer.

Um zehn würde Lidia kommen, um zu putzen und das Mittagessen zu bereiten. Ramon betrat die Küche höchst selten. Er war mit Personal großgeworden, im Gegensatz zu Helena, die sich an die heimische Küche als das Herzstück des Hauses erinnerte.

Ramon fand sich beim Aufwachen allein in dem fremden Bett wieder. Es dauerte eine Weile, bis er wieder wusste, wo er war, und bis das niederdrückende Wissen um die Unzufriedenheit seiner Frau wiederkehrte. Er blickte zum Fenster, wo sich die Vorhänge im kalten Wind vom Pazifik her blähten.

Ramon hatte keine Lust aufzustehen. Er hätte sich am liebsten die Bettdecke über den Kopf gezogen und sich vorgestellt, weit fort zu sein, über den Wolken und über dem Nebel und der Traurigkeit, die das Haus erfüllte. Mutlos lag er da und wehrte sich gegen den Drang aufzustehen, seine Sachen zu packen und abzureisen.

Dann hörte er die leisen Schritte seiner Tochter. Die Mutlosigkeit machte Schuldgefühlen Platz, und er lugte unter der Bettdecke hervor.
»Bist du wach, Papa?«, fragte Federica. Er sah ihr erwartungsvolles Gesicht näher kommen, die großen blauen Augen hoffnungsvoll auf ihn gerichtet. Sie ging auf Zehenspitzen, um ihn nicht zu wecken, falls er noch schliefe. Wie ein scheues Reh, das nicht wusste, ob mit Freund oder Feind zu rechnen war, näherte sie sich dem Bett.
Ramon schlug die Bettdecke zurück, damit sie sah, dass er nicht mehr schlief. Ihre Miene hellte sich auf, sie lächelte freudig. »Ich habe dir Frühstück gemacht, Papa«, sagte sie stolz. »Gehen wir zum Strand, obwohl es neblig ist?«
»Wir können jetzt gleich zum Strand gehen«, sagte er. Seine Stimmung hob sich angesichts der Aussicht, aus dem Haus zu kommen. »Wir nehmen Rasta mit. Das würde dir doch Spaß machen, oder? Und dann fahren wir nach Cachagua.«
»Mama sagt, bis wir in Cachagua ankommen, scheint die Sonne«, bemerkte sie und hüpfte ungeduldig von einem Fuß auf den anderen.
Nach dem Frühstück nahm Ramon Federica bei der Hand und führte sie die Straße entlang zum Strand. In der anderen Hand hielt er Rastas Leine. Federica war es längst egal, ob es neblig war oder die Sonne schien. Sie war mit ihrem Vater zusammen, war allein mit ihm. Sie fühlte sich bevorzugt und geliebt und drückte das Schmetterlingskästchen fest an sich.
Sie zogen die Schuhe aus, und neben Ramons großen braunen Füßen wirkten Federicas noch kleiner, rosiger und verletzlicher. Zusammen gingen sie am Strand entlang und ließen das Wasser über ihre Füße schäumen. Ramon erzählte seiner Tochter Geschichten von den Orten, die er gesehen, von den Menschen, die er getroffen hatte, und Federica lauschte gebannt und bettelte um immer neue Geschichten, bis sie schließlich auf der Küstenstraße durch den Nebel nach Cachagua fuhren.

Mariana und Ignacio frühstückten im Speisezimmer, da es draußen auf der Terrasse wegen des Seenebels zu ungemütlich war. Als Estella mit Kaffee und Toast eintrat, in ihrer adretten blauen Uniform, das schwarze, glänzende Haar offen, bemerkte Mariana, dass sie irgendwie verändert war, und äußerte etwas in der Richtung zu ihrem Mann.

»Sieht aus wie immer«, sagte er und blickte über seine Brille hinweg, um das Mädchen genauer in Augenschein zu nehmen. »Wie immer«, wiederholte er und wandte sich wieder seinem Kreuzworträtsel zu.

Mariana beobachtete Estella, als sie den Kaffee einschenkte. Sie sah ganz eindeutig verändert aus. Ihr Haar war es nicht, sie trug es häufig offen. Es war etwas in ihrem Gesicht. Sie trug mehr Make-up als sonst. Ihre Wangen waren rosig, ihre Augen glänzten wie nasse Kiesel. Sie duftete nach Seife und Rosen, und ihre Haut schimmerte von dem Öl, mit dem sie sich eingerieben hatte. Mariana lächelte und fragte sich, warum sie sich wohl so schön gemacht hatte.

»Ich glaube, sie hat einen Freund in Cachagua«, sagte sie zu Ignacio, den das Privatleben des Dienstmädchens wenig interessierte. »Ja, sie wird einen Kavalier haben, Nacho. Wer mag er wohl sein?«, überlegte sie und rieb sich mit den nervigen braunen Fingern das Kinn.

Estella bemerkte, dass Mariana sie mit wissendem Blick beobachtete, und wurde rot. Nervös lächelte sie und wandte sich ab, voller Angst, dass Señora Mariana den Grund für ihr Erröten ahnen könnte.

Gegen Mittag war der Himmel herrlich blau; die sengende Dezembersonne hatte auch das letzte Restchen Nebel verbrannt. Mariana saß im Schatten auf der Terrasse, arbeitete schweigend an ihrer Stickerei und wartete auf das Motorengeräusch, während Ignacio im Haus Briefe schrieb. Sie hatte die Gästezimmer überprüft und war sehr zufrieden mit dem neuen Mädchen, das jede ihrer Anordnungen ausgeführt und nichts vergessen hatte.

Es gefiel ihr, dass Estella Eigeninitiative bewies. Ungefragt tat sie immer ein bisschen mehr als nötig. Mariana ließ den Blick über die Terrasse wandern, über die schattenspendenen Topfpflanzen und Palmen, und stellte fest, dass jemand sie gegossen hatte. Sie hatte Estella nicht darum gebeten; sie hatte es unaufgefordert getan. Das nenne ich Eigeninitiative, dachte Mariana zufrieden.

Estellas Hände schwitzten vor Nervosität. Sie lehnte sich rücklings gegen die Spüle und strich ihre hellblaue Uniform glatt. Sie hörte aufgeregte Kinderstimmen, das perlende Lachen Señora Marianas, als sie die Enkel an sich drückte und ihre begeisterten Gesichtchen küsste, dann die tiefe, heisere Stimme Don Ignacios. Sie lauschte angespannt auf die Stimme Ramon Campiones, doch die ging im Geplauder der Erwachsenen unter.
Federica hüpfte auf die Terrasse und zeigte ihrer Großmutter das Kästchen. Helena ermahnte sie sanft, sich zu gedulden, später würde *Abuelita* alle Zeit der Welt für sie haben, doch zuerst müsse sie mit Papa reden. Gehorsam zog sich Federica in die Hängematte zurück, wo sie sich zusammenrollte wie ein Hündchen und ihre Eltern und Großeltern beim Gespräch beobachtete. Hal saß auf Helenas Schoß und schob seine Eisenbahn auf dem Tisch hin und her. Nach einer Weile hatte Federica keine Lust mehr zu warten und öffnete das Kästchen, um einen Blick in ihre heimliche Zauberwelt zu tun.
»Wie lange bleibt ihr?«, fragte Ignacio unverblümt. Die Ungeduld im Blick seines Sohnes war ihm nicht entgangen. Ramon hob die Schultern und blickte warnend zur Hängematte hinüber. Federica hörte nicht mehr zu.
»Ich weiß nicht«, sagte er.
»Ihr bleibt doch über Weihnachten?«, fragte Mariana. »Ihr werdet doch wohl nicht schon vor dem Fest wieder abreisen?«, fügte sie in vorwegnehmender Empörung hinzu.
»Aber nein«, antwortete Helena und lächelte gepresst.

»Dann bleibt doch gleich bis Neujahr! Ich weiß noch nicht, wer kommt, wahrscheinlich Felipe und Maria Lucia und Ricardo und Antonella. Mir sagt ja keiner was, ihr taucht ja alle immer hier auf, wann es euch passt.« Sie tat so, als wollte sie sich beklagen, lachte dabei aber glücklich.

Ramon sah Helena an, doch ihre Kunst der stillschweigenden Verständigung war ihnen zusammen mit der Intimität schon lange abhanden gekommen.

»Gern«, antwortete Helena in Gedanken an die Kinder und die zusätzliche Woche mit ihrem Vater, die sie dadurch gewinnen würden. Nach Neujahr würden sie dann nach England zurückkehren. Ein neues Jahr und ein Neubeginn, dachte sie und seufzte schwer. Mariana bemerkte die Anspannung zwischen ihrem Sohn und Helena, und ihr Optimismus litt ein wenig. Sie warf einen Blick auf ihren Mann, der ihre Gedanken ahnte, ohne sie auch nur anzusehen.

»Gut«, sagte sie und nickte ernst.

In diesem Moment, als sich gerade ein verlegenes Schweigen breit machen wollte, erschien Estella mit einem Tablett voller *pisco sour* auf der Terrasse. Sie richtete den Blick fest auf den Boden vor ihren Füßen, aus Angst, sie könnte sonst stolpern und sich lächerlich machen. Ramon sprang auf, um ihr das Tablett abzunehmen.

»Achtung, das ist schwer«, sagte er und ergriff das Tablett.

Sie sah ihn unter dichten dunklen Wimpern hervor an und erwiderte mit einer Stimme wie weiche Schokolade: »Danke, Don Ramon.«

Er lächelte sie an. Sie spürte ein flaues Gefühl im Magen; ihre Wangen glühten, und sie senkte den Blick. Ihr Gesicht war so glatt, so unschuldig und großzügig, dass Ramon den Drang verspürte, es eingehender zu betrachten. Doch seine Frau und seine Eltern beobachteten die Szene. Voller Bedauern löste er den Blick von ihr, drehte sich um und stellte das Tablett auf den Tisch. Als er sich noch einmal umwandte, war das Mädchen im

Haus verschwunden und hatte nur einen schwachen Rosenduft zurückgelassen.
Ramon schenkte den traditionellen chilenischen Drink aus Zitronen und *pisco* ein und verteilte die Gläser. Als er seinen Platz wieder eingenommen hatte, kam das Mädchen mit zwei Bechern Orangensaft für die Kinder zurück.
»Estella ist neu«, sagte Mariana leise. »Sie ist wunderbar. Erinnerst du dich an Consuelo?«, fragte sie. Ramon nickte geistesabwesend und behielt verstohlen die junge Frau im Auge. »Nun, die liebe Consuelo ist im letzten Sommer gestorben. Ich wusste nicht mehr ein noch aus, stimmt's, Nacho? Ich hatte keine Ahnung, wie ich ein neues Mädchen finden sollte.«
»Und wo hast du sie dann schließlich gefunden?«, fragte Helena, froh, dass das Gespräch wieder in Gang gekommen war.
»Tja, die Mendozas, die ein Sommerhaus in Zapallar besitzen, haben sie gefunden. Sie ist die Nichte ihres Mädchens Esperanza. Des Mädchens, das so furchtbar schielt«, erklärte sie und fügte hinzu: »Die arme alte Esperanza.«
»Du bist also mit Estella zufrieden?«, fragte Helena, strich ihrem Sohn das Haar aus der Stirn und küsste ihn zärtlich.
»Sehr sogar. Sie ist tüchtig und arbeitsam und macht überhaupt keinen Ärger.«
»Im Gegensatz zu Lidia.« Helena lachte. »Lidia hat immer irgendetwas. Wenn es der Rücken nicht ist, dann ist es der Bauch, oder ihre Füße oder Knöchel schwellen wegen der Hitze an. Sie kann kaum laufen, geschweige denn sauber machen. Die liebe Federica erledigt das dann immer alles.«
»Nicht doch!«, rief Ignacio empört aus.
»Tja, sie tut das gern«, erklärte Helena hastig.
»Sieht ganz so aus«, kam Ramon ihr zur Hilfe. »Helena ist eine gute Mutter, Papa«, fügte er hinzu und sah seine Frau an, in der Hoffnung, ein Lächeln zu ernten. Doch sie schwieg, als hätte sie ihn gar nicht gehört.
»Natürlich«, bestätigte Mariana. »Fede, komm, zeig mir mal

dein hübsches Kästchen«, rief sie ihrer Enkelin zu, die sich aus der Hängematte rollte und eilig zu ihr kam.
»Ich möchte es auch sehen.« Ignacio zog das Kind auf seinen Schoß.
Federica stellte das Kästchen auf den Tisch. »Es hat einmal einer Inkaprinzessin gehört«, sagte sie ernst. Dann legte sie eine effektvolle Pause ein, bevor sie langsam den Deckel hob. Zu ihrem Entzücken sog ihr Großvater scharf den Atem ein und zog das Kästchen näher zu sich heran, um es genauer zu betrachten. Er rückte seine Brille zurecht und blickte hinein.
»*Por Dios*, Ramon, wo hast du denn diese Kostbarkeit gefunden? Das Kästchen dürfte ein Vermögen wert sein.«
»Ich habe es in Peru geschenkt bekommen«, antwortete er. Federica schauderte vor Stolz.
»So, in Peru?« Er strich mit den Fingern über die Steine.
»Es ist ein Zauberkästchen, Abuelito«, sagte Federica.
»Das sehe ich wohl«, erwiderte Ignacio. »Hier, Weib, schau dir das an. Es ist umwerfend.« Er schob Mariana das Kästchen zu.
Helena hatte Gewissensbisse, weil sie Ramons Geschenk an Federica kaum Beachtung geschenkt hatte.
»Liebling, das ist wundervoll«, sagte Mariana staunend.
»Wenn man das Kästchen bewegt, bewegen sich auch die Flügel. Schau!« Federica holte sich das Kästchen zurück und neigte es von einer Seite zur anderen. Alle blickten voller Bewunderung ins Innere.
»Liebling, du hast Recht«, sagte Mariana und schüttelte fassungslos den Kopf. »So etwas habe ich noch nie gesehen.«
»Papa, darf ich ihnen die Geschichte erzählen?«
Ramon nickte, und Federica begann mit glänzenden Augen, die Sage vom Schmetterlingskästchen zu erzählen. Alle hörten schweigend zu.
Ungesehen stand Estella hinter den Fenstertüren und sah, wie Ramon seine Tochter mit großer Zärtlichkeit anlächelte. Er sah noch besser aus als auf den Fotos, und seine Ausstrahlung

erfüllte das Haus und überwältigte sie. Sie stand im Schatten, still wie eine Marmorstatue, und betrachtete ihn, während ihre Gedanken ins Reich der Phantasie abdrifteten.

Nach dem Abendessen, als die Kinder zu Bett gegangen waren, gingen Ignacio und Ramon, ihren Drink in der Hand, zum Strand. Der Himmel war mit Sternen gespickt, der Mond hing schwerelos über dem Meer und goss seinen Glanz darüber aus. Zunächst redeten sie über Belanglosigkeiten. Über Ramons neuestes Buch und seine jüngsten Abenteuer. Dann leerte sein Vater das Glas und blieb vor Ramon stehen.

»Was ist los, mein Sohn?«, fragte er ohne Umschweife.

Ramon schwieg eine Weile. Er wusste es eigentlich auch nicht so genau. »Sie wird mich verlassen, Papa«, sagte er dann.

»Dich verlassen?«, wiederholte Ignacio ungläubig.

»Ja.«

»Warum?«

»Sie liebt mich nicht mehr.«

»Was für ein Unsinn!«, knurrte er. »Sie bettelt geradezu um Aufmerksamkeit, das sieht doch ein Blinder. Was noch?«, wollte er wissen.

Ramon scharrte im Sand, häufte mit den Zehen kleine Türmchen auf. »Ich bin nie für sie da.«

»Ich verstehe.«

»Sie will, dass ich mich ändere.«

»Warum tust du's nicht?«

»Ich kann nicht.«

»Du bist zu egoistisch«, bemerkte sein Vater finster. »Und die Kinder?«

Ramon hob die Schultern.

»Du liebst sie doch, oder?«

»Ja, aber ...«

»Aber! Wenn es um die Kinder geht, gibt es kein ›Aber‹, mein Sohn. Sie brauchen dich.«

»Ich weiß. Aber ich kann ihnen nicht das sein, was sie sich wünschen.«
»Warum nicht?«
»Weil ich niemals ein Familienvater sein werde, Papa. Ich bin dafür nicht geschaffen. In dem Moment, wenn ich nach Hause komme, möchte ich schon wieder abreisen. Ich habe dann so ein Gefühl im Bauch. Ich muss ständig unterwegs sein. Ich muss frei sein. Ich lasse mich nicht anbinden.« Seine Stimme versagte.
»Werde endlich erwachsen, Ramon, um Gottes willen«, sagte Ignacio ungeduldig. Ramon straffte sich. Er fühlte sich wieder wie ein kleiner Junge, der von seinem Vater zurechtgewiesen wird. Beide standen schweigend da und sahen einander im Zwielicht an. Dann schlugen sie den Weg zum Haus wieder ein, ein jeder allein mit seinen Gedanken. Es gab nichts mehr zu sagen. Ramon sah keine Möglichkeit, sein klaustrophobisches Gefühl zu erklären, und Ignacio wusste, dass sein Rat nicht gefragt war.

Helena war erleichtert, als Ramon anbot, im Nebenzimmer zu schlafen. Sie lächelte ihn dankbar an. Das Gespräch mit seinem Vater erwähnte er nicht. Helena war ja nicht mehr seine Verbündete. Sie waren Fremde. Höflich, distanziert, misstrauisch.
Ramon schlüpfte ins Bett. Es duftete nach Lavendel und Tuberosen, und er dachte an Estella. Er stellte sich ihre Hände vor, die sein Bett richteten und die Blumen in die Vase ordneten. Es hatte keinen Sinn, sein Verlangen zu unterdrücken, wie er es früher getan hätte, bevor der Ehebruch schließlich zur Gewohnheit geworden war. Früher hatte er keine Frau außer Helena begehrt. Sie hatte ihn geliebt, wie seiner Meinung nach keine andere Frau ihn lieben würde. Wenn er die Augen schloss, war sie immer bei ihm, doch später dann schloss er die Augen, damit eine andere, irgendeine andere bei ihm war.
Jetzt schloss er die Augen und dachte an Estella. An ihren schüchternen Gesichtsausdruck, scheu und gleichzeitig doch

frech. An ihre bebenden Lippen, die nach Küssen verlangten, an ihre schimmernde Haut, die das in ihrem Inneren brennende Begehren nicht verbergen konnte. Er fragte sich, wo sie wohl schlafen mochte und ob es sie überraschen würde, wenn er plötzlich vor ihrer Tür stünde. Fast wäre er aus dem Bett gestiegen, um sie zu suchen, doch er enthielt sich vorsichtig solcher Unverfrorenheit. Wenn er auf Reisen war, allein mit seinen Geheimnissen, war nichts dagegen einzuwenden. Hier, im Haus seiner Eltern, wäre es jedoch nicht in Ordnung. Er seufzte und wälzte sich auf den Rücken. Durch die Ritzen der Fensterläden drang eine kühle Brise ins Zimmer, und trotzdem war ihm heiß, und seine Lenden schmerzten vor Verlangen.

Er tat etwas völlig Verrücktes. Er stand auf und ging hinunter an den Strand. Im silbrigen Licht legte er das Handtuch ab und watete nackt ins Wasser. Die Kälte betäubte seine Sinne, und er rang nach Luft. Er schwamm hinaus, bis er keinen Grund mehr unter den Füßen hatte und sein Körper so durchgekühlt war, dass er kein Verlangen mehr empfand. Er drehte sich auf den Rücken, balancierte seinen Körper mit ausgestreckten Armen aus und paddelte gemächlich mit den Händen. Er blickte hinauf in den tintenblauen Himmel und fragte sich, was wohl jenseits der Sterne liegen mochte. Er ließ sich mit der Strömung treiben, bis er die Demütigung in den Worten seines Vaters nicht mehr spürte. In der Stille seines nassen Betts wurde ihm alles gleichgültig. Sein Verstand war betäubt, sein Herz kalt und gefühllos.

Als er sich schließlich wieder aufrichtete, sah er, dass er viel weiter als vermutet hinausgetrieben war. Erschrocken schwamm er zurück an den Strand, erfüllt von Geschichten aus seiner Kindheit über Männer, die aufs Meer hinausgetrieben und ertrunken waren. Als er wieder Boden unter den Füßen hatte, beruhigte sich sein Puls, und er watete zurück an den Strand, dankbar, am Leben zu sein.

Estella stand auf der Terrasse und hielt besorgt Ausschau nach Don Ramon, der im Meer verschwunden war. Sie hatte nicht schlafen können mit dem Wissen, dass er unter demselben Dach schlief wie sie. Ihr Körper bebte vor unkontrollierbarer Sehnsucht. Deshalb war sie hinaus auf die Terrasse gegangen, um frische Luft zu schöpfen und einen klaren Kopf zu bekommen. Und da hatte sie ihn am Strand gesehen, wie er sein Handtuch fallen ließ und nackt ins Wasser watete.

Sie musste sich am Geländer festhalten, um ihm nicht nachzulaufen und ihm zu sagen, was sie für ihn empfand. Doch dann waren die Minuten verstrichen, und er kam nicht zurück. Sie wusste von Menschen, die in diesem kalten Wasser ertrunken waren, und ihr Magen verkrampfte sich bei dem Gedanken, dass es ihm genauso ergehen könnte.

Zu ihrer maßlosen Erleichterung entdeckte sie dann seine dunkle Gestalt, die aus dem Wasser stieg. Er lebte. Er war in Sicherheit. Sie konnte wieder atmen.

Im Schutz der Dunkelheit beobachtete sie, wie er sein Handtuch aufhob und sich flüchtig trockenrieb. Das Handtuch lässig über den Nacken geworfen, ging er dann zurück zum Haus. Sie drückte sich an die Wand, als er sich näherte. Sie konnte nicht anders, sie musste ihm entgegensehen, als er auf sie zukam, ohne zu wissen, dass sie seinen nackten Körper wie im Fieber mit Blicken verschlang.

Als er im Haus verschwunden war, ließ Estella sich auf den Holzboden sinken und schlug die Hände vors Gesicht. Sie war im Begriff, verrückt zu werden. Was sollte er von ihr denken?

Als Ramon wieder zwischen die Laken schlüpfte, fühlte er sich erfrischt und bedeutend ruhiger. Er schloss die Augen und lauschte, während sein Herzschlag sich verlangsamte und sein Atem schwer und schläfrig wurde.

Genauso aufgewühlt wie zuvor suchte Estella ihr Zimmer wieder auf und warf sich, geschüttelt von fiebrigen Gedanken an ihn, auf ihr Bett.

Sechs

Am nächsten Morgen erwachte Ramon vom Lärm der Kinder, die draußen spielten. Er lag da und blickte auf die Fensterläden, auf die Lichtstreifen, die durch die Ritzen im Holz auf seinen Körper fielen. Er dachte an Estella, und die Gedanken bewirkten, dass er voller Tatkraft aus dem Bett stieg. Er öffnete die Läden und hörte Federicas aufgeregte Stimme auf der Terrasse und den ruhigen, nachsichtigen Tonfall seiner Mutter. Nachdem er Shorts und ein Hemd angezogen hatte, trat er barfuß hinaus auf den sonnendurchfluteten Flur. Da der Rest der Familie sich anscheinend draußen aufhielt, stahl er sich in die Küche, in der Hoffnung, dort Estella zu treffen. Er wurde enttäuscht.

In der Küche war es still und dämmrig. Estella war dort gewesen, denn auf dem Tisch stand das Brot, und auf der Anrichte lag in säuberlichen Häufchen geputztes Gemüse.

Ramon roch den Duft von Rosen, durchsetzt mit etwas, das einzig zu Estella gehörte. Wie ein Tier nahm er Witterung auf. Er wartete, doch sie kam nicht. Enttäuscht ging er hinüber ins Wohnzimmer und folgte ihrem Duft, der zunehmend deutlicher wurde, und er wusste, dass sie sich in der Nähe aufhielt. Das Jagdfieber beschleunigte seinen Puls.

»*Buenos días*, Don Ramon«, ertönte eine Stimme hinter ihm. Er drehte sich zu ihr um. Estella hatte sich niedergehockt, um die Platte zu wechseln. Ramon sah ihren bloßen Oberschenkel und ihren schön geformten Knöchel. Er spürte den Drang, sie zu berühren.

»*Buenos días*, Estella«, antwortete er. Ihre Wangen färbten sich hochrot, als er ihren Namen aussprach. Er lächelte sie an, bis sie sich unter dem Druck seines Blicks abwandte. Mit zitternder Hand setzte sie die Nadel auf die sich drehende Schallplatte. Cat Stevens' Stimme erfüllte das Zimmer. »Kannst du tanzen, Estella?«, fragte Ramon. Verlegen richtete sie sich auf.

»Nein, Señor«, antwortete sie und blickte ihn unter ihren langen Wimpern hervor nervös an.

»Ich tanze für mein Leben gern«, sagte er, wiegte sich, getragen von der Leichtigkeit in seinem Herzen, im Takt der Musik. Estella lächelte. Wenn sie lächelte, wurde ihr ganzes Gesicht lebendig. Ihre Zähne blitzten weiß im Kontrast zur Milchschokoladenfarbe ihres Gesichts. Ihr seidiges schwarzes Haar war aus dem Gesicht gestrichen und zu einem dicken Zopf geflochten, der ihr lang über den Rücken fiel. Mit unsicherer Hand wischte sie ein Strähnchen, das sich gelöst hatte, hinters Ohr. Er beobachtete jede ihrer Bewegungen, und sie spürte seine Blicke und errötete. »Gefällt es dir bei uns?«, fragte er in dem Versuch, sie in ein Gespräch zu ziehen.

»*Sí*, Don Ramon.«

»Meine Mutter sagt, du machst deine Arbeit sehr gut.«

»Danke«, antwortete sie und lächelte wieder.

Er fühlte sich plötzlich entwaffnet durch den Charme ihres strahlenden Gesichts. »Du bist wunderschön, wenn du lächelst«, sagte er impulsiv.

Sie erkannte das Verlangen in seiner Stimme und schauderte, wohl wissend, dass sie ihr eigenes Verlangen ebenso wenig verbergen konnte.

»*Gracias*, Don Ramon«, sagte sie heiser und senkte den Blick, der fiebrig glänzte, wenn sie die Wimpern hob.

»Bist du verantwortlich für den Lavendelduft in meinem Zimmer, und für die Blumen?«

»*Sí*, Señor«, erwiderte sie atemlos. Er war ihr so nahe, dass sie ihn hätte berühren können, und es nahm ihr den Atem.

»Sie sind wunderschön. Danke.« Er sah ihr Zögern, ihre Unentschlossenheit, ob sie gehen oder bleiben sollte, während sie genau wusste, dass sie eilends in die Küche flüchten sollte. Doch sie konnte sich nicht losreißen. Sie fuhr mit der Zunge über ihre trockenen Lippen. Er trat näher heran. Sie hielt den Atem an und sah ihm erschrocken in die Augen.

»Du findest mich anziehend, nicht wahr?«, fragte er leise und roch ihren Schweiß.

»Ja, Don Ramon, ich finde Sie anziehend«, flüsterte sie und schluckte heftig.

»Ich möchte dich küssen, Estella. Ich möchte dich so gern küssen«, sagte er und kam ihr noch näher. Die Stimmen auf der Terrasse wie auch das Dröhnen der Brandung traten in den Hintergrund. Es gab nur noch ihn und Estella und die traurige Melodie von Cat Stevens' ›Oh baby, baby, it's a wild world‹ von der zerkratzten LP hinter ihnen.

»Papa, gehen wir jetzt bald an den Strand?«, fragte Federica, die hüpfend ins Wohnzimmer kam und erfreut feststellte, dass ihr Vater endlich aufgestanden und angekleidet war. Ramon erstarrte. Estellas Schultern verspannten sich, sie drehte sich mit der Anmut eines Panthers um und huschte zurück in den kühlen Schutz der Küche, wo sie sich an den Tisch lehnte und sich mit ihrem Kochbuch Luft zufächelte.

Ihr Herz flatterte wie ein aufgeschrecktes Vögelchen, ihre Beine zitterten. Es freute sie maßlos, dass Ramon sie begehrte, und gleichzeitig hatte sie Angst, denn sie durfte doch nicht mit einem verheirateten Mann schlafen, dessen Frau und Kinder sich unter demselben Dach aufhielten. Sie wusste, dass es sie ihren Job kosten konnte. Und sie wusste auch, dass lediglich die Lust ihn trieb, dass er mit ihr schlafen und sie dann fallen lassen würde, um in sein Ehebett zurückzukehren. Doch es war ihr gleichgültig. Eine Nacht, betete sie, Gott, gib mir eine Nacht mit ihm, dann will ich nie mehr sündigen. Sie konnte nicht anders. Sie hatte nicht die Kraft zu widerstehen. Sie beugte sich über den

Tisch und hackte Gemüse, um ihre vibrierenden Nerven zu beruhigen.

Widerwillig folgte Ramon seiner Tochter hinaus auf die Terrasse und setzte sich an den Tisch, froh, auf diese Weise seine Erregung verbergen zu können, die drängend seine Shorts ausbeulte. Er schenkte sich Kaffee ein und bestrich eine Scheibe Toast mit Butter. Helena saß mit seiner Mutter und Hal am anderen Ende der Terrasse. Sie wirkte zufriedener und entspannter, doch Ramon bemerkte es nicht. Er sah nur Estella und konnte an nichts anderes denken als daran, wie er es bewerkstelligen könnte, mit ihr zu schlafen.

Federica saß auf dem Stuhl neben ihm und baumelte ungeduldig mit den Beinen. Sie stellte das Kästchen vor sich auf den Tisch, öffnete es, schloss es wieder, drehte es um und neigte es auf die Seite, doch Ramon war zu abgelenkt, um ihr die geforderte Beachtung schenken zu können.

»Guten Morgen, mein Sohn«, sagte Ignacio, der, den Panamahut auf dem Kopf, in lässigen elfenbeinfarbenen Hosen und einem kurzärmligen himmelblauen Hemd, auf die Terrasse trat. »Ich habe mir gedacht, wir könnten heute zum Mittagessen nach Zapallar und dann weiter nach Papudo fahren. Ich kenne hier nämlich jemanden, der liebend gern auf einem Pony reiten möchte«, sagte er und lachte leise, als Federica vom Stuhl sprang und zu ihm lief.

»Ja, bitte!«, rief sie und schlang die Arme um seine Hüften. Ignacio tätschelte ihr weißblondes Haar und setzte den Hut ab, um sich damit Kühlung zuzufächeln. Es war heiß und schwül, und es duftete nach den Eukalyptusbäumen.

»Was für eine hübsche Idee, Nacho«, sagte Mariana. »Die Kinder würden sich bestimmt freuen. Du möchtest doch sicher gern ein Eis, nicht wahr, Hal?«, wandte sie sich an Hal, der sich mit einer Kiste voller Spielzeug beschäftigte. Er nickte nur knapp und konzentrierte sich wieder auf sein Spiel.

»Ich will mit Fede zum Strand«, sagte Ramon, der nicht beab-

sichtigte, zum Mittagessen nach Zapallar zu fahren. Er wollte den Nachmittag mit Estella im Bett verbringen.
»Ich komme mit, Ramon«, sagte Mariana. »Ein Spaziergang wird mir gut tun. Darf ich dich allein lassen, Helena?«, fragte sie.
Helena nickte lächelnd. »Ich habe ja Hal, danke.« Sie hoffte, dass Ramon seinen Eltern von ihren Plänen berichtete, denn sie brachte wahrscheinlich nicht den Mut auf, es selbst zu tun. Sie sah ihnen nach, als sie ins Haus gingen.
Helena hatte gut geschlafen und war guter Laune aufgewacht. Das Haus war heiter und kühl und beherbergte nichts von der Anspannung, die daheim in Viña herrschte. Hier fühlte sie sich befreit, sie und Ramon hatten getrennte Schlafzimmer. Ramon wirkte in der Gegenwart seiner Eltern nicht so groß und bedrückend wie sonst. Sie lehnte sich in ihrem Sessel zurück und dachte an Polperro.
Ramon und Mariana schlenderten am Strand entlang, während Federica sprang und hüpfte und mit den Wellen auf dem Sand Fangen spielte. Es war noch zu früh für die Menschen, die später den Strand mit Handtüchern und eingeölten Leibern füllen würden; noch hatten sie ihn für sich allein.
»Ich freue mich so, dass du gekommen bist, Ramon«, erklärte Mariana glücklich. Sie hatte ihre Sandalen ausgezogen und grub die rotlackierten Zehennägel beim Gehen in den Sand. »Du fehlst uns, wenn du unterwegs bist. Ich kenne und verstehe dich«, sagte sie traurig, »also beklage ich mich nicht. Du machst uns sehr viel Freude.«
»Mama«, sagte er und nahm ihre Hand. »Du machst mir auch Freude. Ich weiß nicht, warum ich nie länger bleiben kann. Etwas in meinem Inneren sagt mir stets, dass ich in Bewegung bleiben muss.«
»Ich weiß. Das ist deine Kreativität, *mi amor*«, sagte sie, als würde das alles entschuldigen.
»Ich wollte, ich hätte eine Frau wie dich«, seufzte er.

»Helena versteht dich besser, als du denkst. Es tut euch beiden gut, zusammen zu verreisen. Gestern wirkte sie sehr angespannt, aber jetzt hat sie wieder Farbe in den Wangen. Sie wirkt auch schon viel glücklicher.«
»Tatsächlich?«, fragte er. Er hatte Helena kaum wahrgenommen.
»O ja. Du weißt doch, dass sie jedes Mal, wenn du von einer Reise zurückkommst, ein wenig Zeit braucht, um dich wieder kennen zu lernen. Du musst geduldig sein und darfst nicht zu viel erwarten.«
»Ja«, sagte er. Er war froh, dass sein Vater ihr noch nichts von dem Gespräch am Vorabend erzählt hatte. Er müsste ihr die Wahrheit selbst sagen. Dass Helena ihn verlassen, Chile verlassen würde, in der Ferne einen neuen Anfang machen wollte. Es würde seiner Mutter das Herz brechen, dass sie ihre Enkel nicht würde aufwachsen sehen können, und er ertrug es nicht, ihr diesen Kummer zufügen zu müssen. Sie war so glücklich über den Besuch. Jetzt war nicht der richtige Augenblick. Also lächelte er sie nur an.
»Mama, stört es dich, wenn ich nicht mitfahre nach Zapallar? Ich bin erschöpft. Ich hätte gern ein wenig Zeit für mich allein. Ich weiß, du verstehst mich besser als alle anderen. Ich wünsche mir ein bisschen Ruhe, ein bisschen Zeit ohne die Kinder«, erklärte er. Wie er seine Mutter um den Finger wickeln konnte, wusste er aus jahrelanger Erfahrung.
Mariana ließ sich ihre Enttäuschung nicht anmerken. »Na ja, da du uns ja so viel Zeit zu opfern gedenkst, gebe ich dir dieses Mal frei«, sagte sie mit einem leisen Lachen.
»Wir bleiben vier Wochen«, sagte er.
»So lange ist es noch bis Neujahr?« fragte sie erstaunt. »Nein, das kann nicht sein, *mi amor*. Wir haben doch schon Dezember.«
»Gut, dann eben knapp vier Wochen.«
»Was schenkst du den Kindern zu Weihnachten?«

»Ich weiß nicht«, antwortete er wahrheitsgemäß. Er und Helena waren so mit ihren eigenen Sorgen beschäftigt gewesen, dass sie das Weihnachtsfest völlig vergessen hatten.
»Du hast Fede dieses erstaunliche Kästchen geschenkt. Ich glaube, darüber ist sie so glücklich, dass sie nichts anderes mehr erwartet«, sagte Mariana und sah das merkwürdige Kästchen in seiner umwerfenden Schönheit vor ihrem inneren Auge.
»Ach, Helena hat ihnen kofferweise Geschenke gekauft. In der Hinsicht fehlt es ihnen an nichts.« Er lachte leise.
»Wie gut sie es haben. Unser Weihnachtsfest wird wunderschön, du wirst es sehen«, sagte sie und tätschelte seine Hand.

Ramon sah dem Auto nach, bis es auf der sandigen Straße nicht mehr zu sehen war. Federica winkte ihm verloren mit ihrer kleinen hellen Hand.
Es war sehr heiß. Die Mittagssonne brannte mit aller Macht auf die Erde nieder. Ramon wischte sich mit dem Ärmel den Schweiß von der Stirn und kehrte zurück ins Haus. Auf der Suche nach Estella begab er sich unverzüglich in die Küche, doch dort fand er sie nicht. Eilig ging er hinaus auf die Terrasse. Sein Herz klopfte heftig und erwartungsvoll, doch dort war sie auch nicht. Ungeduldig suchte er sie im Wohnzimmer. Er wollte keine Sekunde Zeit verlieren. Schließlich stapfte er den Flur entlang zu seinem Zimmer. Er hörte das Rascheln von Leinen und ihre leise Stimme, die glücklich vor sich hin summte.
Als Ramon an seiner Zimmertür auftauchte, fuhr Estella erschrocken herum. Niemand hatte ihr gesagt, dass Don Ramon nicht mit der Familie nach Zapallar gefahren war. Unsicher sah sie ihn an. »Don Ramon, Sie haben mich erschreckt«, sagte sie atemlos. Sie legte die Hand an den Hals, als wollte sie sich aus einem Würgegriff befreien.
»Tut mir Leid, es war nicht meine Absicht, mich so anzuschleichen. Ich wusste nicht, dass du hier bist«, log er.
»Ich kann Ihr Zimmer später richten«, sagte sie, ließ das Laken

los und ging um das Bett herum auf Ramon zu, in der Absicht, das Zimmer zu verlassen.

»Ja, das kannst du später erledigen«, bestätigte er und hielt sie am Oberarm zurück. Sie rang nach Luft. Dann packte er sie an beiden Armen und drückte sie gegen die Wand. Ihr Busen hob und senkte sich erwartungsvoll. Ramon bemerkte die Schweißperlen zwischen ihren Brüsten. Mit dem Finger wischte er sie ab.

»Bist du aufgeregt?«, fragte er und forschte in ihrem Gesicht.

»Sie sind verheiratet«, antwortete sie zusammenhanglos.

»Nur auf dem Papier, Estella. Nur auf dem Papier«, antwortete er kummervoll. Dann senkte er den Kopf und strich mit den Lippen sanft über ihren Mund. Sie schluckte, um ihrer Anspannung Herr zu werden, und schloss die Augen. Er küsste ihren feuchten Hals und fuhr mit der Zunge hinauf bis zum Ohr. Ihre Haut schmeckte salzig und duftete nach Rosen. Seine Hand ertastete den Saum ihres Uniformrocks und schlüpfte darunter, folgte den weichen Rundungen von Schenkel und Hüfte. Estella hielt den Atem an. Überwältigt von seiner charismatischen Ausstrahlung erschlaffte ihr Körper und ergab sich einem Willen, der entschieden stärker war als ihrer. Augenblicke wie dieser waren der Stoff, aus dem sonst Träume sind, und sie war entschlossen, sich ihr Vergnügen zu stehlen, denn morgen könnte es schon wieder vorüber sein. Das Kratzen seines stoppeligen Kinns an ihrem Hals lenkte sie vorübergehend ab, und als sein Mund dann ihre Lippen fand, wurde ihr erst klar, dass seine Finger mit dem Beinsaum ihres Slips spielten und die weiche Innenseite ihres Oberschenkels liebkosten.

Seine Zunge erforschte ihre Mundhöhle, und sie gab sich völlig hin. Ramon schob den Slip zur Seite und fand den Sitz ihres Verlangens, der seine Berührung schmerzlich herbeisehnte.

Immer noch standen sie an die Wand gedrängt, beide atmeten schwer, ihrer beider Schweiß mischte sich auf ihren erhitzten Leibern. Mit den Fingern ertastete er ihre samtige, empfindlichste Stelle, und er genoss es zu sehen, wie ihre Lider bebten

wie Schmetterlingsflügel, während sie sich seinen Zärtlichkeiten überließ.
Ramon legte sie aufs Bett, zog ihr das Kleid über den Kopf und bewunderte makellose braune Haut und Brüste. In seinen hitzigen Träumen hatte er ihren Körper gesehen; die Wirklichkeit enttäuschte ihn nicht. Behutsam streifte er ihr die Unterwäsche ab und betrachtete hingerissen ihre nackte Sinnlichkeit. Estella schlug die Augen auf und sah ihn an, benommen vor Lust, die Lider schwer und halb geschlossen. Ihre verschämte Schüchternheit war verschwunden. Wollüstig lag sie da und wartete auf ihn, damit er mit ihr tat, was er wollte. Er riss sich Hemd und Shorts vom Leib und präsentierte sich ihr in der vollen Pracht seines nackten Körpers. Sie gestattete sich einen langen, bewundernden Blick. Ihre Gesicht war gerötet, ihre Lippen glühten von seinen Küssen. Sie war schön, und ihre Schönheit hob ihn aus dem Elend seiner Ehe heraus, und er badete in dieser Schönheit und vergaß sich selbst.

Als sie eng umschlungen auf dem halbwegs gerichteten Bett lagen, angestrahlt vom Sonnenlicht, das durch die um der Kühle willen geschlossenen Läden drang, spürte Ramon die Befriedigung in seinen Lenden und seinen ruhiger werdenden Puls. Er blickte hinab in Estellas glühendes Gesicht und auf ihr langes ebenholzschwarzes Haar, dass sich wie ein glänzender Fächer auf seiner Brust ausbreitete. Sie spürte seinen Blick und lächelte zufrieden. Er strich mit der Hand an ihrem bloßen Rücken auf und ab, und seine Finger spielten gedankenverloren über ihre Wirbelsäule. Meistens wollte er eine Frau in der Minute, da er mit ihr fertig war, sofort wieder los sein, doch Estella strahlte so eine gewisse Wärme aus. Er wollte, dass sie blieb.
»Es ist wunderschön, mit dir zu schlafen«, sagte er schließlich.
Estella war trunken vor Liebe. »Danke, Don Ramon«, erwiderte sie und wünschte sich, der Nachmittag möge nie zu Ende gehen. Sie spürte sein Herz in seiner breiten Brust klopfen, spürte sein

Haar an ihrem Gesicht. Er war warm und weich. Das wollte sie ihm sagen, doch sie wusste, dass auf Grund ihrer jeweiligen Stellung in der Welt trotz ihrer körperlichen Nähe Ozeane sie trennten, und so hütete sie sich, etwas Ungehöriges zu sagen.

Federica ritt auf dem kleinen Pony am Strand auf und ab. Helena ließ sie sogar ganz allein im Trab reiten, während sie Hals Pony am Zügel führte.

Papudo war ein hübsches Fischerdorf direkt am Meer, mit dunstig blauen Bergen im Hintergrund. Mariana kaufte Eis für alle, während Ignacio im Schatten eines Eukalyptusbaums Kaffee trank, Federicas kostbares Schmetterlingskästchen hütete und Solitaire spielte. Helena hatte das Essen in Zapallar viel Freude gemacht; die Kinder hatten alle mit ihrem unschuldigen Geplapper und ihrem fröhlichen Lachen entzückt, und sie hatte kaum an Ramon gedacht.

Federica jedoch dachte unentwegt an Ramon. Er fehlte ihr. Sie hatte sich gewünscht, dass er sie reiten sähe, und sie erinnerte sich daran, wie er einmal die hübscheste Sandburg aller Zeiten, geschmückt mit weißen Blütenblättern und Muscheln, am Strand gebaut hatte.

Als alle wieder ins Auto stiegen, um zur Teezeit nach Hause zu fahren, hob sich ihre Stimmung, weil sie wusste, dass sie Ramon nun bald wiedersah.

Ramon liebte Estella noch ein zweites Mal. Sie war köstlich, und er hatte sie noch nicht zur Neige geschmeckt. Als er schließlich seine Lust und seine Neugier befriedigt hatte, zog er sie unter Lachen und fröhlicher Gegenwehr unter die Dusche, wo sie sich widerwillig alle Spuren des Ehebruchs vom Leib spülten. Erst als er sich abtrocknete, warf er einen Blick auf die Uhr. Es war später Nachmittag. Die Familie konnte jeden Augenblick zurückkommen. Er riet Estella, eine frische Uniform anzuziehen, da ihr Kleid zerknittert und voller Schweißflecke war. Sie geriet

in Panik, als sie sich über den Zustand des Zimmers klar wurde, und dachte an all die nicht erledigten Aufgaben, die sie verraten konnten.
Doch Ramon schlenderte hinaus auf die Terrasse, ließ sich im Sonnenschein nieder, griff nach dem Buch seines Vaters und begann mit zufriedener Miene zu lesen.
Estella hastete in ihr Zimmer, wo sie eilig ihr Haar flocht, sich umzog und mit Eau de Cologne betupfte. Dann machte sie sich unverzüglich daran, die Zimmer in Ordnung zu bringen. Sie hatte keine Zeit, in Gedanken an die Schönheit dieses Nachmittags, an die Wollust ihres Liebesakts und an die Leidenschaft, die alles andere als unwichtig und überflüssig erscheinen ließ, zu verweilen. Als sie die Stimmen der Kinder und das Öffnen und Schließen der Eingangstür hörte, rang sie nach Luft, denn man würde einen gedeckten Teetisch erwarten, und sie hatte noch nichts vorbereitet.

»Papa, ich bin ganz allein auf einem Pony geritten!«, rief Federica und eilte zu ihrem Vater. Er war bester Stimmung und hob sie auf seine Knie.
»Ganz allein, du tüchtiges Äffchen«, rief er aus, lachte leise und küsste sie auf die erhitzte Wange.
»Hal ist auch geritten, aber Mama musste sein Pony am Zügel führen. Er ist noch zu klein, um allein zu reiten. Abuelito hat auf mein Kästchen aufgepasst. Er hat es den ganzen Nachmittag gehütet«, berichtete sie stolz und stellte das Kästchen auf den Tisch.
»Hoffentlich vergisst du es nicht eines Tages irgendwo«, sagte Ramon.
»Papa! Dieses Kästchen werde ich nie im Leben vergessen«, verwahrte sie sich, empört, dass er auch nur eine Sekunde lang glauben konnte, sie würde ihren kostbarsten Besitz jemals verlieren.
»Wollen wir beide heute Abend vorm Schlafen noch ein bisschen schwimmen gehen?«, schlug Ramon seiner Tochter vor.

Plötzlich verspürte er den Wunsch, sie dafür zu entschädigen, dass er nicht an ihrem Ausflug teilgenommen hatte.
»Ja, bitte, Papa!«, rief sie begeistert. »Dann kann Abuelito wieder auf mein Kästchen aufpassen. Nicht wahr, Abuelito?«
Ignacio, den Panamahut auf dem Kopf, trat hinaus in den Sonnenschein. »Was sagtest du, Fede?«, erkundigte er sich.
»Du kannst auf mein Kästchen aufpassen, wenn Papa und ich schwimmen gehen«, wiederholte sie.
Estella erschien mit einem schweren Tablett mit Tee, Kuchen und Gebäck. Ramon half ihr, den Tisch zu decken. Ihre Blicke begegneten sich wie die zweier Komplizen. Sie sah genauso aus wie am Morgen, abgesehen davon, dass trotz aller Bemühungen, sich zu verstellen, ein befriedigtes Lächeln in ihren Mundwinkeln spielte.
»Ich glaube, Estella hat einen Kavalier im Dorf«, bemerkte Mariana, als das Mädchen sich ins Haus zurückgezogen hatte.
»*Dios*, Mariana, und wenn schon«, sagte Ignacio und schnitt den Kuchen an.
»Ach, es ist ja nicht wichtig, Nacho, ich bin nur ein wenig neugierig, wer es ist«, erklärte sie und reichte Helena, die mit Hal aus dem dunklen Wohnzimmer kam, eine Tasse mit Untertasse an.
»Wie kommst du darauf, dass sie einen Liebhaber hat, Mama?«, wollte Ramon wissen.
»Sie strahlt so. Das ist reine Frauensache. Ich spüre es in ihren Bewegungen und Blicken.«
»Wer hat einen Liebhaber?«, fragte Helena und gab Hal ein Stück Kuchen.
»Estella.«
»Stimmt«, sagte sie. »Das ist reine Frauensache, wie Mariana schon sagte. Man sieht es in ihren Augen.«
Ramon lachte herzhaft. »Braves Mädchen. Kein Wunder, dass sie so gut aussieht. Sie ist glücklich«, behauptete er voller Stolz.
»Nun, wenn er sie kompromittiert hat, wird er sie hoffentlich

heiraten. Nicht alle Männer handeln ehrenhaft«, bemerkte Mariana streng. »Das arme Ding. Hoffentlich weiß sie, worauf sie sich einlässt.«
Ramon kaute an seinem Stück Kuchen. »Schmeckt gut, nicht wahr, Fede?«, fragte er lächelnd.
Sie erwiderte sein Lächeln und nickte. Mariana beobachtete ihre Enkelin. Ihr fiel auf, dass sie nie den Blick von ihrem Vater wandte. Zwar liebte sie auch ihre Mutter. Helena war eine gute Mutter. Doch Ramon und seine Tochter waren einander auf besonders enge Weise verbunden. Es stimmte Mariana traurig, dass ihr Sohn ständig in der Welt umherreiste. Sie sah das anbetende Gesicht des Kindes und empfand Mitleid.

Sieben

Die nächsten Wochen waren heiß und drückend. Mariana nahm sich viel Zeit für ihre Enkelkinder und ermöglichte Helena ein wenig Erholung vom Hausfrauendasein. Ihr fiel auf, dass ihre Schwiegertochter oft angespannt und unglücklich wirkte, gewöhnlich dann, wenn sie mit ihrem Mann zusammen war, denn dann rauchte sie doppelt so viele Zigaretten wie sonst. Ihr fiel jedoch außerdem auf, dass Helena Ramon unablässig beobachtete. Was sie sagte, galt ihm allein, und wenn er nicht reagierte, dann schwieg sie, als wollte sie so eine Antwort erzwingen. Manchmal nahm Ramon sie überhaupt nicht wahr.

Doch Mariana weigerte sich zu glauben, dass ihre Ehe im Scheitern begriffen war, und führte die Spannungen auf die zwangsläufige Entfremdung nach der monatelangen Trennung zurück.

Ignacio betrachtete seinen Sohn mit wachsender Besorgnis. Er verbarg seinen Pessimismus für seine Enkelkinder hinter der Maske des Clowns. Doch tief im Inneren wusste er, dass Helena Ramon tatsächlich verlassen würde, wenn er nicht endlich sesshaft würde und sich ernsthaft um seine Familie kümmerte. Er fragte sich, ob Helena in diesem Fall Chile verlassen würde. Wenn sie die Enkelkinder mitnahm nach England, würde es ihm und seiner Frau das Herz brechen. Federica und Hal würden dann in einem anderen Land aufwachsen, mit anderen Großeltern, und sie würden ihre chilenische Familie vergessen. Und das alles wäre Ramons Schuld. Er war egoistisch und verantwortungslos. Diese Ehe hatte von Anfang an unter einem schlechten Stern gestanden.

Ramon traf sich mit Estella, wann immer sich die Gelegenheit bot, mit ihr allein zu sein. Mitten in der Nacht schlich sie sich in sein Zimmer, wenn das Bett in silbernes Mondlicht getaucht war und der berauschende Duft von Jasmin und Eukalyptus sie warm umhüllte. Sie liebten sich in den verschwiegenen frühen Morgenstunden, wenn die übrigen Hausbewohner weit fort in ihren privaten Traumwelten weilten.
Zuerst hatte Estella Ramons Neugier und Begehren geweckt; dass sie sein Herz gewinnen würde, wagte sie nicht zu hoffen. Aber nach und nach, in diesen verzauberten Minuten, wenn sie nur durch ihre Haut getrennt beieinander lagen, ahnte Ramon eine merkwürdige Macht in ihr, die ihn fesselte und nicht wieder loslassen wollte. Er vermisste Estella, wenn er tagsüber die Rolle des Ehemanns und Vaters spielte, und sehnte sich nach der Nacht, wenn sie zu ihm kommen und ihn wieder lieben würde. Er sah ihr Gesicht vor sich, sobald er die Augen schloss, und spürte ihre Nähe schon lange, bevor sie einen Raum betrat. Ihr einzigartiger Duft nach Rosen nistete in seiner Nase und erinnerte ihn stets an ihre Leidenschaft und Zärtlichkeit. Er wünschte sich sehnlichst, Estella mit sich fortnehmen zu können.

Weihnachten kam und ging. Ramons Brüder, Felipe und Ricardo, kamen mit ihren Frauen und Kindern. Federica und Hal konnten mit ihren kleinen Cousinen und Cousins spielen, und das Haus verwandelte sich in ein einziges großes Kinderzimmer. Überall lag Spielzeug herum; Kinderlachen hallte durch die Zimmer. Erst als die Verwandten wieder abgereist waren, setzten sich Ramon und Helena mit Mariana und Ignacio zusammen, um sie über ihre Pläne zu unterrichten.
»Wir trennen uns«, verkündete Ramon unumwunden und blickte zu Boden, um die Enttäuschung seiner Mutter nicht sehen zu müssen. Es folgte eine lastende Pause, in der sich Marianas Augen mit Tränen füllten und Ignacio sich, nach Worten suchend, das Kinn rieb. Helena hatte sich eine Zigarette ange-

zündet, rauchte nervös und hoffte, dass man sie nicht als die Böse in diesem Stück ansehen würde.

Endlich ergriff Ignacio das Wort. »Wann wollt ihr es den Kindern sagen?«

»Müsst ihr es den Kindern überhaupt sagen?«, fragte Mariana mit erstickter Stimme und wischte sich die Tränen ab. »Es wird sie so tief kränken, insbesondere Federica. Könnt ihr nicht einfach weitermachen wie bisher? Ihr seht euch doch sowieso kaum.«

»Helena will mit den Kindern zurück nach England«, erklärte Ramon vorwurfsvoll. Helena erstarrte.

»Nach England?« Mariana rang nach Luft. Sie hatte das Gefühl, einen Schlag in den Magen bekommen zu haben. Sosehr sie sich auch um Ruhe bemühte, ihr Atem ging doch schnell und flach.

»Ich habe das Schlimmste befürchtet«, bemerkte Ignacio.

»Zurück nach England?«, wiederholte Mariana traurig und ließ die Schultern sinken. »Dann werden wir sie nicht aufwachsen sehen«, flüsterte sie.

»Ich kann so nicht mehr leben«, verteidigte Helena sich. »Ich möchte von vorn beginnen.«

»Aber warum in England, so weit weg?«, fragte Mariana hilflos.

»Weit weg ist England nur für euch. Für mich ist es die Heimat. Für mich liegt Chile am anderen Ende der Welt. Wir werden euch besuchen, und ihr besucht uns. Ramon wird auch kommen, nicht wahr, Ramon? Du hast gesagt, du würdest kommen«, erklärte sie hastig.

»Ja, ich komme.«

»Du kannst die Kinder nicht im Stich lassen, mein Sohn. Du verbringst die Hälfte deines Lebens in fernen Ländern. Da wird England kein Umweg für dich sein«, bemerkte Ignacio mürrisch.

»Ich will den Kindern nicht wehtun. Aber ich bin unglücklich, und das spüren sie«, erklärte Helena matt. »Ramon ist nie zu Hause, um mir wie ein richtiger Ehemann bei ihrer Erziehung

zu helfen. Ich kann es nicht allein. Ich habe genug von diesem Leben.«
»Aber machst du dir denn keine Gedanken darüber, wie die Kinder es aufnehmen werden? Besonders Fede, sie ist so sensibel. Sie wird am Boden zerstört sein. Wenn ich nur daran denke, wie sie ihren Vater anhimmelt, weiß ich, dass es ihr das Herz brechen wird.« Mariana schluchzte und griff Trost suchend nach Ignacios Hand.
Helena fühlte sich verletzt; Federica liebte auch ihre Mutter.
»Ich weiß. Ich habe darüber nachgedacht. Aber die Kinder sind noch klein. Ich kann mir mein Leben nicht nach den Wünschen meiner Kinder einrichten. Ich muss auch an mich denken«, sagte Helena und nahm einen langen Zug aus der Zigarette. Ihre Hand zitterte. Am liebsten hätte sie hinzugefügt: »Ansonsten tut es ja niemand.«
»Ramon, willst du es nicht versuchen? Kannst du nicht wenigstens noch ein paar Monate bleiben und es noch einmal versuchen?«, schlug Ignacio vor. Allerdings war ihm klar, dass seine Überzeugungskraft nicht mehr so wirksam war wie vielleicht früher einmal.
»Nein«, antwortete Ramon mit Nachdruck und schüttelte den Kopf. »Das würde nicht funktionieren. Helena und ich lieben uns nicht mehr. Wenn wir zusammenbleiben, könnte es so weit kommen, dass wir uns schließlich hassen.«
Helena schluckte schwer und wehrte sich gegen ihre Gefühlsaufwallung. Vor kurzem noch hatte Ramon behauptet, er liebte sie.
»Das war's dann also?«, fragte Mariana traurig und senkte den Kopf.
»Das war's«, bestätigte Helena mit einem tiefen Seufzer.
»Wann reist ihr ab?«, fragte Ignacio unverblümt.
Ramon sah Helena an. Helena hob die Schultern und schüttelte den Kopf. »Ich weiß es noch nicht. Es wird wohl eine Weile dauern, bis wir unsere Sachen gepackt haben. Ich muss noch meine

Eltern informieren. Wir müssen es den Kindern sagen. Ich schätze, wir reisen ab, sobald wir alles erledigt haben«, antwortete sie. Dann begann sie, vor Ungeduld an den Nägeln zu kauen. Sie wollte sofort aufbrechen.

»Eine Scheidung wird nicht so einfach sein«, bemerkte Mariana in Gedanken an das Verbot der katholischen Kirche.

»Ich weiß«, erwiderte Ramon. »Wir wollen keine Scheidung. Wir wollen ja beide nicht wieder heiraten, sondern nur frei voneinander sein.«

»Und ich will nach Hause«, sagte Helena, erstaunt darüber, dass sie und Ramon ausnahmsweise einer Meinung waren.

Ramon dachte an Estella und wünschte sich, er könnte sie mit sich nehmen. Helena dachte an die Küste von Polperro und hatte das Gefühl, der Erfüllung ihres Wunsches schon näher gerückt zu sein.

»Wann wollt ihr es den Kleinen sagen?«, fragte Mariana kalt. Sie empfand das Verhalten der beiden als vollkommen egoistisch. »Überlegt es euch gut«, warnte sie. »Die Verletzung, die ihr ihnen zufügt, wird nie zu heilen sein. Ich hoffe, ihr wisst, was ihr tut.«

»Wir sagen es ihnen morgen, bevor wir nach Viña zurückfahren«, bestimmte Helena energisch, aber mit einem wachsamen Blick auf ihren Mann. Wie weit musste sie ihn noch drängen? Sein Herz war offenbar aus Stein.

Mariana stand auf und zog sich betrübt ins Haus zurück. Sie sah plötzlich alt aus.

»Dann sind wenigstens noch die Großeltern als Tröster zur Hand«, sagte Ramon bitter und sah seine Frau vorwurfsvoll an.

»Es ist doch nicht meine Schuld, Ramon«, wehrte sie sich gereizt. »Du bist es doch, der sich nicht ändern will.«

»Es ist nie die Schuld einer einzigen Person, Helena«, mischte Ignacio sich ein. »Ihr habt beide Schuld. Aber wenn ihr es so wollt, dann muss es wohl so sein. So ist das Leben, und das Leben bettet uns nicht immer nur auf Rosen.«

Ramon wünschte sich, es würde ihn auf Estellas Rosen betten.
»Sagt es ihnen morgen, und seid behutsam«, fügte Ignacio hinzu, obwohl er wusste, dass es nicht möglich war, Kinder auf behutsame Weise über das Ende der Liebe ihrer Eltern zu informieren.

Helena war zu aufgewühlt, um schlafen zu können. Sie saß draußen unterm Sternenhimmel, rauchte eine Zigarette nach der anderen und blickte den Rauchwölkchen nach. Sie war tieftraurig und hatte Angst vor dem Gespräch mit ihren geliebten Kindern, wenngleich ihr klar war, dass es sich nicht umgehen ließ. So zu tun, als wäre alles in Ordnung, wäre noch grausamer. Letztendlich würden sie doch Verdacht schöpfen, zumindest Federica. Sie sah das unschuldige Gesicht ihrer Tochter vor sich und fühlte sich schmerzhaft schuldig. Sie schlug die Hände vors Gesicht und weinte.
Es war wohl schon ein Uhr morgens, als sie schließlich leise den Flur entlang zu dem Zimmer schlich, in dem die Kinder schliefen. Sie betrachtete die stillen Körperchen im Mondlicht. Noch schliefen sie ruhig und ahnten nichts von dem Erdbeben, das am nächsten Morgen ihr Leben erschüttern würde.
Helena strich mit ihrer weißen Hand über Hals braunes Gesicht und küsste ihn auf die Wange. Er bewegte sich und lächelte, wachte jedoch nicht auf.
Dann ging sie auf Zehenspitzen zu Federicas Bett. Ihr magisches Schmetterlingskästchen stand auf dem Nachttisch, wo sie es hüten konnte, selbst im Schlaf. Helena hob das Kästchen auf und betrachtete es, ohne den Deckel zu öffnen, um nicht mit der Musik die Kinder aufzuwecken. Ihr Herz zog sich zusammen, als sie an Federica dachte, das Gesicht glücklich und voller Dankbarkeit zu ihrem Vater erhoben, das Geschenk fest an die Brust gedrückt, das sie nicht nur wegen seiner Schönheit schätzte, sondern mindestens genauso sehr, weil es von ihrem Vater kam.
Plötzlich überkamen Helena Gewissensbisse. Sie konnte es

ihnen nicht antun. Sie konnte es ihnen nicht sagen. Sie konnte den Kindern nicht den Vater nehmen. So dringend um ihrer selbst willen das Bedürfnis war fortzugehen, konnte sie die Kinder doch nicht als unschuldige Bauernopfer in ihrem Kampf gegen Ramon missbrauchen. Sie musste sich eine andere Strategie, einen neuen Plan überlegen.

Weinend lief sie den Flur hinunter zu Ramons Zimmer. Sie wollte ihm sagen, dass sie es sich noch einmal überlegt hatte. Dass sie die Kinder nicht aus ihrem gewohnten Umfeld reißen konnte. Nach Luft ringend, blind vor Tränen, stand sie zitternd vor seiner Schlafzimmertür und traute sich nicht einzutreten. Sie legte die Hand auf den Türgriff, wollte ihn schon drücken, als sie Stimmen hörte. Verwundert hielt sie den Atem an, lauschte und fuhr empört zurück. Ramon schlief mit einer Frau. Sie erkannte sein Stöhnen und das Rascheln der Laken auf Anhieb. Als das leise befriedigte Lachen einer Frau ertönte, verkrampfte sich ihr Magen vor Zorn. Am liebsten wäre sie ins Zimmer gestürmt, um das Paar zu konfrontieren. Doch sie hatte Angst vor Ramon, immer schon. Sie legte das Ohr an die Türfüllung und versuchte, die Stimme der Frau zu erkennen. Sie vernahm Flüstern und wieder Lachen. Es stieß Helena ab, dass Ramon mit einer anderen Frau schlief, während seine Kinder im Hause waren.

Dann fiel es ihr wie Schuppen von den Augen. Die Frau konnte nur Estella sein. Ihr fiel das Gespräch über Estella und ihren Kavalier wieder ein und auch der stolze Ausdruck, der unerklärlicherweise auf Ramons eingebildetes Gesicht getreten war. Kein Wunder, dass er so zufrieden mit sich selbst war.

Helena konnte ihren Zorn und ihre Enttäuschung kaum beherrschen. Sie war bereit gewesen, ihr Glück zu opfern. Es lag auf der Hand, dass Ramon das seine keineswegs opfern wollte – nicht einmal für seine Kinder.

Helena trat zurück, blinzelte die Tränen des Selbstmitleids weg und suchte verzweifelt ihr Zimmer auf.

Am nächsten Morgen wachte Helena zeitig auf. Es war nicht verwunderlich, dass sie schlecht geschlafen hatte. Sie hatte unruhig geträumt, sich im Bett umhergewälzt und versucht, sich über die Folgen von Ramons Untreue klar zu werden. War sie zuvor noch im Begriff gewesen, eventuell die Trennung noch einmal zu überdenken, so war jetzt nicht mehr daran zu rütteln. Nicht einmal, wenn Ramon bereute.

Das unbeschwerte Zwitschern der Vögel und das zögerliche Dämmerlicht weckten sie vollends, und Helena war froh, dass die Nacht vorüber war. Sie duschte und kleidete sich an, bevor sie eine Zigarette anzündete, um Mut zu fassen. Sie würde mit Ramon reden.

Sie öffnete die Fensterläden und blies den Rauch hinaus in die frische Morgenluft. Das Meer war blass und glatt und liebkoste die Küste sanft mit den rhythmischen Bewegungen der Flut. Es erinnerte Helena an Polperro, obwohl das Meer in Cornwall ganz anders war. Dort schlugen die Wellen krachend an Land. Als Kinder hatten sie sich gern hineingeworfen und an den Strand tragen lassen, dessen Sand fest war wie Lehm und gut geeignet zum Bauen von Sandburgen. Auch die Gerüche waren anders: nach Salz und Ozon, nach dem groben Sand voller Krabben und nach Pfützen zwischen den Felsen voller stachliger Seeigel. Ihr Herz sehnte sich nach der Heimat, was sie in ihrer Entschlossenheit bestärkte. Sie drückte die halb gerauchte Zigarette in den Aschenbecher, holte tief Luft und ging zielstrebig zur Tür.

Vor Ramons Zimmertür zögerte sie. Alles war still; Helena spürte geradezu den zufriedenen Schlaf gesättigter Liebender. In Gedanken an ihre schreckliche Entdeckung drückte sie die Türklinke hinunter und trat ein.

Ramon lag auf dem Rücken. Estella hatte sich an ihn gekuschelt; ihr Kopf ruhte auf seiner Brust. Seine Hand lag locker auf dem langen, schwarzen Haar, das ihr über den Rücken fiel. Sie waren nackt bis auf das Laken, das sie nur notdürftig bedeckte.

Helena stand da, mit unter der Brust verschränkten Armen und vor Erbitterung schmalen Lippen. Ramon spürte ihre Anwesenheit bis in seine Träume hinein und schlug die Augen auf. Er rührte sich nicht, sah sie nur ungläubig an, als hielte er sie für ein Traumbild. Er blinzelte. Helena blickte ihn voller Abscheu an. Ramon stellte fest, dass die Erscheinung auch durch sein Blinzeln nicht zu vertreiben war, dass er nicht aus einem Traum erwachte, da er längst wach war. Er stieß Estella an, die noch in angenehmem Dämmerschlaf befangen war. Er stieß sie noch einmal an, nachhaltiger diesmal. Sie schlug erschrocken die Augen auf und sah Helena. Entsetzt schnappte sie nach Luft, sprang mit einem Schrei aus dem Bett, sammelte hastig ihre Kleider auf und floh schluchzend aus dem Zimmer.

Ramon verschränkte die Hände unter dem Kopf und sah Helena an.

»Was soll das, Helena?«, fragte er, als hätte sie sich des unbefugten Eindringens schuldig gemacht.

Fassungslos schüttelte sie den Kopf. »Wieso fragst du mich das?«, fuhr sie ihn wütend an. »Du treibst es unter demselben Dach wie deine Frau und deine Kinder mit dem Hausmädchen. Hast du denn vor nichts mehr Respekt?«

»Beruhige dich, Helena«, sagte er herablassend. »Wir wissen doch beide, dass unsere Ehe wenig mehr ist als ein schäbiger Fetzen Papier. Du bist es, die sie beenden will. Nicht ich. Ich will unsere Familie nicht auseinander reißen, aber du. Was geht es dich an, ob ich mit dem Mädchen oder sonst wem schlafe?« Er richtete sich auf.

»Es interessiert mich nicht, mit wem du es treibst, Ramon. Aber ich hätte doch erwartet, dass du dir noch einen Rest Anstand bewahrt hast. Deine Kinder schlafen ein paar Türen von hier entfernt. Wenn Fede nun einen Albtraum gehabt und dich gesucht hätte?«, gab sie mit empört blitzenden Augen zu bedenken.

»Sie hatte keinen Albtraum«, erwiderte er tonlos.

»Gott sei Dank.«

»Hör mal, es war deine Entscheidung, mich zu verlassen und mit den Kindern nach England zu gehen«, sagte er mit erhobener Stimme.
»Nur, weil du uns nicht mehr willst«, entgegnete sie. Sie schrie ihn fast an in ihrem Zorn. »Du hast selbst gesagt, dass du in dem Augenblick, da du nach Hause kommst, schon wieder abreisen möchtest. Was glaubst du denn, wie das für uns ist? Wir sind längst keine Familie mehr, und du weißt es auch.« Sie wünschte sich, dass er widerspräche, dass er versuchen würde, alles ins Lot zu bringen, doch er kniff nur die ausdruckslosen schwarzen Augen zusammen und starrte sie an.
»Gut. Wir haben das alles schon besprochen«, sagte er dann und gähnte. »Wir werden heute, wie geplant, mit den Kindern reden, und du kannst abreisen, sobald du bereit bist. Ich halte dich nicht zurück.«
»Nein, bestimmt nicht, weil du gar kein Interesse hast, mich zurückzuhalten. Ich gebe dir die Freiheit. Ganz und gar«, sagte sie. »Jetzt brauchst du niemals wieder nach Hause zu kommen.«
In der darauf folgenden Pause, die erfüllt war von gegenseitiger Verachtung, klang Federicas herzerweichendes Schluchzen durch die geschlossene Tür. Helena rang nach Luft. Ramon erbleichte. »O mein Gott«, sagte er leise, stand auf, schlüpfte in seine Hosen und ging zur Tür. Er und Helena öffneten sie gleichzeitig und sahen ihre Tochter bebend am Boden hocken. Sie hatte alles gehört. Estella war weinend an ihrem Zimmer vorbeigelaufen, woraufhin sie aufgewacht und in Panik zum Zimmer ihrer Mutter gelaufen war, die sie dort jedoch nicht vorfand. Sie war gerade rechtzeitig vor der Tür ihres Vaters angelangt, um mit anzuhören, wie alles, worauf sie vertraute, zerschlagen wurde.
»Fede, meine Süße«, sagte Helena, hockte sich nieder und zog das Mädchen in ihre Arme. »Ist ja gut. Papa und ich hatten nur einen dummen Streit.«

»Wir haben das alles nicht so ernst gemeint«, fügte Ramon hinzu und versuchte, Federica aus den Armen ihrer Mutter zu lösen.
»Bitte lass uns in Ruhe, Ramon«, sagte Helena in stahlhartem Ton. Überrascht von ihrer Strenge wich Ramon zurück. Hilflos sah er zu, wie seine Frau Federica auf die Arme nahm und den Flur entlang zu ihrem Zimmer trug. Sie schloss die Tür von innen, sperrte ihn aus. Plötzlich fühlte er sich rasend einsam. Er ging zurück in sein Zimmer, setzte sich aufs Bett und wusste nicht, was er mit sich anfangen sollte. Schuldgefühle und Gewissensbisse plagten ihn. Er barg das Gesicht in den Händen und weinte.
Helena saß auf ihrem Bett; ihre schluchzende Tochter klammerte sich verzweifelt an sie. Sie wiegte Federica sanft in ihren Armen, küsste ihre heiße Stirn und strich begütigend über ihr langes Haar. Es brach ihr das Herz, sie so leiden zu sehen, und die Abneigung gegen ihren Mann stieß ihr sauer auf.
»Schon gut, Fede. Papa liebt dich sehr. Wir beide lieben dich sehr.«
»Papa will uns nicht mehr.« Das Kind schluchzte. »Wenn er uns wollte, würde er nicht ständig fortgehen.« Helena hätte ihren Mann erschießen mögen für den Schmerz, den er seinen Kindern zufügte. Sie waren unschuldige Opfer einer Erwachsenenwelt, die sie noch nicht begreifen konnten.
»Doch, Papa will uns. Zumindest dich und Hal. Er liebt euch beide doch so sehr. Deswegen sind wir auch so unglücklich. Weil jeder von uns dich und Hal möchte, wir aber nicht zusammen sein mögen.«
»Liebst du Papa nicht mehr?«
»So einfach ist das nicht, mein Schatz«, antwortete Helena, in dem Versuch, den Schlag abzuschwächen. »Papa ist so oft auf Reisen; das ist sein Beruf. Es liegt nicht daran, dass er nicht bei uns sein will. Denk nur an die wundervollen Geschichten, die er uns erzählt.« Federica nickte. »Nun, die könnte er dir gar nicht erzählen, wenn er nicht um die ganze Welt reisen würde. Und

jedes Mal kommt er zurück mit Berichten über phantastische Abenteuer, oder zum Beispiel auch mit dem Zauberkästchen für dich. Wenn er dich nicht lieb hätte, dann hätte er dir das Kästchen nicht geschenkt. Dann würde er nicht so viel Zeit mit dir verbringen. Du darfst also nicht an seiner Liebe zweifeln, Kleines. Nur Mama und Papa möchten nicht mehr zusammen sein. Aber das hat nichts mit dir und Hal zu schaffen. Das ist eine Sache zwischen Papa und mir. Verstehst du?«

Federica nickte.

»Jetzt werden wir ein Abenteuer erleben, du, Hal und ich«, fuhr Helena mit gespielter Begeisterung fort.

»Wir fahren nach England«, sagte Federica mürrisch.

Helena verzog schmerzlich das Gesicht angesichts dieser Bestätigung, dass Federica das gesamte Gespräch angehört hatte. »Ja, nach England«, sagte sie. »England wird dir gefallen. Wir ziehen in eine wunderschöne Stadt am Meer. Über den Stränden segeln dort schöne große Möwen. Zwischen den Steinen wimmelt es von Krabben und Krebsen. Du kannst mit Großvater fischen gehen, und Großmutter nimmt dich mit zum Jahrmarkt. Es gibt dort Schlossruinen, die du erforschen kannst, und Freunde, die dich unbedingt kennen lernen wollen.«

»Aber werde ich Abuelito und Abuelita jemals wiedersehen?«, fragte Federica betrübt.

»Natürlich. Und Papa wird uns besuchen wie immer. Wir wohnen nur in einem anderen Haus, und niemand spricht spanisch. Wir werden bei Großvater und Großmutter wohnen; sie werden ständig bei dir sein.«

»Kann ich das Schmetterlingskästchen mitnehmen?«

»Aber sicher, mein Schatz. Du kannst alles mitnehmen, was du willst.«

»Ich werde Rasta nicht wiedersehen«, sagte sie voller Panik. »Wer wird mit ihm spazieren gehen?«

»Irgendwer. Mach dir keine Sorgen.«

»Dann wird er wieder anfangen zu bellen.«

»Vielleicht können wir dir einen eigenen Hund kaufen. Würde dir das gefallen?«, schlug Helena vor, verzweifelt darauf bedacht, ihr Kind zu zufrieden zu stellen.
Federica richtete sich auf und wischte sich mit der Hand die Nase ab. Vor Aufregung riss sie die Augen auf. »Ich darf einen eigenen Hund haben?«, vergewisserte sie sich. Plötzlich erschien ihr England nicht mehr gar so schrecklich.
»Ja. Du bekommst einen Hund für dich allein«, sagte Helena, erleichtert, dass Federica schon wieder lächeln konnte.
»Wann fahren wir nach England?«, wollte sie wissen.
»Sobald wir zu Hause unsere Sachen gepackt haben.«
»Darf ich zu Abuelita gehen und ihr erzählen, dass ich einen Hund bekomme?«, fragte Federica und rutschte vom Knie ihrer Mutter.
»Ich komme mit. Zuerst aber wollen wir dich anziehen und Hal wecken.«

Als Ramon auf die Terrasse hinaustrat, saß Helena mit Federica, Hal und seinen Eltern am Frühstückstisch. In der Annahme, dass seine Frau ihnen alles erzählt hätte, huschte sein Blick von einem zum anderen. Federica beobachtete ihn scheu über den Rand ihres Schokoladebechers hinweg. Hal plapperte, als wäre nichts geschehen. Ramon setzte sich neben seine Mutter und wartete darauf, dass jemand das Wort ergriff.
»Fede sagt, in England bekommt sie einen eigenen Hund«, sagte Mariana, und trotz ihres Lächelns konnte sie ihren Kummer nicht verbergen. Sie brauchte nur an die Abreise zu denken, und schon kamen ihr die Tränen.
»Tatsächlich, Fede? Das ist ja schön«, sagte Ramon verlegen. »Wie soll er denn heißen?«
»Rasta«, sagte sie, ohne zu lächeln. Ramon zog es das Herz zusammen.
»Warum krieg ich keinen Hund?«, quengelte Hal und sah seine Mutter an.

»Du kannst auch mit Rasta spielen«, antwortete sie matt und versuchte, fröhlich zu wirken, während sie sich doch am liebsten irgendwo verkrochen hätte, um zu weinen.
»Ich will ein Kaninchen«, verlangte Hal. »Gibt es in England Kaninchen?«
»Wenn du ein Kaninchen kriegst, könnte Rasta es fressen, Hal«, erklärte Federica ihm nicht unfreundlich.
»Lidia mag keine Hunde. Dann muss Fede Rasta bestimmt in England zurücklassen, wenn wir nach Hause kommen«, sagte Hal, ergriff seinen Becher mit beiden Händen und trank seine kalte Schokolade aus.
Ramons und Helenas Blicke begegneten sich und ruhten lange hilflos ineinander. Helena fand nicht den Mut, Hal zu offenbaren, dass sie nicht zurückkommen würden.

Als Estella blass und beschämt auf die Terrasse herauskam, erkannte Ramon, dass Helena niemandem von seinem Ehebruch erzählt hatte, denn Mariana reagierte mit der gleichen Neugier wie früher schon auf ihr Erscheinen.
»Oh weh. Ich fürchte, Estella hatte Streit mit ihrem Liebsten. Sie sieht nicht sehr glücklich aus«, bemerkte sie und nippte an ihrem Kaffee.
»Sie wird darüber hinwegkommen«, sagte Ignacio gleichgültig.
»Ja«, stimmte Helena zu, ohne ihren Mann anzusehen. »Manche Männer sind die Tränen nicht wert«, fügte sie geheimnisvoll hinzu.
Estella ging zurück in die Küche und brach erneut in Tränen der Scham und des Selbstmitleids aus. Sie erinnerte sich an Señora Helenas wutverzerrtes Gesicht, als sie reglos wie eine Marienstatue am Fußende des Bettes stand. Don Ramon würde bestimmt nie wieder ein Wort mit ihr wechseln. Es war himmlisch gewesen, aber jetzt würde Gott sie sicherlich strafen. Sie hatte nur um eine Nacht gebeten und so viel mehr bekommen. Doch es reichte noch nicht. Sie liebte ihn. Sie wusste, dass es verboten war.

Er stammte nicht aus ihrer Welt, und die Klassenschranken waren hoch und streng. Ihr Herz jedoch wusste nichts von solchen Grenzen und sehnte sich ganz einfach nach ihm.

Federica half ihrer Mutter beim Packen, während Hal sie dabei störte, indem er alles wieder ausräumte, was sie in die Koffer gelegt hatten. Federica beschloss, das Kästchen selbst zu tragen, um es nicht zwischen ihren Kleidern und den Weihnachtsgeschenken zu verlieren.

Ramon suchte hastig die Küche nach Estella ab. Ihm blieb nicht mehr viel Zeit vor der Abreise, und er wollte nicht noch einmal ertappt werden. So strich er durchs ganze Haus und behauptete, seine Kamera zu suchen. Schließlich fand er Estella in ihrem Zimmer, wo sie auf dem Bett lag und weinte.

Als sie ihn an der Tür stehen sah, befahl sie ihm schluchzend zu gehen. Doch Ramon wusste wohl, dass es nicht das war, was sie wirklich wollte. Er setzte sich zu ihr und legte seine rauen Hände um ihr tränenüberströmtes Gesicht.

»Ich verlasse dich nicht«, sagte er. »Ich komme zu dir zurück, das verspreche ich dir.«

Überrascht blickte sie ihn an, Bestürzung in den vertrauensvollen braunen Augen. »Aber ich muss bestimmt gehen«, stammelte sie.

»Warum? Helena hat meinen Eltern nichts verraten. Sie glauben, du hättest Streit mit deinem Freund gehabt«, sagte er. »Helena geht mit den Kindern nach England. Ich komme zu dir zurück.« Es erschien so einfach, so schlicht.

Dankbar fiel sie ihm um den Hals. »Danke, Don Ramon«, sagte sie und weinte an seiner Schulter.

»Um Himmels willen, nenn mich Ramon.« Er lachte. »Ich denke, wir kennen uns intim genug, um auf diese alberne Förmlichkeit verzichten zu können.«

»Ramon«, hauchte sie. Der Klang des Namens gefiel ihr, und sie sagte noch einmal: »Ramon.«

Er legte die Hand an ihre heiße Wange und presste die Lippen auf ihren Mund, atmete ihren Duft und schmeckte das Salz ihrer Tränen.
»Warte auf mich, Estella. Ich komme zurück. Das verspreche ich dir.« Er stand auf und ließ sie weinend zurück.
Doch es waren keine Tränen des Kummers mehr, es waren Tränen der Hoffnung.

Acht

Wieder daheim, verbrachten sie die nächsten paar Tage in einer unwirklichen Zwischenwelt. Während Helena die Dinge einpackte, an denen ihr Herz und das der Kinder hing, unternahm Ramon mit Hal und Federica und Rasta lange Spaziergänge am Strand und zur Calle Valparaíso, wo sie sich an *palta*-Sandwiches und Saft gütlich taten. An der Oberfläche wirkte alles ganz normal. Doch darunter waren die Dinge weit davon entfernt, normal zu sein.

In der Nacht ihrer Rückkehr war Federica weinend aufgewacht. Als ihre Mutter zu ihr eilte, stellte sie fest, dass ihre Tochter ins Bett gemacht hatte. Sie zog das Kind in ihre Arme, küsste die nassen Wangen, beruhigte sie, indem sie behauptete, dass selbst Erwachsene manchmal versehentlich das Bett nässten. Federica begriff nicht, was geschehen war, und barg beschämt das Gesicht am Busen ihrer Mutter. Doch Helena begriff es nur zu gut und sehnte sich nach einem ruhigen Leben in Polperro.

Sie hätte Federica zu sich ins Bett geholt, wenn nicht Hal bereits den Platz zwischen ihr und Ramon eingenommen hätte. Er war weinend ins Schlafzimmer der Eltern gekommen, weil er einen bösen Traum gehabt hatte. Doch Helena wusste, dass dieser böse Traum, genauso wie Federicas Bettnässen, eine Reaktion auf die Belastung war, die das Scheitern ihrer Ehe für die Kinder mit sich brachte. Sie und Ramon trugen die Schuld.

Wenn Ramon schlief, dann träumte er von Estella. Wenn er wach war, träumte er ebenfalls von ihr. Nur um Estellas willen ertrug er die Anspannung der folgenden Tage. Lange Tage des Packens, der Verhandlungen mit Maklern, die das Haus verkaufen sollten, der Organisation der Englandreise. Ramon sehnte sich danach, wieder unterwegs zu sein, unbehelligt von dem Aufruhr, den Helena in ihr Leben gebracht hatte.

Er würde sich eine Wohnung in Santiago kaufen, als Basis gewissermaßen. Eine Wohnung für ihn allein, ohne die Zwänge der Sesshaftigkeit, wo er ohne Erklärungen kommen und gehen konnte. Er organisierte die regelmäßige Überweisung von Geldbeträgen nach England, hoch genug, damit seine Familie ein gutes Leben führen konnte.

Helena hätte dankbar sein sollen; sein Angebot war großzügig, mehr als großzügig, doch sie empfand nur noch Verbitterung. Es fiel Ramon leicht, die Zuneigung von Menschen zu erkaufen, solange er keine Zeit oder sich selbst investieren musste. Helena nahm sein Geld nur an, weil sie es um der Kinder willen tun musste, doch sie hätte es ihm lieber ins Gesicht geworfen.

Der Tag der Abreise kam. Mit ernsten Gesichtern sahen sie zu, wie Ramon ihre Koffer ins Auto lud. Federica konnte nicht aufhören zu weinen. Sie wollte ihren Vater nicht verlassen. Sie wusste nicht, wann sie ihn wiedersehen würde. In Viña hatte sie gern auf ihn gewartet; dort war schließlich auch sein Zuhause, irgendwann musste er ja dorthin zurückkommen. Und er war auch immer gekommen. Doch ihr neues Zuhause würde nicht mehr das seine sein.

Er hob sie mit seinen starken Armen hoch, drückte sie fest an sich und küsste ihr Gesicht. »Papa liebt dich, Fede. Papa liebt dich so sehr. Vergiss das nicht, *mi amor*. Papa wird dich immer lieben, auch wenn er nicht bei dir ist. Wenn die Sonne scheint und du ihre Wärme auf deinem Körper spürst, das ist dann Papas Liebe. Verstehst du?«

Federica nickte, zu traurig, um sprechen zu können. Sie wollte nicht, dass er sie gehen ließ. Aber er musste sie loslassen. Sie durften ihren Flug nicht versäumen, und das Taxi, das sie nach Santiago bringen sollte, wartete bereits.

Helena war der Meinung, der Abschied von Ramon würde für die Kinder weniger traumatisch sein, wenn er zu Hause stattfand und Ramon sie nicht zum Flughafen begleitete.
Ramon hob seinen Sohn hoch, der nicht recht verstand, was um ihn herum vorging, und küsste sein rundes Gesicht. »Dich liebt Papa auch, Hal. Sei lieb zu Mama, ja?«, sagte er gepresst, schloss die Augen und barg sein Gesicht an dem glänzenden schwarzen Haar des Kindes.
Federica drückte das Kästchen an sich und winkte ihrem Vater zu, der verloren an der Straße stand und wie ein unbeholfener Riese mit einem unsicheren Lächeln zurückwinkte. Sie drehte sich um, blickte aus dem Heckfenster des Wagens und winkte, bis sie eine Kurve nahmen und Ramon nicht mehr zu sehen war. Dann lehnte sie sich schlaff ans Fenster und betrachtete die vorbeifliegenden Häuser. Sie fühlte sich wie ausgehöhlt, als wäre in ihrem Inneren eine Leere, die einzig und allein ihr Vater ausfüllen konnte. Den ganzen Weg bis zum Flughafen machte sie sich Gedanken wegen Rasta. Sie fürchtete, dass niemand mit ihm spazieren gehen würde und dass er aus Kummer und schierer Langeweile wieder anfangen würde zu bellen. Erst im Flugzeug hörte sie auf zu weinen. Sie war noch nie zuvor geflogen und war fasziniert.
Als das Licht gelöscht wurde und Hal und Federica in ihren Sitzen schliefen, ließ Helena die vergangenen Tage Revue passieren, erleichtert, dass sie nun überstanden waren. Sie würde Chile hinter sich lassen, und Ramon. In England würde sie ein neues Leben beginnen. Sie hatte das Gefühl, als wären alle Energien, alle Gefühle aus ihr herausgesogen. Sie dachte an das Telefongespräch mit ihrer Mutter und spürte Tränen in ihren schläfrigen Augen. Um ihren Kindern Fröhlichkeit vorgaukeln zu können, hatte sie sich das erlösende Weinen bisher versagt. Jetzt aber schliefen sie, und während Helena leise weinte, lösten sich langsam die Verspannungen in Nacken und Kiefer.
Beim Gedanken an ihre Mutter wurde ihr flau im Magen vor

Sehnsucht. Im Hintergrund hatte sie ihren Vater gehört, und plötzlich hatte sie sich mehr als alles andere auf der Welt gewünscht, zu ihnen zu eilen, wie sie es als Kind getan hatte, um sich von ihnen trösten zu lassen. Sie waren traurig über die Nachricht, dass Helena sich von ihrem Mann trennte, freuten sich jedoch auf ihr Kommen.

Jake und Polly Trebeka hatten hilflos zugesehen, wie ihre Tochter heiratete und sich am anderen Ende der Welt niederließ. Trotz der immensen Kluft zwischen beiden Kulturen, die verhinderte, dass sie ihn wirklich verstanden, hatten sie Ramon gemocht. Sie hatten nie genug Zeit gehabt, um ihn richtig kennen zu lernen. Beide hätten ihre Tochter lieber mit einem sanften Mann aus Cornwall verheiratet gesehen. Doch Helena war vom ersten Moment ihres Kennenlernens an von Ramon besessen. Schon auf die ersten Anzeichen seiner Zuneigung hin war sie ihm gefolgt, wohin er auch ging, wie ein liebender Schatten. Natürlich wusste Polly über all ihre Probleme Bescheid und gab einzig und allein Ramon die Schuld am Scheitern ihrer Ehe. Sie hatte von Anfang an Bedenken gehabt.

Ramon stammte aus einer anderen Kultur, war ein rastloser Wanderer, aber das alles wäre nicht weiter schlimm gewesen, wenn sie zu zweit umherreisten. Doch irgendwann würde Helena sich eine Familie wünschen. Ramon war ein Egoist. Die Welt drehte sich nur um ihn, und Polly bezweifelte, dass er sich je für irgendwen ändern würde. Tja, und jetzt war alles auseinander gebrochen.

Jake und Polly waren bekümmert, aber realistisch. Helena war noch jung, erst dreißig Jahre alt. Sie hatte noch reichlich Zeit, einen lieben, freundlichen Mann aus Cornwall zu finden, der sie so verwöhnte, wie sie es verdient hatte. Ramon war ein unglückseliger Irrtum, aber er gehörte jetzt zur Vergangenheit.

Polly machte sich unverzüglich daran, alles für Helenas Ankunft vorzubereiten. Stundenlang überlegte sie, ob Federica und

Hal wohl ein gemeinsames Zimmer bevorzugten oder lieber getrennt untergebracht sein wollten. Das Haus war groß. Da war Platz genug für alle.
Schließlich, nach einem Gespräch mit ihrem Mann, beschloss sie, jedem ein eigenes Zimmer zu geben, jeweils mit einem Doppelbett ausgestattet, damit sie, falls sie sich einsam fühlten, zusammen sein konnten. Sie lüftete Helenas früheres Zimmer, in dessen Schränken noch immer die Kleider und Schmuckstücke verstaut waren, die sie zurückgelassen hatte. Polly hatte nichts aussortiert. Ihrer Meinung nach gehörte dieses Zimmer für immer Helena.

NEUN

Ramon ging am Strand entlang und erlebte zum ersten Mal in seinem Leben den dumpfen Schmerz des Verlustes. Es war Abend, und er war allein. Er hatte Rasta nicht mitnehmen können, denn ohne Federica wäre es ihm sinnlos erschienen. So war er an dem engen Gefängnis des Hundes vorbeigegangen, hatte weggeschaut und das aufgeregte Hecheln und heisere Bellen des Tiers ignoriert. Sein Herz schmerzte vor schlechtem Gewissen und Selbstverachtung, und trotzdem zog er nicht in Betracht, sein Leben zu ändern, wie Helena es sich gewünscht hatte. Er hatte nicht einmal angeboten, es zu versuchen. Er schwelgte in seinem Kummer, der von der natürlichen Melancholie des sinkenden Tages noch begünstigt wurde. Müde blickte er aufs Meer hinaus und versuchte, sich ihr neues Heim in England vorzustellen. Er dachte an Polperro und seine erste Begegnung mit Helena. Er stellte sich vor, wie es gewesen war.

Ramon setzte sich in den Sand, stützte die Ellbogen auf die Knie und blickte über den bewegten Pazifik hinweg, der sich vor ihm ausdehnte, ungezähmt und frei. Damals war er gewesen wie das Meer, immer dahin unterwegs, wohin ihn die Gezeiten seiner Phantasie führten. Damals war er jung und abenteuerlustig gewesen, gesegnet mit dem Gefühl der Unsterblichkeit. Er konnte tun, was immer er wollte. Also reiste er, schlief manchmal unter freiem Himmel, wohnte dann wieder bei Fremden, die ihn großzügig bei sich aufnahmen. Er war in eine privilegierte Welt hineingeboren worden, und dennoch hatte Geld ihm nie viel bedeutet. Solange er unterwegs war, war er glücklich. Zuerst hatte er Gedichte geschrieben, die ein Freund seines Vaters, der einen kleinen Verlag in Santiago besaß, veröffentlichte. Es war ungeheuer aufregend gewesen, die eigene Arbeit zum ersten Mal gedruckt zu sehen, mit seinem Namen in großer Schrift, im Schaufenster der Buchhandlung, für jeden sichtbar. Doch auch aus dem Ruhm machte er sich nicht allzu viel; er war glücklicher, wenn er unbemerkt in der Welt umherziehen konnte. Dann hatte er eine Sammlung von Kurzgeschichten verfasst, inspiriert von seinen Abenteuern und angereichert mit seiner Phantasie. Danach war er in Chile kein Unbekannter mehr; er fand allmählich Anerkennung. Sein Buch verkaufte sich gut. Sein Foto erschien im *El Mercurio* und in *La Estrella* und mit den Artikeln, die er für verschiedene Illustrierten, wie zum Beispiel *Geo Chile*, schrieb. Sein Verlangen, etwas Neues zu schaffen, war unersättlich; nichts konnte ihn bremsen. Er blieb immer gerade lange genug in Chile, um seine Familie zu besuchen, dann brach er sofort wieder auf, als hätte er Angst, dass sein eigener Schatten ihn einholen könnte.

Als er Helena kennen lernte, arbeitete er an einem Artikel für den *National Geographic* über historische Stätten in Cornwall. Die Begegnung mit einem wettergegerbten alten Seemann, der vor seinem Eintritt in die Marine in St. Ives gelebt und schließlich in Valparaíso gelandet war, hatte ihn zu dieser Arbeit inspiriert. Er hatte eine bezaubernde Geschichte über das Land König Artus' gesponnen, und Ramon überkam daraufhin der dringende Wunsch, es mit eigenen Augen zu sehen.

Er wurde nicht enttäuscht. Die Dörfer und Städte waren in der Vergangenheit befangen, als wären sie noch nicht von der modernen Welt entdeckt worden. Die Häuser waren weiß verputzt und an die üppig grünen Hügel gebaut, die steil zum Meer abfielen. Die Buchten waren einsame Höhlen, in denen die Geister von Schmugglern und Schiffbrüchigen spukten. Die Straßen waren kaum mehr als schmale, gewundene Gassen zwischen hohen Hecken, an denen Bärenklau und hohes Gras wuchsen.

Ramon war wie verzaubert. Aber wäre Helena nicht gewesen, hätte er nur eben die Oberfläche des geheimnisvollen Landes berührt.

Helena Trebeka hatte in Polperro am Kai gesessen, als Ramon sie zum ersten Mal sah. Sie war schlank, unbeschwert und hatte langes, welliges Haar, so hellblond, dass es ihn auf Anhieb faszinierte. Er setzte sich, um sie zu beobachten, und machte sich im Geist Notizen, die er in einer seiner Geschichten verwenden wollte. In seiner Vorstellung war sie die Enkelin eines Schmugglers. Ein Mädchen mit wildem Wesen und rebellischer Natur, das genau das tat, was es wollte; er kam damit der Wahrheit ziemlich nahe. Sie ertappte ihn dabei, dass er sie anstarrte, und sie starrte trotzig zurück. Um sie nicht zu beleidigen, ging er zu ihr und setzte sich neben sie, so dass ihre Beine vereint über die Kante des Kais baumelten.

»Du bist sehr schön, wie eine Meerjungfrau«, sagte er nachdenklich und lächelte sie an.

Sie fühlte sich überrumpelt. Engländer waren selten so poetisch oder frech, und die meisten Männer, die sie kannte, hatten Angst vor ihr.

»Tut mir Leid, Sie enttäuschen zu müssen, aber ich habe Beine, keine Schwanzflosse«, sagte sie und lächelte lebhaft zurück.

»Das sehe ich wohl. Entschieden praktischer, könnte ich mir vorstellen.«

»Woher kommen Sie?«, fragte sie. Er sprach mit einem ausgeprägten Akzent, und sein schwarzes Haar sowie die dunkle Haut waren ihr so fremd wie die Mokassins an seinen Füßen.

»Aus Chile«, erwiderte er.

»Wo ist das?«, fragte sie unbeeindruckt.

»In Südamerika.«

»Oh.«

»Es gibt auch eine Welt außerhalb von Polperro, weißt du?«, neckte er sie.

»Ja, ich weiß«, sagte sie schnippisch. Er sollte sie nicht für ein

Provinzgänschen halten. »Was tun Sie dann hier in meiner kleinen Stadt?«, fragte sie, unfähig, ihre Neugier zu zügeln.
»Ich schreibe einen Artikel über Cornwall für eine Illustrierte«, erklärte er.
»Gefällt es Ihnen?«
»Was, Cornwall?«
»Ja.«
»Bisher gefällt es mir sogar sehr.«
»Was haben Sie denn schon gesehen?«, fragte sie lächelnd, denn sie wusste, dass er die geheimen Orte, die nicht in den Reiseführern aufgeführt waren, bestimmt nicht gefunden hatte.
Er zählte Städte auf, die er besucht hatte, und berichtete von historischen Begebenheiten, die er irgendwo aufgeschnappt hatte.
»Wissen Sie, mein Großvater war Schmuggler«, sagte sie voller Stolz.
»Schmuggler!« Er lachte und gratulierte sich selbst zu seiner scharfen Wahrnehmungsgabe.
»Schmuggler«, wiederholte sie.
»Was hat er denn geschmuggelt?«
»Brandy und Tabak und dergleichen. Sie haben das Zeug wagenweise nach Bodmin Moor gekarrt und dort versteckt. In London haben sie es für ein Vermögen verkauft.«
»Tatsächlich?«
»Ja. Über so etwas sollten Sie in Ihrem Artikel schreiben. König Artus ist doch langweilig. Warum schreiben Sie nicht etwas Originelles?«
»Tja, ich …«
»Ich könnte Ihnen all die geheimen Höhlen und Buchten zeigen, und Dad könnte Sie über ihre Besonderheiten aufklären«, bot sie spontan an.
Ramon hielt es für eine gute Idee. Und wenn die Schmuggler-Geschichte nicht zustande kommen sollte, hätte er doch zumindest Zeit, dieses rätselhafte Wesen kennen zu lernen, das ihm diese verlockende Herausforderung bot. Sie war ganz anders als

alle Mädchen, die er kannte. Sie war zupackend und selbstbewusst.
»Gut. Das würde mir gefallen«, erwiderte er, erstaunt über ihre Forschheit, die in krassem Gegensatz zu ihrem engelhaften Aussehen stand.

Jake und Polly Trebeka waren entsetzt, als Helena beschwingt zum Mittagessen erschien und berichtete, dass sie sich mit jemandem angefreundet hätte, mit einem Schriftsteller aus Südamerika irgendwo, dem sie all die alten Schmugglerverstecke zeigen wollte.
»Du kannst nicht einfach Fremde ansprechen, Helena. Du weißt doch gar nichts über ihn«, sagte Jake streng, während er behutsam die winzige Holztür des Modellschiffs, an dem er bastelte, in die Angeln hängte.
»Er könnte ein Mörder sein«, fügte Polly trocken hinzu. Sie zog eine dampfende Gemüse-Lasagne aus dem Backofen und stellte sie auf den Tisch. »Wo zum Teufel steckt dein Bruder schon wieder? Toby!«, rief sie. »Toby!«
»Mum, er ist kein Mörder«, widersprach Helena.
»Tja, das weißt du erst, wenn es zu spät ist.« Sie lachte herzlich und wischte sich die Hände an ihrem wollenen Rock ab. Polly war eine große Frau, nicht dick, aber starkknochig und kräftig. Diäten hielt sie für Unsinn, und Menschen, die viel Zeit vor dem Spiegel verbrachten, für eitel und verwöhnt. Wie eine prachtvolle Galeone ließ sie ihren Mann klein erschienen, ein schlichtes Segelboot in ihrem Gefolge. Was nicht heißt, dass Jake schwächlich gewesen wäre; zwar war er klein von Gestalt, doch er konnte jeden, der ihm zu nahe trat, problemlos k.o. schlagen.
Sie waren ein seltsames Paar, aber sie liebten einander sehr und waren sowohl aus Gewohnheit als auch dank ihrer gleichen Denkweise stets einer Meinung. Jake war Besitzer einer florierenden Schreinerei, und Polly führte den Haushalt, zog die Kinder auf und versorgte die Blumenbeete, die jeden Frühling ihre

Pracht entfalteten. Es ging ihnen gut, wenngleich sie nicht reich waren. »Wozu brauche ich viel Geld?«, pflegte Jake zu sagen. »Ich kann's ja doch nicht mitnehmen, wenn ich sterbe, oder?«
Toby kam die Treppe hinunter. Das Haus erbebte unter seinen polternden Schritten. »Was gibt es zu Mittag, Mum?«, fragte er und sog den aromatischen Duft der gepriesenen Kochkünste seiner Mutter genussvoll ein.
»Gemüse-Lasagne«, antwortete sie knapp und stellte einen Wasserkrug auf den Tisch.
»Mein Leibgericht«, begeisterte er sich. Toby konnte Unmengen vertilgen, ohne jemals zuzunehmen. Er war schlank und biegsam, hatte das zigeunerschwarze Haar seines Vaters und die Fröhlichkeit seiner Mutter geerbt. Sein Appetit übertraf noch den seiner Eltern.
»Jake, kannst du das nicht nach dem Essen fertig machen?«, fragte Polly ungeduldig. »Ich verstehe sowieso nicht, was wir mit noch einem weiteren Modellschiff anfangen sollen.« Sie seufzte mit einem Blick auf die Reihen von Modellen, die überall herumstanden wie in den Regalen eines Spielzeugladens.
»Wie wär's, wenn ich ihn euch vorstellen würde, damit ihr euch selbst ein Urteil bilden könnt?« Helena ließ nicht locker.
»Wen willst du uns vorstellen?«, fragte Toby und häufte eine große Portion Lasagne auf seinen Teller.
»Helena hat in Polperro einen Mann kennen gelernt, der einen Artikel schreibt, und sie will ihm dafür die alten Schmugglerverstecke zeigen«, erklärte Jake.
»Ach ja?«, rief Toby aus. »Toller Trick.«
»Nein, er schreibt tatsächlich einen Artikel«, beteuerte Helena.
»Wie, hast du's denn gesehen?«, fragte Toby.
Sie zog ihm eine Grimasse. »Natürlich nicht, du Dummkopf. Er hat ihn ja noch gar nicht geschrieben.«
»Schon gut, schon gut. Hört jetzt auf, ihr zwei.« Polly redete mit ihnen wie mit zwei übermütigen Hunden. »Lade ihn zum Tee ein, dann können wir uns selbst ein Bild machen.«

Helena lächelte triumphierend.

»Wie alt ist er?«, fragte Jake ernst, rückte sich seinen Stuhl zurecht und setzte sich zu ihnen an den Tisch. Sogleich begann er mit gutem Appetit zu essen.

»Mitte bis Ende Zwanzig«, erwiderte sie und hob die Schultern, denn sie wusste es nicht genauer. Sie wusste wohl, dass er bartstoppelig und langhaarig war, gut gebaut und selbstbewusst. Er hätte genauso gut fünfundzwanzig wie vierzig sein können.

»Reist er allein?«, wollte ihr Vater kauend wissen. »Polly, diese Lasagne ist ausgezeichnet«, fügte er an seine Frau gewandt hinzu, die ebenfalls Platz nahm und sich den Rest auf den Teller füllte.

»Sieht so aus«, antwortete Helena.

»Du denkst vielleicht, du wärst mit deinen achtzehn Jahren schon eine erwachsene Frau, aber als ich in deinem Alter war, musste ich von einer Anstandsdame begleitet werden«, sagte Polly.

»Als ob du je eine Anstandsdame benötigt hättest, Mum. Du konntest doch mit einem einzigen Schlag den stärksten Mann umhauen«, bemerkte Toby respektlos lachend.

Ramon traf Helena wie verabredet an der Hafenmauer. Verlegen erklärte sie ihm, dass sie ihn ihren Eltern vorstellen musste, bevor sie ihr gestatteten, mit ihm zu gehen.

»Meine Mutter glaubt, Sie wären ein Mörder«, sagte sie und seufzte.

»Nun, man kann eben nie sicher sein.«

»Sie kommen aus einem fremden Land. Womöglich sind Sie ein Kannibale. Was wissen wir schon?« Sie lachte.

»Tja, wenn ich ein Kannibale wäre ... du würdest mir bestimmt gut schmecken.«

Sie lächelte scheu, senkte aber nicht den Blick und wurde auch nicht rot. Sie sah ihn mit ihren blauen Augen fest und abschätzend an. »Glauben Sie«, entgegnete sie schnippisch.

Er nickte und lächelte sie an. Ihre Arroganz belustigte ihn.
»Also, am besten kommen Sie mit und lernen meine Eltern kennen. Wir wohnen am Stadtrand von Polperro. Sie können entweder wie ich mit dem Fahrrad fahren oder zu Fuß gehen.«
»Ich besorge mir ein Fahrrad«, sagte er. »Dann können wir zusammen fahren.«
Sie radelten den Hügel hinauf zum Stadtrand, ließen den verschlafenen Hafen und die weiß verputzten Häuser hinter sich. Es war ein klarer Sommertag, die Möwen segelten auf der salzigen Brise und die Bienen summten im Bärenklau. Unterwegs erzählte Ramon ihr von Chile und von seinen Büchern. Als er erklärte, dass er ein bekannter Schriftsteller sei, glaubte sie ihm nicht und entgegnete, sie hätte noch nie von ihm gehört. »Aber wenn du mal nach Chile kommst, dann wirst du von mir hören«, sagte er.
»Warum sollte ich wohl nach Chile kommen?«, fragte sie.
»Weil es ein schönes Land ist und weil ein Mädchen wie du die Welt kennen lernen sollte«, erwiderte er aufrichtig.
»Eines Tages werde ich die Welt kennen lernen. Wissen Sie, ich bin ja erst achtzehn.«
»Da hast du noch viel Zeit.«
»Und es gibt so viele wichtigere Orte, die ich zuerst sehen möchte«, sagte sie, und Ramon hatte plötzlich große Lust, sie zu küssen.
Das hübsche weiße Haus, in dem Helena wohnte, war von üppiger Clematis überwuchert, die an den Mauern empor bis auf das graue Schindeldach kletterte. Ramon bemerkte eine Taubenfamilie, die beim Schornstein umherhüpfte und ihn aus luftiger Höhe aus schwarzglänzenden Augen beobachtete. »Na ja, es macht nicht viel her«, sagte Helena, stieg ab und ließ das Rad gegen die Mauer fallen. »Bringen wir's hinter uns.« Sie zwinkerte ihm frech zu.
Polly Trebeka war anders, als Ramon sie sich vorgestellt hatte. Sie hatte hellblondes Haar wie ihre Tochter, das jedoch von

grauen Strähnen durchzogen und zu einem lockeren Knoten geschlungen war. Feine Löckchen umgaben ihr Gesicht, in dem er nicht eine Spur von Make-up entdeckte. Sie gehörte anscheinend zu den Frauen, die keinerlei Cremes benötigten und sich trotzdem einer glatten, jugendfrischen Haut erfreuten. Ihr Lächeln war das eines jungen Mädchens.

Als er Jake Trebeka vorgestellt wurde, wusste Ramon, von wem Helena die hellen blauen Augen hatte. Sie waren fast von der Farbe eines Aquamarins. Bei Jake fielen sie auf Grund seines dunklen Teints und pechschwarzen Haars noch stärker auf. Er wirkte wie ein fremdartiger Zigeuner mit den Augen eines Falken. Helena hatte von beiden die besten Züge geerbt, war aber insgesamt feiner und zierlicher.

Toby hatte größten Wert darauf gelegt, bei diesem Treffen anwesend zu sein. Er hatte bemerkt, wie die Wangen seiner Schwester vor Aufregung glühten, wenn sie über diesen Mann sprach, und es verlockte ihn zu sehen, was Ramon von all den anderen jungen Männern in Polperro, die sich in Helena verliebten, unterschied.

»Nehmen Sie doch bitte Platz, Mr. …«, sagte Jake höflich und sah seine Tochter auffordernd an. Helena kannte Ramons Nachnamen freilich nicht. Toby warf ihr einen Blick zu und grinste. Sie erwiderte ihn mit einem warnenden Funkeln, bevor sie sich ihren Eltern zuwandte.

»Campione, Ramon Campione«, sagte Ramon und setzte sich aufs Sofa. Seine Präsenz war irgendwie zu übermächtig für das kleine Wohnzimmer. Helena ließ sich nicht davon abschrecken, dass er mit seinen langen Beinen und Armen den Großteil des Platzes beanspruchte, und setzte sich neben ihn.

»Jake Trebeka, und das sind meine Frau Polly und unser Sohn Toby. Freut mich sehr, Sie kennen zu lernen. Meine Tochter sagt, Sie sind Schriftsteller?«

Ramon nickte. »Ja, ich habe ein paar Gedichtbände und auch Kurzgeschichten geschrieben«, erklärte er mit seinem starken spanischen Akzent, der in einem so typisch englischen Haushalt irgendwie fehl am Platz wirkte.

»Aber Sie sind nicht hier, um ein Buch zu schreiben«, bemerkte Polly und stellte das Teetablett ab. Sie musterte Ramons langes glänzendes Haar, das ihrer Meinung nach dringend hätte geschnitten werden müssen, und seine dunkelbraunen klugen Augen. Er war so vollkommen fremdländisch. Sie hatte noch nie im Leben mit einem Ausländer gesprochen.

»Nein, Señora, ich arbeite an einem Artikel für den *National Geographic*«, erklärte er.

Pollys Augen weiteten sich, und sie sah ihre Tochter empört an. »Warum hast du nicht gesagt, dass er für den *National Geographic* arbeitet, Helena?«, fragte sie und stemmte die große Hand in die Hüfte. »Ich bin begeistert von dieser Zeitschrift, und Toby ist es auch, nicht wahr, mein Lieber?«, schwärmte sie und fühlte sich bedeutend wohler, nachdem sie Ramon nun in eine ihr vertraute Kategorie einordnen konnte.

»Ja, wir sind begeistert«, pflichtete Jake ihr schwer beeindruckt bei. »Worum geht es in dem Artikel, außer um Schmuggler?«

»Nun, im Grunde soll er vom Land König Artus' handeln«, erklärte Ramon. »Doch Helena hatte die Idee mit den Schmugglern.«

»Oh, das Land König Artus'! Welch bezaubernde Idee«, freute sich Polly.

»Nein, Mum, das ist überhaupt nicht originell«, sagte Helena unverblümt.

»Helena hat Recht, es ist nicht originell«, stimmte Toby zu und grinste seine Schwester an.

»Das hängt davon ab, wie man einen solchen Artikel aufzieht«, sagte Ramon. Mit glänzenden braunen Augen lächelte er Helena übermütig an.

»Ich habe jedenfalls vorgeschlagen, dass ich ihm die Verstecke der Schmuggler zeige, und du, Dad, informierst ihn über die

Geschichte«, sagte Helena leichthin und erwiderte Ramons Lächeln.
»Ich helfe gern«, erklärte Jake. »Der *National Geographic*, wie? Also, das ist eine wirklich angesehene Zeitschrift. Liefern Sie auch die Fotos selbst?«
»Alles«, antwortete Ramon.
Polly nickte bewundernd.
»Siehst du, er ist doch kein Mörder, oder?«, fragte Helena. Polly sah sie böse an. Jake lachte. Toby verschluckte sich beinahe an seinem Tee.
»Hoffentlich nicht«, grinste er. »Du musst ihm unbedingt Crag Creek zeigen.«
Helena strahlte triumphierend. »Ich zeige ihm alles«, versprach sie.

Die folgenden zehn Tage verbrachten Helena und Ramon damit, per Fahrrad die Küste zu erforschen. Sie zeigte ihm Orte, die er ohne ihre Hilfe niemals entdeckt hätte. Sie veranstalteten Picknicks am Strand und plauderten so vertraut wie zwei Menschen, die sich schon seit Jahren kannten. Sie sprachen mit Leuten in Pubs und in Fischerbooten, suchten Höhlen auf und schwammen im Meer. Ramon hatte vom ersten Moment an, da er sich auf die Unterhaltung mit ihr eingelassen hatte, den Wunsch verspürt, sie zu küssen. Er bekam seine Chance nach ein paar Tagen, als sie ein stilles Picknick an einem abgelegenen Strand genossen. Helena hatte nur ein Stück Schokoladenkuchen eingepackt. Ramon schlug vor, es zu teilen. Helena aber weigerte sich und schob sich siegesbewusst kichernd das ganze Stück in den Mund.
»Nun, dann muss ich es mir wohl holen«, sagte Ramon.
Helena versuchte aufzustehen und wehrte ihn stumm mit den Händen ab, da sie mit vollem Mund nicht zu sprechen vermochte. Doch Ramon war zu schnell für sie. Er warf sich über sie und drückte sie in den Sand. Sie funkelte ihn mit eiskalten Augen an,

die eben noch warm und einladend gewesen waren. Zu seiner Belustigung konnte sie ihn jedoch nicht mit Worten zurechtweisen, und so suchte er mit der Glut des Latinos ihren Mund und küsste ihre Schokoladenlippen. Dann bedeckte er ihren Hals und ihr Schlüsselbein mit heißen Küssen. Endlich schluckte sie und konnte wieder sprechen.
»Ramon! Was tust du da?«, empörte sie sich.
»Sei still, ich habe im Moment genug von deinen Reden. Sei ruhig und lass dich küssen. Das wünsche ich mir schon, seit ich dich zum ersten Mal in Polperro gesehen habe«, sagte er und verschloss ihr erneut mit einem Kuss den Mund. Sie wurde ganz ruhig, wie er es ihr befohlen hatte, und schloss die Augen, spürte nur noch einen warmen Mund und das Kribbeln in ihrem Bauch.

Ramon reiste nach zwei Wochen aus Polperro ab. Auf dem Kai, wo sie sich kennen gelernt hatte, küsste er Helena zum Abschied. Sie war zu stolz, um ihren Kummer zu zeigen, und lächelte ihn an, als wäre es ihr gleichgültig. Erst später weinte sie am weichen Busen ihrer Mutter. »Ich glaube, ich liebe ihn, Mum«, schluchzte sie.
Polly nahm sie in die Arme und sagte, dass er zu ihr zurückkommen würde, wenn er sie auch liebte. Wenn nicht, dann sollte sie ihre Zeit nicht mit Gedanken an ihn vertun. »Sommerromanzen an sich sind wunderbar, Liebes, und manchmal ist es besser, wenn nicht mehr daraus wird.«
Doch Ramon hatte Helena nicht vergessen. Er hatte es versucht. Er hatte seinen Artikel fertig gestellt und an seinen Verlag geschickt. Dann hatte er sein Elternhaus in Cachagua aufgesucht und den Kopf hängen lassen wie ein liebeskranker Schuljunge, mit schwerem Herzen am Strand gesessen und an Polperro und die Seejungfrau gedacht, die er dort zurückgelassen hatte. Er hatte alles versucht, um sie zu vergessen. Er schlief mit ein paar Mädchen, die er aufgelesen hatte, doch das ließ seine Glut nur

noch heller brennen. Er schrieb Gedichte über Helena und eine Kurzgeschichte über die Tochter eines Schmugglers in Cornwall. Seine Eltern waren entzückt. Ramon war nie zuvor verliebt gewesen, und sein kaltes Herz und seine einsamen Reisen hatten sie manchmal an den Rand der Verzweiflung getrieben.

Mariana hatte mit ihm geredet, ihm geraten, seinem Herzen zu folgen und nicht gegen seine Gefühle anzukämpfen. »Sie werden nicht verschwinden, Ramon«, sagte sie. »Genieße sie lieber, lass sie zu. Du kannst dich glücklich schätzen, so zu empfinden. Manche Menschen erfahren so etwas nie in ihrem Leben.«

Ramon rief seinen Verleger an und bat, seinem Artikel noch einen kurzen Absatz hinzufügen zu dürfen.

»Worum geht's denn?«, fragte der Verleger neugierig. Der Artikel gefiel ihm sehr gut, doch er wollte ihn eigentlich sofort bringen. »Hoffentlich ist er nicht zu lang. Ich habe nicht viel Platz«, sagte er.

»Nein, er ist nicht lang. Ich kann ihn jetzt gleich diktieren.«

»Gut. Also los.«

»Der allerschönste und bezauberndste Ort von allen ist Helena Beach in Polperro, eine kleine Bucht mit silberweißem Sand und hellblauer See, so klar, so klar, dass sie einen in die Tiefen ihrer Geheimnisse lockt, bis das Herz gefangen und die Seele gefesselt ist. Ich verließ diesen Ort in dem Wissen, dass ich nie wieder derselbe Mensch sein würde und dass ich für ewig ihr gehöre. Es ist nur eine Frage der Zeit, wann ich zurückkehre und mich ihr mit Leib und Seele widme.«

»Tolle Bucht, Ramon«, bemerkte der Verleger trocken. »Ich sollte diesen Absatz eigentlich nicht akzeptieren, aber weil du's bist …« Dann fügte er lächelnd hinzu: »Ich kann nur hoffen, dass deine Leser nicht versuchen, diese Bucht zu finden. Sie könnten enttäuscht sein.«

Als Helena das Exemplar des *National Geographic* erhielt, wusste sie, dass es von Ramon stammte, obwohl kein Schreiben beigefügt war. Sie blätterte mit zitternder Hand die Zeitschrift durch. Dann setzte sie sich an den Küchentisch und las Ramons Artikel. Sie weinte angesichts der Fotos, die sie gemeinsam geschossen hatten, und über seinen unvergleichlichen, poetischen Schreibstil, der an ihr Herz rührte. Als sie auf den Absatz über ›Helena Beach‹ stieß, schwammen ihre Augen in Tränen, so dass sie kaum weiterlesen konnte. Sie blinzelte und las ihn noch einmal, um zu sehen, ob sie zu viel hineingelesen hatte. Dann aber lächelte sie, denn jetzt wusste sie, dass er sie liebte und zu ihr zurückkehren würde. Er war es schließlich doch wert gewesen, dass sie auf ihn wartete.

Ramon saß am Strand, dachte an Polperro, dachte an seine Frau und seine Kinder, wie sie im Hafen auf der Kaimauer saßen, und sein Herz sehnte sich nach ihnen. Er dachte an das, was er anfangs für Helena empfunden hatte, und an das, was er jetzt für Estella empfand. Liebe, schnaubte er innerlich, was soll's? Am Ende wird sie immer schal, überlegte er nüchtern. Wie konnte er Estella lieben, wenn es ihm nicht einmal gelungen war, seine Frau richtig zu lieben? Es war besser, überhaupt nicht zu lieben.
Später, als er zum Haus zurückkehrte, hatte er einen Entschluss gefasst. Er würde unverzüglich abreisen und Estella vergessen. Er hätte schon vor vielen Jahren auch Helena vergessen sollen. Zumindest wollte er nicht zwei Mal den gleichen Fehler begehen.
Er entfaltete seine Landkarten, heftete den Blick auf Indien und nickte. Indien, warum nicht?

Zehn

Toby Trebeka hatte die Nacht in London verbracht, um zur Ankunft seiner Schwester am nächsten Morgen in Heathrow gleich anwesend zu sein. Er tat es freiwillig. Er wollte nicht, dass sie mit Bus oder Bahn nach Cornwall fahren musste, schon gar nicht in ihrem labilen Gemütszustand. Seine Eltern hatten ihm gesagt, dass sie Ramon verlassen hatte. Es machte ihn traurig. Zu Anfang war sie so glücklich gewesen. War das nicht jeder? Ihre Kinder taten ihm Leid, die nun zwischen zwei Menschen hin und her gerissen waren und sich womöglich noch selbst die Schuld gaben am Scheitern der Liebe ihrer Eltern. Trotzdem, sagte er sich, konnte man sein Leben nicht nur nach den Kindern einrichten. Wobei er selbst sowieso nie in diese Verlegenheit kommen würde.

Toby war schon immer anders gewesen als die anderen Jungen aus Polperro. Trotz seines athletischen Körperbaus hatte er sich nicht für Sport begeistern können, außer fürs Angeln, was die anderen für unglaublich langweilig und ungesellig hielten, zumal er die Fische, die er fing, stets wieder ins Wasser warf. Er weigerte sich, Fleisch zu essen – ›nichts, was eine Mutter oder ein Gesicht hat‹, erklärte er.

Obwohl man sich über ihn lustig machte, segelte Toby in dem kleinen Boot seines Vaters hinaus, um die Fische zu betrachten. Stundenlang hockte er bei rauer See draußen im Boot, hatte nur die Möwen zur Gesellschaft und seine eigene Stimme, die die dummen Liebeslieder aus dem Radio summte. Er sah gut aus, mit heller, klarer Haut und empfindsamen Augen, die zum Weinen neigten, gewöhnlich über Dinge, deretwegen andere nicht einmal mit der Wimper zuckten, wie zum Beispiel über den Anblick eines Fischschwarms dicht unter der Wasseroberfläche oder über einen einsamen Krebs, der eilends Schutz unter einem Stein suchte. Einzig sein fröhliches Wesen und sein scharfer Verstand verhinderten, dass er in der Schule herumgestoßen wurde. Er war einfach viel intelligenter als andere Jungen. Deren Respekt sicherte er sich durch seinen Humor und seine Bereitschaft, über sich selbst zu lachen. Er sammelte Insekten, die er in großen Glasbehältern hielt, mit allem erdenklichen Luxus von Blättern bis hin zu Nahrung, und er verbrachte Stunde um Stunde damit, sie zu füttern und zu studieren. Er las Bücher über Bäume und Tiere und abonnierte den *National Geographic*. Seine Andersartigkeit war ihm bewusst. Seine Mutter hatte ihm geraten, gerade diese herauszustreichen. Also versuchte er gar nicht erst, Fußball oder Rugby zu spielen, er rauchte nicht und hockte nicht in Kneipen herum, um über Mädchen zu reden. Im Übrigen hatte er auch nie versucht, Mädchen zu mögen – zumindest nicht auf die Art und Weise, wie andere Jungen es von ihm erwarteten.

Als er etwa fünfzehn und der einzige Junge in der Klasse war, der noch nie ein Mädchen geküsst hatte, drängte er die kleine Joanna Black gegen eine Mauer und küsste sie vor den Augen aller anderen, nur um zu beweisen, dass er es konnte. Er hasste sich dafür. Nicht nur, weil er Joanna Black schwer gekränkt hatte, die in der Verzweiflung einer ihrer Jungfräulichkeit beraubten Frau schluchzend ins Klassenzimmer gelaufen war, sondern weil es ihm keinen Spaß gemacht hatte. Das Gefühl hatte nicht gestimmt.

Die Jungen hatten ihm bewundernd auf die Schultern geklopft. Joanna Black war eines der hübschesten Mädchen der ganzen Schule.

Sein heißer Stolz wich aber schon bald einer glühenden Scham, die an sein Gewissen rührte. Joanna Black sprach nie wieder ein Wort mit ihm. Auch als er sie Jahre später beim Einkaufen traf, hielt sie die Nase hoch und lief aus dem Laden, ohne ihn auch nur eines Blicks zu würdigen.

Toby hatte daran gedacht, sich zu entschuldigen, doch es erschien ihm schließlich albern, für etwas, was so weit zurücklag, um Verzeihung zu bitten.

In den sechziger Jahren, als Toby ein Teenager war, hatte er mehr ›Freundinnen‹ als jeder andere Junge in Polperro. Die Mädchen himmelten ihn an. Er war witzig, liebte Klatsch und Ränkespiele, begegnete ihnen respektvoll, ließ sich von ihnen nie in Bedrängnis bringen und scheute sich nicht zu sagen, was er dachte. Er war auf liebenswerte Weise attraktiv mit seinen leuchtenden Augen, die den Mädchen zu verstehen gaben, dass er sie besser verstand als andere Jungen. Sein strahlendes Lächeln war ehrlich, sein freundliches Gesicht aufgeschlossen. Alle liebten ihn, doch er liebte die Mädchen nie auf die Art, die sie sich ersehnten.

Die See bot Toby Zuflucht, wenn er den Jungen in den Kneipen mit ihren Gesprächen über Mädchen und ihre Erfolge bei ihnen entgehen wollte. Dann segelte er hinaus in den salzigen Dunst, wo er er selbst sein konnte, wo er sich nicht anpassen musste. Er erinnerte sich des Rats seiner Mutter, doch er konnte seine Homosexualität nicht herausstreichen, ohne die gesamte Stadt gegen sich aufzubringen. Er hatte schon in sehr jungen Jahren gewusst, dass er schwul war, doch in ihrer behüteten Gesellschaft war Homosexualität streng verpönt, und Polperro war zu klein, um sich verstecken zu können.

1967, im Alter von achtzehn Jahren, ließ er Polperro hinter sich und suchte Arbeit in London. Seine Eltern hatten nicht verstanden, warum er fortgehen und in London arbeiten musste; für einen intelligenten jungen Mann wie Toby gab es auch zu Hause reichlich Berufschancen. Sein Vater wünschte sich Toby als Mitarbeiter in der Schreinerei, doch Toby konnte ihm nicht klarmachen, dass der bloße Gedanke, prachtvolle Bäume in kleine Stücke sägen zu müssen, ihn schmerzte. Er konnte es nicht erklären, also unterließ er es. Er packte seine Sachen und ging.

Seine Mutter war am Boden zerstört, sein Vater wütend. »Da schwitzt man Blut und Wasser, um sie großzuziehen, und dann gehen die undankbaren Bengels ohne ein Wort des Dankes einfach auf und davon«, knurrte er.

Zu dieser Zeit reiste Helena bereits mit Ramon in der Welt umher. Jake und Polly waren einsamer als zu Beginn ihrer Ehe, da sie jetzt wussten, wie es war, wenn das Haus von Kinderlachen erfüllt war. Jetzt blieben ihnen nur noch Echos, die lauter waren als die Stille in der Zeit vor den Kindern.

Toby hatte Jahre gebraucht, um Arbeit zu finden. Nicht weil er schwer zu vermitteln gewesen wäre – er hatte im Alter von achtzehn Jahren die Schule mit guten Zeugnissen verlassen –, sondern weil er nichts fand, was ihm Freude machte. Seinen Eltern erklärte er: »Wenn ich den Rest meines Lebens mit Arbeiten verbringen soll, dann will ich auch etwas tun, was mir gefällt, sonst ist das Leben nichts wert.« Sie mussten ihm in diesem Punkt zustimmen, weshalb sein Entschluss, Polperro zu verlassen, sie noch mehr verwirrte. In London gab es keine Fischerboote, keine offene See, in der er sich verlieren konnte.

Toby hatte versucht, in der City zu arbeiten, es aber nur drei Wochen ausgehalten. Er tat seinen überstürzten Abschied mit einem fröhlichen Lächeln und der schlichten Erklärung ab, dass er fürs Stadtleben nicht geschaffen sei. Er versuchte sich in allen Sparten, vom Verkaufen über Marketing bis hin zu Küchendesign. Doch bald verlor er den Mut, und hinter dem Lächeln, das er nach jeder neuen Niederlage für seine Freunde bereit hielt, verbarg sich die verängstigte Seele eines verwirrten und befremdeten Mannes. Er gehörte nicht nach London oder in die City oder nach Mayfair. Er gehörte nicht in die Welt von Ehepaaren und Kindern. Er wusste, was seine Welt war, doch sie war ihm fern wie das Ende des Regenbogens, weil er zu große Angst hatte, sie zu finden.

Er sehnte sich nach seinem Zuhause, nach dem Meer und nach der Sicherheit jenes im undurchdringlichen Seenebel verborgenen Fischerboots.
Dann traf er eines Nachts in einer Bar einen flachsblonden jungen Mann namens Julian Fable, der sein Leben grundsätzlich veränderte. Beide hatten zu viel getrunken, Toby, um seinen Kummer zu ertränken, Julian, um ihm Mut zu machen. Als sie die Bar verließen, wandte Julian sich Toby zu, legte die Hände um sein trauriges Gesicht und küsste ihn. Und plötzlich spürte Toby eine grenzenlose Erlösung, als wäre der Schatten, der er war, endlich mit einer Haut überzogen, in der er gern leben mochte.
1973, vierundzwanzig Jahre alt, kehrte er schließlich mit Julian nach Polperro zurück, als ganzer, zufriedener Mensch. Sie kauften sich ein Häuschen am Stadtrand, in dem Julian sich eine Dunkelkammer für seine Fotoarbeiten einrichtete. Toby kaufte sich ein Boot, nannte es *Helena* und baute sich ein eigenes Geschäft auf, indem er für Touristen Ausflüge längs der Küste anbot. Endlich wurde er sesshaft. Er hatte zu sich selbst gefunden.

In den ersten paar Jahren fand es niemand auch nur merkwürdig, dass Toby Trebeka mit einem Mann zusammenwohnte. Doch als den Leuten allmählich klar wurde, dass die beiden nie mit Mädchen ausgingen oder ihnen nachstellten, erwachten Klatsch und Gerüchte und wurden so laut, dass sie nicht mehr zu überhören waren. Toby war glücklich, hatte sich um seine eigenen Angelegenheiten gekümmert und sich nie in fremde eingemischt. Es machte ihn tieftraurig, dass er sich womöglich den anderen würde erklären müssen. Doch ihm blieb keine Wahl. Eines Abends erschien er zum Abendessen im Haus seiner Eltern. Es wunderte sie, dass er sich mitten in der Woche selbst bei ihnen zum Essen einlud, und Unbehagen machte sich bei ihnen breit. Jake und Polly hatten beide den Verdacht, dass er schwul sein könnte, doch solange es nicht ausgesprochen oder ihnen vorgeführt wurde, hatten sie es ignoriert. So getan, als wäre nichts. Wie man einen Flecken auf dem Teppich unter einer Topfpflanze versteckt, so gingen sie darüber hinweg, obwohl die Freunde und Nachbarn hinter ihrem Rücken redeten.

»Wie geht's, wie steht's?«, fragte Jake vorsichtig, während Polly energisch ihre Gemüsesuppe umrührte.

»Gut, danke, Dad«, sagte Toby und nahm einen großen Schluck Wein, um sich Mut zu machen.

»Es geht dir also gut«, bemerkte Polly vom Herd her, und ihr verkrampftes Lächeln verriet ihre Sorge.

»Mum, Dad, hört zu. Ich bin schwul«, erklärte Toby unumwunden. Er besaß die gleiche Unverblümtheit wie seine Schwester und brachte es immer noch fertig, seine Eltern zu überrumpeln. Er seufzte schwer und überließ seine Gefühle dem Wein. Jake stürzte seinen Brandy herunter. Polly rührte kräftig in der Suppe. Eine Weile redete niemand. Jeder war allein mit seinen Gedanken, und das Schweigen trennte sie voneinander. Tobys Herz jedoch lag schwerelos in seiner Brust, froher denn je.

»Also ist Julian dein …«

»Geliebter, Dad. Julian ist mein Geliebter, mein Freund. Ich erwarte nicht, dass ihr mich versteht, nur, dass ihr meine Lebensweise, die ich frei gewählt habe, akzeptiert. Ihr habt das Recht, es zu wissen«, sagte er und sah seinen Vater fest an.

»Ich habe dir beigebracht, dir deine Unabhängigkeit zu bewahren«, setzte Polly an und kam zum Tisch.

»Meine Andersartigkeit herauszustreichen«, ergänzte Toby trocken.

»Deine Andersartigkeit herauszustreichen«, bestätigte sie und lachte leise. »Nun, ich bin stolz auf dich. Gegen den Strom zu schwimmen, dazu gehört viel Mut.«

»Ich glaube, ich bin mein Leben lang gegen den Strom geschwommen«, überlegte Toby mit einem traurigen Lächeln.

»Gut, dann schwimme ich mit dir, Toby, mein Lieber«, sagte Polly, beugte sich zu ihm herab und küsste ihn.

Er legte die Arme um ihre füllige Taille. »Das bedeutet mir sehr viel, Mum«, erklärte er mit erstickter Stimme.
»Ich weiß«, erwiderte sie und tätschelte seinen Rücken. »Ich weiß.«
Jake akzeptierte, worum sein Sohn ihn gebeten hatte, doch er erwähnte Julian nie, wollte ihn nicht sehen und nicht in seinem Haus empfangen. Es schmerzte Toby, dass sich plötzlich eine Mauer zwischen ihnen aufgetürmt hatte. Vorher hatte sein Vater Julian gemocht, doch jetzt betrachtete er ihn aus purem Vorurteil als Bedrohung und hatte beschlossen, sich gegen ihn zu stellen.
Doch Polperro war ein kleines Städtchen, und sie konnten einander nicht aus dem Weg gehen. Wenn sie sich an einem dunstigen Samstagvormittag zufällig auf dem Kai begegneten, wo Julian Tobys Boot, die *Helena*, festmachte und Jake sein eigenes Boot aufsuchte, nickten sie einander höflich zu. Weiter gingen sie nie.
Toby war pragmatisch. Er hatte es ihnen immerhin gesagt, es gab kein niederdrückendes Geheimnis zwischen ihnen. Es konnte nur noch besser werden.

Erschöpft und benommen trafen Federica und Hal auf dem Flughafen Heathrow ein. Es war ein langer Flug gewesen, mit Zwischenstopp in Buenos Aires, Rio, Dakar und schließlich die Landung in Heathrow. Ihre Welt schien für eine halbe Ewigkeit auf die Enge des Flugzeugs reduziert. Helena hatte versucht, sie abzulenken und zu beschäftigen, sie hatte Federica sogar gebeten, noch einmal die Geschichte ihres Kästchens zu erzählen, um ein paar weitere langweilige Minuten zu füllen.
Endlich tauchte Tobys langes, lächelndes Gesicht auf. Er winkte ihnen wild zu, während sie die Zollabfertigung absolvierten. Weder Hal noch Federica erkannten ihn. Doch Helena eilte in seine Arme und schluchzte heftig, als der Druck, für ihre Kinder stark sein zu müssen, endlich von ihr abfiel. Sie genoss seine ver-

traute Nähe und den vertrauten Geruch seiner Haut. Sie war zu Hause. Der Albtraum hatte ein Ende.

Toby blickte zur Seite und sah, dass Helena auf dem Beifahrersitz in ihrem Sicherheitsgurt eingeschlafen war. Sie atmete langsam und tief, als ob sie sogar im Schlaf die vertraute Luft ihrer Heimat erkannte. Tja, im Leben gibt es Höhen und Tiefen, dachte er, und wenigstens kann es nach einem Tiefpunkt nur noch aufwärts gehen. Im Rückspiegel warf er einen Blick auf die Kinder, die anfingen, sich zu regen, und aus ihren Schlafwelten erwachten, um sich mit einer fremdartigen Landschaft vertraut zu machen. Toby wünschte sich, es wäre Frühling. Dann sähe England nicht so grau und trüb aus.

Federica richtete sich auf und schaute blinzelnd aus dem Fenster auf die vorbeifliegenden, mit Raureif bedeckten Felder.

»Sind wir bald da?«, fragte sie.

»Es dauert noch ein bisschen, Fede«, antwortete Toby freundlich. »Magst du mir von deinem Zauberkästchen erzählen?«, bat er und sah, wie sie es gedankenverloren öffnete und wieder schloss.

Sie seufzte traurig. »Gut«, sagte sie, dachte an die schützende Umarmung ihres Vaters und spürte einen Stich im Herzen, denn mit dieser Erinnerung kam auch die weniger angenehme an das Gespräch zurück, das sie in Cachagua belauscht hatte. Doch während sie Toby die Geschichte von der Inka-Prinzessin erzählte, färbten sich ihre Wangen wieder rosig und die trübe Stimmung wich. Als sie schließlich zum Mittagessen in einem merkwürdigen kleinen Dorfgasthaus Rast einlegten, war sie nicht mehr traurig, sondern neugierig. Neugierig auf all das Neue um sie herum.

Elf

Als sie durch das Tor auf den kiesbestreuten Vorplatz fuhren, schob sich das weiße Haus ins Blickfeld wie ein zuverlässiger alter Freund, genauso, wie es immer gewesen war. Jake und Polly hatten die vorangegangenen Stunden mit aufgeregtem Wandern von Zimmer zu Zimmer verbracht, und als sie das Motorengeräusch hörten, stürzten sie zur Haustür hinaus, um die erschöpften Reisenden willkommen zu heißen. Polly fiel sofort auf, dass ihre Tochter dünn und hohlwangig wirkte, doch sie staunte über das gesunde Aussehen der Kinder. Federica warf sich ihr in die Arme und umhalste sie begeistert.

»Du bekommst ein Zimmer für dich allein, Fede, und zum Tee habe ich Schokoladenkekse für dich gebacken, die du damals in Chile doch so gern gegessen hast«, sagte Polly und drückte das magere Kind an sich, das sich an ihre Taille klammerte wie ein verwaistes Äffchen. Hal drückte sich an die Beine seine Mutter und wollte auf den Arm genommen werden.

»Hal, mein Süßer, du bist zu groß, um dich noch tragen zu lassen. Du bist vier Jahre alt und nicht eben klein für dein Alter!« Helena lachte und gab ihrem Vater einen herzlichen Kuss. »Gott, es ist schön, zu Hause zu sein. Mir geht es jetzt schon besser.«

»Kommt, wir wollen nicht länger in der Kälte stehen. In der Küche ist es warm; gehen wir rein, damit wir gemütlich reden können«, schlug Polly vor und schob Federica mit ihren tüchtigen großen Händen in Richtung Haustür.

»Gut gemacht, Toby«, sagte Jake und klopfte seinem Sohn steif auf den Rücken. »Es war sehr lieb von dir, dass du sie abgeholt hast.«

»Kein Problem, Dad«, antwortete er, erfreut über das Lob seines Vaters.
Polly betrachtete sorgenvoll ihre Tochter. Sie sah immer noch gut aus, doch ihr Strahlen war verschwunden. Vernachlässigung hatte sie ausgesogen und nur eine vertrocknete Hülse hinterlassen. Polly hätte Ramon am liebsten den Hals umgedreht, doch sie hielt ihre Gefühle im Zaum. Über den untreuen Ehemann wollte sie erst reden, wenn sie mit Helena allein war.
Die Kinder wärmten sich am Küchenherd und vertilgten Kuchen und Gebäck wie hungrige Heuschrecken. Sie gewöhnten sich schnell ein, und Hal legte seine Schüchternheit ab, sobald er die Schokoladentorte sah.
»Es ist so schön, wieder zu Hause zu sein. Wie in alten Zeiten. Nichts hat sich geändert«, sagte Helena, umfasste den Raum mit einem raschen Blick und zündete sich eine Zigarette an.
Ihre Mutter hatte sich in den vergangenen Jahren kaum verändert. Sie war eine bewegliche Sechzigerin mit glatter honigfarbener Haut und den strahlenden Augen eines Menschen von kräftiger Konstitution und guter Gesundheit. Wären nicht das ergrauende, zu einem unordentlichen Knoten geschlungene Haar und ihre matronenhafte Kleidung gewesen, hätte man sie ohne weiteres für knappe fünfzig halten können.
Das Haar ihres Vaters hatte inzwischen eine schöne silbergraue Tönung angenommen, die seine zerklüfteten Züge milderte und nicht mehr so an den dunklen Schmuggler gemahnte, dem er seinerzeit mit dem schwarzen Haar so geähnelt hatte. Wie früher sprach er wenig, doch er bemerkte alles.
»Herrlich, dass du wieder hier bist«, schwärmte Polly, deren Wangen vor Begeisterung über das Wiedersehen mit ihrer Tochter und ihren Enkelkindern glühten. »Ich habe die idealen Freunde für Federica und Hal«, fügte sie glücklich hinzu. »Erinnerst du dich an die Applebys?«
Helena sah Toby an. »Wie, diese verrückte Familie, die in Pickthistle Manor gewohnt hat?«, erkundigte sie sich und lächelte

ihrem Bruder zu, denn als Kinder hatten sie ständig versucht, den alten Nuno Appleby, Polperros unterhaltsamsten Exzentriker, in ein Gespräch zu verwickeln. Damals war er ungefähr sechzig gewesen, ging plattfüßig mit sehr geradem Rücken und nickte mit seinem Schildkrötenkopf im Vorbeigehen den Leuten zu, als wäre er der Bürgermeister höchstpersönlich. Er war in Cornwall geboren, sprach aber, weil er als junger Mann lange in Italien Kunst studiert hatte, mit einem pseudo-italienischen Akzent und nannte sich Nuno statt Nigel. Er lebte in Pickthistle Manor mit seiner Tochter Ingrid, einer begeisterten Vogelkundlerin, mit ihrem Mann Inigo, dem Schriftsteller, und deren fünf wilden Kindern.

»Sie sind nicht verrückt. Originell, könnte man sagen, aber nicht verrückt«, entgegnete Polly.

»Originell!« Jake lachte leise und zeigte dabei einen schiefen Eckzahn. »Und dabei meinte ich immer, Polly nennt die Dinge beim Namen.«

»Ingrid und Inigo haben fünf Kinder«, erklärte Polly, ohne ihren Mann zu beachten. »Warte mal, eines oder zwei müssten im Alter zu Fede und Hal passen.« Sie kniff die hellblauen Augen zusammen und versuchte, sich zu konzentrieren.

»Na ja«, mischte Toby sich ein, »Sam dürfte etwa fünfzehn sein, also kommt er nicht in Frage.« Er erinnerte sich an Sam als einen ziemlich arroganten Jungen, der selten mit jemandem sprach und seine Nase unablässig in Bücher steckte.

»Um Himmels willen, ich denke an Molly und Hester«, wehrte Polly ab.

»Ach ja. Molly wird ungefähr neun sein und Hester sieben«, rechnete Toby nach. »Ideale Spielgefährten. Sie gehen beide in Polperro zur Schule. Das könnte also prima klappen.«

»Es wäre schön für Fede«, bekräftigte Helena und betrachtete ihre Kinder, die jetzt glücklich lachten und mit den Geschenken Ramons spielten.

»Lucien und Joey sind noch klein, mehr oder weniger in Hals

Alter«, fuhr Polly fort. »Wir sollten die Familie bald einmal zum Tee einladen.«

»An Ingrid kann ich mich noch erinnern.« Helena lachte. »Sie war genauso verrückt nach Tieren wie du, Toby. Wenn es im Umkreis von fünf Meilen irgendwo ein verletztes Tier gab, fand sie es und pflegte es gesund.«

»Und wenn es nicht verletzt war, dann tat es so, denn bei Ingrid hatten die Tiere ein Leben wie im Ritz«, witzelte Toby. »Erinnerst du dich an die von Flöhen verseuchten Igel, die sie in der Waschküche hielt?«

»Und an die Gans, die so bösartig war, dass die Familie eine Woche lang, bis das Bein geheilt war, die Küche nicht benutzen konnte? Aber *du* solltest ganz still sein, mit all deinen Insekten in ihrem Fünf-Sterne-Inkubator«, setzte Helena hinzu und lachte ihren Bruder an.

»Ingrid verbringt den größten Teil des Tages immer noch am liebsten auf den Klippen, wo sie Möwen malt«, sagte Polly. »Sie malt wunderschön.« Sie seufzte bewundernd. »Allerdings auf Kosten dieser lieben Kinder, die wie Zigeuner aufwachsen.«

»Dann aber wie ziemlich noble Zigeuner«, mischte Jake sich trocken ein.

»Ja, wie noble Zigeuner, aber eben unbeaufsichtigt. Ingrid ist oft so geistesabwesend, und Inigo schließt sich entweder den lieben langen Tag in seinem Büro ein und schreibt oder er rennt durchs ganze Haus und schimpft über die Schlechtigkeit der Welt. Ihm geht man am besten aus dem Weg, finde ich. Trotzdem, die Kinder sind entzückend, obwohl ihnen jede Spur von Disziplin fehlt.«

»Meinst du, sie sind der richtige Umgang für meine Kinder?«, fragte Helena besorgt und schnippte Zigarettenasche in den Mülleimer.

»Aber natürlich. Federica würde ein bisschen mehr Freiheit nicht schaden.« Polly dachte daran, dass Federica ohne die Aufsicht eines Dienstmädchens oder ihrer Mutter nicht einmal den

Vorgarten verlassen durfte. Polizei patrouillierte auf den Straßen, und das Militär überwachte die Ausgangssperre. In Viña del Mar herrschte zwar noch eine gewisse Unbeschwertheit, aber eine Vorstadt war eigentlich nicht der richtige Ort, um Kinder großzuziehen. »Das Landleben wird ihnen gut tun«, fuhr sie fort und freute sich an der Vorstellung, wie die Kinder am Strand spielten und mit ihren neuen Freunden auf den Wiesen tobten. Federica war auch noch ein Kind, obwohl sie manchmal wie eine junge Frau im Körper eines Kindes wirkte. Pollys Meinung nach war es höchste Zeit, dass sie ihre Kindheit genießen durfte, zumindest die paar Jahre, die ihr noch dafür blieben.
Als es Zeit zum Schlafengehen war, legte Federica sich in ihrem neuen Bett auf die Seite und betrachtete das Schmetterlingskästchen auf dem Nachttisch. Es war so dunkel, dass sie ihre Mutter gebeten hatte, die Tür zum Flur offen zu lassen, damit das einfallende Licht die alles verschlingende Nacht in diesem fremden Land ein wenig aufhellte. Sie betrachtete ihr Kästchen und schöpfte Mut aus seinem Anblick, denn es war ein kleines Stückchen Heimat in einem fremden Land, ein bisschen von ihrem Vater, woran sie sich festhalten konnte, bis er käme und ihr seine Liebe persönlich schenkte.

»Arme Helena«, seufzte Polly und zog sich die Bettdecke über den stattlichen Busen. »Aber sie hat es richtig gemacht. Ich mochte gar nicht daran denken, dass sie ohne jeden Schutz da draußen in Chile lebte. Jetzt hat sie uns; wir werden schon auf sie Acht geben.«
»Lass es nicht so weit kommen, dass du sie bedienen musst, Polly. Du weißt ja, wie sie ist«, warnte Jake und stieg ins Bett.
»Helena braucht uns.«
»Ja. Aber gib gut Acht, sonst wirst du wieder zu ihrer Sklavin wie damals«, sagte er, wälzte sich herum und löschte das Licht.
»Sie hat sich geändert. Sie hat Schweres durchgemacht und sie braucht unsere Hilfe«, beharrte Polly.

»Sag nicht, ich hätte dich nicht gewarnt«, knurrte Jake und seufzte dann schwer, zum Zeichen, dass er zu müde war für weitere Diskussionen.

Molly und Hester Appleby waren fasziniert von dem dünnen, zitternden Mädchen, das schüchtern vor ihnen stand. Ihre Mutter hatte die Mutter des Mädchens zum Tee eingeladen und ihnen erklärt, dass Fede – Fähdä wurde der Name ausgesprochen – gerade erst nach England gekommen war und keine Freunde hatte. Sie sollten ihr das Gefühl geben, willkommen zu sein. In ihrer typischen Art führte Ingrid die Kinder zusammen und empfahl ihnen, spielen zu gehen, während sie sich mit der Mutter des Mädchens unterhielt.

»Fede ist ein komischer Name«, sagte Molly und kniff misstrauisch die grünen Augen zusammen.

»Das ist die Abkürzung von Federica«, erklärte Fede mit rauer Stimme.

»Der Name ist genauso komisch«, erwiderte Molly.

»Mein Vater ist Chilene«, sagte Fede, und dann erkannte sie das Nichtverstehen in den Gesichtern der beiden Mädchen. »Chile ist ein Land in Südamerika«, erläuterte sie. Südamerika kannten die Mädchen von der Landkarte her, die ihr Kinderfräulein an die Wand des Spielzimmers gezeichnet hatte. Sie nickten.

»Ist dein Vater schwarz?«, fragte Hester.

»Nein«, antwortete Federica schockiert. »Aber er hat schwarzes Haar«, fügte sie hinzu und lächelte in Gedanken an ihn.

»Wenn du magst, zeigen wir dir alles hier.«

Federica nickte.

Federica bekam ein Paar Gummistiefel und einen viel zu großen Mantel ausgeborgt und folgte den Mädchen hinaus in den winterlichen Garten. Sie wohnten in einem großen weißen Herrenhaus mit hohen Schiebefenstern und einer geräumigen Terrasse, von der aus eine majestätische Steintreppe auf den Rasen hinunterführte.

Der Boden war hart gefroren und glitzerte vom Raureif, den Federica noch nie im Leben gesehen hatte. Schnee kannte sie bereits, denn ihr Vater hatte sie ein paar Mal zum Skifahren nach La Parva in den Anden mitgenommen, doch Raureif war ihr fremd. Sie schlenderten über den Rasen zum See, der flach und eisbedeckt am Ende des Gartens lag. »Lasst uns ein bisschen schlittern«, schlug Molly vor und tappte vorsichtig auf den See hinaus. Federica folgte ihr und verzog das Gesicht, als sie die ersten unsicheren Schritte auf dem schlüpfrigen Eis wagte.

»Gib Acht, dass du nicht hinfällst«, warnte Molly.

Federica mochte nicht aufs Eis hinausgehen. Sie hatte Angst, dass es brechen könnte. Doch sie musste traurig zusehen, wie die beiden unfreundlichen Mädchen bis zur Mitte des Sees schlitterten, und sie wusste, dass sie ihnen folgen musste, wenn sie ihre Freundschaft gewinnen wollte. Erleichtert, dass das Eis sie trug und sich fest und sicher anfühlte, schlitterte sie steif den Mädchen hinterher.

»Komm, Fede!«, rief Molly und lächelte. »Gut gemacht!«

»Wetten, in Chile hast du das nie gemacht?«, fragte Hester. Federica nickte.

»Das macht Spaß, oder? Ich würde so gern richtig Schlittschuh laufen, mit richtigen Schlittschuhen«, sagte Molly. »Wenn Daddy mir doch welche kaufen würde, dann könnte ich mich um mich selber drehen.« Sie führte eine wacklige Pirouette vor. Hester versuchte, es ihr nachzutun, fiel jedoch aufs Hinterteil. Sie lachten, und Federica lachte mit und freute sich über die kameradschaftliche Verbundenheit. Sie probierte ein paar Drehungen, was zur Folge hatte, dass sie ebenfalls aufs Eis stürzte.

»Sieh mal, so«, wies Molly sie an, machte große Schritte und schwang ein Bein hoch in die Luft. Hester und Federica machten es ihr nach und kicherten über ihre hoffnungslosen Bemühungen.

»Da kommt Sam!«, rief Hester und winkte ihrem Bruder zu, der über den Rasen hinweg auf sie zukam.

»Runter vom Eis!«, schrie er. »Es ist noch nicht sicher!«
»Spielverderber«, sagte Molly leise. »Kommt«, seufzte sie und schlitterte Sam entgegen.
Plötzlich ertönte ein dumpfes Krachen, wie das Fauchen eines erwachenden Ungeheuers in der Tiefe. Molly brüllte vor Lachen, Hester schrie vor Angst, und Federica, ein Stück hinter ihnen, begann zu rennen, um schnellstmöglich vom Eis zu kommen. Sie wusste nicht, dass man auf dem Eis nicht rennen sollte.
Das Krachen wurde lauter und bedrohlicher. Federica lief noch schneller, doch die Füße wollten nicht mehr. Plötzlich glitt sie aus, schlug bäuchlings auf und bekam keine Luft mehr. Ihr Kinn traf mit einem scheußlichen Knirschen auf dem Eis auf.
Als Federica aufstehen wollte, sah sie Blut auf dem Eis und schrie erschrocken auf. Sie erhob sich auf die Knie, immer noch nach Luft ringend, und da brach das Eis unter ihr ein, und sie versank im kalten Wasser des Sees. Panik packte sie an der Kehle, und ihr Hilfeschrei war nicht mehr als ein erbarmungswürdiges Flüstern. Sie versuchte, sich am Eis festzuhalten, doch es brach ihr unter den Händen weg. Ihr Mantel war zu groß und behinderte sie in ihren Bewegungen. Federica versuchte, mit den Beinen zu strampeln, doch sie spürte nichts außer Kälte. Sie sank tiefer und wimmerte vor Angst, als das Wasser ihr bis zum Hals reichte.

»Ist ja gut«, ertönte eine ruhige Stimme. Sie schlug die blutunterlaufenen Augen auf und sah in Sam Applebys blasses Gesicht. Er lag über ihr auf dem Eis und packte ihre Arme. »Alles klar, ich hab dich«, sagte er und blickte sie fest an, um ihr Mut zu machen. »Jetzt ziehe ich dich raus, und wenn ich ›los‹ sage, fängst du an, mit den Füßen zu treten«, wies er sie an.
»Ich spüre sie doch gar nicht«, schluchzte sie.
»O doch. Jetzt, LOS!« Federica strampelte wild, während Sam sie langsam aus dem schwarzen Loch zog. Wieder knirschte das Eis bedrohlich, doch Sam zog stetig weiter und Federica stram-

pelte um ihr Leben. »Braves Mädchen«, sagte Sam immer wieder, um sie zu ermutigen. Und schließlich lag sie wie ein schwerer nasser Seehund auf dem Eis. »Jetzt rutschen wir einfach weiter, ja? Wir werden nicht aufstehen und gehen, verstehst du?«
Federica nickte. Ihre Zähne klapperten vor Kälte und Angst. Sam legte den Arm um sie, und gemeinsam rutschten sie übers Eis in Richtung Ufer. Federica fühlte sich so taub am ganzen Leib, dass sie sich kaum bewegen konnte. Eine Ewigkeit schien zu vergehen, bis sie wieder festen Boden unter sich hatten. An Land angekommen, hob Sam Federica ohne viel Federlesens auf und eilte zum Haus. Molly und Hester folgten ihm wie zwei aufgeregte Gänse.
Die Mädchen liefen ins Wohnzimmer, um ihre Mutter und Helena zu informieren, während Sam die Treppe hinaufstapfte und nach Bea, dem Kindermädchen, rief, die im Spielzimmer auf Lucien, Joey und Hal aufpasste. Als sie das schluchzende Kind in Sams Armen sah, rang sie entsetzt nach Luft und führte Sam mit seiner Last in Mollys Zimmer. »Was ist passiert?«, rief sie, als Sam das Kind aufs Bett legte.
»Molly mal wieder! Dieses dumme Mädchen!«, rief er hitzig. »Das Kind hier hätte sterben können. Zieh ihr schnell die nassen Sachen aus, bevor sie sich eine Lungenentzündung holt«, wies er das Mädchen an, bevor er aus dem Zimmer eilte.
Helena und Ingrid hasteten die Treppe hinauf und in das Zimmer, wo Federica sich nackt und zitternd ihrer Mutter in die Arme warf und wieder zu weinen anfing.
»Hast du geglaubt, du müsstest sterben?«, fragte Molly später, als Federica sich in Kleidern von Hester vor dem Kamin im Wohnzimmer aufwärmte.
»Ja, habe ich.«
»Das war mutig, einfach so übers Eis zu kriechen«, sagte Hester bewundernd. »Warst du zum allerersten Mal auf dem Eis?«
»Ja. Und ich glaube, es war auch vorerst das letzte Mal«, antwortete Federica und lachte.

Molly reichte ihr einen im Feuer gerösteten Marshmallow. »Das schmeckt gut, findest du nicht auch? Und du hast es dir redlich verdient. Es tut mir so Leid«, sagte sie mit einem kleinlauten Lächeln und schob sich das kastanienbraune Haar hinters Ohr.
»Schon gut. Woher solltest du wissen, dass das Eis brechen würde?«, fragte Federica freundlich.
»Was für ein Glück, dass Sam da war«, bemerkte Hester.
»Manchmal sind große Brüder eben doch ganz nützlich.« Molly lachte. »Er ist wohl ein richtiger Held«, gestand sie ihm zu.
»Er war sehr mutig. Er hat mir das Leben gerettet«, sagte Federica und kaute auf dem klebrigen Marshmallow herum. Ihr wurde schwindlig bei dem Gedanken, dass Sam sie ins Haus getragen hatte. »Wie alt ist er?«
»Fünfzehn«, antwortete Molly. »Ich bin neun, und Hester ist sieben, genau wie du. Mummy hatte zwei Fehlgeburten zwischen Sam und mir, sonst wären wir jetzt sieben Kinder.«
»Ich fände es schön, wenn wir sieben wären«, sagte Hester.
»Immerhin sind wir jetzt sechs.« Molly lächelte Federica an.
»Ja, das stimmt«, pflichtete Hester ihr glücklich bei. »Wir sollten dich jetzt mal im Haus herumführen«, sagte sie und sah ihre Schwester fragend an.
Molly nickte. »Nimm dir ein Stück Kuchen mit. Dann stell ich dir Marmaduke vor.«
»Wer ist Marmaduke?«
»Das Stinktier, das Mummy letzte Woche gerettet hat. Es wohnt auf dem Dachboden in einem Schrank, weil es manchmal so stinkt, dass wir ihm lieber ein ganzes Stockwerk für sich allein überlassen.«

Helena sah den Mädchen nach, als sie durch die Wohnzimmertür verschwanden, und eine ungeheure Woge der Dankbarkeit rollte über sie hinweg, nicht nur für Sam, der Federica gerettet hatte, sondern auch für die Mädchen, weil sie sie mochten und so bereitwillig aufnahmen.

»Deine Töchter sind sehr lieb«, sagte sie zu Ingrid, die in einem mehr als absonderlichen Flickenmantel, der an eine Patchwork-Bettdecke erinnerte, dasaß und eine Zigarette in einer eleganten fliederfarbenen Zigarettenspitze rauchte. Das Haar fiel ihr in wilden, kastanienbraunen Locken über die Schultern, und an einer Schnur um den Hals trug sie ein großes goldenes Monokel, das sie hin und wieder ins Auge klemmte, um besser sehen zu können. Helena hatte nie zuvor bemerkt, dass Ingrid ein blaues und ein grünes Auge hatte.

»Molly ist ein bisschen wie Sam. Beide halten sich für etwas Besseres, weil sie klüger sind als die meisten anderen«, erklärte Ingrid. »Hester ist lieb, aber nicht so gescheit. Sie kann gut malen, wie ich.«

»Ich bin Sam auf ewig zu Dank verpflichtet. Ich mag gar nicht daran denken, was hätte geschehen können, wenn er nicht zur Stelle gewesen wäre.«

»Federica hätte sicher sterben müssen«, sagte Ingrid, indem sie Helena Feuer für ihre Zigarette reichte. »Molly muss aber auch ständig einen Schritt zu weit gehen.« Sie seufzte. »Die Sache mit Ramon tut mir Leid.«

»Mir auch«, sagte Helena, führte mit unsicherer Hand die Zigarette zum Mund und inhalierte tief.

»Es wird eine Weile dauern, aber du wirst dich davon erholen«, sagte Ingrid, die bemerkte, wie die Zigarette zwischen Helenas Fingern zitterte. »Ich weiß noch genau, wie du damals mit Ramon durchgebrannt bist. Du warst so jung. Ich bin mindestens zehn Jahre älter als du. Damals fand ich es unglaublich romantisch. Er war dunkel und fremdländisch, du warst blass und englisch. Das hatte etwas herrlich Exotisches. Glaub mir, ich habe mich weiß Gott auch um dich gesorgt, als du dort am anderen Ende der Welt gelebt hast. Das ist schon etwas anderes, als wenn du nach Leicester gezogen wärst, nicht wahr?« Sie lachte und zeigte dabei unregelmäßige weiße Zähne. Als Inigo vor langen Jahren um sie geworben hatte, sagte er, sie gliche einem wunderschönen, schief aufgehängten Porträt. Ingrid mochte nicht ganz perfekte Dinge. Es gab nichts Langweiligeres als Perfektion.

»Nun, damals war es auch wundervoll und exotisch. Es ist dann aber schal geworden. Traurig für die Kinder, aber ich muss sagen, ich fühle mich jetzt schon wie ein anderer Mensch«, erklärte Helena.

»Kinder brauchen festen Halt – den kann ihnen auch ein Elternteil allein geben. Zwei sind im Grunde Luxus«, erwiderte Ingrid und spielte mit einer dicken Locke an ihrem Hals. »Ich habe meine Kinder fast allein großgezogen. Inigos Kinder sind seine Bücher. Wenn man sie doch nur kaufen würde. Allerdings sind sie nun mal schrecklich langweilig. Ich komme nie über die erste Seite hinaus. Für Philosophie habe ich mich nie interessiert. Mir sind greifbare Dinge einfach lieber.«

»Tiere zum Beispiel?«, fragte Helena.

»Genau.«

In diesem Moment schlurfte der alte Nuno ins Zimmer.

»Ah, zwei entzückende Jungfrauen«, sagte er mit starkem italienischen Akzent und verbeugte sich theatralisch.

»Pa, du erinnerst dich doch sicher noch an Helena Trebeka, oder?«, fragte Ingrid.

»Aber natürlich, Helena von Troja konnte nicht schöner sein. ›Schönste Helena, mache mich unsterblich mit einem Kuss!‹ Welche Freude, dich zu sehen«, sagte er und verbeugte sich erneut.

Ingrid furchte die Stirn.

»Christopher Marlowe«, erklärte Nuno und zog tadelnd die Augenbrauen hoch. »Der kleine Samuel hätte es gewusst.«

»Helena hat Chile verlassen und lebt jetzt wieder hier«, sagte Ingrid, ohne auf seine Bemerkung einzugehen. »Möchtest du Tee, Pa?«

»Ich hätte gern etwas Stärkeres als Tee, *cara*. Achte nicht auf mich, ich bin eigentlich gar nicht da«, sagte er und schlurfte hinters Sofa zum Barschrank.

»Du bist nicht leicht zu übersehen, Pa.«
»Wie ich hörte, soll der kleine Samuel für seinen Mut zum Ritter geschlagen werden. Dann heißt er Sir Samuel Appleby und erhält den Schlittschuh-Orden, damit wir seinen *coraggio* nie vergessen.«
»Ich bin ihm so dankbar«, sagte Helena und wünschte sich Toby herbei, um mit ihm über diesen Exzentriker lachen zu können.
»Ich schätze, er hat das Herz der schönen Maid erobert, wie in den Sagen aus alter Zeit«, sagte Nuno und zog anzüglich die buschigen Brauen hoch.
»Tja, das würde mich nicht überraschen«, erklärte Helena. »Mein Herz gehört ihm auch.«
»Herzen sind schon um Geringeres verloren worden«, sagte er, nahm sein Glas und schlurfte aus dem Zimmer.
»Er kam, trank, ließ Bemerkungen fallen und ging«, seufzte Ingrid und schnippte Zigarettenasche in eine Schale.
»Und er brachte meine Tochter unter die Haube. Das ist eine ordentliche Leistung, meinst du nicht?« Beide lachten und schenkten sich Tee nach.

Als Sam im Flur erschien, um sich nach Federica zu erkundigen, überkam sie plötzlich eine große Schüchternheit, und sie brachte kein verständliches Wort heraus. »Du siehst besser aus«, grinste Sam und musterte das verlegene Kind, das ihn errötend anhimmelte. »Deine Lippen waren ganz blau. Meine werden auch manchmal blau, wenn ich versehentlich am falschen Ende meines Füllers gelutscht habe.« Er lachte.
»Ich kann dir gar nicht genug danken, Sam«, sagte Helena. Sam war groß, beinahe einsachtzig, und er blickte gönnerhaft auf sie herab.
»Ich könnte jetzt sagen, ›es war mir ein Vergnügen‹, oder ›keine Ursache‹, aber um ehrlich zu sein, es war ein bisschen kalt, und ich möchte es nicht gern noch einmal tun«, erwiderte er und lachte erneut.

Helena drängte Federica und Hal zum Auto. Federica kletterte auf den Rücksitz und sah, wie Sam dem Wagen von der Treppe her nachwinkte, und wie seine beiden Schwestern losrannten und ihn bis zum Ende der Zufahrt verfolgten.
»Nette Leute, nicht wahr?« sagte Helena.
»Ich mag sie sehr«, pflichtete Federica ihr bei. »Können wir bald mal wieder herkommen?«
»Du wirst zusammen mit den Mädchen zur Schule gehen, Fede. Dann kannst du sie ständig sehen.«
»Schön«, erwiderte sie und blickte verträumt aus dem Fenster.

Zwölf

Vier Monate, vier Tage und vier Stunden waren vergangen, seit Estella Ramon Campione in ihrem kleinen luftigen Zimmer in Cachagua geküsst hatte. Sie hatte darauf gewartet, dass er wie versprochen zurückkehrte, doch sie hatte nichts von ihm gehört, hatte nicht einmal einen Brief erhalten. Und trotzdem wartete sie, wie er es verlangt hatte, wie sie es ihm versprochen hatte. Jetzt saß sie am Strand, während das milde Herbstlicht dem Abend wich und den Horizont mit einem bernsteinfarbenen Schimmer überzog, der Melancholie in ihr Herz senkte.

Sie legte die Hand auf den Leib und fühlte das Kind, das in ihr heranwuchs, Ramons Kind. Sie lächelte traurig in Gedanken an die zärtlichen Momente, als sie eins gewesen waren, befreit von den gesellschaftlichen Schranken, die sie trennten. Liebe kennt keine Grenzen, dachte sie voller Optimismus, fragte sich aber gleich anschließend, ob er es sich vielleicht anders überlegt hatte. Ob ihm klar geworden war, dass ihre Affäre nichts weiter gewesen war als eine Sommerliebelei am Meer, so unwirklich wie die phantastischen Geschichten, die er schrieb.

Sie hatte seine Bücher in den Regalen seiner Eltern entdeckt, in ihr Zimmer geholt und jedes einzelne gelesen. Sie waren bezaubernd, irreal und fesselnd. Poetische Geschichten von Liebe, Freundschaft und Abenteuer vor dem exotischen Hintergrund von Ländern, die sie nicht einmal dem Namen nach kannte. Sie hatte seine Stimme erkannt in jedem Wort, als wäre er ganz in ihrer Nähe, als flüsterte er ihr zu, als liebte er sie. Sie sehnte seine Rückkehr herbei. Sie sehnte sich danach, ihm von dem neuen

Leben zu erzählen, das sie gemeinsam geschaffen hatten. Gott schenkte ihnen ein Kind, und Gott beging keine Fehler.
Estellas Zukunft war ungewiss. Während der vergangenen paar Monate hatte sie ihr Geheimnis wahren können. Es war ihr sogar gelungen, die Übelkeit zu verbergen, die sie allmorgendlich weckte und unter heftigem Würgen ins Bad trieb.
Es hatte sie nicht gestört; es freute sie vielmehr, denn alles, was von Ramon stammte, war ihr ein liebes und teures Geschenk.
Jetzt allerdings begann ihr Leib, sich zu runden, und Estella ermüdete leicht und schaffte ihre Arbeit nicht mehr so schnell. Señora Mariana hatte einen scharfen Blick für derartige Dinge. Wenn sie nur noch die nächsten paar Wochen überstehen würde; dann kehrten Don Ignacio und Señora Mariana zurück in ihr Haus in Santiago und blieben bis zum nächsten Sommer dort. Dann wäre sie fürs nächste halbe Jahr in Sicherheit. Falls sie ihren Zustand jedoch vor ihrer Abreise entdeckten, würde Estella wohl ihre Stelle verlieren und müsste schmachbeladen zu ihren Eltern nach Zapallar zurückkehren. Sie wären tief gedemütigt, denn kein Mann würde ihre Tochter in diesem Zustand heiraten. Welcher Mann wollte schon das Kind eines anderen?
Estellas Mutter hatte ihr immer eingebläut, dass jeder Mann, der etwas auf sich hielt, eine Jungfrau heiraten wollte. Sie war also auf jeden Fall verloren. Doch so trübe sich ihr die Zukunft auch darstellte, sie glaubte immer noch, dass Ramon zurückkommen würde. Er hatte es nicht nur versprochen, er hatte es ihr so glühend versprochen, als könnte er nicht ohne sie leben, und Estella wartete auf ihn, weil sie ihn liebte und glaubte, er liebte und brauchte sie ebenfalls. Ja, sagte sie zu sich selbst, er wird bestimmt kommen und mich holen.
Sie wanderte den Strand entlang in Richtung Haus und dachte an damals, als sie im Dunkeln stand und Ramon nackt auf sie zukommen sah. Damals hatte sie ihn begehrt und sie begehrte ihn auch jetzt. Dennoch träumte sie nicht davon, mit ihm zu schlafen, sondern wünschte sich vielmehr, dass er neben ihr läge, sie

schützend in die Arme nahm und voller Stolz die Hand auf ihren Leib legte. Sie träumte von ihm als dem Vater ihres Kindes.
Als sie das Haus betrat, wurde sie in der Halle von Señora Mariana erwartet.
»Wir müssen miteinander reden, Estella«, sagte sie und führte Estella ins Wohnzimmer. Estella wusste, dass sie erkannt war, und Schweißperlen traten ihr auf die Stirn. Jetzt ist alles vorbei, ganz sicher, dachte sie, und die Angst schnürte ihr die Brust zusammen.
»Ich habe die Gelegenheit wahrgenommen, heute Abend mit dir zu reden, denn mein Mann ist nicht da. Von Frau zu Frau«, sagte Mariana und lächelte das zitternde Mädchen freundlich an.
Estella hockte voller Unbehagen auf der Sofakante.
»*Sí,* Señora Mariana«, erwiderte sie.
»Du bist schwanger, stimmt's?«, fragte sie und heftete den Blick ihrer grauen Augen auf Estellas gewölbten Leib. Das Mädchen senkte beschämt die Wimpern, eine große Träne rann über ihr schönes Gesicht. »Ich bin nicht böse mit dir, Estella.«
Estella hob verzweifelt den Kopf.
»Der junge Mann, mit dem du dich triffst, wird dich doch heiraten?«
»Ich weiß es nicht, Señora Mariana, er ist fort«, stammelte sie.
»Wohin denn bloß?«
»Ich weiß es nicht, Señora Mariana. Er ist einfach weg.«
»Vielleicht kommt er zurück?«, fragte sie sanft, und das Herz tat ihr weh vor Mitleid mit dem verzweifelten Mädchen.
»Er hat es versprochen. Und ich glaube ihm.«
»Nun, mehr können wir nicht tun, was? Wenn du ihm glaubst, dann tu ich's auch«, sagte sie mit einem mitfühlenden Lächeln. »Wir müssen eine Vertretung für dich suchen, für die Zeit, wenn dein Kind kommt. Don Ignacio und ich brechen in ein paar Tagen nach Santiago auf und kommen erst im Oktober zurück. Ich schätze, dass dann irgendwann dein Kind zur Welt kommt. Bitte weine nicht, meine Liebe, wir kriegen das schon hin. Wenn er

versprochen hat zurückzukommen, dann wird er es auch tun. Du bist viel zu schön, um einfach so sitzen gelassen zu werden.« Sie tätschelte Estellas zitternde Hand.

Ramon saß in dem alten klapprigen Zug, der auf dem Weg nach Bikaner die dürre nordindische Wüstenei durchschnitt. Die Sonne brannte herab auf das Zugdach und erzeugte im Inneren eine schwelende Hitze, deren Geruch nach Schweiß und berauschenden Gewürzen ihm die Kehle ausdörrte. Im Abteil drängten sich Männer mit dunkelbraunen Gesichtern unter safrangelben und fuchsiaroten Turbanen. Ihre dunkeläugigen Kinder musterten Ramon mit unschuldiger Neugier und kicherten hinter vorgehaltener schmutziger Hand. Obwohl er die landesübliche Kleidung trug, erkannten sie in ihm den Ausländer.
Als er in Jodhpur eingestiegen war, hatte er bemerkt, wie die Frauen mit einer graziösen Bewegung ihrer langen, mit Juwelen geschmückten Finger die Schleier vors Gesicht zogen, um ihrer Sittsamkeit Genüge zu tun. Ihre schüchternen Augen verschwammen hinter den Schleiern wie exotische Vögel im Dunst. Nach einer Weile hatten sie seine Anwesenheit vergessen, und er betrachtete sie mit dem skrupellosen Blick des unersättlichen Geschichtenerzählers, während sie fröhlich miteinander in einer ihm unverständlichen Sprache plauderten.
Ramon liebte die indischen Frauen. Er war hingerissen von ihrer zarten Weiblichkeit und ihrer Keuschheit, von ihren anmutigen Bewegungen in den glitzernden Saris, bunte Blumen in einer trockenen Wüste. Er sah diese Frauen nicht als Beute, aber er fand ihr geheimnisvolles Schauspiel zu verlockend, als dass er den Blick von ihnen hätte losreißen können. Er hatte das Gefühl, dass sie, falls er sich einmal zu hastig bewegte, davonflattern würden, um sich dann im grünen Laub des Banyan-Baums niederzulassen, der wunderbarerweise in dieser dürren Gegend überlebte.
Der Staub drang wie dünner Rauch durch die Fenster und ließ

sich überall nieder. Ein knochiger alter Inder mit scharlachrotem Turban hockte im Schneidersitz in der Ecke, packte seine Frühstücksdose aus und ordnete die aromatischen Speisen und Gerätschaften feierlich wie ein Priester um sich herum an. Trotz der erschöpften Mitreisenden, die sich auf Grund des Platzmangels in den Gängen drängten, hatte er zwei Sitze belegt. Ein kleines Kind sah zu, wie der Mann seine Mahlzeit vorbereitete, sabbernd vor Hunger und in der Hoffnung, einen Bissen abzubekommen, wenn es den Mann nur lange genug anstarrte.

Plötzlich kam der Zug mit kreischenden Bremsen zum Stehen. Ramon blickte zwischen den Querstangen hindurch aus dem Fenster. Das Abteil erwachte aus seiner schläfrigen Stimmung zu wirrem Geplapper, während die Reisenden aus dem Zug stiegen, um nachzusehen, warum er anhielt. Bald wurde es auch ihm im Inneren des Zugs zu heiß, und er stieg ebenfalls aus, um unter der sengenden Sonne Staub zu schlucken.

Beim Aussteigen bemerkte er eine schöne Europäerin, die ungraziös wie ein Maultier inmitten einer Herde eleganter Zuchtpferde durch die Menge drängte. Genau wie Helena, dachte er. Er vermutete, dass sie Engländerin war. Ungeduldig näherte sie sich der Menge, die sich an den Gleisen versammelt hatte. Ihr Gesicht war spitz vor Zorn, und trotzdem gelang ihr ein überaus hochmütiger Ausdruck. Sie trug weiße Hosen und kniehohe Reitstiefel, die ihre langen Beine und eine schön geformte Kehrseite betonten.

Ramon schmunzelte und schritt ihr nach. »Möchten Sie ein wenig Wasser?«, fragte er sie auf Englisch. Überschattet von ihrem Hut, der aussah wie ein Tropenhelm, sah sie ihn blinzelnd an.

»Danke«, seufzte sie und nahm die Flasche entgegen. Nach zwei großen Schlucken setzte sie zu einer Flut von Beschwerden an. »Was zum Teufel ist denn nur passiert? Der Zug ist schon zu spät abgefahren, und jetzt kommen wir mit Sicherheit auch noch mit Verspätung an. In diesem Land funktioniert aber auch nichts so, wie es sollte.«

Ramon lachte. »Wir sind in Indien«, sagte er und musterte sie von oben bis unten.

Aus schmalen blauen Augen unterzog sie ihn ihrerseits einer Musterung. Man hätte ihn für einen Inder halten können, wenn sein Akzent ihn nicht verraten hätte.

»Angela Tomlinson«, sagte sie, reichte ihm die Hand und blickte ihm fest in die Augen.

»Ramon Campione«, erwiderte er und nahm ihre Hand.

»Spanier?«

»Chilene.«

»Noch exotischer. Ich stamme bloß aus England«, sagte sie mit einem Lächeln. »Das ist nicht sonderlich exotisch.«

»Nur für die Briten nicht«, erwiderte er.

Sie lachte und wischte sich mit der Hand über das sommersprossige Gesicht.

»Ich finde England nämlich sehr exotisch.«

»Dann sind Sie wohl der Einzige. Was für ein Glück, dass ich Sie gefunden habe!« Sie lachte leise.

»Vermutlich liegt ein Tier auf den Gleisen, oder ein Mensch«, bemerkte Ramon und blinzelte in die Sonne. Doch durch das Gewimmel von neugierigen Indern konnte er nicht sehen, wodurch der Aufenthalt entstanden war.

»Wie scheußlich. Wird das lange dauern?«, fragte sie und rümpfte angewidert die Nase.

»Warum haben Sie es eigentlich so eilig?«

»Ich müsste eigentlich längst in Bikaner sein. Termine, wissen Sie. Ich liebe nun mal die Pünktlichkeit. Möchte die Leute nicht warten lassen.«

»Was machen Sie beruflich?«

»Hotelgewerbe. Ich bin Gutachterin. Wir bauen ein neues Hotel; das, in dem ich wohnen soll, ist bestimmt nicht annähernd so prachtvoll.«

»Aber vermutlich viel reizvoller«, sagte er und stellte sich vor, was für eine Monstrosität ihre Firma wahrscheinlich geplant hatte.

Sie lächelte kokett. »Was führt sie nach Bikaner?«

»Die Gezeiten«, antwortete er.

Sie schien beeindruckt. »Das ist alles?«

»Das ist alles.«

Sie plauderten noch eine Weile, während eine verendete Kuh von den Gleisen geschleift und den Insekten und Vögeln als Fraß überlassen wurde. Langsam begaben sich die Reisenden zurück in die erdrückende Hitze der Abteile.

Ramon folgte Angela in ihr Abteil erster Klasse, und bald setzte sich der Zug wieder in Bewegung. Angela saß am Fenster und genoss die Kühlung durch den Zugwind.

Sie erinnerte Ramon auf seltsame Weise an Helena, und er fragte sich, wie es ihr und den Kindern nun wohl ginge. Angela war genauso ungraziös wie Helena, besaß diese forsche Direktheit, die nur den Briten zu Eigen war, und Ramon stellte fest, dass er Helena all seinen Bemühungen zum Trotz doch vermisste.

Angela kam zu spät zu ihrem Termin. »Himmel, man wird mich hängen, aufs Rad flechten und vierteilen«, klagte sie und spielte nervös mit ihrer Armbanduhr.

»Sie können die Uhrzeit schließlich nicht ändern«, bemerkte Ramon und führte sie vorbei an den drängenden Menschenmassen zu einem Taxi, an dessen Steuer ein verschrumpelter Alter saß, einen kleinen grauen Affen auf der Schulter.

»Ich weiß. Aber es ist nun mal überhaupt nicht meine Art«, jammerte sie.

»Hören Sie, wir sind in Indien. Man wird wissen, dass der Zug Verspätung hatte – hier geschieht nie etwas pünktlich. Sie können Ihren Termin auf morgen verlegen. Einer der zahlreichen Gründe für meine Abneigung gegen ein Angestelltenverhältnis besteht darin, dass ich es nicht ertrage, wenn jemand bestimmt, wie ich meine Zeit zu verbringen habe«, erklärte er.

»Sie haben es gut«, rief sie aus.

»Warum machen Sie sich nicht selbstständig?«, schlug er vor.

»Dazu bin ich viel zu faul und verantwortungslos.«

»Manchmal macht es Spaß, verantwortungslos zu sein.«

»Ja.« Sie seufzte und fing seinen eindringlichen Blick auf. »Vermutlich laden Sie mich jetzt zu einem Drink ein?«

»Wenn Sie möchten.«

»Ich könnte einen brauchen.«

»Gut.«

»Gehen wir in mein ›vermutlich viel reizvolleres‹ Hotel«, sagte sie und lachte.

»Gute Idee. Ich habe noch gar nicht über eine Unterkunft nachgedacht.«

»Sie lassen sich einfach treiben.«

»Genau.«

»Nun, Darling, Sie sind an mein Ufer gespült worden«, sagte sie und legte ihre Hand auf seine. »Ich habe wirklich Glück.«

Mit Angela zu schlafen bewirkte hauptsächlich, dass Ramon sich wieder an seine Frau und Estella erinnerte. Wenn er ihren englischen Akzent vernahm, krampfte sich sein Magen bei der Erinnerung an die letzten paar Tage mit Helena zusammen, worauf dann zwangsläufig Gedanken an seine Kinder folgten. Gleichzeitig verstärkten der Duft ihres Körpers und der Geschmack ihrer Haut die Sehnsucht nach Estella, einfach deswegen, weil Estella so unendlich viel süßer geschmeckt hatte. Es war enttäuschend. Als wäre er ein Pferd, ritt sie ihn wild mit der Ausdauer eines professionellen Jockeys. Als sie befriedigt war, ließ sie sich aufs Bett fallen und schlief ein wie ein Mann. Ramon betrachtete ihre helle, fleckige Haut und ihr zerzaustes Haar und wusste, dass er es keine Minute länger in ihrem Bett ertrug. Er stand auf, zog sich an und ging ohne Abschied.

Er trat hinaus in die schwüle Nacht. Die Morgendämmerung kündigte sich bereits mit goldenem Schimmer am Himmel an, und die Affen hüpften über die Dächer und spielten Fangen im Dämmerlicht.
Ramon war melancholischer Stimmung. Unerfreuliche Liebeserlebnisse machten ihn mürrisch; er dürstete nach Estellas poetischer Liebe. Unter dem endlosen Wüstenhimmel sitzend, kramte er den Schreiber und das Papier, das er in Angelas Hotelzimmer entwendet hatte, aus seinem Rucksack und begann, einen Brief an Federica zu schreiben. Er schrieb ihn in der Hoffnung, dass Helena ihn las. Er vermisste sie, was merkwürdig war, denn das Gefühl dieser Sehnsucht war viele Jahre unter einer Staubschicht in Vergessenheit geraten. Ramon hatte Helena nie zuvor vermisst. Aber jetzt hatte er keinen Platz mehr in ihrem Leben. Er konnte nicht mehr einfach ›aufkreuzen‹ wie in früheren Zeiten.
Er vermisste Federicas hingebungsvolles Gesicht. Er vermisste sogar Hal, dem er sich bisher nie nahe gefühlt hatte. Sein Basislager war nicht mehr da. Er hatte kein Zuhause mehr, in das er zurückkehren konnte. Nicht einmal in seinen Träumen.
Er schrieb eine Geschichte für Federica über ein geheimnisvolles Mädchen, das ihn auf seinen Reisen begleitete. »Sie muss wohl ein Engel sein«, erklärte er, »denn ihr Haar ist lang und wallend und von der Farbe der Wolken bei Sonnenaufgang. Sie ist schön, nicht nur äußerlich, sondern auch innerlich, was überaus wichtig und sehr, sehr selten ist. Zum ersten Mal sah ich sie im Traum. Meine Sehnsucht nach ihr war so groß, dass sie, als ich aufwachte, am Fußende meines Bettes saß und mich aus hellen, strahlenden Augen voller Liebe beobachtete. So begleitete sie mich auf allen meinen Wegen. Hoch hinauf in den Himalaja und weit hinunter zu den riesigen Seen Kaschmirs. Sie liebt all die Wunder dieser Welt genauso wie ich. Sie macht mich sehr glücklich. Allerdings weiß ich jetzt, nach vielen Tagen und Nächten in ihrer Gesellschaft, dass sie nicht wirklich ist, sondern nur in

meiner Phantasie lebt. Das wurde mir erst bewusst, als ich versuchte, sie zu berühren, und meine Hände einfach durch sie hindurchgingen, als wäre sie ein Geist. Aber sie ist kein Geist, denn ich weiß, dass sie in Wirklichkeit mit ihrer Mutter und ihrem Bruder Hal in Polperro lebt. Jetzt versuche ich nicht mehr, sie zu berühren, ich beobachte sie nur und lächle. Sie erwidert mein Lächeln, und das ist für mich das größte Wunder von allen.«

Dreizehn

»Wie macht sich Federica denn inzwischen in der Schule? Besser?«, fragte Ingrid, die über ihre Staffelei gebeugt an einem Porträt von Sam arbeitete. Sam lag auf dem Rasen und las. »Verdammt!«, entfuhr es ihr hitzig. »Vögel kann ich einfach entschieden besser malen.«

»Gut«, erwiderte Molly geistesabwesend, ganz auf den Kranz aus Gänseblümchen konzentriert, den sie flocht.

»Oh, das freut mich. Es ist bestimmt nicht leicht, in ein fremdes Land zu kommen und neue Freunde finden zu müssen.«

»Zuerst war sie sehr still, aber Hester sagt, jetzt fühlt sie sich schon wohler. Sie ist eher Hesters Freundin als meine«, erklärte Molly, die älter war und die kindischen Spiele der anderen beiden langweilig fand.

»Das Sommerhalbjahr ist sowieso immer viel lustiger«, bemerkte Ingrid, lehnte sich auf ihrem Hocker zurück und tauschte den Pinsel gegen eine Zigarette, die sie aus der eleganten fliederfarbenen Spitze rauchte. »Sam, Schätzchen, bitte rühr dich nicht«, wies sie den Jungen an, klemmte sich das Monokel ins Auge und betrachtete eingehend ihr Werk.

»Mum, ich habe mich jetzt eine ganze Stunde lang nicht gerührt, warum sollte ich es jetzt auf einmal tun?«, fragte Sam, der auf dem Bauch lag und Maupassants *Bel Ami* las und sich ganz und gar nicht über die Störung freute. Unter der breiten Krempe ihres Sonnenhutes hervor lächelte Ingrid ihn an.

»Das ist nur eine Vorsichtsmaßnahme, Liebling. Ich will nicht, dass du mir mein Bild ruinierst.

»Wird es gut?«

»Ziemlich. Aber es wäre noch besser, wenn du eine Möwe oder ein Falke wärst.«
»Tut mir Leid«, entgegnete er, und der Beginn eines Lächelns nistete in seinen herabgezogenen Mundwinkeln.
»Federica ist in Sam verknallt«, sagte Molly, legte ihr Kränzchen zur Seite und streichelte Puschkin, der vor Hitze hechelnd neben ihr lag.
»Sie beweist ausgesprochen guten Geschmack«, sagte Ingrid und lächelte ihrem Sohn über die Staffelei hinweg voller Stolz zu.
»Was meinst du, Sam?«
»Ich meine überhaupt nichts, Molly«, antwortete Sam gereizt.
»Aber zu allem anderen hast du doch eine Meinung«, sagte sie.
»Vielleicht, aber nicht zu Federica Campione.«
»Aber Schätzchen, sie ist so ein liebes Mädchen«, mischte Ingrid sich ein.
»Eben. Ein Mädchen«, sagte Sam. »Wenn ich mich in jemanden verknallen wollte, dann in eine Frau, aber nicht in ein Mädchen.«
In diesem Moment hüpfte Hester, einen schnaufenden Igel in den Armen, auf den Rasen hinaus, gefolgt von Pebbles, dem vietnamesischen Schwein. »Ich glaube, Prickles geht es jetzt besser«, verkündete sie. »Er kann wieder laufen.«
»Dem Himmel sei Dank. Hast du ihn gefüttert?«, fragte Ingrid und hob flüchtig den Blick von ihrer Arbeit.
»Ja. Aber er hat immer noch Flöhe. Nuno sagt, du hättest ihn nicht ins Haus bringen dürfen, er sagt, seitdem muss er sich ununterbrochen kratzen.«
»Dein Großvater bildet sich schnell was ein. Hättest du nichts von den Flöhen gesagt, würde er sich nicht kratzen.«
»Fede kommt zum Tee«, sagte Hester.
»Schön.«
»Ihre Mutter erlaubt ihr jetzt, mit dem Fahrrad zu kommen.«
»Höchste Zeit. Sie ist wirklich ein bisschen überängstlich. Aber«,

setzte Ingrid nachdenklich hinzu, »nach allem, was das arme Kind durchgemacht hat, kann es einen nicht wundern.«

»Was hat sie denn durchgemacht?«, fragte Hester unschuldsvoll.

»Nun, sie musste ihre Heimat verlassen und an einem anderen Ort ganz von vorn anfangen«, erklärte Ingrid.

»Seit sie Chile verlassen haben, hat sie ihren Vater nicht mehr gesehen«, bemerkte Molly. »Ich glaube, sie hat nicht mal Post von ihm gekriegt. Wetten, dass er ein scheußlicher Kerl ist?«

»Du kannst niemanden als scheußlichen Kerl bezeichnen, wenn du ihn nicht einmal kennst, Molly. Außerdem glaube ich nicht, dass er sich absichtlich so scheußlich verhält. Er ist halt egoistisch und verantwortungslos.«

»Arme Fede.« Hester seufzte. »Sie redet immerzu von ihrem Vater.«

»Möchte wetten, er verschwendet keinen Gedanken an sie oder ihre Mutter. Sind sie geschieden?«, fragte Molly gleichmütig.

»Himmel, nein!«, erwiderte ihre Mutter. »Sie haben sich nur getrennt und finden bestimmt wieder zueinander. Ich kann mir vorstellen, dass das Leben da draußen nicht einfach für Helena war. Chile ist nicht England, weißt du.«

»Helena verliebt sich bestimmt in einen anderen«, vermutete Molly, begeistert von der Vorstellung des Skandals.

»Du liest zu viele Liebesromane, Schätzchen.« Ingrid lachte und schüttelte den Kopf über ihre Tochter, mit der Nachsicht, die es ihren Kindern gestattete, sich ihr Leben lang stets genauso zu benehmen, wie es ihnen gefiel.

»Hester«, sagte Molly, »stimmt es, dass Fede in Sam verknallt ist, oder nicht?«

»Lass es, Molly«, verlangte Sam, ohne den Blick aus seinem Buch zu heben. »Mum, wenn sie nicht still sind, lese ich auf der Obstwiese weiter.«

Ingrid seufzte. »Mädchen.«

»Ja, es stimmt. Schon seit er sie aus dem Eis gerettet hat«, antwortete Hester, nicht fähig, ihrer älteren Schwester zu widerstehen.

»Mädchen, Sam möchte lesen. Es schmeichelt ihm bestimmt maßlos, dass Federica für ihn schwärmt, aber er ist fünfzehn Jahre alt und hat viel wichtigere Dinge zu bedenken als die Schwärmerei eines siebenjährigen Kindes.«

»Er sollte froh sein, dass überhaupt jemand in ihn verknallt ist«, schob Molly noch nach, die immer gern das letzte Wort hatte.

Sam ignorierte sie und blätterte seelenruhig eine Seite um.

Sam standen in der Schule Prüfungen bevor. Er arbeitete nicht eben viel. Das hatte er nicht nötig. Er war bei weitem der klügste Junge in der Schule und betrachtete die meisten anderen Kinder entweder als langsam oder schlechthin dumm. Nur selten las er die Bücher, die er lesen sollte, denn er bevorzugte die Franzosen des neunzehnten Jahrhunderts: Zola, Dumas und Balzac, die sein Großvater Nuno ihm gab. Dennoch gelang es ihm irgendwie, stets Klassenbester zu sein, selbst in Mathematik, obwohl er sich selbst in diesem Fach nicht gut beurteilte. Mit seinem rotblonden Haar, den intelligenten grauen Augen und einem Lächeln, dass Grübchen in seine Mundwinkel zauberte, war er charismatisch und arrogant. Er wusste, dass er anders war als alle anderen.

Federica war also in ihn verknallt. Sam hatte leicht belustigt gelächelt und es dann völlig vergessen. Die meisten Mädchen waren in ihn verknallt. Den anderen Jungen war offenbar nicht bewusst, dass Mädchen Jungen mochten, die glänzten. Ob sie auf dem Spielfeld glänzten oder im Klassenzimmer, war einerlei. Mädchen wollten Jungen, die befehlsgewohnt und selbstbewusst waren. Jungen, die glänzten.

Sam glänzte. Fußball oder Rugby machte ihm keinen Spaß – er verabscheute Gruppenaktivitäten. Er war gut im Tennis, spielte aber nur Einzel. Doppel langweilten ihn. Er lief gern bis zur äußersten Erschöpfung. Und er hatte sein jeweiliges Mädchen schnell über. Er war nicht unfreundlich. Wenn er ein Mädchen mochte, war er sogar romantisch, rief an und schrieb Briefe. Seine Absichten waren immer gut. Doch er behandelte Mädchen wie ein neues Buch: Wenn er es ausgelesen hatte, griff er zum nächsten.

Sam war entschlossen, eine Frau zu finden, die älter war als er. Die Mädchen, die er kannte, waren entschieden zu jung, um mehr als einen Kuss von ihnen erhoffen zu können. Ein Kuss war schon in Ordnung, bis zu einem gewissen Punkt. Diesen Punkt hatte er jetzt erreicht: Die Lenden schmerzten vor Begehren, das ihn von seinen Schularbeiten ablenkte und seine Gedanken von seiner geliebten französischen Literatur des neunzehnten Jahrhunderts abschweifen ließ. Er ertappte sich zu den ungünstigsten Gelegenheiten bei sexuellen Phantasien, etwa im Auto oder im Zug, gewöhnlich, wenn er nicht allein war, um seinen privaten Träumereien nachhängen zu können. Wenn er nicht bald eine Frau fände, würde er vor Frust den Verstand verlieren.

Hester hatte Federica während des ersten Schulhalbjahrs unterstützt wie ein gluckenhaftes Kindermädchen. Da sie selbst eigentlich als schüchternes Kind galt, staunten die Lehrer, wie sehr ihr Selbstbewusstsein innerhalb eines Schuljahrs gewachsen war. Dank Hester, die sie stets mit einschloss, fand Federica zum ersten Mal in ihrem Leben Freunde. In Chile war sie meist lieber für sich allein gewesen. Jetzt war es anders. Sie brauchte Hester, und zu ihrer Freude brauchte Hester sie auch. Doch nichts und niemand konnte ihr ihren Vater ersetzen, nicht einmal ihr Onkel Toby.

Als Federica vom Segeln mit ihrem Onkel Toby zurückkam, fand sie ihre Mutter weinend auf dem Sofa im Wohnzimmer vor. »Mama, was ist passiert?«, fragte sie, sofort von Angst gepackt, dass Hal oder den Großeltern etwas zugestoßen sein könnte.

»Ein Brief von deinem Vater«, schluchzte Helena und reichte ihrer Tochter das von Tränen aufgeweichte Blatt Papier. »Tut mir Leid, dass ich ihn geöffnet habe, Schatz; ich dachte, er wäre für mich.«

Das war gelogen. Sie hatte nicht widerstehen können. Seit ihrer Abreise im Januar hatte sie nichts von Ramon gehört. Als sie seine Handschrift erkannte, hatte sie den Brief unverzüglich in einem Anfall von Wut und Verlangen aufgerissen. Der Brief war in Indien auf hoteleigenem Papier geschrieben und einen Monat unterwegs gewesen. Ramon hatte eine so bezaubernde Geschichte für Federica geschrieben, dass Helena Tränen der Eifersucht und des Grolls in die Augen stiegen und in Strömen über ihre Wangen liefen.

»Ich hasse Ramon für das, was er aus mir gemacht hat«, erklärte sie später am Abend, als Federica schon schlief, ihrer Mutter. »Ich bin eifersüchtig auf meine Tochter, weil er ihr geschrieben hat, nicht mir. Er liebt sie. Er liebt sie auf seine hoffnungslose Art. Und ich verabscheue ihn dafür, dass er sie so quält. Dass er ihr diesen Brief geschrieben hat, der ihre Hoffnung nährt. Er kommt nicht zurück. Es ist vorbei, für uns alle. Auch für Federica. Aber dieser Brief macht alles nur wieder schlimmer. Er weckt Hoffnungen in Federica, nur, um sie später wieder zu zerstören. So war er schon immer, so impulsiv. Wenn ihn plötzlich das Gewissen oder das Heimweh oder Gott weiß was packt, dann schreibt er einen solchen Liebesbrief, aber inzwischen wird er ihn längst wieder vergessen haben. Das widert mich dermaßen an. Er ist so verdammt verantwortungslos. Wenn er doch endlich reinen Tisch machte und Federica sagte, sie solle ihn vergessen, damit ihr Herz nicht ständig kurz davor ist zu zerbrechen. Er schreibt nicht einmal einen Gruß an mich, nicht einmal ein paar Worte als Postscriptum. Oder an Hal. Als ob wir gar nicht existierten. Er ist doch auch Hals Vater.«

»Ich habe heute einen Brief von Papa bekommen«, berichtete Federica, als sie mit Hester mitten auf dem See auf dem Floß hockte. »Er wird uns bald besuchen.«
»Wie schön! Was schreibt er denn?«
»Er hat mir eine Geschichte geschrieben. Er kann wunderbare Geschichten schreiben«, sagte sie, und ihre Wangen glühten vor Freude.
»Ist das sein Beruf?«
»Ja. Er schreibt Bücher. Er hat auch einmal für den *National Geographic* über Polperro geschrieben. So hat er Mama kennen gelernt.«
»Wirklich? Wie romantisch!«
»Ja. In seinem Artikel hatte er eine geheime Botschaft versteckt, die nur sie allein entschlüsseln konnte. Da wurde ihr klar, dass er sie liebte.«
»Molly sagt, deine Eltern sind geschieden«, bemerkte Hester plötzlich, bevor sie sich bremsen konnte. Federica rang entsetzt nach Luft und wurde glühend rot.
»Geschieden? Nein, das stimmt nicht. Wer hat das behauptet?«, fragte sie unter Tränen.
»Ich schätze, sie hat es sich ausgedacht«, sagte Hester rasch und mit schlechtem Gewissen.
»Aber es stimmt nicht. Sie sind nicht geschieden. Papa kommt bald zu Besuch. Sag ihr das. Wenn sie geschieden wären, würde er mir doch nicht einen so lieben Brief schreiben, oder?«
»Natürlich nicht. Molly denkt sich ständig was aus«, erklärte Hester und wünschte sich, sie hätte nicht von Scheidung gesprochen, denn Federicas Gesicht war jetzt ganz grau vor Angst. Schweigend saßen sie da, während Hester sich mit ihrer Reue und Federica sich mit ihrer Verunsicherung quälte.
»Wenn ich dir ein Geheimnis verrate, versprichst du mir, es auf immer und ewig für dich zu behalten?«, fragte Federica leise und sah ihre Freundin traurig blinzelnd an.
»Auf immer und ewig. Du kannst dich auf mich verlassen. Das

weißt du doch«, sagte Hester in dem Wunsch, alles wieder gutzumachen.
»Sprich mit niemandem darüber. Mit keiner Menschenseele.«
»Tu ich nicht, ich versprech's dir.«
»Auch nicht mit Molly.«
»Schon gar nicht mit Molly«, sagte Hester fest.
»Gut. Als wir in Cachagua bei meinen Großeltern waren, habe ich meine Eltern bei einem Streit belauscht«, begann sie zögernd.
»Worüber?«
»Mama warf Papa vor, dass er sich nicht um uns kümmerte, weil er so oft in fremden Ländern herumreist. Das habe ich dir noch gar nicht erzählt, dass Papa oft auf Reisen ist. Wir haben ihn nur selten gesehen. Nach ein paar Monaten tauchte er dann plötzlich unverhofft auf. Manchmal nach einem Monat, manchmal dauerte es auch länger. Er kündigte seinen Besuch zu Hause nie an, er kam einfach. Mama sagte, ihre Ehe bestünde nur noch auf dem Papier, und sie würde ihn freigeben. Sie sagte, er brauchte nie wieder nach Hause zu kommen.« Federicas Kinn zitterte vor Verzweiflung.
»Aber er hat dir diesen Brief geschrieben«, sagte Hester, rückte näher an die Freundin heran und legte ihr tröstend den Arm um die Schultern.
»Ich weiß. Er hätte mir nicht geschrieben, wenn er nie wieder kommen würde, oder?«
»Natürlich nicht. Wenn er dich nicht wiedersehen wollte, hätte er überhaupt nicht geschrieben.«
Federica schüttelte den Kopf. »Nein, dann hätte er bestimmt nicht geschrieben«, pflichtete sie Hester bei.
»Also hast du gar keinen Grund, traurig zu sein. Du solltest dich vielmehr freuen. Er besucht dich sicher bald. Vielleicht schon sehr bald.«
»Wenn sie geschieden wären, wüsste ich es doch, oder?«
»Ja. Sie hätten es dir gesagt.«

»Mama hat gesagt, wir würden in England wohnen und Papa würde uns besuchen wie früher auch.«

»Nun, dann wird es wohl auch so sein«, stimmte Hester zu. Federica zog ein Taschentuch aus der Tasche und wischte sich die Tränen ab. Der einzige Mensch, von dem Hester wusste, dass er ein Taschentuch bei sich trug, war Nuno. »Weißt du, meine Mutter hat mir erklärt, im Streit würden Menschen oft Dinge sagen, die sie gar nicht so meinen. Mein Vater sagt oft schreckliche Dinge, aber wir machen uns deswegen keine Sorgen, weil er ein anderer Mensch ist, wenn ihn die Wut gepackt hat. Ich glaube, deine Eltern waren auch andere Menschen, als sie sich gestritten haben. Sie haben es sicher nicht so gemeint.«

»Das glaube ich auch«, schloss Federica sich ihr an. Sie fühlte sich schon viel besser.

»Wir könnten doch Sam bitten, uns ein Feuer anzuzünden. Dann rösten wir Marshmallows«, schlug Hester fröhlich vor.

Federica sah ihre Freundin dankbar an und dachte an Sam. Sofort vergaß sie ihren Vater und das Gespräch, das sie in Cachagua belauscht hatte. Wild paddelnd überquerten sie den glasklaren See in Richtung Schilf und Binsen.

Sam freute sich nicht eben über die Störung beim Lesen. Sie fanden ihn auf dem Sofa liegend im Wohnzimmer, wo er David-Bowie-Platten hörte. Er riet ihnen, jemand anderen zu bitten.

»Aber hier ist sonst keiner, Sam«, sagte Hester.

»Was ist mit Bea?«

»Heute ist Samstag, Dummkopf«, antwortete sie.

»Aber sie ist hier. Ich habe sie doch gehört.« Sam nahm sich eine Hand voll Kartoffelchips.

»Und wenn sie es nicht tut, hilfst du uns dann?«

»Mal sehen. Jetzt geht und ruft sie«, wies er sie an.

Hester ging hinaus in den Flur und rief nach Bea. Federica folgte ihr verlegen. Sie wollte nicht allein mit Sam zurückbleiben. Doch sie beobachtete ihn durch den Türspalt. Er sah so gut aus, und sie wünschte sich, auch fünfzehn zu sein, damit er sie überhaupt wahrnahm.

Als Bea die Treppe hinunterkam, war sie eine ganz andere als das zerzauste Kindermädchen, das Federica an jenem Wintertag, als sie ins Eis eingebrochen war, aus den Kleidern geholfen hatte. Sie war im Begriff auszugehen und trug ein enges schwarzes Kleid und hochhackige Schuhe. Ihre wilden blonden Locken hüpften, wenn sie ging. Mit ihren dick getuschten Wimpern und dem glänzend roten Lippenstift hatte ihr Gesicht etwas Puppenhaftes. »Was willst du, Hester?«, fragte sie über das Geländer gebeugt. »Ich möchte jetzt ausgehen.«

»Könntest du uns ein Feuer im Kamin anzünden?«, bat Hester.

»Dafür bin ich wohl nicht richtig angezogen, oder?«, erwiderte sie und lächelte lieb.

»Sam tut es nicht.«

»Warum nicht?«

»Weil er liest.«

»Du liebe Zeit, er liest doch schon den ganzen Tag. Wo ist er?«

»Im Wohnzimmer.« Hester blickte Bea nach, als sie an ihnen vorüberstelzte, um mit Sam zu reden.

Sam seufzte und hob gereizt den Blick aus seinem Buch. Als er Bea vor sich stehen sah, mit ihren langen bloßen Beinen und den glänzend schwarzen Stiletto-Pumps, legte er das Buch zur Seite und richtete sich erstaunt auf.

»Sam, kannst du dich nicht einmal fünf Minuten von deinem Buch losreißen und den Mädchen ein Feuer anzünden?«, fragte sie, doch Sam hörte sie gar nicht. Er betrachtete ihre scharlachroten Lippen und stellte sich vor, was diese mit ihm anstellen könnten.

»Wie bitte?«, stotterte er und schüttelte den Kopf, um das Bild abzuwehren, das er gerade heraufbeschworen hatte.

»Ich sagte: Würdest du den Mädchen bitte ein Feuer anzünden?«, wiederholte Bea ungeduldig.

»Ja, natürlich«, antwortete er gnädig.

Bea straffte sich. Das war ja nicht schwer, stellte sie überrascht fest. Gewöhnlich war es unmöglich, Sam zu etwas zu bewegen, was er nicht selbst wollte. »Danke, Sam«, sagte sie und zog verlegen ihren Rock über ihre Schenkel herunter, als Sams Blicke an ihren Beinen hinaufwanderten.
»Ist mir ein Vergnügen, Bea«, sagte er und hatte sich wieder im Griff. »Du siehst heute Abend sehr hübsch aus. Wohin gehst du denn?«
»Mit Freundinnen ins Pub«, antwortete sie unsicher.
»Na, da wirst du sie bestimmt alle in den Schatten stellen«, bemerkte er wohlwollend.
»Danke.«
»Geh aber nicht allein. Wenn ein Mann dich in diesem Kleid sieht, kann er bestimmt nicht die Finger von dir lassen.« Sam grinste sie an. Sie wurde rot.
»Also wirklich, Sam«, sagte sie und zog den Rock noch tiefer herab. »Ist das Kleid zu kurz?«
»Nicht zu kurz, Bea. Eher zu lang«, antwortete er und stellte sich vor, wie sie wohl ganz ohne Kleid aussähe.
»Du bist noch zu jung für solche Bemerkungen.« Sie lachte und ging mit unsicheren Schritten hinaus. »Na, also, Mädchen. Sam macht euch ein Feuer«, sagte sie.
Sam hörte es und lachte leise. Hätte er nur die geringste Chance, dann würde er *ihr* Feuer machen.

Vierzehn

Es war spät, als Bea im Dunkeln zu ihrem Zimmer schlich. Sie machte kein Licht im Treppenhaus, um die Kinder nicht zu wecken. Der Mondschein genügte.

Sie hatte zu viel Wein getrunken und zu viel mit den fremden Männern im Pub geflirtet. Das machte nichts, die Wochenenden waren dazu da, Spaß zu haben. Schließlich war sie die ganze Woche über praktisch ans Kinderzimmer gefesselt, und hin und wieder musste ein Mädchen sich halt auch mal austoben. Sie schloss leise die Tür, schlüpfte aus den Schuhen und kickte sie durchs Zimmer.

»Autsch!«, erklang eine Stimme aus der Ecke, als einer der Schuhe offenbar auf einen Körper traf. Bea rang nach Luft und stand starr wie ein Hund, der plötzlich Gefahr witterte. Mit zitternder Hand tastete sie an der Wand nach dem Lichtschalter. »Mach kein Licht«, sagte die Stimme, so nahe jetzt, dass sie den Atem im Nacken spürte.

»Sam!« Erleichtert stieß sie den Atem aus. »Was tust du denn hier?«

»Ich hatte einen Albtraum«, sagte er, und Bea ahnte das Grinsen auf seinen Lippen.

»Geh wieder ins Bett«, stammelte sie, bemüht, nüchtern zu werden.

Sam fuhr mit einem Finger über ihren Nacken. Sie schüttelte ihn ab. »Um Himmels willen, Sam. Was soll das?«

»Tu nicht so, als wüsstest du es nicht«, flüsterte er.

»Du bist noch ein Kind!«, protestierte sie.

»Dann bring's mir bei.«

»Das kann ich nicht«, sagte sie und kicherte über den absurden Verlauf des Gesprächs.
»Warum nicht?«
»Weil ich sonst gefeuert werde.«
»Aber nein.«
»O doch.«
»Wer könnte uns denn verraten?«
»Ich weiß nicht, ob ich dir trauen kann«, antwortete sie sich zierend.
»Das heißt also nicht, dass du nicht willst?«, fragte er und legte seine Lippen auf die weiche Haut, wo ihr Hals in die Schulter überging. Sie schauderte vor Behagen und wünschte sich die Kraft, ihm zu widerstehen.
»Du bist noch ein Junge«, wiederholte sie schwach.
Sam nahm ihre Hand und legte sie auf seinen Hosenschlitz. »Benimmt sich ein Junge so?«, fragte er.
Sie fühlte den harten Beweis seines Begehrens und kicherte nervös. »Wohl kaum.« Sie lachte leise.
»Ich bin bereit für dich«, hauchte er ihr ins Ohr.
Bea konnte sich nicht helfen, sie fand die Situation amüsant. Sie unterdrückte ein Lachen. »Ich möchte wetten, du weißt gar nicht, was du damit anfangen sollst«, sagte sie und drückte ihn leicht mit der Hand.
»Ich möchte, dass du es mir zeigst«, sagte er. Plötzlich kam Bea sich vor wie eine Verführerin, und sie genoss das Gefühl ihrer Macht über ihn. Der Wein hatte sie übermütig gemacht, ihre Vernunft umnebelt, so dass ihr das Morgen eine Ewigkeit entfernt und diese Nacht wie eine verzauberte Zwischenwelt erschien, in der alles möglich war. Sie drehte sich um und ließ sich von ihm küssen. Als sein feuchter Mund den ihren in Besitz nahm, vergaß sie, dass er ein fünfzehnjähriger Junge war, der Sohn ihrer Arbeitgeber. Er küsste wie ein Mann. Erst als sie aufs Bett sanken, fand sie ruckartig in die Wirklichkeit zurück. Er war hart und kraftvoll und doch völlig unwissend, was das

komplizierte Labyrinth des weiblichen Körpers betraf. Nach dem einleitenden Kuss hob sie seine unbeholfene Hand von ihrer Brust und beschloss, ihn zu lehren, wie ein Mann zu lieben.

Am nächsten Morgen war Bea froh, dass Sonntag war und sie den ganzen Vormittag im Bett verbringen konnte. Bevor Sam in den frühen Morgenstunden zurück in sein Zimmer geschlichen war, hatte er sich gebrüstet, er hätte die ganze Nacht und womöglich sogar das ganze Wochenende über weitermachen können. Bea hatte ihm geglaubt. Er lernte schnell und war wie jedes Kind, das ein neues Spielzeug bekommt, nicht bereit, das Spiel zu beenden und zu Bett zu gehen.

In dem angenehm schläfrigen Stadium zwischen Bewusstheit und Schlaf lächelte sie vor sich hin und dachte voller Stolz an ihren eifrigen Schüler, der um fünf Uhr morgens die Kunst der sanften Berührung und des langsamen, innigen Kusses bis zur Meisterschaft erlernt hatte, sich mit geduldiger Zurückhaltung jedoch noch schwer tat. Das kommt auch noch, sagte sie sich, mit der Reife. Als ihr wieder einfiel, dass er erst fünfzehn Jahre alt war, packte sie wieder die Angst und sie kroch tiefer unter die Bettdecke.

Wenig später erwachte sie von einem sinnlichen Lecken zwischen ihren Zehen. Sie wand sich im Schlaf, als ein warmes Gefühl an ihren Beinen hinauf bis in den Leib kroch. Als der feuchte Mund sich zu eindringlich an ihrem Schenkel bemerkbar machte, gelang es ihr, die Augen zu öffnen und an sich herabzuspähen. »Sam. Jetzt nicht«, wehrte sie sich und wälzte sich auf die Seite.

Doch er ließ nicht locker. »Du darfst mich nicht wegschicken; ich weiß doch, wie sehr du es magst. Du kannst mir nicht widerstehen«, sagte er und strich mit der Hand über ihr bloßes Bein.

»Oder doch«, erwiderte sie und zog sich das Kissen über den Kopf. Doch Sam hatte Recht. Sie war wehrlos. Er kannte ihre empfindlichen Stellen und wusste sie zu stimulieren. Sie war machtlos gegen die Reaktion ihres Körpers, obwohl ihr Verstand nach mehr Schlaf verlangte. Sie ließ sich von Sam verleiten, sich auf den Rücken zu rollen, und dann spielte sie die Widerstrebende, während er die Lektionen der vergangenen Nacht wiederholte.

Sam dachte an nichts mehr außer an Sex. Die Wirkung der Verführung Beas war genau das Gegenteil dessen, was er sich erhofft hatte. Seine Begierde klang nicht etwa ab, sondern steigerte sich noch. Sam konnte sich jetzt nicht mehr so gut wie vorher auf seine Studien konzentrieren. Er verbrachte den Großteil des Tages damit, aus dem Klassenfenster zu schauen und sich vorzustellen, was er beim nächsten Mal mit Bea anstellen würde. Der Umstand, dass seine Affäre verboten war, machte sie umso unwiderstehlicher. Es gefiel ihm, am Frühstückstisch zu sitzen, wenn er erst ein paar Minuten zuvor aus ihrem Bett geschlichen war, und mit der gewohnten Gleichgültigkeit mit Bea zu reden.
Er nahm sie, wo immer es möglich war, sobald sie allein waren. Im Schuppen, unter den Apfelbäumen im Obstgarten, am Strand oder in den verborgenen Höhlen, die vom eindringlichen Flüstern lang verstorbener Schmuggler widerhallten. Tagsüber arbeitete Bea hart und passte auf Lucien und Joey auf, die ständige Überwachung und Unterhaltung beanspruchten, und in der Nacht war sie deren älterem Bruder zu Diensten. So erschöpft sie auch war, konnte sie ihn doch nicht abweisen. Er bereitete ihr eine immense Lust.
Sam schnitt in der Schule nicht mit seiner Affäre auf. Das hatte er nicht nötig. Er hatte sich verändert, und die anderen Jungen spürten es und bewunderten ihn. Ingrid war zu geistesabwesend, um die Müdigkeit des Kindermädchens oder den selbstzufriedenen Ausdruck auf dem Gesicht ihres ältesten Sohnes zu bemerken. Inigo verließ kaum jemals sein Büro, und die Mädchen waren so sehr mit ihren kindlichen Spielen beschäftigt, dass sie das Kindermädchen ihrer kleinen Brüder nicht beachteten.

Sich selbst hielten sie für zu erwachsen, um noch von einem Kindermädchen betreut werden zu müssen.
»Komm mit mir in den Obstgarten«, schlug Sam vor und strich mit dem Finger über die Innenseite von Beas Unterarm.
»Ich kann nicht. Ich muss auf die Jungen achten, sie könnten mich brauchen«, antwortete sie und entzog ihm ihren Arm.
»Sie haben dich noch nie gebraucht. Sie schlafen«, entgegnete er, roch ihren Körperschweiß und spürte wieder diesen Schmerz in den Lenden.
»Es ist zu gefährlich. Man könnte uns entdecken.«
»Ach was. Mum sitzt oben auf der Klippe und malt, Dad ist in seinem Büro wie immer, die Mädchen sind bei Federica und Nuno, ach, was geht uns Nuno an.« Er lachte leise.
»Ich will nicht, dass diese Sache so überhand nimmt«, sagte sie in dem Versuch, vernünftig zu sein. »Du bist noch ein Junge.«
»Du hast mich zum Mann gemacht«, neckte er sie.
»Das hätte ich lieber nicht tun sollen.«
»Tja, jetzt kann mich nichts mehr aufhalten. Ich bin verrückt nach dir.«
»Du bist verrückt nach allem, was einen Rock trägt, und ich bin nun mal gerade verfügbar«, antwortete sie.
»Das stimmt nicht, Bea. Ich mag dich. Wirklich«, sagte er, in der Absicht, sie doch noch in den Obstgarten zu locken.
»Klar.«
»Ehrlich. Sieh nur.« Er nahm ihre Hand und legte sie auf seinen Hosenschlitz.
Bea seufzte und lächelte ihn liebevoll an. »Zu einer Beziehung gehört mehr als das«, sagte sie und zog kopfschüttelnd ihre Hand zurück.
»Behaupte nicht, dass du ihn nicht willst. Du hast ihm gezeigt, wie er dich befriedigen kann. Jetzt kann er nicht genug von dir kriegen. Gibt dir das nicht das Gefühl, begehrt zu werden?«
»Doch«, gab sie zu. »Aber ich darf nicht vergessen, dass du erst fünfzehn bist.«

»Aber fast schon sechzehn.«
»Das ist egal. Manchmal wirkst du so erwachsen, dass du einer von meinen Freunden sein könntest. Aber du bist es nicht.«
»Ist das wichtig?«, fragte er. Bea hätte ihm gern gesagt, dass sie im Begriff war, sich in ihn zu verlieben, dass sie des Nachts wach lag, über den Altersunterschied von zehn Jahren grübelte und überlegte, wie eine echte Beziehung funktionieren könnte. Doch tief im Herzen wusste sie, dass er nur Sex von ihr wollte und sie nicht liebte. Er war nicht einmal verliebt in sie. Er würde erwachsen werden, fortgehen und im ganzen Land gebrochene Herzen hinterlassen, dachte sie. Sie sah in seine ehrlichen grünen Augen, denen die Lebenserfahrung noch Tiefe verleihen musste, und betrachtete seinen rötlich blonden Haarschopf, der ihm in die glatte Stirn fiel. Sein Lächeln war frech und hinreißend, und doch war sein Blick überheblich, als wüsste er, dass er klüger und schöner war als jeder andere.
Bea seufzte und streichelte seine Wange. »Warum soll ich die Zeit mit dir nicht genießen, solange ich noch Gelegenheit habe?«, gab sie schließlich nach und lächelte Sam versonnen an. Er erwiderte ihr Lächeln mit einem Glitzern in den Augen und folgte ihr die Treppe hinunter hinaus in den Garten.
Es war Abend. Heuduft hing in der kühlen Luft, und der Tau streute Perlen über den frisch gemähten Rasen und die Blumenrabatten. Der Himmel wurde blasser und dunkler, der ungeduldige Mond vertrieb die Sonne. Das ferne Dröhnen der Brandung und das Schreien der Möwen verlor sich im Hintergrund, als Sam das Törchen zum ummauerten Obstgarten öffnete und Bea in seine Arme zog, um sie zu küssen. Ihr blieb keine Zeit, die melancholische Dämmerstimmung zu genießen oder den Duft der reifen Äpfel aufzunehmen, denn sofort drängte Sam sich an sie, war sein Mund an ihrem Hals und an ihren Schultern und dann auf den Brüsten, die er mit einer flinken Bewegung seiner Finger aus dem Büstenhalter befreit hatte.
Er liebte ihre Brüste. Sie waren groß und weich wie die

Marshmallows, die Molly und Hester so gern am Feuer rösteten. Hell, rosig und vorwitzig, reagierten sie immer begeistert. Sam wusste, wie er die Spitzen mit der Zunge umkreisen musste. Bea mochte es zärtlich. So zärtlich, dass sie kaum etwas spürte außer einem Kitzel, der schnell auch ihren Unterleib erfasste. Sie war üppig und kurvenreich, ganz Frau, und er genoss es, immer wieder diese faszinierenden weiblichen Stellen zu erforschen.

Bea befreite seinen Penis aus der Hose und fand ihn bereit und ungeduldig wie immer. Sie ließ sich auf die Knie nieder und nahm ihn mit dem Eifer einer Frau, die alles tut, um ihren Mann zu halten, in den Mund.

In diesem Augenblick näherte sich Nuno vom anderen Ende des Obstgartens her. Weder Sam noch Bea bemerkten ihn, denn sein Schritt war leicht, und das dargebotene Schauspiel gefiel ihm so gut, dass er es auf keinen Fall stören wollte.

Sams Lider flatterten vor Lust, sein Mund stand leicht offen. In Nunos Augen sah er sehr schön aus, wie ein goldener Jüngling aus mythischen Zeiten, ein junger Adonis oder Herkules. Diskret wandte er sich dem Rosenbeet zu, als sein Enkel den Höhepunkt erreichte. Nuno wollte dem Jungen den Spaß nicht verderben. Er war unglaublich stolz darauf, dass sein Enkel die Freuden des Fleisches entdeckt hatte. Es war auch an der Zeit, dachte er, wahrscheinlich hatte Zolas *Nana* seine knospende Sinnlichkeit zur Entfaltung gebracht.

Sam stöhnte und stieß dann einen langen Seufzer der Befriedung aus. Bea kicherte und stand auf. Da drehte Nuno sich um und hüstelte vernehmlich. »›Der Versuchung kann man sich nur entledigen, indem man ihr nachgibt‹«, zitierte er und sah Sam mit hochgezogenen buschigen Augenbrauen an.

»Oscar Wilde«, sagte Sam pflichtschuldigst.

»*Molto bene, caro*. Nachdem du ihr jetzt nachgegeben hast, sollte Miss Osborne vielleicht lieber zurück zu den Kindern gehen.«

Bea nickte stumm und rannte ohne einen Blick zurück durchs Törchen hinaus. Ihr Gesicht glühte so, dass sie das Blut pochen

fühlte. Sie schämte sich zu Tode. Nuno dagegen amüsierte sich köstlich.
»Komm mal mit, Samuel. Ich glaube, ich sollte die Liste deiner Lektüre anpassen«, sagte er und trat durch das Törchen, das nach Beas heftigem Abgang noch in den Angeln schwang.
In der Bibliothek blieb Nuno vor den staubigen Regalen stehen und strich mit der Hand über die Rücken seiner geliebten Bücher. »Die hier bereiten mir viel Freude, Samuel. Meine Bewunderung für die Frauen war dahin, als ich feststellte, dass sie nicht so perfekt waren wie die griechischen Statuen, die ich als Junge studiert hatte.«
»Wieso?«, fragte Sam und ließ sich auf das Ledersofa seines Großvaters fallen.
»Ich habe nur ein einziges Mal mit deiner Großmutter geschlafen.«
»Tatsächlich? Dann warst du wohl sehr zeugungskräftig, Nuno.«
Nuno lachte leise. »Das war ich, wie das Schicksal oder die Götter es wollten. Nein, mein lieber Junge, als ich entdeckte, dass Frauen Schamhaar haben, stürzten sie von dem himmlischen Sockel, auf den ich sie so unschuldig gehoben hatte.«
Sam lachte. »Nur wegen der Schamhaare? Du wirst doch nicht geglaubt haben, dass Frauen tatsächlich wie diese Skulpturen wären?«, fragte er voller Staunen.
Sein Großvater zog ein paar Bücher aus dem Regal und streichelte zärtlich die Einbände. »O doch, Samuel. Danach waren sie nicht mehr dieselben.«
»Arme Großmutter.«
»Sie war mir treu ergeben. Betete mich an. Du wirst noch lernen, dass die Fleischeslust, die Vereinigung der Lenden, die Stimulierung der Genitalien« – er betonte jedes einzelne Wort – »nichts weiter als Illusion sind, mein Junge. Falsche Liebe. Du verlierst dich für den Augenblick in ihnen, und dann sind sie fort, und du gierst nach der nächsten flüchtigen Wonne. Du kannst dein

Leben lang hinterherjagen, aber du wirst sie nie festhalten können. Nein, mein Junge, Liebe geht viel tiefer. Und so hat deine Großmutter mich geliebt. Nicht wie ein Tier, sondern wie ein göttliches Wesen. Ja, wie ein göttliches Wesen. *Ecco*«, schloss er und reichte Sam die Bücher.

Sam nahm sie entgegen und betrachtete sie misstrauisch. »Casanovas *Memoiren* und Oscar Wildes *Bildnis des Dorian Grey*«, las er vor.

»Ersteres belehrt dich über die Freuden des Fleisches, das zweite weist dich an, sie nicht zu missbrauchen«, erklärte Nuno weise.

»Danke«, sagte Sam und stand auf.

»Die sexuelle Lust kann eine Waffe sein oder ein Zauberstab, Samuel. Benutze sie klug.«

»Du wirst Mum doch nichts sagen?« Sam scharrte verlegen mit dem Fuß.

»Es ist allein deine Sache, mein Junge, doch ich möchte dir raten, die Liebe in die dunklen Stunden zu verlegen, wenn niemand dich überraschen kann.« Er wandte sich wieder seinen Büchern zu.

»›Liebe ist keine Freude mehr, wenn sie aufhört, ein Geheimnis zu sein‹«, zitierte Sam und grinste selbstzufrieden.

»Aphra Behn, *The Lover's Watch*«, sagte Nuno wichtigtuerisch, ohne sich umzudrehen. »Noch ist deine Liebe für den Rest der Familie ein Geheimnis, mein Junge. Genieße es«, riet er ihm und lächelte stolz, weil er seinem Enkel die Liebe zur Literatur beigebracht hatte.

Fünfzehn

Santiago, Chile

Als Mariana Ramon berichtete, dass sie mit Helena telefoniert hatte, meldete sich sein Gewissen. Er hatte nur ein einziges Mal geschrieben und niemals angerufen, was nicht auf die Kosten von Ferngesprächen zurückzuführen war. Er hätte es tun sollen. Als Entschuldigung konnte er allenfalls anführen, dass er ständig unterwegs gewesen war und sein Buch hatte fertig stellen müssen. In Wirklichkeit aber hatte er sich ganz bewusst in Indien treiben lassen. Er hatte eine Hütte am Strand gemietet und seinen Roman geschrieben. Er hatte versucht, Helena und die Kinder zu vergessen. Er hatte versucht, Estella zu vergessen. Ersteres war ihm gelungen, denn es hatte sich ja im Grunde nicht viel geändert. Er war es gewohnt, allein zu reisen, und in der Hinsicht war alles wie zuvor. Estella jedoch war ein völlig anderes Thema. Sie fehlte ihm unablässig.

Trotz seiner scheinbaren Gleichgültigkeit flüsterte sein Gewissen ihm immer wieder zu, dass er ihr bestimmt viel Kummer bereitete. Er hatte verlangt, dass sie auf ihn wartete, und zweifellos wartete sie tatsächlich pflichtbewusst auf ihn, in der Küche beim Gemüseputzen, auf ihren Wegen durchs Haus, begleitet von ihrem Rosenduft, bei ihren alltäglichen Beschäftigungen. Er wollte sie nicht anrufen und ihr auch nicht schreiben, denn er wusste nicht, was er hätte sagen sollen. Was sie hören wollte, konnte er ihr nicht sagen, denn ihm war klar, dass er sich nie wieder an einen Menschen binden konnte. Er hatte Helena und die Kinder schwer gekränkt, und er wollte Estella nicht das Gleiche antun.

Vielleicht würde er im Sommer zurückkehren und wieder mit ihr schlafen.
Wenn er daran dachte, dass Estella sich in einen anderen verlieben könnte, packte ihn die Eifersucht wie ein unbeherrschbarer Dämon und quälte ihn, bis er versucht war, seine Habseligkeiten zu packen und nach Cachagua zurückzukehren. Doch dann kam seine Vernunft zurück. Estella liebte ihn, und eine liebende Frau war treu wie ein Hund. Und so verbrachte er seine unbefriedigten Nächte in den Armen fremder Frauen, stellte sich vor, sie wären Estella, war befreit von seinem Dämon und freute sich auf den Sommer, wenn er zu ihr zurückkehren würde.

Als Ramon gegen Ende August in Chile landete, begab er sich direkt nach Santiago und bezog seine neue Wohnung in Las Condes. Doch dort fühlte er sich nicht zu Hause. Vielmehr sehnte er sich nach Viña und nach seiner Familie. Ohne sie fühlte er sich verwaist. Nachdem er in Indien so viele Monate allein gelebt hatte, fühlte er sich plötzlich unbehaglich. In Chile war er das Alleinsein nicht gewöhnt, und er empfand es als unnormal. So zog er teilweise in die Kolonialvilla seiner Eltern in der Avenida el Bosque ein. Seine Mutter war entzückt, ihn öfter zu sehen, und übernahm den häuslichen Part in seinem Leben wie eine liebende Gattin. Sein Vater war weniger begeistert.
»Weib, er hat schließlich eine Frau. Er ist zu alt, um noch die Fürsorge der Mutter zu beanspruchen«, knurrte er eines Abends, als er nach Hause kam und Ramons Kameraausrüstung, Stapel von Druckfahnen und andere Habseligkeiten nachlässig im Wohnzimmer verstreut vorfand.
»Nacho, *mi amor*, er durchlebt eine schmerzhafte Phase. Er fühlt sich einsam, wenn er allein ist«, verteidigte sie ihren Sohn auf dem Weg ins Ignacios Büro.
»Warum bittet er dann nicht Helena, zu ihm zurückzukommen? Es ist ganz einfach: Wenn du immer für ihn da bist, braucht er es ja gar nicht erst zu versuchen.«

»Er weiß nicht, was er will«, sagte sie voller Mitleid.
»Er will das tägliche Brot und den Kuchen, Mariana. Ich weiß nicht, was wir falsch gemacht haben, aber aus irgendeinem Grund kann er sich einfach nicht binden.« Er schüttelte abweisend den Kopf. »Er wollte nicht, dass Helena ihn verlässt, war aber auch nicht bereit, seine Lebensweise um ihretwillen zu ändern oder sie zu bitten, bei ihm zu bleiben. Ihm hätte es am besten gefallen, wenn alles so weitergegangen wäre wie gehabt, wie ein vertrautes, wenn auch manchmal störendes Uhrwerk. Ich kann ihr nicht verübeln, dass sie ihn verlassen hat, aber ich vermute, sie hat gehofft, ihm allein mit dieser Drohung die Pistole auf die Brust zu setzen.«
»Wie meinst du das?«, fragte Mariana gedehnt und ließ sich in dem abgewetzten Lehnstuhl nieder, in dem Ignacio abends nach dem Essen zu lesen pflegte.
»Vermutlich hat sie gehofft, dass er sich, wenn sie ihn verließe, gezwungen sehen würde, sich zu ändern, um sie halten zu können. Ich habe gehofft, dass er es wenigstens versuchen würde. Aber er meidet alle Realitäten. Er hat es geschehen lassen und ist dann auf Monate verschwunden, um so zu tun, als wäre nichts passiert. Deshalb will er jetzt wieder bei uns wohnen. Er vermisst seine Familie, sobald er in Chile ist.«
»Ich hätte dir kein Wort geglaubt, wenn ich nicht diesen sonderbaren Anruf gehabt hätte. Ich glaube, Helena vermisst ihn auch.« Sie dachte an Helenas angespannten Tonfall, und jetzt wurde ihr bewusst, dass der Anruf ein Hilfeschrei gewesen war.
»Darauf möchte ich wetten.«
»Glaubst du, sie bedauert, dass sie ihn verlassen hat?«
»Das Gras ist immer grüner … und so weiter.«
»Vielleicht nicht ganz so grün, wie sie es sich erhofft hatte.«
»Vielleicht nicht.«
»Wir müssen ihn dazu bringen zu hinterfragen, was er getan hat. Irgendwas muss ihn doch zur Vernunft bringen. Er hat den Ernst der Lage noch gar nicht richtig begriffen. So kann er mit

den Menschen einfach nicht umspringen. Jemand muss ihm beibringen, was den Wert des Lebens ausmacht.«

»Du hast Recht«, sagte sie und senkte den Blick. »Was soll ich tun, Nacho? Soll ich ihn abweisen?«

»Das wäre das Beste. Er wird seine Frau kaum vermissen, wenn du ständig um ihn herumschwirrst und ihn umsorgst.« Er bemerkte den niedergeschlagenen Ausdruck in den grauen Augen seiner Frau. Er seufzte und schüttelte wieder den Kopf. »Ich bestehe nicht darauf, dass du es tust. Wie könnte ich? Du bist seine Mutter.«

»Ich will nur das Beste für ihn«, sagte sie und brachte ein dünnes Lächeln zustande.

»Dann sag ihm, dass er nicht wieder bei uns einziehen kann.«

Mariana lachte herb. »Oh nein, Nacho, dass werde ich nicht tun. Es ist deine Idee, also sagst du es ihm selbst.« Damit ging sie aus dem Zimmer.

Ramon erschien rechtzeitig zum Abendessen. Ignacio verdrehte heimlich die Augen, als wollte er seiner Frau stumm seinen Ärger über die immer häufigere Anwesenheit seines Sohns in ihrem Haus vermitteln. Mariana tat, als hätte sie es nicht bemerkt, und schenkte Ramon ein Glas Whisky mit Eis ein. »Bitte schön, Ramon. Hattest du einen anstrengenden Tag?«, fragte sie ihn freundlich. Doch Ignacio meldete sich zu Wort, bevor Ramon noch antworten konnte.

»Hast du dich entschieden, was du in Bezug auf Helena unternehmen willst, mein Sohn?« Ignacio ließ sich Ramon gegenüber in einen Lehnstuhl sinken. Ramon seinerseits belegte mit seinen langen Armen und Beinen den Großteil des Sofas. Er schlürfte seinen Whisky, als wollte er Zeit schinden. Von Kindheit an hatte er den Fragen seines Vaters nicht ausweichen können, und er fühlte sich immer noch schwach und erbärmlich, wenn er sie schließlich wie ein gehorsamer Schuljunge beantwortete.

»Ich schätze, meine nächste Reise wird mich nach England

führen, Papa«, sagte er, darauf bedacht, nicht zu viel von sich zu verraten.

»Wann fliegst du?«, drang Ignacio weiter in ihn.

»Ach, ich weiß nicht. In ein paar Monaten vielleicht«, antwortete er ausweichend.

»In ein paar Monaten? Warum nicht früher?«

»Ramon hat sehr viel zu tun«, mischte Mariana sich zur Verteidigung ihres Sohnes ein.

»Dich habe ich nicht gefragt, Weib«, saget Ignacio streng. »Ramon ist alt genug, mir selbst Rede und Antwort zu stehen. Herrgott, du bist schließlich vierzig Jahre alt.«

»Einundvierzig«, sagte Ramon und lächelte seiner Mutter zu.

»Genau. Du bist ein erwachsener Mann. Du solltest längst sesshaft sein und nicht wie ein Zigeuner in der Welt herumstreunen.«

Ramon hätte seinem Vater gern geraten, sich um seine eigenen Angelegenheiten zu kümmern, doch dann fiel ihm ein, dass er praktisch in dessen Haus lebte und er damit ein Recht darauf hatte, seine Pläne kennen zu lernen. »Ich möchte noch eine Weile in Cachagua verbringen, ein paar neue Projekte ankurbeln. Das Wetter wird jetzt besser ...«

»Du kannst das Haus haben«, sagte Ignacio gnädig. »Es steht dir jederzeit zur Verfügung«, setzte er hinzu und vermied es, in Marianas plötzlich sehr verdutztes Gesicht zu sehen.

»Aber da ist niemand, der ihn versorgt«, wandte Mariana mit immer noch gefurchter Stirn ein.

»Was ist mit Estella?«, fragte Ramon hastig, riss sich aber rasch zusammen, um nicht zu viel zu verraten. Er kannte seinen Vater gut genug, um zu wissen, dass dieser die kleinste Änderung in seinem Tonfall registrierte und analysierte.

»Ach, die arme kleine Estella«, seufzte Mariana und ließ die Schultern sinken. »Das liebe Kind, sie war so ein nettes Mädchen. Niemand hat sich so wie sie im Haus bewährt. Ich weiß gar nicht, was wir ohne sie tun sollen.« Sie warf Ignacio einen vorwurfsvollen Blick zu. Ramon sah von seiner Mutter zu seinem Vater, und sein Herz wurde schwer vor Sorge.

»Es musste getan werden, Weib. Sie kann nicht gleichzeitig für uns und für ihr Kind sorgen«, verteidigte er sich gegen ihren Vorwurf. »Ramon, sie ist schwanger.«

»Schwanger?«, wiederholte Ramon gedehnt.

»Schwanger«, bestätigte Mariana. »Das arme Mädchen. Du weißt doch sicher noch, dass sie sich letzten Sommer in Cachagua mit einem jungen Mann traf?« Ramon nickte ernst. »Nun, dieser Dummkopf hat sie geschwängert und ist dann untergetaucht.«

»Das passiert doch ständig, Mariana«, bemerkte Ignacio gereizt.

»Aber ich mochte sie. So eine Behandlung hatte sie nicht verdient. Sie war ein braves Mädchen, keine von diesen losen Frauen, die in Valparaíso im Hafen herumlungern. Sie war zu vertrauensselig. Ich könnte dem Jungen den Hals umdrehen, wenn ich ihn in die Finger bekäme.«

»Und wo ist sie jetzt?«, fragte Ramon. Ihm war übel und schwindlig zugleich. Er schluckte benommen den letzten Whisky hinunter.

»Ignacio hat sie zurück nach Zapallar geschickt«, erklärte Mariana spitz.

»Ich habe ihr gesagt, sie kann zurückkommen, wenn das Kind auf der Welt ist. Vielleicht kann ihre Mutter es tagsüber, während sie arbeitet, betreuen«, fügte Ignacio mit erzwungener Geduld hinzu.

»Ich weiß, aber sie war doch völlig erledigt. Verstehst du, Ramon, sie glaubte, er würde zurückkommen. Er hatte es ihr versprochen, und sie hat ihm geglaubt. Ich wollte ihr nicht alle Hoffnung nehmen und habe ihr zugestimmt. Doch so viel ich weiß, hat er bisher nichts von sich hören lassen. *Dios mio*, das alles ist so unwürdig!« Sie seufzte erneut.

»Hat sie gesagt, wie der Mann heißt?«, fragte Ramon vorsichtig.

»Nein, sie wollte es uns nicht sagen. Sicher hat sie sich zu sehr geschämt.«

»Das reicht, Weib, mir schwirrt der Kopf«, sagte Ignacio gereizt. »Ramon kann das Haus haben. Wenn er ein Hausmädchen braucht, soll er sich eines suchen.«
»Natürlich nur vorübergehend, denn vielleicht kommt Estella zurück, und ich möchte ihr gern die Stelle erhalten«, verlangte Mariana besorgt.
»Das soll mir recht sein«, sagte Ignacio. »Wann willst du fahren?«
»Morgen früh«, antwortete Ramon automatisch. In seinem Kopf arbeitete es wie ein Uhrwerk. »Ich wasche mir schnell noch die Hände vor dem Essen.«
Als er sich selbst im Spiegel sah, bemerkte er, dass alle Farbe aus seinem Gesicht gewichen war und seine Haut fahl und grau wirkte. Er rieb sich die Wangen, um das Blut wieder zum Fließen zu bringen, doch es war zwecklos: Der Schock war seinem Gesicht deutlich anzusehen.
»Warum überlässt du ihm das Haus?«, fragte Mariana ihren Mann, als Ramon das Zimmer verlassen hatte. »Ich dachte, du wolltest ihm sagen, dass er nicht mehr bei uns wohnen kann.«
»Weil es ihn vielleicht an Frau und Kinder erinnert, wenn er einige Zeit allein im Sommerhaus verbringt. Vielleicht kommt er dort draußen an der Küste zu Verstand. Ich weiß nicht. Ich greife nach jedem Strohhalm, Weib, aber womöglich wecken das Meer und die Sonne Erinnerungen an die schönen Zeiten, die er mit Helena verlebt hat, bevor alles den Bach runterging.«
Mariana legte ihrem Mann liebevoll eine Hand auf den Arm und lächelte ihn ermutigend an. »Wir leiden beinahe mehr als er«, sagte sie und dachte voller Traurigkeit an Federica und Hal.
»Ganz sicher leiden wir mehr als er. Das ist ja das Problem, er leidet überhaupt nicht«, schimpfte Ignacio. »Still jetzt, ich höre ihn kommen.«

Als Ramon zurück ins Wohnzimmer kam, waren seine Eltern im Begriff, zum Speisezimmer rüberzugehen. Mariana sah ihn an und lächelte mitfühlend.

»Fehlt dir was, mein Sohn? Du bist so blass«, erkundigte sich Ignacio weniger taktvoll.
»Nein, alles in Ordnung«, antwortete Ramon mit tonloser Stimme.
»Hör mal, ich verstehe ja, dass du es in letzter Zeit nicht leicht gehabt hast. Allerdings glaube ich, dass du vor deinen Problemen davonläufst.«
»Nein, Papa, ich denke ständig an Helena und die Kinder«, log er.
»Warum besuchst du sie dann nicht? Wovor hast du Angst?«
»Ich habe keine Angst. Helena braucht Zeit für sich allein«, setzte er an.
»Um Himmels willen, Junge, genau das ist doch das Problem: Sie hatte viel zu viel Zeit für sich allein«, fiel Ignacio ihm entnervt ins Wort.
»Sie braucht Zeit, um in Polperro wieder heimisch zu werden. Das Letzte, was sie jetzt braucht, ist, dass ich aufkreuze und alles wieder aufwühle.«
»Dann schreib wenigstens den Kindern, ruf sie gelegentlich an, sei ein Vater, Ramon. Drück dich nicht vor deiner Verantwortung.«
»Ich denke ständig an die liebe kleine Federica und daran, wie sehr sie dich liebt, *mi amor*. Dein Vater hat Recht. Du darfst sie nicht so vernachlässigen«, sagte Mariana und tätschelte liebevoll den Unterarm ihres Sohnes.

Als Ramon am nächsten Morgen nach Cachagua aufbrach, waren Helena, Federica und Hal das Letzte, woran er gedacht hätte. Seine Gedanken waren einzig und allein bei Estella. Er hatte eine qualvolle Nacht verbracht, im Kampf gegen die Dämonen des Schuldbewusstseins und der Reue, die ihn heimsuchten und ihn um den Schlaf brachten. Er hatte sie bekämpft, indem er versuchte, sich auf das neue Buch zu konzentrieren, an dem er arbeitete, doch immer wieder drängte sich Estella in seine Gedanken.

Zuerst versuchte er, sich einzureden, das Kind wäre nicht von ihm, doch das war sinnloses Wunschdenken. Das Kind war zweifellos von ihm, kein anderer konnte der Vater sein, nicht nur, weil es zeitlich passte, sondern auch, weil er Estella kannte. Sie war nicht der Typ, der mit jedem schlief. Das allein schon verursachte ihm Pein. Er hatte sie verführt und sie dann verlassen. Und nicht genug damit: Er hatte sie schwanger zurückgelassen. Er ekelte sich selbst vor seinem eigenen Verhalten. Er hatte den Morgen herbeigesehnt, aber jedes Mal, wenn er auf die Uhr schaute, waren erst ein paar Minuten seit dem vorigen Mal vergangen. Er wäre auf der Stelle aufgebrochen, hätte die Sperrstunde, die die Bürger zwischen zwei und sechs Uhr in die Häuser verbannte, es nicht verboten. Als die Morgendämmerung dann endlich den Nachthimmel aufriss und Licht in sein Zimmer goss, hatte er seine Tasche genommen, war ins Auto gestiegen und abgefahren. Da war es sechs Uhr morgens.
Erst als er sich im Rückspiegel sah, wurde ihm bewusst, dass er sich weder gewaschen noch rasiert hatte. Er sah aus wie ein Landstreicher mit langem, verfilztem schwarzem Haar, dunklem Bartschatten und müden, blutunterlaufenen Augen. Gewöhnlich hätte er unterwegs Rast gemacht, einen Kaffee oder eine Limonade getrunken, und bei der Gelegenheit hätte er sich waschen und das Haar ordnen können, doch so viel Zeit hatte er dieses Mal nicht. Er wollte Estella nicht eine Minute länger allein lassen. Er trat das Gaspedal durch und fuhr so schnell wie es eben möglich war, ohne dass er die Aufmerksamkeit der Polizei auf sich zöge. In Zapallar angekommen, stellte er eilig den Wagen ab und schritt hinaus in das helle Morgenlicht.
Er wusste nicht, wo er suchen sollte. Er wusste nicht einmal Estellas Nachnamen, nach dem er hätte fragen können, und außerdem wollte er nicht das gesamte Dorf auf sich aufmerksam machen. Irgendwer würde ihn sicherlich erkennen. Er wanderte am Strand entlang, in der Hoffnung, sie dort anzutreffen oder ihr vielleicht zufällig zu begegnen, wenn sie Brot kaufte oder

einfach nur spazieren ging. Doch weit und breit war niemand zu sehen. Ein vorzeitiger Frühlingsanfang ließ Bäume und Sträucher aufleben, und die Luft war schon deutlich wärmer. Beinahe rechnete Ramon damit, den Rosenduft wahrzunehmen und ihm folgen zu können, bis er Estella gefunden hatte. Doch das war die Art von Romantik, die er in seinen Romane unterbrachte; das war nicht das wirkliche Leben.

Nachdem er eine Weile am Strand auf und ab geschlendert war, wurde ihm klar, dass er wohl doch jemanden fragen müsste. Er würde Estella beschreiben und somit das Risiko eingehen, dass das ganze Dorf davon erfuhr. Eine andere Möglichkeit blieb ihm nicht. Er war mit seinem Latein am Ende.

Als er einen alten Mann auf einer Bank sitzen und aufs Meer hinausblicken sah, überwand er seine Verlegenheit und trat an ihn heran. »Guten Morgen, Señor. Ich suche eine junge Frau namens Estella. Sie ist hochschwanger, hat langes schwarzes Haar bis zur Taille und ist etwa so groß.« Mit der Hand deutete er Estellas Größe an. Der Mann beäugte ihn aus kleinen schwarzen Triefaugen und blinzelte ungerührt. Er stützte sich mit seinen braunen, knotigen Händen auf einen Stock und kaute auf seinem zahnlosen Kiefer.

»Sie lebt bei ihren Eltern«, fuhr Ramon fort. »Ist ungefähr zwanzig Jahre alt. Früher hat sie in Cachagua gearbeitet. Sie ist sehr schön.« Er seufzte enttäuscht. »Sie hätten sie bestimmt nach dieser Beschreibung erkannt, wenn Sie Ihnen bekannt wäre«, sagte er und wandte sich ab. Der Mann bewegte die Kiefer, ohne ein Wort zu sprechen. Irgendetwas trieb Ramon dazu hinzuzufügen, dass sie nach Rosen duftete, und plötzlich regte sich Leben in dem alten Mann, und er nuschelte etwas in der Richtung, dass ihr Duft ihn an das Begräbnis seiner Mutter erinnerte.

»Sie haben sie in ein Grab voller Rosenblüten gelegt«, sagte er versonnen. »Sie sagten, das würde sie trösten, falls sie aufwachte und nicht wüsste, wo sie war.« Er wandte sich um und blickte zu Ramon hinüber, der hoffnungsvoll im Schatten eines

Eukalyptusbaums stand. »Deine Estella lebt ein Stück die Straße hinauf, etwa einen halben Kilometer, auf dem Hügel mit Blick übers Meer. Das Haus erkennst du leicht an seiner gelben Farbe«, sagte er und nickte vor sich hin. »Immer wenn ich zum Friedhof gehe, rieche ich diesen Rosenduft. Eines Tages gehe ich dorthin und komme nicht wieder zurück.«

»Eines Tages gehen wir alle dorthin und kommen nicht wieder zurück«, bemerkte Ramon zur Verwunderung des alten Mannes. Er hatte nicht damit gerechnet, dass der Jüngere noch da war.

Eiligen Schritts stieg Ramon hügelan. Es war noch früh. Dort, wo Meer und Himmel aneinander stießen, verschwamm der Horizont in schimmerndem Dunst. Während Ramon nach dem gelben Haus Ausschau hielt, dachte er an die trägen Tage des vergangenen Sommers, als er Estella vorbehaltlos, ohne Schuldgefühle, ohne Reue und ohne diese schreckliche Angst vor dem Gefangensein geliebt hatte.

Als er das Haus sah, blieb er auf der staubigen Straße stehen und schaute. Still lag es im Schatten der knospenden Bäume, deren neue Blätter sich schon mit einem ersten Grünschimmer ankündigten. Das Haus war klein und niedrig und hatte vermutlich nur zwei oder drei Räume. Es wirkte gepflegt mit dem kleinen, ordentlichen Garten. In der Ferne hörte Ramon einen Hund bellen und eine Mutter mit ihrem Kind schimpfen, was einen Hauch von Aufruhr durch das verschlafene Dorf sandte. Ramon schaute immer noch, aber nichts regte sich. Schließlich trieb ihn seine Ungeduld vor die Tür, und er klopfte angstvoll. Von drinnen hörte er eine leise raschelnde Bewegung. Einen Augenblick lang überkam ihn die Angst, vor dem falschen Haus zu stehen, doch dann wehte schwerer Rosenduft aus einem offenen Fenster, und er wusste, dass Estella hier war. Das Herz ging ihm auf.

Als Estella die Tür öffnete und Ramon vor sich stehen sah, der mit seiner Größe die Sonne verdeckte, wurde sie erst blass, bevor ihr Puls zu rasen und das Blut zu wallen begann. Sie hätte aufgeschrien, fand jedoch ihre Stimme nicht. Sie blinzelte, ein Mal, zwei Mal. Als sie sicher war, dass Ramon leibhaftig vor ihr stand, nicht etwa eine Erscheinung, warf sie die Arme um seinen Nacken und ließ es zu, dass er sie in seine Arme riss und ins kühle Hausinnere trug.

Er legte sie sanft auf ein schmales Bett und blickte in ihr anbetendes, glückstrahlendes Gesicht. »Ich wusste, dass du zurückkommen würdest«, seufzte sie und strich mit zarter Hand über seine bartstoppelige Wange. Ganz versunken in ihre schönen Züge, war Ramon plötzlich in Verwirrung geraten und er fragte sich, was in ihn gefahren sein mochte, dass er sie hatte verlassen können. Warum hatte er Angst vor ihr gehabt? Als er ihre dankbaren Lippen küsste, glaubte er fest daran, dass er sie nie wieder allein lassen würde. Er atmete ihren einzigartigen Duft und schmeckte das Salz auf ihrer Haut. Dann schob er die Hand unter ihr weißes Baumwollnachthemd auf ihren gewölbten nackten Leib.

»Das ist mein Kind«, sagte er und spürte, wie sich das kleine Leben regte. Estella lächelte das unverkennbare Lächeln der werdenden Mutter, zärtlich, stolz und entschlossen, ihr Kind zu beschützen.

»Wenn es ein Junge ist, nennen wir ihn Ramon«, sagte sie.

»Und wenn es ein Mädchen ist, soll es Estellita heißen«, entgegnete er und barg das Gesicht an ihrem Hals.

»Dann bist du nicht böse?«, fragte sie und blickte furchtsam zu ihm auf.

»Nein, ich bin sehr glücklich«, antwortete er wahrheitsgemäß, selbst erstaunt über seine Reaktion. »Es tut mir Leid, dass ich …«

»Nichts muss dir Leid tun, Liebster«, sagte sie und legte ihm die Finger auf die Lippen, damit er schwieg. »Du bist wiedergekommen, und ich wusste, dass du kommen würdest, und ich bin zufrieden.«

Er küsste ihre Finger und dann ihre Handfläche, fuhr mit den Lippen an ihrem Arm hinauf und dann über ihre schweren, angeschwollenen Brüste. »Ich möchte dich nackt sehen«, verlangte er plötzlich, überwältigt von der Sinnlichkeit ihres üppigen Körpers. Er knöpfte ihr Nachthemd auf und zog es ihr über den Kopf, dann wich er ein wenig zurück, um sie betrachten zu können.

Stolz lag Estella vor ihm und sah zu, wie seine Blicke den großzügigen Rundungen ihres neuen Körpers folgten. Sie war wie ein glänzender, rundlicher Seehund. Ihre Haut war schimmernd und glatt und schien von innen her vor Reife zu glühen. Er wollte sich in ihr verlieren, wagte es aber nicht, aus Angst, sie oder das Kind zu verletzen. So küsste er nur ihre Schultern und Brüste, ihren Bauch und die Beine bis hinab zu den Füßen. »Ich möchte dich von hier fortbringen, Estella«, sagte er und küsste sie noch einmal auf den Mund.

»Ich möchte nicht fort aus Zapallar, Ramon. Nicht, bevor das Kind auf der Welt ist.«

»Dann komm wenigstens mit mir nach Cachagua. Dort können wir überlegen, was wir weiterhin tun wollen.«

»Und deine Eltern?«, fragte sie angstvoll.

»Sie kommen erst im Oktober. Wir zwei werden ganz allein sein.«

Er brauchte Estella nicht lange zu überreden; sie hatte im Lauf der letzten sechs Monate schon alle Möglichkeiten durchdacht. Es war das, was sie wollte. »Nur wir beide«, sagte sie und lächelte glücklich.

Sechzehn

Pablo und Maria Rega waren beinahe zu alt, um eine zweiundzwanzigjährige Tochter zu haben. Sie hatten jung geheiratet und viele Jahre hindurch versucht, ein Kind zu bekommen. Doch nach sieben Fehlgeburten gaben sie die Hoffnung auf eine Familie auf. Nach vielen Tränen resignierten sie schließlich, zu erschöpft, um noch länger zu kämpfen. Pablo widmete sich ganz seiner Arbeit als Friedhofswärter und unterhielt sich mit den unbekannten Unglücklichen, die zu seinen Füßen in der Erde lagen, über seine Sehnsüchte und Traurigkeiten. »Sie können mir nicht helfen«, sagte er zu seiner Frau, »aber sie sind gute Zuhörer.«

Maria arbeitete weiterhin im prachtvollen Haus Don Carlos Olivos' und seiner Frau Señora Pilar, putzte und kochte von morgens bis abends. Sie hatte sich dort immer schon aus dem Kühlschrank bedient, doch als sie sich endlich damit abgefunden hatte, dass sie nicht dazu geschaffen war, Kinder zu gebären, begann sie zu essen, um den Schmerz zu betäuben und die Stunden auszufüllen, die sie sonst mit Nachdenken über ihren ersehnten Nachwuchs verbracht hätte. In jungen Jahren hatte man sie ›Spaghetti‹ genannt, weil sie so dünn und zerbrechlich war. Als sie jedoch angefangen hatte zu essen, konnte sie nicht mehr aufhören. Ihr Kummer umgab ihren Körper in Form von dicken Speckrollen, und schließlich war sie so korpulent, dass sie kaum noch die große Treppe in Don Carlos' Haus erklimmen konnte, ohne zu keuchen und sich am Geländer festzuhalten. Pablo gefiel sie so besser. Er bestieg sie oft und verlor sich in den welligen Weiten ihres Körpers.

Eines Tages brach Maria zusammen, als sie mit viel Mühe den Treppenabsatz erreicht hatte. Don Carlos' Geliebte, Serenidad, die gerade auf Zehenspitzen sein Schlafgemach verlassen hatte, fand sie so. Serenidad hätte die Frau, die wie ein keuchender Ochse auf den Fußboden lag, am liebsten ignoriert, doch ihr Gewissen war stärker als ihr Ekel, und sie rief nach ihrem Geliebten, während sie Maria mit dem Notenbündel, das Don Carlos ihr zur Begleichung ihrer Schulden gegeben hatte, Luft zufächelte. Dass er mit seiner Geliebten ertappt worden war, beschämte Don Carlos dermaßen, dass er Maria unverzüglich in ein privates Krankenhaus nach Valparaíso bringen ließ, wo ein freundlicher Arzt ihr mitteilte, dass sie in den Wehen lag. Don Carlos' Chauffeur fuhr Pablo nach Valparaíso zu seiner Frau. Sie hielten sich an den Händen, während Maria presste, doch sie spürte keinen Schmerz, kein Unwohlsein. Das Baby schlüpfte aus ihrem Leib wie ein neugeborener Seehund, mit seidiger brauner Haut, glänzend schwarzem Haar und der richtigen Anzahl an winzigen Fingerchen und Zehen. Vor Staunen über das Wunder konnten Maria und Pablo nicht einmal weinen. Sie betrachteten ihr Kind, als wäre es das erste, das je auf dieser Erde geboren wurde. »Sie soll Estella heißen«, sagte Maria ehrfürchtig, »denn sie ist ein Stern, den der Himmel uns ausgeliehen hat.« Maria nahm ab. Es geschah nicht etwa allmählich, sondern innerhalb eines kurzen Monats. So dünn wie in ihrer Jugend wurde sie nie wieder, doch Pablo mochte sie so, wie sie jetzt war. Jetzt hatte er zwei Menschen, die er lieben konnte.

Es fiel Pablo schon immer schwer zu kommunizieren, sogar mit seiner Frau. Deshalb sprach er mit den Toten unter der Erde – ein ständig wachsendes Zuhörerpublikum –, und zwar mit einer Eloquenz, die ihm im Gespräch mit dem Lebenden versagt blieb. Er streichelte seinen Lieblingsgrabstein, den des Osvaldo Garcia Segundo, der 1896 durch einen Kopfschuss gestorben war, abgefeuert von dem Mann, mit dessen Frau er hatte durchbrennen wollen. Die Frau hatte später Selbstmord begangen, mit derselben Waffe. Ihr Gatte aber verweigerte ihr ein Grab in der Nähe ihres Geliebten und warf die Leiche ins Meer. Pablo hätte gern gewusst, ob Osvaldo Garcia Segundo sie von seinem Platz aus, hoch oben auf der Klippe, sehen konnte. Er hoffte es. Die Geschichte hatte ihn schon immer angerührt. Jetzt lud er bei Osvaldo die Sorgen um seine Tochter ab. Sorgen wegen eines Mannes, der ihr in einer kurzen, sinnlosen Affäre nicht nur das Herz, sondern auch die gesamte Zukunft gestohlen hatte. Er hatte das Gefühl, dass Osvaldo ihn verstehen würde.

»Weißt du, sie wird jetzt nie mehr heiraten«, sagte er und klopfte mit den Fingern auf den Grabstein. »Jetzt nicht mehr. Wer sollte sie noch nehmen? Hübsch ist sie zwar, aber ihr Bauch wird alle abschrecken. Wer will schon das Kind eines anderen Mannes? Sie glaubt, dieser Junge käme zu ihr zurück, aber du weißt ja selbst, dass das Leben so nicht spielt. Ich habe keine Ahnung, wer ihr diese romantischen Flöhe ins Ohr gesetzt hat, aber sie führen zu nichts Gutem. Merk dir das nur. Das führt zu nichts Gutem. Ich weiß nicht mehr, was ich tun soll. Maria überschwemmt das Haus mit ihren Tränen, und ich habe mit der Faust ein Loch in die Wand geboxt. Was soll nur aus uns werden?« Er seufzte und dachte an die Zeit, als sein kleines Mädchen noch ein Kind war und ihnen so viel Freude gemacht hatte. »Du gibst ihnen alles, was du hast, deinen Besitz, dein Einkommen, deine Liebe, deine Träume, und was kriegst du zurück? Nichts als Undank«, fuhr er fort und blickte aufs Meer hinaus. »Nur Undank.«

Estella ging mit Ramon fort aus Zapallar und hinterließ ihren Eltern eine Nachricht, die besagte, dass ihr Geliebter, wie nicht anders erwartet, zurückgekommen sei. Ramon hatte nicht den Wunsch, sie kennen zu lernen, und Estella hatte nicht darauf bestanden; sie fürchtete, dass ihr Vater seine Drohung wahrmachen und ihm etwas antun würde. So fuhren sie zurück ins

Sommerhaus in Cachagua, wo die Erinnerung an ihre Affäre von den Wänden widerhallte und ihnen ins Gedächtnis rief, wie es damals war, als sie sich in der Dunkelheit geliebt und einander ohne einen Gedanken an die Zukunft genossen hatten. Jetzt hatten sie eine Zukunft, die sie der Gegenwart abtrotzen mussten.

Sie gingen am Strand entlang. Die Sonne war untergegangen und hinterließ die Küste kalt und windig. Sie hielten sich an den Händen und dachten an den vorigen Sommer.

»Ich habe zugesehen, wie du in der Nacht, als du nicht schlafen konntest, schwimmen gegangen bist«, sagte Estella lächelnd. »Ich konnte auch nicht schlafen, und da habe ich dich, im Dunkeln verborgen, beobachtet.«

»Tatsächlich?«

»Ja, ich habe gesehen, wie du nackt über den Strand gegangen bist. Ich wollte dich so sehr, dass ich nicht mehr wusste, was ich mit mir anfangen sollte«, sagte sie mit rauer Stimme.

»Und was fangen wir jetzt mit dir an?«, fragte er, und sein Ton verriet seine Unsicherheit.

Estella seufzte. »Während des letzten halben Jahrs habe ich immer wieder an Reden, die ich dir halten würde, gearbeitet. Ich habe geplant, was ich sagen würde, wenn du zurückkämest, aber ich habe dir bisher noch kein einziges Wort davon gesagt«, erklärte sie und blickte hinab auf ihre bloßen Füße, die im feinen Sand versanken.

»Ich glaube, ich weiß, was du sagen willst.« Ramon drückte ihre Hand.

»Das glaube ich nicht.«

»Alle Frauen wollen das Gleiche«, sagte er, und es klang wie ein Vorwurf.

»Und was wollen alle Frauen?«

»Sie verlangen Sicherheit. Sie wollen die Ehe, Kinder und Sicherheit«, erwiderte er matt.

»Du irrst dich nicht. Das habe ich mir auch immer gewünscht.

Aber dann habe ich dich getroffen, und du bist nicht wie andere Männer. Also ist es auch nicht mehr das, was ich mir wünsche.«

»Was dann?«, fragte er verwundert.

Estella blieb ihm gegenüber stehen und sah ihn im Dämmerlicht fest an. Sie schob die Hände in die Taschen ihrer Wolljacke und bohrte eine Fußspitze in den Boden, während sie zu dem Vortrag rüstete, den sie ihm halten wollte. »Ich möchte deine Liebe und deinen Schutz«, begann sie. »Für mich selbst und für unser Kind. Ich möchte, dass unser Kind seinen Vater kennt und mit seiner Liebe und Führung heranwächst. Aber ich will dich nicht an irgendein Haus ketten. Reise in der Welt umher und schreib deine Bücher, aber versprich mir, hin und wieder zu uns nach Hause zu kommen. Ich werde deine Küsse in meinem Herzen bewahren, aber wenn der Vorrat zur Neige geht, musst du kommen und ihn wieder auffüllen. Ich möchte nicht, dass mein Herz irgendwann leer ist.« Sie lächelte ihn an, als ob sie ihn besser verstünde, als er sich selbst verstand.

Ramon wusste nicht, was er sagen sollte. Er hatte erwartet, dass sie ihn anflehen würde, bei ihr zu bleiben und nicht wieder fortzugehen, wie Helena es getan hatte, als Federica geboren war. Doch Estella sah ihn voller Selbstvertrauen an. Er wusste, dass es ihr Ernst war.

Er zog sie in seine Arme, küsste ihre Schläfen und ihre Wange, atmete ihren Rosenduft und fühlte sich ihr näher als je zuvor. Er forschte tief in seinem Inneren nach dem vertrauten klaustrophobischen Gefühl, konnte es jedoch nicht finden. Estella war bereit, ihn genug zu lieben, um ihm seine Freiheit lassen zu können. Aber keiner von beiden war auf den Zorn Pablo Regas vorbereitet.

Pablo und Maria kamen in der Abenddämmerung nach Hause und fanden Estellas säuberlich geschriebene Nachricht.

Er ist zu mir zurückgekehrt, wie er es
mir versprochen hatte. Seid bitte nicht böse.
Ich komme bald zurück.

Pablo hätte mit der Faust gegen die Wand geschlagen, hätte seine Frau ihn nicht festgehalten, mit der Bitte, sich zu beruhigen und vernünftig zu bleiben.

»Es ist ein Segen, dass er gekommen ist«, beharrte sie und rang sorgenvoll die Hände. »Kein anderer Mann hätte sie noch genommen.«

»Wie ehrenhaft kann so ein Mann sein?«, widersprach er wütend. »Er hat sich nicht einmal die Mühe gemacht, uns um ihre Hand zu bitten.«

»Um sie zu heiraten?«, stammelte Maria.

»Natürlich. Er kann ihr nicht seinen Samen einpflanzen und sich dann weigern, sie zu heiraten.«

»Vielleicht wollte er uns gerade deswegen nicht begegnen. Vielleicht hat er gar nicht die Absicht, sie zu heiraten.«

»Er wird sie heiraten. Bei Gott, er wird sie heiraten, oder ich verdamme ihn in die tiefste Hölle!«

»Wohin gehst du?«, rief Maria ihm hilflos nach, als sie ihren Mann aus dem Haus stapfen sah.

»Ihn suchen«, antwortete er, stieg in seinen verrosteten Lieferwagen und verschwand hügelabwärts, eine dünne Staubwolke hinter sich her ziehend.

Pablo Rega wusste nicht, wo er mit seiner Suche beginnen sollte, aber suchen musste er, um nicht vor Wut den Verstand zu verlieren. Er fuhr an der Küste entlang nach Cachagua. Die Sonne hing wie ein schimmernder Pfirsich tief am Himmel und färbte das Meer mit warmem rosafarbenen Licht. Pablo dachte an seine Tochter und das Wunder ihrer Geburt. Er würde nicht zulassen, dass irgendein verantwortungsloser Schuft jetzt alles zerstörte. Nicht, nachdem er Blut und Wasser geschwitzt hatte, um sie großzuziehen. Als er sich dem Dorf Cachagua näherte, beschloss er, ihre früheren Arbeitgeber, Don Ignacio und Señora Campione, nach Estella zu fragen. Er hatte keine Ahnung, wo sie sein könnte, und das Haus der Campiones war wenigstens ein Anfang.

Er fuhr den sandigen Weg hinunter ins Dorf, das im stillen Abendlicht dalag, scheinbar verlassen bis auf einen dreibeinigen Köter, der hungrig am Boden herumschnupperte. Als Pablo ein Auto auf der Zufahrt zu Don Ignacios Haus stehen sah, schlug sein Herz höher – also war jemand anwesend. Pablo war sicher, dass Estella, sollte sie Hilfe brauchen, zu Señora Mariana laufen würde, die sie sehr mochte. Er betrachtete sein Gesicht im Spiegel, leckte sich über die Hand und strich sich das dünne Haar glatt, bemüht, einen guten Eindruck zu machen. Dann sprang er aus dem Wagen und klopfte sich den Staub von Hemd und Hose. Er knöpfte das Hemd über der Brust zu, ließ jedoch die obersten Knöpfe offen, damit das silberne Medaillon mit der Jungfrau Maria, sein Glücksbringer, zu sehen war. Dann holte er tief Luft, zog den Bauch ein, straffte die Schultern und ging auf die Haustür zu.

Er zögerte kurz, bevor er klingelte. Die hohen Akazien standen da wie Wachtposten. Das Haus war groß wie ein Fort. Plötzlich fühlte er sich verlegen und gedemütigt, weil er überhaupt hergekommen war. Außerdem wusste er nicht, was er sagen sollte. Die Lebenden raubten ihm die Sprache. Schon wollte er kehrtmachen und gehen, als er im Hausinneren Stimmen hörte. Er stand still und lauschte. Estellas Lachen war unverkennbar. Sie hatte ein ganz besonderes Lachen, wie das Sprudeln ein fröhlichen Bächleins. Pablo liebte dieses Lachen mehr als alles auf der Welt, und wieder fuhr ihm erstickender Zorn an die Kehle. Er ballte die Hände zu Fäusten, knirschte mit den Zähnen und senkte den Kopf, kampfbereit wie ein Stier in der Arena. Er drückte auf den Klingelknopf.

Das Lachen hörte abrupt auf, es folgten dringliches Flüstern und eilige leichte Schritte. Pablo klingelte erneut. Dann wartete er völlig reglos, als wollte er sich alle Kraft für den bevorstehenden Kampf aufsparen. Nach einer langen Zeit öffnete sich die Tür, und Don Ramon Campione stand vor ihm.

»Kann ich etwas für Sie tun?«, fragte er höflich. Pablo suchte nach den richtigen Worten, doch da es ihm schon immer schwer fiel, sich den Lebenden gegenüber mit Worten verständlich zu machen, holte er aus und rammte seine Faust gegen das stolze Kinn seines Gegners, der daraufhin rücklings ins Haus taumelte, stürzte und wütend zu Pablo Rega aufblickte.

»*Hijo de puta*!«, schrie er, nahm die Hand von seiner Verletzung und betrachtete das Blut. »Was soll das?« Doch er wusste es längst.

»Papa!«, rief Estella. »Was hast du getan?« Sie rang entsetzt nach Luft, als sie sah, wie Ramon unsicher auf die Füße kam. Sein Gesicht war blutüberströmt.

»Wie können Sie es wagen, mir meine Tochter zu nehmen?«, stammelte Pablo wütend, bereit, ein zweites Mal zuzuschlagen.

»Er hat mich dir nicht genommen, Papa. Ich bin freiwillig mit ihm gegangen. Hast du denn meine Nachricht nicht gefunden?«, fuhr sie ihm empört in die Rede und drängte sich mutig zwischen ihren Vater und ihren Geliebten. »Es reicht, Papa«, befahl sie. »Du hast genug angerichtet.«

»Sie müssen sie heiraten, Señor!« Pablo richtete drohend den Zeigefinger auf Ramon, der den stämmigen kleinen Mann gereizt musterte.

»Da gibt es allerdings ein kleines Problem: Ich bin nämlich schon verheiratet«, sagte er hochmütig.

Pablos Gesicht lief rot an, seine Lippen begannen zu zittern. »Wie stellen Sie sich das Weitere vor?«, fragte er mit rauer Stimme und schüttelte fassungslos den Kopf.

»Papa, bitte komm rein und lass uns in Ruhe über alles reden«, sagte Estella, nahm ihren Vater beim Arm und führte ihn ins Haus. Ramon blickte ihnen nach, als sie durch den Flur und das

Wohnzimmer hinaus auf die Terrasse gingen. Er stellte fest, wie selbstbewusst Estella im Verlauf ihrer Schwangerschaft geworden war, und er bewunderte sie dafür. In Gedanken an das scheue kleine Mädchen, das er verführt hatte, lächelte er trotz seines schmerzenden Kinns.

Pablo ließ sich in einen Sessel fallen und blickte in müder Resignation zu seiner Tochter auf. Estella setzte sich ihm gegenüber und legte die Hände auf ihren gewölbten Leib. Ramon blieb mit vor der Brust verschränkten Armen an der Tür stehen. Er überließ das Reden Estella; er selbst hatte keine Lust, dem Alten Honig um den Bart zu streichen. Nach Ramons Meinung ging seine Affäre mit Estella außer ihm und ihr keinen Menschen etwas an.

»Papa, ich liebe Ramon. Er ist der Vater meines Kindes, und ich will mit ihm zusammen sein. Heiraten ist mir nicht wichtig. Ramon kauft uns ein Haus in Cachagua und sorgt für uns. So will ich es«, schloss sie ruhig.

»Deine Großmutter würde sich im Grab umdrehen«, sagte er leise und musterte seine Tochter mit feuchten Augen.

»Dann soll sie sich eben umdrehen, Papa«, erwiderte Estella resolut.

»Du begehst Ehebruch. Gott wird dich strafen«, sagte er und griff instinktiv nach seinem Medaillon. »Er wird euch beide strafen.«

»Gott wird Verständnis aufbringen«, sagte Ramon, der es verabscheute, wie die Kirche die Menschen knechtete, indem sie ihre Herzen mit Angst erfüllte.

»Sie sind ein gottloser Mensch, Don Ramon.«

»Überhaupt nicht, Señor. Ich bin gläubiger Christ. Allerdings glaube ich nicht blind jeden Quatsch, den schwache Sterbliche verzapfen, die sich Priester nennen und behaupten, ständig mit Gott in direkter Verbindung zu stehen. Die sind kein bisschen heiliger als ich.«

»Papa, Ramon ist ein guter Mann.«

»Er kann froh sein, dass er kein toter Mann ist«, entgegnete

Pablo und stand auf. »Bitte, dann führ ein Leben in Sünde. Ich kenne dich nicht mehr.«
»Papa, bitte!«, flehte Estella unter Tränen und umarmte ihn. »Bitte, wende dich nicht von mir ab!«
»Solange du mit diesem egoistischen, gottlosen Mann zusammenlebst, will ich dich nicht sehen«, sagte er traurig. Estella folgte ihm bis zu seinem Lieferwagen. Sie wollte ihn überreden, Ramon eine Chance zu geben, doch Pablo hörte ihr nicht zu.
»Nach allem, was wir für dich getan haben«, sagte er und schob den Schlüssel ins Zündschloss.
»Papa, bitte, so kannst du doch nicht gehen«, schluchzte sie. Doch er fuhr die Straße hinauf, ohne auch nur einen Blick in den Rückspiegel zu werfen.

Estella brachte im selben Krankenhaus in Valparaíso, in dem sie vor zweiundzwanzig Jahren geboren war, einen kleinen Jungen zur Welt. Ramon war stolz wie jeder andere frisch gebackene Vater auch, hielt das winzige Wesen in seinen großen Händen und verkündete, dass sein Sohn Ramon heißen sollte. Er legte sanft die Lippen auf die gesprenkelte Stirn und küsste sein Kind. »Ramon Campione«, sagte er und lächelte Estella an. »Wir brauchen nicht zu heiraten; wir haben ja Ramoncito, der uns zusammenschmiedet.«
Estella vermisste schmerzlich ihre Mutter. Die Geburt war qualvoll gewesen ohne ihre Kräuter und tröstenden Worte. Estella hätte gern Kontakt zu ihrer Mutter aufgenommen, fürchtete sich aber davor, abgewiesen zu werden. Die barschen Worte ihres Vaters hatten sie tief verletzt und gaben ihr das Gefühl, isoliert und noch abhängiger von Ramon zu sein. Einen Monat nach der Geburt bezogen sie ein hübsches Haus am Strand außerhalb von Zapallar, das Ramon ausgesucht hatte, damit Estella in der Nähe ihrer Eltern und der Freundinnen blieb, mit denen sie aufgewachsen war. Er versicherte ihr, dass ihr Vater ihr eines Tages doch vergeben würde.

»Die Zeit heilt alle Wunden«, sagte er weise. »Eines Tages vergibt mir vielleicht sogar mein Vater, dass ich Helena habe gehen lassen.«

Ende Oktober waren Ignacio und Mariana für die Dauer des Sommers in ihr Haus in Cachagua eingezogen. Mariana hatte ein neues Hausmädchen eingestellt, Gertrude, eine säuerliche alte Frau, die für keinen ein freundliches Wort hatte und sich unablässig über ihren Gesundheitszustand beklagte. Ignacio mochte sie, weil er sich auf Grund ihrer mürrischen Art nicht bemühen musste, nett zu ihr zu sein. Sein Hang zur Nörgelei entsprach ihr eher als Marianas Art, die ständig versuchte, sie mit einem Lächeln und freundlichen Worten zu besänftigen. Gertrude lächelte nie. Als Mariana dummerweise einmal Estella erwähnte, ließ Gertrude sie wissen, dass Estella Gerüchten zufolge einen Affen zur Welt gebracht habe, als unmittelbare Strafe dafür, dass sie außerhalb der Ehe schwanger geworden war. »Das passiert Menschen, die Gottes Gebote missachten«, krähte Gertrude hämisch.

Ignacio und Mariana kam niemals in den Sinn, dass ihr Sohn der Vater sein könnte.

»Mir fehlt Estella«, sagte Mariana zu ihrem Mann.

»Ja«, antwortete er und breitete die Teile eines gigantischen Puzzles auf dem Kartentisch im Wohnzimmer aus.

»Wie kann Gertrude nur so gehässig sein? Ein Affe!« Sie seufzte verzweifelt. »Wo hören diese Leute nur solchen Unsinn?«

»Das ist Folklore, Weib«, erwiderte Ignacio und setzte seine Brille auf.

»Weißt du, vielleicht erkundige ich mich mal, wo Estella wohnt, und besuche sie. Nur um zu sehen, ob es ihr auch gut geht.«

»*Como quieras, mujer*«, sagte er gereizt. Mariana schüttelte den Kopf und überließ ihn seinem Puzzle. »Die Angelpunkte der Welt meiner Frau versetzen mich doch immer wieder in Erstaunen«, seufzte er, als sie fort war, und machten sich an die Arbeit.

Ramon betrachtete seinen Sohn, der in der Wiege schlief. Das Kind rührte sich nicht, zuckte nicht einmal. Wieder einmal erfasste ihn die Angst, sein Sohn könnte tot sein. Er neigte sich über das Bettchen und lauschte auf den Atem des Babys. Als er nichts hörte, brachte er sein Gesicht dicht über das des Kleinen, um seinen Atem auf der Wange spüren zu können.

»*Mi amor*, machst du dir etwa schon wieder Sorgen? Ramoncito lebt und ist gesund«, flüsterte Estella und legte einen Stapel sauberer Wäsche auf der Kommode ab.

»Ich wollte nur sicher sein.« Er lächelte verlegen.

»Du weißt nicht mehr, wie es ist.« Estella lachte leise und gab ihm einen Kuss auf die Wange.

»Ja.«

»Besuche sie.«

»Wie bitte?«

»Besuche deine Kinder, Ramon«, sagte sie.

»Warum?«

»Weil sie dich brauchen.«

»Ich kann nicht.«

»Oh doch. Wenn du mich verlassen und mit einer anderen Frau eine Familie gründen würdest, möchte ich gern glauben können, dass du Ramoncito trotzdem ein guter Vater wärest.«

»Ich verlasse dich nicht, Estella«, sagte er fest.

»So meine ich es nicht. Deine Kinder brauchen dich als Vater. Was auch immer zwischen dir und Helena schief gegangen ist, hat mit ihnen nichts zu tun. Wenn du sie nicht besuchst, werden sie die Schuld bei sich suchen. Sie vermissen dich ganz sicher. Ich sehe nur Ramoncito an, er ist so unschuldig und verletzlich. Er braucht uns beide.«

»Irgendwann besuche ich sie schon«, sagte er lässig.

Estella war die erste Frau in seinem Leben, die ihn nicht anflehte, bei ihr zu bleiben. Es erstaunte ihn, dass sie ihn aufforderte, die Kinder zu besuchen. Plötzlich bekam er Angst, dass sie seiner vielleicht überdrüssig wurde. Sie war zwanzig Jahre jünger als er. Vielleicht sehnte sie sich nach einem Mann in ihrem Alter. Dann aber versicherte er sich, dass sie ganz bestimmt keinen anderen wollte. Er war der Vater ihres Kindes. Und sie hatte ihm versprochen, sich niemals zu beschweren, wenn er auf Reisen ging, solange er hin und wieder zu ihr zurück kam. Er konnte in ihrem Häuschen am Meer schreiben, lange Spaziergänge im Sonnenschein unternehmen, im Meer schwimmen, am Nachmittag Liebe machen und sein Kind aufwachsen sehen. Seine Gedichte flossen ihm leicht aus der Feder. Er brauchte nicht an fernen Gestaden nach Worten zu suchen; er fand sie in seinem Haus. Estella las die Gedichte, und wenn sie sie begriff, musste sie weinen. Sie fragte nie, wann er abreisen würde, und sie schlug ihm nie wieder vor, es zu tun. Doch ihre Worte hatten sich in seinem Bewusstsein festgesetzt und Macht über ihn gewonnen. Sie hatte Recht. Er musste seine Kinder besuchen. Doch er verschob den Termin immer wieder auf den nächsten Tag. Und der nächste Tag lag stets in weiter Ferne.

Siebzehn

Polperro

Federica radelte mit Hester zum Postamt, um das Bild abzuschicken, das sie für ihre Großmutter gemalt hatte. Es zeigte ihr neues Heim und ihre Freundinnen Molly und Hester. Sie hatte auch Sam einbezogen, den sie größer gezeichnet hatte als alle anderen, sogar noch größer als ihre Mutter und die Großeltern. Hester hatte das Bild bewundert. »Du solltest Malerin werden wie Mummy«, sagte sie. »Aber Mummy kann keine Menschen malen; die sehen am Ende alle aus wie Vögel.«

»Also, ich finde, sie ist ziemlich gut.«

»Wenn du Mummy erst mal richtig kennen gelernt hast, bist du nicht mehr zu schüchtern zu sagen, was du wirklich denkst.« Sie lachte.

Federica wollte außerdem auch einen Brief an ihren Vater abschicken. Sie hatte ihrer Mutter nichts davon gesagt, und weil sie die neue Adresse ihres Vaters nicht kannte, hatte sie den Brief an ihn in den für ihre Großmutter bestimmten Umschlag gesteckt. Abuelita würde ihn ganz sicher weitergeben.

Federica hatte ihm geschrieben, dass er ihr fehlte und dass sie jeden Morgen beim Aufwachen und jeden Abend vorm Schlafengehen an ihn dachte, denn das waren die Zeiten, die dem Schmetterlingskästchen vorbehalten waren. Sie hatte ihm geschrieben, dass er Recht hatte, das Kästchen war magisch, denn immer, wenn sie es öffnete, schweiften ihre Gedanken automatisch in weite Fernen, wo sie auf Wolken schwebte, rosa Fische aus silbernen Flüssen fing und köstliche Früchte aß, Früchte, wie sie nie zuvor welche gesehen hatte. Dann bat sie ihn zu kommen, denn sie würde so schnell erwachsen, und wenn er sich mit seinem Besuch nicht beeilte, würde er sie überhaupt nicht mehr wiedererkennen. Überzeugt, dass er nun kommen müsste, hatte sie den Umschlag mit diesem heißen Wunsch versiegelt.

Federica hatte fast den ganzen Sommer bei den Applebys verbracht, so dass ihre Mutter ihre geballte Aufmerksamkeit auf Hal richten konnte. Polly kochte, putzte und sorgte für Helena, als wäre sie wieder ein Kind. Nichts war zu viel verlangt. Jake verdrehte höchstens die Augen, wenn er seine Frau um seine Tochter herumwieseln sah, als wären nicht inzwischen zehn Jahre vergangen. Polly beharrte darauf, dass sie nur tat, was jede Mutter für ihr Kind täte. Jake konnte ihr nicht widersprechen; er wusste zwar nicht, wie viel andere Mütter taten, doch er brauchte nur Helena anzusehen, wie sie Hal umsorgte, um zu wissen, dass die Erklärungen seiner Frau zumindest ein Körnchen Wahrheit enthielten.

Hal war immer artig, und sei es auch nur in den Augen seiner Mutter. Er hatte das glänzend schwarze Haar seines Vaters und die dunklen, tiefen Augen, in denen Helena versinken und auf Stunden verschwinden konnte. In solchen Phasen gelang es kaum jemandem, ihre Aufmerksamkeit zu wecken. Dann lachte sie über all die komischen Dinge, die Hal plapperte, spielte mit ihm alles, was er wollte, und lobte ihn für die alltäglichsten Selbstverständlichkeiten. Helena war der Meinung, mit seinen vier Jahren wäre er das klügste und hinreißendste Kind unter der Sonne, seinem Alter weit voraus. Allerdings war sie blind für seine Launen, die ohne ersichtlichen Grund unvermittelt von hingebungsvoller Liebe in blinde Wut umschlagen konnten. Wenn Hal vor Wut tobte, fand nicht einmal Helena Zugang zu ihm. Aber irgendwie fand sie jedes Mal eine Ausrede für diese Anfälle, und wenn jemand sich dazu äußerte, überfiel sie ihn sofort mit allerlei Entschuldigungen und Erklärungen.

Federica wusste instinktiv, wann sie ihre Mutter und Hal allein ihrem Spiel überlassen musste. Ihre Mutter liebte sie nicht weniger als Hal, so viel verstand sie wohl, aber Hal brauchte sie nötiger. Schließlich hatte Hal auch keine Freunde wie Molly und Hester. Lucien und Joey ließen ihn an ihren Teegesellschaften teilnehmen, aber Hal war kein Ehrenmitglied der Familie Appleby wie Federica. Dazu war er zu klein.

Federica wollte das Weihnachtsfest gern mit Hester verbringen, doch ihre Mutter bestand darauf, dass sie zu Hause mit der Familie feierte. »Du bist keine Appleby, sondern eine Campione«, sagte sie, und Federica war enttäuscht, weil sie sich von Tag zu Tag mehr den Applebys zugehörig fühlte.

Ingrid begann schon im Oktober, das Haus zu schmücken. Statt Gold- und Silberschmuck verwendete sie Blumengirlanden aus Krepppapier, die sie an den Treppengeländern und Stuckverzierungen im Eingangsraum und im Wohnzimmer anbrachte. Der Baum wurde mit großen, festlich bemalten Gänseeiern und einer herkömmlichen Lichterkette behängt. In der Spitze befand sich ein Nest für Blackie, Ingrids Vogel. Zu Federicas Verwunderung war Blackie begeistert von seinem neuen Bett. Die Applebys dagegen wunderte es nicht, denn was Tiere anging, verfügte Ingrid über den Instinkt eines heiligen Franziskus.

Die größte Überraschung aber war Nuno. Offenbar war Nuno zu Weihnachten für den Pudding zuständig. Es war eine Art Zeremonie, die ausgesprochen ernst genommen wurde. Einen ganzen Tag lang musste die Küche geräumt werden. Niemand außer Sam durfte sie betreten, so dass die restliche Familie in einer Gaststätte zu Mittag essen musste, während Nuno verzückt in der Küche hantierte. Selbst Inigo wurde von seinen philosophischen Abhandlungen und aus seinen schwarzen Stimmungen weggezerrt, um an dem Spaß im Lokal teilzunehmen. Nuno hielt sich für einen phänomenalen Koch.

Federicas Weihnachtsfest mit den Großeltern versprach im Vergleich zu dem der Applebys sehr langweilig zu werden. Polly und Helena schmückten das Haus mit den konventionellen Girlanden und den Baum mit Flitter und glitzernden Kugeln. Federica hatte beschlossen, lieber Hester dabei zu helfen, Geschenke für sämtliche Tiere zu basteln. Jake war der Meinung, dass dem Weihnachtsfest eine viel zu große Bedeutung beigemessen würde, und er fing an, ein neues Modellschiff zu bauen, wobei er sehr zu Pollys Verärgerung im ganzen Haus Leim und Holz verstreute.

Helena hielt die täglichen Ausflüge ihrer Tochter für übertrieben. Sie beschloss daher, dass Hal und Federica Bilder als Geschenke für die Großeltern malen sollten, und verbannte sie sogleich an den Küchentisch zum Arbeiten. »Es sollen die schönsten Bilder werden, die ihr je gemalt habt, und wenn ihr nicht mindestens eine Woche dafür braucht, dann weiß ich, dass ihr euch keine rechte Mühe gegeben habt«, sagte sie an Federica gewandt. Federicas Herz wurde schwer. Mit wenig Begeisterung machte sie sich an die Arbeit und fragte sich alle paar Minuten, was Hester in Pickthistle Manor jetzt wohl trieb.

Toby hatte seine Eltern wissen lassen, dass er das Weihnachtsfest bei Julians Familie in Shropshire feiern würde. Sie waren sehr gekränkt. Genauso gekränkt wie im Vorjahr und im Jahr davor. Doch Toby wollte, dass es ihnen Leid tat. Solange sein Vater Julian nicht im Haus duldete, wollte er ihn leiden lassen, indem er selbst auch fern blieb.

Helena war wütend und sprach ihren Vater auf das Problem an. »Er ist mein Bruder, und ich will nicht tatenlos zusehen, wie du ihn behandelst. Er ist kein Aussätziger, verstehst du, er liebt nur zufällig einen jungen Mann. Was ist so schlimm daran?«, fragte sie zornig.

Aber Jake ließ sich auf keine Diskussionen mit seiner Tochter ein. Er war nicht fähig, mit irgendwem über die Homosexualität seines Sohnes zu reden, nicht einmal mit seiner Frau. Er schämte sich zu sehr.

Helena gab nicht auf. Bei jeder Gelegenheit brachte sie Julian ins Gespräch. »Ich war heute mit Hal bei Toby. Julian ist wirklich entzückend zu ihm. Ich habe Hal bei ihm gelassen, und Toby und ich haben einen Spaziergang gemacht. In bessere Hände hätte ich ihn gar nicht geben können. Für Julian lege ich jederzeit die Hand ins Feuer«, sagte sie zum Beispiel, doch Jake ging nicht darauf ein und verließ entweder das Zimmer oder vergrub sich noch tiefer in den Rumpf seines Modellschiffs. Helena jedoch war entschlossen, dass die Familie nicht wegen altmodischer, irrationaler, unsinniger Vorurteile auseinander gerissen werden sollte. Wie sie es anstellen sollte, wusste sie noch nicht, doch sie war überzeugt, dass sie das Problem mit der Zeit schon würde ausräumen können. Vorerst allerdings machte es sie traurig. Ohne Toby fehlte etwas äußerst Wichtiges beim Weihnachtsfest.

Als der Heilige Abend schließlich gekommen war, lag Polperro unter einer dicken Schneedecke. Der Himmel war blass und fern, die Sonne nicht mehr als ein schimmernder Dunst tief am östlichen Himmel.

Federica und Hal waren begeistert. Sie waren früh aufgewacht und drückten sich die Nasen am eisblumenbezogenen Fenster platt, um den weißen Garten in der einsetzenden Morgendämmerung zu bestaunen. Der Schnee hatte sie dermaßen in Aufregung versetzt, dass sie die prall mit Geschenken gefüllten Strümpfe auf ihren Betten zunächst gar nicht bemerkten.

Dann aber krochen sie zu Helena ins Bett und packten aufgeregt ihre liebevoll in Seidenpapier gehüllten Geschenke aus. »Wie ist es möglich, dass der Weihnachtsmann uns hier in England gefunden hat?«, fragte Federica ihre Mutter und kreischte vor Freude, als sie einen brandneuen Malkasten in den Händen hielt.

»Er ist eben sehr klug«, antwortete Helena und sah zu, wie Federica jedes Stück Geschenkpapier sorgfältig faltete und stapelte, während Hal das seine einfach zu Boden warf.
»Hoffentlich hat er auch Papa in Santiago gefunden«, sagte Federica in Gedanken daran, dass beide Eltern früher auch Weihnachtsstrümpfe bekommen hatten. »Wenn er bloß jetzt hier wäre«, sagte sie versonnen und drehte eines ihrer Geschenke nachdenklich um und um. Ihr Vater sollte sie sehen, wenn sie ihre Geschenke auspackte, obwohl sie wusste, dass keines jemals das Schmetterlingskästchen übertreffen würde. »Wo ist dein Strumpf, Mama?«, fragte sie, als ihr auffiel, dass Helena nichts zum Auspacken hatte.
»Der Weihnachtsmann hat ihn versehentlich vor deiner Zimmertür abgelegt«, sagte Polly und trat in Bademantel und Pantoffeln mit ihrem leicht ergrauten offenen Haar ins Zimmer. Sie reichte ihrer Tochter den Strumpf.
»Danke, Mum.« Helena lächelte ihre Mutter an und rückte auf der Bettkante zur Seite.
Polly setzte sich und strich Helena mit ihrer großen Hand über die Wange. »Mir musst du nicht danken, sondern dem Weihnachtsmann«, sagte sie und zwinkerte ihr zu.

Federica verzehrte schweigend ihr Frühstück. Sie hatte sich über ihre Geschenke gefreut, besonders über den Snoopy mit vielerlei verschiedenen Ausrüstungen, so dass sie ihn passend zu jeder Gelegenheit anziehen konnte. Ihre Großmutter hatte kleine Geschenke auf ihre Plätze am Frühstückstisch gelegt, und der Großvater hatte die Lichter am Weihnachtsbaum angezündet, die das Haus in festlichem Glanz erstrahlen ließen.
Federica freute sich auch über den Schnee und wollte am liebsten gleich nach draußen laufen und spielen. Aber nichts konnte sie über die Abwesenheit ihres Vaters hinwegtrösten. Sie bemühte sich, nicht an ihn zu denken; am Weihnachtstag durfte man doch nicht traurig sein, und sie wollte ihrer Mutter das Fest

nicht durch eine Trauermiene verderben. Aber trotz ihres Lächelns fehlte ihr der Vater so sehr, dass sie hätte weinen mögen. Helena bemerkte ihre feucht glänzenden Augen und wusste sofort, was sie bedrückte. »Hal und du, ihr könnt nach draußen gehen und spielen, wenn ihr aufgegessen habt. Baut einen Schneemann, falls ihr Lust habt«, schlug sie freundlich vor, in der Hoffnung, dass Federica sich ablenken ließ. Aber nichts konnte sie aus ihrer Stimmung reißen.

Federica hatte auch keine Lust, zur Kirche zu gehen, obwohl sie wusste, dass die Applebys dort sein würden. Ihr war einfach nicht danach. Sie wollte all die anderen Kinder mit ihren Vätern nicht sehen, die sie sicher anschauten und sich fragten, warum sie keinen Vater hatte. Sie wollte sich verstecken. Doch ihre Mutter gestattete es nicht und erklärte ihr, dass sie zur Kirche gehen musste, um Gott für all das Gute zu danken, das er ihr im vergangenen Jahr beschert hatte, und um ihm auch dafür zu danken, dass er der Welt das Jesuskind geschenkt hatte. Auf dem Weg zur Kirche dachte sie über die Worte ihrer Mutter nach. Ja, Gott hatte ihr vieles geschenkt, was wunderbar war, Hester zum Beispiel, und Polperro gefiel ihr auch. Und dennoch fühlte sie sich bös im Stich gelassen. Wenn Gott ihr jemanden wie Hester geben konnte, warum gab er ihr dann nicht auch den Vater zurück? Sie beschloss, ihn im Gebet zu fragen.

»Heute feiern wir den Geburtstag Jesu Christi. Wir wollen singen: Im Stall zu Bethlehem«, begann Reverend Boyble den festlichen Gottesdienst.

Federica kannte ein paar Weihnachtslieder, die sie in Chile in der Schule gelernt hatte, allerdings auf Spanisch. Eine Ewigkeit schien ihr vergangen zu sein, seit sie zum letzten Mal Spanisch gesprochen hatte, und traurig versuchte sie, die Lieder lautlos auf ihre Weise mitzusingen. Plötzlich rebellierten das lang aufgestaute Heimweh und die Sehnsucht gegen ihre Willenskraft; ihre Augen füllten sich mit Tränen und ihr Kinn begann zu zittern. Vor ihrem inneren Auge sah sie Szenen aus der Vergan-

genheit wie Visionen von einer verlorenen Welt. Ihr Herz setzte für einen Schlag aus, als sie das dunkle Gesicht ihres Vaters in seiner ganzen Schönheit auftauchen sah, und sosehr sie auch gegen die Tränen kämpfte, nun rannen sie ihr doch über die Wangen, denn in seinen Augen, in denen sie Liebe suchte, fand sie nichts als Gleichgültigkeit. Sie fühlte sich so verzweifelt leer und traurig. All diese vergeblichen Stunden, in denen sie gehofft hatte, er würde zu Besuch kommen. Wie naiv sie doch war. Er hatte sie bestimmt vergessen, denn jetzt war Weihnachten, und Weihnachten war er noch nie ferngeblieben. Jetzt wusste sie, dass ihr Vater nie wieder kommen würde, und das Herz wurde ihr schwer wie nie zuvor. Helena, die den Kummer ihrer Tochter erahnte, legte ihr die Hand auf die Schulter. Auch sie sehnte sich nach Chile und auf eine merkwürdige Weise auch nach Ramon. Doch sie war geübter darin, ihre Traurigkeit zu verbergen, und so sang sie lauter und fröhlicher denn je.
In seiner Predigt sprach Reverend Boyble mit großer Begeisterung über die Bedeutung des Weihnachtsfests. »Weihnachten ist das Fest der Liebe und der Vergebung«, predigte er. Federica hörte ihm zu, doch sie fühlte weder Liebe noch die Bereitschaft zu vergeben, sondern nur eine schmerzende Wunde, die nicht heilen wollte. Als ihr das ganze Ausmaß der Zurückweisung durch ihren Vater zu Bewusstsein kam, verschwamm alles vor ihren Augen, bis die Kerzen schimmerten wie kleine Sonnen und Reverend Boybles Stimme nur noch ein dunkles Summen in der Ferne war. Ihr wurde heiß, als sie ein letztes Mal versuchte, einen Schluchzer zu unterdrücken, doch ihre Brust war zu eng, um dem heftigen Drang zu widerstehen. Abrupt stand sie auf und drückte sich blind an ihren Großeltern vorbei, die betroffene Blicke tauschten. Sie lief den Gang entlang, stieß die schwere Eichentür auf und stürmte hinaus in den Schnee, wo sie sich endlich gehen lassen und in die eisige Luft hinausheulen konnte.
Sie hielt sich den Bauch, krümmte sich und weinte über die

Ungerechtigkeit der Welt. Sie hasste Weihnachten und sie hasste England. Plötzlich spürte sie eine schwere Hand auf ihrer Schulter. Sie hörte auf zu weinen, richtete sich auf und wischte sich mit dem Handschuh das Gesicht ab. Als sie das Gesicht hob, blickte sie in die dunklen Augen ihres Vaters, der sie voller Liebe und Mitgefühl ansah. Sie schluckte schwer und blinzelte.

»Papa?«, krächzte sie, und vor Überraschung stockte ihr der Atem.

»Fede. Es tut mir Leid.« Sie trat um sich und schrie, als er sie in seine Arme zog.

»Ich hasse dich, ich hasse dich!«, schluchzte sie, während er sie fest in den Armen hielt, sein Gesicht an ihrem heißen Hals barg und ihr zärtliche, ermutigende Worte zuflüsterte. Sie fand sich umfangen von seinem vertrauten Geruch, schloss die Augen und hörte auf, sich zu wehren. Sie ergab sich seiner schützenden Umarmung, überwältigt von ihrer Liebe zu ihm. Schließlich hockte er sich vor ihr nieder und umfasste ihre schmalen Schultern.

»Du hast mir so gefehlt«, sagte er mit großem Nachdruck und forschte in ihrem Blick. Er wünschte sich, er hätte sie schon früher vermisst. »Ich habe deinen Brief bekommen«, fügte er hinzu und lächelte verlegen.

»Bist du deswegen gekommen?«

»Nein. Ich wollte dich schon lange besuchen, aber ich hatte furchtbar viel zu tun. Dein Brief hat mir aber verdeutlicht, dass ich es nicht länger hinauszögern durfte.«

»Ich bin froh, dass du hier bist«, sagte sie und lächelte scheu.

»So, das ist schon besser.« Er wischte ihr mit den Daumen die Tränen ab. »Du hast mir sicher viel zu erzählen. Dein Leben hier ist ein Abenteuer, und ich möchte alles darüber hören. Gefällt es dir in England?«

»Irgendwie schon. Ich habe eine Freundin, sie heißt Hester.« Sie schniefte, ihre Miene hellte sich auf.

»Was ist mit dem Hund, den Mama dir kaufen wollte?«, fragte er.

»Sie hat mir noch keinen gekauft.«

Ramon verdrehte die Augen. »Oh weh. Möchtest du einen, als Weihnachtsgeschenk?«

»Nein, danke. Du bist mein Weihnachtsgeschenk, und mehr kann ich mir gar nicht wünschen.«

Ramon hatte vergessen, wie sehr er seine Tochter liebte. Doch jetzt, da er sie in den Armen hielt, tat ihm das Herz weh vor Zärtlichkeit.

Plötzlich öffnete sich die Tür mit einem lauten Ächzen, und Helena trat heraus. Als sie Federica in den Armen eines Fremden sah, wollte sie sich am liebsten auf ihn stürzen. Doch dann erkannte sie die breiten Schultern und den kräftigen Rücken, und ihr wurde schwindlig. Als der Mann sich zu ihr umdrehte, starrte sie ihn mit offenem Mund an, wusste nichts zu sagen und kämpfte gegen den Drang, ihm ins Gesicht zu schlagen und ihn zur Rede zu stellen, weil er nicht schon vor Monaten gekommen war.

»Helena«, sagte er und lächelte.

Helena sah ihn an, das Gesicht war blass im blauen Winterlicht, und ihre Lippen zitterten, während sie verzweifelt nach Worten rang. »Ramon«, antwortete sie verwirrt und fügte unbeholfen hinzu: »Was tust du hier?«

»Als ich im Haus niemanden antraf, dachte ich mir, dass ihr in der Kirche sein müsst«, erwiderte er lässig, als wäre sein Besuch eine Selbstverständlichkeit.

»Ja, wir sind in der Kirche«, entgegnete sie steif und fand die Fassung wieder. »Wir sind in der Kirche. Lass jetzt bitte Fede los, damit wir den Gottesdienst zu Ende verfolgen können«, verlangte sie gepresst und ergriff Federicas Arm.

»Ich bleibe bei ihm«, zischte Federica und hielt seine Hand fest.

»Fede, er ist auch noch da, wenn wir aus der Kirche kommen.«

»Ich bleibe bei ihm«, wiederholte Federica und brach erneut in Tränen aus.

»Dann muss ich wohl mit euch hineingehen«, sagte Ramon grinsend und drückte die Hand seiner Tochter.

Helena verkniff die Lippen und stieß einen schweren Seufzer aus. »Es ist kaum noch Platz«, wandte sie ein, denn sie wollte nicht die Neugier der Gemeinde wecken, indem sie an Ramons Seite den Mittelgang entlangging.

»Ich finde schon einen«, sagte er und zuckte mit den Schultern.

»Wie du willst«, gab Helena nach und öffnete widerwillig die Tür.

Ramon folgte ihr in die Kirche, die er sofort mit seiner Ausstrahlung ausfüllte. Auf dem Weg den Gang entlang erahnte Helena unzählige auf ihren Mann gerichtete Augenpaare. Zu gern hätte man gewusst, wer der seltsame, dunkle Fremde war. Doch Federica schob besitzergreifend ihre Hand in seine, und keiner konnte noch daran zweifeln, dass er ihr Vater war.

Jake und Polly rissen überrascht die Augen auf, als Helena sie bat aufzurücken, um Platz für Ramon zu machen. Mit offenen Mündern starrten sie ihn an. Zum Glück predigte Reverend Boyble immer noch munter über die Bedeutung des Weihnachtsfestes, so dass sie keine Gelegenheit hatten, Fragen zu stellen oder ihrem Erschrecken Ausdruck zu geben. Federica lächelte ihren Vater an und hielt seine warme Hand in beiden Händen, damit er nicht von ihr weglaufen konnte. Hal drückte sich enger an seine Mutter, spürte ihr Unbehagen und hatte Angst, ohne zu wissen, warum. Helena wünschte sich, sie wäre nicht so unfreundlich gewesen, aber sie stand unter Schock, und was hatte er auch erwartet? Er hätte sie schließlich informieren können. Ein Brief oder ein Anruf wären angebracht gewesen. Sie blickte böse in ihr Gebetbuch und versuchte, ein wenig Frieden aus den Worten zu ziehen, die sie dort las. Sie kämpfte gleichzeitig mit ihrem Stolz, der verlangte, dass Ramon sie glücklich und gefestigt sah, und mit ihrem Herzen, das noch immer unter den Erinnerungen litt und sich nach ihm sehnte. Ramon setzte sich und betrachtete verstohlen die unbekannten Gesichter in seiner Umgebung. Dann heftete sich sein Blick auf seine Tochter, deren tränenverschmiertes Gesichtchen vor Liebe und Stolz glühte. Er war froh, dass er gekommen war.

Achtzehn

Als der Gottesdienst beendet war, verwandelte sich die Gemeinde in die Gäste einer Cocktailparty, die einander ein fröhliches Weihnachtsfest wünschten. Ramon schüttelte Jake die Hand und küsste Polly auf die kühle Wange, als hätte er sie vor einer Woche zum letzten Mal gesehen. Er hob den sich wehrenden, strampelnden Hal hoch und küsste ihn, um ihn gleich wieder an Helena zurückzugeben.

»Wundert es dich, dass er dich nicht erkennt?«, zischte sie.

Ramon senkte den Blick und schüttelte den Kopf. »Es tut mir Leid. Ich wollte eigentlich nicht so viel Zeit verstreichen lassen«, antwortete er beschämt.

»Das willst du nie«, entgegnete sie bitter.

Federica nahm seine Hand und führte ihn durch das Gedränge zu den Applebys.

»Das ist mein Vater«, sagte sie stolz zu Ingrid, die ihm bereitwillig die Hand entgegenstreckte.

»Welche Freude, Sie kennen zu lernen. Federica hat uns so viel von Ihnen erzählt«, sagte sie und lächelte strahlend.

»Sie müssen Hesters Mutter sein«, bemerkte er.

Ingrid sah ihn erstaunt an. »Ja, das stimmt«, antwortete sie und fragte sich, woher er das wusste.

»Fede kann sich glücklich schätzen, in Hester ihre beste Freundin gefunden zu haben«, sagte Ramon. Federica drückte seine Hand, weil er doch gar nichts über Hester wusste außer dem, was sie ihm draußen vor der Kirche mitgeteilt hatte.

Ingrid klemmte sich ihr Monokel ins Auge, um ihn eingehender zu mustern. Er sah umwerfend gut aus und hatte die verhangenen, geheimnisvollen Augen eines Wolfs. Außerdem fand sie seinen Akzent hinreißend.

»Kommen Sie mit, ich stelle Sie dem Rest meiner Familie vor«, sagte sie und winkte ihrem Vater und ihrem Mann, die beisammen standen und sich miteinander unterhielten, weil beide das Geplauder mit den Dorfbewohnern nach dem Gottesdienst oberflächlich und lästig fanden. »Pa, Inigo, ich habe das große Vergnügen, euch Ramon Campione vorstellen zu dürfen«, sagte sie mit einem breiten Lächeln. »Ist er nicht bei weitem der schönste Mann, den Polperro je gesehen hat?«

Ramon verbarg sein Unbehagen unter einem leisen Lachen, doch Federicas Lächeln wurde noch breiter.

»Wirklich, Schatz, du solltest die Menschen nicht nach ihrem Äußeren beurteilen. Ich muss für meine Frau um Entschuldigung bitten«, sagte Inigo, indem er Ramon kräftig die Hand schüttelte.

»›Nur seichte Menschen urteilen nicht nach dem Äußeren‹«, sagte Nuno mit einer Verbeugung in Ramons Richtung.

»Ah, Sie sind ein Bewunderer Oscar Wildes«, entgegnete dieser und verbeugte sich ebenfalls.

Nunos Augen blitzen wohlwollend. »Sie wohl auch, weshalb ich Sie schätze. Wann darf ich Sie zum Mittagessen einladen? Ich würde Ihnen gern meine Bibliothek zeigen«, sagte Nuno, wandte sich dann seiner Tochter zu und zog eine Augenbraue hoch. »Wusste ich doch, dass die kleine Federica aus einer gebildeten Familie stammt.«

»Ramon ist ein berühmter Schriftsteller«, sagte Ingrid, die von Helena alles über ihn wusste. »In Chile ist er hoch angesehen.«

»Wie ich hörte, haben Sie meine Tochter unter Ihre Fittiche genommen«, bemerkte Ramon. »Dafür bin ich Ihnen sehr zu Dank verpflichtet.«

Ingrid tätschelte Federicas Kopf, als wäre sie ein braves Hündchen. »Es ist mir ein Vergnügen. Meine Töchter lieben sie heiß und innig. Mein Vater hat Recht, Ramon, Sie müssen unbedingt einmal zum Essen zu uns kommen. Wie lange können Sie bleiben?«, fragte sie und hoffte, sein Aufenthalt möge von recht langer Dauer sein. Sie liebte nichts so sehr wie interessante Menschen.

»Ich weiß es noch nicht.«

»Göttlich! Ich mag es, wenn ein Mann jeden Tag so nimmt, wie er kommt. So kommt man am besten durchs Leben. Und dadurch dauert es auch länger«, behauptete sie lachend. Dann neigte sie sich ihm zu und flüsterte: »Wir haben heute den Pfarrer zum Essen eingeladen und sollten uns deshalb allmählich auf den Heimweg nach Pickthistle Manor begeben. Aber sie kommen einmal zum Mittagessen, ja? Morgen vielleicht?«

»Gern. Es wird mir ein Vergnügen sein«, antwortete er mit einem höflichen Neigen des Kopfes.

»Schön. Dann also morgen. Bringen Sie Helena und die Kinder mit. Ich freue mich über jeden Besuch Ihrer Frau.«

Helena kochte vor Wut. »Du willst dich einladen lassen und Familie spielen?«, tobte sie. »Wie kannst du es wagen, hier aufzutauchen und einfach das Kommando an dich zu reißen?«

»Ich reiße nicht das Kommando an mich. Ich besuche meine Kinder. Ist es nicht das, was du wolltest?«

»Du schneist herein ohne ein Wort der Entschuldigung dafür, dass du nie geschrieben oder angerufen hast und nicht da warst, wenn deine Kinder dich brauchten.«

»Jetzt bin ich da«, wandte er ein.

»Jetzt bist du hier, morgen bist du wieder fort. Ich hatte dich schon aufgegeben. Das war der leichtere Weg. Jetzt bist du wieder hier, und ich weiß nicht mehr, wo ich stehe.« Trotzig verschränkte sie die Arme vor der Brust.

Ramon hob die Schultern und seufzte. Es hatte einfach keinen Sinn, mit ihr zu streiten. Er betrachtete ihre starren Züge, die bittere Linie um ihren Mund, die fahle Haut und die kalten Augen und erinnerte sich, warum er sie hatte gehen lassen. »Was soll ich noch sagen? Es tut mir Leid«, sagte er in dem Versuch, ihre Miene aufzulockern.

Mit zuckenden Lippen überdachte sie ihren nächsten Zug. »Ich will nicht, dass Fede uns noch einmal streiten hört«, sagte sie. »Lass uns spazieren gehen und in aller Ruhe reden.«

Sie gingen die Straße entlang, passierten ein moosbewachsenes hölzernes Tor und wanderten über die Wiesen in den Wald hinaus. Helena zündete sich eine Zigarette an und blies den Rauch in die eisige Luft, wo er wie Nebel auf der Kälte trieb. Ramon stellte bekümmert fest, dass Helena sich in den Monaten ihrer Trennung überhaupt nicht verändert hatte. Sie war so unglücklich wie immer. Sie hatte sich nicht einmal die Mühe gemacht, sich vor dem Kirchgang die Haare zu waschen. Er war enttäuscht. Er empfand ein merkwürdiges Déjà-vu-Gefühl, verbunden mit diesem vertrauten Ziehen im Magen, das ihn immer wieder fortgelockt hatte.

»Wie lange willst du also bleiben?«, fragte Helena auf dem Weg über die Wiese. Ihre Stiefel knarrten im verharschten Schnee.

»Ich weiß es noch nicht«, antwortete Ramon und kämpfte gegen den Impuls, so schnell wie möglich in das heitere und sorglose Heim zurückzukehren, das Estella ihm bereitet hatte.

»Nichts hat sich verändert, wie?« Sie seufzte. »Nun, dann sag ich dir, wie lange du bleibst: Eine Woche, vielleicht zehn Tage, und dann fängst du an, dich mit uns zu langweilen, und reist wieder ab.«

»Du und die Kinder, ihr habt mich nie gelangweilt«, wehrte Ramon sich ernst.

»Nicht?«, gab sie böse zurück. »Aber so habe ich es empfunden.«

»Hör zu, Helena. Es tut mir Leid, dass ich mich nicht gemeldet habe. Ich wollte euch überraschen«, sagte er und legte ihr seine große Hand auf die Schulter. Helena schüttelte sie ab. »Fede hat sich gefreut, mich zu sehen«, fügte er hinzu und lächelte versonnen vor sich hin.

»Natürlich. Aber du warst die vergangenen elf Monate nicht zur Stelle, um ihr die Tränen zu trocknen. Kein einziger Tag ist vergangen, ohne dass sie gedacht hat, heute, vielleicht ist heute der Tag, an dem Papa zurückkommt. Was ist das für eine Kindheit, Ramon? Wenn du wenigstens regelmäßig geschrieben, den Kontakt aufrechterhalten und sie über deine Pläne informiert hättest, dann müsste sie vielleicht nicht in einer so instabilen Welt leben. Es verunsichert sie total, weißt du, und ich leide mit ihr.« Ihre Stimme troff vor Verbitterung.

»Ich will es versuchen«, beschwichtigte er sie.

»Und was ist mit Hal?«, fuhr sie fort. »Es ist, als existierte er gar nicht. Du schreibst an Fede, aber nicht an ihn. Er ist dein Sohn, und er braucht dich genauso, wie Fede dich braucht. Mehr noch, denn er hat deine Zuneigung nie so wie sie zu spüren bekommen.«

»Du hast Recht«, sagte er schlicht. »Du hast in allen Punkten Recht. Ich bin nicht gekommen, um mit dir zu streiten.«

Helena blinzelte überrascht und richtete den Blick starr auf die schneebedeckten Bäume vor ihnen. Sie hatte nicht damit gerechnet, dass er so einsichtig sein würde.

Sie folgten dem Weg, bis sie die hohen Klippen erreichten, die steil zum Meer abfielen. Helena führte Ramon zu einer kleinen gusseisernen Bank, auf der sie oft allein saß, um aufs Wasser hinauszublicken. Von dort erstreckte sich die Aussicht bis ins Unendliche, und ihre Seele fand zurück in die liebliche Zeit der Vergangenheit, bevor die Bitterkeit ihr das Leben so sehr verdorben hatte. Jetzt setzte sie sich und betrachtete den frostklaren Himmel und die Wolken zusammen mit dem Mann, dessen Liebe einmal so heiß wie die Sonne gebrannt hatte. Wieder einmal lockte der ferne Horizont die Gespenster der Vergangenheit aus den Schatten ihrer Traurigkeit, und sie dachte daran, wie es damals gewesen war, und angesichts dieser Erinnerungen taute ihr vereistes Herz auf. Sie kramte in der Manteltasche nach ihren

Zigaretten und dem Feuerzeug. Mit zitternden Fingern zündete sie sich eine Zigarette an. Sie spürte Ramons überwältigende Nähe und hätte weinen mögen. Warum hatte alles so entsetzlich schief gehen müssen?

»Wie geht es deinen Eltern?«, fragte sie nach einer Weile und legte eine Hand an die schmerzende Schläfe.

»Gut. Sie sind zur Zeit in Cachagua.«

»Ich vermisse Cachagua«, sagte sie leise, fast so, als spräche sie mit sich selbst. Sie sah Ramon nicht an, sondern blickte immer noch hinaus auf ihre Erinnerungen. »Mir fehlen die Hitze, das Meer, die Gerüche. Ich hätte nie gedacht, dass ich das vermissen würde, aber es ist so.«

»Das ist das Problem, wenn man zwei Länder liebt. Man möchte immer dort sein, wo man gerade nicht ist. Man hat zu viel Auswahl«, sagte er. »Manchmal ist es besser, keine Wahl zu haben.«

»Dann musst du wirklich ein schweres Leben haben. Dir steht ja die ganze Welt zur Auswahl«, sagte sie und lachte böse.

»Du hast zwei Wahlmöglichkeiten, und das ist manchmal noch schwieriger.«

»Oh, ich bin sehr glücklich hier. Sehr, sehr glücklich«, sagte sie, konnte aber weder Ramon noch sich selbst davon überzeugen.

»Hast du wieder diese Kopfschmerzen?«, fragte er, als er sah, wie sie sich die Schläfe massierte.

»Ja, aber das ist nicht weiter schlimm. Sie kommen und gehen«, antwortete sie lässig.

»Komm her«, sagte er und drehte sie zu sich herum. Sie versuchte, sich zu wehren, doch er gebot ihr mit seiner Zielstrebigkeit zu schweigen, legte die Hand an ihren Kopf und fing an, sie zu massieren.

»Wirklich, Ramon, mir fehlt nichts«, sagte sie matt, als seine Berührung alte Erinnerungen weckte und ihre Haut zu kribbeln begann.

»Doch, dir fehlt was. Aber ich will dafür sorgen, dass es dir gut geht«, sagte er und lachte.

Sie hasste seine Fröhlichkeit und fragte sich, warum für ihn immer alles so eindeutig war.
Ramons massierende Finger waren so wohltuend, dass sie nicht widerstehen konnte. Sie hörte auf, sich zu wehren, lehnte sich rücklings gegen ihn und atmete in langen, tiefen Zügen. Während ihr Kopf sich entspannte, glitten seine Hände zu ihren Schultern herab, fuhren unter ihren Mantel und ihren Pullover und fanden ihre bloße Haut.
»Erzählst du mir, wie es den Kindern ergangen ist?«, bat er, und sie berichtete von Federicas Begeisterung für die Applebys, ihrer Schwärmerei für Sam und ihren Fortschritten in der Schule.
»Sie liebt die Applebys«, sagte sie. »In Viña hatte sie in der Schule nicht viele Freunde, aber die Applebys sind mittlerweile wie eine zweite Familie für sie. Das hat ihr Selbstbewusstsein wunderbar aufgebaut.«
»Schön.«
»Ja, das ist wunderbar. Zuerst hat England ihr Angst gemacht. Es war so kalt und grau, ganz anders als Chile mit seinem blauen Himmel. Aber es ist gut, dass wir am Meer wohnen. Das zumindest ist ihr vertraut.«
Dann erzählte sie ihm von Hal, und ihre Schultern entkrampften sich und ihr Ton wurde unbeschwerter, bis sie schließlich ohne Bitterkeit oder Zorn lachen konnte.
»Dann sind wenigstens sie hier glücklich«, sagte er.
»Es sieht so aus.« Sie schloss wohlig die Augen, als seine massierenden Finger die Durchblutung ihrer Muskeln anregten.
»Aber was ist mit dir?«, fragte er.
»Ach, Ramon. Mir geht es gut.«
»Ich frage dich als Freund, nicht als Ehemann.«
»Du bist immer noch mein Mann«, sagte sie mit belegter Stimme und lächelte wie in Erinnerung an ein verlorenes Zeitalter.
»Gut, dann frage ich dich als Ehemann.«
»Ich weiß es nicht«, antwortete sie und schüttelte den Kopf.
»Was treibst du den ganzen Tag?«

»Ich passe auf Hal auf.«
»Was tust du für dich selbst?«
»Für mich?«
»Für dich selbst«, wiederholte er.
Sie dachte eine Weile darüber nach. Sie wusste nicht, was sie für sich tat. Manchmal ging sie mit Federica zu den Applebys zum Tee oder mit Hal zum Strand. Sie besuchte Toby und Julian, plauderte mit ihrer Mutter. Aber ihr fiel nichts ein, was sie ausschließlich zu ihrem eigenen Vergnügen unternahm.
»Ich weiß es nicht, Ramon. Mir fällt nichts ein«, sagte sie tonlos und spürte, wie sich ihr die Kehle wieder zusammenschnürte. »Die Kinder machen mir unendlich viel Freude.«
»Aber natürlich. Das gehört allerdings zum häuslichen Leben. Ich dachte eher an ein ganz privates Vergnügen. Eine egoistische Freude, die du mit niemandem teilst.«
Helena dachte über seine Frage nach – Ramon war ein Meister des Egoismus, sie die Meisterin der Opferbereitschaft, und deswegen war ja auch alles so schief gegangen.
»Jeder Mensch benötigt Zeit für sich selbst«, fuhr er fort. »Ein ausgedehntes Schaumbad, einen Besuch beim Friseur, ich weiß ja nicht, was dir Freude macht.«
»Nun ja, ich habe mich selbst aus den Augen verloren«, seufzte sie, »denn ich weiß es selbst nicht.«
»Vielleicht solltest du anfangen, über dich selbst nachzudenken. Ich gebe dir doch genug Geld?«, fragte er.
»Du gibst mir mehr als genug.«
»Gut, dann gib es doch aus, um Himmels willen. Ich weiß nicht, was ihr Mädchen so treibt, aber kauf dir mal ein hübsches Kleid, geh zur Kosmetikerin, gönn dir öfter mal ein Vergnügen. Vergrab dich nicht in den Kinderzimmern; du bist keine Hausangestellte. Wenn du eine Hausangestellte brauchst, dann stell eine ein. Mir ist es gleich. Aber dir steht das Unglücklichsein ins Gesicht geschrieben, und das ist nicht gerade sehr anziehend.«
Helena war sprachlos. Sie konnte sich nicht erinnern, wann sie

zuletzt so offen geredet hatten. Sie konnte sich nicht erinnern, wann er zuletzt an sie und an ihr Glück gedacht hatte. Ihr wurde flau im Magen bei dem Gedanken daran, wie es war, als sie noch Freunde waren. Sie hatten pausenlos geredet, über alles und jedes, hatten über Kleinigkeiten gelacht und sich ohne Worte durch ihre Liebe verständigt. Sie fragte sich, wann ihre Gespräche verdorrt waren, und warum.

»Ich bin um meinetwillen mit den Kindern nach England gezogen, aber ironischerweise sind sie es, die Freude daraus ziehen. Nicht ich. Ich frage mich, ich weiß nicht, ich frage mich …« Sie zögerte.

»Was denn?«, fragte er ruhig.

»Ich frage mich, oh Gott, Ramon, ich kann es kaum aussprechen.«

»Sprich es aus. Dann wirst du dich bestimmt besser fühlen.«

»Habe ich einen riesigen Fehler begangen?«

Ramon hörte auf, ihre Schultern zu massieren. Sie richtete sich auf und wandte sich zu ihm herum. Er blickte sie mit dunklen, undurchdringlichen Augen an, und sie spürte, wie sie sich vor Hemmungen und Scham langsam wieder verschloss.

»Hast du einen Fehler gemacht?«, fragte er ernst, dachte an Estella und hoffte, dass Helena sich nicht plötzlich anders besann.

»Ich weiß nicht, ob es ein Fehler war, Chile zu verlassen. Ich vermisse Chile. Vielleicht ist es nichts weiter als Sentimentalität«, fügte sie abschließend hinzu.

»Vielleicht«, stimmte er ihr nachdenklich zu.

»Ich weiß es nicht.«

»Ich finde, du solltest dem Leben hier eine Chance geben«, sagte er. »Du musst dich selbst hineinwerfen, so wie Fede es tut.«

»Für Kinder ist es viel einfacher. Sie leben weiter und grübeln nicht.«

»Hör mal«, sagte er. »Es war deine Entscheidung, Helena. Ich habe dich nicht gebeten zu gehen. Ich wollte nicht, dass du gehst. Aber ich habe deine Gründe verstanden und dich in deiner Entscheidung unterstützt. Ich vermute, du stehst hier vor den gleichen Problemen wie in Chile. Du bist eine allein stehende Mutter, die ihr Leben ihren Kindern widmet. Wenn du etwas von deiner Zeit dir selbst widmen könntest, würden deine Gefühle sich vermutlich ändern. Du bist jung, du siehst gut aus.«

Sie errötete und wandte sich ab.

»Du musst dir ein Hobby suchen, etwas, das dich aus dir herausgehen lässt und dich aus dem Haus holt.«

»Vielleicht hast du Recht«, sagte sie. Sie fühlte sich schon besser. »Weißt du, wir haben seit Jahren nicht mehr so geredet.«

»Stimmt. Wir waren zu sehr damit beschäftigt, einander abzulehnen. Jetzt wissen wir beide, wo wir stehen.«

Sie betrachtete sein schönes Profil, als er aufs Meer hinausblickte. »Ja«, sagte sie traurig. »Das wissen wir.«

Federica war so glücklich darüber, ihren Vater wieder zu haben, dass sie nicht schlafen konnte. Ihre Eltern hatten getrennte Schlafzimmer, doch das störte sie nicht. Sie war froh, dass ihr Vater überhaupt da war. Jake und Polly fanden sich mit seinem plötzlichen Auftauchen ab, als sie erkannten, dass er und Helena viel besser als erwartet miteinander auskamen. Es gab keinen Streit, keine Wutausbrüche, keine bitteren Bemerkungen, keine Tränen. Helena wusch sich das Haar, legte Make-up auf und kaufte sich in der Stadt sogar ein paar neue Kleider. Jeden Tag brachen sie als Familie irgendwohin auf. Sie unternahmen mit den Kindern lange Strandwanderungen, erforschten Burgruinen und verborgene Höhlen. Sie unternahmen all das, was sie vor zehn Jahren bei ihrem Kennenlernen auch unternommen hatten. Der einzige Unterschied bestand darin, dass sie sich nicht küssten und nicht so viel lachten. Aber Helena war nicht mehr abweisend, und Ramon ging mehr auf ihre Bedürfnisse ein. Sie fühlte sich nicht mehr so taub im Inneren, sondern fand ihr

Selbstbewusstsein wieder. Als ihr Zorn verraucht war, entdeckte sie ihre alten Gefühle wieder. Während sie auf den Spuren ihrer jungen Liebe wandelte, fand sie allmählich hinter diesen verhangenen Augen den Mann wieder, in den sie sich damals verliebt hatte, und ihr Herz regte sich erneut für ihn.

Ingrid war hingerissen von dem dunklen Fremden, der so plötzlich in ihrer Mitte aufgetaucht war. Er war am ersten Weihnachtstag mit Helena und den Kindern zum Mittagessen gekommen und hatte sie mit Geschichten unterhalten, die er mit seinem starken Akzent und der fremdartigen Betonung vortrug. Sie wünschte sich, die spanische Sprache zu beherrschen, dann hätte sie jedes Buch von ihm gekauft. Doch er bezauberte sie nichtsdestoweniger mit Geschichten, die er aus dem Stegreif erfand, und mit Berichten von seinen Abenteuern, die er mit seiner reichhaltigen Phantasie ausschmückte, bis er schließlich die Aufmerksamkeit aller am Tisch Versammelten fesselte, einschließlich des überheblichen Sam, den die Männer, für die seine Mutter sich begeisterte, gewöhnlich langweilten.

Die folgenden Wochen waren durchsetzt mit Einladungen auf Pickthistle Manor. Helena glühte vor Stolz, wenn Ramon jeden mit seiner Anwesenheit und Einzigartigkeit betörte. Die Atmosphäre war aufgeladen mit einer sonderbaren Energie, wenn er in der Nähe war, und das empfand niemand deutlicher als seine Frau.

»Warum du auf der diesem entzückenden jungen Mann entgegengesetzten Hälfte der Erdkugel lebst, ist mir unbegreiflich«, sagte Nuno eines Tages beim Mittagessen zu Helena.

»Ach, Nuno, so einfach ist das nicht. Du musst ja nicht mit ihm leben.« Helena lachte.

»Außer Ingrid will mich ja keiner haben; deshalb steht das wohl auch außer Frage«, erwiderte er und blickte mit seinen klugen blauen Augen auf sie herab. »Manchmal weiß man erst, was man verloren hat, wenn es zu spät ist. Ich hoffe, meine Liebe, dass du nicht auch dieses Schicksal erleiden musst.«

»Er ist wegen der Kinder hier, nicht wegen mir«, sagte sie kühl. Doch sie blickte über den Tisch hinweg in Ramons strahlendes Gesicht und wünschte sich, er wäre ihretwegen gekommen. Sie wünschte sich, dass er seinen Stolz begrübe und sie bäte, zu ihm zurückzukommen. Sie wünschte sich, dass er sich ihretwegen änderte. Doch ihr Herz war schwer, weil sie das wahre Wesen dieses Mannes kannte. Er war wie der Wind, und so würde er immer sein – er würde nie wissen, in welche Richtung er sich im nächsten Augenblick wenden würde.

»Ramon ist derselbe wie immer, Nuno. Wenn man mit ihm zusammen ist, hat man das Gefühl, kein Mensch auf der Welt wäre ihm wichtiger als man selbst. Nimm zum Beispiel Federica.« Beide sahen auf das kleine Kind, das an den Lippen seines Vaters hing. Alles, was sie tat, tat sie für ihn, ob sie nun lachte, scherzte, Geschichten erzählte, Bemerkungen machte, lächelte. Sie betete ihn an. »Federica glaubt, dass er sie mehr liebt als alles auf der Welt. Im Augenblick tut er das auch. Das glaube ich wirklich. Er bereut es von Herzen, nicht früher gekommen zu sein, nicht geschrieben oder angerufen zu haben. Es bedrückt ihn zutiefst. Sein Gewissen quält ihn. Aber bald wird er wieder unterwegs sein, und dann hören wir monate-, vielleicht jahrelang nichts von ihm. »Was Ramon betrifft, gilt, fürchte ich, das Sprichwort: ›Aus den Augen, aus dem Sinn‹.«

»Liebe ist, die Fehler eines Menschen zu verstehen und ihn trotz allem zu lieben«, bemerkte Nuno tief schürfend.

»Ist das ein Zitat?« Helena lachte leise.

»Nein. Der Ausspruch stammt von mir, ist aber leider nicht sonderlich originell. Trotzdem entspricht er der Wahrheit.«

»Ramon und ich haben Jahre mit dem Versuch zugebracht, einander zu verstehen, bis wir es schließlich aufgegeben haben.«

»Es ist nie zu spät für einen zweiten Versuch.«

»Ich weiß nicht. Ich glaube, wir haben einander immer nur missverstanden.«

»›Groß zu sein heißt, missverstanden zu werden‹«, zitierte Nuno. »Ralph Waldo Emerson. Ein äußerst empfindsamer Mann.«

»Ja.«

»Er hat außerdem noch etwas sehr Scharfsinniges gesagt, meine Liebe.«

»Und zwar?«

Nuno beugte sich vor und flüsterte ihr ins Ohr: »›Wir bereiten uns ständig aufs Leben vor, leben jedoch nie.‹«

Während des ganzen Mittagessens und auch noch den Nachmittag über dachte Helena darüber nach. Aus irgendeinem Grund war sie einfach nicht fähig, an etwas anderes zu denken.

»Fede?«, rief Hal fragend, während er sich über dem Waschbecken die Zähne putzte.

»Ja?«

»Glaubst du, dass Papa bleibt?«

Federica hängte sein nasses Handtuch über die Heizung. »Ich weiß nicht«, antwortete sie, nicht willens, ihre eigene Hoffnung in Worte zu fassen, um die ihres Bruders nicht fälschlich zu stützen.

»Vielleicht nimmt er uns mit, zurück nach Viña«, spann er seinen Gedanken weiter und spie ins fließende Wasser.

»Ich glaube nicht, dass er uns zurück nach Viña holt, Hal«, entgegnete sie vorsichtig.

»Warum nicht?«

»Weil wir jetzt hier wohnen.«

»Ich möchte lieber in Viña wohnen«, sagte er entschlossen.

»Aber es gefällt dir doch hier bei Großmutter und Großvater«, wandte sie ein.

»Abuelito fehlt mir.« Sein Gesicht wurde traurig.

»Mir auch, Hal.«

»Großvater trägt mich nicht auf seinen Schultern und wirbelt mich auch nicht an den Armen rum«, beklagte er sich.
»Ich weiß.«
»Er geht auch nicht mit mir reiten.«
»Er ist sehr beschäftigt.«
»Ich will zurück nach Viña. Ich glaube, Abuelito vermisst mich auch.«
»Ganz bestimmt sogar. Sie vermissen dich beide«, sagte Federica nachdenklich. »Es ist Schlafenszeit, Hal. Soll ich dir eine Geschichte vorlesen?«
»Wo ist Mama?«, fragte er und tappte barfuß aus dem Bad.
»Bei Joey und Lucien.«
»Da ist sie immer.«
»Ich weiß. Sie mag die Applebys.«
»Ich nicht.«
»Doch, du magst sie auch.«
»Nein.«
»Aber du spielst immer mit Joey.«
»Ich kann Joey nicht leiden.«
Federica seufzte in Erwartung eines Streits. »Komm jetzt. Ich lese dir eine Geschichte vor«, lockte sie ihren Bruder.
»Ich will aber, dass Mama mir eine Geschichte vorliest«, quengelte er. »Ich schlafe erst, wenn sie mir was vorgelesen hat.«
»Wie wär's dann mit Großmutter?«
»Ich will Mama«, jammerte er und verschränkte trotzig die Arme vor der Brust.
»Also gut«, seufzte Federica. »Geh zu Bett und warte, bis Mama zurückkommt. Es dauert sicher nicht mehr lange.« Doch Federica wusste, dass sie beide längst schlafen würden, bevor die Mutter heimkehrte.

Es war spät, als Federica das Knirschen der Autoreifen auf dem Kiesweg vor ihrem Fenster hörte. Das Licht der Scheinwerfer drang für einen Moment in ihr Schlafzimmer, dann,

als der Motor abgeschaltet wurde, lag sie wieder in der Dunkelheit.
Federica horchte auf die Stimmen ihrer Eltern, die sich beeilten, aus der Kälte zu kommen. Sie lachten, doch Federica konnte nicht verstehen, was sie sagten. So glücklich hatte sie ihre Mutter schon lange nicht mehr lachen gehört. Sie richtete sich im Bett auf und lauschte angestrengt auf einen Hinweis darauf, dass ihr Vater womöglich bliebe, aber sie vernahm nur gedämpfte Stimmen, die nichts offenbarten außer einer größeren Freundlichkeit zwischen den beiden.
»Der Abend hat mir wirklich gut gefallen«, sagte Helena auf der Treppe. Federica kauerte im Dunkeln und sah ihre Mutter durch den Türspalt näher kommen.
»Mir auch«, pflichtete Ramon, der ihr folgte, ihr bei.
Helena zögerte vor Federicas Tür. »Ich bin froh, dass du die Applebys magst«, sagte sie leise, um ihre Kinder nicht zu wecken.
»Nuno ist ein Original.« Ramon lachte leise. »Und dann dieser Inigo.«
»Du bist der einzige Mensch in meiner Bekanntschaft, der Inigos Argumentationen versteht. Er redet mit kaum jemandem und verkriecht sich ständig in seinem Büro. Für Ingrid muss das ziemlich anstrengend sein.«
»Ich muss gestehen, dass ich ihn faszinierend finde.«
»Ich kann mir nicht vorstellen, worüber ihr so redet.«
»Über alles Mögliche.«
»Tatsächlich?«
»Er ist gebildet und weise. Man muss nur zuerst seine Wand von Enttäuschungen durchdringen.«
»Seine Enttäuschungen?« Sie furchte die Stirn.
»Er besitzt nicht Nunos Fähigkeit, sich über die Welt zu erheben.«
»Wie Ingrid.«
»Genau. Er verbringt seine Tage mit Grübeln über das Leben und beschäftigt sich nur mit dem Negativen. Wenn wir gründ-

lich genug suchen, finden wir überall etwas Hässliches. Der Trick besteht darin, nicht zu suchen.«
»Ich weiß nicht, wovon du redest«, sagte Helena matt und lachte leise, um ihre Unwissenheit zu übertünchen. »Danke, dass du dir in den vergangenen Tagen solche Mühe mit Hal gegeben hast.«
»Er ist ein lieber Junge«, entgegnete Ramon.
»Ja, aber du hast ihn überhaupt nicht gekannt. Für ihn ist es wichtig, deine Zuneigung zu spüren. Ich weiß, dass Federica für dich interessanter ist. Sie ist älter und zeigt dir ihre Liebe offener. Aber Hal liebt dich auch, er versteht es nur nicht.«
»Es hat mir gut getan, die Kinder zu sehen.« Er nickte und gähnte dann.
»Uns beiden hat es auch gut getan«, sagte sie und blickte ihn dabei fest an.
Er hielt ihrem Blick stand und lächelte kläglich. »Ja«, stimmte er ihr so leise zu, dass Federica ihn kaum hörte.
»Ich bin froh, dass du gekommen bist.«
»Ich auch.«
Beide zauderten noch verlegen, dann ging Ramon weiter den Flur hinunter. »Gute Nacht, Helena.«
»Schlaf gut, Ramon.« Zärtlich blickte sie ihm nach. Dann verschwand auch sie aus Federicas Blickfeld.
Federica empfand schaudernde Vorfreude und bekam davon eine Gänsehaut, als ob ihr kalt wäre. Gleichzeitig fühlte sie sich eher erhitzt und war sehr aufgeregt. Sie kniff die Augen zu und hoffte, dass das, was sie gerade gesehen hatte, der Anfang einer neuen Liebe zwischen ihren Eltern wäre. Sie war sicher, dass ihr Vater dann bleiben würde.

Helena lag im Bett und dachte an Ramon. Dann grübelte sie über das, was Nuno gesagt hatte, nach. »Wir bereiten uns ständig aufs Leben vor, leben aber nie.« Sie wiederholte den Spruch im Kopf immer und immer wieder, dachte über seine Bedeutung nach und inwiefern er auf sie zutraf. Nuno hatte ja so Recht. Ramon lebte. Er kümmerte sich nicht großartig um Vorbereitungen; er stürzte sich einfach ins Leben und lebte so gründlich er konnte, wogegen sie sich ständig nur vorbereitete. Ramon war wie ein großer Vogel. Für ihn gab es keine Grenzen, er flog, wohin immer er wollte, wann immer er wollte. Sie beneidete ihn um seine Spontaneität, verabscheute aber gleichzeitig sein mangelndes Verantwortungsgefühl. Er war niemandem verpflichtet, nicht einmal dem Flehen seiner Kinder, geschweige denn den Beschwörungen seiner Frau. Aber er lebte ganz gewiss. Ralph Waldo Emerson wäre mit Ramon zufrieden gewesen.

Einsam lag sie da, und in dieser Nacht drückte ihre Einsamkeit sie schwerer und unangenehmer als je zuvor. Sie starrte in die Dunkelheit und dachte an die frühen Tage mit Ramon, als sie sich in seine warme, schützende Umarmung geschmiegt hatte und von Zweifeln unbehelligt eingeschlafen war. Sie spürte seine Anwesenheit im Haus, denn sie war präsent wie Rauch und heiß wie Feuer, und sie hatte nicht die Macht, sie noch länger zu ignorieren und zu bekämpfen. In Gedanken an den Ausspruch von Ralph Waldo Emerson stieg sie aus dem Bett.

Sie schlüpfte in ihren Bademantel, öffnete ihre Schlafzimmertür und schlich den Flur entlang zu Ramons Zimmer. Vor seiner Tür zögerte sie nicht wie damals in jener schrecklichen Nacht im Januar, sondern sie drückte sie leise auf und trat ins dunkle Zimmer. »Ramon«, flüsterte sie. Er bewegte sich unter der Bettdecke. »Ramon«, wiederholte sie. Er regte sich erneut. Sie tastete sich zu seinem Bett vor und tippte ihn an. »Ramon.«

Er wachte auf. »Helena?«, murmelte er. »Ist alles in Ordnung?«

»Mir ist kalt«, sagte sie, weil ihr nichts Besseres einfiel. Sie zitterte am ganzen Körper und staunte über das Ungestüm, das plötzlich von ihr Besitz ergriffen hatte. »Darf ich zu dir unter die Decke?«

Ramon machte Platz für sie. Sie legte sich neben ihn und deckte sich zu. »Was willst du, Helena?«, fragte er. Doch sie achtete nicht auf seinen gereizten Tonfall und beharrte auf ihrem Vorhaben.

»Ich will, dass du bleibst«, sagte sie.

Er seufzte, zog sie an seinen warmen Körper, schlang die Arme um sie und atmete in ihr Haar. »Ich kann nicht.«

»Warum kannst du nicht?«

»Weil Chile meine Heimat ist.«

»Kannst du nicht wenigstens länger bleiben? Du kannst auch hier schreiben. Dafür musst du nicht in Chile sein. Das Schöne an deiner Arbeit ist doch, dass du sie überallhin mitnehmen kannst.«

Er seufzte wieder. »Ich kann mich nicht ändern«, sagte er tonlos.

»Warum nicht, Ramon? Weil du es nicht willst?«

»Weil ich es nicht kann.«

»Aber wir sind jetzt wieder Freunde. Wir haben uns seit Jahren nicht so gut verstanden. Wir lernen uns ganz neu kennen. Nein, lass mich ausreden«, sagte sie, als er ihr ins Wort fallen wollte. »Ich dachte, du bedeutest mir nichts mehr, ich würde dich nicht mehr lieben. Ich empfand diese tödliche Gleichgültigkeit, und sie machte mir Angst. Ich dachte, von unserer Beziehung wäre nichts mehr übrig. Deshalb wollte ich nach Hause. Ich dachte, mir bliebe nichts anderes mehr übrig. Aber ich habe mich getäuscht. Das verstehe ich jetzt, und ich bete, dass es noch nicht zu spät ist. Wir können unsere Beziehung wieder aufbauen, ich glaube ganz fest daran.«

»Aber dann stehen wir vor den gleichen Problemen wie immer. Ganz gleich, wo wir sind, unsere Probleme werden uns folgen.«

»Ich brauche dich«, sagte sie und schluckte, denn sie hörte den verzweifelten Ton in ihrer Stimme, und er erschreckte sie.

»Du brauchst mich nicht, Helena. Du brauchst ein eigenes Leben.«

»Aber du wolltest doch nicht, dass ich gehe. Willst du jetzt sagen, dass du mich nicht zurück haben willst?«

»Ich sage überhaupt nichts. Ich bin nur der Meinung, dass wir beide diese Zeit der Trennung brauchen.«

»Dann willst du mich also gar nicht«, sagte sie resigniert und schämte sich, weil sie ihre Gefühle so offen dargelegt hatte.

»Ich will dich, Helena«, sagte er und küsste sie auf die Stirn. »Ich würde von Herzen gern jetzt mit dir schlafen. Ich habe das immer gern getan.«

»Warum tust du es dann jetzt nicht?«

»Weil ich nicht bleiben werde.«

»Weil du mich nicht mehr begehrst?«, fragte sie niedergeschlagen.

»Weil die Löcher in unserer Ehe immer noch da sind, Helena.«

»Die Löcher hast du verursacht. Ich war verwirrt. Ich war verletzt, fühlte mich mutlos.«

»Du hattest Recht. Du warst mutlos. Nichts hat sich geändert. Überhaupt nichts.«

»Damals hast du gesagt, du liebst mich«, stieß sie erstickt hervor.

»Ich liebe dich auch, aber nicht so, wie du geliebt sein willst. Du willst einen Mann, der dich jeden Tag liebt. Ich werde aber bald fort sein, und dann bleibst du allein zurück mit deiner Mutlosigkeit. Ich kann nichts dagegen tun.«

»Dann gibt es wirklich keine Chance mehr?«

»Wofür?«

»Für einen neuen Versuch?«, fragte sie, und ihre Stimme versagte vor Beschämung.

Ramon streichelte ihr Haar und starrte hinauf ins Dunkle. Er dachte an Estella und die Zuversicht, mit der sie ihn liebte. Helena hatte so etwas Bedürftiges an sich, und wieder überkam ihn das altvertraute klaustrophobische Gefühl, das ihn ersticken wollte. Er liebte sie immer noch. Doch er konnte sie nicht ändern, und solange sie ihn in ihre bedürftige Liebe einhüllte, konnte er sie nicht so lieben, wie sie geliebt sein wollte. Er fühlte, dass der Wind sich drehte, und wusste, es war Zeit zu gehen.

Am nächsten Morgen kam Ramon mit gepackten Taschen zum Frühstück herunter.

»Du reist ab?«, fragte Helena gepresst. Sie hatte wieder Kopfschmerzen und schämte sich zutiefst. Zu gern hätte sie das Band zurückgespult und die vorangegangene Nacht gelöscht. Sie konnte Ramon kaum in die Augen sehen. Als sie es tat, waren sie wieder dunkel und undurchdringlich. Sie war zu weit gegangen und hatte alles zerstört.

»Ich reise ab«, erwiderte er und setzte sich neben Federica.

»Du reist ab?«, stammelte sie. »Jetzt?« Ihr Vater nickte traurig, mit finsterem Gesicht. Hatte sie in der Nacht nur geträumt, als ihre Eltern auf der Treppe so liebevoll miteinander geredet hatten? Sie war sicher gewesen, dass sie sich neu verliebten. Wie hatte in einer einzigen Nacht alles so schief gehen können? Sie verstand es nicht.

»Sei nicht traurig, *mi amor.*« Er berührte ihr ratloses Gesicht. »Ich möchte, dass du mir schreibst und mir berichtest, wie es dir geht und was du so treibst. Du darfst keine Einzelheit vergessen.« Mit dem Daumen wischte er eine Träne von ihrer Wange. »Sei brav und weine nicht, denn ich komme dich sehr bald wieder besuchen.«

Doch Federicas Gesicht verzog sich erbarmungswürdig; sie warf ihm die Arme um den Nacken und schluchzte. »Ich will nicht, dass du gehst«, weinte sie. »Bitte, geh nicht weg.«

»Ich kann nicht für immer bleiben, *mi amor.* Aber ich komme zurück, das verspreche ich dir«, beteuerte er. »Vergiss nicht, mir zu schreiben«, sagte er noch und küsste ihr nasses Gesicht.

Als er Hal in die Arme nahm, wand sich das Kind und schrie nach seiner Mutter. Helena beruhigte ihn mit sanften Worten und zog ihn an sich. Wie ein verängstigtes Äffchen klammerte er sich an ihr fest. Ramon ließ ihn in Ruhe. Er hatte auch weiter nichts zu sagen. Er küsste Helenas versteinertes Gesicht, dann war er fort und hinterließ Leere in ihren Herzen und ein schreckliches Verlustgefühl. Helena fragte sich, wann er wohl zurückkommen würde. Eine Vorahnung sagte ihr, dass es lange Jahre dauern würde.

Federica lief nach oben und schlug ihre Zimmertür hinter sich zu. Sie warf sich über ihre Snoopy-Bettdecke und weinte. Wie konnte er ohne jede Vorwarnung einfach so abreisen? Sie hatte all ihre Hoffnungen in ihn gesetzt. Sie war sicher gewesen, dass er blieb. Außerdem hatte es ihm in Polperro gefallen. Sie hatten Spaß gehabt. Er mochte die Applebys, aber vor allem hatte es so ausgesehen, als ob er die Mutter wieder mochte. Sie waren Freunde geworden. Was war falsch gelaufen?
Als sie des Weinens müde war, nahm sie das Schmetterlingskästchen auf ihre Knie und öffnete den Deckel. Sie sah auf die schimmernden Kristalle und auf den Schmetterling, der die Flügel ausbreitete und die Farbe wechselte, von Rot- zu Blautönen, als hätte er Mitleid. Im hypnotischen Farbenschein der alten Steine versteckte sie sich vor ihrem Herzeleid und dem plötzlichen Gefühl des Zurückgestoßenseins, das mit kalten Klauen nach ihrem Herzen griff. Allmählich verlor sie sich in ihren Erinnerungen, die in jedem kleinen Edelstein widerzuhallen schienen. Sie sah ihre Großeltern auf ihrem Balkon in Cachagua und Rasta am Strand von Caleta Abarca herumtollen. Sie sah das Haus, in dem sie gelebt hatte, und das weite offene Meer, sie roch den Lavendel und spürte die Sonne auf dem Gesicht. Ganz benommen vom Ansturm so vieler Erinnerungen schloss sie die Augen und schwebte mit der Liebe ihres Vaters davon.

NEUNZEHN

Kurz vor Weihnachten machte Mariana sich schließlich auf den Weg, um Estella zu besuchen. Ein Weihnachtsbesuch als Zeichen ihrer Zuneigung. Sie wollte Estella eine silberne Halskette schenken, die sie in Santiago gekauft hatte. Schließlich war es nicht ihre Idee gewesen, sie zu entlassen. Mariana hatte vielmehr mit aller Macht auf Ignacio eingeredet, dass er Estella nicht wegschicken sollte. Sie mochte das Mädchen, ihre erste Haushaltshilfe, die ihre Arbeit erledigte, ohne sich lange bitten zu lassen, die erste, die Eigeninitiative mitbrachte. Estella war viel zu klug, um sich lediglich mit Kochen und Putzen zufrieden zu geben, doch ihre Arbeit schien ihr Spaß gemacht zu haben.

Mariana hatte die übellaunige Gertrude fragen müssen, wo Estella jetzt wohnte. Auf eigene Faust hätte sie ihre Adresse nicht herausfinden können, schon gar nicht, nachdem Estella Gerüchten zu Folge nicht mehr bei ihren Eltern lebte. Gertrude hatte ihr das freudig mitgeteilt. Und sie hatte noch hämisch hinzugefügt, dass sie von ihrem Vetter, der im selben Dorf wohnte wie Pablo und Maria Rega, gehört hatte, dass nicht einmal ihre Eltern wüssten, wo Estella lebte.

Mariana war also Gertrudes Wegbeschreibung folgend zu Estellas Haus am Strand gefahren. Die alte Frau hatte ihr ihre Begleitung angeboten, die Mariana jedoch freundlich, aber innerlich schaudernd, abgelehnt hatte. Schon in ihrem eigenen Haus konnte sie es kaum länger als fünf Minuten in der Nähe des Hausmädchens ertragen, geschweige denn in der Enge eines Wagens. Bei dem Gedanken daran bogen sich Marianas Mundwinkel herab. Gertrude war nicht nur unverschämt, sondern roch auch manchmal stark nach Anisette. Mariana war altmodisch und legte Wert darauf, dass die Grenzen zwischen Arbeitgeber und Arbeitnehmer klar definiert waren. Gertrude übertrat solche Grenzen gedankenlos und machte auf diese Weise Ärger. Ignacio sprang grob mit ihr um und wies sie in ihre Schranken, worauf Gertrude mit finsteren Blicken reagierte, aber auch mit gesteigertem Pflichtbewusstsein und neuem Arbeitseifer.

Als Mariana Estellas Strandhaus sah, staunte sie über die Größe und die Qualität und wunderte sich, dass eine Frau in Estellas Situation sich einen solchen Luxus leisten konnte. Es war an den Abhang mit Blick aufs Meer gebaut, das einzige Haus in weitem Umkreis. Es war weiß gestrichen und hatte eine Veranda im amerikanischen Stil und große grüne Fensterläden, die im Sommer drinnen für Kühlung sorgten. Das Dach war strohgedeckt, und an der Fassade wucherte himmelblauer Beiwurz, der auch von der Veranda hing und wie Schmetterlinge im Wind herumflatterte. Mariana war nie auf den Gedanken gekommen, Estellas fahnenflüchtiger Geliebter könnte reich sein. Sie war davon ausgegangen, dass er aus derselben Welt stammte wie das Mädchen. Sie hatte sich offenbar geirrt.

Die Tür stand offen, und Mariana hörte Estella im Hausinneren singen. Ein Kleinkind gluckste fröhlich. Mariana dachte an Gertrudes boshafte Bemerkung über den Affen und lächelte zufrieden. Diese Laute stammten ganz sicher nicht von einem Affen.

Sie zögerte einen Moment, bevor sie nach Estella rief, denn sie bemerkte Hinweise auf die Anwesenheit eines Mannes. Ein Männerhemd hing auf der Veranda über einer Stuhllehne, ein Paar Mokassins stand neben der Tür. Gut, dachte sie, wenn er hier ist, kann ich ihn auch gleich kennen lernen. Also rief sie: »Estella!«, und wartete.

Estella erkannte die Stimme auf Anhieb und stand vor Schreck wie angewurzelt. Ramon war in England, doch seine Habseligkeiten waren im ganzen Haus verstreut. In dem kurzen Augenblick zwischen Marianas Rufen und ihrer eigenen dünnen Antwort versuchte Estella, sich zu erinnern, welche Gegenstände aus Ramons Besitz sich wo befanden und welche ihn verraten konnten. Schließlich legte sie Ramoncito in die Wiege und ging den Flur entlang zur Tür, durch die Mariana sich bereits ins Innere schob, um sich neugierig im Haus umzusehen.

»Señora Mariana, welch eine Überraschung«, sagte Estella fest, bemüht, das Zittern in ihrer Stimme zu verbergen. »Setzen wir uns doch nach draußen; im Haus ist es schrecklich heiß.« Sie bat ihre frühere Arbeitgeberin hinaus auf die Veranda. Mariana war enttäuscht. Sie hätte gern das Haus von innen gesehen. Doch ihre gute Erziehung verbot ihr, um eine Führung zu bitten.

»Entschuldige, dass ich unangemeldet komme. Bist du allein?«, fragte sie.

Estella bemerkte, dass Marianas Blick auf einem Paar Schuhe neben der Tür haften blieb. »Ja, ich bin allein«, antwortete sie gleichmütig. »Bitte, nehmen Sie doch Platz, machen Sie es sich gemütlich.« Sie wies auf den Stuhl, von dessen Lehne das Hemd hing. Estella entfernte das verräterische Kleidungsstück und legte es zu den Schuhen neben der Haustür. Mariana registrierte das alles und fragte sich, warum Estella so verlegen war. Dann kam ihr plötzlich in den Sinn, dass der Mann, mit dem sie in diesem Haus lebte, vielleicht nicht der Vater des Kindes war.

»Wie ich sehe, bist du recht glücklich«, sagte Mariana taktvoll. »Du hast ein schönes Haus.«

»Danke, Señora Mariana.«

Mariana fiel die Nervosität des Mädchens auf, doch sie sagte sich, dass es nur natürlich wäre, nachdem Ignacio sie so brutal entlassen hatte. »Es tut mir so Leid wegen deiner Stelle«, sagte Mariana, verzweifelt bemüht, dem Mädchen sein Unbehagen zu nehmen. »Ignacio ist manchmal sehr rücksichtslos. Er meint es nicht so. Es ist einfach seine Art. Aber nicht jeder versteht ihn so gut wie ich. Bist du gut versorgt?« Es war eine plumpe Frage, aber Mariana konnte sie sich nicht verbeißen. Estella verspannte sich und senkte den Blick, als könnte sie Mariana vor Scham nicht offen in die Augen sehen.

»Ich bin sehr zufrieden«, erwiderte sie schlicht.

»Du hast ja jetzt ein Baby. Ist es ein Junge?«

Estella nickte und lächelte vorbehaltlos.

»Er macht dir offensichtlich viel Freude. Ich habe jedes einzelne meiner acht Kinder und Enkel abgöttisch geliebt«, seufzte sie. »Die Enkel machen mir noch einmal die gleiche Freude wie die Kinder.« Dann kamen ihr Federica und Hal in den Sinn, und ihre Augen wurden feucht. »Wie heißt er?«, fragte sie und verdrängte resolut ihre eigene Traurigkeit.

Estellas Wangen glühten vor Schuldbewusstsein. Sie konnte nun die Wahrheit sagen und dadurch Verdacht wecken, oder aber sie log. Sie blickte Mariana an und entschied, dass zweifellos nichts anderes als eine Lüge in Frage kam.

»Ich habe mich noch nicht festgelegt«, sagte sie und sah die Frau fest an, bemüht, glaubwürdig zu wirken.

Mariana wunderte sich. »Du hast dich noch nicht festgelegt?«

»Nein.«

»Aber du musst ihn doch irgendwie ansprechen!«

»Ich nenne ihn Angelito. Mein kleiner Engel«, sagte sie hastig.

Mariana lächelte. »Angel. Was für ein hübscher Name.« Ihr Instinkt verriet ihr jedoch, dass irgendetwas nicht ganz in Ordnung war.

»Ich freue mich, dass sich für dich alles zum Guten gewendet hat. Letzten Sommer war ich in großer Sorge.«

»Ich auch.«

»Aber jetzt hast du ein hübsches Haus, einen kleinen Sohn und ...« Sie zögerte, schob dann aber ihre Bedenken beiseite und fuhr ungehemmt fort: »Und du hast einen Mann, der für dich sorgt.« Sie sah, dass Estella wieder glühend rot wurde und verlegen den Blick senkte. »Keine Angst, meine Liebe, ich will nicht spionieren«, versicherte sie rasch in Gedanken an Gertrude und wünschte sich, sie wäre nicht so weit gegangen. »Ich muss nicht wissen, wer er ist, es macht mich einfach nur glücklich zu sehen, dass du glücklich bist. Ich mag dich sehr, Estella, und es hat mir wehgetan, dich leiden zu sehen. Du bist ein liebes Mädchen und hattest es nicht verdient, so schäbig behandelt zu werden. Viele Mädchen haben es wohl nicht anders verdient, aber nicht du, du bist zu anständig. Ich wollte dir sagen, dass du, falls du irgendetwas brauchst, zu mir kommen sollst. Ich werde immer versuchen, dir zu helfen, so gut ich kann. Falls du eine Empfehlung brauchst oder einen Rat. Ich bin für dich da, wenn du mal mit jemandem außerhalb deiner Familie reden willst. Es würde mich glücklich machen.«

Estellas Gesicht entspannte sich, die Farbe wich aus ihren Wangen, als ihre Verlegenheit der Dankbarkeit Platz machte. »Sie sind sehr freundlich, Señora Mariana. Ein Mädchen wie ich kann sich glücklich schätzen, unter Ihren Schutz zu stehen. Das ehrt mich sehr, und ich danke Ihnen«, sagte sie und fragte sich, was Mariana wohl sagen würde, wenn sie wüsste, dass die Schuhe und das Hemd neben der Tür Ramon gehörten. Estella bezweifelte, dass Mariana sie unter ihre Fittiche genommen hätte, wenn sie wüsste, dass ihr Sohn mit einem niederen Hausmädchen Ehebruch beging.

Mariana stand auf, bereit zu gehen. Sie schluckte ihre Neugier hinunter und versagte sich die Bitte, das Haus ansehen zu dürfen. Doch sie hielt es nicht für übertrieben, vor ihrem Aufbruch noch um einen Gefallen zu bitten. »Estella, ich würde so gern deinen kleinen Angelito sehen«, sagte sie.

Estella wurde blass. »Angelito«, wiederholte sie.

»Ja. Wenn es nicht zu viele Umstände macht. Offenbar ist er ein sehr braves Kind, denn bisher hat er noch keinen Ton von sich gegeben.«

»Ja, er ist brav. Aber vielleicht schläft er«, versuchte Estella sich herauszureden.

»Ich möchte ihn nur anschauen und wecke ihn bestimmt nicht auf«, beharrte Mariana.

Estella hatte keine andere Wahl. Wenn Mariana ins Haus kam, erkannte sie mit Sicherheit Gegenstände, die ihrem Sohn gehörten. »Warten Sie, ich hole ihn«, sagte sie hastig und lief ins Haus. Mariana fand ihr Benehmen ausgesprochen merkwürdig. Wenn es sich statt um ein Kind um einen Affen gehandelt hätte, wäre ein solches Verhalten verständlich gewesen. Einen flüchtigen Moment fragte Mariana sich, ob vielleicht mit dem Kind etwas nicht in Ordnung war. Falls es irgendwie missgestaltet war, dürfte sie nicht darauf bestehen, es zu sehen. Doch bevor sie Gelegenheit hatte, Estella zu beruhigen, tauchte die junge Frau schon aus dem dunklen Haus auf, ein kleines Bündel im Arm. Mariana spürte, wie ihr vom Nacken her die Hitze in den Kopf stieg, und machte sich auf das Schlimmste gefasst.

Estella hoffte, dass Mariana in Ramoncitos Kastanienaugen und seinem trägen Lächeln nicht sofort ihren Sohn erkannte. Doch als Mariana in das süße Babygesichtchen blickte, blühte sie auf wie eine Blume, und ein herzliches, entzücktes Lächeln trat auf ihre Lippen.

»Er ist das schönste Baby der Welt, Estella. Darf ich ihn einmal halten?«, fragte sie begeistert. »Hinreißend, einfach anbetungswürdig«, seufzte sie, nahm der Mutter das Kind ab und drückte es an ihren Busen. Estella lächelte ebenfalls, erleichtert, dass die Großmutter ihren Enkel nicht erkannte. Endlich konnte sie wieder frei atmen.

Mariana setzte sich wieder, während das Baby seine Großmutter strahlend anlächelte. Estella brachte eisgekühlte Limonade auf einem Tablett herbei, und die beiden Frauen saßen im Schatten der Kletterranken und unterhielten sich über das Kind. »Er sieht dir so ähnlich, Estella. Was für ein hübsches Baby. Schau dir nur die langen Wimpern und die dunklen Augen an. Er wird in ganz Chile Mädchenherzen brechen. Stimmt's, Angelito?« Sie gurrte und wiegte ihn sanft.

»Er ist ein liebes Kind und weint nur ganz selten«, erzählte Estella voller Stolz.

»Und ich möchte wetten, er isst auch gut.«
»Ja. Er wächst unglaublich schnell.«
»Das sehe ich.«
»Ich bin von Herzen gerne Mutter. Jetzt sehe ich einen Sinn in meinem Leben. Ich fühle, dass ich gebraucht werde«, sagte Estella versonnen.
»Mutter zu sein ist etwas Wunderbares. Es verändert das Leben grundlegend. Plötzlich ist da so ein kleiner Mensch, der dich mehr braucht als alles andere auf der Welt. Er ist aus deinem eigenen Körper gekommen. Stell dir nur eine so enge Verbindung vor, wie stark sie ist. Er ist ein Teil von dir, und selbst, wenn er erwachsen ist, ist er immer noch mit dir verbunden, denn durch dich ist er entstanden, du hast ihn geboren und gestillt.«
»Sie haben völlig Recht«, stimmte Estella ihr zu und erzählte Mariana von ihren Gefühlen während der Zeit, als das Kind in ihrem Leib heranwuchs.
Die beiden Frauen fingen an, sich über die Pflichten einer Mutter, die Freuden und Leiden des Mutterseins zu unterhalten, als wären sie einander ebenbürtig.
»Wir empfinden ihre Schmerzen und ihre Freuden. Wir können gar nicht anders. Das ist unser Schicksal«, sagte Mariana und dachte dabei an Ramon und das Scheitern seiner Ehe. »Aber sie sind Individuen und müssen ihre eigenen Entscheidungen treffen. Wir können ihnen lediglich raten und für sie da sein, wenn etwas schief geht. Aber ich möchte nichts von allem missen. Die Mutterschaft ist das wunderbarste Geschenk des Lebens, und ich schätze mich glücklich, eine Frau zu sein«, sagte sie und lächelte Estella an.
»Ich auch.« Estella erwiderte ihr Lächeln.
Als Mariana sich endlich anschickte zu gehen, stand die Mittagssonne schon hoch am Himmel. Sie warf einen Blick auf die Uhr und stellte fest, dass sie sich länger als anderthalb Stunden aufgehalten hatte. »Du liebe Güte, es ist spät geworden!«, rief sie und

reichte der Mutter das Kind zurück. »Angelito ist bestimmt hungrig.«

»Er hat immer Hunger. Ich glaube, er wird ein großer, starker Junge«, sagte Estella und küsste zärtlich die Stirn des Säuglings.

»Danke, dass ich ihn sehen durfte«, sagte Mariana herzlich. »Er ist so lieb.«

»Es war mir ein Vergnügen«, erwiderte Estella. »Danke für Ihren Besuch.«

Mariana hatte sich kaum zehn Schritte vom Haus entfernt und war mit ihren Gedanken noch immer bei dem entzückenden kleinen Angel, als sie die Hand in die Tasche schob und auf die silberne Halskette stieß, die sie für Estella gekauft hatte. Sie seufzte über ihre Vergesslichkeit und machte kehrt. Estella war im Haus verschwunden; die Blüten der Kletterpflanzen flatterten in der Meeresbrise. Wieder stand Mariana vor der Tür und wusste nicht, ob sie klopfen oder einfach eintreten sollte. Sie lächelte zärtlich, als sie Estella mit ihrem Kind spielen hörte.

»Ramoncito, mein kleiner Engel. Ramoncito!« Sie lachte, als das Baby fröhlich gluckste.

Marianas Lächeln erstarb. Sie hielt den Atem an, und alles Blut wich aus ihrem Gesicht. Wie angewurzelt stand sie da, obwohl sie am liebsten gelaufen wäre, so schnell ihre alten Beine sie trugen. Als Estella den Namen des Kindes wiederholte, zweifelte Mariana nicht mehr, dass sie richtig gehört und den richtigen Schluss gezogen hatte. Mit großer Anstrengung drehte sie sich um und ging so schnell und so leise wie möglich zurück zu ihrem Auto. Ihre Schläfen pochten unter dem plötzlichen Ansturm von äußerst unangenehmen Vorstellungen.

Als sie hinter dem Steuer saß, flatterte ihr Herz wie eine aufgescheuchte Fledermaus in ihrer viel zu engen Brust, so, als wäre sie gerade Zeugin eines Mordes geworden. Mit zitternder Hand schob sie den Schlüssel ins Zündschloss. Erst als sie auf der offenen Straße war, konnte sie wieder atmen. Der Vater von Estellas Kind war niemand anderer als ihr eigener Sohn, Ramon. Daran bestand kein Zweifel mehr. Jetzt ergab alles einen Sinn. Wie ein Videofilm spulten sich in ihrem Kopf die Ereignisse des vorigen Sommers ab. Estellas Kavalier war Ramon gewesen. Er hatte sie verführt, geschwängert und verlassen. Diese Art schäbigen, verantwortungslosen Verhaltens beschränkte sich nicht auf die unteren Schichten, wie Ignacio behauptet hatte, sondern fand sich genauso bei ihrem eigenen Fleisch und Blut. Der Gedanke an den Ehebruch ekelte Mariana. Sie lebten eindeutig zusammen; Estella allein konnte sich ein solches Haus nicht leisten. Jetzt verstand sie das Unbehagen des Mädchens und ihr Sträuben, ihr das Kind zu zeigen. Ramons Sachen befanden sich natürlich überall im Haus.

Mariana dachte an Helena und ihre Kinder und fühlte sich plötzlich übermannt von Zorn und Traurigkeit. Als ihr die Tränen in die Augen stiegen, sah sie sich gezwungen, am Straßenrand zu halten und sie fließen zu lassen. Sie konnte Ramon nicht verstehen. Aber sie liebte ihn und versuchte verzweifelt, sein Handeln zu rechtfertigen. Sie gab Helena die Schuld, weil sie ihn in Estellas Arme getrieben hatte, und Estella, weil sie zu schön war, als dass er ihr hätte widerstehen können. Doch ihre Argumente verblassten vor ihrem Verstand, der ihr sagte, dass Ramon der Schuldige war. Er war das Opfer seines eigenen Egoismus. Bereitwillig opferte er alles, was er liebte, für eine schale Freiheit, die ihn zwangsläufig einsam und voller Reue zurücklassen würde. Er würde auch Estella verlassen.

Als Mariana schließlich nach Hause kam, hatte sie beschlossen, Ignacio gegenüber Stillschweigen zu wahren. Und sie hatte beschlossen, auf Estella Acht zu geben. Das Mädchen wusste es noch nicht, aber sie würde Hilfe brauchen.

Mariana kannte ihren Sohn besser als jeder andere.

II. TEIL

Zwanzig

Polperro, Frühling 1989

Federica radelte schluchzend hügelan und konnte vor Tränen kaum die Straße sehen. Die warme Maisonne hatte die Bäume und Sträucher zum Blühen gebracht; die Gefahr von Schneefällen im April war nun endgültig gebannt. Doch Federica hatte keinen Blick für die Schönheit der Natur. Sie bemerkte nicht einmal das Heer von Glockenblumen im Wald oder den süßen fruchtbaren Duft der Erde, die aus dem Winterschlaf erwachte. Ihr war, als hätte ihr jemand das Herz aus der Brust gerissen, darauf herumgetrampelt und es ihr dann wieder eingesetzt.

Der Weg nach Pickthistle Manor erschien ihr viel länger als sonst. Ihr Gesicht war rot und verschwitzt vor Anstrengung, ihre Augen waren verquollen. Als sie in die Zufahrt einbog, wurde sie von Trotzki, der ziemlich arroganten Dänischen Dogge, begrüßt. Inigo hatte sie Ingrid geschenkt, als ihr Lieblingshund Puschkin gestorben war. Trotzki war honigbraun, hatte samtiges Fell und das intelligente Gesicht eines Cambridge-Studenten mit dunklen Ringen um die Augen herum, die aussahen wie eine runde Nickelbrille, worüber man sich immer wieder köstlich amüsieren konnte. Diesem Umstand hatte der Hund den Namen Trotzki zu verdanken, dem er alle Ehre machte. Federica tätschelte ihn gedankenverloren im Vorbeigehen. Er spürte ihren Kummer und eilte ihr mit langen, lässigen Sprüngen nach.

Federica ließ ihr Fahrrad auf den Kiesweg fallen und lief, nach

Hester rufend, ins Haus. Sie hielt den Atem an und wartete auf eine Antwort, die jedoch nicht kam. Nur Inigos klassische Musik tönte unter der Ritze seiner Bürotür hindurch durchs ganze Haus.

Federica wollte Inigo nicht stören, da er offenbar arbeitete, und strich durch alle Zimmer, in der Hoffnung, eines der Mädchen zu finden. Zu ihrem Kummer stellte sie fest, dass das Haus leer war, bis auf Sam, der am Küchentisch saß, ein großes Erdnussbutter-Sandwich verzehrte und die Samstagszeitung las. Als er sie verlegen in der Tür stehen sah, legte er die Zeitung nieder und fragte sie, was mit ihr los sei.

»Ich suche Hester«, antwortete sie leise, wischte sich mit beiden Händen über das Gesicht und hoffte, er bemerkte nicht, dass sie weinte. Sie holte tief Luft und zwang sich zu einem Lächeln.

Doch Sam ließ sich nicht hinters Licht führen. »Die Mädchen sind mit Mum einkaufen gefahren, und die Jungen machen ein Picknick am Strand«, sagte er und lächelte mitfühlend.

»Oh.« Federica wusste nichts anderes zu sagen. Immer, wenn sie mit Sam allein war, wurde ihr die Luft zum Atmen knapp. Er war zu hübsch, um ihn unbefangen anzusehen, zu klug, um mit ihm zu reden, und viel zu erwachsen, um sich für sie zu interessieren. Und so zog sie sich rücklings durch die Tür zurück und murmelte etwas in der Richtung, dass sie Hester suchen wollte.

»Möchtest du ein Erdnussbutter-Sandwich?«, fragte Sam und hob das Glas hoch. »Schmeckt ausgezeichnet. Mum nennt derartige Gerichte ›Trostspeisen‹, und du siehst aus, als könntest du so etwas brauchen.«

»Nein, wirklich, ich habe keinen Hunger«, stammelte sie und schämte sich ihrer Unbeholfenheit.

»Ich weiß. Aber du bist unglücklich«, sagte er und lächelte wieder. »Iss wenigstens ein bisschen, damit es dir besser geht.« Er legte ein paar Scheiben Brot zurecht und begann, ein Sandwich für sie zu bereiten. Ihr blieb keine Wahl. Sie ging zum Tisch und setzte sich auf den Stuhl, den er ihr zurechtgerückt hatte. »Einer weinenden Frau stehe ich einfach wehrlos gegenüber«, sagte er. Federica lachte, obwohl ihr die Sicht in Tränen verschwamm. In einem Monat wurde sie gerade mal dreizehn und konnte demnach wohl kaum als Frau bezeichnet werden. Sie senkte den Blick und biss zögernd in ihr Sandwich. »Weißt du«, fuhr Sam fort, »Tränen sind die geheimen Waffen einer Frau. Es geht mir nicht allein so. Die meisten Männer werden schwach, wenn sie Frauen weinen sehen, oder sie wissen nicht, wie sie damit umgehen sollen, und dadurch sind sie empfänglich für jede Art von Manipulation. Sie würden alles tun, um ein Lächeln auf das Gesicht der betroffenen Dame zu zaubern. Was kann ich tun, damit du wieder lächelst?«

»Du kannst gar nichts tun. Es geht schon wieder«, antwortete sie, den Blick auf ihr Sandwich gesenkt, um ihn bloß nicht anschauen zu müssen.

»Na ja, es gibt nichts Schlimmeres, als an einem schönen Sonnentag im Haus zu hocken und Trübsal zu blasen. Komm, lass uns zusammen spazieren gehen. Die Glockenblumen muntern dich sicher auf, und wenn wir nach Hause zurück kommen, sind die Mädchen sicher auch wieder da. Was hältst du davon?«

»Du hast doch bestimmt Besseres zu tun«, sagte Federica, die ihn nicht langweilen wollte.

»Jetzt redest du wie I-Ahh. Versuch mal, ein bisschen mehr wie Pooh oder Tigger zu sein. Aber eigentlich«, sagte er und grinste sie an, »bist du eher wie Ferkel.«

»Soll das ein Kompliment sein?«

»Eindeutig. Ferkel ist ein feiner Kerl. Also, wie wär's mit einem Spaziergang im Hundert-Morgen-Wald?«

Federica sah Sam nur selten. Er hatte die Schule abgeschlossen und war für ein Jahr auf Reisen gegangen, bevor er sein Stipendium in Cambridge in Angriff nahm. Die großen Ferien verbrachte er gewöhnlich mit Reisen, mit Wochenenden in London und auf Partys. Kam er nach Hause, blieb er stets nur für ein paar Tage, verschanzte sich in Nunos Bibliothek oder verlor sich in tief schürfenden Diskussionen mit seinem Vater. Wenn Federica die Zufahrt hinaufradelte, flatterte ihr Herz vor Erwartung. Sie hoffte, seinen grünweißen Deux Chevaux vor dem Haus stehen zu sehen, was bedeutete, dass er anwesend war. Wenn der Kiesplatz leer war, spitzte sie dennoch die Ohren und hoffte, dass er im Verlauf ihres Besuchs auftauchte und sie alle überraschte. Doch das geschah nur selten.

Während der letzten sieben Jahre hatte sich Federicas Schwärmerei für Sam nicht vermindert. Sie war eher intensiver geworden, angestachelt durch die Tatsache, dass sie ihn so selten sah. Ihr war klar, dass er zu alt war, dass er in ihr nichts weiter sah als die Freundin seiner kleinen Schwester, und trotzdem träumte sie von ihm. Molly und Hester wussten, dass sie verliebt war. Die ganze Familie wusste es, und sie alle fanden es reizend, selbst Sam, der keineswegs immun gegen das sanfte Erröten eines zwölfjährigen Mädchens war. Doch in Gegenwart von Federica wurde dieser Umstand nie erwähnt. Sie war schüchtern und schlecht ausgestattet für ihre Art von Humor.

Es war warm. Wie ein tiefblauer Fluss ergossen sich die Glockenblumen über den Boden und begruben das modernde Winterlaub unter sich, schimmerten im leichten Wind und kündeten den Frühlingsbeginn an. Sam zog seinen Pullover aus, band ihn sich um die Taille und marschierte in Hemdsärmeln weiter, die Manschetten aufgeknöpft, so dass sie um seine Hände flatterten. Trotzki trottete hinter ihnen her, schnupperte unter den Büschen und hob immer wieder das Bein, denn der Frühlingsduft erregte ihn. »Ich liebe diese Jahreszeit über alles. Die Gerüche sind so intensiv, die Bäume tragen Knospen. Schau dir nur dieses Grün an! Es ist kaum zu glauben, nicht wahr?«, sagte er, knickte einen blühenden Zweig von einem Baum ab und schnupperte an den Blüten.

»Es ist wunderschön«, entgegnete sie und folgte ihm den Pfand entlang, der sich durch die Bäumen hindurchschlängelte.

»Ich erinnere mich noch daran, wie du hierher gekommen bist«, sagte Sam.
»Ich auch. Ich wäre beinahe im See ertrunken.«
»Kein sehr glückverheißender Start.« Er lachte leise.
»Aber es ist besser geworden«, erwiderte sie. Ja, es war wirklich besser geworden, aber nun ging plötzlich wieder alles schief.
»Vermisst du Chile?«, fragte er und verlangsamte seinen Schritt, damit sie aufholen konnte, denn der Weg war jetzt breit genug, dass sie Seite an Seite gehen konnten.
»Ich vermisse meinen Vater«, gestand sie und unterdrückte ein Schluchzen. »Chile ist kaum mehr als eine blasse Erinnerung. Wenn ich an Chile denke, dann denke ich an meinen Vater.«
Sam lächelte mitfühlend. Ihm war bewusst, dass sie nie über ihren Vater sprach. Nuno hatte Ramon als herzlos, Inigo hatte ihn als verantwortungslos eingestuft. Nur Ingrid ergriff Partei für Ramon und glaubte, dass mehr hinter der Geschichte steckte als die oberflächliche Realität eines Vaters, der seine Familie verlassen hat.

Als Ramon vor sieben Jahren aus Polperro abgereist war, waren alle noch lange danach wie elektrisiert von seinem plötzlichen Besuch. Federica hatte bei jeder Gelegenheit voller Stolz von ihm erzählt und rechnete fest damit, dass er immer mal wieder zurückkommen und sie besuchen würde, eines Tages vielleicht sogar für immer blieb. Sie hatte ihm geschrieben. Lange Briefe in ihrer kindlichen Schrift, unterzeichnet mit Liebe und mit Hoffnung versiegelt. Er hatte Gedichte für sie geschrieben und einen Roman, den er ›meiner Tochter‹ gewidmet hatte, über ein kleines Mädchen namens Topahuay, das in Peru lebte. Keiner von den Applebys konnte die Geschichte verstehen, außer Nuno, der auf Grund seiner italienischen Sprachkenntnisse auch ein bisschen Spanisch verstand. Dann wurden Ramons Briefe immer seltener, bis der Strom fast völlig versiegt war. Es fand kein Überraschungsbesuch statt, und Anrufe kamen auch nicht mehr. Federica bewahrte die Briefe in ihrem Schmetterlingskästchen auf, das sie unter dem Bett versteckte. Ohne selbst den Grund zu wissen, fing sie an, Ramon mit einem Geheimnis zu umgeben. Sie hörte auf, über ihn zu reden. Sie zeigte niemandem das Schmetterlingskästchen. Um ihn für sich allein zu haben, bewahrte sie sein Andenken in den stillen Räumen ihrer Erinnerung, wo nur sie allein ihn besuchen konnte. Der einzige Mensch, dem sie Zugang zu diesen Räumen gewährte, war Hester. Und Hester bewahrte loyal Federicas Geheimnisse. Sie schaffte es sogar, sie vor Molly zu hüten, die durch Überredungskunst versucht hatte, sie ihrer Schwester zu entlocken. Hester jedoch gab nicht nach und war sehr stolz auf ihre Freundinnentreue.

Im Lauf der Jahre wuchs Federicas Beschämung. Alle anderen hatten einen Vater aufzuweisen. Die Schulkameradinnen fragten sich, wieso Federica keinen hatte, und tuschelten hinter ihrem Rücken darüber. Tief in ihrem Unterbewusstsein überlegte sie zwangsläufig, ob sie etwas falsch gemacht hatte, weil ihr Vater sie nicht lieben konnte. Denn wenn er sie liebte, würde er den Wunsch verspüren, sie zu sehen. Wenn er sie liebte, würde er sie so vermissen, wie sie ihn vermisste. Sie dachte an seine Worte über Señora Baraca nach, denn sie erinnerte sich an alles, was er je gesagt hatte. »Manchmal ist es besser weiterzugehen, statt in der Vergangenheit zu verweilen. Man sollte aus der Vergangenheit lernen und sie dann loslassen.« Er hatte sich dafür entschieden fernzubleiben. Wäre es ihm vielleicht lieber, wenn sie ihn auch losließen?

»Ich habe deinen Vater sehr gemocht«, sagte Sam behutsam. Ihr Mund zuckte vor Traurigkeit, und wieder glitzerten Tränen in ihren Augen. »Tut mir Leid, ich hätte nicht davon anfangen sollen. Es tut dir sicher sehr weh«, entschuldigte er sich und strich über ihren Arm.

»Er fehlt mir, das ist alles«, sagte sie und schniefte.

»Na klar«, bestätigte er und schob seine Brille auf die Nasenwurzel, eine typische Geste, wenn ihm etwas peinlich war.
»Manchmal ist alles prima. Und dann, ganz plötzlich, ohne jeden Grund, muss ich an ihn denken und werde traurig.«
»Das ist nur natürlich.«
»Ich weiß. Ist es auch natürlich, dass Mama einen festen Freund hat?«, fragte sie, und eine große Träne zitterte auf ihrer Oberlippe und fiel dann in die Glockenblumen.
Sam blieb stehen und zog das schluchzende Kind spontan in seine Arme. »Darum geht es also«, sagte er und drückte sie an sich. Sie nickte; die Kehle war ihr so eng, dass sie nicht sprechen konnte. »Es musste irgendwann so kommen, Fede. Komm, wir setzen uns und reden darüber«, schlug er vor und tätschelte sanft ihren Rücken, bevor er sie losließ.
Sie setzten sich inmitten der Glockenblumen in die Sonne, Federica im Schneidersitz, während Sam die langen Beine ausstreckte und sich mit dem Rücken an einen Baumstamm lehnte.
Federica konnte nicht fassen, dass sie eben noch in seinen Armen gelegen hatte. Zu ihrer Beschämung waren ihre Tränen sogleich versiegt, und jetzt blinzelte sie ihn mit glühenden Wangen an.
»Freunde hatte sie auch vorher schon, aber Arthur will sie heiraten«, erklärte sie verzweifelt.
»Wie ist dieser Arthur?«
»Ganz in Ordnung, glaube ich. Aber er ist nicht sonderlich interessant. Eigentlich finde ich ihn langweilig. Er ist ziemlich dick und hat eine Glatze, aber er lacht immer über Mamas Scherze und sagt ihr, sie wäre wunderbar.«
»Was macht er beruflich?«
»Er ist Weinhändler. Ein alter Weinhändler. Er ist mindestens fünfzig Jahre alt. Mama sagt, er ist sehr klug und hat einen guten Beruf. Er ist zuverlässig und nett. Ja, das ist das richtige Wort. Nett. Nett, nett, nett.«
»Aber er ist nicht dein Vater«, bemerkte Sam.

»Nein«, krächzte Federica, »er ist nicht Papa und wird es niemals sein.«
»Ich dachte, deine Eltern wären noch verheiratet?«
»Sind sie auch.«
»Dann muss deine Mutter sich scheiden lassen, um diesen langweiligen Arthur heiraten zu können«, erklärte Sam.
»Ja.«
»Nun, und das dauert eine Ewigkeit.«
»Ja.«
»Hat deine Mutter ihm ihr Jawort gegeben?«
»Nein, noch nicht. Ich habe nur gehört, wie sie darüber geredet haben.«
»Was hat sie denn gesagt, als er sie gefragt hat?«
»Na ja, Arthur hat gesagt: ›Du bist eine zarte Blume, die Schutz braucht‹«, erzählte Federica mit verstellter Stimme. Sam lachte über ihre Vorstellung. Federica verzog die Lippen zu einem kleinen Lächeln. »Dann hat Mama gesagt: ›Wenn ich nur so schön wäre wie eine Blume‹, worauf Arthur antwortete: ›Mit ein bisschen Pflege wirst du aufblühen. Heirate mich, Helena.‹« Federica zog eine Grimasse und blinzelte die Tränen weg, die bei ihrem humorvollen Rollenspiel fehl am Platz waren. »Ich hätte beinahe gekotzt. Mama mag ja eine ganze Menge sein, aber sie ist bestimmt keine Blume. Was würde Papa bloß dazu sagen?«
Sam lachte leise. Er hatte nie zuvor die Lust verspürt, mit Federica zu reden, hatte sie im Grunde langweilig und zu still gefunden, doch jetzt entdeckte er eine Seite an ihr, von der er bisher nichts gewusst hatte. Er konnte verstehen, dass seine Schwestern sie mochten.
»Ganz klar, dass sie die Aufmerksamkeiten eines netten Mannes genießt. Du weißt ja nichts über die Dynamik in der Beziehung deiner Eltern. Da dein Vater ständig auf Reisen war, hat deine Mutter sich bestimmt vernachlässigt gefühlt. Offenbar gibt der langweilige Arthur ihr das Gefühl, attraktiv zu sein. Sie genießt

seine Beachtung«, erklärte Sam, im Glauben, die gesamte Situation in wenigen Sätzen zusammengefasst zu haben. Er setzte seine Brille ab und putzte sie mit seinem Hemdzipfel.

»Aber wenn sie ihn heiratet, ziehen wir fort aus Polperro«, wandte Federica angstvoll ein.

»Ah, also das ist wirklich ein Problem«, pflichtete Sam ihr bei.

Federicas Gesicht verdüsterte sich wieder vor Traurigkeit. »Ich könnte es nicht ertragen, von hier fort zu müssen. Ich bin so gern hier«, sagte sie mit heiserer Stimme.

»Molly und Hester möchten ganz sicher auch nicht, dass du fortziehst.«

»Was kann ich denn bloß tun?«

»Du kannst gar nichts tun. Aber wenn ich du wäre«, sagte er überlegen, »dann würde ich mit meiner Mutter reden und sie fragen, was sie vorhat.«

»Aber ich kann doch nicht zugeben, dass ich gelauscht habe.«

»Warum nicht? Ich lausche ständig. Dagegen ist überhaupt nichts einzuwenden. Wenn jemand nicht belauscht werden will, sollte er dafür sorgen, dass niemand ihn hören kann. Ansonsten ist es die eigene Schuld. Arthur ist nicht nur langweilig, sondern anscheinend auch noch dumm«, sagte er. Dumme Menschen konnte Sam nicht ertragen.

»Ja, ich glaube, ich könnte mit ihr reden.«

»Natürlich kannst du das.«

»Aber das Einzige, worüber sie reden mag, ist Hal. Ich glaube nicht, dass sie auch nur das geringste Interesse an mir hat.«

»Oh weh«, sagte Sam und nickte. »Manche Mütter beten ihre Söhne an und verschmähen den Rest der Familie.«

»In deiner Familie ist es nicht so.«

»Nein. Mum war schon immer viel zu zerstreut, um einen von uns bevorzugt anzubeten. Weißt du, sie ist nicht ganz auf dieser Welt. Sie scheint immer wieder verwundert zu sein, uns überhaupt zu haben. Ich schätze, wenn jemand ihr sagte, der Storch hätte uns gebracht, dann würde sie es glauben. Sie erinnert sich gar nicht an irgendeine Geburt. Wir versetzen sie immer wieder in Staunen.«

»Deine Familie ist die netteste, die ich je kennen gelernt habe. Ich wollte, meine wäre auch so wie deine«, sagte sie nachdenklich.

»Die eigenen Probleme erscheinen einem immer so viel größer als die aller anderen, weil man nie hinter die Fassade anderer Familien schauen kann. Glaub mir, jede Familie hat irgendeine Leiche im Keller. Du würdest staunen, wenn du von unseren Leichen wüsstest.« Er lachte.

Doch Federica glaubte ihm nicht. Sie bezweifelte, dass die Applebys auch nur ahnten, wie eine Leiche aussieht.

»Wahrscheinlich ist es nur natürlich, dass Mama wieder heiraten möchte«, sagte sie, pflückte eine Glockenblume und drehte den Stängel zwischen den Fingern.

»Jeder Mensch braucht jemanden«, sagte Sam.

»Papa nicht. Er braucht überhaupt niemanden.«

»Du sprichst eigentlich nie über deinen Vater. Liegt das daran, dass du dich seinetwegen schämst?«

Eine so persönliche Frage hätte Federica normalerweise nicht beantwortet, doch bei Sam fühlte sie sich sicher und aufgehoben. »Ja«, antwortete sie und zerrupfte die Glockenblume. »Ich wollte, wir wären eine normale Familie wie alle anderen auch. Wie deine. Als ich noch klein war, damals in Chile, ging Papa mit mir an den Strand oder nach Viña, wo wir im hellen Sonnenschein *palta*-Sandwiches gegessen haben. Und wir sind zu meinen Großeltern nach Cachagua gefahren. Es war herrlich damals. Wenn er auch nicht oft kam, war es doch himmlisch, sobald er da war, und wenn er wieder ging, wusste ich zumindest, dass er bald wiederkommen würde. Seine Kleidung lag im Schrank, seine Bücher standen im Wohnzimmer im Regal. Überall stieß man auf seine Spuren. Jetzt habe ich gar nichts. Es ist, als wäre er gestorben – schlimmer noch, denn wenn er tot wäre, würden sich alle bemühen, ihn im Gedächtnis zu behalten.

Aber kein Mensch spricht über ihn. Weißt du, in Viña war Ramon Campione jedem ein Begriff. Er war berühmt in Chile. Er war ein berühmter Schriftsteller, ein Dichter, und alle hielten ihn für sehr klug und begabt. Ich war so stolz auf ihn. Aber hier hat kein Mensch je von ihm gehört. Wenn ich seine Briefe nicht hätte, würde ich mich fragen, ob ich mir alles nur eingebildet habe.«

»Ach, Fede.« Er seufzte. »Es tut mir so Leid. Das alles ist abscheulich für dich. Weil du nie deine Gefühle zeigst oder über deinen Vater sprichst, gehen wir einfach davon aus, dass es dir gut geht. Aber wie kann es dir gut gehen? Es ist ungeheuerlich von ihm, dich so im Stich zu lassen.«

»Ist es denn wirklich so einfach zu vergessen?«

»Er vergisst, weil er wahrscheinlich von Schuldgefühlen geplagt wird, wenn er an euch denkt. In diesem Sinn ist die totale Verdrängung die einfachste Lösung.«

»Ich habe ihn immer auf einen Sockel gehoben«, rief sie plötzlich aus und lächelte verlegen.

»Niemand ist ohne Fehler, Fede. Auch nicht Ramon.«

»Aber sieben Jahre, das ist mehr als nur rücksichtslos«, wandte sie ein.

»Ist es wirklich schon so lange her?«, fragte Sam. Federica tat ihm von Herzen Leid. Sie erinnerte ihn an die verletzten Tiere seiner Mutter.

»Ja. Anfangs hat er immer geschrieben. Jetzt habe ich seit einem halben Jahr keinen Brief mehr von ihm bekommen. Ich schreibe ihm nach wie vor, aber nicht mehr so oft wie früher. Ich habe Angst, dass ich ihn vergessen könnte. Ich möchte nicht, dass er eines Tages auftaucht und ich ihn nicht erkenne.« Ihre Stimme wurde wieder dünn, da sich ihr vor Traurigkeit die Kehle zuschnürte. Sie riss die Augen ganz weit auf, um zu verhindern, dass ihr die Tränen kamen. »Ich sollte böse auf ihn sein. Aber ich bin es nicht. Ich will nur, dass er nach Hause kommt.«

»Kannst du nicht mal mit deiner Mutter über diese Sache reden?«,

fragte Sam, setzte sich neben sie und legte den Arm um ihre Schultern.
»Das könnte ich tun. Aber Mama ist nicht sehr belastbar. Sie hasst Papa, und ich darf ihn zu Hause gar nicht erwähnen. Hal erinnert sich gar nicht mehr an ihn. Arthur ist für Hal eher ein Vater, als Papa es jemals war. Aber für mich wird er nie ein Vater sein, niemals.« Sie schluchzte, und jetzt liefen ihr doch die Tränen über die Wange.
Sam versuchte, sie zu trösten, indem er sie an sich drückte und ihr den besten Rat gab, der ihm einfiel. »Sprich mit deiner Mutter. Das Schlimmste an allem sind deine Zweifel. Du weißt nicht, ob sie dem langweiligen Arthur ihr Jawort gegeben hat, und du weißt auch nicht, was es für dich bedeutet, wenn sie Ja gesagt haben sollte. Das musst du in Erfahrung bringen. Vielleicht hat sie gar nicht die Absicht, aus Polperro fortzugehen.«
Federica nickte und schniefte laut. »Ich frage sie.«
»Gut. Lass mich dann wissen, was sie gesagt hat.«
»Mach ich.«
»Weißt du, du kannst jederzeit zu mir kommen, wenn du reden willst«, sagte er. »Hester ist ja ganz in Ordnung, aber manchmal ist ein Erwachsener hilfreicher. Besonders, wenn du nicht mit deiner Mutter reden kannst. Jeder Mensch braucht jemanden zum Reden.«
»Mit wem redest du?«
»Mit Nuno oder Dad. Meistens mit Nuno, würde ich sagen.«
»Ist er nicht ein bisschen verrückt?«, fragte Federica.
Sam lächelte sie an. »Exzentrisch, aber nicht verrückt. Im Grunde ist er der klügste Mensch, den ich kenne. Er hat mir mehr beigebracht, als ich je in der Schule hätte lernen können. Er ist entschieden weiser, als gut für ihn ist.«
»Ich wollte, ich wäre weise.«
»Du wirst es eines Tages sein. Weisheit kann dir allerdings niemand beibringen. Man kann dir wohl Wissen beibringen und dich warnen, damit du die Fehler vermeidest, die andere vor

dir begangen haben. Aber im Großen und Ganzen musst du leben, um Weisheit zu erringen. ›Man sagt, dass Leid uns weise macht‹. – Lord Alfred Tennyson.«

»Dann müsste ich mittlerweile schon ganz schön weise sein«, sagte sie und lächelte Sam voller Selbstmitleid an.

»Leg dein Glück nicht in die Hände anderer Menschen.«

»Wie meinst du das?«

»Verlass dich nicht darauf, dass andere dich glücklich machen, sonst wirst du immer nur unglücklich sein. Die Menschen werden dich zwangsläufig enttäuschen«, sagte er. »Und mit diesem optimistischen Spruch wollen wir jetzt zurück nach Hause gehen. Bestimmt ist Hester inzwischen wieder da, mit einer kompletten neuen Garderobe, die sie dir zeigen muss.« Er lachte leise und erhob sich. »Geht's dir schon ein bisschen besser?«

Sie nickte. »Danke«, sagte sie herzlich. Endlich hatte Sam sie wahrgenommen. Obwohl ihr das Herz schwer war, fühlte sie sich leicht und beschwingt.

Er klopfte ihr auf den Rücken. »Komm. Und das gilt auch für dich, Trotzki«, sagte er zu dem Hund, der während ihres Gesprächs geschlafen hatte. Er richtete sich auf, reckte sich und trottete den Pfad entlang, den sie in den Glockenblumen hinterlassen hatten. Das Lärmen der Vögel erfüllte die Bäume, gelegentlich unterbrochen vom scharfen Ruf eines Fasans. Der Sonnenschein badete die Wälder in schimmerndem Dunst, und Federica meinte, durch ein irdisches Paradies zu wandern. Sie betrachtete Sam, der groß und aufrecht voranging, und sie wusste, dass sie niemals aus Polperro fortgehen konnte, weil die Applebys ihre Familie waren und sie ohne diese Familie nicht sein konnte.

Einundzwanzig

Als Helena Ramon vor sieben Jahren gehen sah, wusste sie, dass sie ihn fortgetrieben hatte. Sie hatte ihr Bedauern eingestanden, hatte sich geöffnet, nur, um wieder einmal von Ramons Gleichgültigkeit verletzt zu werden. Sie dachte, er hätte sich geändert. Doch im Herzen wusste sie, dass er sich nie, nie ändern würde. Er war schon immer viel zu egoistisch gewesen, um an irgendjemanden außer sich selbst zu denken. Also hatte sie ihre Demütigung runtergeschluckt und ihn ziehen lassen, wobei sie im Stillen den Entschluss fasste, ihr Leben in Polperro weiterhin selbst in die Hand zu nehmen.

Helena glaubte vielleicht, sie hätte sich von ihrem Mann befreit, doch ihr selbst unbewusst waren seine Worte in ihr Unterbewusstsein eingedrungen und hatten Wurzeln geschlagen. Sie fing an, in ihrem Leben ein wenig Platz für sich selbst und für ihre Bedürfnisse zu schaffen. Hals Versorgung überließ sie mehr und mehr ihrer Mutter – Federica benötigte kaum Aufsicht, sie war verantwortungsbewusst und selbstständig. Sie sorgte für sich und auch für ihre Mutter. Über Federica machte sie sich keine Sorgen, aber über Hal.

Hal war abhängig und bedürftig und genauso ichbezogen wie seine Mutter. Zudem war er ausgesprochen launisch, erst himmelhoch jauchzend und im nächsten Moment, wenn er in seinem eigenen Unglück schwelgte, zu Tode betrübt. Polly freute sich, wieder gebraucht zu werden, und nahm ihre Rollen als Mutter und Großmutter begeistert an. Jake vertiefte sich nur noch mehr in seine Miniaturschiffe und versuchte, den übrigen Haushalt zu ignorieren.

Also hatte Helena sich weiterentwickelt. Sie ging aus, verabredete sich. Sie schlief sogar mit einigen von den Männern, mit denen sie ausging, und hätte es beinahe geschafft, sich einzureden, dass es ihr auch gefiel. Doch keiner von diesen Männern liebte sie wie Ramon, und trotz des Bewusstseins, nicht mehr wirklich verheiratet zu sein und sich treffen zu dürfen, mit wem sie wollte, wurde sie hinterher doch jedes Mal von Schuldgefühlen geplagt. Erst als sie Arthur Cooke kennen lernte, wurde alles anders.

Polly wurde klar, dass Arthur etwas anderes war als die übrigen Männer, denn Helena ging zum Friseur, lackierte sich die Nägel, kaufte sich neue Kleider und fing an, Wert auf ihr Äußeres zu legen. Ihr Gang wurde beschwingter, sie hielt die Schultern straff und den Kopf hoch wie damals, als sie noch ein Teenager war. Plötzlich sah sie so jung aus, wie sie war, nämlich siebenunddreißig, und nicht wie eine alte Frau, die in ihrer verbitterten Haut steckte.

Arthur Cooke war neunundvierzig Jahre alt, geschieden und hatte drei Kinder in den Zwanzigern. Er war stolz auf seine immer noch gute Beziehung zu seiner Frau, die wieder geheiratet hatte, und zu seinen Kindern, die ihm das Auseinanderbrechen der Familie offenbar nicht verübelten. Als Helena ihn auf einer sterbenslangweiligen Party eines ihrer Bekannten zum ersten Mal begegnete, fand sie, dass er wie ein Ei aussah. Wie ein lächelndes Ei. Er war nicht groß, hatte nicht viele Haare, kleidete sich nicht besonders gut und wies körperlich nichts auf, was sie hätte anziehend finden können. Helena war anfangs zu sehr damit beschäftigt abzuschätzen, was er nicht hatte, um zu bemerken, was er besaß. Das fand sie später heraus.

Arthur war freundlich, witzig, energisch, begeisterungsfähig und großzügig. Als Helena sich auf ein Gespräch mit ihm einließ, einfach, weil kein besserer Gesprächspartner vorhanden war, bemerkte sie, dass die scharfen braunen Augen alles auf-

nahmen, sein Lächeln das gesamte joviale Gesicht erhellte und sein ansteckendes Lachen aus seinem Bauch heraussprudelte. Wenn er sie berührte, war seine Hand weich und sanft, wenn er sprach, war sein Ton verständnisvoll, und wenn er zuhörte, dann tat er es, ohne sich ablenken zu lassen, als wäre sie die faszinierendste Frau, der er je begegnet war. Als der Abend sich dem Ende zu neigte, hatte Helena mit niemandem außer ihm geredet und den Mann, mit dem sie gekommen war, völlig links liegen lassen. Arthur lud sie zu einem Drink ein, und sie ließ ihren verblüfften Bekannten ohne jede Erklärung zurück, in dem Wissen, dass es ihr völlig gleichgültig wäre, wenn sie ihn nie wieder sah.
Sie suchten eine stille Bar mit Blick auf die Bucht auf, saßen bei Kerzenschein, hörten schmalzige Musik als Untermalung des einschläfernden Rhythmus der Brandung und redeten stundenlang. Als Arthur sie später zu Hause absetzte, wusste er alles über Ramon, Federica und Hal. Sie hatte zugelassen, dass er ihre Seele mit Hilfe mehrerer Gläser Wein Schicht um Schicht entblößte, bis sie nackt vor ihm stand, einsam und unglücklich. Dann hatte er ihr geholfen, sie mit Komplimenten und ermutigendenden, mitfühlenden Worten wieder anzukleiden.
Als Helena am nächsten Morgen erwachte, blickte sie in den Spiegel und sah dann eine ausgezehrte alte Frau, die sie verdutzt anstarrte. Die hatte sie bisher nie bemerkt. Entsetzt überließ sie die Kinder ihrer Mutter und tauchte den halben Tag lang in der Stadt unter, um Ramons Ehefrau abzulegen und als anderer Mensch wieder aufzutauchen. Als Helena so verjüngt nach Hause kam, erfuhr sie von ihrer Mutter, dass ein Mann namens Arthur angerufen hätte. Sie lächelte auf eine Art, die Polly sehr, sehr lange nicht mehr an ihr beobachtet hatte.
Arthur bewirkte, dass sie sich wohl in ihrer Haut fühlte. Offenbar verstand er sie und ihre Bedürfnisse. Er hielt ihre Hand, wenn sie zu zittern begann, und lehrte sie, tief aus dem Bauch zu atmen, wenn sie nervös war. Er rief sie unablässig ohne Grund an, nur um ihre Stimme zu hören und sich zu vergewissern, dass

es ihr gut ging. Er gab ihr das Gefühl, beschützt zu sein. Er brachte sie zum Lachen aus voller Kehle, so, wie sie in den ersten himmlischen Jahren mit Ramon gelacht hatte. Er gab ihr das Gefühl, dass sie alles zu schwer nahm, und plötzlich begriff sie, warum Ingrid immer glücklich war: einfach deshalb, weil sie in einer nicht genau definierten, unbeschwerten Welt lebte, die weit über den Sorgen erdgebundenerer Menschen schwebte. Wie Ingrid würde sie niemals sein, aber jetzt war sie zumindest in der Lage, ihre eigene Welt zu erkennen und sich um einen Zugang zu ihr zu bemühen.

Sosehr Arthur ihr lieb und wert geworden hatte, hatte sie doch schreckliche Angst davor, die Beziehung auch auf die körperliche Ebene zu führen. Sex mit Ramon war nicht von dieser Welt. Damit konnte sich niemand messen. Arthur am allerwenigsten. Er war kein körperbewusster Mann. Er trieb keinen Sport, hatte Plattfüße und keine Kondition. Er liebte gutes Essen, guten Wein und angenehme Gesellschaft, doch im Bett konnte Helena ihn sich nicht vorstellen, und so fürchtete sie, Sex würde die Beziehung unwiderruflich zerstören. Deshalb wies sie seine Annäherungsversuche ab, sobald er sie küssen wollte. Doch Arthurs scharfen braunen Augen entging nichts. Er war nicht die Sorte Mann, die zauderte und grübelte. Wenn er etwas zu sagen hatte, dann sagte er es auch.

»Helena«, begann er eines Winterabends, als sie an einem munteren Kaminfeuer im Wohnzimmer ihr Glas Wein tranken.

»Ja, Arthur«, antwortete sie nervös, voller Angst, dass er sie bitten könnte, über Nacht zu bleiben.

»Deine Hand zittert schon wieder. Gib mir dein Weinglas«, verlangte er. Sie reichte es ihm mit einem zögernden Lächeln. »Schließ die Augen«, bat er und nahm ihre Hand. »Und jetzt hol tief Atem, ganz tief aus den Lungenzipfeln. So ist's gut. Jetzt atme aus. Lass alle Angst und Unsicherheit heraus. Sehr gut. Und jetzt noch einmal.« Unter seiner Anweisung wiederholte sie die Übung drei Mal. »Jetzt solltest du dich besser fühlen«, sagte er, aber es war nicht so. »Dieses Mal möchte ich, dass du die Augen schließt und dich von mir küssen lässt.«

»Nein, Arthur …«, wehrte sie ab.

»Du möchtest es doch, aber du hast Angst. Du hast auch nach der Trennung von deinem Mann mit Männern geschlafen, aber keiner hat dich befriedigt. Du hast Angst, dass ich dich enttäusche. Ich versichere dir, ich werde dich nicht enttäuschen«, sagte er.

Helena schloss widerstrebend die Augen und hoffte, dass der Wein ihre Sinne abgestumpft hatte. Sie spürte, wie sein Mund über ihre Lippen streichelte, doch es hätte auch die Wärme vom Kaminfeuer her sein können. Im nächsten Augenblick spürte sie es erneut, gefolgt von dem vertrauten Kitzeln im Bauch, hervorgerufen durch die Erinnerung an Ramons Zärtlichkeit. Sie wollte die Augen öffnen, hielt sie aber fest geschlossen, aus Angst, Arthurs ernstes Gesicht dicht vor sich zu sehen und den Mut zu verlieren. Dann fühlte sie seine Lippen auf ihren Mund. Zu ihrer Überraschung war es ein schönes Gefühl. Seine Hand legte sich in Taillenhöhe auf ihren Rücken, eine feste, stützende Hand, die sie selbstbewusst näher an ihn zog, während seine Lippen sich öffneten und er sie zärtlich küsste. Trotz ihrer Ängste rebellierten ihre Sinne gegen ihren Verstand, und ihr wurde bewusst, dass ihr Körper mit allen Fasern nach seiner Zärtlichkeit und Liebe schrie.

Arthur nahm ihre Hand und führte Helena nach oben ins Schlafzimmer. Dort begann er, jeden Zentimeter ihres Körpers zu lieben, mit der Begeisterung und Behutsamkeit eines Mannes, der nichts anderes im Sinn hat, als Wonne zu geben, weil er daraus seine eigene Wonne bezieht. Helena überließ sich seiner Hingabe, ohne sich schuldig oder unwürdig zu fühlen. Und sobald sie sich von seinen Fähigkeiten hatte überzeugen lassen, liebte er sie noch einmal, mit Humor dieses Mal, bis sie sich unkontrolliert lachend auf dem Bett wälzten.

Arthur war nicht mit Ramon zu vergleichen, weil er vollkommen anders war. Arthurs sexuelle Leistungsfähigkeit war seine Trumpfkarte. Sie kam so völlig unerwartet. Als Helena sie erkannt hatte, konnte sie nicht genug davon bekommen. In Arthurs Armen empfand sie sich wieder als lebendige Frau. Sie war nicht mehr nur aufs Leben vorbereitet, sondern sie lebte, und die Erinnerung an Ramon verblasste langsam, bis sie schließlich ganz verschwand. Jetzt beschäftigte sie Arthur, und ihr blieb einfach keine Zeit, auf die Vergangenheit zurückzublicken.

Bis Arthur sie bat, ihn zu heiraten, und Ramon plötzlich wieder in ihren Gedanken auftauchte.

Sie antwortete ihm, dass sie darüber nachdenken wollte. Aber sie musste auch die Gefühle ihrer Kinder berücksichtigen. Sie wusste, dass Federica Arthur nicht leiden konnte, trotz seiner hartnäckigen Bemühungen um ihre Freundschaft. Sie beantwortete seine Fragen einsilbig und mit langem, finsterem Gesicht. Das Schlimmste aber war der traurige, niedergeschlagene Ausdruck in ihren Augen, den Helena einfach nicht ignorieren konnte.

Hal mochte Arthur. Doch er wollte seine Mutter für sich allein haben. Solange sie Hal genügend Zeit und Beachtung schenkte, würde er Arthur klaglos akzeptieren. Wenn Helena ihr eigenes Glück betrachtete, wusste sie, dass sie ohne Arthur nicht mehr auskommen konnte. Aber sie war noch mit Ramon verheiratet, und etwas in ihrem Inneren weigerte sich weiterhin, ihn aufzugeben.

Als Federica nach ihrer Rückkehr von Pickthistle Manor ins Zimmer ihrer Mutter schlüpfte, zog Helena sich gerade um. Arthur kam zum Abendessen. Federica legte sich aufs Bett und sah zu, wie ihrer Mutter sich vor dem Spiegel das Haar trocknete. Sie dachte an die Zeit in Chile, als Helena sich überhaupt keine Mühe mit ihrer Frisur gab und ihr Haar einfach nachlässig hochsteckte. Jetzt verbrachte sie Stunden vor dem Spiegel und gelte, bürstete und kämmte es. Sie sah wieder strahlend aus. Glücklich sah sie aus. Federica wusste, dass sie selbst auch glücklich hätte sein sollen, doch sie konnte es nicht. Durch Arthur war ihre Mutter egoistischer geworden, er verwöhnte sie nach Strich und Faden und machte sie zum Mittelpunkt seiner Welt. Nur selten fragte sie ihn, wie es ihm ginge. Federica fiel das besonders auf, wenn Helena mit Arthur telefonierte. Ich, ich, ich, dachte Federica mürrisch.

»Wie sehe ich aus?«, fragte Helena und kniff sich in die Wangen.

»Schön, Mama«, erwiderte Federica wahrheitsgemäß.

»Versuch, nett zu Arthur zu sein, Fede. Er gibt sich solche Mühe, dein Freund zu werden.«

»Mein Freund kann er ja vielleicht sein«, sagte Federica, und ihr Herz klopfte heftig durch den Adrenalinstoß in Vorbereitung des folgenden Satzes. »Aber nicht mein Vater.« Sie blinzelte vor Überraschung über ihren Mut.

Helena drehte sich langsam um und sah ihre Tochter eindringlich an. Das Lächeln erstarb auf ihrem Gesicht, ihre Lippen wurden zu einem ernsten Strich. »Hast du uns heute Nachmittag belauscht?«, fragte sie.

Federica nickte. Sie dachte an das, was Sam gesagt hatte, und versuchte, sich nicht schuldig zu fühlen.

»Du hattest kein Recht, mein Gespräch mitanzuhören«, sagte Helena verärgert und griff nach ihrer Zigarettenschachtel.

»Ich konnte nichts dafür. Ihr habt beide so laut gesprochen, und ich hatte gar nicht vor zu lauschen«, erklärte Federica. Helena schob sich eine Zigarette zwischen die rosa Lippen und zündete sie an. Federica verzog das Gesicht, als ihre Mutter Rauch ins Zimmer blies. Der Geruch verursachte ihr Übelkeit.

»Dann brauche ich dir wohl nicht mehr zu erklären, was ich gesagt habe«, spöttelte sie.

»Er hat dich gebeten, ihn zu heiraten«, sagte Federica. Ihre Stimme war kaum mehr als ein Krächzen.

Helena wurde weich. »Schau mal, Schatz. Er wird niemals dein Vater sein. Das will er auch gar nicht. Er hat selbst schon drei Kinder. Er will nur dein Freund sein.«

»Er will dein Mann sein. Aber du bist noch mit Papa verheiratet.«
»Nur auf dem Papier. Eine Scheidung ist kein Problem«, warf sie lässig hin, und Federicas Augen trübten sich vor Kummer. Solange ihre Eltern noch verheiratet waren, bestand noch Hoffnung. »Dein Vater und ich haben uns nun schon sehr lange Zeit nicht mehr gesehen. Du hoffst doch wohl nicht immer noch auf eine Versöhnung, Fede?«
Federicas Unterlippe zitterte. Sie schüttelte den Kopf, doch im Herzen wünschte sie sich nichts sehnlicher als die Versöhnung.
»Wirst du Ja sagen?«, fragte sie heiser.
»Ich überlege noch.« Helena wandte sich wieder dem Spiegel zu.
»Was hält Hal davon?«
»Er will, dass ich glücklich bin«, antwortete sie in beinahe anklagendem Tonfall, als wollte sie eigentlich hinzufügen: »Im Gegensatz zu dir.«
»Ich will auch, dass du glücklich bist«, sagte Federica und fühlte sich schuldig.
»Dann lass mich tun, was das Beste für mich ist. Ich habe alles für euch Kinder geopfert. Du bist jetzt fast dreizehn Jahre alt. Bald bist du eine Frau. Habe ich denn kein Recht auf ein bisschen Glück?«
Federica nickte. »Wenn du ihn heiratest, ziehen wir dann fort aus Polperro?«
»Vielleicht müssen wir fortziehen«, sagte Helena und drückte ihre Zigarette aus. »Arthur arbeitet in der Stadt.«
»Dann will ich nicht, dass du ihn heiratest«, schrie sie, plötzlich überwältigt von dem Ansturm von Gefühlen, die sie nicht kontrollieren konnte.
»Aber, Fede …«, begann Helena gereizt.
»Nein. Ich gehe nicht fort. Ich gehe nicht!«, schrie sie, ein für sie völlig untypisches Verhalten.
»Wir ziehen ja nicht weit fort. Du kannst die Applebys weiterhin besuchen, sooft du willst.«

»Ich möchte hier bei Großmutter und Großvater bleiben«, schluchzte sie.
»Wir reden später darüber, wenn du dich beruhigt hast«, sagte Helena und presste die Lippen zusammen.
»Ich gehe nicht fort. Ich gehe nicht«, wiederholte Federica.
Der Ausbruch ihrer Tochter verwirrte Helena. Gewöhnlich war sie ruhig und zuvorkommend. »Schon gut, beruhige dich, Schätzchen«, sagte sie matt, setzte sich neben sie und nahm sie in den Arm. »Ich habe Arthur mein Jawort noch nicht gegeben, und ich bin noch mit deinem Vater verheiratet, also sollten wir uns wegen dieser Fragen nicht so aufregen. Wisch dir die Tränen ab und komm mit nach unten. Arthur muss jeden Augenblick kommen, und ich will nicht, dass er dich so aufgewühlt sieht. Es würde ihm Leid tun, und er ist ein so freundlicher Mensch.«

Polly und Jake mochten Arthur sehr, denn er hatte ihre Tochter aus der dunklen Grube ihrer Depressionen geholt und sie wieder zum Lächeln gebracht. Bei Tisch bemerkten sie Federicas tränenverschmiertes Gesicht und die kargen Antworten, die sie auf Arthurs Fragen murmelte. Sie verstanden sie, hofften aber, dass sie lernen würde, Arthur zu mögen, denn ihr Hauptanliegen war Helenas Glück. Federica fühlte sich, als würde sie von einer großen grauen Wolke aufgesogen, in der niemand sie sehen und ihre Hilferufe hören konnte.
An diesem Abend schrieb sie einen eindringlichen Brief an ihren Vater, in dem sie ihm mitteilte, dass ihre Mutter einen ›scheußlichen, hässlichen Mann namens Arthur‹ heiraten und sie alle aus Polperro in irgendeine grauenhafte Stadt verschleppen würde. Sie fügte hinzu, sie würde sich umbringen, wenn sie fort müsste von allem, was sie liebte. Als sie den Umschlag zuklebte, war sie sicher, dass ihr Vater kommen würde, so schnell er konnte, um sie vor dem drohenden Unheil zu retten.
Danach lag sie im Bett, in ihrem vom Frühlingsmond erhellten Zimmer, und öffnete das Schmetterlingskästchen. Sie lauschte

dem Klimpern der Glöckchen und sah, wie der Schmetterling im phosphoreszierenden Licht mit den Flügeln flatterte, was ihm eine fremdartige, überirdische Schönheit verlieh. Sie dachte an ihren Vater und fragte sich, was er wohl gerade tat und ob er an sie dachte. Ganz im Bann des Kästchens schloss sie die Augen und fand ihren Vater wieder einmal an den vertrauten chilenischen Stränden, wo die Sonne warm war und der Sand zwischen den Zehen sich wie Lidias Mehl anfühlte. Sie las alle seine Geschichten noch einmal, und langsam zog sie sich in ihre geheimen inneren Räume zurück, wo niemand außer ihrem Vater sie erreichen konnte.

Am nächsten Tag ließ Helena Federica allein im Haus zurück, als sie mit ihrer Mutter und dem elfjährigen Hal in die Kirche ging. »Sie braucht Zeit für sich allein«, erklärte sie ihrer Mutter auf dem Weg.

»Es fällt ihr schwer, Arthur zu akzeptieren, nicht wahr?«, fragte Polly und tätschelte Hals Kopf. »Ganz im Gegensatz zu diesem kleinen Äffchen.«

»Es ist verständlich, aber Ramon und ich haben uns seit Jahren nicht mehr gesehen, und ich habe gedacht, sie hätte sich langsam daran gewöhnt.« Helena seufzte.

»Nun, Kinder sind nun mal verschieden, und sie hatte schon immer eine besonders enge Beziehung zu ihrem Vater.«

»Sie muss einfach darüber hinwegkommen und lernen, nach vorn zu schauen. Ich musste es schaffen und Hal ebenfalls. Ich liebe Arthur und will nicht auf ihn verzichten. Für niemanden«, betonte Helena theatralisch.

»Ich mag Arthur«, sagte Hal, wohl wissend, dass er seine Mutter damit glücklich machte.

»Ich weiß, und Arthur mag dich auch«, sagte Helena froh.

»Mag Arthur Fede denn nicht?«, fragte Hal.

»Doch, er mag sie und strengt sich sehr an, ihre Freundschaft zu gewinnen. Aber Fede ist stur. Der arme Arthur.«

»Der arme Arthur«, pflichtete Hal ihr bei. »Ich hoffe, dass er uns sehr oft besucht. Er macht dich glücklich, Mama, und das ist das Einzige, was für mich zählt.«

Helena war gerührt. »Du bist so lieb, Hal. Was würde ich ohne dich tun?«, fragte sie.

»Nicht viel.« Hal lachte und schob sich das dichte schwarze Haar aus den Augen. »Papa ist echt blöd, dich aufzugeben, finde ich, Arthur kann sich sehr glücklich schätzen.«

Während des gesamten Gottesdienstes dachte Helena über Arthur und seinen Heiratsantrag nach. Sie hatte ihre Mutter nicht eingeweiht, weil sie Bedenkzeit brauchte, bevor alle anderen ihre Meinung dazu äußersten. Bei Arthur fühlte sie sich geborgen und beschützt. Er lud sich ihre Sorgen und Ängste auf. Ramon hatte immer nur an sich gedacht, ihre Bedürfnisse mussten stets hinter seinen zurückstehen. Bei Arthur kam sie an erster Stelle, in jeder Hinsicht. Sein Leben stand im Dienste ihres Glücks, und er tat alles, um sie zufrieden zu sehen.

Als Reverend Boyble über die Tugend der Selbstlosigkeit predigte, dachte Helena an Arthur und lächelte befriedigt, als habe sie selbst das Lob verdient für seine guten Eigenschaften. Sie versuchte, nicht an Ramon zu denken. Es war sinnlos, er war gegangen und würde nicht zurückkommen. Sie hatte ihre Wahl getroffen, er die seine. Er wollte sie nicht zurück. Sie stellte sich Arthurs liebes Gesicht vor und redete sich ein, dass sie Ramon nicht zurückhaben wollte. Aber sie zweifelte immer noch, und als der Gottesdienst zu Ende war, herrschte in ihren Gedanken genauso wenig Klarheit wie zuvor. Sie wusste nicht, was sie tun sollte. Eine Scheidung war so endgültig.

Federica traf sich in ihrer geheimen Höhle in den Klippen mit Hester, wo Möwen herabstießen und ihre Nester bauten und wo die Flut jede Nacht hineinströmte und ihre Geheimnisse auslöschte. Sie saßen im kühlen Schatten des Felsens, und Fede-

rica berichtete Hester alles über Arthur. »Wenn ich aus Polperro fort muss, sterbe ich«, sagte Federica mit Nachdruck.
»Du darfst nicht weggehen aus Polperro! Würde das etwa heißen, dass du auf eine andere Schule gehen musst?«, fragte Hester bestürzt.
»Alles wird sich ändern. Ich weiß einfach nicht, was ich tun soll.«
»Du musst dich weigern fortzugehen. Sie kann dich nicht zwingen. Wie sollte sie das tun?«, sagte Hester naiv. »Bleib einfach standhaft und weigere dich.«
»Ich will nicht in der Stadt leben.«
»Ich würde es auch abscheulich finden.«
»Ich will nicht mit Arthur zusammen leben; er ist langweilig. Er ist dick, verschwitzt und langweilig, ich verstehe nicht, was Mama an ihm findet. Papa sieht so gut aus.«
»Dein Vater ist der schönste Mann, der mir je begegnet ist. Mummy war ganz verknallt in ihn, weißt du.« Hester kicherte.
»Tatsächlich?«
»Ja, und Molly und ich waren es auch.«
»Ihr habt alle einen ausgesprochen guten Geschmack«, sagte Federica stolz. »Weißt du, ich habe ihm geschrieben.«
»Ach ja?«
»Ja, ich habe ihm über Arthur geschrieben, und dass Mama ihn heiraten will. Und ich habe ihm geschrieben, dass ich mich umbringe, wenn sie heiraten und mich aus Polperro wegschleppen.«
Hester stockte der Atem. »Oh mein Gott! Dann kommt er jetzt ganz bestimmt.«
»Das glaube ich auch. Du wirst schon sehen, er holt uns raus aus dieser Zwickmühle. Er wird es niemals zulassen.«

Als Federica gegen Mittag nach Hause kam, stand Arthurs Wagen auf dem Kiesplatz. Sie verdrehte die Augen und kniff entschlossen die Lippen zusammen, bevor sie ins Haus ging und

ihm begegnete. Er saß im Wohnzimmer auf dem Sofa und redete mit Hal und Jake, während Polly mit Helena in der Küche das Mittagessen bereitete.
»Ah, Federica«, sagte Arthur, als sie ins Zimmer trat. »Auf dich habe ich gewartet. Ich habe etwas für dich.« Er lachte liebenswürdig und stand auf. Federica bemerkte, dass ihm Schweißtropfen auf die Stirn traten und seitlich an seinem Gesicht herunterrannen. Sie sah ihm nach, als er in dem kleinen Raum verschwand, in dem Jakes Getränkeschrank untergebracht war. Dann blickte sie ihren Großvater an und zog fragend eine Augenbraue hoch, aber der grinste sie nur wissend an.
Arthur tauchte wieder auf und brachte einen großen Pappkarton mit, der ziemlich schwer sein musste, denn Arthur strengte sich sehr an, schaffte es aber dennoch zu lächeln, als er den Karton behutsam vor Federica auf dem Boden abstellte.
»Was um alles in der Welt ist das?«, fragte sie.
»Mach ihn auf«, sagte Arthur.
»Mach schon, Fede«, drängte Hal. »Ich weiß, was drin ist«, fügte er hinzu, »und ich weiß auch, dass es dir gefällt.«
Federica öffnete den Karton. Zu ihrer Freude und Verblüffung sah sie in zwei glänzende Augen, die verloren zu ihr aufblickten.
»Ein Hund!«, rief sie aus. »Ein richtiger Hund!« Sie langte in den Karton, hob den dicken kleinen Welpen in ihre Arme und bedeckte sein weißes Fell mit liebevollen Küssen.
»Du musst lesen, was auf dem Halsband steht«, sagte Hal, setzte sich zu ihr aufs Sofa und schmuste ebenfalls mit dem Hündchen.
»Rasta«, las Federica, die silberne Scheibe zwischen den Fingern. Ihr stieg es heiß zu Kopfe, als sie sich an Señora Baracas Hund und an das Versprechen erinnerte, das ihre Mutter ihr in Cachagua gegeben hatte. »Danke«, sagte sie verlegen und verspürte leise Gewissensbisse, weil sie so unfreundlich zu Arthur gewesen war. »Und er gehört wirklich mir?«, fragte sie.
»Er gehört wirklich dir«, sagte Arthur und lächelte erleichtert. Er fing Jakes Blick auf und nickte. Sie hatten alle Recht gehabt;

ein Hund war die richtige Lösung. Rasta wedelte so aufgeregt mit dem Schwänzchen, dass er beinahe wie ein Hubschrauber abgehoben hätte. Doch Federica hielt ihn fest im Arm, ließ ihn ihr Gesicht lecken und ihre Haut beschnuppern. Sie dachte an Trotzki und freute sich darauf, die beiden bekannt zu machen. Sie würden bestimmt dicke Freunde werden. Ingrid würde Rasta ebenfalls lieben, und Sam auch. Sie beschloss, gleich nach dem Mittagessen mit ihm nach Pickthistle Manor zu gehen und ihn vorzuzeigen.

Helena und Polly hörten die Entzückensschreie, kamen ins Zimmer und fanden Federica und Hal mit dem Hund auf dem Boden liegend vor. »Ach, er ist ja so süß«, sagte Polly und zwinkerte Arthur zu. »Hast du ein Glück, Fede!«

»Er ist halb Labrador, halb irgendwas anderes. Arthur und ich sind uns noch nicht klar darüber, was dieses andere ist«, bemerkte Helena. Federica sah, wie sich ihre Mutter zu Arthur aufs Sofa setzte. Er ergriff ihre Hand und drückte sie. Offenbar glaubte er, sie durch sein Geschenk gewonnen zu haben, doch da täuschte er sich. Sie lächelte hinterhältig in sich hinein. Papa würde bestimmt sehr bald kommen und alles ins rechte Lot bringen.

Zweiundzwanzig

»Schau in die Kamera, Liebling. So, du siehst hinreißend aus. Hinreißend. So ist's recht, Brust raus, zu viel, zu viel. Schon besser, und jetzt schau in die Kamera. Schmachten, Süße, schmachten! Gut.« Julians Kamera klickte wiederholt. Eine junge Frau räkelte sich auf dem Diwan wie eine geschmeidige Raubkatze. Ihre Augen waren grün und schrägstehend unter schweren Lidern mit langen schwarzen Wimpern. Sie war schön, selbstbewusst und verführerisch. Und jung, sehr jung. Sie war erst achtzehn.

Julian hatte Lucia Sarafina in einem Londoner Club kennen gelernt und ihrem Traum von einer Karriere als Sängerin gelauscht. »Ich habe das Aussehen und den Körper, es ist nur noch eine Frage der Gesangsausbildung«, hatte sie mit ihrem starken italienischen Akzent kühl behauptet. Julian, der den ästhetischen Genuss einer schönen Frau zu schätzen wusste, hatte sie in das Haus eingeladen, das er mit Toby zusammen bewohnte, um sie zu fotografieren. Sie hatte sofort eingewilligt, die Chance ergriffen, einen weiteren betörten, von ihrer Schönheit verführten Mann zu benutzen. Sie beobachtete ihn mit der Unbeirrbarkeit eines Panthers auf Beutezug. Er trug nur verwaschene Jeans und Sandalen, sein Körper war fest und braungebrannt. Sie war überzeugt, ihn sehr schnell zur Heterosexualität bekehren zu können.

Der Tag war schwül. Vom Horizont her zog ein violettes Wolkenband auf und versprach Gewitter und Regen am Nachmittag. Und während das Licht sich noch nicht zwischen Sonnenschein und Gewitter entscheiden konnte, beeilte Julian sich, das

Mädchen zu fotografieren, bevor das drohende Unwetter einsetzte.

Lucia trug ein schlichtes weißes Kleid mit weitem Ausschnitt, der ihren Busen entblößte, und kurzem Rock, der frivol ihre Oberschenkel freilegte. Mit jeder neuen Pose versuchte sie, ihre Vorzüge herauszustellen, wobei sie selbstbewusst wie ein professionelles Model in die Kamera blickte.

»Du kannst dich jetzt ausruhen. Ich muss den Film wechseln, und dann können wir noch ein paar Aufnahmen unter dem blühenden Baum oder so machen«, sagte er und drehte sich um, um seiner Tasche einen neuen Film zu entnehmen. »Möchtest du etwas trinken?«, fragte er, während er die silberne Schutzfolie der Filmrolle aufriss.

»Ich glaube nicht, dass ich in dieser Aufmachung irgendwo hingehen kann«, sagte sie und lachte unbefangen.

»Warum nicht?«, fragte Julian und drehte sich zu ihr um. Sie lächelte ihn an, hob anzüglich die Augenbrauen und warf ihr Kleid mit einem frechen Grinsen ins Gras.

»Was ist, wenn dein Freund zurückkommt? Er kriegt bestimmt einen Schreck«, sagte sie und strich mit der Hand an ihrem nackten Körper herab.

Julian war überrascht, aber nicht schockiert. Er war schon lange genug im Geschäft, um alle möglichen Arten von Anmache erlebt zu haben, und er hatte es satt, sie abwehren zu müssen. Für schöne Frauen war es schwer zu begreifen, dass er sie nicht begehrte. Alle waren überzeugt, ihn bekehren zu können, und es kränkte sie zutiefst, einsehen zu müssen, dass es ihnen nicht gelang.

Julian legte den Film in die Kamera ein und spannte ihn, als hätte er Lucias Nacktheit gar nicht bemerkt.

»Gut, mein Schatz«, sagte er in forschem Ton. »Wir fotografieren jetzt woanders, der Diwan wird langweilig.« Er ließ den Blick über den Garten schweifen. »Ein Stuhl unter dem Blütenbaum. Dann siehst du aus wie eine Waldnymphe, ausgesprochen

verführerisch«, sagte er und verschwand im Haus. Lucia seufzte schwer, allerdings nicht, weil sie sich geschlagen gab. Sie war sich ihrer erotischen Ausstrahlung sehr sicher.
Julian stellte einen Stuhl unter den rosaweiß blühenden Baum und brachte seinen Dreifuß und die Kamera in Position. Lucia glitt nackt zu ihm herüber und drehte den Stuhl um, so dass die Lehne der Kamera zugewandt war, dann setzte sie sich mit trägen Bewegungen rittlings darauf, stützte das Kinn auf die verschränkten Arme und sah Julian starr an.
»Wirklich, Schätzchen, das halte ich nicht für eine gute Idee. Du bist Sängerin, kein Pornostar«, sagte er und stellte die Schärfe ein.
»Dieses Foto ist für dich«, sagte sie und lächelte strahlend.
»Ich fürchte, dann wird es archiviert und gerät in Vergessenheit. Was sagtest du noch, wie heißt dein Freund? Widmen wir doch lieber ihm das Foto«, sagte Julian und entschied sich für die Polaroid-Kamera.
»Er heißt Torquil.«
»Gut, dieses Foto ist also für Torquil«, sagte er und legte einen Film in die Polaroid-Kamera ein.
»Das wird ihn sehr belustigen«, sagte sie, richtete sich auf und grinste ihn frech an. »Wir können ihm das Foto als Geschenk überreichen, wenn er kommt, um mich abzuholen.«
»Wenn du es so willst«, antwortete Julian, entnahm das Foto und betrachtete es. »Sehr hübsch, Lucia. Der *Playboy* würde alles dafür tun. Vielleicht solltest du überlegen, doch eine andere Karriere anzustreben – das wäre weniger mühevoll, und du scheinst ein Naturtalent zu sein.«
»Oh, ich könnte nicht für jeden Beliebigen so posieren«, sagte sie mit schwülstiger Stimme und blickte Julian aus Rehaugen an.
»Ich hätte es fast geglaubt«, erwiderte er und knipste erneut. »Und jetzt schmollen, ich will dich nicht lächelnd. Schmelzend, verführerischer Blick oder auch ärgerlich. So ist's besser. Ein

wenig den Kopf heben, nicht so stark zur Seite geneigt, noch weniger, so, schau in die Kamera, lass die Augen blitzen. Gut.« Und er verknipste den ganzen Film.

»Wie wär's, wenn du dich jetzt wieder anziehen würdest, damit wir noch ein paar Werbefotos für dich machen können?«, schlug er vor, während er einen neuen Film einlegte.

»Das Posieren wird mir allmählich langweilig, und ich bin viel lieber nackt. Du nicht auch?«

»Manchmal, aber nicht bei der Arbeit.«

»Ich arbeite jetzt nicht, ich spiele.«

»Gut, dann lass uns Tee trinken.« Er fing an, seine Ausrüstung zusammenzupacken. Als er zum Himmel aufblickte, wurde ihm bewusst, dass das Unwetter gleich losbrechen musste. »Wir haben den besten Teil des Tags genutzt«, sagte er und legte sein Stativ zusammen.

»Oh nein, der beste Teil kommt erst noch«, sagte sie, erhob sich von ihrem Stuhl und ging auf Julian zu.

Julian seufzte entnervt. »Wirklich nicht, Lucia, glaub mir.«

»Oh doch«, sagte sie fest, blieb vor ihm stehen und strich mit einem langen Fingernagel zwischen seinen Brustmuskeln entlang.

Julian packte ihre Hand und nahm sie von seinem Körper. »Lucia, ich bin schwul. Ich mag Jungen, und du bist ein Mädchen. So einfach ist das«, sagte er ernst.

»Hör auf. Du willst mir doch nicht erzählen, dass du nicht manchmal daran denkst?«, fragte sie schmollend.

Es war Julian widerwärtig. »Überhaupt nicht, weder jetzt noch sonstwann«, antwortete er.

Sie legte eine Hand auf seinen Hosenschlitz. »Ich fühle, dass du mich begehrst.«

»Dann hast du weniger Erfahrung, als ich dachte, denn ich bin alles andere als erregt«, sagte er brutal.

Sie hatte immerhin so viel Anstand zu erröten. »Du hast Angst, dass Torquil kommen könnte. Ich kann dir versichern, er kommt nicht. Es ist zu früh. Ich habe gesagt, ich würde den ganzen Nachmittag hier verbringen.«

»Lass uns reingehen und Tee trinken«, schlug er noch einmal vor und drängte sich an ihr vorbei.

Plötzlich waren die Gewitterwolken über ihnen, und ein Donnerschlag ließ die Erde erbeben. Der gleich darauf einsetzende Regenguss durchnässte sie bis auf die Haut. Kichernd lief Lucia in den Schutz des Hauses, dicht gefolgt von Julian. Drinnen, im Dunkeln fiel sie über ihn her, küsste ihn und öffnete seine Hose.

»Entschuldigung. Ich hoffe, ich störe nicht«, sagte Toby, der steif unter der Tür stand. Er hatte gesehen, wie die beiden vor dem Regen ins Haus flüchteten, und wenn sich auch sein Magen verkrampfte, wusste er doch, dass Julian ständig übereifrige Mädchen abwehren musste. Es gehörte zu seinem Beruf.

Lucia löste sich von Julian und wischte sich mit dem Handrücken über das nasse Gesicht. »Du bist sicher Toby«, sagte sie. Lässt du dich auch bekehren? Wir könnten einen Dreier machen.«

»Tut mir Leid, kein Bedarf«, sagte Toby kühl, »aber ich koche jetzt Tee, damit du dich nicht erkältest.«

»Ich habe nichts anzuziehen. Mein Kleid ist bestimmt tropfnass«, sagte sie, lehnte sich mit dem Rücken an die Wand und lächelte Toby an. »Der Regen war deine Rettung, Kameramann.« Sie kicherte.

»Ich leihe dir ein Hemd«, sagte Julian seufzend. »Toby, ich hätte gern einen Kaffee, einen starken, bitte. Komm schon, Lucia.«

Während Julian mit Lucia oben war, stand Toby beim Wasserkessel und versuchte, die Eifersucht zu verscheuchen, die sich in seinem Inneren breit machte und die gute Laune ertränkte, mit der er gekommen war. Er betrachtete sein Spiegelbild im Silber des Kessels, doch sosehr sein Gesichtsausdruck ihn auch anwiderte, er konnte ihn doch nicht ablegen.

In diesem Augenblick öffnete sich die Haustür, und Federica stürmte herein, außer Atem vom Radfahren, einen flauschigen weißen Welpen im Arm. »Mein Gott!«, rief Toby. »Wer ist denn das?«

»Er gehört mir, Onkel Toby«, antwortete sie begeistert und setzte das Hündchen behutsam auf die Küchenfliesen.

»Er ist hinreißend.«

»Nicht wahr?«

»Wie heißt er?«

»Rasta«, sagte sie. »Denn ich kannte mal einen Rasta in Chile. Sieh nur, sein Name steht sogar auf seinem Halsband.«

Toby beugte sich herab und streichelte das weiche Fell des Hundes. »Knuddeliges kleines Tierchen«, sagte er versonnen. »Du lässt ihn bestimmt bei dir im Bett schlafen.«

»Wenn Mama es erlaubt.«

»Das könnte problematisch werden«, sagte er, denn er wusste, wie streng Helena manchmal war.

»Ach nein. Sie will, dass ich ihren langweiligen Freund mag, und er hat mir den Hund geschenkt. Da darf ich bestimmt machen, was ich will.«

»Ah.« Toby nickte und stand auf. »Arthur.«

»Magst du ihn?«

»Aber natürlich«, antwortete er diplomatisch.

»Meinst du, sie sollten heiraten?«, fragte sie.

»Weißt du etwas, was ich noch nicht weiß?«

»Nein. Aber wenn?«

»Nun, ich glaube nicht, dass Helena schon zu einer neuen Ehe bereit ist«, erwiderte er, holte ein paar Becher aus dem Schrank und goss das kochende Wasser in die Teekanne.

»Ich glaube, doch. Ständig halten sie Händchen und knutschen. Ich finde ihn hässlich. Papa sieht so gut aus.«

»Schönheit ist nicht alles, Fede. Er ist ein netter, sanfter Mensch und will für deine Mutter sorgen. Das finde ich bedeutend wichtiger als Schönheit.«

»Ich mag ihn nicht«, sagte sie, setzte sich auf den Boden und zog den Hund auf ihren Schoß.
»Das ist nur natürlich. Wenn er nicht in deine Mutter verliebt wäre, würdest du ihn wahrscheinlich sehr nett finden.«
»Ich will nicht weg aus Polperro«, sagte sie ernst.
»Warum um alles in der Welt solltest du fort aus Polperro?«
»Wenn Mama ihn heiratet, muss ich in der Stadt bei ihnen wohnen.«
»Oh. Aber das ist schon wieder so ein ›wenn‹.«
»Aber ich gehe nicht weg«, beharrte sie.
»Du könntest bei uns wohnen. Ich werde Polperro nie verlassen«, bemerkte er beiläufig, ohne zu bemerken, wie es in Federicas Gehirn arbeitete und welchen Samen er dort gelegt hatte.
»Ist das dein Ernst?«, fragte sie erstaunt.
»Ist was mein Ernst?«, fragte er und fischte die Teebeutel aus der Kanne.
»Dass ich bei dir wohnen kann, wenn Mama Arthur heiratet.«
»Ach, das. Ja, Schätzchen, du kannst bei Julian und mir wohnen. Ganz bestimmt.«

Als Lucia, nur mit einem von Julians großen Hemden bekleidet, zurück in die Küche kam, bemerkte sie das blasse Kind mit der schimmernden Haut und dem langen weißblonden Haar, das auf dem Boden saß und mit einem Welpen spielte. Julian machte sie miteinander bekannt, aber Lucia hatte kein Interesse an Kindern und mochte keine Hunde, weil sie zu haarig waren und stanken. Sie zwang sich lediglich zu einem knappen Lächeln, als sie auf dem Weg zu ihrem dampfenden Teebecher über die beiden hinwegstieg. Sie lehnte sich an den Herd, um sich zu wärmen, und schlürfte den Tee.
»Wo ist das Polaroidfoto, Julian? Ich will es Toby zeigen«, kicherte sie und kreuzte die nackten Beine.
»Ich weiß nicht, wohin ich es gelegt habe«, sagte Julian matt.

»O doch. Hol es, sei kein Spielverderber. Darauf sehe ich so gut aus wie nie.«
»Schönheit liegt im Auge des Betrachters, Lucia, und ich habe dich schon hübscher gesehen«, entgegnete er und kramte in seiner Tasche. Schließlich fand er das Foto und reichte es ihr. Sie betrachtete es und lachte stolz.
»Torquil wird begeistert sein. Kannst du es für mich vergrößern, ganz groß? Dann schenke ich es ihm zum Geburtstag«, sagte sie und reichte Toby das Bild.
Toby lächelte, um seinen Abscheu zu verbergen. »Ich fürchte, die einzige Muschi, die mich interessiert, ist die vierbeinige Sorte«, bemerkte er spitz.
Schließlich kam Torquil und scheuchte mit seinem dröhnenden Porschemotor die Tauben und Schwalben auf. Er trat selbstbewusst ins Haus, ohne zu klopfen. »Ah, da bist du ja, Lucia«, sagte er, in der Küche angelangt. Er ignorierte Julian und Toby, überging sie mit überheblicher Miene und musterte seine Freundin misstrauisch von oben bis unten. »Wo sind deine Sachen?«, fragte er. Sie reichte ihm das Foto und sah, wie ihm die Röte vom Hals hinauf in die Wangen stieg.
»Was soll das, zum Teufel? Ich dachte, du wolltest Vorstellungsfotos machen, keine Pornos«, brauste er auf und schob sich das dunkle Haar aus dem schönen Gesicht.
»Das hier haben wir extra für dich gemacht«, sagte sie und küsste ihn.
»Wenn der Fotograf nicht schwul wäre, würde ich dich umbringen«, sagte er ohne zu lächeln.
»Oh, aber er ist schwul. Sehr sogar«, sagte sie. »Nicht wahr, Julian?«
Julian hielt sich zurück. Er wollte die beiden unverzüglich aus dem Haus haben. »Ich schicke dir die Fotos, sobald ich sie entwickelt habe. Das dauert ein paar Tage«, sagte er, ohne sie weiter zu beachten.
»Gut, was hängen wir dann noch hier rum? Um sieben müssen

wir in London sein, zur Premiere von *Crazy Hearts*, und du, meine Süße, brauchst doch immer Stunden, um dich zurechtzumachen.«

»Das hängt doch sicher in erster Linie davon ab, was sie anzieht«, sagte Toby und grinste Julian an.

»Komm«, drängte Torquil, übersah Toby geflissentlich und zog Lucia aus der Küche.

Federica blickte ihnen nach. Der Mann sieht gut aus, dachte sie und fragte sich, warum Männer wie er sich in so eklige Mädchen wie Lucia verliebten. Sie war nicht einmal auf die Idee gekommen, Rasta zu streicheln.

»Irgendwann bringe ich dir dein Hemd zurück. Ich vergesse es bestimmt nicht«, rief Lucia vom Flur her.

»Lass nur«, antwortete Julian, froh, dass die beiden gingen. »Du kannst es behalten.«

Erneut schlug der Motorenlärm jeden Vogel und jedes Tier in weitem Umkreis in die Flucht. Als der Wagen fort war, empfanden sie die Stille umso deutlicher. Julian und Toby seufzten schwer. »Gott sei Dank, sie sind weg«, sagte Julian, legte den Arm um Tobys Schultern und drückte ihn an sich. »Das war nicht so, wie es vielleicht aussah«, fügte er entschuldigend hinzu.

»Ich weiß«, sagte Toby. »Und ich kenne dich ja.«

»Gut.« Er atmete tief durch und lehnte den Kopf an Tobys Schulter. »Was ist nun mit meinem starken Kaffee?«

»Hättest du nicht lieber einen Whisky?«

»Du hast Recht. Bedeutend lieber. Nach dieser Tortur brauche ich eine Woche Urlaub. Was für hässliche Menschen. Hoffentlich vermehren sie sich nicht.«

»Es sollte verboten werden.«

»Das Traurige ist, dass sie es tun«, sagte Julian.

»Das Traurige für uns ist, dass wir es nicht tun.« Toby lachte und klopfte seinen Freund auf den Rücken.

»Wenn ich zu euch ziehe, darf ich dann Rasta mitbringen?«, fragte Federica, die immer noch still auf dem Boden hockte.

Toby und Julian drehten sich zu ihr um.
»Du liebe Zeit, ich habe ganz vergessen, dass du hier bist«, sagte Toby überrascht.
»Natürlich kannst du Rasta mitbringen«, erklärte Julian. Dann sah er Toby an. »Wann zieht sie ein?«

Dreiundzwanzig

Als Helena schon glaubte, sich nie entscheiden zu können, ob sie Arthur nun heiraten wollte oder nicht, erhielt sie einen Anruf, der ihre Zukunft bestimmte.

»Helena, ich bin's, Ramon. Ich bin in London.«

Helenas Magen hob sich, als sie seine raue Stimme hörte, eine Stimme, in deren Klang allzu viele Erinnerungen mitschwangen. Sie zögerte, wusste nicht, was sie sagen sollte, wollte wütend sein, hatte aber nicht genug Zeit gehabt, ihre Wut aufzubauen.

»Helena?«, wiederholte er in das Schweigen hinein.

»Was willst du?«, fragte sie kalt, um Zeit zu schinden.

»Ich möchte meine Kinder sehen«, antwortete er.

»Du kannst sie nicht sehen«, sagte sie nur, tastete nach ihren Zigaretten und erinnerte sich an Arthurs Rat, tief durchzuatmen, wenn sie nervös war. Dabei war sie froh, überhaupt Luft schöpfen zu können. Sie würde nicht zulassen, dass er Federicas Kummer von Neuem schürte; sie fing ja gerade erst an, ihn zu überwinden.

»Helena, du kannst nicht verhindern, dass ich meine eigenen Kinder besuche«, entgegnete er. »Ich habe einen Brief von Fede bekommen. Sie braucht mich.«

»Sie braucht dich wie Zahnschmerzen, Ramon«, sagte sie sarkastisch, schob die Zigarette zwischen die Lippen und zündete sie umständlich an.

»Du bist verärgert.«

»Natürlich bin ich verärgert, Ramon. Ich habe dich sieben Jahre lang nicht gesehen«, fuhr sie ihn an und blies den Rauch in die

Muschel. »Verdammt noch mal, Ramon! Was denkst du dir eigentlich dabei?«
»Beruhige dich«, sagte er und atmete tief durch. Seine Stimme klang gereizt.
»Meine Güte, du bist völlig untauglich als Vater. Mich wundert, dass Fede dich nicht endlich vergessen hat. Eigentlich müsste es so sein, verdammt noch mal. Mein Bruder ist ihr ein besserer Vater, als du es jemals warst. Du kannst doch nicht nach sieben Jahren hierher zurückkommen und erwarten, dass wir dir alle um den Hals fallen. Es war deine Entscheidung, zu gehen und nicht wieder herzukommen. Falls du es jetzt bedauerst – dein Pech.«
»Also, wer ist Arthur?«, fragte er.
Sie nahm einen tiefen Zug aus ihrer Zigarette. »Mein Verlobter«, antwortete sie von oben herab.
»Genau das hat Fede befürchtet.«
»Und deshalb bist du zurückgekommen? Fedes Ritter ohne Furcht und Tadel, was für ein Witz!«
»Ich komme, ob es dir passt oder nicht«, sagte er.
»Schön, aber ich lasse dich nicht in die Nähe der Kinder.«
»Wenn du deinen Kindern den Vater nehmen willst, ist das deine Sache, aber ich komme trotzdem.« Er legte den Hörer auf.

Ramon warf seine Tasche auf den Rücksitz des schwarzen Mercedes und bat den Fahrer, ihn nach Polperro zu fahren. Dann stieg er ein und überließ sich seinen Grübeleien. Die Kinder waren ihm unmerklich entglitten. Wie die Jahre vergangen waren, ohne dass er merkte, wie ihm die Zeit durch die Finger rann! Er war viel zu glücklich mit Estella und Ramoncito gewesen, um seine Gedanken über den Ozean schweifen zu lassen. Helena und die Kinder belästigten ihn wie kleine Steinchen im Schuh. Er war sich ihrer Existenz stets bewusst, fand aber nie die Zeit, sich um sie zu kümmern.
Estella liebte ihn bedingungslos wie ein Kind, zärtlich wie eine Mutter und ohne Besitzansprüche wie ein Freund. Bei ihr hatte

er nicht das Bedürfnis, ständig wieder abzureisen, im Gegenteil, er beeilte sich auf seinen Reisen und freute sich auf den Tag, da er wieder in ihren warmen Armen liegen durfte. Manchmal, wenn er weit weg war, allein mit seinen Gedanken, wachte er von einem Rosenduft auf und glaubte, sie wäre gekommen, um ihn von seinen zunehmend monotonen und einsamen Wanderungen zu erlösen. Dann wieder hörte er das Wispern des Meers oder das Lachen eines Baches und musste innehalten, um sich an Estellas Honigstimme und ihre Art, sich zu freuen, zu erinnern. Wenn Estellas sanfte Züge Helenas, Federicas und Hals Gesichter verdrängten, vergaß er deren Existenz. Es war so leicht zu vergessen.

Mariana schrieb mit zwanghafter Regelmäßigkeit an ihre Enkel, um sie nicht zu vergessen. Wenn Helena daran dachte, schickte sie ihr Fotos, die Mariana pflichtschuldigst vergrößern und rahmen ließ, um sie dann entschlossen immer wieder zu betrachten, voller Furcht, dass sie, wenn sie sie nicht mindestens einmal pro Tag ansah, eines Morgens aufwachen und feststellen würde, dass sie jahrelang nicht mehr an die Kinder gedacht hatte. In ihrer Vorstellung waren sie noch immer so klein wie in dem letzten Sommer in Cachagua, trotz der Fotos, die ihr Aufwachsen und die Entfremdung dokumentierten. Ihre anderen Enkelkinder kamen regelmäßig zu Besuch. Mittlerweile hatte Mariana vierundzwanzig, was es umso schwieriger machte, diese beiden meistgeliebten in Erinnerung zu behalten.
Mariana hatte Ignacio nichts von ihrem Besuch in Estellas Haus am Strand erzählt. Sie wusste, dass er vor Wut rote Ohren bekommen hätte. Er wäre nicht nur wütend, sondern auch enttäuscht gewesen, und sie wusste nicht, ob sein Herz eine solche Gefühlsaufwallung verkraftet hätte, ohne zu brechen. Doch sie konnte dieses Enkelkind nicht vergessen. Sie verbrachte lange Abende damit, am Strand auf und ab zu wandern, aufs Meer hinauszublicken und zu überlegen, was sie tun könnte. Sie war

sicher, dass Estella nichtbeachtet vertrocknen, dass Ramon immer mehr Zeit auf Reisen verbringen und seinen Sohn vaterlos aufwachsen lassen würde wie Federica und Hal.
Als sie am Morgen ihres Besuchs bei Estella nach Cachagua zurückkehrte, war sie so böse auf Ramon wegen seiner Rücksichtslosigkeit, dass sie Gertrude heimschickte und anfing, wie besessen sämtliche Böden und Möbel im Haus zu polieren. Danach war sie auf ihrem Bett zusammengebrochen und sehr zu ihrem eigenen wie auch Ignacios Erstaunen erst am nächsten Tag gegen Mittag aufgewacht. Ignacio hatte es nicht geschafft, sie zu wecken. Darauf folgten sorgenvolle Abende am Strand, wo sie ihre Nägel bis zum Nagelbett zerbissen und so viel abgenommen hatte, dass sie sich bei der Rückkehr nach Santiago eine völlig neue Garderobe zulegen musste. Ignacio vermutete, dass sie an der Sehnsucht nach Helena und den Kindern litt, und er tat sein Bestes, um sie zu trösten. Doch sie war untröstlich.
Endlich, gegen Ende Januar, war sie noch einmal zu Estellas Haus am Strand gegangen, bleich im Gesicht und finster, ohne zu wissen, was sie sagen wollte. Aber irgendetwas musste sie sagen. Estella erkannte Marianas Verzweiflung sofort und brach auf der Veranda in Tränen aus
»Ist etwas mit Ramon?«, stieß sie schluchzend hervor und taumelte auf Mariana zu. »Ist ihm etwas zugestoßen?«
Mariana war so gerührt von Estellas Tränen, dass sie sie in die Arme nahm. »Ramon geht es gut, Estella. Ich mache mir Sorgen um dich und mein Enkelkind«, sagte sie und gab sie wieder frei.
Estella sah sie mit schwimmenden Augen an. »Entschuldigen Sie«, flüsterte sie. »Ich habe mich gehen lassen.«
»Ich wusste es längst«, erwiderte Mariana freundlich.
»Kommen Sie doch bitte ins Haus.«
Mariana war nicht mehr neugierig auf das Haus und wunderte sich auch nicht mehr über dessen Größe. Sie erkannte Ramons Schreibmaschine auf dem Schreibtisch und sah die ersten säuberlich gestapelten Seiten eines Manuskripts daneben. Ramon

war kein ordentlicher Mensch, Helena genauso wenig, doch Estella hielt das Haus so sauber wie seinerzeit Marianas Haus. Estella führte sie in das helle, geräumige Wohnzimmer. Die Jalousien vor den Fenstertüren waren zum Schutz vor der Hitze halb herabgelassen. Mariana bewunderte Estellas Sinn für Eleganz. Der Boden war mit bunten indischen Webteppichen belegt, überall standen große Kübel mit Geranien und Rosen, in einem Regal fand sich eine vollständige Bibliothek europäischer Schriftsteller, Philosophen und Biographen. Mariana bemerkte, dass Ramon wunderschöne Fotos von Estella und ihrem Sohn gemacht hatte, die überall verstreut in silbernen Rahmen herumstanden. Wohin ihr Auge auch fiel, konnte sie den Reisen ihres Sohnes um die Welt folgen – eine brasilianische Göttin der Fruchtbarkeit, eine griechische Ikone des heiligen Franziskus, gefertigt von einem Mönch vom Berg Athos, und ein afrikanischer Speer von einem Stamm, mit dem er tief im Urwald Freundschaft geschlossen hatte. Ramon und Estella hatten sich ein warmes Nest gebaut.
Estella saß Mariana gegenüber und sah sie mit tränenfeuchten Augen an.
»Ich bin nicht gekommen, um mit dir zu schimpfen, Estella«, sagte sie, ihrem Instinkt folgend und sich langsam vortastend. »Ich mache mir vielmehr Sorgen um dich.«
»Wie haben Sie es herausgefunden?«, fragte Estella kühn.
»Bei meinem Besuch zu Weihnachten habe ich vergessen, dir mein Geschenk zu geben, und bin noch einmal zurückgegangen.«
»Ach«, sagte Estella und nickte traurig.
»Da habe ich gehört, wie du dein Kind Ramoncito nanntest, und damit war mir alles klar.«
»Ja.«
Mariana stand auf und ging zu Estella, die voller Unbehagen auf der äußersten Sofakante hockte. Sie setzte sich neben sie und blickte sie verständnisvoll an. »Ich bin auch eine Frau, ich weiß,

wie es ist, einen Mann zu lieben. Ich liebe Ignacio. Er ist, gelinde gesagt, schwierig. Aber ich liebe ihn trotz seiner manchmal anstrengenden Art. Ich kenne Ramon gut genug, um zu wissen, dass er dich verführt hat. Dir gebe ich keine Schuld. Du tust mir Leid. Ich habe zusehen müssen, wie seine Ehe in Scherben fiel. Helena konnte mit seiner Reiselust nicht zurechtkommen. Kannst du es denn?«

Estellas Gesicht strahlte wie ein rosiger Apfel, und sie lächelte wie eine Frau, die mit ihrem Schicksal einverstanden ist. »Ich liebe Ramon. Er liebt mich. Mehr kann ich nicht verlangen. Ich will ihn nicht zu Hause einsperren. Ich will nur seine Liebe. Ich bin glücklich, Señora. Glücklicher als je zuvor.«

»Ich glaube dir«, sagte Mariana und berührte den Arm der jungen Frau. »Aber was denken deine Eltern? Er ist immer noch mit Helena verheiratet.«

Die Frühlingsfrische schwand aus Estellas Gesicht, es wurde herbstlich traurig. »Sie haben sich von mir losgesagt«, erklärte sie schlicht, tonlos, als hätte sie innerlich eine Barriere der Gleichgültigkeit errichtet, um nicht mehr leiden zu müssen.

»Das tut mir so Leid«, sagte Mariana. »Wenn ich irgendetwas für dich tun kann?«

»Nein, nein«, wehrte Estella ab. »Da kann niemand etwas tun.«

»Haben sie dein Kind schon gesehen?«

»Nein.«

»Wenn sie Ramoncito sehen würden …«

»Sie kommen nicht einmal in die Nähe meines Hauses.«

»Wissen sie, wer der Vater ist?«

»Sie wissen es, und es ist ihnen gleich. Mein Vater will, dass Ramon mich heiratet …«

»Ich verstehe.«

»Ich bin glücklich. Sie sollten glücklich über mein Glück sein, aber ich bringe Schande über die Familie«, sagte sie, und trotz aller Bemühungen traten ihr Tränen in die Augen.

»Warum zeigst du ihnen Ramoncito nicht? Das würde ihre Herzen erweichen, das garantiere dir. Er ist so süß. Ein kleines Engelchen. Darf ich ihn noch einmal sehen?«

Estella führte Mariana in das kleine Zimmer, wo Ramoncito im kühlen Schatten ruhig schlief. Mariana strich mit einem Finger zart über seine weiche Wange, und vor Rührung schnürte sich ihr die Kehle zu. Tränen brannten in ihren Augen. »Zeig ihnen Ramoncito«, sagte sie.

»Soll ich Ramon erzählen, dass Sie mich besucht haben?«

»Nein«, antwortete Mariana nachdrücklich. »Das bleibt unser Geheimnis. Er wird es mich schon wissen lassen, wenn er es für richtig hält. Aber falls ich mal irgendetwas für dich tun kann, zögere nicht, mich aufzusuchen. Du weißt, wo du mich findest. Ich werde mich dir nicht mehr aufdrängen.«

Estella berührte Marianas Hand und lächelte. »Ich möchte gern, dass Sie mich besuchen. Ich möchte, dass Ramoncito seine Großmutter kennt«, sagte sie mit zitternden Lippen.

Mariana war zu bewegt, um antworten zu können. Sie nickte, schluckte und blinzelte.

Am nächsten Abend wappnete Estella sich für das schwierigste Unternehmen ihres ganzen Lebens. Sie wickelte Ramon in einen Wollschal, packte Kleidung und Proviant für eine Woche ein und legte ihn auf die Türschwelle ihrer Eltern, mit einem Zettel, auf dem schlicht und einfach stand: *Ich brauche eure Liebe*. Dann drehte sie sich um und ging fort. Als sie die Straßenbiegung erreicht hatte, wäre sie beinahe reuevoll zurückgelaufen, doch sie dachte an Marianas Worte und ging mit bleischwerem Herzen, aber fest entschlossen, weiter. Nach ein paar erstickenden Stunden, während deren die Angst ihr Gewissen plagte, ertrug sie es nicht länger und hastete längs der Küste zum Haus ihrer Eltern, das sich an einen Hügel schmiegte.

Ramoncito lag nicht mehr auf der Schwelle. Voll panischer Angst, dass ein streunender Hund oder ein Dieb ihn verschleppt haben könnte, schlich sie mit angehaltenem Atem zum Fenster.

Zuerst sah sie nichts als einen leeren Raum. Dann, als das Schluchzen ihr schon heiß in die Kehle stieg, trat Maria ins Zimmer, das Kind sicher in ihren kräftigen Armen. Sie lächelte breit, und Freudentränen rannen über ihre alte Wangen.

Pablo Rega saß im Gras bei seinem Freund, Osvaldo Garcia Segundo, und begann zu reden, wie immer, voller Poesie und in aller Offenheit.

»Mein altes Herz ist weich geworden, Osvaldo. Sí, Señor, so ist es. Als Maria nach Hause kam, fand sie Estellas Bastard auf der Türschwelle. Sie hatte ihn einfach dort abgelegt. Einfach so. Mit einem Zettel. Als hätten wir zweifeln können, wem das Kind gehört.« Er lachte leise, schüttelte den Kopf und spielte mit dem Medaillon der Jungfrau auf seiner Brust. »Er ist sehr klein, ich hatte Angst, ihn anzufassen, bis Maria ihn mir in die Arme gelegt hat – um Gottes willen, Maria, sagte ich, wenn ich ihn fallen lasse, holt ihn der Teufel. Doch sie lachte nur und fing dann wieder an zu weinen. Er hat mein Lächeln, sagt Maria, Gott schütze das arme Lämmchen, wenn es Ähnlichkeit mit mir haben sollte. Das wird ihm nicht viel nützen! Du willst sicher wissen, was ich getan habe. Ich hätte ihn zurück zu seiner Mutter schicken sollen. Doch Maria wollte nichts davon hören. Da stand sie und hielt das Kind im Arm, so liebevoll, als wäre es ihr eigenes, und die Freudentränen liefen ihr übers Gesicht. Ich wäre ein Ungeheuer gewesen, wenn ich ihn zurückgeschickt hätte. Ich bin kein Ungeheuer, sondern nur ein müder alter Mann, der nichts hat als sein karges Leben. Ramoncito ist ein neues Leben, ein weiteres vergängliches Leben, das auf dieser Erde leiden und sterben muss. Wozu zum Teufel soll das alles gut sein? Du weißt es, Osvaldo, sí, Señor, du weißt es. Wenn du übers Grab hinaus reden könntest, würdest du mir sicher ein paar Hinweise geben. Vielleicht sind meine alten Ohren auch zu verstopft mit irdischen Sorgen, um dich hören zu können.

Ramon saß im Auto und sah, wie die Stadt üppig grüner englischer Landschaft Platz machte. Er dachte an Ramoncito, der jetzt sechs Jahre alt war, fast so alt wie Federica zu der Zeit, als er ihr an jenem heißen Januarmorgen vor langen Jahren zum Abschied gewunken hatte. Er blickte über all diese Jahre zurück und erinnerte sich, wie Ramoncito die Beziehung zwischen ihm und seiner Mutter und zwischen Estella und ihren Eltern geheilt hatte. Ihm selbst begegnete Pablo Rega allerdings immer noch mit Misstrauen. Er hatte sich angewöhnt, nervös mit dem Medaillon zu spielen, das er um den Hals trug, ähnlich wie man abwehrend ein Kreuz hochhebt, wenn sich ein Vampir nähert, aber immerhin liebte er seinen Enkel und nahm seine Tochter wieder an sein Herz. Ramons eigener Vater wusste nichts von dem Kind, das kaum vier Meilen entfernt von seinem Sommerhaus umherlief, in dessen Adern sein Blut floss, das seine Gene hatte, bereit, eines Tages wieder eine neue Generation ins Leben zu rufen. Doch Mariana hatte darauf bestanden, dass er es nicht erfuhr. Es war ihr Geheimnis.

»Der richtige Moment kommt irgendwann«, hatte Mariana zu Ramon gesagt, »aber überlass es mir, es ihm zu sagen.« Sechs Jahre waren vergangen, und sie hatte es ihm noch nicht erzählt. Ramon fragte sich, ob sie es je tun würde.

Helena schickte die Kinder zu Toby. »Ramon ist aufgetaucht. Ich will nicht, dass er die Kinder sieht«, hatte sie ihrem Bruder am Telefon erklärt.

»Wie? Ramon ist in England?«

»Ja.«

»Mein Gott!«, rief Toby aus und setzte sich. »Warum taucht er bloß nach all dieser Zeit plötzlich wieder auf?«

»Um die Kinder zu besuchen, behauptet er.«

»Einfach so, aus heiterem Himmel?«

»Ich will nicht, dass er die Kinder besucht«, wiederholte sie bekümmert.

»Ist das klug?«, fragte Toby voller Unbehagen. »Er ist schließlich ihr Vater.«
»Nur der biologische. Ich lasse nicht zu, dass er kommt und sie verstört. Fede hat sich endlich gefangen. Sie ist glücklich. Das Letzte, was sie jetzt braucht, ist, dass Ramon auftaucht und ihr das Blaue vom Himmel verspricht.«
»Tja, in dem Punkt hast du wohl Recht«, stimmte er zu.
»Das weiß ich.«
»Wie willst du ihn loswerden?«, fragte Toby und stellte sich vor, wie Ramon bis zur Rückkehr der Kinder das Haus umschlich.
»Keine Sorge, ich mach das schon.«
»Ich glaube nicht, dass Arthur Ramon gewachsen ist.«
»Ich dachte auch nicht an Arthur. Ich kann ihn auch allein abwimmeln. Indem ich ihn mit Freundlichkeit ersticke«, sagte sie und lachte nervös.
»Du musst einen kühlen Kopf bewahren, Helena, und stark sein«, ermutigte er sie. »Braus nicht auf und lass dich nicht von ihm unterkriegen. Du bist jetzt eine selbstständige Frau. Du brauchst ihn nicht. Du bist prima ohne ihn zurechtgekommen. Zeig ihm, dass du dich verändert hast. Du bist nicht mehr die Frau, die er einmal gekannt hat, stimmt's?«
Helena nickte. »Du hast Recht. Wenn ich Schwäche zeige, wird er das gegen mich verwenden.«
»Genau. Du bist eine starke Frau, mit der er nicht einfach so umspringen kann. Stutz ihn dir zurecht, er ist schließlich auch nur ein schwacher Mensch.«

Nachdem sie die Kinder auf ihren Fahrrädern zu Toby geschickt hatte, badete Helena und kleidete sich an, wobei sie sich einzureden versuchte, das Make-up und die gepflegte Frisur sollten nur dazu dienen, Ramon zu zeigen, wie sehr sie sich verändert hatte. Doch sie kannte die Wahrheit, und es ärgerte sie, dass sie immer noch das Bedürfnis hatte, ihn zu beeindrucken.

Sie wartete im Garten, auf der Bank unter dem Kirschbaum, wo Polly gern saß, um ihre Rabatten und Blumenbeete zu betrachten. Als Kind hatte Helena zugesehen, wie sie den Baum pflanzte. Wie schnell er gewachsen war! Fast so wie ihre Kinder. Sie staunte darüber, wie schnell die Zeit vergangen war. Chile erschien ihr wie aus einem anderen Leben. Ein in Schatten gehülltes Leben, denn mittlerweile hatte sie Angst davor, auf diese Zeit zurückzublicken, Angst davor, Chile zu vermissen. Sie hatte ihre Wahl getroffen, ein neues Kapitel aufgeschlagen und das alte für immer geschlossen. Als sie das Geräusch von Reifen auf dem Kies hörte, beschleunigte sich ihr Puls. Das Blut rauschte unangenehm eilig durch ihre Adern. Wieder einmal tauchte ihre Vergangenheit auf, um sie zu quälen. Unsicher stand sie auf, widerstand dem Drang zu rauchen und schritt mit erzwungener Ruhe zum Gartentor.

Ramon erkannte Helena kaum wieder. Sie trug das Haar kurz geschnitten. Es war heller, dichter, und ihre Haut hatte wieder diesen Schimmer, den er so bezaubernd fand, als er sie kennen lernte. Ihre hellen Augen strahlten vor Gesundheit, sie lächelte heiter. Er hatte erwartet, dass sie ihn aufforderte zu gehen, doch sie begrüßte ihn liebenswürdig wie einen alten Freund, was ihn überrumpelte und all seine Pläne über den Haufen warf. Helena merkte, dass ihm die Worte fehlten, sie gewann an Zuversicht und lud ihn ein, mit ihr im Garten etwas zu trinken.

»Du siehst gut aus«, sagte Ramon, als sie beide mit Gläsern voll Pollys selbst gemachtem Holunderbeersaft unter dem Kirschbaum saßen. Helena bedankte sich und betrachtete sein faltiges Gesicht und das lange, ergraute Haar. Er ähnelte einem alternden Löwen. Immer noch wirkte er Ehrfurcht gebietend und übermächtig. Er war immer noch der König im Dschungel, allerdings nicht mehr in ihrem Dschungel. Sein Zaudern verriet seine Schwäche, und da Helena sie spürte, ergriff sie die Gelegenheit und übernahm die Kontrolle. Zu ihrer eigenen Verwunderung hatte sie keine Angst mehr vor ihm.

»Du siehst auch gut aus. Älter«, sagte sie mit einem hämischen Lächeln, »aber immer noch gut.«
»Danke«, sagte er stirnrunzelnd. »Tut mir Leid, dass es so lange gedauert hat.«
»Das ist untertrieben.« Sie lachte, achtete jedoch sorgfältig darauf, jeden bitteren Unterton zu vermeiden. »Du bist nicht zum Vater geeignet, Ramon. Aber quäl dich nicht. Wir sind sehr gut ohne dich ausgekommen. Im Grunde sollte ich dir dankbar sein. Du hast uns aus dem alten Trott gerissen, den wir in Chile hatten. Jetzt sind wir hier glücklich«, sagte sie und sah ihn fest an. Ihm fiel auf, dass sie nicht rauchte und dass ihre Hand nicht zitterte. Er fühlte sich unbehaglich. »Als Vater war ich ein hoffnungsloser Fall«, gab er zu. »Aber ich liebe die Kinder.«
»Auf deine Art liebst du sie, sicher. Sie lieben dich auch. Sie lieben die Erinnerung an dich. Aber sie haben auch ohne dich überlebt.«
»Ich verstehe«, sagte er, und es klang wie ein schwerer Seufzer. Er beugte sich vor und stützte die Ellbogen auf die Knie. »Fede will nicht, dass du Arthur heiratest.«
»Ich weiß«, antwortete sie. »Sie will nicht, dass irgendwer dich ersetzt.«
»In ihrem Brief bittet sie mich, diese Heirat zu verhindern.«
»Wie willst du das bewerkstelligen?«, fragte sie mit einem selbstbewussten Lächeln, als wäre seine plötzliche Friedensmission eine Quelle der Heiterkeit für sie.
»Ich weiß es nicht. Ich bin gekommen, um mit dir zu reden, mehr nicht«, sagte er, lehnte sich zurück und blickte sie bekümmert an. Er leerte sein Glas.
»Hör zu, ich mag Arthur von Herzen. Er ist gut zu mir. Er ist immer für mich da. Du warst nie für mich da, Ramon. Aber ich will es dir nicht verübeln. Ich hatte mich für dich entschieden, und es war mein eigener, freier Entschluss, dich zu verlassen. So einfach ist das. Jetzt will ich Arthur heiraten, und Fede wird sich damit abfinden müssen.«

»Sie will nicht fort aus Polperro«, sagte er.
»Ich weiß, aber man bekommt nun mal nicht immer das, was man will.«
»Ist sie nicht schon schlimm genug entwurzelt worden?«
»Das musst gerade du sagen«, entgegnete sie barsch mit unterdrücktem Zorn. »Durch deine Schuld sind wie ja überhaupt erst entwurzelt worden.«
»Wenn ich mich richtig erinnere, wollte ich nicht, dass du mich verlässt.«
»Aber du wolltest dich nicht ändern. Ich hatte keine Wahl.« Helenas Wangen glühten und verrieten für einen Augenblick ihren Zorn. Sie wandte sich ab und schenkte Saft nach, wohl wissend, dass er, wenn sie den kleinsten Hinweis auf Verletzbarkeit zeigte, über sie herfallen würde. Dann wäre sie verloren.
»Liebst du diesen Arthur?«
»Ich mag ihn sehr gern«, antwortete sie.
»Danach habe ich nicht gefragt.«
»Erzähl mir nicht, du hättest nicht irgendwo in Chile eine arme vernachlässigte Frau, die auf dich wartet«, erwiderte sie defensiv, um die Antwort auf seine Frage zu umgehen.
Er nickte grinsend. »Doch, habe ich, ja.«
Helena war verblüfft über seine ehrliche Antwort, obwohl sie natürlich wusste, dass er in den sieben Jahren ihrer Trennung jemanden gefunden haben musste. Das lag auf der Hand. Sie hätte gern gefragt, wie diese Frau war, ob sie geduldig und unterwürfig war, ob die langen Zeiten seiner Abwesenheit sie so störten wie sie. Doch sie widerstand der Versuchung.
»Nun, dann weißt du ja, wie es ist, wenn jemand dir etwas bedeutet«, antwortete sie und verbarg ihre Enttäuschung hinter einem Lächeln.
Ramon beobachtete sie in ihrer undurchdringlichen Kühle und fragte sich, ob Arthur ihr dieses Selbstvertrauen vermittelt hatte, das sie so zuversichtlich sein ließ. So war sie gewesen, als er sich

in sie verliebt hatte. Hatte er sie vielleicht abgenutzt wie einen schönen Teppich?

»Willst du dich scheiden lassen?«, fragte er und biss sich aus Angst vor der Antwort innen auf die Wangen.

»Ja«, erwiderte sie, ohne auf die leise innere Stimme zu hören, die sie anflehte, ihn festzuhalten.

»Dann sollst du die Scheidung haben.«

Sie nickte steif. »Danke.«

»Was wirst du wegen Fede unternehmen?«

»Was geht dich das an?«, fuhr sie ihn gereizt an, wobei ihr die sorgfältig einstudierte Haltung abhanden kam. »Du vernachlässigst sie sieben Jahre lang und tauchst dann plötzlich auf, weil sie dir einen Brief geschrieben hat! Du hast nicht mal das Recht zu fragen, wie es ihr geht, ihr oder Hal. Sie bedeuten dir überhaupt nichts mehr. Sie gehören nicht mehr zu dir. Wenn sie dir etwas bedeuten würden, wärst du zur Stelle gewesen, als Fede mit dem Fahrrad gestürzt ist oder als sie in der Schule gehänselt wurde, weil sie das einzige Kind ohne Vater war, oder … oder … als Hal mit Albträumen aufwachte oder wegen der üblichen Zweifel, an denen Kinder leiden. Aber du warst nicht da. Du warst nie da. Geh doch zurück zu deiner Frau in Chile und vergiss uns einfach. Es ist dir in den vergangenen sieben Jahren doch auch nicht schwer gefallen, uns zu vergessen. Meine Güte, Ramon«, rief sie aus und hob die Stimme, die vor Zorn und Kränkung bebte. »Du hast uns alle bös im Stich gelassen. Sehr bös. Ich will, dass du gehst.«

Ramon wollte sie nicht verlassen. Sie hatte sich verändert. Die neurotische Frau, die sich an ihn klammerte wie eine Schlingpflanze, die ihn erstickte, ihm die Luft zum Atmen nahm, gab es nicht mehr. Helena hatte sich zu einer Frau entwickelt, die wusste, was sie wollte, die genug Charakterstärke besaß, sich ihre Wünsche zu erfüllen. Ramon wusste, dass Arthur dahinter steckte, und er brannte darauf, den Mann persönlich kennen zu lernen, der da Erfolg hatte, wo er versagt hatte. Doch Helena sah

ihn mit festem Blick an. Ihre Argumente waren nicht zu widerlegen, und er wusste, dass er sie nicht mehr so wie früher manipulieren konnte. Sie fürchtete ihn nicht mehr.
Widerwillig erhob er sich. »Das war's dann also?«
»Das war's«, bestätigte sie und stand ebenfalls auf.
»Wir verständigen uns über unsere Anwälte.«
»Genau.«
»Ich glaube nicht, dass ich endlos weiterleben kann, ohne meine Kinder zu sehen.«
»Lass mir Zeit«, kam sie ihm entgegen, plötzlich erfüllt von Traurigkeit über das Endgültige des Beschlusses, sich scheiden zu lassen. »Ich möchte Arthur heiraten. Sollte Fede glauben, du wärst zurückgekommen, steht mir ein höllischer Kampf bevor. Du hast sieben Jahre lang gewartet, da wird ein weiteres Jahr wohl nichts ausmachen, jedenfalls nicht für Fede.«
Ramon senkte den Blick. »Du willst ihn tatsächlich heiraten?«, fragte er und wunderte sich darüber, dass es ihm nicht egal war.
»Ja«, erwiderte sie. Nur mit äußerster Mühe gelang es ihr, Haltung zu bewahren.
»Nun, dann viel Glück.«
»Danke.« Ramon beugte sich vor und gab ihr einen Kuss auf die Wange. Helena wich hastig zurück, aus Angst, er könnte den Kuss zu lange ausdehnen, aus Angst, ihm dann nicht widerstehen zu können. Dann wandte er sich ab und ging. Sie lehnte sich auf der Bank zurück und wartete auf das Geräusch des abfahrenden Wagens. Dann legte sie das Gesicht in die Hände und weinte.

Federica radelte die Straße entlang. Sie hatte Hal bei Toby und Julian zurückgelassen, die beide der Meinung waren, Hal sei zu erschöpft, um nach einer so üppigen Abendmahlzeit den ganzen Heimweg mit dem Fahrrad zu bewältigen. Sie würden ihn später mit dem Auto nach Hause bringen. Federica war begeistert – endlich einmal durfte sie allein fahren, so schnell sie wollte und ohne die Angst, dass ein Auto um die Kurve kommen und ihren Bruder erschrecken könnte. Sie nahm die Füße von den Pedalen und raste freihändig die Straße hinab. Die Sonne schien ihr auf den Rücken, der Frühlingswind fuhr durch ihr Haar, und sie hätte jubeln mögen.

Plötzlich kam ein glänzend schwarzer Mercedes um die Kurve, und ihre Hände fuhren zurück an den Lenker. In Panik versuchte sie zu bremsen und das Fahrrad unter Kontrolle zu bringen, um nicht mit dem Auto zusammenzustoßen. Ihr Herz stockte, als sie den heißen Luftstrom spürte und der Wagen gefährlich dicht an ihr vorüberraste. Dann hörte sie das Quietschen von Reifen, und der Mercedes kam hinter ihr mitten auf der Straße zum Stehen. Am ganzen Leib zitternd bremste sie ihre Fahrt, indem sie die Schuhe übers Pflaster schleifen ließ. Unsicher stieg sie ab und drehte sich um. Die Sonne schien so grell, dass sie die Augen mit der Hand beschatten musste. Sie betrachtete das Auto, aus dem niemand ausstieg. Sie kniff die Augen zusammen, um die Insassen besser erkennen zu können, doch die spiegelnden Scheiben ließen es nicht zu. Reglos blieb sie stehen und fragte sich, was dem Fahrer wohl durch den Kopf ging und was ihn daran hinderte, auszusteigen und um Entschuldigung zu bitten, weil er sie beinahe totgefahren hätte. Aber niemand stieg aus. Zu Federicas Bestürzung wurde der Wagen wieder gestartet und verschwand so schnell, wie er aufgetaucht war. Die Straße lag wieder friedlich da wie zuvor, als wäre gar nichts geschehen.

Nur die schwarzen Bremsspuren auf dem Pflaster zeugten von der Unentschlossenheit des Fahrers.

Vierundzwanzig

Herbst 1990

Federica bestand darauf, dass sie zu alt war, um Brautjungfer auf der Hochzeit ihrer Mutter zu sein.

»Du bist vierzehn«, sagte Helena nur, »und außerdem bist du klein für dein Alter.« Wieder einmal stapfte Federica aus dem Zimmer, dann aus dem Haus und hinauf auf die Klippen, treu gefolgt von Rasta, der sich mittlerweile zu einem ausgewachsenen Labrador mit riesigen Pfoten und einem auffälligen, großen schwarzen Fleck auf der Nase entwickelt hatte.

Helena seufzte matt und beschloss, dass Hal dann eben allein als Page auftreten musste – der Zwölfjährige war nicht eben begeistert, erklärte sich aber einverstanden, getrieben von einem verborgenen inneren Mechanismus, der es ihm verbot, seiner Mutter einen Wunsch abzuschlagen.

Nach Ramons kurzem Besuch hatte Helena sich entschieden, Arthur zu heiraten. Das Scheidungsverfahren hatte achtzehn Monate gedauert. Beim Anblick des greifbaren Beweises dafür, dass ihre Ehe mit Ramon beendet war, brach Helena in Tränen aus. Sie hielt das Blatt Papier in den Händen und fragte sich, ob eine Ehe mit Arthur tatsächlich das war, was sie sich wünschte. Doch dann zwang sie sich, daran zu denken, wie unglücklich sie in der Ehe mit Ramon gewesen war und wie lieb Arthur zu ihr war. Sie heftete das Dokument ab und verfolgte auf die ihr eigene sture Art ihre Pläne weiter, ohne auf ihr Herz zu hören, das eindeutig immer noch für Ramon schlug.

Während dieser Zeit hatte Helena fast täglich Streit mit ihrer Tochter, die immer noch daran glaubte, dass ihr Vater erscheinen und sie vor dem verabscheuten Arthur retten würde.
»Arthur wird nie mein Vater sein«, schrie sie ihre Mutter während eines ihrer häufigen hysterischen Anfälle an. »Und ich werde niemals aus Polperro fortziehen. Papa sieht so gut aus, was findest du nur an Arthur?«
Helena ignorierte sie und hoffte, dass sie sich mit der Zeit an Arthur gewöhnte. Aber sie gewöhnte sich nicht an ihn.
Federica verstand nicht, warum ihr Vater ihr nicht schrieb. Sie hatte ihn um Hilfe gebeten, und er ignorierte sie einfach. Sie fühlte sich wie ausgehöhlt. In ihrem Kopf schrie sie um Hilfe, doch niemand hörte es. Gelegentlich kochte ihre Verzweiflung über, dann stritt sie mit ihrer Mutter, doch Helena machte sich nie die Mühe, den Kummer zu begreifen, der viel tiefer ging, als es den Anschein hatte. Niemand machte sich die Mühe. Federica vertraute sich Hester an, aber Hester war nur ein Kind wie sie selbst und konnte nicht mehr leisten, als zuzuhören und mitzuleiden. Sie hatte schließlich einen Vater, wie sollte sie da Federicas Schmerz begreifen?
Federica hätte gern mit Sam geredet, doch Sam hielt sich nicht oft in Pickthistle Manor auf, und wenn er mal da war, erstarben die Worte ihr im Mund, und sie war unfähig, anders mit ihm zu kommunizieren als mit einem leerem Lächeln. Sie wusste, dass er hinter ihr Lächeln blickte, er war klug genug, ihren Kummer zu erkennen, und oft legte er ohne ersichtlichen Grund liebevoll den Arm um ihre Schultern oder fragte sie mitleidig, wie es ihr ginge. Von Hester erfuhr sie, dass diese gehört hatte, wie er seiner Mutter gestand, er hätte Federica in sein Herz geschlossen, und das brachte sie noch schlimmer in Verlegenheit, so dass es ihr noch schwerer fiel, mit ihm zu reden. Doch insgeheim freute sie sich und spürte, dass zwischen ihr und Sam ein besonderes Band bestand, damals inmitten der Glockenblumen gewoben. Er ignorierte sie nicht mehr. Obwohl sie noch sehr kindlich war,

hatte er sie wahrgenommen. Sie war so verliebt, dass sie sich auf nichts anderes mehr konzentrieren konnte. Nur die bevorstehende Hochzeit ihrer Mutter lenkte sie von ihrer glühenden Liebe ab.

Helenas Hochzeitstag kam heran, und Federica erwachte mit dem unvermeidlichen Gefühl der Bedrohung, das sie in den letzten paar Monaten nicht hatte abschütteln können. Sie blickte hinaus in den Oktobermorgen. Der Himmel schimmerte verwaschen durch das goldene Laub und den seidigen Tau, der alles wie mit Tränen benetzte. Sie ließ den Blick über die Umgebung schweifen, die ihr zum Zuhause geworden war, und liebte sie umso mehr, da sie wusste, dass sie sie verlassen musste.

Ach, wenn ich doch erwachsen wäre, dachte sie betrübt, dann könnte ich wenigstens meine eigenen Entscheidungen treffen. Aber sie war erst vierzehn Jahre alt und musste ihrer Mutter noch gehorchen. Mürrisch verzehrte sie ihr Frühstück, während ihre Mutter in vorhochzeitlicher Panik im Haus umherging, zuerst ihre Schuhe, dann die Wimperntusche und schließlich das Kleid selbst nicht finden konnte, weil sie vergessen hatte, dass es im Schrank ihrer Mutter hing, wo es nicht so feucht war. Zu ihrem eigenen Ärger stellte Federica fest, dass sie hinter ihrer Mutter her aufräumte, ihr immer wieder Wein einschenkte und wie eine widerwillige Assistentin bereitstand, um Blumensträuße, Hochzeitsgeschenke und Anrufe entgegenzunehmen. Polly saß bei ihrer Tochter im Schlafzimmer, während die Kosmetikerin sie frisierte und schminkte. Sie versuchte, sie am übermäßigen Trinken zu hindern und die Atmosphäre frei von Spannungen zu halten.

Hal lag auf dem Bett, spielte ein Computerspiel und ignorierte das Chaos, das um ihn herum tobte.

Federica schmollte während der gesamten Hochzeitsfeierlichkeiten; sie hatte größte Mühe, nicht zu weinen. Als sie glaubte, es könnte gar nicht mehr schlimmer werden, betrat Sam die

Kirche, eine neue Freundin dekorativ am Arm. Das Mädchen war groß, hatte langes dunkles Haar und lange Beine, die selbstbewusst unter einem sehr kurzen pinkfarbenen Röckchen ausschritten. Federica wäre am liebsten unter den nächsten Grabstein gekrochen, um zu sterben.

Die Trauungszeremonie fand in der Dorfkirche statt und wurde von dem leicht erregbaren Reverend Boyble abgehalten, der sein Festgewand extra zu diesem Anlass hatte reinigen und seine Schuhe dermaßen polieren lassen, dass sie wie zwei silberne Fische unter seinem Gewand hervorblitzten.

Jake hatte sich geweigert, am Gottesdienst teilzunehmen, weil Helena darauf bestanden hatte, Julian einzuladen. Polly hatte ihm nahe gelegt, endlich erwachsen zu werden. »Wirklich, Jake, du benimmst dich ausgesprochen kindisch«, hatte sie gesagt, als sie ihn in der Küche inmitten seiner Modellschiffe seinen Grübeleien überließ. »Diese alberne Fehde dauert jetzt wirklich lange genug! Ich habe ernsthaft gehofft, dass du sie ein einziges Mal vergessen könntest, um auf der Hochzeit deiner Tochter deine Rolle als Brautvater zu übernehmen.«

Toby war der Trauzeuge und stand ahnungsvoll neben Arthur am Ende des Mittelgangs. Arthur standen Schweißperlen auf der Stirn, und die Blüte in seinem Knopfloch welkte auf Grund der Hitze, die sein dicker Körper abstrahlte. Toby zwinkerte Federica zu, die daraufhin trotz ihres Kummers ein schwaches Lächeln zu Stande brachte. Er war sich nicht sicher, ob er nicht der gleichen Meinung war wie sie, nämlich dass Arthur ein ziemlich jämmerlicher Ehemann war. Er ließ den Blick über den aus Arthurs Gästen bestehenden Teil der Gemeinde schweifen und kam zu dem Schluss, dass er, sobald er die Augen zusammenkniff, nur noch ein monotones Grau sehen würde. Federica betrachtete ihre leuchtend roten Schuhe und wünschte sich, sie könnte sie drei Mal gegeneinander tappen, um zurück nach Chile zu verschwinden.

In dem Augenblick, da die Braut in Erscheinung treten sollte, verdrängte erwartungsvolle Stille das Stimmengesumm der Gemeinde. Reverend Boyble schritt wichtigtuerisch durchs Mittelschiff, und seine Schritte brachten mit ihrem metallischen Klappern auch das letzte Flüstern zum Schweigen. Aller Augen richteten sich aufs Portal. Doch als es aufgestoßen wurde, war von der Braut immer noch nichts zu sehen. Lediglich Molly und Hester huschten, die Hände auf den Mund gepresst, um ihr Lachen zu unterdrücken, den Gang entlang.

»Scheiße«, flüsterte Sam seiner Freundin zu und verdrehte die Augen. »Sie haben sich wieder von meinem Stoff bedient, verdammt noch mal.« Tatsächlich konnte Molly sich längst einen Joint drehen und wusste auch, wo ihr Bruder sein Gras versteckte. Ingrid fing Sams Blick auf, furchte die Stirn und neigte den Kopf auf die Seite, doch er zuckte nur mit den Schultern und wies jegliche Verantwortung von sich. Hester winkte Federica zu, die sie betrübt ansah, doch Hester war zu high, um ihre Traurigkeit zu bemerken.

Als Helena endlich in einem umwerfend bestickten elfenbeinfarbenen Kleid erschien, ging ein Seufzer der Bewunderung durch die Versammelten, unmittelbar gefolgt von einem allgemeinen Luftschnappen. Der Mann, der sie den Mittelgang entlang führte, war kein anderer als Nuno.

»Gütiger Gott!«, entfuhr es Ingrid. »Was tut Pa denn da?«

Inigos finstere Miene wurde weicher, und seine Mundwinkel hoben sich in einem freudigen Lächeln. »Also das ist herrlich. Herrlich«, sagte er und rieb sich die Hände.

»Was soll das heißen, Schatz?«, fragte Ingrid und stieß ihm den Ellbogen in die Seite.

»Nun, der Blinde führt die Blinde.« Er lachte leise.

»Helena ist nicht blind.«

»Sie muss blind sein, wenn sie diese Rübe heiratet«, sagte er und lachte erneut.

»Tja, da magst du Recht haben«, stimmte Ingrid zu. »Ein schöner Kompromiss, nachdem sie mit dem umwerfenden Ramon

verheiratet war«, fügte sie hinzu und dachte an den schönen Latino, der ihnen so viel Vergnügen bereitet hatte, bevor er genauso unvermittelt verschwand, wie er gekommen war.
»Wo ist Großvater?«, flüsterte Federica ihrer Großmutter zu, als sie zeitweise aus der dunklen Höhle ihres Selbstmitleids aufgetaucht war. Polly hob die Schultern und warf einen Blick in Tobys Richtung. Toby zwinkerte ratlos zurück.
»Jake hat es nicht geschafft. Es tut mir so Leid«, seufzte Polly traurig.

Helena hatte vor der Kirche zehn Minuten lang auf die Ankunft ihres Vaters gewartet. Wie ihr wohl bewusst war, bestand durchaus die Möglichkeit, dass er nicht käme, und sie war bereit, allein mit Hal den Mittelgang entlangzuschreiten. Sie war ihm nicht böse, aber sie war traurig. Wenn die Hochzeit seiner einzigen Tochter ihn in seiner Voreingenommenheit nicht umstimmen konnte, dann war wohl nichts in der Welt dazu in der Lage. Als Reverend Boyble dann anfing, nervös mit seinem Gebetbuch zu hantieren, während seine Mundwinkel zuckten, da wusste Helena, dass sie den Beginn des Gottesdiensts nicht länger hinauszögern durfte. Julian, der fürs Fotografieren zuständig war, hatte noch eine letzte Aufnahme von der aufgeregten Braut gemacht und sich dann leise in die Kirche geschlichen. Helena nickte Reverend Boyble zu, als Zeichen, dass er beginnen möge, dann zwinkerte sie Hal zu, der sie in seinem Matrosenanzug stolz anlächelte.
Am Portal hatten Nunos Worte sie dann doch noch zurückgehalten. »Meine Liebe, wer führt dich denn dem Bräutigam zu?«, fragte er und kam herbeigeschlendert, als ginge er ganz normal zum Sonntagsgottesdienst.
»Nuno«, antwortete sie und fuhr herum.
»Ich fürchte, ich habe mich verspätet«, sagte er nach einem Blick auf die Taschenuhr, die an einer Goldkette in Taillenhöhe hing.

»Jetzt wirst du mir wohl erzählen, dass Pünktlichkeit die Höflichkeit der Könige ist.« Sie lachte.
»Nein, meine Liebe, höchstens, dass das Alter ein Zeitdieb ist; es stiehlt einem sämtliche Fähigkeiten, einschließlich der Erinnerung an wichtige Ereignisse wie zum Beispiel deine Hochzeit. Mir ist es nur wieder eingefallen, weil ich mir einen Knoten ins Taschentuch gemacht hatte, allerdings brauchte ich dann noch eine Viertelstunde, um mich zu erinnern, warum ich den Knoten hineingeknüpft hatte. Verstehst du, meine Liebe, das Alter raubt einem alles.«
»Nun, dann solltest du lieber rasch in die Kirche verschwinden«, schlug sie vor und trat beiseite, da sie beobachten konnte, wie Reverend Boyble mit seinen dicken Fingern voller Ungeduld auf sein Gebetbuch klopfte.
»Gott wird schon warten, guter Mann«, sagte Nuno herablassend.
Die Finger stellten das Klopfen ein, und ausnahmsweise einmal stand Reverend Boyble sprachlos mit offenem Mund da.
»Übrigens, Nuno«, sagte Helena, der plötzlich eine Idee gekommen war, »du könntest mir einen Gefallen tun.«

Noch einmal quälten Helena Zweifel, als sie an Nunos Arm auf den Mann zuschritt, der in wenigen Minuten ihr Gatte sein sollte. Sie gab sich größte Mühe, Ramon aus ihren Gedanken zu verbannen, und schob mit eisernem Willen jegliche Unsicherheit zur Seite. Sie heftete den Blick auf Arthur, dachte an seine Freundlichkeit und seine Anbetung, und ihr Kopf wurde wieder klar. Ich habe dich verdient, dachte sie bei sich, als seine feuchte Hand die ihre fand und er ihr fröhlich zulächelte. Seine Augen verrieten ihr, dass sie hinreißend aussah, und sie erwiderte sein Lächeln aus vollem Herzen.
Als Nuno zu seinem Platz an der Seite seiner Tochter stolperte, hörte er die gedämpften Juchzer Mollys und Hesters, die in der Bankreihe hinter ihm wie zwei Aufziehmäuse auf und ab

hüpften. »High vor Freude«, bemerkte Ingrid undeutlich und schüttelte den Kopf.
»Ach, daraus dreht man sich heutzutage seinen Joint?«, erwiderte er und nahm Platz.
»Wirklich, Pa. Sie sind noch Kinder«, entgegnete sie und schlug das Gebetbuch auf.
»Nein, meine Liebe, sie sind *deine* Kinder, und wenn sie weiterhin quieken wie die Ferkel, möchte ich, dass du sie nach draußen schickst«, schimpfte er, hob fromm das Kinn und richtete seine Aufmerksamkeit auf die Trauungszeremonie.

Dank der Begeisterungsfähigkeit Reverend Boybles, der selbst zu gern seine eigene, gottvolle Stimme von den Steinwänden seiner Kirche hallen hörte, dauerte der Gottesdienst lange. Seine eigene Stimme gefiel ihm hier noch besser als beim Singen in der Badewanne. Aller Augen waren auf ihn gerichtet, alle dürsteten nach seinen Worten, um sich von ihnen den steilen Pfad zu Gott weisen zu lassen. Trauungen waren seine liebsten Zeremonien, und er bemühte sich stets, sie so lange wie möglich auszudehnen, nicht nur um seiner selbst willen, sondern auch für das glückliche Paar mitsamt seinen Freunden, die sich versammelt hatten, um ihn zu hören. So hingerissen war er von Witz und Weisheit seiner Predigt, dass ihm entging, wie seiner Gemeinde gelangweilt die Augen zufielen, wie ungeduldige Finger im Gebetbuch raschelten und wie man sich allgemein fragte, wie lange das denn nun noch dauern mochte.
Endlich traten alle benommen aus der Kirche, abgesehen von Arthur, der wie ein sieghafter Gladiator nach draußen schritt.
»Meine Liebste«, sagte er und küsste Helena auf die bleiche Wange. »Meine liebe, geliebte Frau. Jetzt gehören wir für immer zusammen.«
»Ja«, erwiderte sie und schluckte den hässlichen Kloß von Zweifel herunter, der ihr die Kehle eng machte. »Für immer«, wiederholte sie und wollte nicht allzu genau wissen, wie er das meinte.

Nachdem sie für Julians Fotos gelächelt hatten, stiegen sie in eine Pferdekutsche und fuhren langsam zurück nach Hause zum Hochzeitsempfang. Das warme Herbstlicht ließ den Himmel aufleuchten, als der Abend kam und die Sonne tief an den westlichen Horizont herabsank.

»Du bist so schön, Helena«, sagte Arthur und nahm ihre Hand. »Ich bin der glücklichste Mann unter der Sonne.«

Helena drückte seine Hand, plötzlich überwältigt von der glanzvollen Schönheit des sinkenden Tages und der Liebe, die in den Augen ihres frisch angetrauten Mannes blitzte. »Ich bin so glücklich, dich zu haben«, sagte sie aufrichtig und sah in sein sanftes Gesicht, das ihr ein verwöhntes Leben voller Liebe versprach. »Dir zuliebe werde ich das Rauchen aufgeben und den Beginn eines neuen Lebens verkünden. Ich kann mich wirklich glücklich schätzen, dass du mich haben willst.«

»Nein, mein Schatz. Das Glück ist völlig auf meiner Seite, etwas, was ich keine Sekunde lang vergessen werde.« Er neigte den Kopf und küsste sie. Sie schloss die Augen und atmete seinen Sicherheit ausströmenden Geruch ein, der ihre Nerven beruhigte und sie an all die Gründe erinnerte, die sie bewogen hatten, ihn zu nehmen.

Als die Gäste nach Stärkung lechzend eintrafen, eilte Polly mit Tabletts voller Gebäck und Sandwiches in dem im Garten errichteten Zelt umher, während Toby jeden mit einem Glas Champagner versorgte. Hester und Molly fanden Federica allein in ihrem Schlafzimmer vor.

»Wir suchen dich schon seit Stunden«, sagte Hester und setzte sich zu ihr aufs Bett.

»Fehlt dir was?«, fragte Molly. »Du siehst erbärmlich aus.«

»Ich will nicht fort aus Polperro«, schniefte Federica unglücklich.

»Wir wollen auch nicht, dass du Polperro verlässt«, erklärte Hester.

»Ich mag Arthur nicht.« Federica verschränkte die Arme vor der Brust. »Jetzt ist er mein Stiefvater. Bah.«

»So schlimm ist er gar nicht«, tröstete Molly.
»Aber er ist nicht Papa.«
»Nein, Ramon ist er ganz gewiss nicht«, pflichtete Molly ihr bei und kicherte in Hesters Richtung. »Aber kein Mensch sieht so gut aus wie dein Vater.«
»Er ist nicht gekommen«, sagte Federica und senkte den Blick. »Ich war ganz sicher, dass er kommen würde.«
»Vielleicht hat er deinen Brief nicht erhalten«, vermutete Hester und legte ihrer Freundin den Arm um die Schultern.
»Mag sein.«
»Ich wüsste schon, wie wir dich aufheitern könnten«, sagte Molly, grinste ihre Schwester an und schob die Hand in die Tasche.
»Was für eine tolle Idee«, hauchte Hester, schlug sich die Hand vor den Mund und blinzelte Federica schuldbewusst an.
»Wie denn?«, fragte Federica.
»Mit einer von Sams Spezialzigaretten. Wir haben sie nicht aufgeraucht.« Hester kicherte nervös. »Hier findet uns doch keiner, oder?«
»Hester, das Ding nennt man Joint, und, nein, hier findet uns keiner«, sagte Molly und betätigte ihr Feuerzeug. »Das wäre dein erster, habe ich Recht?«, fügte sie mit einem Nicken in Federicas Richtung hinzu. Federica nickte ebenfalls. »Gut. Du rauchst das wie eine normale Zigarette«, erklärte sie.
»Ich habe noch nie geraucht.«
»Gut, dann lernst du heute halt etwas Neues«, sagte Molly, sog an dem Joint und zündete ihn an. »Mach das Fenster auf, Hester.«
Hester riss das Fenster weit auf. Leise Musik und Stimmengewirr wurden zu ihnen heraufgeweht.
»Hört sich an, als hätten sie Spaß.« Hester lachte.
»Nicht so viel wie wir«, bemerkte Molly und reichte den Joint an Federica weiter. »Jetzt inhalierst du tief, hältst ein paar Sekunden die Luft an und atmest dann wieder aus. Und fang

um Gottes willen nicht an, so albern zu husten. Das wäre unreif.«

Federica war fest entschlossen, nicht zu husten. Sie schob den Joint zwischen die Lippen und atmete ein, so tief sie konnte. Die Schwestern sahen belustigt zu, wie sie hochrot im Gesicht wurde, während sie gewissenhaft den Atem anhielt.

»Gut gemacht«, lobte Molly, nahm ihr den Joint aus den Fingern und reichte ihn Hester.

Federica stieß verzweifelt den Atem aus und rang nach Luft.

»Wie fühlt es sich an?«, fragte Molly.

»Ganz gut,« behauptete Federica, obwohl sie überhaupt nichts spürte.

»Nimm noch einen Zug«, wies Molly sie an, inhalierte noch einmal und gab den Joint zurück an Federica.

Ein paar Minuten später lachten Molly und Hester wie die Hyänen, während Federica weinte und weinte, ohne aufhören zu können.

»Ich liebe Sam«, erklärte sie dann. »Ich liebe ihn wirklich. Ich kann es nicht ändern. Aber er sieht mich überhaupt nicht. Ich bin zu jung und zu hässlich. Nicht wie das Model, das er heute mitgebracht hat. Die ist wohl seine Freundin?«

Hester und Molly lachten noch lauter. »Du kannst doch nicht im Ernst in Sam verliebt sein, in diesen Trottel!«, sagte Molly. »Außerdem interessiert ihn nur das Eine. So sind sie alle.«

»Und damit sind nicht etwa Gedichte gemeint.« Hester grinste wissend.

»Hester, du bist so schlau.«

»Tatsächlich?«

»Ja, du hast gerade was furchtbar Geistreiches von dir gegeben.«

»Also, ist sie nun seine Freundin?«, schluchzte Federica.

»Im Moment, ja, aber natürlich wechselt er nächste Woche wieder. Er hat jede Woche eine Neue, weißt du. Sams Wochenration«, sagte Molly. »Ich habe keinen Bock auf Männer, die nur Sex wollen. Ich will einen Mann mit Verstand.«

»Sam hat Verstand.«

»Ja, schon, Fede, aber der steckt zur Zeit nur in seinem Schwanz, Fede«, erklärte Molly, und sie und Hester krümmten sich vor Lachen.

Federica schluchzte noch herzzerreißender.

Schließlich wurde Molly klar, dass es Federica nach dem Joint noch schlechter ging, und sie wies Hester an, Toby oder Julian zu holen, weil sie Angst hatte, Federica könnte sich in ihrer Verzweiflung umbringen.

»Keine Sorge, Fede, du wirst eines Tages über Sam hinwegkommen. Du willst doch keinen, der so viel älter ist als du. Himmel, wenn du zwanzig bist, ist er schon neunundzwanzig. Und überhaupt, willst du etwa Federica Appleby heißen?«

Federica wollte gerade antworten, dass sie sich nichts sehnlicher wünschte, als Federica Appleby zu sein, als sich die Tür öffnete und Toby und Julian ins Zimmer stürmten, besorgt und außer Atem.

»Also, ihr zwei. Ihr lasst Federica jetzt mit uns allein und geht zurück auf die Party«, sagte Julian und wedelte mit der Hand, um den Rauch zu verscheuchen.

»Den Rest von diesem Joint schmeißt lieber weg«, verlangte Toby verärgert und schüttelte den Kopf. »Ihr seid viel zu jung, um mit so etwas herumzuexperimentieren.«

Molly und Hester huschten aus dem Zimmer. Molly dachte nicht im Entferntesten daran, ihren kostbaren Joint wegzuwerfen. Der Stoff war schwer zu kriegen, zumal Sam ihn immer wieder woanders versteckte.

Toby setzte sich neben Federica und zog sie in seine Arme, Julian nahm im Sessel ihnen gegenüber Platz. »Das ist ein grauenhafter Tag für dich«, saget Toby und küsste ihr nasses Gesicht. »Aber bald ist er vorbei …«

»Und ich muss weg aus Polperro.«

»Ah«, sagte Toby und sah Julian mit hochgezogenen Augenbrauen an. »Das hatte ich ja ganz vergessen. Julian, bleibst du bei Federica? Ich muss mal kurz nach unten, habe noch etwas zu erledigen.« Julian nahm seinen Platz neben Federica ein und legte den Arm um sie.

»Ich bin in jemanden verliebt, der mich nicht liebt«, sagte sie und blickte traurig zu Julian auf.

»Wie kann er dich nicht lieben?«, fragte Julian sanft. »Sag mir, wer er ist, und ich bringe ihn um.«

»Sam Appleby.« Federica schniefte.

»Ah, ja, er ist sehr attraktiv«, gestand er ein. »Er ist klug. Ich mag kluge Männer. Er ist außerdem ein sinnlicher Mensch. Du hast einen guten Geschmack.«

»Aber ich bin zu jung«, klagte sie.

»Überhaupt nicht«, widersprach Julian. »Im Augenblick vielleicht. Wie alt bist du? Vierzehn, und er ist dreiundzwanzig? Die Sorte Frauen, für die er sich zur Zeit interessiert, ist viel älter als du und bereit, mit ihm zu schlafen. Das ist es nämlich, was er will. Alle Männer sind gleich. Ich an deiner Stelle würde ihn auf Eis legen, wie einen guten Sekt, und ihn mir für später aufbewahren.«

»Aber so lange kann ich nicht warten«, protestierte sie.

»Natürlich kannst du das. Wenn du jemanden wirklich willst, dann wartest du bis in alle Ewigkeit auf ihn. Auf Toby würde ich zum Beispiel ewig warten.

»Du kannst dich glücklich schätzen, Toby zu haben«, sagte sie. »Ich habe niemanden.«

»Du hast uns, und wir kümmern uns um dich.« Er drückte sie an sich.

»Ich habe das Gefühl, einfach nicht zu zählen. Mama hat Arthur, und Hal hat Mama. Papa schreibt mir nicht mehr; es ist fast so, als wäre er tot«, erklärte sie. »Arthur wird niemals ein Vater für mich sein. Nie im Leben. Lieber sterbe ich.«

»Er will gar nicht dein Vater sein«, sagte Julian. »Er hat ja eigene Kinder. Er will deiner Mutter nur ein guter Ehemann sein. Das kannst du ihm nicht verübeln. Sie ist sehr schön und reichlich schwierig. Arthur hat einen Orden verdient.«

»Mag sein.«

»Und er hat ein bisschen Glück verdient, findest du nicht auch?«

»Ja«, antwortete sie und seufzte resigniert.

»Es ist immer traurig, wenn eine Ehe zerbricht, traurig für die Eltern und traurig für die Kinder. Aber man muss weiterleben und das Beste aus der Situation machen«, sagte er. »Man kann ja nie wissen, irgendwann kannst du vielleicht aufbrechen und deinen Vater auf eigene Faust besuchen. Wenn du älter bist, brauchst du niemanden um Erlaubnis zu bitten. Dann fährst du einfach los. Also halte noch eine Weile durch.«

Als Toby vergnügt und strahlend zurückkehrte, wusste Julian, dass er gute Nachrichten brachte. Federica sah hoffnungsvoll zu ihm auf und fragte sich, was er mit seiner zweiminütigen Abwesenheit wohl erreicht haben mochte. Er setzte sich ihr gegenüber und nahm ihre Hände in seine. »Ich habe mit deiner Mutter einen Handel abgeschlossen. Sie ist heute guter Laune; es war genau der richtige Zeitpunkt, sie zu fragen.«

»Was zu fragen?«, wollte Federica wissen und wagte nicht, sich die Antwort vorzustellen.

»Nun«, erwiderte Toby lächelnd. »Wenn du möchtest, kannst du in deiner Schule bleiben und während der Woche bei mir und Julian wohnen, solange du an den Wochenenden bei deiner Mutter und Arthur wohnst.«

Federica rang fassungslos nach Luft. »Ist das ihr Ernst?«, rief sie aus und wischte sich mit dem Ärmel übers Gesicht.

»Ja.«

»Und Rasta?«

»Rasta auch. Ich denke, wir kommen mit euch beiden zurecht.« Er lachte.

»Oh, danke, Onkel Toby«, sagte sie aufgeregt und schlang die Arme um seinen Nacken. »Ich kann es gar nicht glauben!«

»Das ist dann fast wie in einer Pension«, bemerkte Julian.

»Du kannst mir Unterricht im Fotografieren geben«, sagte sie glücklich, »und ich backe Kuchen für euch und versorge euch. Ihr werdet euch wundern. Ich bin sehr ordentlich und tüchtig und kann prima kochen. Ich mache euch keine Arbeit«, fügte sie hinzu, nicht fähig, ihre Begeisterung zu zügeln.
»Kuchen gegen Unterricht im Fotografieren, das klingt gut.« Julian nickte Toby komplizenhaft zu.
»Kann ich heute schon einziehen?«
»Sobald deine Mutter in die Flitterwochen abgereist ist, und unter einer Bedingung«, sagte Toby.
»Welche Bedingung?«, fragte sie erschrocken.
»Du musst nett zu Arthur sein.«
»Na gut«, erklärte sie sich bereit und fügte schelmisch hinzu: »Dann nenne ich ihn eben nicht mehr einen alten Furz.«

Jake saß in seinem Büro und schmorte im eigenen Saft. Er hätte gern an der Hochzeit seiner Tochter teilgenommen, doch sie hatte ihre Entscheidung getroffen. Sie war nicht willens, zugunsten ihres Vaters auf den Geliebten ihres Bruders zu verzichten. Er war tief gekränkt. Doch Helena war immer schon schwierig gewesen. Schon als Kind hatte sie alle nach ihrer Pfeife tanzen lassen. Außerdem war sie starrsinnig und setzte immer ihren Willen durch – nun ja, fast immer. Jake bedauerte Arthur und fragte sich, ob der Mann die Ausdauer hatte, ständig Helenas Launen zu befriedigen. Er wusste, dass sie sich noch immer nach Ramon sehnte. Gesagt hatte sie es nie, aber er wusste es. Sie hatte über den Scheidungsdokumenten gebrütet, hatte nicht unterschreiben wollen, obwohl sie wusste, dass ihr nichts anderes übrig blieb, denn sie hatte sich schließlich selbst für die Scheidung entschieden. Wie auch sie es war, die Ramon verlassen hatte. Das waren ihre Entscheidungen, und sie musste damit leben. Helenas Problem, so überlegte er, bestand darin, dass sie anderen Menschen unwiderruflich ihren Willen aufzwang. Wahrscheinlich hatte sie gehofft, dass Ramon sie nicht gehen lassen und nicht in die Scheidung einwilligen würde. Doch er war stärker als sie. Sie hatte sich mit ihm gemessen und verloren. Bei Arthur war sie in Sicherheit. Mit ihm brauchte sie sich nicht zu messen. Vielleicht wünschte sie sich ja nun nach all den Kämpfen ein ruhiges Leben. Tun wir das nicht alle, dachte er traurig und griff nach einem Miniatur-Holzfass, um es auf das Piratenschiff zu kleben, an dem er bastelte.

Fünfundzwanzig

Das folgende Jahr war für Federica ein glückliches, für Jake allerdings nicht. Während Federica zufrieden mit ihrem Onkel Toby und mit Julian zusammenlebte, Kuchen backte, das Fotografieren lernte und wie gewöhnlich nach Pickthistle Manor radelte, vergrub Jake sich immer tiefer in seine Miniaturschiffe, empört über seine Tochter, die zuließ, dass Federica in ihrem beeindruckbaren Alter mit Homosexuellen zusammenwohnte. Polly versuchte, mit ihm darüber zu reden, doch er war nicht dazu zu bewegen.

»Es ist nicht richtig«, sagte er, wenn er freundlich gestimmt war, und: »Es ist ekelhaft!«, wenn er gehässig war.

Doch all das war Teil von Helenas Plan und typisch für ihre Manipulationen. Am Ende würde sie ihm doch noch ihren Willen aufzwingen, dessen war Polly sich sicher.

Polly schickte Helena Fotos von Jake auf früheren Hochzeiten für ihr Album, doch Helena lachte nur und schickte sie zurück.

»Wirklich, Mum, ich dachte immer, Dad wäre der Exzentriker in der Familie, nicht du«, sagte sie. Aber Polly bekümmerte es viel mehr, als sie zugeben wollte. Außerdem fehlten ihr ihre Tochter und Enkelkinder im Haus, und ständig erfand sie Ausreden, um zu Toby fahren und Federica besuchen zu können.

»Weißt du, Federica ist sehr glücklich, Jake«, sagte Polly eines Nachmittags, nachdem Federica von einem Bootsausflug auf der *Helena* mit Toby und Julian zurückgekommen war.

Ihre Wangen waren vom Wind gerötet, alle lachten strahlend. Toby trug den Picknickkorb mit leeren Schüsseln, Federica hatte das Essen bereitet und Julian hatte fotografiert. Rasta trottete hinter ihnen her, satt von ihren vegetarischen Pasteten und müde vom Spielen am Strand. »Weißt du, sie sahen alle so gut aus. Sie hätten auch eine ganz normale Familie sein können«, berichtete sie, ohne sich darum zu kümmern, ob Jake nun zuhörte oder nicht. Sie wollte ihre Freude teilen und würde sich um nichts in der Welt von seiner Voreingenommenheit daran hindern lassen.

Jake klebte unbeirrt und konzentriert weiterhin kleine Holzstückchen zusammen. »Toby ist wie ein Vater für Federica. Dass Helena sie bei ihm wohnen lässt, ist wohl die beste Idee, die sie je hatte. Und Federica ist so erwachsen geworden. Sie ist schon eine junge Dame und ausgesprochen tüchtig. Sie kocht für die beiden und versorgt sie wie eine kleine Mutter. Ich bin so stolz auf sie. So stolz! Julian hat ihr das Fotografieren beigebracht. Weißt du, sie hat den richtigen Blick dafür. Doch, wirklich. Julian hat ein paar von ihren Bildern gerahmt und aufgehängt. Das hat Wunder gewirkt für ihr Selbstbewusstsein. Sie brauchte halt unbedingt einen Vater. Jetzt hat sie zwei Väter.« Sie musterte ihren Mann verstohlen, doch er arbeitete so vertieft weiter, als hätte er sie gar nicht gehört.

Als Hester mit der Idee einer Party zu ihrem sechzehnten Geburtstag an ihre Mutter herantrat, rief Ingrid unverzüglich Helena an und schlug vor, dass Hester und Federica zusammen feierten. »So schlagen wir zwei Fliegen mit einer Klappe«, sagte sie, wohl wissend, dass sie nicht in der Lage war, die Party allein vorzubereiten.

»Was für eine Art Party stellst du dir denn vor?«, fragte Helena, die Ingrid jegliche Vorstellung von Sechzehnjährigen und dem Chaos, das sie anrichten können, absprach.

»Ach, irgendwas Nettes. Ein hübsches Zelt vielleicht«, antwortete sie unbestimmt.

Helena lächelte über Ingrids selige Weltfremdheit. »Was soll es zu essen geben?«

»Ein kaltes Büffet, denke ich. Ich lasse es anliefern«, sagte sie von oben herab.
»Wie viele Gäste?«
»Wie viele Freunde und Freundinnen haben sie denn?«, fragte Ingrid abgelenkt, denn ihre Gedanken galten längst wieder dem milden Abendhimmel und dem ruhigen See, den jetzt Scharen von brütenden Vögeln bevölkerten.
»Wir sollten uns mit den Mädchen zusammensetzen und beraten«, schlug Helena vor, als sie bemerkte, dass Ingrids Aufmerksamkeit ihr abhanden kam.
»Schätzchen, was für eine gute Idee. Komm doch morgen mit Federica zum Tee.« Nach kurzem Besinnen fügte sie hinzu: »Bring unbedingt Hal mit. Joey und Lucien sind da und würden ihn bestimmt gern sehen. In letzter Zeit kommt Hal ja kaum noch her.«

Hal mochte Arthur sehr gern. Er erinnerte sich nur selten an seinen Vater, wenn der Nebel seiner Erinnerung sich einmal so weit lichtete, dass er deutlicher sehen konnte. Dann hatte er eine vage Vorstellung von einem Mann mit dem rauen, wettergegerbten Aussehen eines Wolfs und der befehlsgewohnten Art eines Königs. Als Hal noch klein war, hatte Ramon ihm Angst gemacht, doch jetzt, da er älter war, fürchtete er ihn nur noch in seinen Träumen. Arthur dagegen gab ihm das Gefühl, etwas Besonderes zu sein. Er nahm sich Zeit für ihn, ermutigte ihn und putzte ihn niemals herunter. Arthurs Liebe zu Helena war allumfassend, aber nicht so, dass sie sich zwischen sie und ihren Sohn drängte. Arthur verstand ihre enge Beziehung, und sie rührte ihn. Er gab sich Mühe, Hal ein guter Vater zu sein, und erntete zum Lohn das Vertrauen und die Zuneigung des Jungen. Helena hatte damit gerechnet, dass Hal eifersüchtig auf ihre Beziehung zu Arthur sein würde, und das hätte sie als ganz natürlich angesehen, aber zu ihrer Überraschung reagierte Hal auf ihn, wie er auf seinen leiblichen Vater nie reagiert hatte.

Nur Federica ehrte die Erinnerung an Ramon.
Helena war Zeugin, wie Arthur sich nach und nach bei allen Bewohnern Polperros beliebt machte. Galt er zu Anfang als Witzfigur, über die man lachte, eroberte er sich nun einzig durch seine liebenswürdige Art die Achtung der ganzen Stadt. Er lächelte stets freundlich, nahm sich immer Zeit für einen Plausch und wurde nie müde, die Probleme anderer anzuhören und aufrichtigen Herzens vernünftige Ratschläge zu erteilen. Er klatschte nie über das Gehörte, war ein Mann, dem man vertrauen konnte. Selbst Ingrid mochte ihn irgendwann, nachdem er ihre Zuneigung durch sein erstaunliches Wissen über Vögel und durch seine Tierliebe gewonnen hatte. Er unterstützte Hester bei der Rettung von Igeln und lobte Inigos gut gefüllten Weinkeller. Nuno gab ihm den Spitznamen ›Arturo‹, den alle sehr lustig fanden und gleich übernahmen. Einzig Federica nannte in aus reiner Bosheit weiterhin Arthur. Helena war wütend über die Weigerung ihrer Tochter, den Stiefvater anzuerkennen. Ihrer Meinung nach hatte sie eine Party nicht verdient.
»›Festlaune, welche bestenfalls im Wahnsinn vieler zum Wohle weniger besteht‹«, deklamierte Nuno und schenkte Helena eine Tasse Tee ein. Er sah sie an und zog die buschigen Augenbrauen hoch, die mit ihm gealtert waren und zwei weißen Wogen auf dem Meer glichen.
Helena schüttelte den Kopf. »Tut mir Leid, Nuno, ich muss mich wieder geschlagen geben«, sagte sie und lächelte ihn Verständnis heischend an.
»Ah, der scharfe Verstand des kleinen Samuel! Wäre er jetzt hier, er wüsste es auf Anhieb.« Er seufzte und stellte die Teekanne ab. »Das war Alexander Pope, meine Liebe«, sagte er. »›Frauen sind bestenfalls immer noch ein Widerspruch in sich‹«, fügte er grinsend hinzu. »Das ist auch von ihm.«
»Gut, Pa, genug geprahlt, mir raucht schon der Kopf«, beklagte sich Ingrid und nippte an ihrem Tee. »Mir ist aufgefallen, dass du nicht mehr rauchst, Helena«, sagte sie und stellte fest, dass sie

auch nicht mehr zitterte. »Arturo ist offenbar wirklich der Richtige für dich.«

»O ja. Ich bin sehr glücklich. Allerdings gibt es Zeiten, wo ich großes Verlangen nach wenigstens einer Zigarette habe«, erwiderte sie wahrheitsgemäß. »Doch Arthur verwöhnt mich maßlos. Ich habe großes Glück mit ihm.«

»Wie schön. Ich wünschte, ich könnte das Gleiche über Inigo sagen. Die einzige Spur von ihm, die ich in letzter Zeit zu sehen bekommen, ist seine schwarze Stimmung, die wie dicke Soße unter seiner Bürotür hindurchsickert. Sag mal, sind alle Philosophen so übellaunig?«

»Meine Liebe, sie grübeln über die großen Geheimnisse des Lebens nach, die sich nicht beweisen lassen. Ich kann mir gut vorstellen, dass das demoralisiert«, erklärte Nuno.

»Dann sollte er lieber über sich selbst philosophieren. Ein größeres Geheimnis gibt es gar nicht«, entgegnete sie.

»Aber das wäre noch demoralisierender«, fügte Nuno hinzu.

»Gut. Lassen wir uns nicht ablenken«, sagte Helena. »Wo sind die Mädchen? Wir sollten jetzt über die Party reden.«

»Natürlich«, sagte Ingrid und zündete sich eine Zigarette an. »Die Party. Ich kann mir nichts Schöneres vorstellen, als eine fröhliche Schar junger Menschen zum Essen in einem Zelt einzuladen. Wie romantisch, ein Zelt im Garten! Wie auf deiner Hochzeit, Helena. Schade, dass Molly noch zu jung zum Heiraten ist, sonst hätten wir es gleich noch einmal nutzen können.«

Als Termin wurde ein Sonnabend im Juli festgelegt, zwischen Federicas Geburtstag im Juni und Hesters Geburtstag, der in den August fiel. Sie beschlossen, auf dem Rasen beim See ein großes Festzelt aufzubauen, denn Ingrid wollte den jungen Leuten Gelegenheit geben, den prachtvollen Sonnenuntergang über dem Wasser zu genießen. Als Helena anbot, die Hälfte der Kosten zu übernehmen, winkte Ingrid ab. »Du liebe Zeit, nein«, sagte sie und fuchtelte mit ihrer Zigarette in der Luft umher.

»Das ist das Mindeste, was Inigo tun kann, und außerdem bezahlt er dafür, dass er nicht teilzunehmen braucht.« Sie lachte frech.

Helena mochte gar nicht daran denken, was die ganze Veranstaltung kosten würde. Die Mädchen hatten entschieden zu viele Ideen. Sie wollte einhundertundfünfzig Freunde einladen, Party-Service, Disco, Tanzboden und jede Menge alkoholischer Getränke. Ingrid hatte eine Bowle vorgeschlagen, doch Nuno bestand darauf, dass sie alle Wein tranken. »Wenn du sie wie Kinder behandelst, dann benehmen sie sich auch wie Kinder«, sagte er. »Gib ihnen Wein, dann führen sie sich so vornehm auf wie junge Pariser Aristokraten.«

Nach Helenas Meinung machte es nicht den geringsten Unterschied: betrunkene Pariser Aristokraten waren bestimmt nicht anders als betrunkene Schulkinder aus Cornwall. Nuno und Ingrid konnten sich bestimmt auf eine scheußliche Überraschung gefasst machen.

Am Abend der Party herrschte das typische englische Sommerwetter. Den ganzen Tag über hatte es immer mal wieder geregnet. Polperro wurde dann mit ausuferndem Sonnenschein überflutet, um ihn im nächsten Moment wieder missen zu müssen und in Schatten zu versinken. Federica packte ihre Übernachtungstasche, und Toby fuhr sie am Nachmittag nach Pickthistle Manor.

»Ich drehe durch, wenn es während der gesamten Party regnet«, jammerte sie. »Ingrid hat sich so viel Mühe gegeben, den Garten hübsch zu machen.«

»Gib dich keinen Illusionen hin, mein Schatz«, sagte Toby lächelnd. »Kein Mensch kümmert sich einen Dreck um den Garten. Alle werden nur damit beschäftigt sein, einander anzuschauen.«

»Trotzdem macht es keinen Spaß, wenn es regnet.«

»Da bin ich anderer Meinung. Alles läuft viel besser, wenn rund-

herum Chaos herrscht. Ich an deiner Stelle würde auf Regen hoffen.«
Als sie sich dem Haus näherten, verkrampfte sich Federicas Magen und wollte sich umdrehen. Sams grünweißer Deux Chevaux stand auf der Zufahrt.

Seit der Hochzeit ihrer Mutter im Vorjahr hatte Federica Sam kaum gesehen. Er hatte Cambridge schon lange hinter sich gelassen und auf Nunos Rat hin ein Jahr in Rom gelebt und gearbeitet, bevor er in London in einer Bank zu arbeiten begann. Nuno war wütend, weil Sam seinen brillanten Verstand an einen Beruf verschwendete, den jeder Dummkopf ausfüllen konnte, doch Sam versicherte ihm, es sollte nur vorübergehend sein; er wollte erleben, wie es in der City zuging. Federica hatte sich danach gesehnt, sein Auto auf der Zufahrt stehen zu sehen, aber als es nun tatsächlich dort stand, geriet sie wieder einmal in Panik, weil sie fürchtete, ihr würde kein Wort über die Lippen kommen, wenn sie Sam sah. Sie wünschte sich, älter, größer, hübscher und selbstbewusster zu sein.
»Toby, Sam ist zu Hause«, sagte sie mit dünner Stimme.
»Gut. Es ist höchste Zeit für ihn zu sehen, dass du zu einer wunderschönen Frau erblühst«, antwortete er und hielt vor dem Haus.
»Ich habe Angst.«
»Natürlich hast du Angst, das macht es ja so aufregend. Wenn du keine Angst hättest, wärst du nicht du, und du bist hinreißend.« Er musterte ihr ernstes Profil und hoffte, dass auch Sam inzwischen erwachsen geworden war.
»Du musst das ja sagen, schließlich bist du mein Onkel.« Sie lachte.
»Ich bin aber auch ein Mann«, sagte er und strich ihr über die Wange. »Und ich finde dich schön. Also geh jetzt hinein und sei du selbst. Er wird gar nicht wissen, wie ihm geschieht.«
Federica gab ihrem Onkel einen liebevollen Kuss, bevor sie

unsicher aus dem Wagen stieg. Toby sah ihr nach, als sie ins Haus ging, und fand, dass sie aussah wie ein am Baum errötender Apfel. Noch war sie grün, aber mit der richtigen Nahrung würde aus ihr ein wunderschöner Apfel werden.

Federica öffnete die Tür in dem Moment, als der Himmel wieder seine Schleusen öffnete und einen heftigen Regenguss zur Erde schickte. »Verdammt noch mal!«, schimpfte Hester und eilte auf Federica zu. »Gott sei Dank, dass du hier bist. Schau dir nur das Wetter an!«

»Es wird noch schön, Liebling«, sagte Ingrid, die mit einer eingetopften Orchidee durch die Halle schwebte. »Diese Blumen bringen ein bisschen Farbe ins Zelt.«

»Mum glaubt, wir veranstalten eine Gala für Debütantinnen. Sie hat nicht die geringste Ahnung«, flüsterte Hester und grinste frech. »Öde ist nur, dass Sam und sein Freund Ben heute Abend Polizei spielen sollen.«

»Was soll das heißen?«, fragte Federica und errötete zart, als sein Name fiel.

»Na, sie sollen auf uns aufpassen. Acht geben, dass in den Büschen keine Ungezogenheiten vorkommen.« Sie lachte.

»Wenn das Wetter so bleibt, hat sowieso keiner Lust, sich in die Büsche zu schlagen«, sagte Federica. Ihr Herz erwärmte sich an der sonnigen Vorfreude auf Sam.

Als Federica und Hester durchs Wohnzimmer und zu den Fenstertüren hinaus zum Zelt gingen, winkte Sam ihr zu und sagte zu Ben: »Sie ist noch ein völlig unbeschriebenes Blatt, die da.«

»Welche, die da?«, fragte Ben, der wie eine Spinne auf dem Sofa lag.

»Ja. Federica«, sagte Sam und betonte jede Silbe des Namens, wie Nuno es tat.

»Sie ist minderjährig, Kumpel.« Ben lachte.

»Ja, jetzt noch. Aber merk dir, was ich sage: Wenn sie älter ist, wird sie umwerfend schön sein. Ich habe sie immer im Auge behalten. Sie ist anders als alle anderen Mädchen; sie hat etwas Unergründliches, und das gefällt mir. Lass ihr noch ein paar Jährchen Zeit, dann ist sie zu einer wunderschönen jungen Frau gereift.«

»Warum wartest du so lange?«

»Um Gottes willen, Ben. Ich steh nicht auf Kinder.« Sam war empört.

»Feiert sie nicht ihren sechzehnten Geburtstag?«

»Doch, ja«, erwiderte er.

»Also, dann ist sie pflückreif. Nimm sie dir lieber, bevor es ein anderer tut. Stellst du mich ihr vor? Ich will sie mir mal näher ansehen.«

Ben folgte Sam durchs Zelt, das Ingrid mit großen Kübeln voller Orchideen geschmückt hatte. Hester und Federica standen mürrisch mit vor der Brust verschränkten Armen da und blickten hinaus in den Garten, während eifrige Männer vom Party-Service Tische und Stühle aufstellten. Sam und Ben wichen den Beleuchtern und den probenden Musikern aus und gesellten sich zu den Mädchen.

»Hallo, Fede.« Federica drehte sich um und fühlte, wie es ihr heiß zum Herzen strömte, als Sam auf sie zugeschlendert kam. Je heftiger sie sich darauf konzentrierte, nicht rot zu werden, desto glühender wurden ihre Wangen. Sie lächelte, versuchte, ganz natürlich zu sein, und senkte den Blick.

»Das ist Ben«, sagte Sam. Ben reichte ihr die Hand und musterte ihr Gesicht mit zusammengekniffenen Augen.

»Die Polizisten«, sagte sie mit einem Lächeln.

»Ja, die Polizisten«, bestätigte Sam und schob die Hände in die Hosentaschen. »Anders war es uns ja nicht möglich, an eine Einladung heranzukommen.«

»Wir brauchen keine Polizei«, sagte Hester mürrisch.

»Das glaubst du.« Sam lachte. »Womöglich freust du dich doch noch, wenn Ben und ich eingreifen und verhindern, dass all diese betrunkenen Jungen sich deinetwegen prügeln.«

»Wenn es nur so wäre«, entgegnete sie. »Schau dir das nur mal an.« Sie streckte die Hand hinaus in den Regen.
»Ich mag Regen. Regen ist romantisch«, behauptete Sam. Federica vermied jeden Blickkontakt mit ihm, aber trotz ihrer Bemühungen spürte sie seine Blicke heiß wie die Sonne auf ihrem Gesicht. Sie fragte sich, warum er plötzlich so interessiert an ihr war, und wünschte ihn fort, bevor seine Nähe sie erstickte.
»Aber ich mag ihn nicht«, klagte Hester. »Warum muss es ausgerechnet heute regnen? Nicht mehr lange, dann ist der Rasen ein einziges Schlammbad.«
»Und ihr könnt euch nackt ausziehen und eine Schlammschlacht veranstalten.« Ben lachte leise und sah seinen Freund Bestätigung fordernd an. Hester kicherte. Sam wechselte das Thema.
»Wie geht es dir bei deinem Onkel?«, fragte er Federica. Er dachte an ihr Gespräch in den Glockenblumen und wie traurig sie war, womöglich Polperro verlassen zu müssen.
»Gut, danke«, antwortete sie. Es gelang ihr, ihn kurz anzusehen, bevor die Intimität des Blicktausches zu viel für sie war und sie sich wieder abwenden musste. Sie kam sich dumm vor und hatte das Gefühl, ihre Zunge wäre zu groß für ihren Mund. Wenn sie doch etwas Intelligentes hätte von sich geben können! »Julian gibt mir Unterricht im Fotografieren«, sagte sie, um das Schweigen zu unterbrechen, das ihr peinlich ausgedehnt und leer erschien.
»Dann bist du bestimmt schon recht gut«, erwiderte Sam. »Kann gar nicht anders sein, bei einem Lehrer wie Julian.«
»Ja, sie ist wirklich gut. Ich habe ein paar von ihren Fotos gesehen«, sprang Hester ihr bei. Sam zog interessiert die Augenbrauen hoch.
»Na ja, es geht«, schwächte Federica verlegen ab. »Gut bin ich noch nicht.«
»Eine Karriere als Fotografin hat eine Menge Vorteile«, sagte Sam und nickte versonnen. »Diesen Beruf kannst du überall aus-

üben, und du bist immer dein eigener Chef. Eine solche Freiheit hat viel für sich, das kann ich dir versichern.«

»Ich weiß. Aber bis dahin habe ich noch einen langen Weg vor mir.«

»Das geht so schnell.« Sam dachte daran, wie das vergangene Jahr beinahe unbemerkt an ihm vorbeigegangen war und wie sehr Federica sich in der Zeit verändert hatte.

»Ich hoffe es«, erwiderte Federica und bemerkte voller Bestürzung den angespannten Ausdruck auf seinem Gesicht, als er sie musterte. Sie war dankbar, als Hester vorschlug, sich allmählich für die Party zurechtzumachen.

»Wir haben keine Zeit, hier herumzustehen und mit ein paar alten Männern zu schwatzen«, sagte sie und zog Federica am Arm mit sich fort. Federica ging nur zu gern.

»Ich habe ihr gar nicht zum Geburtstag gratuliert«, sagte Sam, als die Mädchen im Wohnzimmer verschwanden.

»Das kannst du nachholen, wenn du sie mit irgendeinem grapschenden Pubertierenden aus den Büschen zerrst.«

»Halt den Mund, Ben«, fuhr Sam ihn gereizt an. »Manchmal bist du noch kindischer als die Mädchen.«

Federica schwelgte in einem heißen Bad. Trotzki leistete ihr Gesellschaft und bewachte sie, denn in Pickthistle Manor verfügte keine einzige Tür über ein Schloss. Er lag da im Wasserdampf und hechelte, den edlen Kopf auf die Pfoten gelegt. Die rosa Zunge hing ihm aus der Schnauze. Wieder einmal suchte Federica Sam in den geheimen Hallen ihrer Imagination. Sie schloss die Augen und stellte sich eine Welt vor, in der alles, was sie sagte, geistreich und klug war, in der sie niemals errötete oder stotterte, in der sie immer hinreißend aussah. In dieser Welt wurde sie von Sam geliebt. Leidenschaftlich geliebt. Er küsste sie zärtlich und fordernd, brachte es kaum fertig, sie auch nur für einen Moment aus den Augen zu lassen. Seine Liebe war allumfassend. In seinen Armen fühlte sie sich sicher und geborgen, unbehelligt von den Zweifeln und Sorgen, die sie in der realen Welt heimlich quälten.

Aus diesen angenehmen Träumen wurde sie von Trotzkis ungeduldigem Bellen gerissen. Er war aufgesprungen und wartete an der Tür darauf, dass ihn jemand hinausließ. Federica entdeckte Hester vor dem Spiegel in ihrem Schlafzimmer. Sie hatte sich bereits das Haar getrocknet, und Molly tuschte ihr mit der sicheren Hand einer Visagistin die Wimpern. »Ich schminke dich, wenn ich mit Hester fertig bin«, sagte sie.

Federica wand sich in ihrem Handtuch. »Ich weiß nicht. Ich habe noch nie Make-up getragen«, sagte sie und kräuselte die Nase.

»Aber heute Abend findet deine Geburtstagsparty statt, und da sollst du wunderschön sein. Beeil dich, zieh dein Kleid an«, sagte sie gebieterisch und trat einen Schritt von ihrer Schwester zurück, um ihr Werk zu bewundern. »Hester, du siehst toll aus«, sagte sie und trug mit flinken Pinselstrichen das Rouge auf.

Als Hester und Federica in ihren Kleidern im Zelt auftauchten, wirkten sie durch ihre Frisuren und das Make-up kühl und vornehm und viel älter, als sie waren. Molly stand voller Stolz hinter ihnen wie ein Kindermädchen und schob sie nach vorn, damit sie sich bewundern ließen. Ingrid schlug die Hände zusammen und beteuerte, beide sähen aus wie Prinzessinnen. Helena wurde bewusst, dass ihre Tochter erwachsen wurde, und das nahende Ende ihrer Kindheit machte sie traurig. Federica trug ein blassblaues trägerloses Kleid, das zu ihren aquamarinblauen Augen passte, und Molly hatte ihr das helle Haar hochgesteckt. Sie wirkte unschuldig und doch distanziert, anders als die anderen Kinder in ihrem Alter, die entweder erfahrener waren, als ihnen gut tat, oder aber viel zu kindlich. Im letzten Jahr hatte ihre Erscheinung etwas Ätherisches angenommen, aber Helena war sicher, dass sie sich ihrer Ausstrahlung nicht bewusst war. Dazu war sie zu unsicher.

»Ihr seht beide hübsch aus«, sagte sie und schob Federica eine weißblonde Haarsträhne, die sich gelöst hatte, hinters Ohr. »Hübsch«, wiederholte sie versonnen. Sie wünschte sich, Ramon wäre anwesend, um Federica zu sehen. Er wäre so stolz auf sie. Sie schüttelte ihr Bedauern ab und lächelte beherrscht. »Toby holt dich morgen früh ab. Du siehst wunderbar aus, Fede, du bist jetzt eine junge Frau.«
»*Che belle donne*!«, erklärte Nuno, der, angetan mit einer weißen Krawatte, ins Zelt getrabt kam.
»Pa, wie hast du dich denn angezogen, um alles in der Welt?«, rief Ingrid aus und musterte ihn verblüfft von oben bis unten. »Eine *schwarze* Krawatte sollte es sein!«
»*Cara mia*, ich lebe nach meiner eigenen Kleiderordnung.« Nuno seufzte. »Das hier ist der Ball meiner Enkelin, und ich bin es ihr schuldig, besonders gut auszusehen.«
»Willst du wirklich auf meine Party kommen, Nuno?« Hester lachte. »Du siehst aus wie ein Pinguin.«
»Ich fühle mich geschmeichelt, wirklich«, sagte er mit einer Verbeugung. »Es ist mir eine Ehre, mich in der Gesellschaft zweier schöner Prinzessinnen bewegen zu dürfen. Stoßen wir mit einem Glas Champagner darauf an!«

Federica war enttäuscht, weil Sam nicht nach unten gekommen war. Sie fand sich hübsch und wollte, dass er sie sah. Während sie endlos mit Ingrid, Nuno und ihrer Mutter anstieß, behielt sie die Fenstertüren unentwegt im Auge, und ihr Herz flatterte in der Erwartung seines Erscheinens. Doch Sam kam nicht. Schließlich fragte sie Hester: »Wo sind unsere beiden Polizisten?«
»Vor dem Fernseher vermutlich«, sagte sie zu Federicas Enttäuschung. »Sie kommen erst, wenn es richtig losgeht.«
Es dauerte nicht lange, bis es richtig losging. Die Gäste kamen und machten sich gleich daran, fast alle Alkoholvorräte noch vor dem Abendessen zu vertilgen. Das Büffet wurde schon frühzei-

tig eröffnet, um dem entgegenzuwirken, doch niemand scherte sich ums Essen, bis Trotzki auf einem der Tische gesichtet wurde, der wie ein Staubsauger in Hundegestalt die Würstchen verschlang. Als Hester den Hund schließlich in den Garten gezerrt hatte, fielen die Gäste über die Speisen her, aus Angst, sonst alles an die übrigen Tiere zu verlieren, die im Zelt ein und aus gingen, als wären sie darin zu Hause. Federica setzte sich zu zwei Jungen, die sie nicht kannte und die fast den ganzen Abend über Cricket und Schulzeugnisse redeten. Zu schüchtern, um auf sich aufmerksam zu machen, lehnte sie sich zurück und hörte ergeben zu, stets Molly im Auge, die ihren gesamten Tisch in ihren Bann gezogen hatte. Molly rauchte mit großer Selbstverständlichkeit eine lange dünne Zigarette. Federica kam sich im Vergleich zu ihr unauffällig und dumm vor.

Federica tanzte mit einigen Jungen, war jedoch zu befangen, um Spaß daran zu finden. Sie bemerkte, dass sie sich über ihre Schulter hinweg umsahen, wahrscheinlich nach interessanteren Mädchen, mit denen sie tanzen konnten. Sie beobachtete eine von Mollys Freundinnen in einem schwarzen Spitzenkleid, die sich so geschmeidig bewegte wie eine Profitänzerin, und wünschte sich, genauso selbstsicher und anmutig zu sein. Als sie sich schon in irgendeine Ecke in einen einsamen Sessel zurückziehen wollte, möglichst versteckt unter einer großen Topfpflanze, wurde ihr Tanzpartner plötzlich grün im Gesicht wie schimmeliger Joghurt, packte Federica bei der Hand und zog sie mit sich in die Nacht hinaus.

»Ich glaube, mir wird schlecht«, stöhnte er, als der genossene Alkohol ihm den Magen umstülpte.

»Wieso brauchst du *mich* dafür?«, fragte sie bestürzt. Ihre Absätze versanken in Ingrids nassem Rasen.

»Ich möchte nicht allein sterben«, antwortete er und zerrte sie weiter in die Dunkelheit.

»So schlimm wird es schon nicht sein, oder?«, fragte Federica, in der Hoffnung, dass er sich auf wunderbare Weise erholte und sie zurück zur Party führte. Sie schauderte vor Kälte, während der Nieselregen ihr auf Gesicht und Schultern sprühte.

»Doch, es ist sehr schlimm«, sagte er, bevor er den Kopf in ein Gebüsch steckte und sich laut erbrach. Federica verzog das Gesicht, als er Ingrids herrliche Rosen mit seinem Mageninhalt bedeckte. Erschrocken trat sie zurück und schlug angewidert die Hand vor den Mund.

Plötzlich ging das Nieseln in richtigen Regen über, der dicht und schwer auf ihr Seidenkleid fiel und sie bis auf die Haut durchnässte. Sie schützte ihren Kopf mit den Armen und wusste nicht, ob sie den Jungen im Rosenbeet zurücklassen und Schutz suchen oder bei ihm bleiben sollte. Als jemand ihren Namen rief, wandte sie sich erleichtert von dem Ächzen und Stöhnen im Gebüsch ab. Es war Sam.

»Federica!«, rief er. Federica sah ihn durch die Regenschleier auf sich zukommen. »Federica. Ist alles in Ordnung?«, fragte er, bei ihr angelangt. Sein weißes Hemd klebte ihm vor Nässe auf der Haut und ließ sie durchschimmern. Das blonde Haar hing ihm tropfend ins Gesicht, doch er lächelte breit, als wäre ihm das vom Regen heraufbeschworene Drama eine Freude.

»Was?«, stammelte Federica und sah ihn blinzelnd an.

»Hester sagt, ein Betrunkener hätte dich verschleppt«, erklärte er atemlos. Federica deutete auf das Gebüsch. »Gütiger Gott!«, entfuhr es Sam. Er hielt sich die Nase zu. »Nichts wie weg hier. Er wird schon von allein wieder nüchtern«, sagte er, nahm ihre Hand und führte sie in die dem Zelt entgegengesetzte Richtung fort.

»Wohin gehen wir?«, rief sie. Sie hatte Mühe, auf ihren zerbrechlichen Absätzen mit ihm Schritt zu halten

»Weit weg von dieser scheußlichen Party«, antwortete er voller Ekel. »Dir hat sie auch nicht gefallen, ich habe dich beobachtet.«

Federica spürte ein Flattern im Bauch vor Freude bei dem Gedanken, dass Sam sie beobachtet hatte, dass er sie wahrgenommen hatte. Sie war froh, dass die Nacht ihre glühenden Wangen

und ihre verlaufene Wimperntusche verbarg. Sam öffnete die Tür zur Scheune, und sie schlüpften hinein. Sie hörte ihn den Riegel vorschieben und roch den Duft von warmem Heu und frisch gemähtem Gras. Sekunden später ließ Sam sein Feuerzeug aufflammen und zündete eine Kerze an.
»Hier war ich noch nie«, sagte sie und schaute sich neugierig um.
»Ich komme ständig hierher. Besonders nachts, denn hier drinnen wohnt eine Wildenten-Familie. Deshalb will ich kein elektrisches Licht. Es würde sie verscheuchen. Ich habe hier eine Kerze bereitgelegt, damit ich die Enten beobachten kann.
»Eine Entenfamilie. Ist das dein Ernst?«, fragte sie.
»Komm«, flüsterte er und nahm ihre Hand. »Ich zeig sie dir.«
Der Boden war bedeckt mit goldenen Strohhalmen, die im Licht glitzerten. Die Scheune diente als Speicher für Getreide und Heu fürs Vieh und für Feuerholz. Der Regen prasselte aufs Dach, doch drinnen war es warm und trocken. Geräuschlos stiegen sie auf die Heuballen, duckten sich und blickten auf die Entenfamilie in ihrem warmen Nest aus Federn herab. Die jungen Entlein schliefen und bemerkten die seltsamen Wesen nicht, die sie still betrachteten, wogegen die Mutter vorsichtig, aber furchtlos, wach und mit offenen schwarzen Augen reglos dasaß. Sam lächelte Federica an, die ihrerseits entzückt lächelte. Keiner sprach, sie betrachteten nur die Enten, ohne den schönen Moment durch Worte zu zerstören.

Als Sam sich vorbeugte und sie küsste, war es eine Überraschung für Federica. Eine Hand hatte er stützend in ihren Nacken gelegt, und seine Lippen küssten ihre verblüfften Lippen, bevor er wieder leicht zurückwich, um ihre Reaktion einzuschätzen. Sie war wie erstarrt.
»Hat es dir nicht gefallen?«, fragte er leise. Federica wollte etwas sagen, aber kein Wort kam über ihre Lippen. »Möchtest du, dass ich dich noch einmal küsse?« Sie nickte stumm, überwältigt von seiner körperlichen Nähe. Erneut legte er seinen Mund auf

ihren, strich mit den Lippen über ihre Lippen, spürte ihre Haut, ohne sie zu schmecken. Federica saß starr da, wagte nicht, sich zu rühren, wusste nicht, was sie tun sollte. Als hätte er ihr Unbehagen gespürt, löste er sich von ihr und fuhr mit den Fingern durch ihr regennasses Haar, das ihr ins Gesicht hing.

»Ist es das erste Mal?«, fragte er.

»Ja«, antwortete sie mit heiserer Stimme.

Sam lächelte zärtlich. »Das erste Mal es ist immer ein wenig beängstigend. Ich erinnere mich noch, wie es bei mir war«, sagte er. »Für einen Jungen ist es noch schlimmer, denn er soll ja eigentlich wissen, was er zu tun hat.«

»Woher wusstest du, was du zu tun hast?«, fragte sie in dem Versuch, Konversation zu machen, während sie doch an nichts anderes denken konnte als an seine Lippen auf den ihren und in ängstlicher Erwartung, dass er es noch einmal täte.

»Instinkt«, sagte er nur und nahm seine Brille ab. Dann sah er Federica so eindringlich an, dass ihr Herz einen Satz machte, und strich mit der Hand über ihren Nacken. »Komm, schließ die Augen. Leg deine Scheu ab. Hör auf deine Sinne, nicht auf deinen Verstand, der sich irritiert fragt, was da eigentlich mit dir geschieht. Küssen soll schön sein, nicht unangenehm. Entspann dich einfach und konzentriere dich auf das, was du empfindest. Lass dich von deinen Ängsten nicht ablenken. Ich beurteile dich nicht, ich genieße nur das Zusammensein mit dir.«

Federica lachte nervös. »Los, schließ die Augen«, drängte er. Federica lachte wieder, dann schloss sie erwartungsvoll die Augen. Sie spürte ein Zucken im Magen, als Sams Lippen ihre Haut berührten, ihre Wange küssten, den Muskel unterhalb des Ohrs, ihre Schläfen und ihre Augen. So sehr sie auch versuchte, ihren Verstand auszuschalten, konnte sie es sich doch nicht gestatten, richtig in den Sinnesfreuden zu schwelgen, wie er ihr geraten hatte, aus Angst, sich gehen zu lassen und sich lächerlich zu machen. Sie roch sein herbes Aftershave, gemischt mit dem natürlich-männlichen Duft seines Körpers, und sie wollte sich selbst kneifen, um sich zu vergewissern, dass all das tatsächlich geschah. Dann, gerade, als sie dachte, ihr Verstand würde den zauberhaften Augenblick zerstören, fanden Sams Lippen wieder ihren Mund, öffneten sich und setzten ihren gehetzten Gedanken ein Ende. Sie schmeckte seine Zunge wie Wein und spürte sein raues Kinn an ihrem. Er schlang die Arme um ihren Körper und zog sie an sich. Dort, im flackernden Kerzenschein im Schuppen, regte sich ihr ganzes Sein im Frühlingserwachen.

Sechsundzwanzig

Als Helena heimkam, fand sie eine Nachricht von Arthur auf dem Küchentisch.

Bin mit Hal im Kino. Bis später, alles Liebe, Arturo.

Sie öffnete den Kühlschrank, entnahm ihm eine Dose Coca-Cola und einen Teller mit kaltem Braten und setzte sich zu einer einsamen Mahlzeit an den Tisch. Mit einem Blick auf die Wanduhr fragte sie sich, wie es Federica wohl auf der Party gehen mochte. Ihre neue Ehe und ihr Sohn hatten sie so beschäftigt, dass das Heranreifen ihrer Tochter ihr weitgehend entgangen war. Im vergangenen Jahr hatte Federica in aller Stille begonnen, eine Verwandlung durchzumachen, sich als strahlend schöne junge Frau zu entpuppen, mit tiefen melancholischen Augen und dem scheuen Lächeln eines Kindes, das sich bei diesem Übergang vom Mädchen zur Frau nicht wohl in seiner Haut fühlt. Einerseits war sie tüchtig, vernünftig und selbstständig, gleichzeitig aber erkannte Helena in ihr eine zunehmende Bedürftigkeit und Unsicherheit, denn das waren die Züge, die Federica von ihr geerbt hatte. Ohne großen Appetit verzehrte sie das Fleisch. Das strahlende Bild Federicas in ihrem Partykleid warf einen Schatten der Erinnerung auf ihr Herz, den sie nicht abschütteln konnte. Sie versuchte, nicht an Ramon zu denken, doch sein Gesicht tauchte immer wieder in ihren Gedanken auf – wie eine Boje auf dem Meer. Dort schwamm er und ließ sich nicht vertreiben. Seine kohlschwarzen Augen fixierten sie forschend, und beinahe konnte sie ihn fragen hören, ob sie glücklich war.

Sie war nicht so glücklich, wie sie es sich erhofft hatte. Arthur war gut zu ihr, und sie mochte ihn von Herzen gern. Er war ein Heiliger, ertrug ihre wechselhaften Launen und ihre Ungeduld mit dem gütigen Lächeln eines liebenden Vaters. Er war all das, was Ramon niemals war. Er war selbstlos, tolerant, unvoreingenommen, doch ihm fehlte das Charisma, die Leidenschaft und die Theatralik Ramons. An Arthurs Seite sehnte sie sich immer noch nach etwas anderem. Sie wünschte sich, er wäre attraktiver, schlanker, nicht so unbeholfen. Sein munter-schwungvoller Gang ärgerte sie, und sie wünschte sich, er wäre zurückhaltender und würde sich nicht immer auf die Leute stürzen wie ein übereifriger Labrador. Seine Überschwänglichkeit ging ihr auf die Nerven. Sie scheute sich, allzu lange an die ersten paar Jahre ihrer Ehe mit Ramon zu denken, weil nichts in der Welt sich mit diesem allumfassenden Glück und dem Gefühl der Erfüllung vergleichen ließ. In Federica sah sie ein Spiegelbild des Mädchens, das sie selbst einmal gewesen war. Makellos, wie ein Blatt jungfräuliches Papier, in Erwartung des Malers, der es mit Liebe bemalte. Sie dachte über ihr eigenes Blatt Papier nach, an das, was das Leben darauf gemalt hatte, so viele Farben, doch sie hatte nicht den Mut, genau genug hinzuschauen und zu erkennen, dass der Großteil der hässlichen Farben ihr eigenes Werk war.

Als Toby am nächsten Morgen nach Pickthistle Manor kam, um Federica abzuholen, lächelte sie ihm von Hesters Zimmerfenster aus strahlend entgegen. Sie rannte die Treppe hinunter und warf sich in seine Arme. »Das war die schönste Party aller Zeiten!«, schwärmte sie, unfähig, ihr Glück zu verbergen. Sie hatte beabsichtigt, Sams mitternächtliche Küsse als Geheimnis zu bewahren, doch sobald sie allein mit ihrem Onkel im Auto saß, sprudelten die Worte aus ihr hervor, als hätte sie keinerlei Kontrolle darüber. »Er ist mit mir in eine Scheune gegangen und hat mich geküsst. Es war so romantisch«, seufzte sie und fächelte sich mit einem Handbuch der Architektur Luft zu. »Draußen hat's geregnet, aber in der Scheune war es warm und duftete nach Heu. Er hat eine Kerze angezündet und mir ein Nest mit schlafenden Enten gezeigt. Er war so lieb. Wir haben die ganze Nacht geredet. Er war so verständnisvoll und lieb, nicht wie diese schrecklichen Trottel, mit denen ich getanzt habe. Sam hat mich gerettet, wie damals auf dem Eis. Ich verstehe allerdings ganz und gar nicht, was er an mir findet.«

Toby lächelte leicht nervös. Er konnte sich nicht vorstellen, dass ein junger Mann in Sams Alter sich eine langfristige Beziehung mit einem Mädchen in Federicas Alter wünschen könnte, und er wusste, was sie sich erhoffte.

»Ich weiß, was er an dir findet, Fede. Du bist eine sehr schöne junge Frau. Es wundert mich überhaupt nicht, dass er dich toll findet.«

»Wie geht es jetzt weiter?«, fragte sie.

Toby seufzte und blickte starr geradeaus.

»Erwarte nicht zu viel, mein Schatz«, sagte er. Er wollte ihre Begeisterung weder dämpfen noch zu Höhenflügen anregen.

»Wie meinst du das?«

»Er ist sehr viel älter als du. Erwarte einfach nicht zu viel, dann ist es umso schöner, wenn er mit dir zusammen sein will.«

»Ach, schon gut.« Sie lächelte glücklich und kurbelte das Fenster herunter. »Ich sehe ihn heute sowieso noch. Hester hat mich heute Nachmittag zum Tee eingeladen.«

»Schön«, sagte Toby.

»Keine Sorge, ich fahre mit dem Rad. Nach der Anstrengung sehe ich dann frischer aus.«

»Du siehst jetzt schon frisch genug aus.« Toby lächelte.

Arthur, Helena und Hal kamen mittags zum Grillen, um zu erfahren, wie die Party verlaufen war. Der Regen hatte über Nacht den Himmel blank gewaschen, und jetzt strahlte er hell und klar. Federica gelang es, ohne ihr Stelldichein mit Sam zu erwähnen, ihrer Mutter und ihrem Stiefvater gerade so viel von der Party zu berichten, dass sie zufrieden waren. Toby zwinkerte ihr zu, grinste schelmisch und versprach ihr auf diese Weise ohne Worte, ihr Geheimnis zu wahren. Arthur, Hal und Julian spielten Krocket auf dem Rasen, während Helena im Schatten saß und Pimms trank. Federica war zu abgelenkt, um die Anspannung im Gesicht ihrer Mutter zu bemerken, und hüpfte zu einem Spaziergang mit Rasta davon. Toby war nie zu abgelenkt, um die Launen seiner Schwester wahrzunehmen, und setzte sich zu ihr an den Tisch. »Fede ist glücklich«, sagte er.

»Ja«, antwortete Helena tonlos. »Das verdankt sie dir und Julian. Ich glaube, es tut ihr gut, mit Männern zusammenzuleben.«

»Trotzdem vermisst sie ihren Vater immer noch«, bemerkte er und schenkte sich eine Tasse Kaffee ein. »Manchmal überrasche ich sie, wenn sie mit diesem Schmetterlingskästchen spielt. Weißt du, sie bewahrt seine Briefe darin auf.«

»Ja, ich weiß. Tragisch, findest du nicht?«, sagte Helena bitter.

»Es ist nur natürlich.«

»Aber es ist nicht natürlich, seine Familie jahrelang im Stich zu lassen, oder?«

»Nein, das nicht.«

»Es ist auch nicht natürlich, dass ein Kind bei seinem Onkel lebt. Nicht, wenn die Mutter nur ein Stückchen entfernt wohnt.«

»Bist du deswegen so deprimiert?«, fragte er mitfühlend.

»Ach, ich weiß nicht.« Sie seufzte. »Ich habe das Gefühl, alles falsch gemacht zu haben. Ich habe die Kinder ihrem Vater, ihrer Heimat, ihren Großeltern entrissen. Ich habe wieder geheiratet, einen Mann, den Federica nicht mag. Deshalb lasse ich sie anderswo wohnen, damit sie bei ihren Freunden sein kann. Ist das natürlich?«

Toby berührte ihre Hand, die auf dem Tisch neben ihrem Glas ruhte. »Dad ignoriert Julian und weigert sich, seine Tochter auf ihrer Hochzeit dem Bräutigam zuzuführen, weil er den Geliebten seines Sohnes nicht sehen will. Er opfert seine Beziehung zu seinem Sohn wegen dessen sexueller Neigung – das ist auch nicht natürlich«, sagte er und lächelte verständnisvoll. »Es ist egal, was nun natürlich ist und was nicht. Alles ist sowieso Ansichtssache. Wenn Federica bei uns glücklich ist, ist das natürlich. Wenn Hal bei dir und Arthur glücklich ist, dann ist auch das natürlich. Fede und Hal sehen sich oft genug. Sie empfinden wie Bruder und Schwester. Stell dir nur mal vor, dass manche Menschen ihre Kinder jahrelang auf Internate schicken. Ist das natürlich?«

»Da magst du Recht haben«, sagte sie dankbar.

»Aber das ist es nicht, was dich quält«, fuhr er leise fort und warf einen Blick über den Rasen zu Arthur hinüber, der gerade seinen roten Ball durch den Ring geschlagen hatte und vor Begeisterung wie ein dicker Pinguin mit den Armen wedelte.

Helena lachte zynisch. »Du kennst mich allzu gut«, sagte sie.

»Ich weiß.«

»An Tagen wie heute wünsche ich mir, ich hätte nicht aufgehört zu rauchen.« Sie seufzte und füllte erneut ihr Glas. »Ich bin zufrieden, Toby. Arthur ist gut zu mir. Er kümmert sich um mich. Tut alles für mich. Er ist das Gegenteil von Ramon. Ramon war ein Scheiß-Egoist.«

»Aber du liebst diesen Scheiß-Egoisten immer noch«, bemerkte Toby.

»Das Wort ›lieben‹ trifft es nicht«, warf sie hastig ein und senkte den Blick. Ihre Augen brannten.

»Aber Arthur reicht dir nicht.«

»Arthur«, seufzte sie resigniert. »Arthur ist nicht genug.«

Toby musterte seine Schwester versonnen. Sie schüttelte den Kopf. »Aber ich sitze fest. Das ist es. Ich habe meine Wahl getroffen. Sieh doch nur, wie Hal ihn verehrt. Sie haben wirklich zueinander gefunden, und das ist schön.«

»Helena, wir alle müssen im Leben Kompromisse schließen. Es ist höchst unwahrscheinlich, dass du das, was du an Ramon gemocht hast, und das, was dir an Arthur gefällt, bei einem einzigen Mann findest. Das gibt es einfach nicht.«

»Aber ich wollte Ramon überhaupt nicht verlassen«, flüsterte sie und sah ihren Bruder fest an.
»Was soll das heißen?«, fragte er gedehnt und hoffte, sie missverstanden zu haben.
»Ich habe nicht geglaubt, dass er mich wirklich gehen lassen würde.« Tränen schimmerten in ihren Augen.
»Himmel, Helena«, entfuhr es ihm. Er schüttelte den Kopf.
»Als ich die Sache ins Rollen gebracht hatte, gab es kein Zurück mehr. Ich musste sie durchziehen. Dann ...« Sie zögerte, als brächte sie es kaum über sich, die Verworfenheit ihres Geheimnisses zu offenbaren.
»Was dann?«
»Dann habe ich Arthur geheiratet, weil die Vorstellung Ramon wütend machte. Ich habe es in seinen Augen gesehen. Ich habe ihn damit verletzt, und das tat mir gut.« Sie trank ihr Glas aus. »Bin ich nun ein schlechter Mensch?«
»Nicht schlecht, Helena, aber furchtbar fehlgeleitet.«
»Erzähl niemandem davon«, verlangte sie nachdrücklich.
»Nein«, versprach er. »Aber du hast deinen Karren weiß Gott in den Dreck gefahren.«
Sie nickte traurig. »Und da ist niemand, der ihn mir wieder rauszieht«, sagte sie und lächelte dünn.

Federica kehrte von ihrem Spaziergang zurück und ging geradewegs in ihr Zimmer, wo sie sich aufs Bett warf und die Augen schloss. Im Geiste durchlebte sie die Szenen der vorangegangenen Nacht noch einmal, immer und immer wieder, genoss seine Küsse und Zärtlichkeiten, als erlebte sie sie zum ersten Mal. Sie hatten im flackernden Licht der Kerze gesessen und geredet, bis die Musik vom Partyzelt her nicht mehr durch den Regen dröhnte und der Lärm der Autos und der aufbrechenden Gäste in der Nacht verhallt war. Federica hatte sich in Sams Umarmung geschmiegt und ihm Zugang zu den geheimsten Räumen ihrer Seele gewährt. Sie hatte ihm von dem Schmetterlingskästchen erzählt, Topahuays Geschichte und von den Briefen ihres Vaters berichtet, die sie immer wieder las, wenn sie traurig war. In Sams Gegenwart hatte sie vergessene, unter dem Wirrwarr ihres derzeitigen Lebens verschüttete Erinnerungen gefunden, zum Beispiel, wie sie einmal am Strand von Viña auf einen toten Fisch gestoßen war und ihr Vater ihr vom Tod erzählt hatte. Er hatte eine Muschel aufgehoben, sich mit seiner Tochter in den Sand gesetzt und ihr erklärt, dass ein Wesen, wenn es stirbt, seine Schale, seine Flossen, seinen Körper zurücklässt und zu Gott hinauf in den Himmel schwebt. Dann hatte er ein Loch in die Muschel gebohrt und sie Federica an einem Kettchen als Anhänger um den Nacken gehängt. »Verstehst du, die Schale ist unwichtig, das Innere, die Seele zählt und kann nicht zerstört werden«, sagte er, aber erst später, als sie älter war, verstand sie, was er damit meinte.

Sam hörte ihr aufmerksam zu und streichelte ihr Haar. Einige ihrer Geschichten amüsierten, andere rührten ihn. »Du bist etwas ganz Besonderes, Fede«, sagte er versonnen und küsste sie auf die Schläfe.

»Wieso etwas Besonderes?«

»Nun, du bist so anders. Ich glaube, du hast intensiver gelebt als die meisten anderen Mädchen in deinem Alter. ›Erfahrung macht den Menschen‹«, zitierte er, »und du hast mehr Erfahrung als die meisten Frauen, die doppelt so alt sind wie du.« Er lachte und küsste noch einmal ihre Schläfe. »Du brauchst jemanden, der auf dich aufpasst.«

Federica schmiegte sich an ihn und empfand zum ersten Mal seit vielen Jahren das gleiche Gefühl der Geborgenheit wie in den Armen ihres Vaters. »Ich wollte, ich wäre älter«, seufzte sie. »Unabhängig, nicht mehr in der Schule.«

»Du musst ja nicht mehr lange zur Schule gehen.«

»Du hast es gut, du lebst in London. Du brauchst nie etwas zu tun, was du nicht willst.«

»Das stimmt nicht. Wir müssen immer irgendetwas tun, was wir nicht wollen. Ich zum Beispiel würde zunächst einmal viel lieber in Polperro leben.«

»Tatsächlich?«

»Ja. Ich bin überhaupt nicht für London geschaffen. Aber ich bin noch nicht bereit, meinen Abschied zu nehmen.«

»Was ist dein Traum?«, fragte sie eifrig.

»Ein Häuschen mit Blick aufs Meer, Hunde, vielleicht ein Schwein, eine Familie, eine umfangreiche Bibliothek und eine lange Liste von Bestsellern, die ich schon geschrieben habe.«

Sie lachte. »Ein Schwein?«

»Unbedingt. Ein Haus auf dem Land ist nicht vollständig ohne Schwein.« Er lachte leise. »Und dein Traum?«

»Ich möchte fotografieren und die ganze Welt bereisen«, erklärte sie und fügte hinzu: »Und eines Tages möchte ich nach Cachagua zurückkehren. Ich weiß nicht, warum, aber ich sehne mich mehr nach dem Haus meiner Großeltern als nach meinem Elternhaus.«

»Eines Tages kehrst du bestimmt zurück.«

»Ich würde auch gern in London leben und reich und berühmt sein wie mein Vater.«

»Nun, auch in dem Punkt wirst du sicher Erfolg haben«, sagte er. »Oder aber du erfüllst dir deine Träume, um dann festzustellen, dass sie von Anfang an leere Hülsen waren.«

»›Man kann den Menschen Wissen beibringen, aber Weisheit, mein lieber Junge, erlangt man durch Erfahrung‹«, dozierte Federica in Nunos abgehackter, italienisch gefärbter Sprechweise.

Sam lachte. »Also hörst du auf das, was der alte Nuno sagt«, rief er begeistert aus.

»Ich kann gar nicht anders. Er wiederholt alles so oft, dass seine Sprüche sich mir fest einprägen.«

»Und das ist gut so. Du wirst wohl nie einen weiseren Menschen kennen lernen als ihn.«

Federica lag auf ihrem Bett und lächelte bei der Erinnerung an ihr Gespräch. Sie hatte in seinen Armen gelegen, bis ihr Kleid trocken war und das sanfte Morgenlicht durch die Ritzen der Scheune drang, wie ein Dunst, der den Tagesbeginn verkündete. Sie hatten sich unterhalten wie alte Freunde, und Federica hatte mit jeder Zärtlichkeit etwas von ihren Hemmungen, mit jedem Kuss ihre Ängste fahren lassen. Als sie in Hesters Zimmer geschlichen war, hatte sie nicht schlafen können. Sie musste immerzu an Sam denken. Tief in ihrem Herzen hatte sie schon immer gewusst, dass Sam für sie bestimmt war.

Toby und Julian saßen draußen auf der Terrasse, lasen Zeitung und kommentierten die Tagesereignisse, als Federica die Treppe hinunterhüpfte, im Begriff, nach Pickthistle Manor zu radeln. Es war still im Haus, denn Helena war mit Arthur und Hal zum Tee zu ihren Eltern gefahren. Toby senkte die Zeitung und musterte Federica.

»Nun?«, fragte sie. »Wie sehe ich aus?«

Er nickte bedächtig. »Ich finde, du sieht gut aus«, sagte er lächelnd und setzte seine Brille mit den eckigen Gläsern ab, die ihm das Aussehen eines Protestsängers der siebziger Jahre verlieh.

»Ehrlich gesagt, man könnte dir ansehen, wie sehr du dich bemüht hast«, bemerkte Julian und rieb sich das Kinn.

»Schatz, sie sieht klasse aus«, beharrte Toby.

Doch Julian schüttelte den Kopf. »Nein, nein«, sagte er leise. »Zieh deine Turnschuhe an, anstatt der Pumps. Ich glaube, daran liegt es. Du willst doch nicht aufgebrezelt wirken.«

Federica lief nach oben und kam zwei Minuten später in weißen Turnschuhen zurück.

»Schatz, du hattest Recht«, sagte Toby beeindruckt.

»Ich bin nicht umsonst Fotograf«, erwiderte Julian, tippte mit dem Finger an seine Wange und zog eine Augenbraue hoch. »Da muss man ein gutes Auge haben.«

»Jetzt siehst du richtig cool aus, Kleine«, sagte Toby. »Viel Spaß, und mach keine Dummheiten. Vergiss nicht, er ist viel älter als du.«
»Bleib standhaft und sag nein«, fügte Julian hinzu. »Was immer er von dir will, sag nein.« Federica verdrehte die Augen und lachte.
»Das macht ihn nur noch schärfer«, erklärte Toby.
»Dieses Schwein, streckt seine dreckigen Finger nach dir aus.« Julian grinste sie an.
»Sag nein, Schätzchen, ich will es hören«, verlangte Toby. Federica lachte und ging.
»Mach schon!«, rief Julian ihr nach. »Es ist das wichtigste Wort im Vokabular einer Frau.«
»NEIN!«, rief sie und verschwand um die Ecke.
Toby sah Julian an und zuckte mit den Schultern. Beide dachten das Gleiche. Sie würden für sie da sein, wenn es böse endete.

Federica radelte die mit Kerbel und Butterblumen gesäumte kurvenreiche Straße entlang und sang fröhlich vor sich hin. Als sie in die Zufahrt einbog, sah sie als Erstes den freien Platz, auf dem sonst Sams Auto stand. Sie hörte auf zu singen, ihre glatte Stirn krauste sich. Sie lehnte das Fahrrad an die Mauer und lief ins Haus. In den Sommermonaten, wenn das Wetter schön war, hatte Ingrid gern alle Türen offen stehen, damit der Duft aus dem Garten und von den Kletterrosen an der Hauswand die Räume mit dem fruchtbaren Aroma der Natur erfüllte. So konnten auch die diversen von Hester geretteten Tiere freizügig ein und aus gehen, ohne sich bemerkbar machen zu müssen. Die Schwalben, die Jahr für Jahr auf der Veranda nisteten, flogen durch die offenen Fenster, und gelegentlich wagte es eine mutige Maus, sich an den Fressnäpfen der Hunde in der Küche gütlich zu tun. Federica ging durch die Zimmer hinaus auf den Rasen, wo ein Heer sonnengebräunter Männer in Khakishorts und Baseballkappen das große Zelt abbaute. Sie fand Hester und

Molly auf dem Rasen liegend, wo sie, immer noch im Bademantel, Kaffee tranken.

»Hi, Fede«, begrüße Hester sie zurückhaltend und spähte über den Rand ihrer Sonnenbrille.

»Wir haben keine Lust, uns anzuziehen«, sagte Molly. »Wir sind fix und fertig.«

»Aber es war eine tolle Party«, sagte Fede und hielt nach Sam Ausschau.

»Ja, wirklich toll«, sagte Hester. »Setz dich zu uns.« Federica ließ sich auf den Rasen nieder und spielte gedankenverloren mit den Gänseblümchen.

»Du siehst ekelhaft frisch aus für jemanden, der die ganze Nacht auf den Beinen war«, bemerkte Molly und musterte sie von oben bis unten.

»Mit wem warst du so lange verschwunden? Ich habe nicht mal gehört, wann du ins Bett gegangen bist.« Hester rieb sich die roten Augen.

»War gar nicht so aufregend«, sagte Federica leise, krampfhaft bemüht, sich nichts anmerken zu lassen.

»Quatsch. Du wirst ja rot«, widersprach Molly heftig.

»Hat er dich geküsst?«

»Nein, nein. Wir haben nur geredet«, versicherte sie lahm.

»Geredet?«, höhnte Molly. »Auf Partys redet man nicht, da knutscht man.«

»Mag sein, aber wir haben nur geredet.«

»Worüber?«, wollte Hester mit gerümpfter Nase wissen.

»Er hat mir von sich erzählt«, sagte Federica lässig. »Er hat in die Büsche gekotzt, und das fand ich nicht so gut. Dann fing es an zu regnen, und wir sind in die Scheune gerannt und haben dort im Trockenen gesessen. Ich habe ihm bis etwa vier morgens zugehört.«

»Du Arme. Du hast deine eigene Party verpasst«, sagte Hester. »War er sehr langweilig?«

»Furchtbar«, antwortete Federica.

Molly sah sie misstrauisch an. »Glaub ihr kein Wort, Hester«, sagte sie und grinste Federica an. »Ich jedenfalls glaube ihr keine Sekunde lang.«
»Molly, sie wird doch keinen Jungen küssen, der gerade gekotzt hat.«
»Vielleicht hat er gar nicht gekotzt.« Molly zog eine Augenbraue hoch.
»Ist ja auch egal«, winkte Federica ab. »Wie war's bei euch?«
Hester kicherte. »Ich hab mit zwei Typen geknutscht«, gestand sie. »Aber beim zweiten Mal hat Nuno mich erwischt und wollte unbedingt mit mir tanzen. Er tanzt wahnsinnig gut; du würdest staunen.«
»Er hat sich heute noch nicht blicken lassen. Bestimmt hat er einen Kater.« Molly lachte. »Mum ist am Strand und malt. Sie fand die Party toll, obwohl all ihre Orchideen zertrampelt worden sind und Joe Hornish im Regen mit dem Fahrrad auf dem Rasen herumgekurvt ist und tiefe Spuren hinterlassen hat. Dad schäumt vor Wut und sagt, das nächste Mal will er es sich was kosten lassen, dass keine Party stattfindet.«
»Und die Polizisten?«, traute sich Federica zu fragen. Sie senkte den Kopf, damit ihre Augen sie nicht verrieten.
»Ach ja. Sam ist mit Ben zurück nach London gefahren«, erklärte Hester.
»Ach.« Federica zwang sich zu lächeln.
»Ich glaube, er hat ein für alle Mal genug von betrunkenen Sechzehnjährigen«, sagte Molly.
Düstere Traurigkeit überkam Federica. Ihre Wangen röteten sich vor bitterer Enttäuschung, und wieder einmal empfand sie diese schmerzliche Zurückweisung. Er hatte nicht einmal gewartet, um sich von ihr zu verabschieden. Bedeutete ihm die vergangene Nacht denn überhaupt nichts?
Als Federica lange genug geblieben war, um wieder aufbrechen zu können, ohne einen Verdacht aufkommen zu lassen, radelte sie tränenüberströmt und heftig schluchzend heim. Die Wunde,

die ihr Vater ihr vor Jahren geschlagen hatte, war wieder aufgerissen. Zu Hause angelangt, rannte sie in ihr Zimmer und warf sich voller Verzweiflung aufs Bett. Sie hatte ernsthaft geglaubt, dass Sam sie liebte, so wie sie geglaubt hatte, ihr Vater würde sie lieben.

Sie öffnete das Schmetterlingskästchen und dachte tief beschämt daran, dass sie mit Sam ihre verborgensten Geheimnisse geteilt und ihn in ihre ganz persönliche Welt eingelassen hatte, nur um feststellen zu müssen, dass es ihn nicht sonderlich interessierte. Es war ein schmerzhaftes Erwachen.

Als Toby vom Meer zurückkam, sah er Federicas Fahrrad, das sie nachlässig auf den Kiesweg geworfen hatte, und er ahnte, dass etwas im Argen lag. Er hastete nach oben und fand sie weinend über den Briefen ihres Vaters. Er nahm sie einfach in die Arme. Er brauchte nicht zu fragen, was geschehen war, er wusste es. Es war genauso, wie er befürchtet hatte.

»Jeder, der mir nahe kommt, läuft weg«, flüsterte sie und wischte sich die Tränen am Pullover ihres Onkels ab.

»Das ist nicht wahr«, widersprach er mit Nachdruck. »Wir sind immer für dich da.«

»Er ist genauso wie Papa. Warum müssen sie immer ohne ein Wort weggehen? Ich komme mir so wertlos vor.«

»Sie haben dich nicht verdient, Fede. Du bist um so vieles besser als sie.«

»Aber ich liebe Sam«, klagte sie.

»Mein liebes Mädchen, du bist so jung, und deine Liebe ist so unschuldig.«

»Nein, das stimmt nicht. Ich liebe ihn ernsthaft.«

»Er ist auch noch jung, Fede. Was konntest du erwarten? Eines Tages wird er sich eine feste Beziehung wünschen, aber im Moment genießt er noch seine Freiheit. Liebling, du gehst noch zur Schule.«

Sie blickte aus verquollenen Augen zu ihm auf. »Aber ich will keinen anderen als ihn«, erklärte sie. »Kein Mensch auf der Welt ist wie Sam.«

»Ich weiß«, tröstete er. »Du musst eben Geduld haben. Ihr beide müsst noch viel erwachsener werden. Es war ausgesprochen verantwortungslos von ihm, in dir Hoffnungen zu wecken. Er müsste doch wissen, wie du dich jetzt fühlst.«

»Er ist so lieb und freundlich«, sagte sie. »Mit Absicht würde er mich niemals kränken.«

»Natürlich nicht. Ihr habt nur verschiedene Erwartungen. Ich kann nicht mit ansehen, wie du leidest. Am liebsten würde ich ihm die Ohren lang ziehen.«

»Das würde ich nicht zulassen.« Sie lächelte traurig.

»Alles wird wieder gut, Fede«, sagte Toby und drückte sie liebevoll an sich.

Doch im Augenblick glaubte sie nicht daran, dass ihr Herz jemals wieder genesen würde.

An diesem Abend ging Federica mit Rasta auf den Klippen spazieren. Ihre Erinnerungen an die vorangegangene Nacht waren nun beschmutzt. Sie empfand nichts außer Ablehnung und Selbstmitleid. Wohin sie auch blickte, sah sie Sam, in den vom Sonnenuntergang rosa gesäumten Wolken wie in den Wellen, die in ihrem ewigen Kampf über die Steine rollten. Das vertraute Gefühl der Leere nagte an ihrem Herzen und erinnerte sie an all die unglücklichen Zeiten in ihrem Leben, als ihre Liebe nicht erwidert wurde. Sie hatte Angst, nie wieder den Mut zur Liebe finden zu können.

Sie setzte sich ins Gras, zog Rasta an sich und vergrub ihr Gesicht in seinem feuchten Fell. Dann schleuderte sie ihre Wünsche ins Meer und sah zu, wie sie versanken.

SIEBENUNDZWANZIG

Sam fuhr über die Autobahn, während Ben auf dem Beifahrersitz schnarchte. Eine Weile hörte er Radio, doch bald schon schweiften seine Gedanken zurück durch die Nacht, bis er sich selbst mit Federica in der Scheune wiederfand, und die Schuldgefühle schlugen über ihm zusammen. Was hatte er sich nur dabei gedacht? Ein paar Stunden des Sichgehenlassens waren wohl kaum die Kränkung wert, die darauf folgen musste. Er kam sich vor wie ein Ungeheuer. Deswegen hatte er darauf bestanden, gleich nach dem Frühstück abzureisen. Er hatte nicht den Mut, Federica ins Gesicht zu sagen, es wäre ja alles ganz nett gewesen, aber das wäre auch alles: ein Kuss im Heu. Er war nicht grausam oder skrupellos. Er mochte sie von Herzen gern. Sie war zu einer erstaunlich schönen und anziehenden jungen Frau herangewachsen, doch er hatte sie, wie einen Pfirsich kurz vor der Reife, zu früh gepflückt. Ihrer verlockenden Unschuld hatte er nicht widerstehen können, und er konnte den Gedanken, dass ein anderer sie verdarb, nicht ertragen. Jeder Beliebige von den betrunkenen Rüpeln auf der Party hätte sie zu einer Knutscherei in die Büsche ziehen können, zu hastigem Grapschen im Dunkeln, zu einem nassen Kuss, ohne jeden Grund bis auf den, später vor seinen Freunden damit prahlen zu können. Sam hatte gesehen, wie sie mit genau der Art von Trottel, die er fürchtete, in den Garten gelaufen war, und er war ihr gefolgt, um sie sicher zurück ins Zelt zu bringen. Seine Absichten waren gut gewesen, doch er hatte nicht die Charakterstärke aufgebracht, sie auch umzusetzen.

Was danach passiert war, war eine Schande. Er war neun Jahre älter als Federica und hatte genug Erfahrung, um zu wissen, was der erste Kuss einem Mädchen wie ihr antun konnte. Doch im goldenen Kerzenschein, eingehüllt von süßen Duft der Natur, hatte sie ihn so voller Verehrung und Verlangen angesehen, dass er in der Beherrschung seines eigenen Verlangens vorübergehend gestört war. Überrascht von seiner plötzlichen Reaktion auf ein Mädchen, das er seit ihrer Kindheit kannte, war er völlig wehrlos und unvorbereitet. Seine Impulse folgten seinem Instinkt, und bevor er noch Gelegenheit hatte, auf die erstickte Stimme seines Verstands zu hören, hatte er Federica geküsst. Zuerst war sie unbeholfen und ängstlich gewesen, hatte einen inneren Kampf ausgefochten, um ihre Hemmungen zu überwinden. Doch dann hatte sie sich schließlich den neuen Empfindungen, die sich in ihr regten, ergeben. Entzückt von ihrer Umschuld hatte er voller Genuss ihre Ängste fortgestreichelt und zugesehen, wie ihre Sinne sie überwältigten. Kein Kuss ist je wieder so süß wie der erste – wie dieses erste kleine Erwachen. Sein Herz war schwer von Reue.

Er sah, wie die Sonne den Morgendunst aufsog und sich ein herrlicher Sommertag ankündigte. Die Landschaft um ihn herum glänzte wie frisch gewaschen. Sam schaltete das Radio aus und warf einen Blick auf seinen Freund, der sich im Schlaf vom Alkoholgenuss und den Exzessen der vergangenen Nacht erholte. Sam war froh, mit seinen Gedanken allein zu sein, auch wenn sie ihn noch so sehr quälten. Er hatte Bens Prahlerei lange genug zugehört. Das steigerte seine Beschämung sogar noch: war er denn um nichts besser als Ben? Er versicherte sich nachhaltig, dass er doch besser wäre. Während Ben im Zelt herumküsste und grapschte, hatte er einen Augenblick der Zärtlichkeit mit einer lieben Freundin erlebt. Ja, mit einer lieben Freundin. Es war süß und rührend gewesen, und überhaupt, es ging ja nicht nur um den Kuss. Sie hatten bis zum Morgengrauen geredet, über alles und nichts, und sie mochten einander aufrichtig. Aber sie war zu jung. So einfach war das. Warum war er dann nicht anständig genug, ihr das zu sagen?

Den ganzen Weg nach London kämpfte Sam mit seinem Gewissen. Als er unterwegs zum Tanken anhalten musste, kaufte er eine Zeitung und eine Tüte Schokoladenrosinen, dann weckte er seinen Freund. Er war bereit, wieder zu reden. Er brauchte Ablenkung. »Also«, sagte er und startete den Wagen. »Fühlst du dich jetzt besser?«

»Ich fühl mich beschissen«, antwortete Ben und gähnte. »Aber die Party war's wert. Trotzdem freu ich mich jetzt wieder auf die Stadt. Fürs Erste hab ich genug von frigiden Babys. Im Kindergarten hat man halt nur begrenzt Spaß. Verstehst du? Ich bin bereit für die Universität des Lebens!« Er lachte und griff herzhaft in die Tüte mit den Schokoladenrosinen.

Sam verdrehte die Augen und schaltete das Radio wieder ein. »O ja«, stimmte er ihm tonlos zu. »Die Universität des Lebens.«

Sam vergaß seine Schuldgefühle Federica gegenüber ziemlich schnell, als er wieder in das Londoner Leben eintauchte. Jeden Morgen fuhr er mit der U-Bahn in die City, erledigte seine Arbeit mit dem geringstmöglichen Aufwand und kehrte abends nach Hause zurück, um mit seinen Freunden auszugehen. Immer mal wieder nahm er ein Mädchen mit, schlief mit ihr vor dem Abendessen und schickte sie nach Hause, bevor er zu Bett ging. Die Vorstellung, neben einer Fremden in seinem Bett aufzuwachen, war ihm zuwider. Er brauchte Sex, wie er etwas zu essen brauchte, doch sobald die Mahlzeit vorüber war, war der Anblick des schmutzigen Tellers höchst unangenehm. Den Namen merkte er sich nie, das Gesicht nur selten, doch sein Appetit ließ nicht nach. Zärtlichkeit war ein Gefühl, das er in der Scheune zurückgelassen hatte, bei der Entenfamilie und der rauchenden Kerze. Niemandem gelang es, an sein Herz zu rühren oder seine Gefühle in Aufruhr zu versetzen. Er blieb kühl und distanziert und – wie es schien – undurchdringlich.

Im Herbst, als er schließlich nach Polperro zurückkehrte, verkroch er sich in Nunos Büro und diskutierte über Balzacs *Cou-*

sine Bette mit ihm, aus Angst, Federica könnte auf ihrem Fahrrad kommen, um Hester zu besuchen, ihn mit ihren großen, traurigen Augen anschauen und seine Gewissensbisse wieder aufleben lassen. Er hätte gern mit Nuno darüber gesprochen, schämte sich aber zu sehr. So schlich er nur im Haus umher und füllte es an mit seiner eisigen Präsenz.

»Du liebe Güte, Sam«, seufzte Molly, »du bietest ja einen erbärmlichen Anblick. Was hast du nur?«

»Überhaupt nichts«, erwiderte er tonlos.

»Was du nicht sagst«, spöttelte sie und musterte ihn aufmerksam. »Ärger mit Mädchen, ganz klar«, fügte sie grinsend hinzu.

»Auf diesem Gebiet handle ich mir keinen Ärger ein«, entgegnete er hochmütig.

»Dann geh doch mal mit Trotzki spazieren oder so. Du hast nämlich diesen scheußlichen Londoner Teint.«

»Was treibt Hester denn so?«, fragte er beiläufig.

»Weiß ich nicht.« Sie zuckte die Achseln. »Ich seh mir jetzt ein Video an.«

»Welches denn?«

»›Eine verhängnisvolle Affäre‹«, sagte sie fröhlich und griff nach der Schachtel.

»Nicht schon wieder diese alte Kamelle.« Er lachte.

»Ich finde den Film klasse. Solche Männer gibt es heute einfach nicht mehr.«

»Cary Grant ist viel zu vornehm für dich, Molly. Ich dachte, du magst mehr den raubeinigen Typ.«

»Nur als Notlösung«, entgegnete sie. »Wenn ein Cary Grant sich in mich verlieben würde, dann würde ich keinen Maurer mehr ansehen!«

Sam lachte leise, verließ das Zimmer und pfiff nach Trotzki.

Es war windig auf den Klippen, doch es war ein gutes Gefühl, die Brise vom Meer im Gesicht zu spüren. Solange Sam außer Haus war, bestand wenigstens nicht die Gefahr, dass er Federica über den Weg lief. In Nunos Schaffellmantel gehüllt, ließ er beim Gehen die Arme schwingen und tätschelte gelegentlich den Hund, der auf der Suche nach schlafenden Kaninchen hin und her rannte. Sam dachte über seine Arbeit nach, die er verabscheute, und über die City, die er ebenfalls verabscheute, und verlor sich in Träumen von einem Zuhause, das er sich eines Tages in Polperro schaffen würde. London war für eine Zeit lang schön und gut, doch sein Herz gehörte dem Landleben und seine Seele dem Meer, nicht den staubigen Straßen einer sterilen Stadt. Er blickte auf die unruhigen Wellen hinaus, atmete die salzige Luft und füllte seine Lungen mit Erinnerungen an seine Kindheit. Was er lieber als alles andere tun würde, war Schreiben.

Nuno ermutigte ihn – mehr als das. Er erklärte ihm streng, dass er seine einzigartige Kreativität in einer unpersönlichen Bank vergeudete, mit einer Arbeit, die eher einem Schwachsinnigen anstehen würde. »Du hast Phantasie, mein lieber Junge, und Talent, und es schmerzt mich sehr, beides in unruhigem Winterschlaf sehen zu müssen.« Natürlich hatte er Recht. Doch etwas hielt Sam zurück. Talent war eine prima Sache, wenn man es zu kanalisieren wusste. Doch Sam hatte keine Ahnung, worüber er schreiben sollte.

In solch trübsinnige Gedanken versunken, hob er den Blick. Er bemerkte zwei kleine Gestalten in der Ferne, die auf ihn zukamen. Von plötzlicher Panik erfasst, wollte er kehrtmachen, doch da winkte eine der beiden Figuren. Sie winkte, bis er mit einem matten Wedeln seiner Hand reagierte. Es waren Hester und Federica, und er hatte keine Möglichkeit, ihnen aus dem Weg zu gehen.

Während sie näher kamen, raste sein Herz vor böser Vorahnungen. Er hätte Federica am liebsten nicht beachtet, aber das wäre unfreundlich gewesen. Er würde versuchen müssen, so zu tun, als wäre nie etwas geschehen. Hoffentlich hatte sie Hester nichts erzählt.

»Hi, Sam«, rief seine Schwester gegen den Wind. Rasta hüpfte begeistert herbei und tobte mit Trotzki. Das gab Sam Gelegenheit, sich mit den Hunden zu beschäftigen. Er rief sie und streichelte sie, hockte sich nieder und schmuste mit dem Labrador.

»Hi, Sam«, sagte Federica.

Widerstrebend hob er den Blick und zwang sich zu einem schwachen Lächeln. Ihr Gesicht war vor Anstrengung gerötet, ihre Augen blitzten von der Kälte. Offenbar gab auch sie sich Mühe, sich zu verstellen. Er war froh über ihre Reife und schüttelte seinen Trübsinn ab.

»Wie geht es dir, Federica?«, fragte er, erhob sich und blickte in ihr ernstes Gesicht.

»Gut, danke«, antwortete sie, schob die Hände in die Taschen und trat von einem Fuß auf den anderen, um sie zu wärmen.

»Kalt, nicht wahr?«

»Es ist eisig hier draußen, verflixt noch mal«, beklagte sich Hester. »Aber das ist gut für die Haut. Es verleiht ihr so ein Strahlen.«

»Ihr strahlt sowieso beide schon recht nett.« Sam grinste.

»Gut!«, freute sich Hester. »Hab's doch gesagt, Fede.« Federica lächelte scheu, sagte aber nichts.

»Wie geht's in der Schule?«, fragte er sie, doch Hester mischte sich ein und antwortete an Stelle ihrer Freundin.

»Wir müssen dermaßen pauken, dass mein Verstand allmählich streikt.« Sie kicherte.

»›Wissen ist Macht‹«, zitierte Sam mit einem Blick auf Federica, die die Hunde beobachtete.

»Wissen ist langweilig«, stöhnte Hester. »Wir sollten lieber weitergehen. Kommst du mit?«, fragte sie. Federica sah ihn hoffnungsvoll an, und Sam hörte sich selbst sagen, dass er nichts lieber täte.

»Die Hunde sind glücklicher, wenn sie zusammen sind«, bemerkte Hester. »Wehe, du reißt sie auseinander, sie haben so viel Spaß.«

Sie sahen Rasta und Trotzki nach, die einen mageren Hasen jagten. Das Tier schlug Haken auf der Wiese, als wollte es sich über die unbeholfenen Jäger lustig machen. Alle drei lachten, als die Hunde mit hängenden Zungen zurückkamen und mit dem Schwanz wedelten, um ihre Beschämung zu kaschieren.

»Diese beiden verbringen entschieden zu viel Zeit auf dem Sofa!«, rief Sam.

Federica lächelte. »Und zu viel Zeit mit Fressen, könnte ich mir vorstellen«, sagte sie.

»Vermutlich wüssten sie gar nicht, was sie mit einem Hasen anstellen sollen, wenn sie mal einen fangen würden«, bemerkte Hester und streichelte Trotzki, der mit der Schnauze gegen ihre Hüfte stieß. »Trotzdem verlangt er Lob für seine Mühe.«

»Das sollen sie haben.« Sam lachte und strich im Vorbeigehen über Rastas glatten Rücken. Federica streckte im selben Moment die Hand nach dem Hund aus, und einen flüchtigen Sekundebruchteil berührte sie die von Sam. Doch sie empfand den Augenblick wie eine Ewigkeit. Beide zuckten zurück und taten so, als hätten sie nichts bemerkt, während doch in Wirklichkeit ihre Haut von der Berührung brannte.

Danach konnte Federica Sam kaum noch ansehen. Ihre Wangen glühten eher vor Verlegenheit als vor Kälte, und sie hatte Angst, dass es Sam auffallen könnte. Sie schob die brennende Hand in die Tasche, wo sie sonderbar angenehm zu kribbeln begann. Sie achtete darauf, Sam nicht zu nahe zu kommen, damit ihre Körper nicht versehentlich aneinander stießen, und blickte starr vor sich hin. Zu ihrer Erleichterung war Hester sehr gesprächig und dominierte die Unterhaltung. Sie schwatzte über alles Mögliche, merkte jedoch nichts. Sam versuchte, Federica ins Gespräch zu ziehen, doch ihre Beiträge gingen in der Begeisterung ihrer Freundin unter, die, anscheinend aus Gewohnheit, immer für sie antwortete. Als sie sich dem Haus näherten, war Sam der Dominanz seiner Schwester einigermaßen überdrüssig. Federica hatte kaum ein Wort gesagt. Er war enttäuscht. Zu seiner Verwunderung stellte er fest, dass seine Enttäuschung sogar noch wuchs, als Federica sagte, sie müsse jetzt gehen.

»Aber willst du denn nicht zum Tee bleiben?«, fragte er an der Haustür, während Hester auf der Veranda ihre Stiefel auszog.

Federica schüttelte den Kopf. »Ich muss zurück zu Toby. Mama kommt um vier, um mich abzuholen«, erklärte sie.

»Ach, ich hatte ganz vergessen, dass du die Wochenenden ja bei deiner Mutter verbringst.«

»Ja«, bestätigte. »Jedenfalls meistens.«

»Nun, dann könnte ich dich doch heimfahren?«, schlug er zu seiner eigenen Überraschung vor.

»Ich fahre aber gern mit dem Fahrrad«, wehrte sie ab.

»Es ist kalt, und außerdem wird es schon dunkel«, wandte er ein und sah zum Abendhimmel auf, der ungewiss zwischen Nachmittagslicht und Dämmerung schwankte. »Rasta kann hinten sitzen, und dein Fahrrad packe ich in den Kofferraum. Ganz einfach!«

»Wir sehen uns in der Schule, Fede«, verabschiedete sich Hester, verschwand in der Halle und schloss die Tür hinter sich.

Federica hatte keine Wahl. Rasta hockte bereits auf dem Rücksitz in Sams Deux Chevaux, und von seinem heißen Atem beschlugen die Scheiben.

Federica nahm auf dem Beifahrersitz Platz und wartete auf Sam, der damit beschäftigt war, das Fahrrad sicher zu verstauen. Sie rieb sich nervös die Hände. Als sie im Seitenspiegel ihr fleckiges Gesicht und strähniges Haar bemerkte, tat sie ihr Bestes, um sich unbemerkt zurechtzumachen. Sie lauschte auf Sams Schritte, aber alles, was sie hörte, war das rhythmische Hecheln des Hundes auf dem Rücksitz.

Sam schloss die Kofferhaube so weit wie möglich und ging um den Wagen herum zur Fahrertür. Er hatte keine Ahnung, worüber er mit Federica reden sollte oder warum er überhaupt den Vorschlag gemacht hatte, sie heimzufahren. Offenbar hatte sie ein Talent, seinen gesunden Menschenverstand zu unterwan-

dern. Er stieg ins Auto und knallte die Tür zu. »Möchte wetten, Rasta fährt nicht oft erster Klasse«, scherzte er, um die Spannung zu mildern.
Federica lachte leise. »Normalerweise ist er Fußgänger«, erwiderte sie. »Ich kann nur hoffen, dass du seine Ansprüche nicht zu sehr hochschraubst. Sonst will er künftig nur noch in deinem Auto fahren.«
»Nun, dann bekommt er halt keinen Extra-Service«, sagte er. »Also keinen Whiskey und keinen zollfreien Einkauf.« Sie lachten beide, während Rasta hinter ihnen hechelte.
Der Wagen verließ die Zufahrt und holperte die Straße entlang. Der Abendhimmel tönte sich plötzlich flamingorosa, als die Sonne unterging und er zum Abschied die letzten Strahlen mit fedrigen Wolken auffing. Beide betrachteten das Schauspiel voller Staunen.
»Wie schön«, seufzte Federica verträumt.
»Es ist, als müsste die Natur hin und wieder ihre Überlegenheit kundtun und uns zeigen, wie mächtig sie ist.« Sam drosselte das Tempo.
»Es ist immer so flüchtig.«
»Ich weiß, ein goldener Augenblick, und schon ist er vorüber. Aber gerade dadurch ist es so zauberhaft. Manchmal sind die Dinge um so kostbarer, je flüchtiger sie sind.«
Federica und musste unwillkürlich an die Küsse in der Scheune denken. Sie senkte den Blick und spürte die Glut im Gesicht.
»Sieh nur, die Wiesen sind ganz in Orange getaucht«, rief Sam aus und lenkte den Wagen an den Straßenrand. »Sogar dein Gesicht ist jetzt orangefarben«, lachte er und betrachtete seine goldenen Finger.
»Deins auch. Wie es strahlt!«
»Lass uns auf die Klippen steigen. Von dort können wir sehen, wie sich dieses Schauspiel auf das Meer auswirkt.« Und wieder ließ er zu, dass seine Spontaneität die Kontrolle übernahm. Er ergriff Federicas kalte Hand und führte sie hinauf zum Gipfel.

Sie hatte das Gefühl, ihr Herz wäre schwerelos wie ein Heißluftballon, der sie in die Höhe hob, und konnte das Lächeln, das ihr ganzes Gesicht strahlen ließ, nicht unterdrücken. Oben auf der Klippe angelangt, hatten sie Gelegenheit, die Natur in all ihrer Pracht zu genießen. Die See war merkwürdig ruhig und erstreckte sich wie unter einem goldenen Baldachin bis zum Horizont.

Sie sprachen beide kein Wort. Sie standen nur da im weichen Licht und bestaunten das himmlische Schauspiel. Es war bezaubernd, aber auch vergänglich. Als die Sonne hinter den Horizont gesunken war, wurde es ganz plötzlich dunkel. Mit der Dunkelheit sank auch die Temperatur. Federica fröstelte.

»Kalt?«, fragte Sam und drückte ihre Hand.

Sie nickte. »Aber es hat sich gelohnt«, erklärte sie, ganz benommen vor Glück.

»Wirklich. So einen Himmel bekommt man nicht oft zu sehen. Ich bin froh, dass ich das mit dir erleben durfte.« Er sah sie voller Zuneigung an.

Ihr stockte der Atem, sie blickte ihm bestürzt ins Gesicht. Seine Wärme kam so unverhofft. Im schmerzlichen Schweigen der vergangenen paar Monate hatte sie sich nach solchen Worten gesehnt. Sie hatte davon geträumt, noch einmal mit ihm allein zu sein, doch die Monate vergingen, und in ihr wuchs der Zweifel, ob sie solch einen Augenblick noch einmal erleben würde. Jetzt sah sie Sam ins Gesicht und versuchte, in seinen Zügen zu lesen, was er vorhatte. Doch er lächelte sie nur an, gab nichts preis.

»Komm, sonst verspätest du dich, und ich kriege schrecklichen Ärger mit deiner Mutter«, sagte er schließlich, ließ ihre Hand los und schob seine Hände in die eigenen wärmenden Manteltaschen. Enttäuscht folgte sie ihm den Abhang hinunter zum Auto.

Erst als sie wieder auf der Straße waren, wurde Federica bewusst, dass sie Rasta völlig vergessen hatten. »Ich fasse es nicht!«, jammerte sie. »Armer, lieber Rasta. Er muss doch vor

Enttäuschung verrückt geworden sein, als er uns auf die Klippe steigen sah.«

»Es tut mir so Leid.« Sam schüttelte den Kopf. »Der Sonnenuntergang hat mich so fasziniert, dass ich gar nicht mehr an Rasta gedacht habe.«

»Mir ging's genauso.«

»Ob er uns das je verzeiht?«, fragte er und lächelte sie an.

Federica erwiderte sein Lächeln. »Ich glaube schon, wenn du ihm versprichst, dass du ihn nie wieder vergisst«, antwortete sie und stieg ein. Rasta wedelte mit dem Schwanz, so heftig, wie es in dem engen Raum möglich war. In seiner Freude über das Wiedersehen sabberte er den ganzen Weg über auf die Rückenlehne.

»Ich schätze, er zahlt es mir heim«, sagte Sam mit einem Blick auf den Speichelstrom.

»Oje, du wirst dir heiß und innig wünschen, wir hätten ihn mitgenommen.« Federica lachte.

»Rasta, ich fürchte, dieser Augenblick war allein für dein Frauchen und mich bestimmt«, sagte Sam und ließ den Motor an. »Das nächste Mal darfst du mitkommen.«

Federica jubelte innerlich bei dem Gedanken, dass es ein nächstes Mal geben könnte. Sam hatte sie zwar nicht geküsst, doch er hatte ihr eindeutig das Gefühl gegeben, etwas Besonderes zu sein. Das Gefühl, dass sie ihm etwas bedeutete. Als er sie vor dem Haus ihres Onkels absetzte, beugte er sich zu ihr und gab ihr einen sanften Kuss auf die Wange. Federica war sicher, dass er etwas länger dauerte, als es üblich ist.

»Bis bald«, sagte er und ließ sie los.

»Danke, Sam, das war wirklich schön«, entgegnete sie ernst. »Rasta hat es auch genossen«, fügte sie hinzu, um nicht zu sentimental zu erscheinen.

»Ich auch«, sagte Sam. Er hob ihr Fahrrad aus dem Kofferraum, während sie Rasta aus dem Wagen ließ, der unverzüglich hinaussprang und am Reifen sein Bein hob. Sie lachten beide,

und Sam verdrehte die Augen. »Wie lange muss ich noch für meine Nachlässigkeit bezahlen?«, scherzte er.
Federica zuckte mit den Schultern.
»Pass auf dich auf«, sagte er, bevor er wieder ins Auto stieg.
Federica blickte ihm nach und winkte, bis er von der Zufahrt auf die Straße abbog.

III. TEIL

Achtundzwanzig

London 1994

»Das Leben wäre für uns alle so viel einfacher, wenn Ladendiebe in schwarzweiß gestreiften Gefängnisklamotten und mit Säcken voller Diebesgut auf dem Rücken in den Laden kämen«, sagte Nigel Dalby, der Sicherheitsbeamte. Er saß auf dem Schreibtisch, hatte einen Fuß auf den Stuhl gestützt und ließ den Blick seiner scharfen blauen Augen eifrig von einem Gesicht zum anderen hüpfen. Er sprach mit starkem Yorkshire-Akzent, und sein Kopf war zu klein für den Rest seines Körpers, was ihm das Aussehen eines Faultiers gab. Federica bemerkte, dass sein Blick immer wieder zu ihr zurückfand, obwohl er neun neue Belegschaftsmitglieder ansprach. »Aber so auffällig sind die nicht, oder? Und ihnen steht auch nicht das Wort ›Ladendiebe‹ auf die Stirn geschrieben.« Er lachte über seinen Witz und schlug sich auf den Schenkel. Federicas Blick schweifte zu der deutlichen Ausbeulung in seinen engen Hosen. Peinlich berührt, weil sie sich davon hatte ablenken lassen, sah sie dem Mann ins Gesicht und versuchte, sich auf den Vortrag zu konzentrieren.

»Sie sehen aus wie du und ich. Gleich zeige ich Ihnen ein Video von echten Kaufhausdieben, damit Sie sich ein Bild davon machen können, wie clever die sind. Sie haben alle Augen – ich fordere Sie auf, sie zu benutzen. Sie müssen stets auf der Hut sein. In einem Geschäft wie diesem werden jährlich einige tausend Pfund von geschickten Dieben gestohlen.« Er schnalzte mit der Zunge und wies mit zwei Fingern auf seine Augen. »Benutzen Sie sie. Seien Sie wachsam. Und nun weiter, auf dem Telefon sehen Sie drei Tasten: Code A, B und C. Code A drücken Sie nur, wenn die Situation bedrohlich ist. Sagen wir zum Beispiel, wenn ein Mann mit einer Waffe reinkommt und Sie persönlich oder einen Kunden bedroht – der Ruf geht direkt an die Polizei, und die garantieren uns, dass sie binnen zwei Minuten zur Stelle sein können. Code B wird gedrückt, wenn jemand verdächtig aussieht. Dann komme ich die Treppe runter und folgte dem Betreffenden heimlich. Code C ruft Hilfe, wenn Sie einen schwierigen Kunden haben oder Ähnliches.« Er leckte sich mit trockener Zunge über die Lippen und sah Federica an. »Noch Fragen?«

Einer der Jungen hob nach einigem Drängeln seitens seines Freundes die Hand. »Wie sieht ein Verdächtiger aus?«, fragte er, bemüht, nicht zu grinsen.

Nigel nickte ernst. »Gute Frage, Simon. Ich würde sagen, ein Verdächtiger trägt eine Baseballkappe, ist unrasiert, schlampig gekleidet und wirkt ausländisch.«

Federica musterte verstohlen ihre Kollegen, um zu sehen, ob sie genauso entrüstet waren wie sie. Es hatte nicht den Anschein.

»Und Frauen?«, fragte Simon und produzierte sich vor den Mädchen, die hinter Vorhängen aus langem, glänzendem Haar bewundernd lächelten.

Nigel schniefte gereizt, streng darauf bedacht, sich nicht zum Gespött machen zu lassen. »Gott hat Ihnen Verstand gegeben, und deswegen haben wir Sie eingestellt. Überlegen Sie mal.« Er schnalzte wieder mit der Zunge und schaltete den Videorekorder ein.

Federica versuchte, den Film anzusehen, doch ihr Blick wanderte immer wieder zu Nigel Dalby, dessen lange weiße Finger mit der Fernbedienung spielten.

Nach dem Vortrag kehrte Federica zurück in die Abteilung für Geschenkartikel im Erdgeschoss mit ihrem schwülen Dunst von Tiffany-Parfüm. »Wie war's, Schätzchen?«, fragte Harriet, eines der Mädchen, die schon seit ein paar Jahren in der Abteilung

arbeiteten. Sie war groß und üppig und liebte leuchtende Farben und glitzernden Schmuck. »Ich fürchte, Nigel hört sich selbst gern reden. Ihr wart über eine Stunde da drin. Wahrscheinlich ist er verknallt in dich. Er ist ein kleiner Casanova«, fügte sie hinzu und lachte laut, wobei sie ihre kastanienbraunen Locken über ihre limettengrüne Schulter und ihr Perlenhalsband warf.
»Ich kann mir nicht vorstellen, dass er gut bei Frauen ankommt«, entgegnete Federica. »Er ist nur interessant, weil er so merkwürdig aussieht.«
»Du würdest staunen, meine Liebe. Wenn er auch nicht gerade Torquil Jensen ist, wie?«, sagte sie vieldeutig und schürzte die kirschroten Lippen.
»Wer ist Torquil Jensen?«, fragte Federica.
»Natürlich, du kannst ja nicht wissen, wer Torquil ist.« Harriets Augen leuchteten vor Bewunderung. »Torquil ist der hinreißendste Mann, dem du jemals im Leben begegnen kannst«, flüsterte sie vertraulich. »Er ist der Neffe von Mr. Jensen, von dem alten Knacker, dem der Laden gehört, und er kauft hier unheimlich viel ein.«
»Bin ich Mr. Jensen schon mal begegnet?«
»Meine Liebe, das würdest du wissen!«, rief sie aus und spielte mit den Perlen an ihrem Hals. »Er läuft mit einem riesigen Gefolge von Höflingen und Beratern herum und spricht mit keinem. Er kommuniziert durch seine Helfershelfer mit der Belegschaft. Ein schleimiger kleiner Kerl – sein Neffe ist ein genetisches Wunder! Der Alte betritt den Laden kaum jemals. Ich glaube, er schickt Torquil zum Spionieren her. Gib bloß gut Acht; die Telefone sind alle angezapft. Mr. Jensen ist versessen darauf, alles unter Kontrolle zu haben.«
»Tatsächlich?«, fragte Federica bestürzt.
»Himmel, ja. Spar dir private Anrufe, Schätzchen. Die sind es nicht wert. Du würdest auf der Stelle gefeuert. Vor ein paar Monaten hat so ein richtig liebes Mädchen als Gretas Assistentin hier gearbeitet. Traurig war das: ein privater Anruf, und schon

war sie draußen. Ohne jede Erklärung. Ich glaube, der Gemeinschaftsraum ist auch verwanzt, also mach keine Witze über Mr. Jensen – und auch nicht über die Eiskönigin.«

»Die Eiskönigin?«

»Greta.« Sie schniefte und zog die Nase kraus.

»Wie ist die so?«

Harriet nestelte an der großen Seidenschleife, die sie um den Hals trug, löste sie und knüpfte sie neu.

»Grauenvoll, Schätzchen, absolut grauenvoll«, erklärte sie mit Nachdruck.

»Oh.«

»Sie kommt aus Schweden, und wenn du mich fragst, ist sie immer noch nicht ganz aufgetaut. Aber keine Sorge, sie ist zu allen Leuten so kühl. Sie sagt, was sie denkt, und stört sich nicht daran, wie's ankommt. Torquil ist mal ein paar Wochen mit ihr gegangen, und da hat sie sich aufgeführt, als gehörte ihr der Laden, und sagte William, wenn sie von Mr. Jensen sprach. Unausstehlich, glaub mir. Natürlich hat es nicht lange gedauert, und jetzt guckt Torquil sie kaum noch an. Ich rate dir: Tu einfach still, was sie sagt, und fang keinen Streit mit ihr an. Tu einfach, was sie sagt, und geh ihr aus dem Weg. Sei froh, dass du so neu hier bist. Da kümmert sie sich nicht um dich.« Federica lächelte erleichtert. »Aber du bist sehr hübsch. Das könnte zum Problem werden.«

»Ist Mr. Jensen verheiratet?«

»Nein, er ist Junggeselle. Eine Schande, wo er so reich ist. Torquil ist auch solo. Aber er hat immer eine Freundin im Schlepptau. Weißt du, er fährt Porsche und wohnt in The Little Boltons. Das ist schon eine tolle Adresse. Mein Vater hat sein ganzes Geld bei Lloyds verloren. Pech, jetzt muss ich einen reichen Mann finden. Wenn man bedenkt, dass ich mal eine Erbin war. Wo wohnst du?«

»In Pimlico, mit ein paar Freundinnen«, antwortete Federica.

»Pimlico ist hübsch. Schöne weiße Stuckvillen. Die mag ich. Die

sehen viel großartiger aus, als sie in Wirklichkeit sind«, erklärte sie.
Kaum hatten sie ihr Gespräch beendet, glitt Greta hinter ihnen die Treppe herab. Sie war schlank und hatte glänzendes blondes Haar, das sie in ihrem anmutigen Nacken zu einem Knoten geschlungen trug. Sie trug ein marineblaues Chanelkostüm mit Goldknöpfen und dazu passende marineblaue Schuhe und war viel älter, als Federica erwartet hatte, mindestens vierzig. Sie war groß und schlank und hatte das dünnlippige, fahle Gesicht einer zutiefst unglücklichen Frau.
Sie schritt auf Federica zu und blickte mit ihren eiskalten blauen Augen gebieterisch auf sie herab. »Tut mir Leid, dass ich Sie noch nicht kennen gelernt habe. Willkommen bei St. John und Smithe.« Ihr Lächeln blieb an der Oberfläche, eine nachlässige Geste, um die Höflichkeit zu wahren. »Regel Nummer eins ist, dass Sie nicht den ganzen Tag herumstehen und schwatzen. Es gibt Kunden zu bedienen, und es ist ausgesprochen unhöflich, miteinander zu reden und die Kunden nicht zu beachten. Harriet sollte das eigentlich wissen.« Sie sprach mit leichtem Akzent, hackte die Wörter mit eisiger Förmlichkeit ab. Harriet wollte sich entschuldigen, doch Greta würgte sie mit einem Schnauben ab. »Ja, ja, sie ist neu, schon in Ordnung«, sagte sie barsch. Als sie durch die Abteilung zu ihrem Büro stöckelte, verdrehte Harriet die Augen und zwinkerte Federica zu.
»Schau nicht so besorgt drein, Schätzchen, die anderen Kollegen sind wirklich klasse«, sagte sie und sah dann auf ihre Uhr. »Lieber Himmel, höchste Zeit für eine Zigarettenpause. Bin in einer Viertelstunde wieder da!«

Federica war gegen Ende des Sommers 1994 nach London gezogen. Sie war jetzt achtzehn Jahre alt. Inigo hatte für Molly und Hester eine Wohnung in der Belgrave Road gekauft, und die Mädchen hatten darauf bestanden, dass Federica für sehr geringe Miete bei ihnen wohnte, da in Hesters Zimmer noch Platz für ein zweites Bett war. Molly studierte Geschichte an der Londoner Universität, und Hester trat in die Fußstapfen ihrer Mutter und besuchte die Kunstakademie St. Martin's.

Federica hatte ein Studium nicht in Betracht gezogen. Sie wollte das Fotografieren zu ihrem Beruf machen, wie Julian und ihr Vater, doch Helena schüttelte es bei dem Gedanken, dass ihre Tochter genauso ein Nomadenleben führen würde wie Ramon, und sie ermutigte Federica, auch andere Möglichkeiten in Betracht zu ziehen.

»Zunächst einmal musst du Geld verdienen, und das geht nur in einem richtigen Beruf«, hatte sie gesagt. »Sobald du dich selbst ernähren kannst, kannst du tun und lassen, was du willst.«

Federica sah Sam nur selten, außer in ihren Träumen. In Träumen, die die langen Tage unterbrachen und ihre Nächte mit Rastlosigkeit und Sehnsucht erfüllten. Wenn sie sich denn einmal trafen, bei ihm zu Hause in Polperro oder gelegentlich in der Londoner Wohnung, dann lächelte er sie liebevoll an und fragte sie über ihr Leben aus. Doch die Verheißung von dem, was mehr als Freundschaft war, löste sich auf wie jener flamingorosa Abendhimmel und ließ Federica hilflos im Schatten zurück, gequält von der Frage, warum sie ihm nichts mehr bedeutete. Das Zusammenleben mit Hester und Molly fachte ihre Verliebtheit nur noch stärker an und erinnerte sie auf Schritt und Tritt an den jungen Mann, der schon vor mehr als zehn Jahren auf dem vereisten See ihr Herz gewonnen hatte. Gelegentlich rief er seine Schwestern an. Wenn Federica den Hörer abnahm, unterdrückte sie mit eisernem Willen das Zittern in ihrer Stimme und sprach mit ihm wie mit einem guten Freund, während sie doch, wie bei Verliebten üblich, von jedem seiner Worte zehrte bis zum nächsten Anruf. Sosehr sie auch versuchte, sich einzureden, dass es sinnlos sei, Sam zu lieben und von Erinnerungen zu leben, die er einmal mit ihr geteilt, aber nun wohl längst vergessen hatte, sie konnte ihr Herz doch nicht bezwingen. Es gab keinen Menschen auf der Welt, der so war wie Sam.

Zum ersten Mal in ihrem Leben erfuhr Federica, wie es ist, unabhängig zu sein, und sie genoss es in vollen Zügen. Ende September nahm sie ihren ersten Lohn in Empfang: siebenhundert Pfund. Harriet ging mit ihr in Knightsbridge einkaufen, und Federica gab fast ihr ganzes Geld für neue Kleidung aus. Sie wehrte sich gegen ihre Freundin, die wollte, dass Federica die gleichen leuchtenden Farben trug wie sie. Vor jedem Umkleidespiegel überlegte Federica, ob Sam ihre Wahl billigen würde, um sich schließlich zu fragen, ob er überhaupt jemals an sie dachte. Doch sie gab nicht auf – vielleicht war sie noch zu jung, vielleicht wollte er auf sie warten – vielleicht … Als sie am nächsten Tag zur Arbeit kam, wirkte sie wie die geborene Londonerin, in einem kurzen grauen Rock und hochhackigen Schuhen, hübsch geschminkt mit Wimperntusche und dem Puder, den sie auf Harriets Drängen gekauft hatte.

Greta rümpfte neidvoll die Nase und riet ihr, das Lächeln nicht zu übertreiben. »Sie machen hier nicht Reklame für Zahnpasta, Federica, und Sie wirken viel zu eifrig. So verscheuchen Sie die Kunden.«

Federica errötete bis an die Wurzeln ihres weißblonden Haars und senkte beschämt den Blick.

»Schon besser«, sagte Greta. Und um sie dem Verkaufsraum fernzuhalten und sie zu verstecken, schickte sie Federica ins Untergeschoss, wo sie das Lager aufräumen sollte. »Ich will es so ordentlich und sauber, dass ich da unten frühstücken könnte«, fügte sie hinzu und stelzte zurück in ihr Büro.

Trotz Gretas gelegentlicher Gemeinheiten liebte Federica ihre Arbeit. Sie genoss die Sicherheit, die sie ihr verlieh, und das Geld, das sie verdiente. Sie lachte mit Harriet, und die jungen Leute aus den anderen Abteilungen wurden ihr bald zu einer Art erweiterter Familie. Der Großteil der Kunden war freundlich, und gelegentlich wurde sie von einem männlichen Kunden eingeladen. Doch Harriet riet ihr, Beruf und Vergnügen schön zu trennen, und deshalb lehnte sie alle Angebote höflich ab, war aber trotzdem geschmeichelt, weil man sie wahrnahm. Die Anzahl der hoffnungsvollen Männer, die in der Geschenkabteilung herumlungerten, wuchs jedoch im gleichen Verhältnis zu Federicas wachsendem Selbstvertrauen. Verärgert verbannte Greta sie so oft wie möglich ins Lager, doch das änderte nichts.

Eines kalten Novembermorgens standen Harriet und Federica an der Kasse, als eine dicke alte Zigeunerin aus dem Winternebel in das Kaufhaus schlurfte. Sie schleppte eine große Anzahl schmuddeliger Einkaufstüten, augenscheinlich gefüllt mit noch mehr Plastiktaschen.

»Das ist eine Aufgabe für Nigel«, flüsterte Federica erheitert und betätigte die B-Taste des Telefons.

Harriet kicherte. »Das wird ihm gefallen, Schätzchen.« Sie schnaubte. »Diese Frau lebt auf der Straße und kommt gelegentlich hierher, um den Waschraum zu benutzen.«

»Widerlich«, sagte Federica und rümpfte angeekelt die Nase.

»Das findest du widerlich? Sie wäscht sich den Hintern im Waschbecken«, erklärte Harriet. »Der Trick besteht darin, es niemandem zu verraten und zu hoffen, dass Greta das Waschbecken gleich nach ihr benutzt.«

»Verdammt! Schon zu spät«, flüsterte Federica mit einem Blick auf Nigel, der wie ein Raubtier auf Beutezug die Treppe herunterkam. Nigel zwinkerte Federica dreimal zu, und sie deutete mit den Augen auf die Zigeunerin, die den Gang entlang in Richtung Waschraum huschte. Nigel wich geschickt einigen ältlichen Kunden aus, bekam die Zigeunerin jedoch nicht zu fassen, die sich in den kleinen Raum gezwängt und die Tür hinter sich abgeschlossen hatte. Nigel hämmerte mit der Faust gegen die Tür und rief und laut: »Hier ist die Polizei, würden Sie bitte die Toilette verlassen?«

Worauf die Zigeunerin antwortete: »Verpiss dich, ich bin eine Dame!« In diesem Augenblick betrat Torquil Jensen das Kaufhaus.

Sofort sprang Greta aus ihrem Büro und ging auf Federica zu.

»Ich habe Ihnen beiden schon unzählige Male gesagt, dass Sie nicht herumstehen und klatschen sollen. Federica, gehen Sie hinunter ins Lager und sortieren Sie die letzte Lieferung von Fotorahmen«, befahl sie.
»Aber es sind Hunderte«, kam Harriet Federica zur Hilfe.
»Keine Widerrede. Ich bin die Chefin, und ich habe Federica einen Auftrag gegeben. Wenn sie nicht den Mut aufbringt, sich selbst bei mir zu beschweren, soll sie sich eine andere Stelle suchen, denn schwache Menschen gehen mir auf die Nerven.«
Federica zog sich hastig zurück, als Torquil sich dem Kassentisch näherte. Greta lächelte ihn an, und die Art, wie ihre Lippen erblassten und ihre Augen feucht wurden, verriet ihre Verzweiflung und ihr Unglücklichsein.
Torquil lächelte verkrampft. »Tag, Greta«, sagte er mit einem flüchtigen Blick, bevor er sich Harriet zuwandte. »Harriet, Sie sehen heute sehr hübsch aus.«
Harriet strahlte vor Freude. »Nett von Ihnen, Mr. Jensen«, antwortete sie fröhlich und weidete sich an dem Gekränktsein, das diese Aufmerksamkeit Greta bereitete, obwohl sie wusste, dass sie später dafür würde bezahlen müssen.
»Harriet, ich muss endlich mit meinen Weihnachtseinkäufen anfangen. Ob Sie mir wohl helfen könnten? Wenn es um Geschenke geht, sind Sie Gold wert.«
»Aber natürlich, Mr. Jensen, es ist mir ein Vergnügen«, antwortete sie, versank in seinen grünen Augen und wünschte sich, Federica würde aus dem Keller auftauchen und Zeugin dieses glorreichen Augenblicks sein.
»Greta, Sie wirken ein wenig blass«, bemerkte er und lächelte in ihr verkniffenes Gesicht. »Offenbar arbeiten Sie zu viel.«
»Nein, nein, ich kann nicht klagen«, stammelte sie, doch ihr Gesicht schien zu schmelzen wie Eis in der Sonne.
Als Torquil und Harriet sich unter die Kunden mischten, machte man ihnen ehrfürchtig Platz, nicht etwa wegen Torquils Status, sondern auf Grund seiner blendenden Schönheit.

Greta stieg es sauer in die Kehle, sie zog sich in Büro zurück, um die Wunden zu lecken, die ihrem Stolz geschlagen worden waren.

»Verpiss dich! Ich bin eine Dame«, kreischte die Zigeunerin empört.
»Sie sind keine Dame«, fauchte Nigel durch die Türritze und hoffte, dass die Kunden die Frau nicht hörten. »Ich warne Sie zum letzten Mal: wenn Sie jetzt nicht rauskommen, schlagen wir die Tür ein und holen Sie mit Gewalt.«
»Kann eine Dame hier nicht mal in Ruhe pissen?«, schrie sie. »Ich habe Rechte. Pissen ist Pissen, für eine Herzogin genauso wie für eine Landstreicherin. Ich bin keine Herzogin, aber durch und durch Dame.«
»Gut, das reicht. Wir schlagen die Tür ein.«
»Schon gut, schon gut«, sagte sie und öffnete die Tür. Nigel verzog das Gesicht vor dem Gestank, der ihm entgegenschlug. »Nicht mal in Ruhe pissen darf man«, kreischte die Frau und drängte sich an ihm vorbei.
Die Kunden rümpften die Nase, als sie mit böser Miene durch die Abteilung watschelte. »Dich lässt er bestimmt in Ruhe pissen«, schrie sie eine arglose ältere Dame an, die vor Abscheu wie erstarrt stehen blieb. »Dieser Puff stinkt wie Satans Arsch!«, fügte sie hinzu, bevor sie hinaus auf die Straße ging. Das gesamte Kaufhaus schien erleichtert aufzuatmen. Nur Harriet und Torquil suchten weiter Geschenke aus, ohne sich um den Aufruhr zu kümmern.

Nachdem Federica ein paar Stunden lang Fotorahmen ausgepackt und säuberlich in die Regale gestapelt hatte, war sie froh, Harriets aufgeregtes Gesicht an der Tür zu sehen. »Schätzchen, du wirst es nicht glauben! Torquil Jensen war gerade hier und hat gestrichene zwei Stunden lang mit mir zusammen eingekauft«, flüsterte sie leise, damit niemand anderer sie hörte.

»Tatsächlich!« Federica gab sich Mühe, ihre Begeisterung zu teilen.

»Er hat Greta fertig gemacht. Ihr Gesicht hättest du sehen müssen. Meterlang. Die blöde Kuh.«

»Klasse!«

»Er ist zum Sterben schön. Wenn du ihn doch gesehen hättest! Er ist dunkel und geheimnisvoll und hat umwerfend schöne grüne Augen, die je nach dem, was er anhat, blau werden können, und heute hatte er einen grünen Kaschmirpullover an, und da waren sie grün wie Smaragde. Er ist ja dermaßen elegant! Er riecht nach Reichtum und Selbstbewusstsein. Mist, dass du ihn nicht gesehen hast. Sonst würdest du mich verstehen.« Federica zuckte die Achseln. »Jedenfalls hat er so viel gekauft, dass alles nach oben gebracht wird und wir beide die Ehre haben, es einzupacken.«

»Wir Glücklichen!«, sagte Federica sarkastisch.

»Du würdest anders darüber denken, wenn du ihn kennen würdest«, sagte Harriet mit Wärme und betrachtete die Stapel von Fotorahmen. »Weißt du, es würde mich gar nicht wundern, wenn Greta dich absichtlich hierher geschickt hätte, weil sie ihn kommen sah. Er würde sich in dich verknallen; er ist versessen auf Blondinen.«

»Er würde mich vermutlich nicht mal ansehen, Harriet. Und überhaupt, ich würde es mir nicht wünschen. Mein Herz sehnt sich nach einem anderen«, sagte sie und setzte sich auf einen Hocker.

»Nach wem denn?«, wollte Harriet wissen und lehnte sich an den Türrahmen.

»Ach, nach einem, den ich schon mein Leben lang kenne. Aber es ist sinnlos, er interessiert sich überhaupt nicht für mich«, erklärte sie und lächelte ihre Freundin an, bemüht, ihren Schmerz nicht zu zeigen.

»Du würdest keinen anderen mehr wollen, wenn du Torquil gesehen hast«, behauptete Harriet, überzeugt, dass sie in ihrem ganzen Leben keinen anderen Mann mehr bewundern würde. »Wenn Torquil heiratet, gehe ich ins Kloster«, fügte sie grinsend hinzu. »Komm jetzt, ich glaube, Aschenputtel hat genug im Keller geschmachtet.«

Federica hatte kein Verlangen, Torquil Jensen kennen zu lernen. Sie gehörte einzig und allein Sam Appleby. Sosehr sie sich auch bemühte, von ihm loszukommen und ihr Begehren auf jemand anderen zu richten, schrie ihr Herz doch unablässig nach Sam. Sie liebte sein schelmisches Grinsen, seinen goldenen Haarschopf, der ihm immer in die klugen Augen fiel, seine bestimmende Art und sein Selbstvertrauen. Und er fehlte ihr pausenlos.

Jeden zweiten Tag sprach Federica mit ihrer Mutter. Helena machte sich keine Sorgen mehr um Federica, die zu einer vernünftigen jungen Frau herangewachsen war und auf sich selbst Acht geben konnte. Sie sorgte sich vielmehr um Hal. Er war immer ein schwieriges Kind gewesen, im Gegensatz zu seiner Schwester, doch immerhin hatte er es nie an Gehorsam mangeln lassen. Jetzt geriet er in der Schule in Schwierigkeiten, fiel durch Prüfungen und stellte alles, was sie tat, in Frage und stritt mit ihr, nur um sie zu ärgern. Helena betrauerte den Verlust des Kindes, das sich an sie geklammert und sie mit den anbetenden Blicken eines schwärmerischen Liebhabers gestreichelt hatte. Jetzt sah er sie finster an, um im nächsten Moment wieder der liebevolle Sohn zu sein, und sie hatte das Gefühl, dass das Leben mit ihr Karussell fuhr und sie nicht entkommen konnte. An den Wochenenden verschwand Hal mit seinen Freunden und kam manchmal erst in den frühen Morgenstunden zurück, nach Zigaretten und Alkohol stinkend, kaum in der Lage, sich die Treppe hinauf und ins Bett zu schleppen.
Helena war der Verzweiflung nahe. Arthur umfing sie mit seiner Hilfsbereitschaft und Liebe und verlangte keine Gegenleistung.

Selbstlos hörte er ihr zu, wenn sie ihre gequälten Gedanken ablud, und er gab kluge Ratschläge, obwohl er wusste, dass sie sie nicht befolgen würde. Sie war zu betroffen, um die Situation objektiv betrachten zu können. »Ignoriere ihn, Liebling«, riet Arthur ihr. »Er lebt von deiner Zuwendung wie ein Parasit. Wenn du sie ihm entziehst, lässt er dich los.«

»Mein Sohn ist doch keine Zecke, verdammt noch mal!«, erwiderte sie, und ihr Gesicht wurde zur Maske der stets unverstandenen Märtyrerin. Arthur jedoch verstand Hal. Er war sein Leben lang verwöhnt worden, weil Helena unablässig an Schuldgefühlen gelitten hatte. Sie hatte ihm den Vater genommen. Nach Arthurs Meinung war eine Mutter mit schlechtem Gewissen etwas außerordentlich Gefährliches. Hal brauchte eine feste Hand, und bis er die spürte, würde er seine Grenzen so weit stecken, wie er nur konnte. Helena jedoch gestattete ihrem Mann nicht, als Autorität aufzutreten, und statt die Achtung ihres Sohnes durch Strenge zu erobern, versuchte sie, ihn durch Nachgiebigkeit zu gewinnen.

Auch Federica hörte sich die Sorgen ihrer Mutter mit der Geduld einer Therapeutin an. Anfangs, als Federica gerade nach London gezogen war, hatte Helena sie noch nach ihrer Arbeit und ihrer Wohnung gefragt, doch kaum hatte sie sich eingelebt, erkundigte Helena sich immer seltener nach ihren Lebensumständen, bis ihr Interesse ganz eingeschlafen war und sie nur noch von Hal redete. Wenn Federica versuchte, das Gespräch von ihrem Bruder abzulenken, beendete Helena es entweder oder brachte es doch wieder zurück auf Hal. Hal war jetzt nicht mehr ihre Lieblingsbeschäftigung, sondern ihr Lebensinhalt, und sein Verlangen nach Beachtung war allumfassend.

Federicas Leben in London war so weit entfernt von Polperro, dass sie in der Lage war, sich aus der Familienpolitik auszuklinken. Zuerst war alles so neu, dass ihr keine Zeit für Heimweh blieb. Dann aber telefonierte sie mit Toby und Julian und empfand plötzlich Sehnsucht nach dem Meer und dem Schreien der

Möwen, der frischen, salzigen Luft und den stillen Nächten. Außerdem vermisste sie Rasta, den sie bei ihrem Onkel hatte zurücklassen müssen. In London angekommen, hatte sie verstanden, warum. Die City war kein Ort für einen Hund wie Rasta, der lange Spaziergänge über Land und Spiele am Strand gewohnt war. In London wäre er dahingesiecht, aber Federica vermisste seine Gesellschaft.

Zuerst fiel es ihr wegen des Lärms von Autos, Menschen und Polizeisirenen schwer, in der Stadt zu schlafen. Doch nach etwa einem Monat empfand sie die Geräusche als tröstlich, und das gelbe Licht der Straßenlaternen, das in ihr und Hesters gemeinsames Zimmer flutete, weckte lang verschüttete Erinnerungen. Je mehr sie sich mit den Straßen ihrer neuen Heimat vertraut machte, desto zugehöriger fühlte sie sich. Die City war nicht mehr ein unüberwindliches, Angst einflößendes Labyrinth, sondern ein freundlicher Ort, an dem sie sich wohl fühlte. Sie fand neue Freunde und ging fast jeden Abend aus, ins Kino, ins Theater oder auch einfach nur in einen Pub, wo sie Backgammon spielte oder bis zur Polizeistunde mit Leuten redete. In ihrer Vorstellung jedoch war Sam auf Schritt und Tritt präsent und vertrieb die Männer, denen sie gefiel und die sie für sich gewinnen wollten.

Dann, als sie schon glaubte, nichts könnte die Glut löschen, die für Sam in ihr brannte, trat ein anderer in ihr Leben und veränderte es nachhaltig.

Neunundzwanzig

Greta will, dass wir das gesamte Porzellan auf die andere Seite der Abteilung räumen«, sagte Harriet bedrückt, als Federica an ihrem Arbeitsplatz erschien.

»Ehrlich? Das ist eine Menge Arbeit, schwere Arbeit«, antwortete Federica, und dann bemerkte sie die dunklen Ringe unter Harriets stumpfen Augen. »Fehlt dir was?«

»Ich habe mich gestern aus meiner Wohnung ausgeschlossen uns bin bis zum Morgengrauen auf der Straße herumgelaufen.«

»Warum hast du mich nicht angerufen?«, fragte Federica.

»Ich hatte deine Nummer nicht bei mir, Schätzchen. Aber mir fehlt nichts. Beschütz mich bloß vor Greta, bitte.« Sie seufzte und lächelte matt. »Offenbar kommt Torquil heute, um noch mehr einzukaufen. Die Geschenke, die wir vorm Wochenende für ihn eingepackt haben, sind ihm geliefert worden, aber er braucht noch mehr. Ich ertrag es nicht, ich sehe so scheußlich aus«, seufzte sie und rieb sich die Augen.

»Du kannst überhaupt nicht scheußlich aussehen, Harriet. Greta soll sich um ihn kümmern«, sagte Federica und schloss ihre Handtasche unter dem Kassentisch ein. »Dann kriegt sie vielleicht bessere Laune.«

»Träum weiter«, stöhnte Harriet.

Der Vormittag war zur Hälfte um, als die beiden Mädchen das Porzellan umgeräumt hatten. Erschöpft lehnten sie sich an den Kassentisch. Mr. Jensen betrat das Kaufhaus, gefolgt von einer Gruppe von Männern in dunklen Anzügen, die ehrfürchtig ihre Hände rieben und auf jede seiner Äußerungen »Ja, Mr. Jensen, natürlich, Mr. Jensen« antworteten. Harriet und Federica nahmen spontan Hab-Acht-Stellung ein und lächelten höflich.

»Das ist Mr. Jensen«, flüsterte Harriet.

»Hab ich mir schon gedacht«, flüsterte Federica zurück. »Man braucht doch nur diesen Haufen Speichellecker anzusehen!«

Das Gefolge blieb stehen, sah sich um und gab geflüsterte Kommentare über die Ware und die Dekorationen von sich. »Ein Glück, dass wir das Porzellan geschafft haben, bevor er auftauchte«, bemerkte Federica.

»Gerade noch rechtzeitig«, erwiderte Harriet. »Er wäre ausgeflippt, wenn in der Abteilung keine Ordnung geherrscht hätte.«

Mr. Jensens kleinen Augen entging nichts. Er ließ den Blick ausführlich über die Abteilung schweifen. Als er auf Federicas engelsgleichen Zügen haften blieb, straffte Mr. Jensen sich und flüsterte etwas in das ihm zugeneigte Ohr eines seiner Helfershelfer. In diesem Augenblick kam Greta aus ihrem Büro gestelzt.

»Hatte ich Ihnen beiden nicht gesagt, Sie sollten das Klatschen lassen?«, sagte sie böse mit ihrem abgehackt und aggressiv klingenden Akzent.

»Guten Morgen, Greta«, sagte Mr. Jensen, der wie aus dem Nichts hinter ihr aufgetaucht war. »Ich glaube, wir kennen uns noch nicht«, fuhr er, an Federica gewandt, fort. Greta blinzelte überrascht und blähte sich wichtigtuerisch auf.

»Federica Campione«, stellte Federica sich vor und bot dem Mann die Hand.

»Es ist mir ein Vergnügen, Sie hier zu sehen«, sagte er lächelnd und musterte sie aufmerksam. »Wir brauchen solch sonnige Gesichter wie Sie an vorderster Front im Geschäft.« Er lachte leise und kniff die kleinen schwarzen Augen zusammen. Seine Handlanger lachten ebenfalls. »Sorgen Sie dafür, dass sie immer an vorderster Front arbeitet, Greta.«

Greta nickte begeistert. »Natürlich, Mr. Jensen. Ich sehe doch selbst, ob jemand ein Gewinn fürs Geschäft ist«, sprudelte sie heraus.

»Gut.« Er schnaufte, und dann verdüsterte sich seine Miene, als sein Blick über das gerade eben umgeräumte Porzellan schweifte. »Warum ist die Abteilung umstrukturiert worden?«, fragte er entrüstet. Seine Handlanger strafften sich und verschränkten zum Zeichen ihrer eigenen Empörung die Arme vor der Brust.
»Oh«, hauchte Greta und schlug entsetzt die Hände zusammen. »Dafür kann ich mich nur entschuldigen. Federica ist neu und hat meine Anweisungen nicht richtig verstanden«, log sie, ohne mit der Wimper zu zucken. Federica wurde flammend rot. Mr. Jensen nickte, und seine Handlanger ließen die Arme wieder hängen.
»Dann sollten Sie beim nächsten Mal vielleicht darauf achten, dass Sie Ihre Anweisungen verständlicher ausdrücken«, sagte er streng. »Ich will, dass alles wieder an seinen ursprünglichen Platz geräumt wird«, setzte er hinzu und schnippte mit den Fingern, als wollte er einen Kellner herbeirufen. Dann drehte er sich um und führte sein Gefolge die Treppe hinauf in die Möbelabteilung.
»Sie haben gehört, was er gesagt hat, also tun Sie's!«, fauchte Greta gereizt. »Und, Harriet, wenn Sie noch einmal so zur Arbeit kommen, wie Sie heute aussehen, dann schicke ich Sie gleich wieder nach Hause – und zwar endgültig. Verstanden?« Harriet nickte. Sie war zu erschöpft, um sich zu wehren. »Ja! Und jetzt beeilen Sie sich, bevor er zurückkommt.«
Federica blickte ihr hilflos nach, als sie sich in ihr Büro zurückzog. »Mir fehlen die Worte«, hauchte sie.
»Du solltest dich daran gewöhnen, Schätzchen, so was erlaubt sie sich ständig. Ich habe schon so oft in der Tinte gesessen, weil sie die Verantwortung auf mich abgewälzt hat. Sie versteckt sich hinter uns. Aber sie heimst auch die Lorbeeren ein, wenn der Laden gut läuft, verlass dich drauf. Also los, die ganze Arbeit noch einmal. Dumme Kuh!«, schimpfte sie leise und holte den Schlüssel für die Porzellanvitrinen erneut aus der Schublade.

Federica kochte innerlich vor Wut, während sie die Abteilung umräumten. Harriet war zu müde zum Reden, und Federica badete in Selbstmitleid und wünschte sich die Charakterstärke, sich zur Wehr zu setzen. Als ein großer, lederbekleideter Mann mit glänzendem schwarzen Motorradhelm in den Laden kam, drückte sie trotzig die B-Taste des Telefons und wartete darauf, dass Nigel auf der Treppe erschien.
Nigel glitt so unauffällig wie ein pantomimisch dargestellter Polizist die Treppe hinunter. Federica fing seinen Blick ein und wies mit einer Kopfbewegung auf den Mann, der sich verdächtig in der Nähe der Tür herumdrückte. Nigel ging auf ihn zu, straffte sich wichtigtuerisch und forderte ihn auf, den Helm abzunehmen. »Helme sind im Verkaufsraum leider nicht gestattet«, erklärte er wichtig. Der Mann neigte amüsiert den Kopf auf die Seite, bevor er die Handschuhe abstreifte und dann den Helm absetzte. Er schüttelte sein rabenschwarzes Haar – er war kein anderer als Torquil Jensen persönlich. Nigel stotterte eine Entschuldigung und schrumpfte sichtlich in sich zusammen.
Federica seufzte schwer. Alle Farbe wich aus ihrem Gesicht. Harriet hatte Recht, er war tatsächlich der schönste Mann, den sie je gesehen hatte. Nigel verzog sich rückwärts gehend, hätte sich im Gehen fast verbeugt und huschte dann die Treppe hinauf, um sich in der Abgeschiedenheit seines Büros zu verstecken und darauf zu warten, dass das Gefühl der Demütigung nachließe.
Torquil sah Federica mit seinen grünen Augen an und grinste. »Sie sind also die Kaufhausdetektivin, wie?«, sagte er, trat zu ihr und legte seinen Helm auf den Kassentisch. »Ich bin Torquil Jensen.« Er bot ihr die Hand. Federica wurde rot, und er musterte ihr Gesicht mit dem gleichen maßnehmenden Blick wie vorher sein Onkel.
»Federica Campione«, stellte sie sich mit heiserer Stimme vor.
»Italienerin?«
»Chilenin.«

»Chile – welch ein herrliches Land«, rief er aus. »Ich bin als junger Mann durch Chile gereist.« Dann grinste er sie frech an. »Es mag krass klingen, aber Ihre Schönheit hat mich so vollkommen umgehauen, dass ich vergessen habe, was ich hier wollte.« Federica furchte voller Unbehagen die Stirn und spürte ein Schmetterlingsflattern im Bauch. »Sie sind sehr hübsch«, fuhr er fort. »Wahrscheinlich sind Sie neu hier. Sonst ist nämlich keiner so wild darauf, Nigel Dalby zu assistieren.« Er lachte, wobei sich sein Gesicht um den großen Mund und die erstaunlich hellen Augen herum in tiefe Falten legte. »Sie haben ihm einen Gefallen getan. Er hält sich für viel zu wichtig, und solche Leute müssen hin und wieder aufs richtige Maß zurechtgestutzt werden.«

»Es war ein Irrtum. Entschuldigen Sie bitte«, sagte sie und dachte an Nigel Dalby, der allein mit seiner Beschämung in seinem Büro saß und mit seinen langen Fingern auf den Schreibtisch trommelte. Sie fühlte sich schuldig. »Er hat nur seine Arbeit getan«, sagte sie zu seiner Verteidigung.

»Und Sie nur die Ihre«, sagte er. »Ich habe mir gerade ein neues Motorrad gekauft. Irgendwann müssen Sie mal mitfahren.« Er streichelte Federica mit eindringlichem Blick. Sie lächelte verlegen. Er verschränkte die Arme und lehnte sich an den Kassentisch. Federica wich zurück, als der würzige Duft seiner Haut und die Wärme seines Körpers allzu intim in ihre Sinne vordrangen. »Ah, jetzt weiß ich wieder, was ich hier wollte. Ich brauche etwas für eine junge Frau«, sagte er, überlegte einen Moment und rieb sich das bartstoppelige Kinn. »Für eine junge Frau, ungefähr in Ihrem Alter. Ein Weihnachtsgeschenk. Was würde ihr wohl gefallen?«

»Wie gut kennen Sie sie?«, fragte Federica und versuchte, trotz seiner bedrängenden Nähe geschäftsmäßig aufzutreten.

»Nicht sehr gut. Aber ich möchte ihr etwas schenken«, sagte er lässig und lächelte sie an.

»Wie viel möchten Sie aufwenden?«

»Geld spielt keine Rolle. Wenn Sie hier länger gearbeitet haben, wissen Sie das. Ich sehe nie nach dem Preis, das stört nur. Also, was würde denn zum Beispiel Ihnen gefallen?«

»Nun, wenn Sie sie nicht so gut kennen, würde ich mich für etwas Hübsches, aber nicht zu Persönliches entscheiden. Mal sehen«, sagte sie, schaute sich in der Abteilung um und spürte die Schamlosigkeit seines Blickes, der sie tief erröten ließ. Sie sah Harriet, die sich hinter den Glasvitrinen mit dem eben umgeräumten Porzellan versteckte, und wünschte sich, sie würde ihr zu Hilfe kommen. Doch Harriet fühlte sich zu hässlich, um sich zu zeigen, und duckte sich noch tiefer, so dass Federica sie nicht mehr sehen konnte.

»Wie wäre es mit so einem Porzellantopf? Sie könnten noch eine Zimmerpflanze kaufen und beides zusammen verschenken.«

»Würden Sie sich über eine Pflanze freuen?«

»Natürlich. Frauen mögen Pflanzen.«

»Ihre Ideen gefallen mir. Machen Sie noch einen Vorschlag«, verlangte er, ohne den Blick von ihr zu lösen.

»Vielleicht ein Bild?«, sagte sie und sah hinauf zu der Ansammlung von Gemälden an der Wand.

»Ich kenne ihre Vorlieben nicht«, sagte er versonnen. »Wie wär's mit einem silbernen Fotorahmen oder sonst irgendwas Hübschem, Nützlichem?«

»Oh, jetzt hab ich's«, sagte sie und führte ihn durch die Abteilung zu einer verschlossenen Glasvitrine mit kostbar verzierten Silberrahmen. »Diese sind gerade hereingekommen, sie stammen aus China. Sie sehen so fein und zerbrechlich aus, finden Sie nicht auch? Wenn Sie die Frau nicht so gut kennen, ist das das ideale Geschenk.«

»Sie sind eine gute Verkäuferin«, bemerkte er und nahm ihr den Rahmen aus der Hand. »Wenn ein Mann Ihnen diesen Rahmen schenken würde, würden Sie sich dann freuen?«

»Natürlich. Egal, wer ihn mir schenkt, ich würde mich sehr freuen.«

»Gut, dann packen Sie ihn mir ein. Das war ja wirklich ganz einfach.«
Mit unsicherer Hand verpackte sie den Rahmen. Sein Blick folgte jeder ihrer Bewegungen mit unverhohlener Faszination.
»Möchten Sie ihn gleich mitnehmen, oder soll er geliefert werden?«
»Ich nehme ihn gleich mit«, sagte er und entwaffnete sie erneut mit seinem breiten Lächeln.
»Haben Sie noch einen Wunsch?«
»Jetzt habe ich keine Lust mehr. Ich komme ein anderes Mal wieder, dann habe ich gleichzeitig auch Gelegenheit, Sie wiederzusehen«, sagte er leise. Federica suchte verzweifelt nach einer passenden Erwiderung, doch ihr fiel nichts ein. Stumm stand sie da und sah ihn an.
Als er die Abteilung verließ, blieb eine große Leere zurück, in die Federica hineinstarrte, als ob sie etwas sähe, was sich den Blicken aller anderen entzog. Dann konnte sie wieder atmen und stellte fest, dass sie, solange Torquil an ihrer Seite war, kaum Luft zu holen gewagt hatte.

Der Rest des Tages verging in herrlicher traumwandlerischer Benommenheit. Als Federica zurück in ihre Wohnung kam, erinnerte sie sich an keine einzige Einzelheit seit dem Zeitpunkt, als Torquil Jensen gegangen war, doch sie wusste noch jedes Wort ihrer Unterhaltung, als hätte sie alles auswendig gelernt. Als sie mit Hester und Molly bei einem Glas Wein saß, klingelte es an der Tür. Hester öffnete, und vor ihr stand ein Bote mit zwei Päckchen für Federica. Mit einem Blick auf das zweite Päckchen begann Federica zu zittern. Es war eine große Pflanze in einem blauweißen Porzellantopf, ähnlich dem, den sie Torquil am Morgen empfohlen hatte.
»Von wem ist das alles?«, staunte Hester.
»Der Blumentopf wird göttlich aussehen in unserer Wohnung«, sagte Molly, nahm ihn Federica aus der Hand, stellte ihn ins

Wohnzimmer und fing an, das Geschenkpapier zu entfernen.
»Was ist in dem anderen Päckchen?«

»Vermutlich ein silberner Fotorahmen«, sagte Federica voller Verwunderung.

»Woher weißt du das?«, fragte Hester.

»Ich weiß es eben.«

»Nun mach schon«, drängte Molly ungeduldig. »Mit Anstarren allein wird es nicht ausgepackt.«

Behutsam wickelte Federica das Geschenkpapier von dem zierlichen aus China importierten Rahmen. »Umwerfend«, sagte Hester bewundernd. »Sieh nur, die Verzierungen stellen Vögel dar«, fügte sie hinzu und strich mit der Hand ehrfürchtig über den Rahmen.

»Der würde sich im Wohnzimmer auch gut machen«, bemerkte Molly und sog an ihrer Zigarette.

Doch Federica drückte ihn fest an sich. »Ich tu das Foto von Papa hinein«, erklärte sie fest. »Das Bild soll an meinem Bett stehen.

»Supie«, rief Hester. »Dann hab ich auch was davon.«

Federica eilte den Flur entlang zu ihrem Zimmer und schloss die Tür hinter sich. Sie hörte Molly und Hester flüstern, voller Neugier auf denjenigen, der ihr derartig teure Geschenke gemacht hatte. Doch Federica beachtete sie nicht, sondern setzte sich aufs Bett und wechselte das Foto ihres Vaters von seinem alten in den neuen Rahmen. Liebevoll fuhr sie mit dem Finger über das schöne Gesicht, und dabei fiel ihr auf, wie sehr Torquil mit seiner dunklen Attraktivität Ramon ähnelte. Das gleiche rabenschwarze Haar, der gleiche dunkle Teint, der gleiche großzügig geschnittene Mund. Doch ihre Augen waren ganz verschieden. Ramons waren schwarz und geheimnisvoll wie das Universum, Torquils dagegen waren hell und schimmerten wie ein seichter grüner Teich. Sie legte das Foto in den Rahmen ein, stellte ihn auf ihren Nachttisch, lehnte sich zurück und bewunderte es. So fand Hester sie, wie sie wie hypnotisiert in die verborgene Welt ihres Vaters blickte.

»Ich will dich ja nicht stören«, sagte sie und riss ihre Freundin damit aus ihrer Trance.

»Nein, nein, schon gut.« Federica löste widerwillig den Blick von dem Foto.

»Wer ist er?«, wollte Hester wissen. »Ich nehme doch schwer an, dass es sich um einen ›er‹ handelt.« Sie kicherte.

»Mein Gott, Hester. Du solltest ihn mal sehen. Er ist der allerschönste Mann, der mir je vor die Augen gekommen ist«, sagte sie überschwänglich und lehnte sich zurück in die Kissen. »Er ist groß und dunkel und hat ganz helle grüne Augen. Wenn er lächelt, wird mir flau im Magen. Dann habe ich das Gefühl, mich hätte ein Bus gestreift.«

»Wohl eher einer von Amors Pfeilen.« Sie lachte leise und setzte sich auf ihr Bett. »Wo hast du ihn kennen gelernt?«

»Er ist der Neffe des Mannes, dem St. John und Smithe gehört. Zum Glück ist er nicht klein und glatzköpfig wie sein Onkel.«

»Er ist also einfach ins Geschäft gekommen?«

»Ja. Ich hielt ihn für einen Kaufhausdieb, weil er einen Motorradhelm trug, und rief Nigel Dalby, damit er ihn überprüfte. Es war furchtbar peinlich.«

»Nun, beleidigt war er aber offenbar nicht.«

»Nein, er fand es eher lustig.« Sie lächelte in der Erinnerung an diesen Moment.

»Sehr lustig, wie ich sehe«, sagte Hester mit einem bewundernden Blick auf den Rahmen. »Er ist außerdem verknallt.«

»Ich schätze, er ist in eine ganze Menge Frauen verknallt.«

»Wie alt ist er?«

»Alt«, erwiderte Federica und wurde rot.

»Schön, aber wie alt? Fünfzig?«

»Nein, eher Ende dreißig.«

»Hm, das ist wirklich alt«, pflichtete Hester ihr bei, konnte ihre Bewunderung aber doch nicht ganz verbergen.

»Aber reif, selbstbewusst und gesetzt«, hauchte Federica und biss sich nervös auf die Unterlippe.

»Du meinst, reich und abgesichert. Einer, der für dich sorgen und dich mit dem Aufblitzen eines Verlobungsrings von allen Sorgen befreien würde.« Sie lachte.

»Nein, einfach nur erwachsener als die Jungen, die ich sonst so kennen lerne.«

»Gott, wie aufregend. Ich kann's gar nicht glauben«, begeisterte sich Hester und klatschte in die Hände.

»Ich auch nicht.«

»Was wirst du jetzt tun?«

»Ich weiß es nicht.« Federica seufzte, und ein Schauer der Erregung erfasste ihren ganzen Körper. »Ich glaube kaum, dass ich heute Nacht schlafen kann.«

»Oh, du und dein unbeständiges Herz!« Hester lachte und stand langsam auf.

»Was soll das denn heißen?«

»Ich hatte gedacht, du wärst in Sam verliebt«, sagte sie und lächelte ihre Freundin an. »Ich hatte eigentlich gehofft, er würde dich irgendwann zu einem echten Mitglied unserer Familie machen.«

»Also wirklich, Hester«, antwortete Federica ablehnend und schüttelte den Kopf. »Diese kindische Schwärmerei ist doch längst Schnee von gestern.«

»Na ja, dann ist sie jetzt wohl endgültig vorüber, wie?«, sagte sie. Dann zuckte sie resigniert mit den Schultern und ließ Federica allein mit ihren Gedanken.

Am nächsten Tag erschien Federica mit glühenden Wangen im Kaufhaus und fürchtete, alle wüssten, dass Torquil ihr am Vorabend diese Geschenke geschickt hatte. Doch Greta berief eine Abteilungskonferenz ein und hielt ihnen einen wütenden Vortrag darüber, wie sie sich im Verkaufsraum zu benehmen hatten und dass sie nicht klatschend zusammenstehen sollten, wenn

Kunden zu betreuen waren. Niemand bemerkte Federicas gehetzte Blicke, die von einem Gesicht zum anderen huschten und sich dann auf den Teppich hefteten, wo sie bei der lebhaften Vorstellung Torquils verweilten, den sie insgeheim in ihrer Phantasie liebkoste.

Als die Türen sich um zehn Uhr öffneten, erhielt Federica einen Anruf. Mit wild klopfendem Herzen hob sie den Hörer ab.

»Guten Morgen«, sagte Torquil fröhlich. »Haben Sie meine Geschenke erhalten?«

»Ja«, antwortete Federica, um innere Ruhe kämpfend. »Das hätten Sie nicht tun sollen.«

»Natürlich nicht. Aber es hat mir Freude gemacht«, erwiderte er, gerührt von ihrer offensichtlichen Nervosität.

»Danke.«

»Ich weiß, es kommt ein bisschen überstürzt, aber ich konnte nicht anders. Werden Sie mir verzeihen?«

Federica lachte, um ihre Verlegenheit zu kaschieren. »Natürlich.«

»Ich weiß, auch das kommt jetzt ein bisschen überstürzt, aber würden Sie mir gestatten, Sie heute Abend auszuführen?«

»Oh, ich …«

»Bitte sagen Sie nicht nein, Sie würden mir das Herz brechen«, flehte er.

»Na ja…«

»Nur so kann ich Sie richtig kennen lernen. Ich kann doch nicht dauernd ins Geschäft kommen, oder?«

Federica lachte. »Gut, ich würde mich sehr freuen«, stimmte sie zu und fächelte sich mit einem Block Bestellformulare Luft zu.

»Ich hole Sie um acht in Ihrer Wohnung ab. Ich habe etwas ganz Besonderes für Sie geplant«, sagte er. »Ziehen Sie sich warm an.«

»Gut«, antwortete sie und hätte gern gewusst, was für eine Überraschung das wohl war, die verlangte, dass sie sich warm anzog.«

»Bis dann«, sagte er noch.

Federica legte den Hörer auf und schaute sich um, als sähe die Welt plötzlich völlig anders aus. Es machte ihr Angst.

Als Greta Federica in ihr Büro rief, wusste sie gleich, dass ihre Vorgesetzte von dem Anruf erfahren hatte, und wollte sich gleich entschuldigen, aus Angst, ihre Stelle zu verlieren. Doch Greta brachte sie mit einem einzigen stechenden Blick ihrer kalten blauen Augen zum Schweigen. »Das darf nicht noch einmal vorkommen. Sie wissen, dass in unserer Firma sämtliche Anrufe aufgezeichnet werden. Ich meine es nur gut mit Ihnen, wenn ich Ihnen das sage.«

»Es tut mir Leid«, sagte Federica.

»Wenn Sie private Anrufe entgegennehmen möchten, sagen Sie den Betreffenden, dass sie Sie in der Mittagspause im Gemeinschaftraum anrufen sollen. Falls es etwas Dringendes ist, kann man mich in meinem Büro anrufen; ich gebe die Nachricht dann weiter. Wenn alle Angestellten hier private Anrufe erhalten würden, wäre irgendwann keiner mehr im Verkaufsraum. Verstehen Sie, was ich meine?«

»Ja, Greta.«

»Gut. Ich möchte nicht noch einmal auf dieses Thema zu sprechen kommen.«

Federica hatte zu viel Angst davor, Harriet zu verärgern, als dass sie mit ihr über Torquil hätte sprechen mögen. Also ging sie wie immer ihren Aufgaben nach und verbarg das Flattern in ihrem Bauch und das ungestüme Klopfen ihres Herzens, was sie mit doppelter Energie ausstattete. Als der Nachmittag kam, konnte sie sich kaum noch auf die einfachsten Handgriffe konzentrieren, und sie war froh, als sie endlich im wohltuenden Wasser eines aromatisch duftenden Vollbads ihre Nerven beruhigen konnte.

Molly sagte ihre Verabredung mit Freunden von der Universität ab und hockte mit ihrer Schwester am Fenster, um einen Blick auf den dunklen Fremden zu erhaschen, der ihrer Freundin den Hof machte.

Federica hatte nichts Ausgefallenes anzuziehen. Ihre Garderobe bestand aus nüchternen Kostümen. Deshalb lieh Molly ihr einen cremefarbenen Kaschmirpullover mit Hemdkragen zu schwarzen Jeans, und Hester bot ihr ihren neuen Schaffell-Mantel an, den sie bei Harvey Nichols erstanden hatte. Doch als der glänzende Porsche vor der Wohnung anhielt und Torquil makellos gekleidet in schwarzen Wildlederhosen und Stiefeln ausstieg, wusste Molly, dass sich jemand um Federica würde kümmern müssen.

»Himmel, der haut einen ja völlig um«, rief Molly und vergaß, den Mund zu schließen.

Hester eilte zu ihrer Schwester. »Wow, Fede, ist er das wirklich?« quietschte sie voller Staunen. »Du Glückspilz!«

Federica blieb zitternd an der Tür stehen. »Ich bin so nervös, mir ist übel«, sagte sie heiser. »Ich weiß nicht, was ich sagen soll.«

»Mach dich nicht lächerlich«, wies Molly sie scharf zurecht. »Natürlich wirst du wissen, was du sagen sollst. Dass er gut aussieht, heißt doch noch lange nicht, dass er anders wäre als alle anderen. Wahrscheinlich ist er genauso nervös wie du.«

»Genieß es, Fede«, ermutigte Hester sie. »Lass dich von ihm unterhalten, sagt Mummy immer.«

»Er sieht umwerfend aus, verdammt«, seufzte Molly, zündete sich eine Zigarette an und wünschte sich, sein Blick wäre zuerst auf sie gefallen. »Gib dich bloß nicht so unschuldig. Er erwartet bestimmt eine mondäne Frau.«

»Du liebe Zeit, Molly«, jammerte Federica. »Du machst mich noch nervöser.«

»Na, wenn du jetzt nicht rausgehst, fährt er wieder ab, und das war's dann«, behauptete Molly streng. »Geh jetzt!«

Als Federica die Treppe hinunterlief und aus dem Haus hinaustrat, wurden ihr blasses Gesicht und die ängstlichen Augen vom weißen Licht der Straßenlaternen angestrahlt, und Torquil wurde es flau im Magen, er hatte das Gefühl zu schweben. Mit demselben scheuen Lächeln, das ihn am Tag zuvor schon so beglückt hatte, kam sie auf ihn zu. Er begrüßte sie mit einem Kuss und roch den süßen Duft von Ylang-Ylang, ihrem Badezusatz.
»Sie sehen wunderschön aus«, hauchte er und sah voller Freude, wie sich ihre Wangen röteten. Dann öffnete er ihr die Wagentür und wartete, bis sie sich in dem Ledersitz niedergelassen hatte. Als er die Tür geschlossen hatte und um den Wagen herumging, blickte er zum Fenster auf, an dem Molly und Hester sich die Nasen platt drückten und winkten. Zu seiner Belustigung verschwanden die Gesichter blitzschnell wie eine Erscheinung.
»Ich bin froh, dass Sie sich warm angezogen haben«, sagte er, drehte den Schlüssel im Zündschloss und fuhr auf die Straße hinaus.
»Wohin fahren wir?«, fragte sie.
»Das ist eine Überraschung«, antwortete er, und sie betrachtete sein Profil, als er zufrieden vor sich hin lächelte.
»Sie mögen Überraschungen, ja?«, fragte sie.
»Solange ich selbst es bin, der sie bereitet. Kommen Sie niemals auf die Idee, mich zu überraschen. Es würde mir nicht gefallen.«
»Ich werde es mir merken.«

Sie fuhren die Uferstraße entlang zum Parliament Square. Es war eine kalte trockene Nacht. Der Himmel glitzerte über dem schimmernden Dunst der niemals ganz dunklen Stadt, und der zunehmende Mond schwebte auf der Themse wie der Geist eines gesunkenen Schiffs. Federica hätte sich keine romantischere Nacht wünschen können. Sie öffnete das Fenster und ließ die kühle Luft ihre Nervosität vertreiben. Torquil parkte den Wagen und entnahm dem Kofferraum einen geflochtenen Korb und eine Decke.

»Wofür ist das?«, fragte Federica verwundert.
»Das gehört alles zu meiner Überraschung«, antwortete er und zog eine Augenbraue hoch. »Folgen Sie mir, dann werden Sie es erfahren.« Sie ging hinter ihm her bis zu einer Lücke in der Mauer an der Themse und stieg die feuchten Stufen hinunter zu einem hübschen roten Boot, das auf den Wellen schaukelte. Ein alter Kapitän wartete mit derselben stoischen Ruhe wie die Seeleute, mit denen Federica in Polperro groß geworden war, und sie empfand einen Hauch von Heimweh. Er nickte ihr ohne ein Lächeln zu und reichte ihr seine raue Hand, um ihr an Deck zu helfen. Sie nahm seine Hilfe an und betrat das Boot. Torquil stieg nach vorn und warf die Decke zu Boden.
»Kommen Sie hier herauf, uns steht eine längere Fahrt bevor«, sagte er und beobachtete ihr entzücktes Lächeln. Er nahm stützend ihre Hand. »Hier macht es viel mehr Spaß; vor allem können wir sehen, wohin wir fahren«, sagte er und rückte den Picknickkorb zurecht.
»Ich kann es nicht fassen, dass Sie das alles für mich arrangiert haben«, rief Federica aus und setzte sich.
»Ich möchte Sie beeindrucken«, antwortete er aufrichtig. »Okay, Jack, wir sind startbereit«, rief er dem Skipper zu, der an seine Mütze tippte und hinter dem Steuer verschwand. Der Motor heulte auf, bevor er sich zu einem sanften Tuckern mäßigte. Sie glitten über die mondbeschienene Themse.
Torquil ließ sich neben Federica nieder und öffnete den Korb. »Wollen wir mit einem Glas Champagner beginnen?«, fragte er und reichte ihr ein Kristallglas. »Waren Sie schon einmal auf der Themse?«
»Nur im Auto auf der Uferstraße.« Sie lachte.
»Schön. Ich bin froh, dass es das erste Mal für Sie ist.« Er schenkte Champagner in ihr Glas.
»Es ist eine so herrliche Nacht. Haben Sie auch das arrangiert?«
»Ich habe mein Bestes getan.«
»Es ist Ihnen gelungen.«

»Es ist mir gelungen, Sie zu finden«, sagte er leise und stieß sein Glas leicht gegen ihres. »Auf uns.«
Federica nippte an ihrem Champagner und schluckte ihre Hemmungen hinunter. »Vermutlich haben Sie meinen Onkel schon kennen gelernt«, sagte er und zog eine Augenbraue hoch.
»Ja«, antwortete sie vorsichtig, nicht willens, sich eine Bemerkung über den krötenähnlichen Mann entlocken zu lassen, der das Kaufhaus mit seiner aufgeblasenen, so überflüssigen wie absurden Wichtigtuerei heimgesucht hatte.
»Er mochte Sie.«
»Ach?«
»Er hat einen hervorragenden Geschmack und ein feines Gespür für Menschen. Das liegt in der Familie.« Dann betrachtete er sie mit den Augen eines Raubtiers und bewunderte ihren Mangel an Weltgewandtheit. »Sie sind viel zu unschuldig, um in London aufgewachsen zu sein. Sind Sie in Chile groß geworden?«
»Nur bis zu meinem siebten Lebensjahr, danach haben wir in Cornwall gelebt.«
»Vom Erhabenen ins Banale.« Er lachte leise. »Deswegen sind Sie so anders. Ein bisschen Latina, ein bisschen Cornwall. So etwas wie eine Mischrasse«, scherzte er. »Ich mag Mischrassen«, fügte er hinzu und leerte sein Glas. »Ich bin kein Mischling. Hoffentlich mögen Sie reinrassige Engländer.«
»Natürlich mag ich Engländer. Ich kenne kaum Latinos. Ich habe Chile ja schon sehr jung verlassen«, erklärte sie.
»Und jetzt sind Sie alt.« Er grinste. »Ich wage es, Sie auf etwa achtzehn zu schätzen«, sagte er, nahm die Flasche aus dem Korb und füllte ihre Gläser noch einmal.
»Sie haben Recht«, erwiderte sie verdutzt. »Wissen Sie eigentlich alles?«
»Wie gesagt, ich habe ein verteufelt feines Gespür.«
Federica lachte. »Dann schätze ich Sie mal auf etwa fünfunddreißig«, sagte sie und trank ihren Champagner.

»Falsch. Ich bin bedeutend älter. Ich bin achtunddreißig. Viel zu alt für Sie.«
Federica wurde das Herz schwer vor Enttäuschung. Sie fragte sich, was er damit meinte und warum er sie überhaupt eingeladen hatte, wenn er tatsächlich glaubte, zu alt für sie zu sein.
»Wir wollen jetzt etwas essen«, schlug er vor und entnahm den Korb Platten mit Toast, Gänseleberpastete und Kaviar.

Das Boot glitt langsam die Themse hinunter, unter Brücken hindurch, die geheimnisvolle Schatten über das Wasser warfen, am Tower of London vorbei und hinaus in die Dunkelheit. Sie verzehrten den Inhalt des Picknickkorbs und öffneten eine zweite Flasche Champagner. »Ich bin bei meinem Vater und meiner Stiefmutter aufgewachsen. Meine leibliche Mutter starb, als ich noch klein war«, berichtete Torquil beiläufig.
»Das tut mir so Leid«, sagte Federica, die seinen schmerzlichen Verlust durchaus nachempfinden konnte. Zwar war ihr Vater nicht gestorben, doch er hatte in den letzten zehn Jahren kaum ein Lebenszeichen von sich gegeben.
»Ach, ich war noch zu klein, um es zu begreifen, und dann kam Cynthia. Sie war mir eine gute Mutter. Wissen Sie, sie konnte keine Kinder bekommen, und zum Ersatz dafür hat sie mich vergöttert. Als Einzelkind bin ich mein Leben lang verwöhnt worden.« Er sagte dies mit einem leisen Lachen und unterließ es zu erwähnen, dass Cynthias Liebe gelegentlich erstickend und die seines Vaters anmaßend war.
»Wahrscheinlich hatten Sie es verdient. Sie müssen schrecklich gelitten haben«, sagte sie und drückte mitfühlend seinen Arm.
Er sah sie nachdenklich an. »Sie haben schon viel gelitten, nicht wahr?«, fragte er sanft und neigte den Kopf zur Seite. »Möchten Sie darüber reden?«

Federica wurde bewusst, dass sie ihm Zutritt zu ihrem Leben gewährte. Der Alkohol und die wunderschöne Umgebung lösten ihr die Zunge und ließen zu, dass all ihr Kummer unzensiert aus ihr heraussprudelte. Sie hatte es nicht gewollt, aber etwas in seinen Augen und in seinem Lächeln zog sie an. Er schien direkt in ihr Innerstes zu sehen und riss mit jedem durchdringenden Blick ihren Widerstand ein Stück weiter nieder. »Sie armes, liebes Kind«, sagte er und bemerkte, dass sie zu zittern begonnen hatte. Er legte den Arm um ihre Schultern. »Sie brauchen jemanden, der auf Sie Acht gibt. Ich bin mit einem Zuviel an Liebe aufgewachsen, Sie mit zu wenig.«

»Überhaupt nicht«, sagte sie und versuchte, das schwerelose Gefühl in ihrem Kopf wegzublinzeln. »Ich habe sehr viel Glück gehabt.«

»Reden Sie sich nichts ein, Sie süßer Schatz. Jeder Mensch braucht eine Mutter und einen Vater. Wenn Sie wie ich das Glück haben, eine wunderbare Stiefmutter zu bekommen, kann das den Verlust der leiblichen Mutter in vielerlei Hinsicht erträglich machen. Aber Arthur kann Ihrem Vater offensichtlich nicht das Wasser reichen.«

»Ganz sicher nicht!«, rief sie leidenschaftlich aus. »Ich kann ihn nicht ausstehen!«

»Nun, es ist an der Zeit, dass Sie jemanden finden, der zur Abwechslung auch mal an *Sie* denkt. Ihre Mutter hat keinen Gedanken an Sie verschwendet, als sie Chile verließ, oder? Für Ihren Vater haben Sie auch nie an erster Stelle gestanden. Sie brauchen jemanden, der *Sie* an die erste Stelle rückt.« Er holte eine zweite Decke aus dem Korb und legte sie ihr um die Schultern. Plötzlich fühlte sie sich von ihren Gefühlen überschwemmt, wusste jedoch nicht, ob es daran lag, dass sie über ihren Vater sprach, oder an seiner Behauptung, er wäre zu alt für sie. Sie hätte ihm gern gesagt, dass er nicht zu alt für sie war, doch ihr fehlte der Mut. Still öffnete sie ihm ihr Herz und hoffte, er möge es bemerken.

»Nicht traurig sein«, flüsterte er und sah, dass ihre Augen glitzerten wie das Wasser der Themse.

Sie schüttelte den Kopf. »Ich bin nicht traurig«, sagte sie und lächelte versonnen. »Ich bin sehr glücklich. Ich bin glücklich, hier zu sein und diese wunderschöne Nacht mit Ihnen zu erleben. Es war so lieb von Ihnen, mir zuzuhören. Denken Sie sich nichts Falsches dabei. Ich hatte eine zauberhafte Kindheit und war sehr glücklich. Manche Menschen, Sie zum Beispiel, erleiden den Tod eines Elternteils oder gar der ganzen Familie. Ich habe wirklich keinen Grund, mich zu beklagen. Papa ist nicht tot.«

»Nein, tot ist er nicht, aber gedankenlos«, sagt Torquil und drückte sie an sich. »Ich werde Sie glücklich machen«, gelobte er. Er hob ihr Kinn an und wischte mit dem Daumen ihre Schwermut fort. »Ich habe Sie jetzt gefunden«, sagte er, bevor er ihre salzigen Lippen küsste. Sie reagierte sofort, als sein raues Gesicht an ihrer Haut schabte und seine feuchten Lippen die ihren öffneten, um ihre Unschuld zu durchdringen und für sich zu beanspruchen. In diesen intimen Augenblicken vergaß Federica Sams zärtliche Küsse, da sie endlich einen Mann gefunden hatte, der versprach, sie zu lieben und zu schützen und die Wunden des Verlassenseins zu heilen.

Dreissig

Fede ist verliebt«, berichtete Hester ihrer Mutter, die unterm Weihnachtsbaum stand und Sam mit unbestimmten Handbewegungen zweifelhafte Anweisungen gab.

»Nein, Schatz, ein bisschen mehr nach links, ja, so«, sagte sie. »Und jetzt wollen wir mal sehen, ob Angus eingeflogen kommt.«

Sam stieg von der Leiter und blickte zu dem Nest auf, das er sicher auf dem obersten Ast angebracht hatte. »In wen ist sie denn verliebt?«, fragte er und klappte die Leiter zusammen.

»Er sieht so gut aus, dass man in Ohnmacht fallen möchte«, erklärte Hester. »Ein dunkler Typ mit ganz hellgrünen Augen. Schickt ihr ständig Geschenke. Stell dir vor, Mum, er ist mit ihr für nur einen Tag nach Paris geflogen und hat ihr säckeweise Kleider gekauft. Du wirst sie nicht wiedererkennen. Sie ist richtig mondän.«

Sam warf sich aufs Sofa, streckte die Beine weit von sich und verschränkte die Hände hinter dem Kopf.

»Sich vorzustellen, dass sie mal in *dich* verliebt war«, fügte Hester grinsend hinzu.

»Das war sie nie«, erwiderte Sam aggressiv. »Höchstens damals, als sie noch ein Kind war.«

»Wo ist Angus? Angus!«, rief Ingrid und schaute sich im Zimmer um. »Er war eben noch hier«, klagte sie und spielte aufgeregt mit dem Monokel, das zwischen ihren großen Brüsten baumelte.

»Wahrscheinlich ist er nach draußen geflogen«, bemerkte Sam gereizt.

»Bei dieser Kälte? Das bezweifle ich«, entgegnete Ingrid und lief unter dem Rauschen der Röcke ihres Folklorekleids, die sich hinter ihr blähten wie ein Segel, hinaus in die Halle. »Molly, hast du Angus gesehen?«, fragte sie, als Molly an ihr vorbei dem Wohnzimmer zustrebte.

»Ja, er ist bei Nuno in der Bibliothek. Er versucht, ihm das Lesen beizubringen.« Sie seufzte und verdrehte die Augen. »Mein Gott, Angus ist eine Taube, kein Papagei.«

»Sag schon, Molly, wie ist Federicas neuer Freund?«, fragte Sam und holte aus den Nebeln seiner Erinnerung jenen unschuldigen Abend mit ihr in der Scheune hervor und ihren kurzen Spaziergang auf den Klippen.

»Er ist nett«, sagte Molly und setzte sich neben ihren Bruder. »Toller Baum!«, rief sie aus. »Aber ich glaube nicht, dass es Angus darin gefallen wird. Er ist in Dads Ankleidezimmer viel glücklicher.«

»Mehr nicht? Einfach nur nett?«, beharrte Sam voller Neugier und hätte gern gewusst, was ihn so aufbrachte.

»Nun«, sagte Molly und wischte sich das kastanienbraune Haar aus dem Gesicht. »Er sieht gut aus, ist charmant ... aber ...« Sie unterbrach sich, suchte nach den richtigen Worten, um ihre Gedanken zum Ausdruck zu bringen. »Er ist irgendwie ein bisschen zu schön, um wahr zu sein«, erklärte sie dann entschlossen. »Aber glaub mir, Fede sieht großartig aus. Ich sag's dir, Sam, du wirst sie nicht wiedererkennen.«

»Ja, wirklich«, bekräftigte Hester.

Molly sprach höchst ungern über Federica und Torquil. Jedes Mal, wenn sie die zwei zusammen sah, wurde sie von quälender Eifersucht erfasst, und sie hasste sich dafür.

»Ist sie glücklich?«, fragte Sam widerstrebend.

»Sie ist total verknallt«, antwortete Molly gepresst.

»Ja, sie ist glücklich«, sagte Hester. »Ich habe sie noch nie so glücklich erlebt. Er schenkt ihr so viel Beachtung. Ruft ständig an, führt sie aus. Sie blüht richtig auf.«

»Er sieht aus wie ihr Vater«, stellte Molly fest.
»Wie ihr Vater?«, rief Sam entsetzt aus. »Wie alt ist er denn, um Gottes willen?«
»Achtunddreißig«, sagte Molly und zog die Augenbrauen hoch, um ihre Missbilligung kundzutun.
»Was zum Teufel will sie mit einem so alten Kerl?«, rief Sam verärgert. »Er ist ja zwanzig Jahre älter als sie!«
»Alter spielt keine Rolle, wenn man jemanden liebt«, wandte Hester ein.
»O doch«, widersprach Sam. »Sie ist ja so leicht zu beeindrucken.«
»Was macht das schon? Sie würde sich von jedem, mit dem sie geht, beeindrucken lassen«, sagte Hester.
»Mir gefällt das alles nicht«, seufzte Sam, setzte seine Brille ab und massierte mit Daumen und Zeigefinger seine Nasenwurzel.
»Nun, das kannst du ihr selbst sagen, sie kommt heute Abend zu uns«, riet Molly ihm. »Aber sie bringt Torquil nicht mit«, fügte sie enttäuscht hinzu.

Sam marschierte mit Trotzki und Amadeus, dem neuen Spaniel seiner Mutter, über die Klippen und betrachtete den Kampf der Wellen gegen die Felsen, die sie in weiße Gischt hüllten, bevor sie sich zurückzogen, um Schwung zu holen für einen neuen Angriff. Er stemmte sich gegen den eisigen Wind, zog seinen Mantel fester um sich und hob die Schultern, um sich warm zu halten. Trotzki ging bei Fuß und benutzte ihn als Schutz gegen den Wind, während Amadeus rastlos umherhetzte und alles beschnüffeln musste.
Sam dachte verärgert über Federica nach und verstand selbst nicht, warum er sich Sorgen machte. Der Kuss in der Scheune war ein süßer Augenblick unschuldiger Lust gewesen. Mehr war es nicht gewesen, nur ein Kuss in einer verregneten Nacht. Er hatte nicht geplant, sie zu küssen, es war einfach passiert. Später hatte ihn sein Gewissen geplagt, weil er sie ausgenutzt hatte.

Dass sie ihn verehrte, lag auf der Hand. Und dann hatte er ihr eines schönen Herbsttages spontan angeboten, sie zurück zu ihrem Onkel zu fahren, und sie waren in diesem himmlischen goldenen Licht spazieren gegangen. Er hatte sie dort oben über dem Meer küssen wollen. Es war der romantischste Augenblick seines Lebens gewesen. Dieser Himmel, diese Farben, diese Düfte, und Federica, so unschuldig und ätherisch. Er konnte sein Begehren nicht eingestehen, nicht einmal sich selbst gegenüber. Sie war so viel jünger als er. Er konnte jede Frau haben, die er wollte, aber Fede war zu jung und für ihn verboten. Er schob die Hände in die Taschen und seufzte schwer. Er hatte ein schlechtes Gewissen gehabt, weil er sie begehrte, und deshalb war er ihr wieder aus dem Weg gegangen. Ein feiger Ausweg, aber er konnte nicht anders. Es war ihm gelungen, sich einzureden, dass er überhaupt nichts für sie empfand. Doch jetzt hatte sie sich in einen anderen verliebt. Sam war es nicht gewohnt, nicht der Mittelpunkt ihrer Zuneigung zu sein. Er hoffte, ihre neue Beziehung würde nicht von Dauer sein. Meistens hatte die erste feste Beziehung keinen Bestand.

»Dieser Torquil Jensen – der Name kommt mir bekannt vor«, sagte Toby, als sie die Straße nach Pickthistle Manor entlang fuhren.

»Du kannst ihn gar nicht kennen«, entgegnete Federica vom Rücksitz her.

»Doch, wir kennen ihn«, beharrte Julian und schüttelte den Kopf. »Aber ich weiß nicht mehr, woher.«

»Er ist ein bisschen alt für dich, Fede.«

»Er ist älter als ich, aber nicht zu alt«, erwiderte Federica glücklich. »Die Liebe überfällt einen ohne Rücksicht auf das Alter. Und wir lieben uns.«

»Sag bitte, dass er dich noch nicht entjungfert hat, mein Schatz!«, bat Julian besorgt. »Ich bring ihn um, wenn er dich angetastet hat.«

Federica lachte. »Nein, noch nicht«, erwiderte sie belustigt, doch die Vorstellung, zum ersten Mal mit Torquil zu schlafen, erregte sie.

»Dem Himmel sei Dank dafür!« Julian seufzte.

»Lass dich von ihm nicht zu irgendwas bewegen, was du selbst nicht willst. Er ist ein erfahrener Mann, aber du bist noch ein Kind.«

»Liebster Toby, ich bin kein Kind mehr«, sagte sie. »Ich bin achtzehn.«

»Schrecklich erwachsen«, entgegnete Toby ironisch.

»Mach aber bitte keine Dummheiten. Du wirst noch eine Menge Freunde verschleißen, bevor du den Richtigen findest«, riet Julian ihr. »Und wir möchten jeden Einzelnen unter die Lupe nehmen.«

»Nun, ihr könnt Torquil jederzeit kennen lernen«, sagte sie und beugte sich zwischen den Sitzen hindurch vor. »Ihr werdet begeistert sein. Er sieht gut aus, ist witzig, gebildet, welterfahren …«

»Er wird auch seine Fehler haben«, wandte Toby ein. »Wir alle haben Fehler.«

»Torquil nicht.« Sie seufzte schwärmerisch. »Er ist perfekt.«

Toby und Julian sahen sich an, aber dies war nicht der richtige Moment, um ihre Lebensweisheiten zu vermitteln.

Als Federica in Pickthistle Manor das Wohnzimmer betrat, wo ihre Mutter, Arthur und Hal bereits mit Sekt auf Weihnachten anstießen und die hübsche weiße Taube oben im Weihnachtsbaum bewunderten, hatte Sam das Gefühl, dass ihm jemand einen Boxhieb in den Magen versetzt hatte. Sie sah strahlend aus in schwarzen Lederhosen und einem blassblauen Kaschmirpullover, der ihre schlanke Figur betonte und in seinem V-Ausschnitt den Brustansatz erahnen ließ. Ihr langes weißblondes Haar glänzte gesund und fiel ihr bis über die Schultern herab. Es betonte ihren hellen Teint und ihre tiefgründigen Augen. Sie umarmte Hester und Molly und blieb eine Weile lebhaft redend an der Tür stehen. Sams Kehle schnürte sich zu, und er leerte sein Sektglas, in der Hoffnung, dadurch lockerer zu werden. Er betrachtete sie aufmerksam. Molly und Hester hatten Recht: Sie sah verändert aus. Sie wirkte glücklich.

Nuno war der Erste, der auf ihre Verwandlung zu sprechen kam. »*Cara mia*«, seufzte er bewundernd. »Aus dem Entlein ist ein Schwan geworden.«

»Pa, ein Entlein war sie weiß Gott nie«, schritt Ingrid zu Federicas Verteidigung. Sie führte ihre Zigarettenspitze an die leuchtend roten Lippen und nahm gereizt einen tiefen Zug, wie sie es immer tat, wenn die Bemerkungen ihres Vaters ihr unangemessen erschienen.

»Im Vergleich zu diesem Schwan, meine Liebe, war sie doch ein Entlein«, entgegnete er streng und lächelte Federica an.

»Danke, Nuno.« Federica lachte. Dann fiel ihr Blick auf Sams gequälte Miene. Sam beobachtete sie immer noch vom Sofa aus. Sie beantwortete seinen Blick mit einem Lächeln, das er jedoch nicht erwiderte. Er wandte sich dem neben ihm sitzenden Toby zu, als schämte er sich, ertappt worden zu sein, während er sie ansah.

»Das ist das Leben in London«, sagte Helena. »Und Hal wird zur Universität gehen«, fügte sie in dem verzweifelten Versuch hinzu, ihren Sohn mit Komplimenten aus seinem Schmollwinkel zu locken. Hal jedoch bedachte seine Mutter mit einem bösen Blick. Ihm war klar, dass keine Universität ihn je aufnehmen würde, und er hatte auch keine Lust zu studieren. Er war nur zu dieser Geselligkeit gekommen, weil sie ihn gebeten hatte. Er mochte Lucien nicht sonderlich; Lucien war ihm zu intelligent, genau wie dessen Bruder Sam, den er auch nicht leiden konnte. Beide vermittelten ihm ein Gefühl der Unzulänglichkeit. Er beobachtete seine Schwester an der Tür und ärgerte sich darüber, dass sie so viel Beachtung fand; er war es nicht gewohnt, dass sie im Rampenlicht stand. Doch als sie sich neben ihn setzte, legte

sich seine Verbitterung, und er ließ sich von ihr aus seiner trüben Stimmung retten.
»Wie geht's in der Schule?«, fragte sie. Er schüttelte sein schwarzes Haar, das ihm in die Stirn fiel, und sah sie mit den dunklen Schokoladenaugen ihres Vaters an.
»Ganz gut«, antwortete er unbeteiligt.
»Du bist ganz schön frustriert, wie?«, stellte sie mitfühlend fest.
»Ich will so bald wie möglich weg.«
»Und die Universität kommt nicht in Frage«, ergänzte sie und sah, wie er beim Lächeln rebellisch die Lippen kräuselte.
»Genau«, sagte er mit einem Blick über den Raum hinweg auf Helena.
»Keine Sorge. Du musst nicht zur Uni. Du kannst tun, was immer du willst. Komm nach London. London wird dir gefallen«, begeisterte sie sich.
»Sobald ich die Schule hinter mir habe, bin ich hier weg. Ich habe die Nase voll von Cornwall.« Er furchte die Stirn. »Ich habe es satt, mit Mama und Arthur zusammenzuleben. Es erstickt mich. Ich brauche mehr Freiraum. Ich brauche niemanden, der mir ständig über die Schulter guckt.«
»Es dauert ja nicht mehr lange«, sagte Federica. »Dann bist du frei.«
Wieder sah sie auf und begegnete unwillkürlich Sams Blick. Er stand auf und verließ den Raum unter dem Vorwand, noch eine Flasche Sekt aus der Küche holen zu wollen. Federica überließ Hal seinem Selbstmitleid und folgte ihm.
»Tag, Sam«, sagte sie, als sie ihn allein bei den Hunden fand. Er sah überrascht zu ihr auf und lächelte spärlich.
»Tag, Federica«, antwortete er lässig. »Wie geht's?«
»Mir geht's gut. Hast du irgendwas Neutrales?«
»Neutrales?«
»Zu trinken.«
»Ach, ja«, antwortete er und kam sich dumm vor. »Limo, Cola, Orangensaft?«

»Ich hätte gern Orangensaft. Danke.«
Er öffnete den Kühlschrank und entnahm ihm einen Krug mit frisch gepresstem Orangensaft. Mit unsicherer Hand goss er ihr etwas in ein Glas und fragte sich, wieso sie ihn, nachdem er sie schon zehn Jahre kannte, plötzlich nervös machen konnte.
»Ich schätze, London tut dir gut«, sagte er in dem Bemühen, die Unterhaltung auszubauen, damit sie in der Küche blieb. Federica bemerkte, dass sein Haar sich lichtete. Es war nicht mehr blond, sondern viel dunkler und sehr kurz geschnitten. Sam sah älter aus und nicht mehr so spektakulär wie früher. Er blinzelte sie hinter seinen Brillengläsern an und reichte ihr das Glas.
»Es gefällt mir ausgesprochen gut«, erklärte sie und lehnte sich rücklings an den Küchentresen.
»Molly und Hester sagen, du hast einen neuen Freund.« Er wollte Freude darüber heucheln, brachte aber nur ein gepresstes Lächeln zustande.
Federica konnte ihre Begeisterung kaum zügeln. Wenn sie über Torquil sprach, leuchteten ihre Augen und ihr Haut schimmerte. Sam wurde fast übel vor Widerwillen.
»Ja. Er ist großartig«, sagte sie und lächelte strahlend. »Molly und Hester haben ihn schon kennen gelernt.«
»Was macht er beruflich?«
»Irgendwas mit Immobilien. Er hat eine eigene Firma«, erwiderte sie.
Sam zog die Brauen hoch und tat beeindruckt. »Gut. Ich freue mich darauf, ihn kennen zu lernen«, log er.
»Dich sehe ich ja kaum noch.« Federica schüttelte bedauernd den Kopf. »Komisch, wir leben alle in der derselben Stadt, aber du besuchst deine Schwestern nie.«
»Ich weiß.« Er seufzte und wünschte, er hätte sich öfter blicken lassen. »Wir bewegen uns in verschiedenen Welten.«
»Die Zeit vergeht so schnell, nicht wahr?«, bemerkte sie versonnen. »Ich werde nie vergessen, wie du mich damals aus dem See gerettet hast.«

»Und wie ich dich in der Scheune geküsst habe«, fügte er hinzu und sah sie fest an. Im Stillen fragte er sich, warum um alles in der Welt er das zur Sprache gebracht hatte.
Federicas Wangen röteten sich vor Verlegenheit. »Es war schön«, erwiderte sie gepresst, um Haltung bemüht. »Es kommt mir vor, als läge das eine Ewigkeit zurück.«
»Es war dein erster Kuss«, bemerkte er und beobachtete sie wachsam.
»Aber nicht mein letzter«, gab sie kühn zurück. Sam senkte den Blick, dachte an den Störenfried Torquil und starrte in sein Glas.
»Es war schön, wie du mich in die Welt der Romantik eingeführt hast, Sam. Ich sollte mich bedanken«, sagte sie kühl in Erinnerung an den Schmerz, den seine Gleichgültigkeit ihr zugefügt hatte. Dafür wollte sie ihn bestrafen. »Ich gehe lieber zurück ins Wohnzimmer. Man wird sich fragen, was wir hier treiben. Schließlich ist es noch gar nicht so lange her, dass ich in dich verliebt war.« Sie lachte schnippisch. »Aber irgendwann werden wir alle erwachsen, nicht wahr?« Sie ging und ließ Sam allein, damit er ihre Worte verdaute.
Federica ging allerdings nicht zurück ins Wohnzimmer. Sie suchte das Bad auf und schloss die Tür hinter sich ab. Sie setzte sich auf den Toilettensitz und wartete darauf, dass ihr Herzschlag sich beruhigte und die Röte aus ihrem glühenden Gesicht wich. Sie hatte keine Angst mehr vor Sam, aber er hatte sie verletzt, und das würde sie ihm nicht verzeihen. Er hatte zu seinem Vergnügen mit ihren Gefühlen gespielt und sie fallen gelassen, nachdem er seinen Spaß gehabt hatte. Sie war nicht mehr in ihn verliebt. Sie empfand kaum mehr als ein süßes Nachglühen ihrer ersten unschuldigen Liebe. Doch in seinen Augen erkannte sie einen Schimmer des Bedauerns, eine leise Enttäuschung. Sie ahnte, dass ihre Beziehung mit Torquil ihn wütend machte, und das freute sie. Er kam zu spät. Sie gehörte einem anderen. Er hatte den Zeitpunkt verpasst, und sie hoffte, dass er es sein Leben lang bereute.

Federica vergaß ihre kurze Konfrontation mit Sam sehr bald. Nach Weihnachten kehrte sie zurück nach London und in die Arme Torquils. Als er erklärte, er würde für ein langes Wochenende mit ihr zum Skifahren in die Schweiz fliegen, nur sie beide, da wusste sie, dass er mit ihr schlafen würde, und sie ließ sich eilig einen Termin beim Arzt geben.

Sie dachte oft über Sex nach. Wenn Torquil sie küsste, sehnte sie sich danach, dass seine Hände ihren Körper erforschten und entdeckten, wie sie ihn als Kind erforscht und entdeckt hatte. Ihre Glieder schmerzten vor Begehren, doch sie wollte sicher sein, dass er bei ihr blieb. Ihre größte Angst war, dass sie sich ihm öffnete und hingab, um dann zusehen zu müssen, wie er hinterher aus ihrem Leben ging und sie gebrochen und gedemütigt zurückließ. Zuerst musste sie Vertrauen zu ihm fassen. Doch Schritt für Schritt errang Torquil ihr Vertrauen. Er war immer für sie da. Er rief an, wenn er es versprochen hatte, er verspätete sich nie, wenn er sie abholte, er war zuverlässig und, was das Wichtigste war, er rückte sie in den Mittelpunkt seiner Welt. Als sie seine Einladung in das Schweizer Chalet seines Vaters annahm, tat sie es in der Absicht, ihn einzulassen.

Torquils Chalet schmiegte sich an einen Berghang, umgeben von hohen Fichten und mit einem spektakulären Blick über das Tal hinweg. Sie standen auf dem verschneiten Balkon und betrachteten die Sterne am klaren schwarzen Nachthimmel. Ein weiß schimmernder Mond übergoss die Berge mit nahezu phosphoreszierendem Licht, beinahe so hell wie am Tage. Torquil nahm Federicas Hand und führte sie ins Schlafzimmer, wo ein fröhliches Feuer im Kamin tanzte und die durchs Fenster strömende kalte Bergluft vertrieb. Torquil legte beide Hände um ihr Gesicht und küsste sie zärtlich auf den Mund. »Ich möchte, dass dieser Augenblick unvergesslich für dich ist«, flüsterte er.

»Er wird unvergesslich sein.«

»Ich möchte, dass es dir genauso viel bedeutet wie mir«, sagte er. Zu bewegt, um antworten zu können, überließ sie sich ganz ihren Sinnen, genoss seine Zärtlichkeiten und das warme, feuchte Gefühl seiner Lippen auf ihrem Mund. Sie begann zu zittern, als er ihr Hemd aus der Hose zog und die Hände darunter schob, um die weiche Unschuld ihrer Haut zu erspüren. Ihn rührte das Wissen, dass er die Blüte einer ungepflückten Blume entblätterte, ihr das erste Erleben körperlicher Liebe bescherte. Er strich mit den Fingern über ihre kleinen Brüste, berührte die Spitzen und bewunderte das Spiel des Feuerscheins auf ihrer Haut. Dann knöpfte er ihre Hose auf und zog sie ihr aus, so dass sie scheu lächelnd im Slip vor ihm stand.

»Du bist so schön«, flüsterte er bewundernd und folgte mit seinen Blicken jeder Linie, jeder Rundung ihres Körpers. Für einen Augenblick überkam sie ein Gefühl der Scham, der Verletzlichkeit, und sie wusste nicht recht, was sie tun sollte. Doch er schien ihre Scheu zu spüren, nahm ihre Hände und küsste sie, bevor er sie lenkte, sein Hemd und seine Hose aufzuknöpfen und ihn zu entkleiden, bis er nackt und stolz vor ihr stand. Er zog sie an sich und barg sein Gesicht in ihrer Halsbeuge. Seine Finger strichen an der Innenseite ihres Schenkels hinauf bis an den Saum ihres Slips. Ihre Beine wollten nachgeben, doch er führte sie nicht zum Bett, sondern zwang sie, stehen zu bleiben, als seine Finger das heiße, unverstellte Zentrum ihres Verlangens ertasteten. Federica hielt den Atem an, als er sie mit geschickten Fingern streichelte und zusah, wie ihr die Glut in die Wangen stieg und ihre Lider vor Lust flatterten. Und als sie sich an seine rhythmische Berührung verloren hatte, auf den Wellen eines unerforschten Meers dahinschwebte, da nahm er sie auf die Arme und trug sie zum Bett, wo sie dem Zittern ihrer Beine nachgeben konnte und benommen und kühn dalag, damit er ihren Körper küssen und mit dem sinnlichen Tasten seiner Finger erkunden konnte. Schließlich drang er behutsam in sie ein, um sie vollständig in Besitz zu nehmen.

Torquil lehnte sich zurück und zündete sich eine Zigarette an.
»Ich habe dich noch nie rauchen sehen«, sagte Federica und kuschelte sich an ihn heran.
»Nur nach dem Sex«, erklärte er und sog das Nikotin tief in die Lungen ein. »Und nur nach dem besten Sex.«
»Das war wunderschön, Torquil«, sagte sie und errötete in Erinnerung an ihre Schamlosigkeit.
Er zog sie mit einem Arm an sich und küsste ihre feuchte Stirn.
»*Du* warst wunderbar.«
»Du auch«, entgegnete sie und lachte.
»Das ist erst der Anfang. Ich möchte dich in ein lebenslängliches Abenteuer entführen«, sagte er und sah sie fest mit seinen hellgrünen Augen an. »Ich handle wieder einmal überstürzt. Aber ich weiß, was ich will.« Federica blickte ihn betroffen an. »Ich will dich heiraten, Fede.«
Fede fuhr erschrocken hoch. »Wir kennen uns doch erst seit ein paar Monaten«, wandte sie ein und fragte sich, welches Wunder bewirkt hatte, dass er sie so liebte.
»Aber du liebst mich doch?«, fragte er stirnrunzelnd.
»Ja, ich liebe dich«, antwortete sie. »Aber die Ehe ist fürs ganze Leben.«
»Und ich werde dich mein ganzes Leben lang lieben«, beteuerte er und zog sie wieder herab in seine Arme. »Heirate mich, Fede, und mach mich zum glücklichsten Mann unter der Sonne. Ich bin älter als du, das ist ja gerade gut so. Ich weiß besser, was ich will, und ich weiß, was das Beste für dich ist.« Er küsste sie wieder. »Du musst beschützt und umsorgt werden, und genau das will ich tun. Dich beschützen und umsorgen. Du brauchst dir nie wieder irgendwelche Sorgen zu machen. Die Liebe heilt alles.«
»Ja, das stimmt«, sagte sie und lächelte unter dem Ansturm von Gefühlen in ihrem Inneren. »Ich liebe dich so sehr. Ich habe nur Angst.« Sie seufzte. »Ich habe miterlebt, wie die Ehe meiner Eltern zerbrach. Ich will nicht, dass es mir genauso ergeht.«

»Das wird nie geschehen, ich verspreche es dir. Du wirst nie wieder Angst haben«, beschwichtigte er sie. »Wenn du mich heiratest, wirst du in alle Ewigkeit glücklich sein, ich verspreche es dir.«

»Wenn du ganz sicher bist, dass du mich willst, dann sage ich ja, ich möchte dich heiraten.« Sie lachte glücklich. »Mrs. Torquil Jensen. Das klingt irgendwie gut.«

Torquil drückte ihr einen Kuss auf die Stirn, bevor er noch einen Zug aus seiner Zigarette nahm. Wie glücklich er sein konnte, Federica gefunden zu haben! Das Schicksal hatte es gut mit ihm gemeint. Sie war in jeder Hinsicht perfekt. Nach den Heerscharen welterfahrener Stadtmädchen bezauberte ihn ihre Unschuld. Ihre Naivität beflügelte ihn, ihre Schönheit und Anmut blendeten ihn. In Federicas Nähe fühlte er sich gebraucht und verehrt. Das Wissen, dass sie die Liebe zum ersten Mal erlebte, rührte ihn, und er fühlte sich geehrt, ihr Auserwählter zu sein – eine völlig neue Erfahrung für ihn. Er war ihr Held. Sie blickte zu ihm auf, überließ es glücklich ihm, Entscheidungen für sie zu treffen, überließ ihm ganz zufrieden die Führung. Nachdem er bisher ein in das strenge Koordinatensystem seines Vaters eingepasstes Leben geführt hatte, übte er nun endlich selbst Kontrolle aus. Seinem Vater würde es nicht gefallen. Er war im Leben seines Sohnes immer der Dominante gewesen. Wie der allumfassende Schatten einer mächtigen Eiche erschien die Macht seines Wesens erdrückend. Doch in den letzten paar Jahren war Torquil erwachsen geworden und dem Schatten seines Vaters entwachsen. Jeden kleinen Schritt hinaus betrachtete er als Sieg. Jetzt war er im Begriff, einen weiteren, diesmal großen Schritt zu tun. Federica war *seine* Wahl. Niemand bestimmte über sein Herz. Es war ein gutes Gefühl.

Zurück in London, rief Federica ihre Mutter an, um ihr die Neuigkeiten mitzuteilen. »Mama, ich heirate«, sagte sie.

Helena musste sich setzen. »Du heiratest?«, rief sie entsetzt aus. »Torquil?«
»Ja, wen denn sonst?«, erwiderte Federica und lachte glücklich.
»Aber ich habe ihn noch nicht einmal kennen gelernt«, protestierte sie.
»Du wirst ihn bald kennen lernen. Ich komme am Wochenende mit ihm zusammen zu euch.«
»Schätzchen, ist das nicht ein bisschen übereilt? Du kennst ihn erst seit ein paar Monaten.«
»Ich will es so«, sagte sie fest.
Helena schwieg einen Moment. Sie dachte an ihre eigene überstürzte Hochzeit mit Ramon und schauderte. »Du bist erst achtzehn. Du bist noch ein Kind.«
»Nein, ich bin eine Frau«, widersprach Federica mit Nachdruck und lächelte vor sich hin.
»Hast du Toby schon informiert?«
»Noch nicht«, antwortete sie. »Ich wollte es zuerst dir sagen.«
»Gut, dann ruf Toby an«, riet sie. »Ich fürchte, das geht alles viel zu schnell. Ich kenne den Mann noch nicht einmal, kann also gar nichts dazu sagen. Warum gönnst du dir nicht eine lange Verlobungszeit und lässt euch beiden Zeit, euch richtig kennen zu lernen?«
»Torquil will sofort heiraten.«
»Tatsächlich?«
»Ja. Er ist so impulsiv. Mama, wir lieben uns«, beteuerte sie.
»Dein Vater und ich haben uns auch geliebt.«
»Es hat gar nichts mit dir und Papa zu tun. Es geht um Torquil und mich, und wir sind zwei völlig andere Menschen. Wir wissen beide, was wir wollen.«
Helena seufzte schwer. Als ob Federica alt genug wäre zu wissen, was sie wollte!

Als Toby die Neuigkeiten erfuhr, war er bestürzt und wütend. »Julian und ich fahren sofort nach London und reden mit ihr«, ließ er Helena knapp wissen. »Wir nehmen morgen den Frühzug. Ich weiß, dass dieser Torquil mir schon einmal begegnet ist, Julian ebenfalls, wenn wir auch nicht mehr wissen, wo. Aber er hat eindeutig einen schlechten Geschmack in unserem Mund hinterlassen.«

»Bring sie zur Vernunft, Toby. Sie hat den Verstand verloren.«

»Sie wird ihn nicht heiraten, keine Angst«, versicherte er.

»Sie ist fest entschlossen.«

»Ich weiß. Aber sie hört auf mich.«

»Gott sei Dank, denn auf mich hört sie schon lange nicht mehr«, entgegnete sie defensiv und dachte mit den Resten einer alten Verbitterung daran, wie sie stets auf ihren Vater gehört hatte. »Wo trefft ihr sie? Muss sie nicht arbeiten?«

»Nein. Torquil hat sie überredet, ihre Stelle aufzugeben. Sie faulenzt in seinem Haus in The Little Boltons.«

»Wie nett«, bemerkte Helena gepresst.

»Wie nett«, pflichtete Toby ihr bei. »Wir fahren direkt dorthin.«

Neuigkeiten verbreiten sich rasend schnell. Polly war entrüstet und warf versehentlich eines von Jakes Modellschiffen zu Boden, wo es in tausend kleine Stückchen zerbrach. Als Jake abends von der Arbeit zurückkam und seine kostbare Schöpfung zerstört vorfand, begannen seine Lippen vor Wut zu zucken, doch dann sah er den Schmerz in den Augen seiner Frau.

»Federica heiratet diesen Mann«, sagte sie hilflos.

Jake schüttelte den Kopf. »Modellschiffe gibt es reichlich, Federica aber nur einmal. Ich hoffe, sie weiß, was sie tut«, bemerkte er ruhig.

»Sie glaubt wohl, sie heiratet ihren Vater«, erklärte Polly. »Laut Ingrid, die alles Nähere von ihren Mädchen erfährt, ist der Mann vierzig Jahre alt und sieht aus wie Ramon.«

»Dann sieht er verdammt gut aus.«

»Verdammt ist in diesem Zusammenhang wohl das Schlüsselwort«, entgegnete Polly ernst.

Helena manikürte gerade ihre Nägel, als sie die Meldung im Radio hörte. Sie war unkonzentriert, hörte nur mit halbem Ohr zu und träumte sich heraus aus ihrem bürgerlichen Leben. Aber die Worte des Sprechers drangen in ihr Bewusstsein ein, setzten sich fest und jagten ihr eine kalte Panik durch die Adern.
Der Zug, in dem Toby und Julian nach London gefahren waren, war verunglückt.

Einunddreissig

Cachagua

Estella fuhr schreiend im Bett hoch, starrte in die Dunkelheit und keuchte vor Entsetzen. Ramon wurde aus dem heißen afrikanischen Urwald in den kalten fiebrigen Albtraum seiner Geliebten gerissen. Er streckte die Hand aus und schaltete das Licht ein, richtete sich auf und zog Estella in seine Arme. Beruhigende Worte flüsternd streichelte er ihr Haar. »*Mi amor*, es war nur ein böser Traum, nur ein böser Traum«, sagte er und spürte das wilde Pochen ihres Herzens an seinem Körper. »Ich bin bei dir, Liebste, ich bin bei dir.«

»Ich habe vom Tod geträumt«, sagte sie, immer noch in den eisigen Klauen ihrer Angst gefangen.

»Es war nur ein Traum.«

»Es ist eine Vorahnung«, widersprach sie fest. »Ich hatte diesen Traum jetzt schon das zweite Mal.«

»*Mi amor*, du fürchtest dich vor etwas, das ist alles.«

»Der Traum wird ein drittes Mal kommen«, sagte sie und umklammerte seine Schultern mit zitternden Armen. »Und danach geschieht es wirklich.«

Ramon schüttelte den Kopf und küsste ihren Nacken. »Wer ist denn in deinem Traum gestorben?«, ging er auf sie ein.

»Ich weiß es nicht. Ich konnte sein Gesicht nicht sehen«, antwortete sie und blinzelte die Tränen fort. »Aber ich habe Angst, dass du es warst.«

»Es braucht mehr als einen Traum, um mich umzubringen«, scherzte er, aber Estella lächelte nicht.

»Vielleicht war es Ramoncito«, stieß sie erstickt hervor. »Ich weiß es nicht.«

»Schau mich an«, sagte er und hielt sie sanft auf Armeslänge von sich ab. »Schau mir in die Augen, Estella.« Sie sah ihn mit dem hohlen Blick der Gequälten an, sah sein liebendes Lächeln. »Niemand wird sterben. Jedenfalls kann kein Traum einen Tod ankündigen. Du machst dir wegen irgendwas Sorgen, und das wirkt sich auf dein Unterbewusstsein aus. Vielleicht bekümmert dich meine Reise nach Afrika.«

Sie nickte und seufzte, während das Licht die dunklen Schrecken ihres Traums verscheuchte und sie langsam zurück in die Wirklichkeit fand. »Vielleicht«, gestand sie ein.

»Ich verreise ja nur für ein paar Wochen«, sagte er. »Ich bin schon sehr lange nicht mehr fort gewesen.«

»Ich weiß. Du warst Ramoncito ein wunderbarer Vater.« Sie lächelte.

»Und dir ein guter Geliebter?«, fragte er, zog die Brauen hoch und grinste anzüglich.

»Und mir ein guter Geliebter«, bestätigte sie.

Er neigte den Kopf zur Seite und furchte die Stirn. »Du weißt, dass ich dich nie verlassen werde«, sagte er. »Du hast keinen Grund, unsicher zu sein. Ich werde dich immer lieben.«

»Ich weiß. Und ich werde dich auch immer lieben.«

Als Ramon das Licht ausschaltete und Estella in seine Arme zog, fand sie dennoch keinen Schlaf. Nicht etwa, weil sie nicht mehr müde war, sondern weil sie fürchtete, ein drittes Mal vom Tod zu träumen, was dann zur Folge hätte, dass es Wirklichkeit wurde. Ihre Mutter hatte ihr einmal erzählt, dass sie den Tod ihrer Mutter im Traum vorausgesehen hatte. Drei Mal hatte sie geträumt, ihre Mutter läge sterbend vor einem rosafarbenen Haus. Da sie von keinem rosafarbenen Haus wusste, hatte sie sich keine Sorgen gemacht und den Traum vergessen. Doch einige Wochen später starb ihre Mutter an einem Herzinfarkt, als sie das kletternde Geißblatt an einer Seite ihres weißen Hauses auslichtete. Die Sonne ging gerade unter, und die Mauer erstrahlte in einem warmen Rosaton. Estella lag da und fürchtete sich, bis der Schlaf sie dann doch übermannte. Als sie im Morgengrauen aufwachte, wurde ihr zu ihrer Erleichterung bewusst, dass sie überhaupt nicht mehr geträumt hatte.

Ramon war inzwischen von Helena geschieden, und Estella hatte gehofft, dass er sie nun heiraten würde. Diese Hoffnung hielt sie streng geheim, ließ nicht einmal ihre Eltern daran teilhaben. Doch zu ihrem Kummer sprach Ramon nie von Heirat. Er war zufrieden mit dem Stand der Dinge. Er war frei, zu kommen und zu gehen, wie er wollte, ohne sich wegen eines Vertrages gebunden zu fühlen.

Mariana hatte auch gehofft, dass er seine Beziehung mit Estella legalisierte. Im Lauf der Jahre waren sie und die Mutter ihres Enkels feste Freundinnen geworden. Allmählich waren die Barrieren, die ihr jeweiliger Stand zwischen ihnen errichtet hatte, gefallen, und sie waren frei und betrachteten einander als gleichwertig. Estella bezog Mariana in das Leben ihres Sohnes ein, rief sie regelmäßig in Santiago an und genoss ihre heimlichen Besuche, wenn sie die langen Sommermonate in Cachagua verbrachte. Zuerst hatte es Mariana gedrängt, Ignacio von Estella und Ramoncito zu berichten, aber nach und nach richtete sie sich mit ihrem Geheimnis ein, so dass es sie nicht mehr belastete.

Ramoncito war jetzt elf Jahre alt. Er war dunkelhaarig und dunkelhäutig wie seine Eltern, mit den schönen honigfarbenen Augen seiner Mutter. Er war unbeschwert und selbstständig wie Ramon und feinfühlig wie seine Mutter, und doch war sein Wesen nur ihm allein eigen, von Gott gegeben. Er war ein Kind, das nur Freude machte. Gern hörte er den weitschweifigen Erzählungen seines Vaters zu oder sammelte mit seiner Mutter Muscheln am Strand. Er saß mit seinem Großvater zusammen und unterhielt sich mit Grabsteinen, und erfreute beide Großeltern mit Geschichten von seinen Abenteuern mit seinen kleinen Freunden. Er hatte die ungeduldige Reiselust seines Vaters nicht geerbt, auch nicht das Bedürfnis, seine eigenen Wünsche auf Kosten der Menschen, die er liebte, zu befriedigen.

Nach Marianas Meinung war er mit den besten Zügen beider Elternteile gesegnet, und sie hatte Recht. Oft erkannte sie Federica in der Aufrichtigkeit seines Lächelns und der vertrauensvollen Unschuld seiner Augen, und sie fragte sich, ob auch Ramon es sah, ob er sich erinnerte, und sie tröstete sich damit, dass sie sich für ihn erinnerte. Solange sie lebte, sollten Federica und Hal niemals vergessen werden.

Ramon liebte seinen Sohn mit der gleichen Intensität, die er einmal für Federica aufgebracht hatte. Er liebte seine Tochter immer noch, und oftmals, wenn er sich Geschichten für Ramoncito ausdachte, schmerzte sein Herz vor Sehnsucht, weil auch Federica seine Geschichten so geliebt hatte. Dann erinnerte er sich des schmerzvollen Moments, als seine eigene Nachlässigkeit sich gegen ihn erhoben hatte, und die Reue sprang ihm an die Kehle.

Er hatte sie gesehen. Sie radelte auf der Straße nach Hause, strahlend vor Glück und Anstrengung, nicht wissend, dass der Mann, der im schwarzen Mercedes an ihr vorbeifuhr, ihr Vater war. Er hatte dem Fahrer befohlen, unverzüglich anzuhalten. Als Federica das Quietschen der Reifen hörte, bremste sie ihr Fahrrad, drehte sich um und blinzelte in die Sonne. Für einen Augenblick, der ihm in seiner Erinnerung schmerzlich lang erschien, hatte er sie voller Sehnsucht betrachtet und sich gegen den Drang gewehrt, die Wagentür zu öffnen und zu ihr zu eilen, sie in die Arme zu reißen und herumzuwirbeln wie früher, als sie noch klein war.

Sie war kein kleines Mädchen mehr. Körperlich war sie noch immer klein, klein für eine Dreizehnjährige, doch ihre Gliedmaßen waren lang und ihr Gesicht war das einer jungen Frau, schmal, eckig, stolz. Er hatte ein inneres Stöhnen unterdrückt, das in einem verzweifelten Schrei nach außen drängte. Ihr Name lag ihm auf der Zunge, und er kämpfte hart, um ihn hinunterschlucken zu können. Sie hatte die Augen mit der Hand gegen die Sonne überschattet, einen Fuß auf dem Pedal, den anderen auf dem Pflaster. Ihr Haar war lang und wehte im Wind. Sie hatte immer noch dieses Engelshaar. *La Angelita*. Doch dann dachte er an das, was Helena ihm gesagt hatte. Federica war glücklich ohne ihn. Wenn er sie, wie er es sich wünschte, umarmt hätte, hätte diese Umarmung falsche Versprechungen beinhaltet. Versprechen von Verantwortung und von Aufopferung, aber in erster Linie das Versprechen, Helenas Hochzeit mit Arthur zu verhindern, und all diese Erwartungen konnte er nicht erfüllen. Unter dem Eindruck dieser unerfüllbaren Versprechungen hatte er den Chauffeur aufgefordert weiterzufahren. Er war es Helena schuldig, dass sie Arthur heiraten und in Frieden mit ihren Kindern leben konnte.

Verzehrt von Reue und schlechtem Gewissen war er nach Chile zurückgekehrt. Wenn er Helena angefleht hätte zu bleiben, hätte sich nichts verändert. Dann hätte er jetzt noch eine Beziehung zu seinen Kindern. Doch auch dieses Wissen rüttelte ihn nicht so auf, dass er sein Herz öffnete für das, was er besessen und verloren hatte, denn er kehrte zurück in die rosenduftenden Arme Estellas und Ramoncitos, und Federica trat wieder zurück in den Winkel seines Bewusstseins, wo er ihr Rufen nach ihm nicht hörte.

Estella hatte ihrer Mutter von ihren Albträumen erzählt. »Ich habe Angst«, sagte sie. Ihre Mutter lag wie eine dicke Robbe im Lehnstuhl und fächelte sich mit einem spanischen Fächer Kühlung zu. »Ich habe Angst, dass Ramon in Afrika ums Leben kommt.«

Maria tupfte sich die schweißnasse Stirn mit einem sauberen weißen *pañuelo*, das ihre Mutter für sie gefertigt hatte, und bedachte sorgfältig das Problem ihrer Tochter. »Du musst Fortuna aufsuchen«, sagte sie nach einigem Nachdenken.

»Damit sie mir die Zukunft liest?«, fragte Estella angstvoll. Sie hatte die Leute oft über Fortuna reden gehört, denn sie war die einzige Schwarze, die alle je gesehen hatten. Man munkelte, ihr Vater hätte einen Schiffbruch überlebt, als ein Sklavenschiff vor der Küste Chiles gesunken war. Ihre Mutter war gebürtige Chilenin und hatte den Mann aufgenommen und gesund gepflegt. Fortuna lebte in einem kleinen Dorf an der Küste, und wenn sie nicht gerade in der Sonne lag und den Weltenlauf an sich vorüberziehen ließ, sagte sie Interessierten gegen eine geringe Gebühr die Zukunft voraus. Kein Mensch wusste, wie sie mit so wenig Geld überlebte, doch einige behaupteten, sie würde von einem alten Mann unterstützt, dem sie durch die Weissagung eines Erdbebens das Leben gerettet hatte, weil er auf ihren Rat hin sein Haus verlassen hatte.

Estella war nach Hause gekommen und legte sich, den Anweisungen ihrer Mutter folgend, schlafen. Ramon saß in seinem Büro und tippte seine Gedanken in den Computer. Der Abend war ruhig und melancholisch, die Küste war in ein weiches rosa Licht getaucht. Estella beschloss, Ramon nichts von Fortuna zu verraten, wenngleich die Bücher, die er schrieb, voll waren von Mysterien und Zauberei. Sie hatte Angst, dass er gering von ihr denken könnte. Weissagungen wurden stark mit dem Aberglauben der unteren Schichten in Verbindung gebracht. Estella näherte sich Ramon leise von hinten und schlang die Arme um seinen Hals. Er freute sich, sie zu sehen, und küsste die braune Haut ihrer Handgelenke.

»Lass uns am Strand spazieren gehen. Ich brauche frische Luft«, sagte er und führte sie an der Hand nach draußen. Sie gingen, von dem merkwürdigen rosafarbenen Licht beschienen, und küssten sich im Rhythmus der Brandung. »Du wirst mir fehlen, wenn ich morgen abreise«, sagte er.

»Du mir auch«, erwiderte sie mit düsterer Miene.

»Du machst dir doch nicht noch immer Sorgen wegen deines Traums?«, fragte er und küsste sie auf die Stirn.

»Nein, nein«, log sie. »Ich wollte nur, du würdest hier bleiben.«
»Morgen Abend bin ich in Santiago, am Nachmittag muss ich meinen Agenten aufsuchen. Donnerstag Abend geht mein Flug. Ich rufe dich aus Santiago an und dann noch einmal vom Flughafen aus.«
»Dann werde ich eben warten.« Sie seufzte.
»Ja. Aber ich werden jede Minute an dich denken, und wenn du die Ohren vor dem Rest der Welt verschließt, hörst du vielleicht die Liebesgrüße, die ich dir schicke.« Er küsste sie noch einmal, umfasste fest ihre schlanke Taille. Später, als er im wässerigen Mondlicht, das sich im Meer spiegelte und durch ihr Schlafzimmerfenster schimmerte, mit ihr schlief, schmeckte er auf ihrer Haut die Rosen und nahm den schweren Duft ihrer Intimität wahr und wusste, er würde beides mitnehmen ans andere Ende der Welt und es genießen, wenn er allein war.

Am nächsten Tag winkten Estella und Ramoncito dem Auto nach, bis es auf dem Hügel in einer glitzernden Staubwolke verschwand. Ramoncito machte sich dann hüpfend auf den Weg zur Schule, seinen Ranzen mit den Büchern und dem Frühstückspaket auf dem Rücken. Er drehte sich noch einmal um, winkte seiner Mutter am Ende der Straße und warf ihr ein Kusshändchen zu. Sie erwiderte die zärtliche Geste und blieb noch eine Weile stehen, lächelnd über die unverhohlene Liebe ihres Sohnes, die sie immer wieder erstaunte.
Sie hatte nicht wieder vom Tod geträumt. Doch sie hatte immer noch Angst, und auf Grund dieser kalten Angst entschloss sie sich, mit ihrer Mutter zu Fortuna zu gehen.

Pablo Rega sah zu, wie das Grab ausgehoben wurde. Es war heiß, die Erde war hart und trocken. Er lehnte sich an den Grabstein Osvaldo Garcia Segundos und kaute auf einem langen Grashalm, während die Männer am anderen Ende des Friedhofs schufteten. »Das ist eine gute Lage«, erklärte er Osvaldo. »Mit

Blick aufs Meer, genau wie du. Sí, Señor, ein Grab mit Meerblick ist nicht zu überbieten. Stell dir vor, da hinten zu liegen, ohne jede Aussicht. Ich würde gern hier begraben sein, wo ich das Meer und den Horizont sehen kann. Gibt einem ein Gefühl von Weite, von Ewigkeit. Das mag ich. Ich wäre gern Teil der Natur. Wie fühlt sich das an, Osvaldo?« Er atmete den Duft der dunkelgrünen Tannen und wartete auf Antwort, aber Osvaldo war wohl nie ein Mann vieler Worte gewesen. »Dieser Friedhof füllt sich ganz schön«, fuhr Pablo fort. »Bald ist kein Platz mehr, und dann fangen sie an, alte Gräber zu öffnen, Gräber wie deines. Durchaus möglich, dass ich über dir begraben werde, dann können wir uns bis in alle Ewigkeit unterhalten.« Er lachte leise. »Das würde mir gefallen, *sí,* Señor, das wäre schön.«

Estella und ihre Mutter nahmen den Bus und gingen dann geradewegs zu Fortunas kleinem Haus ein bisschen abseits der staubigen Straße. Es gab keine Blumen oder Sträucher, nur trockenen Sandboden und Müll, den Fortuna ums Haus herum verstreute – nicht etwa, um böse Geister abzuwehren, wie die Leute annahmen, sondern weil sie zu faul war, ihren Abfall in die Tonne zu werfen. In ihrem Haus roch es nach verdorbenem Essen und saurer Milch, und Estella und ihre Mutter hatten Mühe, nicht das Gesicht zu verziehen. Sie lächelten, um die alte Frau nicht zu beleidigen. Fortuna saß draußen in einem großen Rattan-Schaukelstuhl, sah gelegentlich ein Auto vorüberfahren und summte alte Spirituals, die sie als Kind von ihrem Vater gelernt hatte. Als sie Maria sah, lachte sie tief aus dem Bauch heraus und erkundigte sich nach Pablo Rega.

»Redet er immer noch mit den Toten?«, fragte sie. »Sagt ihm denn keiner, dass sie ihn nicht hören? Sie bleiben nicht hier, verstehen Sie, sie fliegen in dem Moment, da sie diese gottverdammte Erde verlassen, fort in die Geisterwelt.«

Maria ging nicht darauf ein und erklärte, dass ihre Tochter sich die Zukunft lesen lassen wollte. Fortuna hörte auf zu schaukeln und straffte sich. Ihr Gesicht nahm den ernsten Ausdruck der weisen Frau an, die sich der durch ihre Gabe auferlegten Verantwortung bewusst ist.

Sie forderte Estella auf, Platz zu nehmen und den Stuhl heranzurücken, so dass sie einander gegenüber saßen und ihre Knie sich fast berührten. Maria ließ sich auf einem weiteren Stuhl nieder und griff nach ihrem spanischen Fächer. Fortuna ergriff Estellas zitternde Hände mit ihren weichen, fleischigen, die niemals einen Tag harter Arbeit erlebt hatten, und drückte mit den Daumen die Innenflächen. Sie verzog auf höchst merkwürdige Weise den Mund und schloss die Augen. Ihre Lider flatterten unkontrolliert. Estella warf ihrer Mutter einen ängstlichen Blick zu, und Maria wies sie mit einem Nicken an, sich zu konzentrieren, während sie selbst sich heftig Luft zufächelte.

»Du bist glücklicher denn je«, sagte Fortuna, und Estella lächelte, denn es stimmte, sie war noch nie so glücklich gewesen. »Du hast einen Sohn, der eines Tages ein berühmter Schriftsteller sein wird, wie sein Vater.« Estella erröte und lächelte stolz. »Er wird seinen Schmerz in Poesie umsetzen und von Millionen gelesen werden.« Estellas Lächeln verlosch, als die Angst erneut mit eisigen Klauen nach ihr griff. Fortunas Augenlider flatterten immer schneller. Maria hörte auf, sich zu fächeln, und sah sie mit offenem Mund an. »Ich sehe den Tod«, sagte Fortuna. Es würgte Estella im Hals. »Ich kann das Gesicht nicht sehen, aber der Tod ist nahe. Sehr nahe.« Fortuna öffnete die Augen, als Estella ihr die Hände entzog und nach Luft rang. Ihre Kehle war wie zugeschnürt, sie glaubte zu ersticken. Ihre Mutter sprang trotz ihrer Körperfülle behände auf und drückte ihrer Tochter den Kopf zwischen die Knie.

»Hol Luft, Estella, atme«, sagte sie, während ihre Tochter keuchte und hustete und gegen die Angst kämpfte, an der sie zu ersticken glaubte. Fortuna lehnte sich in ihrem Schaukelstuhl zurück und sah zu, wie Mutter und Tochter mit der Unausweichlichkeit ihrer Weissagung rangen. Als Estella endlich wieder Luft bekam, wurde ihr ganzer Körper von heftigem Schluchzen geschüttelt.

»Ich will nicht, dass er stirbt«, klagte sie. »Ich will ihn nicht verlieren, er ist mein Leben.« Maria zog ihre Tochter in die Arme und versuchte, sie zu trösten, doch sie fand keine Worte. Fortuna hatte gesprochen.

»Bitte sagen Sie, dass es nicht Ramon trifft«, flehte sie, doch Fortuna schüttelte den Kopf.

»Das kann ich nicht sagen, weil ich es nicht weiß«, antwortete sie. »Sein Gesicht hat sich mir nicht offenbart. Mehr kann ich nicht tun.«

»Können wir gar nichts tun?«, fragte Maria verzweifelt.

»Gar nichts. Das Schicksal hat mehr Macht als wir.«

Estella war entschlossen, in die Zukunft einzugreifen. Sie erklärte ihrer Mutter, dass Ramon am nächsten Tag nach Afrika fliegen würde und dass sie ihm womöglich das Leben rettete, wenn sie ihn daran hinderte. Maria unternahm keinen Versuch, sie zurückzuhalten. Estella würde doch nicht auf sie hören. Sie war zu verzweifelt, um in Cachagua zu bleiben und darauf zu warten, dass das Schicksal seinen Lauf nahm. Maria umarmte ihre Tochter vorm Busbahnhof und versicherte ihr, dass sie sich während ihrer Abwesenheit um Ramoncito kümmern würde. »Gott mit dir«, sagte sie. »Er möge dich beschützen.«

Estella weinte unablässig auf dem Weg nach Santiago. Sie hatte den Kopf ans Fenster gelehnt und ließ ihre heiligsten Erinnerungen Revue passieren, als wäre Ramon bereits tot. Sie schloss die Augen und betete, bis sich ihre Worte wie im Delirium verselbstständigten, und sie merkte nicht, dass die Mitreisenden sie hörten, aus Höflichkeit aber nicht verlangten, dass sie schwieg. In Santiago angekommen, nahm sie ein Taxi und fuhr zu Ramons Wohnung. Sie klingelte, doch niemand öffnete ihr. Sie stand an der Tür des Apartmenthauses und brach erneut in

Tränen aus. Sie wusste nicht, was sie tun, wohin sie gehen sollte. Vielleicht kam sie schon zu spät. Wenn er nun tot in seiner Wohnung lag? Sie brach auf den Marmorstufen zusammen und schlug die Hände vors Gesicht. Als jemand ihr sanft auf die Schulter tippte, hob sie den Blick, in der Hoffnung, Ramon zu sehen, erkannte jedoch enttäuscht den Portier, der mitleidig auf sie herabblickte.

»Fehlt Ihnen was, Señora?«, fragte er.

»Ich suche Ramon Campione«, antwortete sie leise.

»Don Ramon?«, fragte er und furchte die Stirn. »Wer sind Sie?«

»Mein Name ist Estella Rega. Ich bin …« Er neigte den Kopf auf die Seite. »Ich bin seine … seine …«

»Seine Frau?«, kam er ihr zur Hilfe.

»Seine …«

»Wenn Sie seine Frau sind, kann ich Ihnen sagen, wo er ist«, erklärte er freundlich mit einem schiefen Grinsen.

»Ich bin seine Frau«, sagte sie fest und wischte sich mit einem weißen *pañuelo* die Tränen aus dem Gesicht.

»Er ist zu einer Konferenz. Er ist vor über einer Stunde losgegangen, aber ich rufe Ihnen ein Taxi, das Sie zu ihm bringt.« Estella lächelte dankbar. »So ist's besser«, sagte der Portier. »Sie sind viel zu hübsch, um so traurig zu sein.« Er sah zu, wie sie in das Taxi stieg, das er für sie gerufen hatte. Bald darauf war es im Verkehrsgewühl untergetaucht.

Ramon erhob sich. »Ich breche morgen auf nach Afrika«, sagte er. »Ich bleibe drei Wochen fort.«

»Ein kurzer Besuch für Ihre Verhältnisse«, bemerkte der Agent und lächelte wissend.

»Nun ja, neuerdings habe ich nicht viel Grund fortzubleiben.« Er lachte leise.

»Soll das heißen, diese Frau, die Sie seit Jahren versteckt halten, hat ihr Herz erobert?«

»Sie fragen zu viel, Vicente.«

»Aber ich habe Recht. Ich erkenne es in dem, was Sie schreiben. Die Liebe spricht aus jeder einzelnen Seite.«
Ramon lachte und griff nach seinem Koffer. »Dann habe ich noch viel weniger Grund fortzugehen.«
»Aber Sie gehen ja trotzdem.«
»So ist es immer.«
»Rufen Sie mich an, wenn Sie zurück sind.«

Ramon schloss die Tür hinter sich und betrat den Aufzug. Er dachte an das, was Vicente gesagt hatte: ›Die Liebe spricht aus jeder einzelnen Seite‹, und in Gedanken an Estella und Ramoncito lächelte er vor sich hin. Dann betrachtete er sein Bild im Spiegel. Er wurde nicht jünger. Seine Schläfen wurden grau, und er musste sich eingestehen, dass er mehr und mehr zunahm. Er neigte den Kopf auf die Seite und strich sich nachdenklich übers Kinn. »Ich sollte Estella zu meiner Ehefrau machen«, dachte er. »Ich hätte sie schon vor Jahren heiraten sollen.«
Als er hinaus auf die verkehrsreiche Straße trat, blieb er unvermittelt stehen, denn er hatte auf der anderen Straßenseite eine Frau entdeckt, die genauso aussah wie Estella. Aus verquollenen roten Augen blickte sie verwirrt nach links und rechts, wie ein verängstigtes Tierchen, das nicht an derartigen Verkehr gewöhnt war. Ramon blinzelte, und dann wurde ihm klar, dass es tatsächlich Estella war, und er rief ihren Namen. Sie hörte ihn, hob den Blick, entdeckte ihn und hob mit erleichtertem Lächeln die Hand zum Gruß. »Ramon!«, schrie sie glücklich, schlug die Hand vor den Mund und blinzelte die Freudentränen fort. Dann trat sie auf die Straße.
»Estella, nein!«, schrie Ramon, aber es war zu spät. Funken sprühten, als der Lastwagen mit kreischenden Reifen vor der Frau bremste, die blindlings auf die Straße lief. Ramon ließ seinen Koffer fallen und hastete über die Straße, auf der plötzlich alles zum Stehen kam. Autofahrer sprangen aus ihren Wagen, um nachzusehen, was passiert war. Als Ramon Estellas geschun-

denen Körper reglos vor den Reifen des Lastwagens liegen sah, warf er sich verzweifelt über sie und suchte mit zitternden Händen ihren Puls.

»Sag was, Estella, bitte sag was«, flehte er, schmiegte sein Gesicht an ihres und flüsterte ihr ins Ohr. »Sag etwas, Liebste, irgendwas. Bitte stirb nicht.«

Doch sie rührte sich nicht. Unter Schock blickte er in ihr bleiches Gesicht und entdeckte noch den Hauch eines Lächeln auf ihren schön geschwungenen Lippen. Er legte einen Finger an ihren Mund, entschlossen, ihren Atem zu spüren. Doch sie atmete nicht mehr. Er konnte nichts tun, um sie zurück ins Leben zu holen. Er hob ihren zerschmetterten Körper auf die Arme und drückte ihn ans Herz, dann schluchzte er laut und aus tiefstem Herzen, als ihm bewusst wurde, dass er sie umgebracht hatte.

»Wer ist sie?«, fragte irgendwer.

»Meine Frau«, klagte er und wiegte sich – Estella in seinen Armen – wie ein Wahnsinniger vor und zurück.

Ramon brachte die Frau, die er geliebt hatte wie keine andere, zurück in ihr Elternhaus in Zapallar. Maria war in ein todbringendes Fieber gesunken, als sie die Nachricht erhielt, und lag nun in Trance, taub für Pablo Regas verzweifeltes Flehen. Pablo hielt bei Kerzenlicht Wache an ihrem Bett und feilschte stumm mit Gott.

Mariana kam unverzüglich zu ihnen und umarmte sie beide, denn sie hatte die Tochter der Regas geliebt wie eine eigene. Nur Ramoncito weinte nicht und blieb gefasst. Mariana erklärte ihrem Enkel, dass seine Mutter zu Jesus heimgegangen sei und vom Himmel auf ihn herabsah und ihn liebte wie eh und je. Doch Ramoncito nickte nur und legte den Arm um sie, um sie zu trösten. Mariana war verunsichert. Seine Reife bestürzte sie. Sie hörte nicht, wie sein Herz brach und seine Seele in stummer Verzweiflung schrie.

Wie Fortuna vorausgesagt hatte, sollten Millionen Menschen

seinen Schmerz in den Worten erfahren, die er in der Zukunft schreiben würde. Doch zu diesem Zeitpunkt war er nicht fähig, seine eigene Qual zu begreifen oder in Worte zu fassen.

Ramon traf in sich zusammengesunken und grau mit dem Leichnam seiner geliebten Estella ein. Er ließ sich am vertrauten Busen seiner Mutter trösten und straffte sich dann, um stark für seinen Sohn zu sein. Als Maria Ramon sah, erwachte sie aus ihrer Trance und berichtete von Fortunas Prophezeiung. Ramon schüttelte den Kopf. »Sie ist an meiner Stelle gestorben«, sagte er traurig.

»Sie ist gestorben, weil ihre Zeit gekommen war«, widersprach Maria. »Deshalb konnte Fortuna ihr Gesicht nicht sehen.«

Als Ignacio Campione an Pablo Regas Tür klopfte, sahen die Trauernden einander verwundert an. Er trat mit der Haltung eines Mannes ein, der nicht länger den Unwissenden spielen konnte.

»Es tut mir Leid, mein Sohn«, sagte er und zog Ramons große Gestalt in seine Arme. Ramon blickte verwirrt über Ignacios Schulter zu seiner Mutter hinüber. Mariana hob die Schultern und wischte sich die Tränen ab. »Ihr glaubt doch hoffentlich nicht, dass ich wirklich so dumm bin«, sagte er und klopfte seinem Sohn auf den Rücken. Ramon wusste ausnahmsweise einmal nichts zu sagen. Er barg das Gesicht am Hals seines Vaters und schluchzte.

Estella wurde oben auf dem Hügel mit Blick aufs Meer begraben, im Schatten einer hohen grünen Tanne. Pablo Rega entschuldigte sich später bei Osvaldo Garcia Segundo, weil er von nun an nur noch mit seiner Tochter reden würde. Im Gegensatz zu Osvaldo antwortete ihm Estella. Er hörte ihre Stimme im Auf und Ab der Brandung und spürte ihren Atem im Wind, der stets nach Rosen duftete.

Ramon blickte zum Horizont und dachte über seine fehlgeleiteten egoistischen Handlungsweisen nach, die so vielen Menschen das Leben zerstört hatten. Er dachte an das, was er geliebt und verloren hatte. Dann senkte er den Blick auf seinen elfjährigen Sohn. Ramoncito lächelte zu ihm auf. In seinem Lächeln erkannte Ramon Federicas Lachen und Hals Tränen, Helenas Frust und Estellas bedingungslose Liebe, und er würgte seine Reue hinunter wie einen mit Nägeln gespickten Kloß. Er legte seinem tapferen Sohn die Hand auf die Schulter und gelobte, dass er seine Nachlässigkeit durch die Liebe zu Ramoncito wieder gutmachen würde, indem er für ihn da war, indem er sich änderte, wie Helena es seinerzeit so flehentlich von ihm verlangt hatte.

Er warf eine einzelne rote Rose auf den Sarg und schritt als veränderter Mensch in seine Zukunft.

Zweiunddreissig

Polperro

Helena, Jake und Polly saßen hilflos zusammen und warteten vor dem Fernseher auf Nachrichten über das Zugunglück. Für besorgte Verwandte war eine Notrufnummer bekannt gegeben worden, aber man war noch mit der Bergung der Leichen aus dem Zugwrack beschäftigt, und sie konnten nichts über Toby und Julian in Erfahrung bringen. Arthur kam aus seinem Büro, Hal wurde aus der Schule abgeholt. Pollys Küche war erfüllt von all dem Schmerz. Jakes Modellschiffe lagen zertrümmert und wie Streichhölzer verstreut auf dem Boden und dem Tisch, denn in einem plötzlichen Anfall von Reue und Wut hatte er sie sämtlich auf den Boden geschleudert. Polly versuchte, an ihn heranzukommen, ihm die Hand zu reichen, während er in eine finstere Grube versank, in der ihn sein eigener Starrsinn und seine Voreingenommenheit verhöhnten. Doch er ergriff ihre Hand nicht. Er schämte sich zu sehr. Er verabscheute sich selbst, weil er zugelassen hatte, dass seine Intoleranz den Wert des Lebens zunichte gemacht hatte.

Im Glauben, dass Toby tot war, und nicht fähig, den übrigen Familienmitgliedern unter die Augen zu treten, verließ Jake das Haus und wanderte zu den Klippen hinauf. Er schritt durch das Wintergras, Tränen der Selbstverachtung brannten auf seinen Wangen. Der scharfe Wind schmerzte in den Augen, doch er eilte blind weiter, als könnte er durch schnelles Laufen seine Verzweiflung hinter sich lassen.

Er dachte an Toby, als er noch ein kleiner Junge war. Wie er ihn im Boot mitgenommen hatte aufs Meer hinaus, wie sie schweigend zusammengesessen und die Möwen und Fische beobachtet hatten. Er erinnerte sich an sein Lachen, als Toby ihn gebeten hatte, die große Forelle, die er gefangen hatte, zurück ins Wasser zu lassen. Er hatte ihn aufgezogen, hatte den Fisch vor dem gequälten Gesicht des Kindes zappeln lassen. Er verzog das Gesicht bei dem Gedanken an diese Erinnerung, die nicht die Einzige dieser Art war. Toby hatte den Wert es Lebens immer schon gekannt. Besser als jeder andere.

Dann dachte er an eine Zeit, als Vater und Sohn einander so nahe waren, dass sie beide glaubten, nichts könnte jemals zwischen sie treten. Toby hatte ihm bis spät in die Nacht hinein geholfen, seine Modellschiffe zusammenzukleben. Sie hatten einander Geschichten erzählt, sie hatten in der vertrauten Stille eng verbundener Menschen miteinander gelacht und gearbeitet. Es hatte einmal eine Zeit gegeben, als Toby ihm alles anvertraute.

Doch Julian war gekommen, und alles wurde anders.

Jake setzte sich auf einen kalten Stein und blickte hinaus auf den Horizont, wo die Wogen gegeneinander prallten und Gischt aufspritzte, als wäre es Blut. Er forschte in seiner gequälten Seele nach der Wurzel seiner Voreingenommenheit. Es war nicht allein Tobys Homosexualität gewesen, was den Vater gegen den Sohn aufbrachte, denn schon lange, bevor er davon gewusst hatte, war dieses Gefühl der Ablehnung in ihm gewachsen. Da war noch etwas anderes. Etwas viel Ursprünglicheres. Er erinnerte sich an den Tag, als Toby ihn mit Julian bekannt machte. Ihre enge Verbundenheit war ihm sofort aufgefallen. Wie sie zusammen lachten wie alte Freunde, die Gedanken des anderen vorwegnahmen wie Brüder und die wohltuende Stille der Natur miteinander genossen wie Vater und Sohn. Seine Eifersucht hatte ihn damals gewürgt. Als er seine Gefühle genauer unter die Lupe nahm, wurde ihm klar, dass Tobys Homosexualität nie ein Problem für ihn gewesen war, dass es jedoch einfach war, seine Abneigung darauf zurückzuführen, um seine Eifersucht nicht eingestehen zu müssen, nicht einmal vor sich selbst. Er schämte sich zutiefst.

Jake war kein religiöser Mensch, doch er ahnte Gottes Nähe in der Natur, und so betete er. Er betete, dass Gott ihm vergeben möge, und flehte ihn an, Tobys und Julians Leben zu schonen, damit er, Jake, alles wieder gutmachen konnte.

Als er nach Hause zurückkam, bemerkte Polly, dass sein Gesichtsausdruck sich verändert hatte. Irgendwo da draußen im Sturm hatte er den Drachen getötet, der in gequält hatte. Jetzt war er in der Lage, sich in Hoffnung mit der übrigen Familie zu verbinden.

Helena wusste, dass sie um ihres Sohnes willen stark sein musste, aber ihre Trauer war allumfassend. Ihre Tränen fielen in die Kaffeetasse, und sie überließ sich voll und ganz dem Gefühl der Tragik. Als Arthur kam, gelang es ihr, kurz den Blick ihrer verquollenen Augen zu ihm zu heben, um ihm zu zeigen, dass sie Trost benötigte. Arthur stellte seine Aktentasche ab und blieb mitten in der Küche stehen.

»Also«, sagte er gebieterisch und stemmte die Hände in die Hüften. »Ich habe mit dem Notdienst am Unfallort gesprochen, und bisher gibt es keine Spur von ihnen. Wir können immerhin dankbar sein, dass sie nicht unter den Toten identifiziert worden sind.«

Helena begann, laut zu weinen. Polly presste die bleichen Lippen zusammen, um ihren Schmerz nicht herauszulassen. Sie musste um ihrer Familie willen stark sein.

»Wir können nichts anderes tun als warten. Ich schlage vor, alle Viertelstunde den Notdienst anzurufen. Jake, schalte das Radio ein, falls weitere Durchsagen kommen. Helena, betrauere sie nicht vorzeitig. Solange wir nichts Genaueres wissen, besteht Hoffnung. Bring wenigstens diese Art von Zuversicht für sie auf.«

Helena war sprachlos. Sie hatte ihren Mann noch nie mit solcher Autorität reden gehört. Bewundernd sah sie zu ihm auf.

»Wir müssen stark sein und füreinander da sein«, fuhr er fort. Seine Frau straffte sich gehorsam.
»Ja, das stimmt. Möchte noch jemand eine Tasse Tee?«, fragte Polly und füllte Wasser in den Kessel.

Federica wünschte, sie könnte bei ihrer Familie in Polperro sein. Sie lag auf Torquils großem Bett in The Little Boltons, blickte starr aus dem Fenster und wartete darauf, dass das Telefon klingelte und gute Nachrichten brachte. Sie hatte in Torquils Büro angerufen und bei seiner Sekretärin eine Nachricht für ihn hinterlassen. Sie lauschte auf das Geräusch des Schlüssels im Schloss, bis ihre Sinne so überstrapaziert waren, dass sie beim kleinsten Geräusch zusammenzuckte.
Helena hatte sie angerufen und ihr die schreckliche Nachricht übermittelt. Doch solange Tobys und Julians Tod nicht offiziell bestätigt war, bestand noch Hoffnung, dass sie lebten. Federica hatte den Fernseher eingeschaltet und die verschiedenen Berichte angesehen. Der Zug sah aus wie ein Blechspielzeug, das von einem unartigen Kind zertreten worden war. Sie hatte gesehen, wie die Feuerwehrleute Leichen bargen und nach Überlebenden suchten. Doch unter den vielen unbekannten Gesichtern hatte sie Toby und Julian nicht gefunden. Als es ihr unerträglich wurde, hatte sie ausgeschaltet, sich aufs Bett gelegt und wartete nun auf Neuigkeiten von Seiten ihrer Mutter.
Als das Telefon schließlich tatsächlich klingelte, hob sie mit zitternder Hand den Hörer auf und konnte wegen des nervösen Rauschens in ihren Ohren die Stimme des Anrufers kaum hören. »Fede, ich bin's, Hester.«
Federicas Herz sank. »Oh, Hester, Tag«, antwortete sie enttäuscht.
»Ich habe deine Telefonnummer von deiner Mutter bekommen«, sagte sie. »Molly und ich sitzen hier in der Wohnung und beten, dass ihnen nichts zugestoßen sein möge.«
»Danke, Hester«, sagte sie matt. »Ich bete auch.«

Hester hatte von Federicas Verlobung mit Torquil gehört, hielt den Zeitpunkt jedoch nicht für richtig, um darauf zu sprechen zu kommen. »Ich gebe die Leitung jetzt frei, aber wir sind hier, falls du uns brauchst«, erklärte sie voller Mitgefühl, bevor sie auflegte.

Als sich endlich der Schlüssel im Schloss drehte, war Federica so auf das Telefon konzentriert, dass sie es nicht hörte. Torquil fand sie zu einer Kugel zusammengerollt auf dem Bett. Er ging zu ihr und zog sie in seine Arme. Sie schluchzte an seiner Brust.

»Ich dachte schon, du kommst überhaupt nicht«, weinte sie und schlang die Arme um seinen Nacken. »Vielleicht sind sie tot.«

»Du weißt es aber nicht mit Sicherheit«, antwortete er. »Was ist der neueste Stand?«

»Das ist das Schlimmste, es kommen keine neuen Nachrichten.«

»Hast du die Berichte im Fernseher verfolgt?«

»Ich konnte es nicht mehr ertragen. Ich warte auf Mamas Anruf. Zu Hause rufen sie immer wieder diesen Notdienst an.«

»Gut, mehr können wir im Augenblick nicht tun. Außer beten«, sagte er und streichelte ihre heiße Stirn. »Sie werden am Leben sein, Liebling, ich bin ganz sicher.«

Doch Federica spürte nur drohendes Verhängnis.

Nach einer Weile stand Torquil auf und begann, im Zimmer auf und ab zu gehen. »Hier zu sitzen und zu jammern ändert nichts an den Tatsachen, und ich fühle mich eingesperrt. Nimm ein Bad, zieh dich an und lass uns essen gehen. Das lenkt dich von deinen Sorgen ab.«

»Ich kann doch jetzt nicht essen gehen!«, schrie sie entsetzt auf.

»Es würde dir gut tun, aus dem Haus zu gehen und eine heiße Suppe zu essen. Dabei vergeht auch die Zeit schneller.«

»Aber das Telefon?«, stammelte sie.

»Ich lege es auf mein Handy. Keine Sorge, sobald man etwas weiß, ruft man uns an, ganz gleich, wo wir uns aufhalten«, versicherte er.

Neuigkeiten verbreiteten sich schnell in Polperro. Ingrid rauchte Kette, nicht fähig, zu malen oder sich auf die gewohnte vage Art über ihre Sorgen zu erheben. Inigo klappte seine Philosophiebücher zu und setzte sich zu seiner Frau an den Kamin, um über die Bedeutung des Todes zu grübeln. Nuno schüttelte den Kopf, stürzte ein Glas Brandy hinunter und klagte, dass es lieber ihn hätte treffen sollen. »Meine Zeit ist nah«, seufzte er. »Aber diese Jungen hatten das Leben noch vor sich.«

Sam saß vor seinem Computer und arbeitete. Es drängte ihn, Federica anzurufen. Molly hatte ihm die Nachricht telefonisch überbracht. Sofort hatte er das Radio eingeschaltet und sich die Einzelheiten des Unglücks angehört. Er wünschte sich, Federica trösten zu können wie an jenem Tag in den Glockenblumen, als sie Arthurs Heiratsantrag belauscht hatte. Damals war sie so jung und so verloren gewesen, hatte mit scheuem Blick zu ihm aufgesehen, hatte ihn bedingungslos verehrt. Er dachte an ihre süßen Küsse in der Scheune, an ihre peinliche Begegnung zu Weihnachten in der Küche, und er spürte, dass sie ihm entglitt. Er hasste Torquil Jensen jetzt schon. »Was ist das überhaupt für ein Name?«, dachte er voller Abneigung. In ihrer Betroffenheit hatte Molly vergessen, ihm zu sagen, dass Federica verlobt war. Sie hatte nur daran gedacht, ihm Federicas Nummer zu geben und ihn zu bitten, sie anzurufen. »Sie braucht unsere Unterstützung«, hatte sie erklärt.

Sam zog mit dem Kuli Kreise um die Nummer, die er auf der Ecke des *Evening Standard* notiert hatte, und überlegte, ob Federica sich freuen würde, von ihm zu hören. Dann schob er alle Vorbehalte zur Seite und wählte die Nummer. Er lehnte sich in seinem Schreibtischstuhl zurück und lauschte mit klopfendem Herzen auf das Freizeichen. Endlich brach es ab, und eine raue männliche Stimme meldete sich angespannt: »Torquil hier.«

Sams Magen verkrampfte sich vor Ärger. »Hier ist Sam Appleby. Ich würde gern Federica sprechen«, sagte er kalt.

Der Mann gab seiner Enttäuschung mit einem langen Seufzer Ausdruck. »Sie ist im Bad.«
»Ach«, erwiderte Sam gereizt, setzte seine Brille ab und rieb sich erregt die Nasenwurzel.
»Kann sie Sie später zurückrufen? Wir möchten die Leitung frei halten. Ich weiß nicht, ob Sie wissen, was ...«
»Ich weiß. Sagen Sie ihr, dass ich angerufen habe«, fiel er Torquil ins Wort und legte auf. Wütend hieb er seinen Brieföffner in die Zeitung. Er bedauerte, überhaupt angerufen zu haben. »Torquil Jensen«, knirschte er. »So ein Kretin.«
»Wer war das?«, rief Federica aus dem Bad. Torquil sog die Wangen ein und überlegte, ob er die Wahrheit sagen sollte oder nicht. Dieser Sam Appleby gefiel ihm nicht. Seine Arroganz war kränkend. Außerdem brauchte Federica keine Männerfreundschaften mehr, sie hatte ja ihn. »Nichts, Liebling, nur das Büro«, antwortete er grinsend.
Sam Appleby hatte zwar einfach den Hörer aufgelegt, aber er, Torquil, hatte schließlich doch das letzte Wort gehabt.

Torquil führte Federica zum Essen in ein kleines Restaurant gleich um die Ecke. Der Kellner, der Torquil gut kannte, wies ihnen einen Tisch am Fenster zu, und dort saß Federica und starrte unglücklich hinaus auf das graue Straßenpflaster. »Onkel Toby war immer wie ein Vater zu mir«, sagte sie und rührte mit dem Löffel in der Suppe. »Mein richtiger Vater hat sich kaum um mich gekümmert, aber Onkel Toby hatte immer Zeit für uns. Ich habe so viele Erinnerungen an ihn.«
Sie seufzte und wischte die Träne nicht ab, die in ihren Wimpern hing.
»Du sprichst in der Vergangenheit von ihm, Liebling«, bemerkte Torquil und streichelte zärtlich ihren Arm. »Ich bin überzeugt, dass er lebt. Du wirst schon sehen.«
»Ach, er ist tot«, sagte sie traurig. »Wenn er noch lebte, hätten wir von ihm gehört.«

In diesem Augenblick klingelte Torquils Handy mit so schrillem Ton, dass das gesamte Restaurant zusammenfuhr.
»Torquil hier«, meldete er sich knapp. »Ah, Mrs. Cooke, hier ist Torquil Jensen. Gibt es was Neues?«
»Ist Federica bei Ihnen?«, fragte Helena, die üblichen Höflichkeitsfloskeln außer Acht lassend.
»Ich gebe sie Ihnen.«
»Fede, Süße, wir wissen wohl immer noch nichts Genaues. Es hat zweiunddreißig Tote gegeben. Toby und Julian sind nicht darunter, aber sie sind auch nicht unter den Überlebenden. Man weiß immer noch nichts. Sie suchen weiter. Wir alle geben uns größte Mühe, stark zu bleiben. Arthur ist wunderbar. Er hat das Kommando übernommen. Ich wusste gar nicht, was in ihm steckt.«
»Oh, Mama, ich bete so inbrünstig«, flüsterte sie.
»Ich auch. Wir alle.«
»Ich habe mich gar nicht verabschieden können«, schluchzte sie und blickte auf die stille Straße hinaus. Plötzlich sah sie Toby und Julian munter über den Bürgersteig entlanggehen. Toby aß einen Schokoriegel. Sie hielt bestürzt inne und riss die Augen auf, weil sie glaubte, nicht richtig gesehen zu haben.
»Ich weiß, Süße, ich habe mich auch nicht verabschiedet«, sagte Helena und schniefte. Nach einer Weile, als von Federica keine Reaktion kam, fragte sie: »Fede, ist alles in Ordnung?«
»Mama, sie sind hier!«, rief sie erstaunt.
Torquil drehte sich um und sah aus dem Fenster.
»Wer?«
»Onkel Toby und Julian!«
»Wie bitte?«
»Sie kommen die Straße entlang auf mich zu!«
»Bist du sicher?«
»Ja«, antwortete sie, stand auf und lief zur Tür hinaus. »Toby! Julian!«, rief sie.
Toby lächelte nachsichtig, als die Nichte ihm entgegenstürzte. Sie warf sich in seine Arme. »Du lebst!«, jubelte sie. »Sie leben!«,

schrie sie ins Telefon. Helena wartete begierig am anderen Ende der Leitung. »Gib ihn mir!«, befahl sie ärgerlich. »Sie leben«, setzte sie, an ihre Eltern, Arthur und Hal gewandt, verständnislos hinzu.

»Helena«, sagte Toby lächelnd.

»Was um alles in der Welt ist los mit euch?«, wollte sie wissen.

»Wie meinst du das?«

»Ich rede von dem Zugunglück.«

Toby furchte die Stirn. »Was für ein Zugunglück?«, fragte er verdutzt.

»Um Gottes willen!«, ächzte sie. »Sag bloß, ihr wart gar nicht in dem Zug?«

»Wir haben einen früheren Anschluss genommen, weil Julian noch einen Termin in Soho hatte.«

»Ich fasse es nicht!«, rief sie. »Wir dachten, ihr seid tot. Wir haben uns furchtbare Sorgen gemacht.«

»Himmel, das tut mir schrecklich Leid.«

»Das ist ja wohl das Mindeste!«, fauchte sie wütend. »Gott, Toby, wir haben euch beide für tot gehalten. Wir haben fast den Verstand verloren vor Angst um euch. Ich habe sogar schon über eine Rede nachgedacht, die ich bei der Beerdigung halten wollte. Verdammt noch mal! Ich liebe dich!«, wimmerte sie und brach in Tränen aus.

Jake nahm ihr den Hörer aus der Hand. »Toby.«

»Dad.« Eine kurze Pause entstand, in der Jake nach den Worten suchte, die eben noch ungeduldig auf seiner Zunge gelegen hatten.

Toby warf Julian einen betroffenen Blick zu.

Schließlich entschied sich Jake für etwas nicht gar so Bedeutungsschweres. »Kommt bald nach Hause, mein Sohn, ihr beide«, sagte er steif. Er wollte noch mehr sagen, doch am Telefon brachte er es nicht fertig.

Toby furchte bestürzt die Stirn. »Ist alles in Ordnung, Dad?«, fragte er.

»Du lebst. Ihr *beide* lebt. Ich habe mich in meinem ganzen Leben noch nie so gut gefühlt«, verkündete er triumphierend, und Toby erkannte die altvertraute Stimme seines Vaters wieder, die Stimme, in der seine Liebe mitschwang, bevor seine Voreingenommenheit sie erstickt hatte.
Toby wurde an seine Mutter weitergereicht, dann an Arthur und schließlich an Hal. Als er aufgelegt hatte, schüttelte er voller Verwunderung den Kopf.
»Kommen Sie rein und essen Sie mit uns«, schlug Torquil vor und streckte die Hand aus. »Ich bin Torquil Jensen. Es ist mir ein ungeheures Vergnügen, Sie beide kennen zu lernen.«

Als Toby und Julian nach Polperro zurückkamen, erwartete sie ein Empfang, den sie ihrer Meinung nach nicht verdient hatten. Fast die ganze Stadt hatte sich Tobys Familie und den Applebys auf dem Bahnsteig angeschlossen, und alle klatschten heftig, als sie aus dem Zug stiegen. Selbst Inigo in seinem abgetragenen Kaschmirmantel und Filzhut war gekommen, um seine Freude über ihre glückliche Heimkehr zu zeigen. Polly sah voller Stolz zu, wie Jake die beiden Männer umarmte und ihnen kräftig auf den Rücken klopfte, weil ihm die Kehle zu eng war, um etwas sagen zu können.
Tobys Augen wurde feucht, als er seinen Vater in die Arme schloss, und diese Umarmung riss die unsichtbare Mauer ein, die sich zwischen ihnen aufgetürmt hatte. Ohne Worte, nur mit Blicken sagten sie einander, was sie empfanden, und ihre Tränen brachten die Liebe zum Ausdruck, die sie beide nicht in Worte fassen wollten. Helena war glücklich über ihre endlich wieder vereinte Familie, aber trotzdem hätte sie gern gewusst, wie das Treffen mit Federica verlaufen war und ob sie ihr die Heiratspläne hatten ausreden können.
Als Toby durch das Gedränge der Gratulanten hindurch dem Ausgang zustrebte, sah er zu seinem Erstaunen Joanna Black, das Mädchen, das er in der Schule einmal geküsst hatte, verlegen

an der Tür stehen. Sie lächelte ihn an. Er erwiderte ihr Lächeln voller Verwunderung. »Tag, Joanna«, sagte er.

»Tag, Toby«, erwiderte sie. »Ich hätte nicht gedacht, dass du mich noch kennst.«

»Oh doch«, sagte er und lachte liebenswürdig.

»Ich möchte mich dafür entschuldigen, dass ich dich damals in diesem Lebensmittelladen einfach übersehen habe.«

»Ach, mach dir keine Gedanken, das ist längst vergessen. Es liegt schon so weit zurück.« Er hob die Schultern, und sie scharrte verlegen mit dem Fuß.

»Ich weiß, aber es war nicht nett.«

»*Ich* war nicht nett. Aber auch das liegt sehr weit zurück.«

Sie senkte den Blick und schob sich eine Strähne ihres mausbraunen Haars hinters Ohr. »Das ist es ja eben«, sagte sie leise. »Als du mich vor all diesen Jahren geküsst hast …«

»Ja?«

»Und ich weinend weggelaufen bin.«

»Ja.«

»Ich war nicht gekränkt, weil du mich geküsst hattest. Ich habe es mir ja gewünscht«, sagte sie schüchtern und lachte vor Verlegenheit. »Ich war verletzt wegen des Ausdrucks von Abscheu auf deinem Gesicht, als du mich geküsst hast.«

»Ach, das tut mir so Leid«, sagte er und zuckte erneut mit den Schultern.

»Nein, nicht nötig, wirklich nicht«, entgegnete sie zögernd. »Jetzt verstehe ich es ja. Du magst keine Mädchen, aber damals wusste ich es nicht.«

»Warum sagst du mir das jetzt?«

»Ich dachte, du wärst tot«, antwortete sie schlicht.

»Ach so.«

»Ich wollte es dir schon seit Jahren sagen, hatte aber nie den Mut dazu.«

»Danke«, sagte er leise und blickte ihr nach, als sie durch die Tür hinausschlüpfte. Er folgte ihr.

»Tja, jetzt hab ich's endlich gesagt.« Sie lachte nervös und stampfte mit den Füßen, um sie zu wärmen. Dann nahm sie Toby in die Arme. Toby stand starr, und sie seufzte schwer. Sie hatte ihre erste kindliche Verliebtheit nie ganz überwunden, auch nicht den hastigen Kuss auf dem Schulhof. »Wir sehn uns mal«, sagte sie noch und lief davon.

Toby blickte ihr kopfschüttelnd nach. »Wirklich, der Tod hat seltsame Auswirkungen auf die Menschen«, sagte er zu Julian.

Julian grinste. »Man sollte viel öfter sterben«, sagte er. »Es bringt das Beste in den Menschen zum Vorschein.«

Der Tod brachte tatsächlich das Beste in allen zum Vorschein. Unbemerkt hatte sich jedes einzelne Mitglied von Tobys Familie verändert.

Jake hatte sich seiner Eifersucht gestellt und gewonnen. Pollys Anerkennung für ihren Mann war gewachsen und hatte sie wieder vereint, nachdem seine Voreingenommenheit sie so lange getrennt hatte. Helena wurde sich des Werts des Lebens stärker denn je bewusst und dankte Gott für Arthur, der vor Freude aufblühte, als sie dazu überging, unter dem Tisch seine Hand zu halten und ihn vertraulich anzulächeln, so wie damals, als sie sich kennen lernten. Hal ging aus sich heraus und nahm die Menschen in seiner Umgebung wahr, wenn auch nur vorübergehend.

Als Helena endlich Gelegenheit hatte, Toby nach seinem Treffen mit Federica zu fragen, wurde ihr klar, dass es gleichgültig war, ob sie heirateten. Eine Ehe war immerhin nichts Lebensgefährliches.

»Ich war erstaunt über seine charmante Art«, sagte Toby und ließ sich Pollys Pilzrisotto schmecken. »Er ist viel älter als sie, sieht sehr gut aus und ist intelligent.«

»Eine Vaterfigur, wie ihr sicherlich feststellen werdet«, fügte Julian hinzu. »Er hätte nicht freundlicher sein können.«

»Wird er sie gut behandeln?«, fragte Polly. Jake füllte ihr Glas mit Wein.

»Sie ist jung«, sagte Jake, »aber sie ist nicht dumm, Polly.«
»Oh, sie weiß, was sie will, Dad«, versicherte Toby. »Das kann keiner abstreiten. Jedenfalls ist nicht mehr die ›kleine Fede‹. Sie ist eine Frau. Seit sie Torquil kennt, hat sie sich mit dem Erwachsenwerden sehr beeilt. In dieser Frage gibt sie nicht nach, verlasst euch drauf.«
»Aber sie ist so verletzlich, gerade einem älteren Mann gegenüber, der sie manipulieren könnte«, gab Arthur zu bedenken.
»Ja, sie ist verletzlich«, bestätigte Helena. »Sie ist leicht zu beeindrucken, und sie erlebt ihre erste Liebe. Sie sollte sich lieber erst noch ein wenig umsehen.«
»Fede ist nicht der Typ.« Hal lachte leise und spritzte Tomatenketchup auf sein Risotto.
»Nun ja, in Grenzen«, schränkte Jake ein.
»Helena will ja nicht, dass sie mit jedem schläft, Dad. Sie soll nur ein bisschen reifer werden, ihre Erfahrungen machen, andere Menschen kennen lernen. Ich stimme Helena zu. Es ist schon bedenklich, dass sie den ersten Mann heiraten will, in den sie sich verliebt, und wenn er noch so charmant ist. Eine Ehe ist schließlich fürs ganze Leben«, sagte Toby.
»So sollte es zumindest sein«, bemerkte Helena bitter.
»So kann es immerhin sein.« Arthur lächelte und drängte sein Knie an ihres. Sie zwinkerte ihm kokett zu.
»Ich finde die Ehe Scheiße«, mischte Hal sich ein. Helena lächelte ihn an und schüttelte den Kopf.
»Was tun wir also?«, fragte Polly und leerte ihr Glas. »Können wir überhaupt nichts mehr tun?«
»Nichts«, erklärte Jake. »Sie muss ihren eigenen Weg finden, Polly.«
»Und wann lernen wir den Mann kennen?«, wollte Helena wissen.
»Sie haben gesagt, sie könnten vielleicht dieses Wochenende herkommen«, sagte Toby.
»Gut.« Jake nickte abschließend. »Jetzt behalten wir unsere

Meinungen für uns, bis wir dem armen Kerl wenigstens eine Chance gegeben haben. Hast du noch was von dem Risotto, Polly?«

Als Molly Sam anrief, um ihm mitzuteilen, dass Toby und Julian lebten, vergaß sie auch nicht, ihn über Federicas Heiratspläne in Kenntnis zu setzen. Sam erstickte fast an seiner Eifersucht.
»Mach dich nicht lächerlich. Sie haben sich ja gerade erst kennen gelernt.«
»Ich weiß. Die ganze Sache ist lachhaft«, stimmte Molly ihm zu. »Aber sie heiratet ihn trotzdem.«
»Sie ist so alt wie Hester, um Gottes willen. Was weiß sie schon von der Ehe?«
»Nichts. Wenn sie eine Ahnung hätte, würde sie sich wohl nicht so Hals über Kopf hineinstürzen. Aber Mum sagt, dieser Torquil ist für sie ein Ersatz für den Vater, den sie nicht gehabt hat.«
»Gut, das wird es sein. Vaterkomplex«, bemerkte er bitter, und das Herz wurde ihm schwer.
»Richtig.«
»Wann findet die Hochzeit statt?«
»Im Frühling.«
»Wie, in *diesem* Frühling?«, fuhr er auf, setzte seine Brille ab und rieb sich die Augen, die plötzlich wie vor Müdigkeit brannten.
»Torquil will so bald wie möglich heiraten. Weißt du, dass er sie sogar schon überredet hat, ihre Arbeit aufzugeben?«
»Nein!«
»O doch. Sie hat einen großen Teil ihrer Sachen in sein Haus gebracht.«
»Wo wohnt er?«
»The Little Boltons«, antwortete Molly. Ihre Ablehnung schwang deutlich in ihrer Stimme mit.
»Nun, dann wird sie wohl nicht arbeiten müssen, oder? Er ist zweifellos reich.«

»Jeder Mensch sollte einem Beruf nachgehen«, wandte sie ein. »Sie wird sich zu einer dieser grauenhaften Frauen entwickeln, die den lieben langen Tag nur einkaufen.«

»Fede doch nicht«, verteidigte Sam sie.

»Doch, auch Fede«, beharrte sie. »Er wird sie ganz nach seinem Geschmack ummodeln. Einen starken Charakter hat sie ja nicht gerade, oder?«

»Sie ist noch jung.«

»Hester ist auch jung, aber sie hat mehr Rückgrat als Fede.«

»Sie musste sich ja auch nicht gegen eine Schwester wie dich zur Wehr setzen«, fuhr er sie kalt an.

»Was soll das denn heißen?«

»Du bist nur neidisch, weil sich ein gut aussehender reicher Mann für Fede interessiert«, warf er ihr vor und fragte sich gleichzeitig, warum er selbst so gemein zu Molly war.

»Hör mal, ich wollte dich bloß informieren. Auf eine tief schürfende Diskussion habe ich keine Lust«, erwiderte sie gereizt.

»Entschuldige, Molly. Ich hatte einen schweren Tag.« Sam seufzte schwer. Als er den Hörer auflegte, war ihm übel. Da er sich nicht mehr auf seine Arbeit konzentrieren konnte, zog er seine Jacke an und verließ vorzeitig das Büro, ohne einen Gedanken daran, was sein Chef dazu sagen würde. Er wollte sowieso nicht mehr lange in der City arbeiten. Je eher er nach Polperro zurückkehrte, desto besser. In London wollte er weiß Gott nicht mehr bleiben, wenn Federica und Torquil verheiratet waren.

Er nahm die U-Bahn bis Hyde Park Corner und wanderte im Hyde Park umher, schlurfte durchs Laub und bedachte die Eichhörnchen mit finsteren Blicken. Es begann zu regnen, und er suchte Schutz in einem Pavillon, von wo aus er düsterer Stimmung zusah, wie der graue Himmel um ihn herum seine Schleusen öffnete. Er verstand nicht, warum es ihn dermaßen störte, dass Federica heiratete. Schließlich hatte er seine Chance gehabt, er hatte sie nicht wahrgenommen. Er hatte Federica geküsst und

dann verlassen. So versuchte er, sich damit zu trösten, dass er keine Beziehung wollte, überhaupt keine. Er wollte sich nicht binden. Wenn Federica frei gewesen wäre, hätte er sich trotzdem nicht um sie bemüht. Er gönnte sie nur keinem anderen. Als er durch den Nieselregen zurück zu seiner Wohnung ging, fühlte er sich schon bedeutend besser. Federica heiratete also diesen Torquil, na und? Es gab ja so viele Mädchen auf dieser Welt.
Eine Zeit lang gelang es Sam, sich einzureden, Federica wäre ihm gleichgültig, doch als er dann Torquil Jensen persönlich kennen lernte, konnte er den Schein nicht mehr wahren. Sein Instinkt empörte sich mit aller Macht gegen diese Ehe, die seiner Meinung nach schon zum Scheitern verurteilt war, bevor sie überhaupt begonnen hatte. Doch er schien mit seiner Ansicht allein dazustehen.

Am Freitagabend trafen Federica und Torquil bei Toby ein. Torquil hatte darauf bestanden, mit dem Auto zu fahren und unterwegs hier und da in kleinen Gasthäusern eine Erfrischungspause einzulegen. Während sie die kurvenreichen Straßen entlangfuhren, überkam Torquil ein merkwürdiges Déjà-vu-Gefühl.
»Ich bin sicher, dass ich schon mal hier war«, behauptete er, betrachtete die winterlichen Hecken und die kahlen Bäume und fragte sich, warum ihm das alles so bekannt vorkam.
»Vielleicht in einem früheren Leben.« Federica zuckte mit den Schultern. »Womöglich haben wir uns da auch schon geliebt.«
»Nein«, widersprach er ernst. »Ich war wirklich mal hier, und das lässt mir keine Ruhe.«
Federica schüttelte den Kopf und dachte nicht weiter darüber nach. Vor Vorfreude darauf, ihren Verlobten der Familie vorzuführen, konnte sie kaum still sitzen. Als sie vor Tobys und Julians Haus anhielten, drückte Torquil auf die Hupe. Toby erschien und blieb lässig an der Tür stehen, während Rasta hemmungslos begeistert aus dem Haus stürmte, um die Besucher zu begrüßen.

»Willkommen«, sagte Toby mit einem warmen Lächeln. Julian tauchte hinter ihm auf und bannte den Augenblick auf Zelluloid. Das war der Moment, in dem Torquil sich erinnerte, woher er dieses Haus kannte. Das Foto von Lucia, das Julian aufgenommen hatte, besaß er immer noch. Er holte tief Luft und stieg aus dem Porsche. Er konnte nur hoffen, dass die Erinnerung der beiden Männer an ihn im Lauf der Jahre verblasst war. Wenn er sich recht entsann, hatte ihr erstes Zusammentreffen unter keinem günstigen Vorzeichen gestanden.

Jake und Polly waren die ersten der Gäste, die zum Abendessen erwartet wurden. Jake traute den Stadtmenschen nicht und war der Meinung, Federica sollte lieber jemanden aus Polperro heiraten. »Sie ist im Leben schon genug entwurzelt worden. Was sie braucht, ist Stabilität und ein Leben mit vertrauten Menschen in vertrauter Umgebung. Trotzdem hat er die Chance verdient zu beweisen, dass er für sie sorgen kann«, sagte er auf dem Weg zu Tobys Haus.

Polly stimmte ihm zu und nickte nachdenklich. »Wenn er nur nicht so alt wäre«, seufzte sie. »Es ist schön, wenn zwei junge Leute gemeinsam reifen. Aber er wird ein alter Mann sein, wenn sie noch nicht mal in die mittleren Jahre gekommen ist. Und das ist schade.«

Als sie ins Wohnzimmer traten, sprang Torquil auf und streckte ihnen herzlich die Hand entgegen. Beide waren auf Anhieb entwaffnet durch sein schönes Gesicht und sein charmantes Lächeln.

Polly erwiderte sein Lächeln aus tiefster Überzeugung. »Es freut mich sehr, Sie kennen zu lernen«, sprudelte sie heraus, keineswegs immun gegen die Vorzüge eines schönen jungen Mannes. Jake war zurückhaltender, wenn auch beeindruckt von seinen regelmäßigen schönen Zügen, und er beobachtete Torquil aus schmalen Augen, bemüht, sich nicht von seinem Aussehen beeinflussen zu lassen.

Doch selbst Jake war leicht gewonnen, als Torquil liebevoll seine Hand über Federicas legte, ihm fest ins Auge sah und ernst behauptete: »Ich habe nur eine Priorität im Leben, Mr. Trebeka, und zwar, Federica so glücklich zu machen und ihr so viel Sicherheit zu geben, wie ich nur kann.«

Jakes altes Herz gab sich geschlagen, und er nickte nachgiebig. »Nun, wie Sie sehen, Torquil, ist ihre Familie ihr sehr eng und liebevoll verbunden. Lassen Sie sie nicht zu weit von ihrer Heimat fortgehen, so dass sie das neue Leben mit Ihnen und gleichzeitig die Sicherheit genießen kann, die ihre Heimat ihr gibt.« Brummig fügte er hinzu: »Und nenn mich bitte Jake.«

Als Arthur, Helena und Hal ankamen, vibrierte das Wohnzimmer bereits vor Gelächter. Hal war beim Porsche zurückgeblieben und mochte den Besitzer, bevor er ihn überhaupt kennen gelernt hatte. »Mann, der ist ganz bestimmt cool, wenn er so einen Wagen fährt!«, rief er aus und eilte dann doch ins Haus. Helena bemerkte auf Anhieb die körperliche Ähnlichkeit zwischen Torquil und Ramon, aber auch die Unterschiede – Torquils Gesicht ließ den herben Charakter Ramons vermissen; es war zu glatt und gepflegt. Dennoch konnte sie nicht anders, als angesichts seiner prachtvollen Erscheinung ihre Vorbehalte aufzugeben. Er war nicht nur groß und gut aussehend, sondern auch seine Kleidung war makellos, von seinem Kaschmirjackett bis zu den gut geputzten braunen Schuhen. Sie nahm neben Federica Platz und zwinkerte ihr anerkennend zu. Federica strahlte vor Glück.

Nur Arthurs Misstrauen schwelte unter seiner oberflächlichen Fröhlichkeit.

Beim Essen saß Helena neben Torquil. Indem er ihr tief in die begeisterten Augen blickte, versicherte er, dass er sich mehr als alles in der Welt wünschte, ihre Tochter glücklich zu machen. »Ich sehe wohl, woher sie ihre Schönheit hat. Sie und Federica könnten Schwestern sein«, sagte er und sah, wie ihre Wangen sich vor Freude röteten.

»Sie ist so verletzlich, Torquil, und viel zu jung, um zu heiraten«, entgegnete sie und nahm einen Schluck Wein. »Aber Sie sind älter und vernünftiger, und ich zweifle nicht daran, dass Sie sie sehr glücklich machen werden. Was sie braucht, ist Sicherheit, etwas, was ein junger Mann ihr kaum geben könnte. Ich muss zugeben, dass ich, als ich zuerst von Ihnen hörte, Angst hatte, Sie könnten zu alt für sie sein, und die ganze Sache für übereilt hielt. Aber nachdem ich Sie jetzt kennen gelernt habe, verstehe ich, warum Federica nicht lange warten will. Warum solltet ihr auch warten, wenn ihr beide euch eurer Gefühle sicher seid? Die Ehe ist sowieso ein Glücksspiel, ganz gleich, wie lange man sich kennt. Aber ich glaube, auf euch beide würde ich setzen.«

»Torquil, machst du nach dem Essen eine Probefahrt in deinem Wagen mit mir?«, rief Hal über die lautstarken Tischgespräche hinweg.

»Klar«, antwortete Torquil. Dann nahm er die Gelegenheit wahr, eine kleine Rede zu halten. »Ich möchte nur anmerken, dass ich, als ich mich in Fede verliebte, nie damit gerechnet habe, mich auch gleich in ihre gesamte Familie zu verlieben. Es ist eine angenehme Überraschung.« Er ließ den Blick über die erhitzten Gesichter und blitzenden Augen rund um den Tisch schweifen, hielt inne und sah Federica an, wobei er sich nicht scheute, seine Gefühle deutlich zu zeigen. »Ich möchte euch allen für die herzliche Aufnahme danken – und für Federica, denn mir ist klar, dass jeder Einzelne von euch maßgeblich daran beteiligt war, aus ihr zu machen, was sie heute ist: nämlich die Frau, die ich von ganzem Herzen liebe.«

Polly verscheuchte ihre Tränen mit Hilfe eines großen Schlucks Wein, während Helena Toby zulächelte, der zustimmend nickte.

»Wisst ihr, Torquil glaubt, er wäre schon einmal hier gewesen«, bemerkte Federica belustigt.

»Nein, ich habe mich geirrt, Liebling«, widersprach er hastig. »Das war nur so eine Art Déjà-vu.«

Julian sah ihn stirnrunzelnd an.
»Tja, Toby, habe ich nicht gesagt, dass der Name Torquil Jensen mir irgendwie bekannt vorkommt?«
»Einen Namen wie Torquil vergisst man nicht so schnell, wie?« Federica lachte.
»Aber ich weiß, dass ich noch niemals hier war«, erklärte Torquil vorsichtig, »denn andernfalls wäre ich bestimmt geblieben.« Toby hob mit einem leisen Lachen sein Glas. »Gut gekontert, Torquil«, lobte er. »Willkommen in der Familie.« Alle hoben ihre Gläser.
Nur Arthur zögerte, bevor auch er bereit war, mit den anderen auf den Gast anzustoßen. Er konnte es nicht benennen, aber irgendetwas an diesem Torquil war ihm nicht ganz geheuer. Er war einfach zu perfekt.

Am nächsten Tag waren Torquil und Federica in Pickthistle Manor bei den Applebys zum Mittagessen eingeladen. Ingrid war sofort begeistert von Federicas Wahl, weil er beim Anblick des verletzten Wiesels, das gleichgültig durch die Halle hinkte, nicht mit der Wimper zuckte und begeistert die Hunde tätschelte.
Inigo hatte sich in sein Büro eingeschlossen und wollte ausdrücklich nur im Fall einer Feuersbrunst gestört werden. Ingrid entschuldigte ihn und führte die Gäste in das große Wohnzimmer, wo unter dem Porträt der versonnenen Violet, Ingrids Mutter, ein Feuer im Kamin prasselte.
Nuno schüttelte dem jungen Mann die Hand und musterte ihn skeptisch, während Hester aufgeregt herbeieilte und Molly sich unnahbar gab, sich auf dem Sofa aalte und so tat, als würde sie Torquil gar nicht bemerken. Sam kam finsteren Blicks ins Zimmer, küsste Federica auf die Wange und nickte Torquil mit einer Arroganz zu, die ganz und gar fehl am Platz war. Torquil erkannte die Abneigung hinter dem freundlichen Lächeln und erwiderte sein Nicken liebenswürdig, bevor er sich abwandte und ein Gespräch mit Hester begann.

Sam ließ sich nicht täuschen. Er verabscheute ihn auf Anhieb.
»Ich traue ihm nicht über den Weg«, flüsterte er Nuno zu. »Er ist aalglatt. Auf irgendeinem Dachboden ist ein Porträt von ihm verborgen, das alle seine Fehler sichtbar macht.«
»Ah, ein zweiter Dorian Grey. Schön ist er nun wirklich«, erwiderte Nuno und bemerkte, wie Ingrid, Hester und Molly angesichts der körperlichen Perfektion Torquils zart errötet waren.
»Gott, sie sind so dumm«, schnaubte Sam. »Warum lassen sich Frauen so von gutem Aussehen beeindrucken? Es ist eine Schande.«
Nuno musterte seinen Enkel und schnaubte wissend. »Bist du vielleicht ein bisschen eifersüchtig, mein lieber Junge?«
Sam schüttelte den Kopf und schob die Hände in die Taschen. »Ganz bestimmt nicht. Federica ist wie eine Schwester für mich; ich möchte sie beschützen«, behauptete er. Doch der Anblick Federicas, die sich in Torquils Herrlichkeit sonnte, tat ihm weh.
»Ah«, seufzte Nuno und lächelte. »›Oh! Hütet Euch, Mylord, vor Eifersucht/Sie ist das grünäugige Ungeheuer, das das Fleisch verhöhnt, von dem es frisst.‹«
»Othello, Shakespeare«, entgegnete Sam ausdruckslos. »Aber ich kann dir versichern, Nuno, ich will Fede nicht für mich. Ich mag nur nicht mitansehen, wie sie in die falschen Hände gerät.«
»Du musst die anderen ihr Leben leben lassen, mein Junge; Sie müssen ihre eigenen Fehler machen und daraus lernen. So geht es uns allen.«
»Ich weiß, aber es fällt mir schwer, einfach zuzusehen«, gestand er traurig ein.
»Nichts in der Welt könnte Federica heute davon überzeugen, dass Torquil nicht so ist, wie er sich gibt – falls er uns denn wirklich täuschen sollte. Behalte deine Gedanken für dich. Ehrlichkeit würde dir nichts weiter bringen als Verbitterung.«

Während des gesamten Mittagessen beobachtete Sam, wie Torquil Hof hielt und die weiblichen Familienmitglieder über jeden

seiner lahmen Scherze bewundernd lachten. Ein oder zwei Mal suchte Torquil den Blick seines Kontrahenten, doch er selbst war es dann, der sich als Erster abwandte.
Er weiß, dass ich ihn durchschaue, der Narr!, dachte Sam. Federica bemerkte Sams Schweigen, und ihre Begeisterung schwand, als würde seine stumme Ablehnung ihr die Energie aussaugen. Nach dem Essen entschloss man sich zu einem gemeinsamen Spaziergang.
»Kommst du auch mit, Sam?«, fragte Federica hoffnungsvoll.
Doch Sam schüttelte den Kopf. »Ich habe noch zu tun«, erwiderte er. Ich habe Besseres zu tun, als mir Torquils plumpe Witze anzuhören, dachte er ärgerlich und zog sich in Nunos Büro zurück.

Nunos Büro hatte den Vorteil, an einer Ecke des Hauses gelegen zu sein. Eine Seite bot den Blick in den Garten, die andere ging nach vorn. Sam stand am Fenster und sah zu, wie Torquil mit den Hunden spielte, die vor Molly, Hester und Ingrid auf dem Rasen herumtollten.
»Ingrid, ich liebe Hunde«, sagte Torquil und tätschelte die weichen Köpfe. »Diese zwei sind etwas ganz Besonderes.«
»Hundefreunde sind gute Menschen«, antwortete sie. »Wenn ein Mensch Hunde liebt, kann man sich seines Wesens immer ganz sicher sein.« Sie hüllte sich in ihre lange Strickjacke. »Wenn ihr auf den Klippen spazieren gehen wollt, solltest du dir lieber einen Mantel borgen, Torquil.«
»Nein, danke, ich hole mir rasch meinen eigenen aus dem Wagen«, sagte er und ließ die Mädchen plaudernd zurück. Sam sah ihn durchs Bogentor verschwinden in Richtung Kiesplatz, wo sein Porsche stand. Sam ging hinüber zum anderen Fenster.
Torquil stapfte über die Zufahrt zu seinem Wagen, begeistert gefolgt von Trotzki und Amadeus, die schnuppernd um ihn herumsprangen. Zu Sams Überraschung fuhr Torquil sie jetzt gereizt an.

»Verdammte Köter. Verpisst euch«, knurrte er und trat Amadeus heftig aus dem Weg. Amadeus zog für einen Moment den Schwanz ein, hielt das Ganze dann jedoch für ein Spiel und kam zurück. »Verfluchte Viecher!«, schimpfte Torquil, öffnete den Kofferraum und entnahm ihm seinen Mantel. Trotzki stellte bestürzt die Ohren auf und wich zurück, doch Amadeus sprang mit seinen schmutzigen Pfoten an Torquils sauber gebügelter Cordhose hoch. Torquil schäumte vor Wut. Er fluchte und versetzte dem Spaniel einen Schlag auf die Schnauze. »Mach das noch einmal, denn fress ich dich zum Abendbrot«, knurrte er, dann ging er durch das Bogentor zurück zu den wartenden Mädchen.

Sam stand noch immer verblüfft am Fenster, betroffen von dem eben Gesehenen. Er hätte am liebsten unverzüglich Federica davon erzählt, aber wer würde ihm schon glauben? Er setzte sich in Nunos Ledersessel und starrte ins Kaminfeuer. Nur über meine Leiche tritt er mit Federica vor den Altar, dachte er, hatte jedoch nicht die geringste Ahnung, wie er es verhindern sollte.

Dreiunddreissig

Torquil war beliebt bei allen. Er war in Polperro eingefallen wie ein sieghafter Eroberer, zog jeden, den er kennen lernte, auf seine Seite, entwaffnete sie alle mit seinen regelmäßigen weißen Zähnen und seinen hellen Augen. Nur Sam und Arthur blieben misstrauisch, leisteten schweigend Widerstand, waren nicht bereit, sich täuschen zu lassen. Außer ihnen war jedoch anscheinend niemand in der Lage, hinter seine charmante Fassade zu blicken. Nuno war zu vertieft in die Werke Stendhals, um näher hinzusehen, die Frauen waren alle so hingerissen, dass sie es gar nicht wollten, und Federicas Familie war so verliebt in Torquils Glanz, dass sich für Arthur keine Gelegenheit bot, seine Meinung kundzutun. Beiden blieb nur eine Möglichkeit, doch Nuno hatte Sam davor gewarnt, mit Federica zu sprechen. Sam lebte in fieberhafter Gereiztheit dahin und fühlte sich machtlos, während Federica wie trunken in das Netz einer überaus hinterhältigen Spinne taumelte. Doch Arthur hatte weniger zu verlieren – seine Stieftochter hatte ihn ohnehin von Anfang an nicht gemocht.

Am Sonntag fand er den passenden Augenblick, als Torquil in Jakes, Hals und Julians Begleitung in Tobys Boot zu einer Besichtigungstour längs der Küste Cornwalls aufbrach. Federica hatte nicht mitkommen wollen, wollte lieber ein wenig Zeit bei ihrer Großmutter in der Küche verbringen und das Mittagessen zubereiten, um ihren Verlobten damit zu beeindrucken. Helena saß im Schaukelstuhl unter einem Vorhang hängender Miniaturschiffe, nippte an einer Bloody Mary und plante die Hochzeit, während ihre Mutter und ihre Tochter am Herd vor dampfen-

den Töpfen schwitzten. Nach einer Weile ging Federica hinüber ins Wohnzimmer, wo Arthur allein am Feuer saß und die Zeitung las. Sie brachte ein höfliches Lächeln zustande.
»Fertig mit Kochen?«, fragte Arthur, schlug die Zeitung zu und legte sie neben sich aufs Sofa.
Federica blieb an der Tür stehen. Sie hatte keine Lust, sich auf ein Gespräch mit ihrem Stiefvater einzulassen. »Bald«, sagte sie unbeteiligt.
»Ich kann mir nicht vorstellen, dass du zu Hause jemals kochen wirst, wenn du erst verheiratet bist«, bemerkte er und behielt sie wachsam im Auge.
»Ich werde auch dann kochen, ich habe mein Leben lang gern gekocht.« Dann sah sie ihn forschend an. »Du kannst Torquil nicht leiden, stimmt's?«
Arthur seufzte und lehnte sich ans Polster zurück. Er schüttelte den Kopf. »Ich fürchte, ich kann ihm nicht trauen, Fede«, antwortete er und fixierte sie mit seinen scharfen braunen Augen.
Sie trat voller Unbehagen von einem Fuß auf den anderen, stemmte dann jedoch trotzig eine Hand in die Hüfte. »Was erregt denn eigentlich dein Misstrauen?«
»Es geht zu schnell, Fede«, gab er zu bedenken. »Du kennst ihn erst ein paar Monate, warum musst du ihn jetzt gleich heiraten? Was ist dagegen einzuwenden, zunächst einmal etwas mehr Zeit miteinander zu verbringen? Allein das schon macht mich misstrauisch.«
»Aber wir lieben uns«, versicherte sie verärgert.
»Was weißt du von der Liebe, Fede? Du hast keinerlei Erfahrung. Er ist der erste Mann, der dein Herz gewinnen konnte. Er sieht gut aus, ist reich, charmant – was weißt du sonst noch über ihn?«
»Mehr brauche ich nicht über ihn zu wissen. Du und Mama, ihr seid auch nicht gerade der Inbegriff der idealen Ehe«, verteidigte sie sich.
Er verschränkte die Arme und lachte leise. »Wir haben unsere

Probleme, freilich. Die Ehe ist kein Zuckerschlecken, Fede. Ich mache mir Sorgen, weil ich dich mag.«
»Nein, mich magst du nicht, nur Hal«, fuhr sie ihn impulsiv an und wünschte sich sogleich, sie hätte nichts gesagt. Nicht etwa, weil es nicht der Wahrheit entsprach, sondern weil es eine kindische Reaktion war, und sie gab sich doch so verzweifelte Mühe, erwachsen aufzutreten. »Wie auch immer«, fuhr sie trotzig fort, »du kannst so lange versuchen, wie du Lust hast, einen Fehler an ihm zu finden. Ich verspreche dir, du wirst keinen Erfolg haben. Er ist perfekt. Das ist es, was dich ärgert.«
»Das ist nicht wahr«, entgegnete Arthur geduldig. Er hätte sie gern gefragt, was Torquil, ein welterfahrener, urbaner Mann von achtunddreißig Jahren, mit einer provinziellen Achtzehnjährigen ohne nennenswerte Erfahrung anfangen wollte, doch ihm war klar, dass es sie verletzen würde. Er fügte lediglich noch hinzu, dass er sich wegen des Tempos ihrer Romanze Gedanken machte. »Wenn Torquil nichts zu verbergen hat, was würde es dann schaden, wenn er noch ein paar Monate wartet? Sein Drängen beunruhigt mich.«
»Man nennt es *Liebe*, Arthur«, entgegnete sie sarkastisch und verdrehte gereizt die Augen. »Und ich habe wirklich keine Lust, noch länger darüber zu diskutieren. Mama mag ihn, alle mögen ihn, außer dir. Und deine Meinung interessiert mich, ehrlich gesagt, nicht.« Damit verließ sie das Zimmer.
Zurück in der Küche beschloss sie, ihrer Mutter und Großmutter gegenüber das Gespräch nicht zu erwähnen – sie hatte keine Lust, sich mit Negativem zu beschäftigen. Sie erlebte die glücklichste Zeit ihres Lebens und wollte sie sich nicht durch Einmischungen ihres Stiefvaters verderben lassen. Er hatte sie ja von Anfang an nicht gemocht.

Als die Männer, rot im Gesicht vom Wind und vom Lachen, zurückkamen, zog Torquil sich nach oben zurück, um sich zum Mittagessen umzukleiden. Federica huschte aufgeregt in der

Küche umher, verschönerte und dekorierte noch hier und da mit der gleichen Begeisterung, die früher ihrem Vater vorbehalten war. Toby und Julian standen am Kamin und erzählten Helena und Jake von dem riesigen Krebs, dem es beinahe gelungen war, Torquil über Bord zu ziehen.

»Gefallen hat es ihm zwar nicht, aber eines muss man ihm lassen: Er ist ein Mann, der über sich selbst lachen kann!« Toby schmunzelte.

Arthur schlenderte zur Hausbar und schenkte sich einen steifen Drink ein. Aufgewühlt ließ er einen Eiswürfel im Glas klirren, bevor er Whisky einfüllte. Er blickte aus den Fenstertüren hinaus in den Wintergarten und empfand ein düsteres Gefühl der Vorahnung. Das Gespräch mit seiner Stieftochter war katastrophal gelaufen – schlimmer noch. Das Mittagessen würde eine peinliche Angelegenheit werden. Mit sinkendem Mut öffnete er die Tür und trat finster hinaus auf die Terrasse. Er sog die scharfe Luft ein und blickte beim Ausatmen seinem Atem nach. Dann hörte er zu seiner Verwunderung eine leise Stimme am Fenster über ihm. Er drückte sich gegen die Wand und lauschte angestrengt, während Torquil ein Gespräch auf seinem Handy führte, wobei er sich, des besseren Empfangs wegen, aus dem Fenster lehnte. »… Die Hochzeit wird das letzte Mal sein, dass ich mich in diesem gottverdammten Kuhdorf blicken lasse … Sie lebt gern in der Stadt, glaub mir, sie ist zu gut für diese Provinzler … Ich rette sie vor einem Leben unter Hunden und Krebsen, gerade noch rechtzeitig. Das arme Mädchen, stell dir vor, hier aufwachsen zu müssen. Kein Wunder, dass sie froh und dankbar ist, mich heiraten zu dürfen … Fang nicht wieder damit an, Baby, ich habe dir doch gesagt, ich liebe sie wahnsinnig … Gut, sie ist nicht so mondän wie du, aber gerade deswegen gefällt sie mir. Sie ist rein und unschuldig, unberührt. Ich will die abgelegten Sachen anderer nicht … Warte, bis du sie kennen lernst, dann wirst du mich verstehen … Du lebst nicht auf ihrer Etage; du arbeitest im Keller, und da will ich dich auch haben.« Er lachte

kehlig. »Und da bist du doch gern ... Hör zu, ich muss jetzt aufhören. Je schneller wir das Mittagessen hinter uns bringen, desto eher können wir aufbrechen.«
Arthur hielt den Atem an, um sich nicht zu verraten, und wartete noch einen Moment, bis er es wagte, die Tür zu öffnen und wieder ins Haus zu schlüpfen. Ihm war unwohl, aber schlimmer noch als diese Übelkeit war sein Zorn, weil er ihn nirgends ablassen konnte. Niemand würde ihn anhören wollen.
Er schützte Kopfschmerzen vor und ließ das Mittagessen schweigend über sich ergehen, während Torquil den perfekten Gast spielte, seine Begeisterung für Polperro und das Meer kundtat und ein falsches Band mit der Familie schmiedete, die er, wie Arthur wusste, in Wahrheit verachtete. Federica zu betrachten kam ihm vor, als bezeuge er einen Autounfall in Zeitlupe. Er konnte nichts tun, um die Katastrophe abzuwenden.

Während Arthur und Sam in der Folge von Torquils siegreichem Besuch still litten, zog Federica in sein luxuriöses Haus in The Little Boltons ein. Es war von ausgesuchter Schönheit, mit kostbaren Gemälden und Materialien von einem der besten Londoner Designer eingerichtet. »Ich kann es nicht fassen, dass ich jetzt für immer hier leben werde«, hauchte Federica aufgeregt und warf sich aufs Bett.
»Nicht nur das, du wirst auch meinen Namen tragen und meine Kinder zur Welt bringen. Wir werden dieses Haus mit dem Trappeln kleiner Füßchen erfüllen«, sagte Torquil, legte sich zu ihr und küsste sie liebevoll auf die Stirn.
»Ach, Torquil. Ich bin noch nie so glücklich gewesen«, sagte sie und nahm sein Gesicht in die Hände. »Du verkörperst alles, was ich mir je gewünscht habe.«
»Und du bist ein Traum, der Wirklichkeit geworden ist. Dich habe ich mein Leben lang gesucht«, sagte er und lächelte auf sie herab. »Du bist so gut, Fede. Ich bin deiner nicht würrdig. Du bist lieb und empfindsam. Du bist wie ein Engel. Rein wie

weißer Zucker. Ich weiß nicht, was du an mir findest. Ich habe so viele Makel.«

Sie blickte berauscht in seine hellen Augen und fragte sich, wie Arthur ihm misstrauen konnte; er hatte die vertrauenswürdigsten Augen, die sie je gesehen hatte.

Später, als sie die ordentlich aufgeräumten Schränke voller Chanel-Kostüme, Ferragamo-Schuhe, Freizeitkleidung von Ralph Lauren, Unterwäsche von La Perla und Schmuck von Tiffany bewunderte, wurde ihr klar, dass Torquil selbst das alles für sie gekauft hatte. Auf ihre Frage, was aus ihren alten Sachen geworden sei, erklärte er, die habe er Mrs. Hughes, der Haushälterin, geschenkt.

»Ihre Tochter ist in deinem Alter, und sie haben wenig Geld, Liebling. Außerdem bist du jetzt, da du mit mir zusammen lebst, anders«, erklärte er und zog sie in die Arme. »Du streifst mit deinem Namen auch deine alte Haut ab. Du wirst Mrs. Torquil Jensen sein, und ich möchte, dass du von allem nur das Beste bekommst.«

Wenn es ihr auch lieber gewesen wäre, wenn er sie zuerst gefragt hätte, wollte sie doch nicht undankbar erscheinen. So erwiderte sie einfach, er wäre zu großzügig, und sie hätte ihn nicht verdient. Sein augenscheinliches Entzücken und Wohlwollen vertrieb ihre Befürchtungen und hellte ihre Stimmung wieder auf. Sie wünschte sich nichts dringender, als ihm zu gefallen. Als sie ihre neu erworbene Reife im Spiegel bewunderte, staunte sie über die lange Wegstrecke, die sie seit der Zeit vor mehr als zehn Jahren in Viña zurückgelegt hatte, als sie ihr kindliches Spiegelbild noch mit Abscheu betrachtet hatte. Nach so vielen Enttäuschungen hatte sie Torquil verdient.

Sie sehnte sich danach, mit ihrem Vater über die neuen Entwicklungen zu sprechen, doch er hatte sich seit Jahren nicht mehr gemeldet, und das empörte sie. Trotz ihrer Freude fühlte sie sich elend im Stich gelassen. Seit sie Torquil hatte, suchte sie ihr Glück nicht mehr in der glitzernden Pracht des Schmetterlingskästchens. Das war nicht mehr nötig. Die Schatten der Vergangenheit waren dem hellen Licht ihres neuen Lebens gewichen. Sie brauchte ihre Erinnerungen nicht mehr, sie war im Begriff, sich zusammen mit Torquil neue zu schaffen. So stellte sie das Kästchen ins oberste Fach eines Schrankes und schloss die Tür.

Sam hatte die Nacht vor Federicas Hochzeit in Nunos Ledersessel verbracht und den Roman *Der Graf von Monte Cristo* von Alexandre Dumas noch einmal gelesen, die konsequenteste Geschichte einer Rache, die je geschrieben wurde. Im Morgengrauen hatte der Gesang der ersten Vögel ihn geweckt. Er hatte sich umgeschaut, bestürzt darüber, dass er in einer solchen Nacht überhaupt hatte schlafen können. Er rieb sich die müden Augen und blickte aus dem Fenster in einen zarten, nebligen Morgen hinaus. Der Garten war von einem feinen Sommerdunst überwölbt wie von einem Zelt aus glitzernden Spinnweben. Ein empfindlicher Schleier, der in seiner Vergänglichkeit das Versprechen eines herrlichen Sommertags barg.

Sam versprach dieser Tag nichts als Elend.

Als Nuno gegen acht ins Zimmer schlurfte, fand er seinen Enkel düster aus dem Fenster starrend vor. »Ich würde mir gern einbilden, eines meiner Bücher hätte dir den Nachtschlaf geraubt«, sagte er mit einem Blick auf den schweren Band auf Sams Knien.

Sam wandte sich langsam um und sah blinzelnd zu seinem Großvater auf. »Ich würde Torquil Jensen liebend gern im Château d'If einsperren«, stöhnte er.

»Ah!« Nuno seufzte wissend und nickte. »Die kleine Federica heiratet ja heute.«

»Genau«, antwortete Sam, setzte seine Brille ab und putzte sie mit seinem Hemdzipfel.

»›Liebe ist die Weisheit des Narren und die Narretei des Weisen‹«, zitierte Nuno und zog eine buschige Braue hoch.

»Nuno, ich habe heute nicht die Geduld für diese Spielchen, aber um dein Ego zu befriedigen, sage ich dir, dass es von William Cook, *Das Leben des Samuel Foote*, stammt.«
»*Molto bene, caro*. Selbst in Zeiten größter Verzweiflung bist du in der Lage, einen klaren Kopf zu bewahren und einem alten Mann einen Gefallen zu tun.«
»Ich bin nicht verliebt in Fede, Nuno, das habe ich dir schon gesagt. Ich will nur nicht zusehen, wie man ihr wehtut.« Dann setzte er verärgert hinzu: »Ich glaube nicht, dass ich in die Kirche gehen kann. Der Anblick von Torquil Jensens Selbstgefälligkeit könnte mich dazu treiben, etwas zu tun, was ich später bereuen würde.«
»Mein lieber Junge, wenn dir nicht bewusst ist, dass dein Zorn deiner Eifersucht entspringt, bist du doch weniger Mann, als ich geglaubt habe. Falls du mich fragst: Du warst jahrelang im Besitz der Zuneigung dieses sanften Wesens, und du hast sie abgewiesen. Jetzt reiß dich zusammen und trage deine Niederlage mit Würde. Ich empfehle dir eine Schüssel Porridge und eine Tasse Tee, dann ziehst du dein Jackett an und gehst mit uns anderen zur Kirche, und zwar mit Anstand. Derartige Dinge widerfahren uns zur Prüfung, und vielleicht ist dies deine bisher schwerste Prüfung. Ich bin überzeugt, du möchtest nicht durchfallen.«
Also verzehrte Sam schweigend seinen Porridge, während das Geschnatter seiner Schwestern und seiner Mutter ihm auf die Nerven ging und ihn noch tiefer in seine bekümmerten Gedanken trieb. Joey kam aus dem Garten, eine gewaltige Kröte in den zitternden Händen, und erklärte, er hätte sie vorm Ertrinken im Swimmingpool gerettet. Als Ingrid ihm das Tier abnehmen wollte, sprang es wie ein Akrobat in die Luft, hüpfte dann über den Küchenboden und entzog sich jedem Versuch, es einzufangen.
»Ach, lass die Kröte«, seufzte Ingrid matt und schenkte sich Tee ein. »Sie findet auch ohne unsere Hilfe zum Pool zurück. Ich

schätze, Herr Kröte ist durchaus in der Lage, für sich selbst zu sorgen.«

Molly und Hester sollten die Brautjungfern sein, oder wie Molly es auszudrücken beliebte: die Ehrenjungfrauen.

»Ich wollte, ich würde Torquil Jensen heiraten, statt fünf Schritte hinter der Braut herzugehen«, seufzte Hester neiderfüllt. »Ich kann Fedes Glück nicht fassen.«

»Ausgerechnet Fede!«, rief Molly aus und schüttelte den Kopf darüber, dass ein Mann wie Torquil sich in jemanden wie Federica verlieben konnte, während sie selbst doch so viel schöner und charismatischer war. Ich sollte eigentlich an ihrer Stelle sein, dachte sie voller Zorn.

»Kommt doch endlich zu euch!«, brauste Sam plötzlich auf und erhob sich von seinem Stuhl. Molly und Hester sahen ihn verdutzt an. »Ist denn keiner von euch intelligent genug, hinter die Fassade seines schönen Gesichts zu blicken? Dass Hester sich täuschen lässt, wundert mich nicht, aber Molly, von dir hatte ich eigentlich mehr Durchblick erwartet. Torquil Jensen würde am ehesten in eine dieser platten amerikanischen Seifenopern passen. Was habt ihr Mädchen immer so gern gesehen? War es *Dallas*? Um es in der Sprache auszudrücken, die ihr zwei versteht: Er ist kein Bobby Ewing!« Und damit verließ er den Raum.

Die Schwestern sahen einander verblüfft an. »Ist mir hier irgendwas entgangen?«, fragte Molly und setzte ihren Becher ab. Hester zuckte mit den Schultern. »Wenn du nichts gemerkt hast, Molly, dann hab ich es erst recht nicht gesehen«, erwiderte sie ratlos. »Was hat denn *Dallas* mit Fedes Hochzeit zu tun?«

»Torquil mag ja eine ganze Menge sein, aber ein JR ist er nicht.« Sie schnaubte wütend durch die Nase. »Wie kann er behaupten, ich hätte keinen Durchblick? Zum Teufel mit ihm, immer hält er sich für klüger als alle anderen!«

»Klüger als Torquil ist er vielleicht, aber dafür ist Torquil umso schöner.« Hester kicherte.

»Das macht Sam offenbar zu schaffen. Es geht um seine Haare.«

Molly lachte verächtlich. »Sam kriegt eine Glatze, und Torquil hat wunderbar volles Haar!«

Sam saß starr in der Kirchenbank und achtete nicht auf Joey, der still mit Herrn Kröte spielte, den er letztendlich doch im Hundenapf gestellt hatte. Sam betrachtete das eitle Profil des Bräutigams mit stiller Verachtung. Torquil flüsterte seinem Trauzeugen etwas zu, und ihre Köpfe neigten sich dabei einander zu wie die zweier Verschwörer. Nicht fähig, die Qual dieses Anblicks zu ertragen, wandte Sam seine Aufmerksam den pompösen weißgelben Blumenarrangements zu und blickte dann zur anderen Seite des Gangs hinüber, wo Torquils spektakuläre Freundinnen unter ihren auffälligen Hüten saßen und sich argwöhnisch in dieser für sie höchst provinziellen Umgebung umblickten. Reverend Boyble rauschte wichtigtuerisch umher und verneigte sich jedes Mal tief vor dem Altar, wenn er dort vorbeikam. Endlich erschienen Torquils Vater und Stiefmutter und schritten mit großem Getue den Mittelgang entlang. Sam warf nur einen Blick auf Mrs. Jensen und dachte sofort an den Hut von Quangle Wangle Quee. Er schüttelte den Kopf angesichts derartiger Vulgarität und suchte Nunos Blick.
Sein Großvater lächelte schief und kritzelte etwas auf einen Fetzen Papier, gab ihn an Lucien weiter, der ihn Ingrid überreichte. Sie überging ihren abgelenkten Jüngsten und übergab Sam den Zettel. Er las ihn und lachte laut. Nuno hatte seine Gedanken gelesen und aus eben dem Nonsensgedicht von Edward Lear zitiert, vom Goldenen Waldhuhn, dem Pobble ohne Zehen, dem kleinen olympischen Bären und dem Dong mit der leuchtenden Nase, die alle kamen und auf dem herrlichen Hut von Quangle Wangle Quee nisteten.

Buff Jensen saß in der Bank hinter seinem Sohn. Er war ein massiger Mann mit breiter Stirn und sich lichtendem schwarzen Haar, das er mit Pomade bearbeitet hatte, um mehr Volumen vorzutäuschen. Seine Augen waren hell und gebieterisch, die Haut glatt und unbehelligt von den gewöhnlichen Lachfältchen. Buff lächelte selten. Er war sich seiner eigenen Bedeutung zu sehr bewusst und musste das auch beweisen. Torquil drehte sich um und grinste seinen Vater an, und sein Grinsen verriet sowohl seinen Triumph als auch seinen echten Stolz. Buff hatte sich eine bessere Partie für seinen Sohn erhofft, und es fiel ihm schwer, das Szepter aus der Hand zu geben. Doch diese kleine Schlacht hatte Torquil für sich entschieden. Cynthia sah nur den Stolz im Lächeln ihres Stiefsohns. Er heiratete das Mädchen, das er liebte, so viel stand fest. Seine kleine Braut gefiel ihr sehr gut. Ein stärkerer Charakter wäre vielleicht eine Konkurrenz gewesen, aber Federica war die ideale Schwiegertochter – vorausgesetzt, man vergaß, woher sie kam.

Nach kurzer Pause nahm Federicas Familie bedeutend unauffälliger als die Jensens ihre Plätze ein. Helena trug ein pinkfarbenes Kostüm mit passendem Hütchen, Polly trug Rot – augenscheinlich hatte man die Garderobe nicht abgesprochen. Beim Anblick der raumgreifenden Hutkreation Mrs. Jensens verzog sie das Gesicht und wünschte sich den Mut, auch etwas so Großartiges zu tragen. Außerdem ertappte sie sich dabei, dass sie Sehnsucht nach Ramon verspürte – Arthurs unauffällige Erscheinung beeindruckte niemanden.

Als Mrs. Hammond zögernd die Finger über die Tasten des Keyboards gleiten ließ, machte das Stimmengesumm einer erwartungsvollen Stille Platz, und alle standen auf und wandten sich um, um den Eintritt der Braut zu verfolgen.

Federica zauderte einen Augenblick unter dem Bogentor der Kirche, bevor sie aus der Sonne heraus in das sanfte Licht des Kirchenschiffs eintrat. Sam wurde plötzlich von heftigem Schmerz erfasst. Er stand still wie eine Statue, alles Blut wich aus seinem Gesicht, die Liebe krampfte ihm das Herz zusammen. Ihm war, als stünde die Welt still, nur Federica bewegte sich mit dem überirdisch schönen Gesicht eines Engels langsam auf ihn zu. Er wagte kaum zu atmen. Erst als Herr Kröte Joeys Griff entschlüpfte, auf die Bank hinter ihm und dann auf den Gang hüpfte, erwachte Sam aus seiner Trance und stellte voller Verzweiflung fest, dass Federica nicht auf ihn zukam, sondern von ihm fortstrebte. Sie bewegte sich außerhalb seiner Reichweite, und er allein hatte sich die Schuld daran zuzuschreiben. In seiner Erinnerung rissen die Wolken auf, und er dachte an die zärtlichen Küsse in der Scheune und an ihr goldenes Gesicht auf den Klippen, und er erstickte nahezu an seinem Schmerz.

Jake sah mit stolzgeschwellter Brust zu, wie sein Sohn Federica den Mittelgang entlangführte, und er wischte sich die Augen beim Gedanken an die Hochzeit seiner Tochter, die er sich hatte entgehen lassen. Helena hielt den Atem an, denn Federica schwebte am Arm ihres Bruders dahin wie eine Prinzessin, Diamanten im Haar und ein breites Band aus Diamanten und Perlen um den Hals. Das elfenbeinfarbene Kleid schimmerte im himmlischen Licht, das durch die bleiverglasten Fenster strömte, und ihre Haut wirkte so durchsichtig wie bei einem Wesen aus einer anderen Welt. Helena dachte an Ramon, bis ihr die Tränen in den Augen brannten und die Erinnerung an ihn so übermächtig wurde, dass sie ihn beinahe riechen konnte. Arthur drückte ihre Hand, was sie zurück in die Wirklichkeit ihrer langweiligen Ehe holte, und die Tränen flossen noch reichlicher.

Arthur hätte auch weinen mögen – Tränen des Zorns und der Ausweglosigkeit –, doch er konnte es nicht. Also saß er in finsterer Resignation da, während seine Stieftochter sich ihrem Schicksal auslieferte.

Ingrids Herz seufzte unter der Schönheit der Musik, und Inigo überließ sich den günstigen Vibrationen des Gotteshauses und ergriff die Hand seiner Frau, in Erinnerung an seine eigene Hochzeit vor vielen, vielen Jahren.

Doch Nuno behielt Sam im Auge. Er verstand seinen Enkel besser, als Sam sich selbst verstand. Er sah den Zorn in der Linie

seines verkniffenen Mundes und den Schmerz in seinen aufgewühlten grauen Augen, und er hätte ihm gern gesagt, dass den Geduldigen Erfolg beschieden wird.
Sam hatte das Gefühl, einer öffentlichen Hinrichtung beizuwohnen, dem Opfer einer unschuldigen Jungfrau. Er beobachtete Torquil mit den Augen eines Raubtiers, studierte jede seiner Bewegungen, jeden Wimpernschlag. Der Glanz seiner Schuhe, der makellose Frack, das gestärkte Hemd, die goldene Taschenuhr an perfekt ausgerichteter Kette, die smaragdenen Manschettenknöpfe – alles strahlte Bedrohung aus. Sein Haar war vollkommen gebändigt, kein Strähnchen fiel ihm in die Stirn. Sam betrachtete Federica, zitternd und strahlend vor Schönheit, in dem Kleid, das Torquil für sie ausgewählt hatte, behängt mit dem Schmuck, den er ihr geschenkt hatte – nur ihr scheues Lächeln gehörte noch ihr selbst, doch Torquil grinste auf sie herab, im Begriff, sich auch noch ihr Lächeln anzueignen.
Julian war, nachdem er vor der Kirche fotografiert hatte, auf seinem Platz am Ende einer Bankreihe zurückgekehrt. Er verstaute die Kamera unter dem Sitz, bereit, sich auf die Zeremonie zu konzentrieren. Nach einer Weile erregte eine dunkelhaarige Frau auf der anderen Seite des Gangs seine Aufmerksamkeit. Sie wirkte gepflegt und selbstbewusst in einem engen, enteneiblauen Kostüm, die langen braunen Beine übergeschlagen, mit langen, gut manikürten Fingern, die den Takt der Musik klopften. Sie spürte, dass sie beobachtet wurde, und warf Julian unter ihrem breitkrempigen Hut hervor einen Blick zu. Als sie ihn erkannte, lächelte sie. »Dein Hemd habe ich immer noch!« Sie formte die Worte unhörbar mit den Lippen.
Julian schauderte, als ihm plötzlich klar wurde, woher er Torquil kannte. Diese beiden unerträglich selbstzufriedenen Menschen, die zu vergessen er sich solche Mühe gegeben hatte, fanden nun den Weg an die Oberfläche seines Bewusstseins. Doch es war Federicas Hochzeitstag, weder die Zeit noch der Ort für unangenehme Erinnerungen. Vielleicht war Torquil seit damals

erwachsen geworden – er, Julian, hoffte es inbrünstig. Er sah zu, wie der Ring auf Federicas Finger glitt und Reverend Boyble das glückliche Pärchen zu Mann und Frau erklärte. Jetzt gehörte Federica zu Torquil. Sie hatte die enge Bucht verlassen, um das weite Meer zu erkunden.

Sam senkte geschlagen den Blick und sah Herrn Kröte, der erwartungsvoll vom Steinboden zu ihm aufblickte. Er beugte sich herab, nahm das blinzelnde Wesen in die Hand und hielt es behutsam fest. »Wir zwei sind jetzt ganz allein«, sagte er leise und schüttelte den Kopf. Doch dann, als Torquils Stiefmutter an ihm vorüberging, überlegte er es sich anders, setzte die schläfrige Kröte auf ihren Hut und grinste.

Er hatte die Hochzeit nicht verhindern können, aber diese kleine Sabotage bereitete ihm zumindest ein seichtes Vergnügen.

Vierunddreissig

Sam kehrte zu seiner stumpfen Arbeit in der City zurück, Helena in die ernüchternden Überreste ihrer Ehe, doch für Federica sollte sich das Leben von Grund auf verändern.
Kaum war sie braungebrannt und glücklich aus den Flitterwochen zurückgekehrt, rief sie Harriet an und verabredete sich mit ihr zum Mittagessen. In einem neuen Hosenanzug von Gucci glitt sie in den wartenden Mercedes und nannte dem Chauffeur ihr Ziel, lehnte sich dann zurück und genoss den Luxus ihres neuen Lebens. Die Sitze waren aus Leder, das Armaturenbrett aus glänzend poliertem Holz. Federica hatte keinen Führerschein. Torquil ermutigte sie auch nicht, ihn zu erwerben. Er bestand darauf, dass sie einen Fahrer bekam, und besorgte ihr ein Auto. »Ich will, dass du das Beste von allem bekommst«, erklärte er. »Denn ich liebe und schätze dich.«
Federica ließ die Scheibe herab und betrachtete vom kühlen Komfort des Wagens her die brodelnde, staubige Stadt. Sie fühlte sich mondän und glamourös, und der süße Duft ihres teuren Parfüms erhöhte noch ihre gute Laune. Sie tastete nach dem großen Smaragdring, den Torquil ihr geschenkt hatte, und lächelte mit perfekt geschminkten Lippen. Sie war Mrs. Torquil Jensen. In Federicas Ohren klang dieser Name herrlich, und sie flüsterte ihn ein paar Mal vor sich hin: Mrs. Torquil Jensen, Mrs. Torquil Jensen. Sie war weit gekommen seit ihrem ungewissen Neubeginn in Polperro.

Es waren idyllische Flitterwochen gewesen. Sie hatten eine Woche auf Safari in Afrika verbracht, eine Woche an der Küste und die letzten zwei Wochen in Thailand. Sie hatten in den renommiertesten Hotels gewohnt, die besten Führer engagiert und waren nur erster Klasse gereist. Alles, was sie sah, hatte Federica bezaubert, und Torquil hatte es genossen, wie ein stolzer Vater zuzusehen, wenn sie eine neue Erfahrung nach der anderen begeistert in sich aufnahm. Am meisten aber hatte Federica die stillen Momente geliebt, wenn sie als Mann und Frau zusammen waren, wenn er sie in der feuchten Luft des afrikanischen Urwalds und in den nach Jasmin duftenden Zimmern in Thailand geliebt hatte. Dort hatte er sie gelehrt, auf die Stimme ihrer eigenen Sinnlichkeit zu lauschen und sich ihr hinzugeben. Sich an das Empfangen seiner Zärtlichkeiten zu verlieren, hemmungslos und ohne Schuldgefühle. Als es ihr schwer fiel, ihre Scheu abzulegen, hatte er sie an die vier Bettpfosten gefesselt, so dass sie keine Wahl hatte und sich ihren Sinnen überlassen musste, um auf den Wogen seiner Zärtlichkeit rückhaltlos dahinzuschweben. Zuerst hatte die Vorstellung sie entsetzt; etwas Derartiges hatte er ihr noch nie vorgeschlagen. Torquil jedoch hatte über ihre Unerfahrenheit gelacht, und nach einigem zärtlichen Zureden hatte sie dem verspielten Experiment zugestimmt, unter der Voraussetzung, dass es von Liebe geleitet war. Mittlerweile errötete sie bei diesen Erinnerungen, obwohl sie insgeheim stolz war auf ihren neuen Erfahrungsschatz.

Der Wagen hielt vor dem Eingang von St. John und Smithe. Der Portier eilte die Treppe hinunter, um Federica behilflich zu sein. »Ah, Mrs. Jensen«, sagte er überrascht. »Guten Morgen«, fügte er ehrfürchtig hinzu und legte die Hand an die Mütze.
»Danke, Peter«, antwortete sie, als er die Wagentür hinter ihr zuschlug. Er äußerte sich nicht zu ihrem Besuch und erlaubte sich auch keinen Scherz über ihren plötzlichen Aufstieg. Dazu war er auch zu gut dressiert. Jetzt war sie Mrs. Torquil Jensen, und zwischen ihm und ihr hatte sich eine unsichtbare Mauer aufgetürmt. Federica Campione hatte auf der anderen Seite gestanden.

Als Harriet Federica sah, erkannte sie ihre Freundin kaum. Ihre Haut hatte die Farbe von Milchschokolade, die Sonne hatte ihr weißblondes Haar noch heller ausgebleicht. Sie wirkte so elegant, dass Harriet mit Neidgefühlen zu kämpfen hatte. »Schätzchen, du siehst phantastisch aus. Die Ehe bekommt dir anscheinend sehr gut«, begeisterte sie sich und schloss Federica in die Arme.

»Unglaublich gut«, erwiderte Federica überschwänglich und klatschte in die Hände wie ein Kind, das ein neues Spielzeug bekommen hat. »Ich bin wie betrunken vor Glück.«

»Ich kann es kaum fassen, dass du jede Nacht in einen Bett mit Torquil schläfst. Ich hasse dich dafür.« Harriet lachte. Sie spielte mit der Perlenkette an ihrem Hals, schüttelte den Kopf und fügte ernst hinzu: »Wenn ich ihn schon nicht bekommen habe, Schätzchen, dann bin ich froh, dass er eine genommen hat, die ich kenne und gern habe.«

»Geh jetzt aber bitte nicht ins Kloster!«, scherzte Federica und ergriff die Hand der Freundin. »Du hast ihn wirklich gern gehabt, stimmt's?«

Harriet nickte traurig, lächelte jedoch trotz ihrer Enttäuschung. »Ja«, gestand sie. »Ich habe immer ein bisschen so getan, als wäre es ein Witz, aber …«

»Man stellt so manche Wahrheit als Witz dar«, fiel Federica ihr ins Wort.

»Ich besonders.«

»Also, hast du Zeit zum Essengehen?«

Harriet blickte sich gehetzt um. »Du wirst fragen müssen. Greta hat schwer an deiner Hochzeit zu knabbern«, flüsterte sie mit einem Blick auf die geschlossene Tür zu Gretas Büro. »Ich kann's gar nicht erwarten, diese Konfrontation zu erleben.«

»Ich selbst werde sie wohl am meisten genießen.« Federica grinste und straffte sich, um sich für die Heimzahlung so mancher Gemeinheit zu wappnen, die sie während ihrer kurzen Zeit als Verkäuferin hatte einstecken müssen. »Sag ihr, dass ich hier bin«, verlangte sie und blickte dann Harriet nach, die zielstrebig auf Gretas Büro zuschritt.

Federica betrachtete ihren alten Arbeitsplatz, der nun im Grunde Teil ihres Familienbetriebs war. Sie fühlte sich zutiefst befriedigt und mächtig und war entschlossen, ihre Position zu nutzen, um Greta in ihre Schranken zu weisen. Doch als Greta dann auftauchte, verging Federica die Lust, ihr wehzutun. Sie erinnerte sich plötzlich an einen von Nunos liebsten Sinnsprüchen: ›Alles fällt irgendwann auf dich selbst zurück‹. Es war nicht an ihr, Rache zu nehmen.

Greta schluckte heftig und verzog die Lippen zu einem Lächeln, doch ihre Augen verrieten ihr Unbehagen. Ihr Gesicht war grau, und jeder Zug sprach von ihrem Unglücklichsein. Sie hatte nicht mehr die Macht, Federica einzuschüchtern.

»Meinen Glückwunsch, Federica«, sagte Greta gepresst.

»Danke.«

»Wie ich von Mr. Jensen hörte, hatten Sie eine wunderschöne Hochzeit.«

»Ja«, antwortete sie und bemerkte wohl Gretas Mühe, Begeisterung zu zeigen, etwas, das ihr genauso wenig lag wie Großmut.

»Ich möchte Harriet gern zum Essen einladen, Greta. Sie erlauben ihr doch sicher etwas mehr als eine Stunde Mittagspause, nicht wahr?«

Greta schürzte die blassen Lippen und nickte. »Aber natürlich.« Dann fügte sie mit einem gequälten Lachen hinzu: »Sie sind ja die Chefin.«

Federica lud Harriet zum Essen bei Oriel am Sloane Square ein. Sie lachten über Federicas Konfrontation mit Greta und den plötzlichen absurden Wechsel in der Hierarchie.

»Ich finde es toll«, gab Federica zu. »Ich komme mir vor wie ein modernes Aschenputtel. Weißt, du Torquil ist sträflich großzügig. Ich bekomme alles, was ich will. Früher habe ich oft davon geträumt, reich zu sein.«

»Und was machst du heute Nachmittag?«, fragte Harriet.
»Ich weiß es nicht. Darüber muss ich erst mit Torquil reden. Ich verstehe ja, dass ich nicht im Familienbetrieb arbeiten sollte, das sähe merkwürdig aus, aber ich möchte schon irgendeine Beschäftigung haben. Am liebsten würde ich etwas mit meiner Lehre als Fotografin anfangen. Julian hat mir die Grundlagen beigebracht. Vielleicht könnte ich einen Kurs für Fortgeschrittene belegen und einen Beruf daraus machen.«
»Das wäre doch herrlich. Fotografin wolltest du schon immer werden«, schwärmte Harriet.
»Mama wollte, dass ich erst Geld verdiene, bevor ich mich auf eine solche Karriere einlasse. Aber jetzt habe ich mehr Geld, als ich mir jemals hätte träumen lassen. Jetzt kann ich tun und lassen, was ich will.« Sie lachte und sah ihre Freundin an, die neidvoll zurücklächelte.
»Schätzchen, du hast vielleicht ein Glück«, seufzte Harriet. »Aber kein Mensch hat das so verdient wie du.«

Am Abend, als Torquil von der Arbeit nach Hause kam, hatten sie ihren ersten ernsthaften Streit.
»Wir haben die Flitterwochen jetzt hinter uns, Torquil, und ich wünsche mir eine regelmäßige Beschäftigung. Ich möchte arbeiten«, sagte Federica und warf sich in seinem Büro aufs Sofa.
Torquil schlenderte zur Bar und schenkte sich einen Whisky ein. »Möchtest du etwas zu trinken, vielleicht ein Glas Wein?«, fragte er. »Ein Glas Rotwein pro Tag ist angeblich gut für einen rosigen Teint. Was nicht heißt, dass dein Teint nicht ohnehin rosig wäre.«
Sie lachte. »Ja, ein Glas Rotwein nehme ich gern, danke«, antwortete sie.
Er reichte ihr das Getränk, setzte sich in den Lehnstuhl und stützte einen Fuß auf den zugehörigen Hocker. »Warum möchtest du denn unbedingt arbeiten, Liebling?«

»Nun, ich muss doch irgendwas tun«, erklärte sie und nahm einen Schluck Wein. »Schatz, dieser Wein ist köstlich.«
»Arthurs Hochzeitsgeschenk«, sagte er. »Er hat einen guten Geschmack, dein Stiefvater.«
»In manchen Punkten vielleicht«, erwiderte sie trocken. »In anderen wiederum hat er überhaupt keinen, das kannst du mir glauben.«
»Fede, du bist jetzt eine reiche Frau, du hast es nicht nötig zu arbeiten«, sagte er ernst.
»Aber ich würde mich langweilen, wenn ich nichts zu tun hätte«, erklärte sie. »Es geht nicht um Geld. Du bist mehr als großzügig, und ich weiß das durchaus zu schätzen. Ich brauche aber etwas, womit ich meine Zeit ausfüllen kann, damit ich einen Grund habe, morgens aufzustehen.«
»Reicht als Grund fürs Aufstehen denn nicht, dass du mich liebst?« Torquil lachte leise.
»Du weißt schon, was ich meine«, beharrte sie freundlich.
»Nicht mehr lange, dann hast du genug mit unseren Kindern zu tun«, sagte er und lächelte sie zärtlich an.
»Mag sein«, erwiderte sie und betete zu Gott, dass er sie noch ein paar Jahre lang davor bewahren möge. »Aber mal angenommen, ich werde nicht schwanger, dann willst du doch sicher nicht, dass ich mich untätig zu Hause langweile?«
»Mein Schatz«, sagte er fest. »Du hast ein wunderschönes Haus, schöne Kleider, einen Mann, der den Boden küsst, auf dem du wandelst, was willst du denn noch?«
Er sah sie finster an, und unverzüglich fielen Schuldgefühle über sie her.
»Na ja«, sagte sie leise, und plötzlich wurde ihr flau im Magen von einem unbestimmten Gefühl der Unsicherheit. »Julian hat mich, als ich noch jünger war, als Fotografin in die Lehre genommen. Wenn du nicht willst, dass ich arbeite, könnte ich doch vielleicht einen Fotografiekurs belegen?«
»Wenn du unbedingt etwas tun willst«, gab er widerstrebend

nach«, »kommt sowieso höchstens ein Kurs in Frage. Meine Frau wird nie im Leben arbeiten gehen.«
»Danke«, erwiderte sie strahlend, erleichtert, dass die Diskussion sich einem Ende näherte.
»Aber nicht in Fotografie«, wandte er energisch ein.
»Warum nicht?«, fragte sie fassungslos.
Er scherzte nicht mehr, im Gegenteil, er sah sie sehr ernst an. »Ich besorge dir einen Lehrer, der dir beibringt, was immer du willst.« Er blickte sich im Zimmer um. »Literatur. Ja, beleg doch einen Literaturkurs.«
»Literatur?«, wiederholte sie niedergeschlagen. »Literatur interessiert mich doch überhaupt nicht.«
»Aber ich möchte, dass du einen Kurs in Literatur belegst«, bestimmte er, ging hinüber zu seinem Bücherschrank und zog einen Band heraus. »Ich habe nichts von alldem gelesen. Ich möchte, dass du es tust.«
»Torquil«, protestierte sie schwach.
»Nein, ich bestehe darauf«, sagte er. »Wenn du einen Kurs willst, dann kommt nur Literatur in Frage.«
»Gut, dann studiere ich eben Literatur«, erwiderte sie matt. Lieber das als gar nichts.
»Damit wäre das erledigt«, sagte Torquil und leerte sein Glas. »Und jetzt, Geliebte meines Herzens, komm her und gib mir einen Kuss. Ich mag nicht mehr daran denken, dass wir eine Meinungsverschiedenheit hatten.«

Federica ließ sich ins Bad sinken und dachte über das Gespräch nach. Ihr war unbehaglich zu Mute. Doch statt zu versuchen, diesem Unbehagen auf den Grund zu gehen, suchte sie Ausreden für die Weigerung ihres Mannes, sie eigene Entscheidungen treffen zu lassen. »Das tut er nur, weil er mich liebt und das Beste für mich will«, sagte sie zu sich selbst, während ihr Schaumbad sich im Wasser auflöste. Das Fotografieren kann warten, entschied sie, festen Willens, das Thema ein anderes Mal

anzusprechen, wenn sie mehr Sicherheit in ihrer Ehe gefunden hatte.
Später, als Torquil sie in ein großes weißes Badetuch gehüllt und geliebt hatte, schmolz jeglicher noch verbliebene Zweifel dahin, und was blieb, war bedingungslose Hingabe und der feste Entschluss, alles zu tun, um Torquil zu gefallen.
An diesem Abend kleidete sie sich in großem Stil und tat ihren ersten Schritt in Richtung der zu erwartenden endlosen Runde von Cocktailpartys und Dinners. Sie sah neue Gesichter, versuchte verzweifelt, sich alle Namen zu merken, und lernte schnell, sich am Gesellschaftsklatsch zu beteiligen und mit vielen Worten nichts zu sagen. Torquil achtete stets streng darauf, dass sie die bestgekleidete Frau im Saal war, und lächelte stolz, wenn man ihr Komplimente machte. Doch es brachte ihn zur Weißglut, wenn er den Eindruck gewann, dass Federica mit anderen Männern flirtete, und er verbot ihr, mit anderen zu tanzen, mit der Erklärung, es demütige ihn, wenn er zusehen müsste, wie ein anderer Mann sich an seiner Ehefrau rieb.
Und Federica gab sich Mühe, nicht aus der Reihe zu tanzen. Sie wusste instinktiv, wenn Torquil sie beobachtete, und stellte ihr Verhalten darauf ein. Wenn sie sah, wie sich sein Gesicht vor Eifersucht verdüsterte, ging sie zu ihm, hakte sich bei ihm unter und blieb an seiner Seite wie ein hübsches Anhängsel. Wenn ihre Instinkte sich gegen seine Anordnungen auflehnten, sagte sie sich streng, das Torquil eben einer anderen Generation angehörte, und änderte ihr Benehmen entsprechend.
»Alle sind bezaubert von dir, Fede«, sagte Torquil, als sie auf der Heimfahrt nach einer Party im Fond des Wagens saßen. Federica lächelte erfreut. »Ich bin so stolz auf dich«, fügte er hinzu und strich ihr über die Wange. »Du bist schön und heiter. Heute Abend haben mich mindestens zehn Menschen wissen lassen, wie glücklich ich mich schätzen kann, dich gefunden zu haben.«
»Und ich bin glücklich, dich gefunden zu haben«, erwiderte sie, ergriff seine Hand und küsste die Finger.

Dann sah er ihr lange ins Gesicht, als forschte er in ihren Zügen nach etwas Bestimmtem. »Bist du glücklich, Liebling?«, fragte er und schüttelte den Kopf. »Ich weiß es nicht recht.«
Federica furchte die Stirn und tat diese rätselhafte Bemerkung mit einem Lachen ab. Torquil bemerkte ihre Unsicherheit und ihr Bemühen, sie zu verbergen. Das gab ihm zu seiner Verwunderung ein merkwürdiges Gefühl der Befriedigung. Doch er war nicht fähig, sich diese neuen Gefühle zu erklären oder zu begreifen, woher sie kamen. Er war zu unsensibel, um zu bemerken, dass in ihm aus ebenden Gründen, aus denen er sie geheiratet hatte, ein Groll gegen seine Frau heranwuchs. Ihre Reinheit fing an, ihm auf die Nerven zu gehen, ihre Perfektion machte ihn wütend. Sie gab ihm das Gefühl der Unzulänglichkeit. Er konnte sich nicht gegen den Drang wehren, sie zu erniedrigen, als könnte er, sobald er sie von ihrem marmornen Sockel gestürzt hatte, diesen selbst besteigen.

Um Federica noch stärker unter seine Kontrolle zu bringen, hatte Torquil ihr zu verstehen gegeben, dass er ihre Freundschaft mit Harriet nicht guthieß. »Sie ist nicht vornehm genug für dich, Liebling. Du bist zu intelligent, um deine Zuneigung an irgendwen zu verschwenden. Du bist weiter gekommen in der Welt, und auch deine Freundschaften müssen sich dem anpassen. Ich denke da an eine Dame, die dir bestimmt gefallen wird«, erklärte er munter. »Lucia Sarafina.«
Lucia war nur zu gern zu Diensten. »Ich freunde mich mit deiner Frau an, wenn du dir die Zeit nimmst, mich zu besuchen«, verlangte sie kokett, als er sie anrief.
Torquil freute sich über die Zusage. »Sie braucht die Gesellschaft von Frauen deiner Sorte«, sagte er. »Sie ist allzu schneeweiß.«
»Ich verstehe schon«, pflichtete Lucia ihm bei, erfreut, dass seine Liebe vielleicht schon nachließ. »Aber sie ist jung. Sie wird schon noch erwachsen werden.«

»Mit deiner Hilfe, *maestra*, gelingt ihr das hoffentlich.«
»Überlass es mir, mein Schatz. Und dann möchte ich, dass du mir persönlich deinen Dank abstattest, *capisci*?«
»*Capisco.*« Er lachte. »Du bist verdorben.« Dann seufzte er schwer, ein Seufzer, der sich als ein tiefes Stöhnen seiner Kehle entrang. »Gott, du hast mir ja so gefehlt.«
»Das wäre doch nicht nötig«, flüsterte sie. »Du weißt, wo du mich findest.«
»Ich komme darauf zurück«, antwortete er, »aber zunächst einmal hast du eine Aufgabe zu erfüllen.«

Federica gab sich größte Mühe, Lucia zu mögen. Sie musste sie mögen, um ihrem Mann zu gefallen. Lucia lud sie in Harry's Bar ein, wo man ihnen den besten Tisch im hintersten Winkel des Restaurants zuwies. »Jeder Mann in diesem Raum wird nach dem Essen geradewegs nach Hause gehen und mit seiner Frau schlafen«, sagte Lucia mit ihrem hübschen italienischen Akzent, als Federica Platz nahm. »Alle sehen mich an. Ich wecke die Lust in ihnen.« Sie seufzte und leckte sich die blutroten Lippen. »Sie erinnern sich wahrscheinlich nicht daran, dass wir uns auf Ihrer Hochzeit begegnet sind. Sie sind ja so vielen Menschen vorgestellt worden.«
»Natürlich erinnere ich mich an Sie«, behauptete Federica diplomatisch. »Sie sind Torquils engste Freundin.«
»Wir kennen uns schon sehr lange«, erklärte sie nachdenklich.
»Wie haben Sie einander kennen gelernt?«
»In Italien. Ich lebte damals in Rom, und Torquil war zur Hochzeit eines gemeinsamen Freunds gekommen. Es hat sofort gefunkt zwischen uns«, sagte sie, schob mit sicherer Hand die Nagelhaut an ihren manikürten Fingern herab und dachte daran, wie sie sich in einem der dunklen Flure des Palazzo geliebt hatten.
»Wann sind Sie nach London gezogen?«
»Kurz darauf«, erwiderte sie. »Ah, die Karte. Wir bestellen erst

einmal, und danach können wir ungestört klatschen. Für mich bitte eine Bloody Mary, und für meinen Gast …?« Sie sah Federica an und zog eine schwarze Braue hoch.

»Einen Gespritzten bitte«, antwortete Federica und dankte dem Kellner höflich.

»Sie haben keine Ahnung, wie froh es mich macht, Torquil so glücklich zu sehen«, redete Lucia weiter.

Federica lächelte. »Ich freue mich, wenn ich ihn glücklich machen kann«, entgegnete sie. »Er hat mich glücklicher gemacht, als ich es je für möglich gehalten hätte.«

»Ach, er ist einzigartig«, pflichtete Lucia ihr bei. »Ich habe nie einen so hingebungsvollen Mann wie ihn kennen gelernt. Sie sind so rein und unschuldig. Das liebt er an Ihnen. Achten Sie darauf, dass Ihnen diese Eigenschaften nicht verloren gehen«, fügte sie geschmeidig hinzu. »Sie haben großes Glück. Torquil war schon oft verliebt, aber noch nie so wie jetzt in Sie.«

»Wie meinen Sie das?«

»Nun …« Sie überlegte und spielte mit einer schwarzen Haarsträhne, die ihr wie ein fetter Rattenschwanz auf die Schulter fiel. »Er wollte schon immer eine Unberührte heiraten. Eine Frau, die noch nicht von der Welt verdorben ist. Eine wie Sie. Er ging mit mondänen Frauen aus, aber seine Frau sollte unberührt sein. Dort liegt Ihre Stärke.«

»Ich verstehe.« Federica nickte und wehrte sich gegen ihr Unbehagen.

Lucia spürte, dass sie sich nicht wohl fühlte, und legte beschwichtigend die Hand auf Federicas. »Ich will Sie doch nicht kritisieren«, sprudelte sie heraus. »Er betet Sie an, Schätzchen. So eine ideale Partnerin wie Sie hat er nie kennen gelernt. Er verehrt Sie. Ich will Ihnen nur raten, von Frau zu Frau. In dieser Welt müssen Sie klug vorgehen, um Ihren Mann zu halten. Sie müssen wissen, was er an Ihnen so besonders liebt, und dafür sorgen, dass er es nie vermisst.«

»Ich kann nicht bis in alle Ewigkeit jung und unschuldig bleiben«, widersprach Federica schwach.

»Oh doch, das können Sie.« Lucia nickte und zwinkerte ihr zu. Je ›schneeweißer‹ Federica wäre, desto größer würde Torquils Verlangen nach der dunklen Sinnlichkeit seiner italienischen Geliebten sein. »Sie können alles sein, was Sie sein wollen.«

Federica zuckte mit den Schultern und lächelte schmal. Lucia verunsicherte sie. Sie war es allmählich leid zu hören, wie engelsgleich und perfekt sie war. Einem solchen Ruf konnte kein Mensch gerecht werden.

»Ich wäre für mein Leben gern mit einem Mann wie Torquil verheiratet.« Lucia seufzte und schob verträumt ihren Salat auf dem Teller hin und her. »Er ist so dominant. Das liebe ich. Unglaublich romantisch. Und so außergewöhnlich für einen Engländer. Italienische Männer übernehmen die Führung, und dadurch fühlen sich die Frauen ausgesprochen weiblich.«

»Ja, aber manchmal ist es auch schön, unabhängig zu sein«, wandte Federica ein, dachte an ihren Streit wegen ihres Wunsches zu arbeiten und krümmte sich innerlich.

»Seien Sie nicht dumm, Fede, Sie haben einen Schatz gefunden, genießen Sie es«, riet Lucia ernst. »Millionen von Frauen würden alles dafür geben, nicht arbeiten zu müssen, ihr chaotisches Leben von einem liebenden Mann organisieren zu lassen. Sie wissen gar nicht, wie viel Glück Sie haben.«

»O doch«, entgegnete sie rasch. »Es ist nur ein bisschen überwältigend.«

»Es ist seine Art, Ihnen zu zeigen, wie sehr er Sie liebt. Sie werden sich daran gewöhnen, und dann wird es Ihnen zur zweiten Natur. Vergessen Sie nicht, dass es ihm immer nur um Ihr Wohl geht. Jede Entscheidung, die er für Sie trifft, ist in Ihrem Interesse. Himmel, er ist schließlich, wie viel? – zwanzig Jahre älter als Sie.« Federica nickte. »Damit hat er Ihnen zwanzig Jahre an Erfahrungen voraus. Ich an Ihrer Stelle würde mich einfach treiben lassen.«

Federica nahm Lucias Rat an. Sie traf sich nicht mehr mit Harriet und vermied es, St. John und Smithe aufzusuchen, um ihr nicht zufällig dort zu begegnen. Einmal die Woche ließ sie sich von einem alten Professor aus Cambridge namens Dr. Lionel Swanborough, der stets einen Dreireiher und einen tief ins schmale Gesicht gezogenen Filzhut trug, in der Literaturwissenschaft unterweisen. Torquils Bibliothek beeindruckte ihn stark, Federicas Mangel an Wissen jedoch weniger.
»Ich habe so gut wie gar nichts gelesen«, gestand sie. Er gab ihr *Anna Karenina* und verlangte, dass sie das gesamte Buch in einer Woche durchlas. »Keine Sorge, liebes Kind, nach der ersten Seite wird der Roman Sie nicht mehr loslassen.« Er hatte Recht. Nachdem sie *Anna Karenina* analysiert hatte, ging es weiter mit *Jahrmarkt der Eitelkeiten, Emma* und *König Lear*. Ihre Lernbegierde entsprang der Langeweile ihres täglichen Lebens als Torquils Frau. Sie stürzte sich in ihre Studien, um die Welt außerhalb ihres goldenen Käfigs nicht zu sehen und sich nicht nach ihr sehnen zu müssen.

Eines grauen Abends hörte Torquil, als er nach Hause kam, wieder einmal das fröhliche Plaudern seiner Frau, die versuchte, die leeren Stunden mit langen Telefongesprächen mit ihrer Mutter und Toby auszufüllen. Zorn stieg in ihm auf in Form einer unangenehm prickelnden Hitzewelle, die ihm inzwischen so vertraut war wie das lästige Gefühl der Unzulänglichkeit, wenn er sich mit der natürlichen Anmut und Tugend seiner Frau konfrontiert sah. Sein Mund zuckte gereizt, als er ins Wohnzimmer trat, nachdem er Aktenkoffer und Mantel nachlässig auf einem Stuhl in der Halle abgelegt hatte. Als Federica ihn verärgert an der Tür stehen sah, legte sie hastig den Hörer auf und schluckte. Ihr Magen verkrampfte sich vor Angst.
»Was ist los mit dir?«, fragte sie und hoffte, es möge nicht mit ihr zu tun haben. In dem kurzen Moment, der verstrich, während Torquil mit seiner Eifersucht rang, ließ Federica panisch den

vorangegangenen Abend Revue passieren, um sich zu vergewissern, ob sie womöglich irgendwas zu irgendwem gesagt hatte, was Torquils Zorn erregt haben könnte.

»Ich habe es satt, nach Hause zu kommen und dich am Telefon hängen zu sehen«, fuhr er sie schließlich an.

Federica atmete erleichtert auf. »Entschuldige«, sagte sie leise.

Doch Torquil war noch nicht zufrieden. Er ging zum Kamin hinüber und baute sich dort auf, die Hände in die Hüften gestemmt. Er schüttelte den Kopf. »Ich arbeite den ganzen Tag, und wenn ich dann nach Hause komme, verlange ich deine ungeteilte Aufmerksamkeit. Du hast stundenlang Zeit, dich zu amüsieren, wenn ich nicht da bin. Warum musst du deine Familie ausgerechnet immer dann anrufen, wenn ich zur Tür hereinkomme?«

»Es war doch keine Absicht«, wehrte sie sich matt.

»Vielleicht nicht«, räumte er ein. Federica erstarrte. Oft genug schien er zunächst nachzugeben, um dann einen noch härteren Schlag auszuteilen. »Liebling«, fuhr er bedachtsam fort, »ich bin ehrlich gesagt der Meinung, dass du zu alt für eine so enge Bindung an deine Mutter und deinen Onkel bist. Es ist an der Zeit, dass du mir deine gesamten Energien widmest.«

»Wie meinst du das?«, fragte sie bestürzt. Er setzte sich neben sie aufs Sofa und strich zärtlich über ihr Haar. Seine Miene hatte sich etwas entspannt, er lächelte Federica liebevoll an.

Dann seufzte er schwer. »Ich bin ein eifersüchtiger alter Mann, Liebling«, erklärte er milde. »Mein Verbrechen ist es, dich zu sehr zu lieben.«

Federica fühlte sich entwaffnet durch seinen plötzlich veränderten Tonfall, ihr stieg die Röte in die Wangen. »Schon gut, Torquil, ich habe verstanden«, antwortete sie mitfühlend.

»Du fehlst mir den ganzen Tag, und wenn ich dann nach Hause komme und sehe, dass du mit deiner Mutter telefonierst, dann steigt diese Wut in mir auf. Ich kann sie nicht in den Griff bekommen. Ich will dich ganz für mich allein.« Er lachte verlegen. »Ist das wirklich so furchtbar?«

Federica schmiegte ihr Gesicht in seine Hand, die ihre Wange streichelte. »Natürlich nicht«, sagte sie und lächelte, wieder einmal besiegt von seinem Charme. »Ich tu's nie wieder, versprochen.«

Er zog sie in die Arme und küsste sie zum Ausdruck seiner Dankbarkeit heftig auf den Mund. »Du bist so lieb zu mir, Kleine. Keine andere Frau würde mich so gut verstehen wie du.«

Sie lachte und liebkoste sein Gesicht mit den sanften Blicken einer liebenden Mutter. »Und kein Mann würde mich verstehen, wie du es tust.«

»Wir sind füreinander geschaffen«, hauchte er. »Du bist glücklich, Liebling, nicht wahr? Ich will, dass du glücklich bist.«

»Natürlich bin ich glücklich.«

»Und dein Kurs macht dir Spaß?«

»Großen Spaß«, begeisterte sie sich pflichtschuldigst.

»Siehst du«, lachte er. »Ich weiß besser als du selbst, was gut für dich ist.«

Obwohl Federica tat, was Torquil verlangt hatte, und nur noch telefonierte, wenn er zur Arbeit war, schien er genau zu wissen, wann ihre Anrufe stattfanden und wie lange sie dauerten. Auf seine aalglatte Art konnte er Federica überreden, sie auf ein Mal pro Woche zu beschränken. Molly und Hester ereilte das gleiche Los wie Harriet. Obwohl sie sich heftig sträubte, gab Federica sie schließlich doch als Freundinnen auf. Sie musste es tun. »Du bist viel zu vornehm für diese Provinzmenschen, Liebling«, sagte Torquil. »Eines Tages wirst du es mir danken.«

Anfangs reisten sie noch regelmäßig nach Polperro, doch nach und nach wurden ihre Besuche immer seltener, bis sie schließlich kaum noch stattfanden.

Federica war außer Stande, sich zu beklagen, denn jedes Mal, wenn sie einen Besuch geplant hatte, flog Torquil mit ihr nach Paris oder Madrid oder Rom.

»Schätzchen, wir sehen dich ja neuerdings kaum noch«, klagte Toby, als Federica ihn einmal aus einer Telefonzelle bei Harrod's anrief.
»Ich weiß, ich würde auch so gern nach Polperro kommen, und Torquil auch«, log sie. »Aber im Augenblick ist er so viel unterwegs, um im Ausland neue Firmen zu eröffnen, dass wir die meisten Wochenenden außer Landes verbringen.«
»Ich weiß, wir sollten uns keine Sorgen machen. Es heißt ja immer, dass frisch Vermählte sich für eine Weile auf sich selbst zurückziehen. Das bedeutet doch sicher, dass du glücklich bist. Du brauchst dein Zuhause nicht mehr so wie früher.«
Federicas Herz verzehrte sich nach Polperro. Sie brauchte ihr Zuhause mehr denn je, konnte es aber kaum eingestehen, nicht einmal vor sich selbst.
»Ja, ich bin glücklich«, erklärte sie nachdrücklich.
»Dann sind wir es auch. Wenn du ständig Heimweh hättest, müssten wir ja annehmen, dass etwas in deiner Ehe nicht stimmt.«
»Mit meiner Ehe ist alles in Ordnung, keine Sorge. Torquil ist wunderbar; jeden Morgen wache ich auf und kann es kaum fassen, dass ich das Glück habe, mit so einem tollen Mann verheiratet zu sein. Ich habe ihn nicht verdient.« Federica lachte.
»O doch, Schätzchen.«
»Nein. Er tut alles für mich. Um nichts muss ich mich kümmern. Mrs. Hughes erledigt den Haushalt, sie schimpft sogar, wenn ich nur mal ein Foto verrücke. Sie steckt ihr Revier ein bisschen zu streng ab, aber andererseits hat sie wohl schon so lange für Torquil gesorgt, dass es mich kaum wundern sollte. Sie weiß besser als ich, was ihm gefällt.«
»Das bezweifle ich. Sie ist schließlich nicht mit ihm verheiratet.«
»Das sieht sie aber anders!«, scherzte Federica. »Ich will mich aber nicht beklagen. Ich lebe in einem wunderschönen Haus. Die meisten Männer überhäufen ihre Frauen nicht mit Kleidern und Schmuck. Torquil erfüllt mir jeden Wunsch, und ich laufe Gefahr, eine verwöhnte Prinzessin zu werden.«

»Fede, so könntest du dich nie verändern. Du bist ein liebes Mädchen, und er kann sich glücklich schätzen, dich zu haben. Alles klingt ganz wunderbar!«

»Es ist wunderbar. Aber ich vermisse euch alle«, sagte sie leise, und Toby bemerkte die Anspannung in ihrer Stimme, als würde sie einen Hilfeschrei unterdrücken. »Mir fehlen Polperro und das Meer, Spaziergänge mit Rasta auf den Klippen. Oh, Rasta fehlt mir auch, wie geht es ihm?«, fragte sie bemüht fröhlich.

»Er vermisst dich. Wir schmusen zum Trost häufig mit ihm, aber trotzdem schaut er mich immer mit seinen großen traurigen Augen, als wollte er fragen, wo du steckst.«

»Bitte, sag so etwas nicht, das macht mich traurig«, klagte sie. »Torquil gestattet mir nicht, in London einen Hund zu halten, weil er nicht überall im Haus auf Hundehaare stoßen will. Dabei ist er doch kaum zu Hause und würde es kaum merken. Aber er ist sehr stolz auf sein Haus und in jeder Hinsicht furchtbar heikel.«

»Das ist mir auch schon aufgefallen. Er kleidet sich wie ein Herzog«, sagte Toby begeistert, obwohl ein unbehagliches Gefühl ihm über den Rücken kroch.

»Erzähl mir bloß nichts über seine Kleidung.« Sie seufzte theatralisch. »Er bekommt einen Wutanfall, wenn Mrs. Hughes Knitterfalten in seinen Hemden übersieht oder seine Hosen falsch aufbügelt. Zum Glück ist er seiner Frau gegenüber nicht so aufbrausend. Na ja, wenn er eifersüchtig ist, dann schon, aber Lucia sagt, auf diese Weise zeigt er mir, wie sehr er mich liebt. Wenn er überhaupt keine Eifersucht zeigen würde, käme ich mir bestimmt vernachlässigt vor.«

»Kochst du gar nicht mehr?«, fragte Toby in Erinnerung daran, wie gern sie ihn und Julian während der Zeit ihres Zusammenlebens verwöhnt hatte.

»Nein, seit meiner Hochzeit habe ich nicht mehr gekocht. Mrs. Hughes kocht, oder wir essen auswärts. Siehst du, ich bin wirklich sehr verwöhnt.«

Toby wagte nicht zu fragen, ob sie noch Blumen in Vasen arrangierte, die Laken mit Lavendel parfümierte und das Haus mit Musik erfüllte, denn er kannte die Antwort und hätte sie nicht ertragen.
»Solange er dich nur glücklich macht«, räumte er schließlich ein. Doch als er den Hörer auflegte, belagerten ihn neue Befürchtungen. Er war nicht fähig, den Torquil, den er vor der Hochzeit kennen gelernt hatte, mit dem Torquil zu vereinbaren, den Federica ihm geschildert hatte. Irgendetwas passte da nicht zusammen.

Doch Federica war glücklich – zumindest glaubte sie das. Sie liebte ihren Mann über alles und richtete sich in ihrem Geschmack und ihren Wünschen vollkommen nach ihm, ohne es auch nur zu bemerken. Torquil verweigerte ihr nichts außer ihrer Freiheit, was sie, abgesehen von den seltenen Momenten, wenn seine besitzergreifende Art sie zu ersticken drohte, als Ausdruck seiner Liebe wertete und gern verzieh. Nur selten hinterfragte sie seine Beweggründe und Taten. Er war ihr Mann, sie hatte sich für ihn entschieden, und so überwand sie jedes Gefühl der Frustration, weil sie es nicht besser wusste. Sie war entschlossen, eine erfolgreiche Ehe zu führen. Vor allen Dingen brauchte sie Torquil. Er gab ihr Sicherheit und Liebe, und dafür opferte sie bereitwillig ihre Freiheit.
Nicht fähig, das Haus in ein wirkliches Heim zu verwandeln, weil Mrs. Hughes für alle häuslichen Fragen zuständig war, begann Federica, sich die Langeweile durch Essen zu vertreiben. Hier ein Keks, da ein Stückchen Torte, bis sie kaum noch ohne etwas Essbares in den Fingern anzutreffen war. Lucia, die es für unmöglich hielt, zu reich oder zu dünn zu sein, freute sich daran, wie ihre Freundin zunahm, und ermutigte sie noch geschickt dabei. Torquil, der dicke Frauen verabscheute, beobachtete die Veränderungen am Körper seiner Frau mit Entzücken, spiegelten sie doch die allmähliche Aufgabe ihrer Unabhängigkeit

wider. Da er nicht in der Lage war, ihre Gewichtszunahme als äußeren Ausdruck innerer Unzufriedenheit zu erkennen, empfand er sich dadurch als immer mächtiger. Die Elfenbeingöttin stürzte von ihrem Sockel. Während ihr Selbstbewusstsein langsam abnahm, wurde sie immer bedürftiger. Torquil genoss seine Macht. Sie gehörte ihm. Ohne die Absicht, boshaft zu sein, nannte er sie ›meine Venus‹ oder ›Voluptuosa‹ und ermutigte sie gleichzeitig, mehr zu essen. »Du bist nicht dick, Liebling, du bist sinnlich, und mir gefällst du so«, sagte er. Sie glaubte ihm, da er sie anscheinend noch heftiger begehrte. Schließlich war Sex sein Ausdrucksmittel, um ihr zu sagen, dass er sie liebte.

Innerhalb von zwei Jahren hatte Federica sich völlig an Torquils Wünsche angeglichen, ohne auch nur zu merken, wie sie nach und nach ihre Freiheit aufgab. Die Veränderung vollzog sich so schleichend, dass ihr nicht einmal bewusst wurde, wie unglücklich sie war. Ihrem begrenzten Verständnis nach war Torquil noch derselbe, feinfühlige Mann, den sie geheiratet hatte – es wurde nur ein bisschen schwieriger, ihn zufrieden zu stellen. Sie kaufte ihre Kleider nicht selbst, weil sie wusste, dass er sie gern für sie auswählte. Sie kaufte ihm keine Geschenke, weil sie gelernt hatte, dass er, wenn er etwas haben wollte, es sich selbst kaufte. Sie traf sich zum Mittagessen mit Lucia und wurde bald in den kleinen Kreis von Frauen aufgenommen, die wie sie selbst den ganzen Tag über nichts anderes zu tun hatten als zu essen, zu klatschen und gemeinsam einkaufen zu gehen. Und doch hatte Torquils dominante Art sie die Kunst der Täuschung gelehrt. Sie hatte gelernt, die Seife nur kurz nass zu machen, wenn sie nach der Badbenutzung in Eile war, denn sie wusste, dass Torquil kontrollieren würde, ob sie sich die Hände gewaschen hatte. Sie hatte gelernt, den Chauffeur vor Harrod's warten zu lassen, während sie einen Hinterausgang nahm und die Walton Street entlangspazierte, aus reiner Freude daran, unbeobachtet etwas zu unternehmen. Sie rief ihre Familie aus öffentlichen

Telefonzellen an und traf sich ein oder zwei Mal mit Hester im Waschraum bei Harvey Nichols. Es gelang ihr, Torquils Verhalten vor ihrer Familie zu rechtfertigen, indem sie wie ein gut ausgebildeter Papagei seine eigenen Argumente ins Feld führte.

Dann rief Sam sie an, aus heiterem Himmel.

»Tag, Fede, hier ist Sam.«

»Sam!«, rief sie überrascht aus. »Mein Gott, ich habe dich seit meiner Hochzeit nicht mehr gesehen.«

»Wie ich höre, hast du seit deiner Hochzeit kaum jemanden von der Familie gesehen«, erwiderte er. »Vermutlich hält dein Mann dich versteckt.«

»Nein, ganz und gar nicht«, antwortete sie schnippisch. »Ich bin nur so beschäftigt. Die Zeit vergeht wie im Flug.«

»Zwei Jahre?«

»Ist es wirklich schon so lange her?«, staunte sie.

»Also, wie geht es dir?«

»Gut. Sehr gut. Du wirst beeindruckt sein: Ich studiere Literatur bei einem alten Professor aus Cambridge«, berichtete sie stolz.

»Ja, ich bin tatsächlich beeindruckt. Wie heißt er?«

»Dr. Lionel ...«

»Swanborough«, fiel er ihr bewundernd ins Wort. »Du Glückspilz, er ist ein sehr gelehrter Mann. Was hast du gelesen?«

»Oh, so ziemlich alles von Zola bis García Marquez.«

»Auf Spanisch?«

»Mach dich nicht lächerlich. Mein Spanisch habe ich schon vor Jahren vergessen.« Sie lachte.

»Schade.«

»Ja, wirklich.«

»Aber er behandelt dich gut, oder?«, fragte er und stellte sich voller Abscheu Torquils glattes Gesicht vor.

»Reden wir nicht von mir. Sag, wie geht es dir?«, fragte sie.

»Ich hasse die City. Ja, ich kehre zurück nach Hause.«

»Nach Hause?«, wiederholte sie überrascht.

»Nach Polperro.«

»Was willst du da tun?«
»Schreiben.«
»Wie schön«, sagte sie und spürte insgeheim ein leises Heimweh bei dem Gedanken an die windigen Klippen und die aufgewühlte See. Seit dem letzten Weihnachtsfest war sie nicht mehr dort gewesen.
»Ja, Nuno freut sich, er sagt, ich kann sein Büro zum Schreiben benutzen.«
»Das ist eine große Ehre.« Sie seufzte und dachte an Pickthistle Manor und die goldenen Tage, die sie dort verlebt hatte. Sam bemerkte ihren versonnenen Tonfall und hätte gern gewusst, wie es ihr wirklich ging.
»O ja. Er lässt ja sonst niemanden hinein.«
»Wie alt ist Nuno?«
»Alt.«
»Das ist traurig. Er ist so einzigartig.«
»Ganz bestimmt.« Er lachte leise. »Gottes Form zerbrach, als er Nuno schuf.«
»Sag mal, warum nennst du ihn eigentlich nie Großvater?«, wollte sie wissen.
»*Nonno* ist Italienisch für Großvater, und der Name Nuno hat sich dann eingebürgert.«
»Das wollte ich schon lange wissen.«
»Nun, jetzt weißt du's.«
»Deine Schwestern sehe ich auch nicht oft.«
»Ich weiß, sie haben es mir erzählt.«
»Alles ist so hektisch.« Sie seufzte, sah sich in ihrem ordentlichen Wohnzimmer um und fühlte sich einsamer denn je.
»Ich wollte dich fragen, ob wir uns zum Mittagessen treffen können. Ich möchte dich noch einmal sehen, bevor ich in den Tiefen von Nunos Büro untertauche.«
»Oh, aber gern!«, antwortete sie begeistert. »Schaffst du es noch diese Woche?«
»Wie wäre es mit morgen?«

»Morgen ist prima.«
»Ich hole dich ab«, sagte er. »Würdest du mir bitte deine Adresse nennen?«

Als Sam Federica erblickte, die vor der Tür auf ihn wartete, fiel ihm sofort auf, wie sie sich verändert hatte. Sie trug ein elegantes Sommerkostüm in Blau mit kurzem Rock und hochhackigen Schuhen, was ihren Umfang und die schwereren Brüste erkennen ließ. Ihr Haar, zu einem Pferdeschwanz zurückgekämmt, legte ein rundes, stark geschminktes Gesicht frei. Jedem anderen wäre sie sinnlich und glamourös erschienen, Sam jedoch sah in ihr einen traurigen Clown, der unter einer dicken Farbschicht trostlos lachte. Sein Herz setzte einen Schlag aus, als sie auf ihn zukam. Am liebsten hätte er sie in die Arme genommen und zurück nach Hause gebracht, wohin sie gehörte. Doch sie küsste ihn warm, bemerkte, wie schön es sei, ihn wiederzusehen, und stieg in das wartende Taxi.
Erst als der Kaffee serviert wurde, versuchte er, behutsam ihre Fassade zu durchbrechen. »Du siehst so verändert aus, Fede. Ich habe dich kaum erkannt, als du da vor deinem Haus standst«, sagte er und blickte in ihre blauen Augen, die ihre Melancholie nicht verleugnen konnten.
»Du hast dich gar nicht verändert«, erwiderte sie und lenkte wieder einmal von sich selbst ab. »Du läufst immer noch in löchrigen Hemden und abgetragenen Hosen herum. Torquil sollte mal mit dir einkaufen gehen!« Sie lachte und ließ zwei Stückchen Zucker in ihren Kaffee fallen.
Sam jedoch lachte nicht. »Ich habe Besseres zu tun, als mich über den Zustand meiner Kleidung aufzuregen«, sagte er, und die Bitterkeit, die er ihrem Mann gegenüber empfand, schwang in seinem Tonfall mit. Er riss sich zusammen, wissend, dass er ihr Vertrauen verlor, wenn er sie verärgerte.
»Ich freue mich, dass du dich zu diesem Literaturkurs entschlossen hast«, bemerkte er. »Hoffentlich hast du auch das Fotogra-

fieren nicht aufgegeben. Es hat dich doch schon immer so begeistert.«

Federica senkte den Blick und starrte in ihre Kaffeetasse. »Ach, ich habe das Interesse am Fotografieren irgendwie verloren«, antwortete sie leise.

»Wie konntest du denn das Interesse daran verlieren? Ich glaube dir kein Wort, Fede!«, rief er aus. Die Wut stieg in ihm hoch.

»Ich habe einfach keine Zeit dazu.«

»Womit um alles in der Welt füllst du denn deinen Tag aus?«

»Ach, mit so allerhand.«

»Zum Beispiel?«

»Nun, ich muss eine Menge lesen ...« Ihre Stimme versagte. Sam ergriff über den Tisch hinweg impulsiv ihre Hand. Sie sah ihn erschrocken an, um sich dann in Panik im Raum umzuschauen, ob jemand sie beobachtete.

»Fede, du machst mir Sorgen«, sagte Sam ernst. Sein Gesicht wirkte plötzlich grau und bekümmert. Sie furchte die Stirn. Sam schüttelte langsam den Kopf und sprach dann sehr leise weiter, wobei er sie eindringlich ansah. »Bitte, Liebling, sag mir, dass es deine eigene Entscheidung war, nicht mehr zu fotografieren, dass es deine eigene Entscheidung war, Literatur zu studieren, dass es deine eigene Entscheidung war, nicht mehr nach Polperro zu kommen, uns alle aus deinem Leben auszuschließen, dich so zu kleiden und so zu schminken ...« Seine Stimme brach. »Denn wenn dein Mann dir seinen Willen aufzwingt, dann läufst du Gefahr zu ersticken. Ich werde nicht tatenlos zusehen, wie dein Wesen ins Geschirr genommen und unterdrückt wird.«

Federica sah ihn verwirrt an. Plötzlich musste sie sich ihren Ängsten stellen. Sie biss sich auf die Unterlippe. Sam beobachtete sie, versuchte, ihre Gedanken zu lesen, während sie unübersehbar abwägte, ob sie sich ihm anvertrauen sollte, wie sie es in der Vergangenheit immer getan hatte, oder ob sie eine Mauer errichten und sich ihm entziehen sollte.

Es folgte ein lastendes Schweigen. Sam drückte ihr ermutigend die Hand. »Ich frage doch nur, weil du mir viel bedeutest«, sagte er leise und lächelte sie tröstend an. Zu seiner Enttäuschung versteifte sie sich und entzog ihm die Hand.
»Sam, ich liebe Torquil«, sagte sie schließlich und fügte dann hinzu: »Und du würdest das alles sowieso nicht verstehen.«
»Ich könnte es wenigstens versuchen«, bat er, doch sie hatte sich schon abgewandt. Die Verbindung war unterbrochen. Sam war am Boden zerstört, doch ihm blieb keine andere Wahl, als um die Rechnung zu bitten und Federica nach Hause zu geleiten. Als er auf den Marmorstufen zu ihrem Haus vergeblich versuchte, noch einmal zu ihr vorzudringen, musste er sich verzweifelt eingestehen, dass er sie ein zweites Mal verloren hatte. Er fragte sich, ob er je eine weitere Chance bekommen würde.

Als Torquil an diesem Abend nach Hause kam, war er hochrot im Gesicht und wirkte gestresst.
»Liebling, du siehst erschöpft aus. Komm, ich lass dir ein schönes heißes Bad ein und hole dir einen Whisky«, schlug Federica vor und nahm ihn liebevoll in die Arme.
»Wir müssen reden«, sagte er kalt und schob sie von sich.
Sie schauderte und fühlte sich sogleich schuldig. »Worüber?«
»Du weißt ganz genau, worüber«, fuhr er sie an, stapfte in sein Büro und schenkte sich einen Drink ein.
Sie folgte ihm nervös. »Mein Mittagessen mit Sam.« Sie seufzte schicksalsergeben. Es war sinnlos, Torquil irgendetwas verheimlichen zu wollen, denn er war allwissend wie der Teufel.
»Genau. Dein Mittagessen mit Sam«, wiederholte er und schnalzte gereizt mit der Zunge. Er goss Whisky in ein Glas und trank ihn pur. »Hättest du mir davon erzählt, oder wolltest du einfach abwarten, ob du ungeschoren davonkommst?«
»Was ist denn so schlimm daran, Torquil? Er ist ein alter Freund«, wehrte sie sich.
»Das ist keine Antwort auf meine Frage«, erwiderte er zornig.

Federica schluckte schwer; Torquil war ihr so fern, dass sie ihn kaum erkannte. »Natürlich hätte ich dir davon erzählt, aber du hast mir ja gar keine Gelegenheit gelassen.«

»Du hattest gestern den ganzen Abend Zeit, darüber zu reden. Er hat dich gestern angerufen«, schrie er plötzlich und knallte wütend das Glas auf den Tisch. Federica zuckte unter seinem strengen Ton zusammen. »Du hast aber nichts gesagt«, fuhr er mit leiser, drohender Stimme fort und drehte sich zu ihr um, »weil du keine ehrenhaften Absichten hattest.«

Federicas Kinn zitterte im Kampf gegen die Tränen. Zum ersten Mal in ihrer Ehe war sie außer sich vor Angst. »Ich habe nichts gesagt, weil ich wusste, dass du mich nicht gehen lassen würdest«, sagte sie heiser. »Und ich wollte so gern gehen.«

»Du hast mich also angelogen?« Er musterte sie aus schmalen Augen. »Meine eigene Frau hat mich angelogen?« Er schüttelte den Kopf. »Ich kann nicht einmal meiner eigenen Frau vertrauen.«

»Ich wusste, dass du Nein sagen würdest«, erklärte sie und konnte das Stöhnen nicht unterdrücken, das tief aus ihrer Brust aufstieg. »Ich habe meine Freunde seit Jahren nicht gesehen, und sie fehlen mir.«

»Fede, ich bin nicht dein Kerkermeister«, sagte er in etwas sanfterem Ton. »Meine Forderungen haben immer einen Sinn. Versetz dich mal in meine Lage. Wie würdest du dich fühlen, wenn ich mich mit einer alten Freundin zum Essen treffen und dir nichts davon sagen würde?«

Sie schluckte. »Ich wäre wahrscheinlich eifersüchtig.« Torquil fand für alles stets das überzeugende Argument.

»Lass es dir an Hand eines Vergleichs erklären«, sagte er, setzte sich neben sie und ergriff ihre Hand. Torquil liebte es, Vergleiche zu erfinden, um seine Ansicht zu verdeutlichen. »Ein Porno-Video, zum Beispiel«, setzte er an. Sie sah ihn fragend an. »Nein, hör zu. Wenn ein Porno-Video im Rekorder steckt, ist es ganz einfach, ihn einzuschalten und mal einen Blick hineinzuwerfen. Wenn du aber den ganzen Weg bis zur Videothek gehen musst, riskierst, von jemandem gesehen zu werden, dich der Peinlichkeit aussetzen musst, nach so einem Film zu fragen, dafür zu bezahlen, um dann nach Hause zu schleichen und ihn anzusehen, dann ist die Wahrscheinlichkeit, dass du es tust, geringer. Verstehst du?«

»Willst du damit sagen, dass ich dadurch, dass ich mit Sam essen gehe, Gefahr laufe, mich auf eine Affäre einzulassen?«

»Ganz genau.«

»Aber, Torquil«, widersprach sie heftig. »Das ist doch Wahnsinn. Er ist wie ein Bruder für mich.«

»Aber er ist nicht dein Bruder«, entgegnete er scharf.

»Eine Affäre mit ihm ist für mich genauso wahrscheinlich wie eine Affäre mit Hal.«

»Es ist ganz logisch. Ich will nicht, dass meine Frau enge Männerfreundschaften pflegt. Das ist gefährlich, glaub mir. Ich habe mehr Erfahrungen als du, du bist sehr naiv, meine Kleine«, sagte er und streichelte ihre Wange. »Ich liebe dich. Ich bete dich an. Ich will dich nicht verlieren. Wirklich, ich würde alles tun, um dich nicht zu verlieren. Alles.«

Federica schauderte und wartete voller Angst.

»Als ich gesagt habe, dass ich dich fürs ganze Leben liebe, war es mir sehr ernst. Meine Forderungen mögen dir merkwürdig erscheinen, doch sie dienen dazu, unsere Ehe zu schützen. Es geschieht zu deinem und meinem Besten«, erklärte er. Er neigte sich vor und küsste sie. Doch Federica mochte sich nicht küssen lassen; sie war verwirrt. Er nahm ihre Hand. »Komm nach oben. Ich hasse es, mit dir zu streiten. Wir wollen uns wieder vertragen.«

»Torquil, bitte«, wehrte sie mit dünner, kaum hörbarer Stimme ab.

Er schien ihre Tränen nicht zu bemerken. »Lass mich dir zeigen, warum du keine Männerfreundschaften brauchst. Sie können dir nicht geben, was ich dir gebe. Komm, meine Kleine, überzeuge mich, dass du nicht böse auf mich bist.«

Widerwillig ließ sie es geschehen, dass er ihre Hose aufknöpfte und sie ihr auszog. In Hemd und Slip lag sie auf dem Bett und versuchte, ihr Schluchzen zu unterdrücken. Er schloss die Vorhänge, stöpselte das Telefon aus und legte eine Pink-Floyd-CD ein. Dann dämpfte er das Licht. »Weine nicht, mein Liebling, wir vertragen uns jetzt wieder«, tröstete er und küsste sie auf die Stirn. »Ich werde dir die Augen zubinden«, fügte er langsam hinzu.

»Ach, Torquil, ich ...«

»Psst«, flüsterte er und legte ihr einen Finger auf die Lippen. Dann schob er ihn zwischen ihre Lippen und strich über ihren Gaumen. Innerlich krümmte sie sich vor Abscheu.

Torquil zog ein Seidentuch aus seiner Nachttischschublade und verband ihr die Augen. Sie schloss die Augen vor der Schwärze und fragte sich, wo er war und was er tat. Schließlich spürte sie, wie er ihr das Hemd aufknöpfte und öffnete, wie er den Verschluss ihres BHs löste. Als er mit einer langen weißen Feder über ihre Haut strich, mit der Zunge zwischen ihre Zehen fuhr und perverse Lust daraus zog, in sie einzudringen, obwohl sie noch den Slip trug, spürte sie nichts und erstickte ihr Schluchzen.

Sie wollte ihn anschreien, er solle ganz normal mit ihr schlafen. Dann wurde ihr plötzlich klar, dass er sie immer ohne Liebe genommen hatte, und ein eisiger Schauer lief über ihre Haut und machte sie wehrlos. Doch Torquil bemerkte es nicht, er mochte es, wenn sie still hielt. In diesem Augenblick fasste der Samen, den Sam gelegt hatte, vorsichtig Wurzeln und begann zu keimen. Zum ersten Mal in ihrer Ehe gestattete sie sich Zweifel. Doch nachdem sie dem ersten Zweifel nachgegeben hatte, konnte sie den Ansturm von Fragen nicht mehr aufhalten, der wie schwarzer Rauch in ihre Gedanken eindrang.

Federica stand auf und begann, in ihrem Schrank zu suchen. Ganz hinten, im tiefsten Winkel, wo Torquils pedantische Hände es nicht hatten aufspüren können, um es dann wegzuwerfen, stand das Schmetterlingskästchen. Federica setzte sich auf den Boden, nahm das Kästchen auf die Knie und öffnete es. Mit unsicherer Hand las sie noch einmal sämtliche Briefe ihres Vaters, einen nach dem anderen, fand die Vergangenheit wieder in jedem zärtlichen Wort, bis ihre Tränen noch eine weitere Schicht von Schmerz auf das Papier regneten. Dann blickte sie ins Leere und suchte Trost in den Erinnerungen, die sie dort fand.

Fünfunddreissig

Herbst 1998

Die folgenden zwei Sommer vergingen in einem Wirbel von Partys, zähen Damenkränzchen und endlosen Besuchen beim Frauenarzt, weil Federica nicht schwanger wurde und Torquil sicher war, dass etwas mit ihr nicht stimmte. Nach Meinung des Arztes war sie vollkommen gesund. »Lassen Sie sich Zeit; Sie versuchen es ja erst seit ein paar Jahren und sind erst zweiundzwanzig«, sagte der Arzt milde. »Vielleicht wünschen Sie sich die Schwangerschaft zu krampfhaft. Versuchen Sie, sich zu entspannen.«

Torquil verstand es als persönliche Beleidigung seiner Männlichkeit, dass Federica nicht auf Anhieb schwanger geworden war. »Ein Mann kann seine Frau kaum öfter lieben, als ich es tue«, beschwerte er sich. »Und du bist üppig genug, um als Fruchtbarkeitssymbol gelten zu können.«

Federica war gekränkt. Einsam zu Hause vor dem Kamin arbeitete sie Zeitschriften und Dr. Lionel Swanboroughs Bücherliste durch und knabberte Panettone und Schokoladenwaffeln. Torquil nahm sie, wann immer er einen Moment Zeit hatte, hob ihren Rock, drückte sie herab und injizierte ihr seine Potenz. Wenn er sich dann zurückzog, tätschelte er ihre Kehrseite. »Das wird reichen, Kleine«, sagte er zuversichtlich, während Federica seinen Anweisungen folgend sich für eine halbe Stunde mit höher gelagerten Füßen aufs Bett legte, um sein Sperma im Kampf gegen die Schwerkraft zu unterstützen.

Federica wünschte sich verzweifelt ein Kind, allerdings nicht aus den richtigen Gründen. Sie fühlte sich eigentlich zu jung, um sich von so einer schweren Verantwortung fesseln zu lassen, doch sie wollte ihrem Mann die Freude machen. Monat für Monat war ihre Regel begleitet von heißen Tränen der Enttäuschung und der schmerzlichen Pflicht, ihr Versagen zu gestehen. Als sie vorschlug, Torquil möge seinerseits einen Arzt aufsuchen und sich untersuchen lassen, erwiderte er, dass bei ihm in der Hinsicht alles in bester Ordnung sei. Das Problem läge wohl eher bei ihr.

Die kalten, melancholischen Oktoberwinde heulten draußen, und Federica suchte Trost in ihren Büchern, ihrer Schokolade und ihren Erinnerungen.

Dann starb Nuno.

Unter diesen besonderen Umständen erlaubte Torquil Federica, dass sie sich zum Begräbnis vom Chauffeur nach Polperro fahren ließ. »Aber ich verlange, dass du vor Anbruch der Nacht zurück bist«, sagte er. Auf Federicas Erklärung hin, dass das schlicht unmöglich sei, weil die Fahrt nach Polperro viele Stunden dauere, gab er widerstrebend nach und gestattete ihr, über Nacht zu bleiben.

»Du wirst mir fehlen, Kleine«, sagte er und nahm sie in die Arme. »Ich brauche dich an meiner Seite.«

Federica war tief betrübt über Nunos Tod, doch ihre Freude über die Heimkehr nach Polperro überstrahlte ihre Traurigkeit. Sie sehnte sich mit einer solchen Intensität nach diesem Tag, dass sie alle Vorsicht über Bord warf und ihre Mutter und Toby täglich von einer Telefonzelle aus anrief, um ihren Besuch zu besprechen. Es gelang ihr sogar, Sex mit Torquil zu umgehen, mit der Begründung, dass sie einfach zu traurig sei.

Die Begräbniszeremonie fand in der kleinen Dorfkirche statt. Die Trauergäste, die drinnen keinen Platz mehr fanden, standen draußen auf dem laubbedeckten Weg und zogen zum Schutz vor der Kälte die Mäntel fester um sich, die Hüte tiefer ins Gesicht. Ingrid trug einen schwarzen Hut mit dichtem Schleier, damit man sie nicht weinen sah. Inigo half ihr mit gesenktem Kopf und roten Augen den Mittelgang entlang. »Jetzt sind wir an die Spitze aufgerückt«, sagte er trübsinnig, als sie nebeneinander in der ersten Bankreihe Platz nahmen.

»Ich weiß nicht, wie es dir geht, Liebling, aber ich werde als wunderschöner Vogel wiedergeboren. Du wirst sehen«, antwortete sie und klemmte sich das Monokel ins Auge, um den Text der Liturgie lesen zu können. Inigo grübelte während der gesamten Zeremonie über Reinkarnationstheorien nach.

Molly und Hester saßen da und wischten sich die tränennassen Gesichter, während Sam starr auf den Sarg blickte. Er dachte an seinen geliebten Großvater, und seine Augen wurden feucht.

Federica kam mit Verspätung. Sie hatte vor Hilflosigkeit geweint, als ein defekter Lastwagen sie über eine Stunde in einem Stau festsetzte. Schwitzend huschte sie den Gang entlang, als Reverend Boyble gerade feierlich seinen Platz am Altar einnahm. Federica zwängte sich in die Bankreihe zu Toby und Julian, der ihr liebevoll den Arm drückte, glücklich, sie zu sehen. Reverend Boyble räusperte sich und wartete darauf, dass Federica Platz nahm.

»Niemand wird Nuno je vergessen«, begann er. »Er war eines der Originale des Lebens, ein seltener Lichtstrahl, der uns alle beschien. Dieses Licht wird uns bitter fehlen. Doch nun strahlt es bei Gott. Lasset uns Gott danken für das Leben unseres lieben Freundes Nuno, der jedem von uns so viel gegeben hat.«

Ingrid schluchzte leise, ihre Schultern bebten unter der Anstrengung, sich zusammenzureißen. Sam starrte immer noch wie in Trance auf den Sarg.

Federica wandte sich um und begrüßte stumm ihre Familie. Alle starrten sie an, als käme sie von einem anderen Stern. Wie sie sich verändert hatte!

»Sie ist unglücklich, ich weiß es ganz sicher«, flüsterte Polly ihrem Mann zu. Jake nickte seufzend. »Sie hat zugenommen. Sie ist kein kräftig gebautes Mädchen. Das hat der Kummer aus ihr gemacht«, setzte sie hinzu und informierte leise auch Helena, die neben Jake saß, über ihre Einschätzung. Toby nahm Federicas Hand, und plötzlich überkam sie ein überwältigendes Verlustgefühl. Nicht nur wegen Nuno, sondern auch wegen aller anderen. Sie hatte Polperro in den vergangenen Jahren verloren, und jetzt, da sie wieder dort war, wollte sie es mit aller Macht halten. Doch das ging nicht. Torquil wollte sie am nächsten Tag zurückhaben.

Sam schritt feierlich zur Kanzel, um die Totenrede zu halten. Er hatte seine Manschetten nicht zugeknöpft, und sie flatterten wie weiße Tauben an seinen Handgelenken. Federica musterte ihn. Seit ihrer letzten Begegnung hatte sein Haar sich stark gelichtet. Er hatte nun eine deutliche Stirnglatze, und auch auf dem Kopf war es spärlicher geworden. Er hob das graue Gesicht und fasste die Gemeinde ins Auge. Notizen brauchte er nicht, denn er hatte seine Rede gar nicht vorbereitet. Er setzte die Brille ab, holte tief Luft, als müsste er seine Gefühle bändigen, und begann dann mit fester, klarer Stimme zu reden.

»Nuno war mein bester, geliebtester Freund«, hub er an. »Er hat mich alles gelehrt, was ich heute weiß, und ich verdanke ihm, was ich heute bin.« Dann heftete er den Blick seiner grauen Augen auf Federica und zitierte aus *Der Prophet.* »›Und bewahre das Beste für deinen Freund‹«, sagte er langsam, beinahe theatralisch. »›Wenn er die Ebbe deiner Gezeiten kennen soll, lasse ihn auch die Flut erfahren. Denn was ist dein Freund, dass du ihn aufsuchen solltest mit totzuschlagender Zeit? Suche ihn stets auf mit Zeit zu leben. Denn es dient dazu, deine Bedürfnisse zu erfüllen, nicht aber deine Leere.‹«

Federica senkte den Blick nicht, sondern sah Sam fest in die Augen. Mitleid und Schmerz würgten sie. Sehnsuchtsvoll erinnerte sie sich der gemeinsam verbrachten Momente in der Vergangenheit. Es waren besondere Momente voll großer Zärtlichkeit gewesen. Dann, als sie versuchte, sie festzuhalten, lösten sie sich wie Nebel vor ihren Augen auf, und zurück blieben nur die

Trübsal der Gegenwart und Sams kummervolles, vom Licht Gottes beschienenes Gesicht.
»Ich habe Nuno stets mit Zeit zum Leben aufgesucht«, fuhr er tapfer fort. »Er befriedigte meinen Wissensdrang und mein Bedürfnis nach Weisheit. Er erfüllte auch mein Bedürfnis, mich selbst besser zu verstehen, und lehrte mich, nicht zu erwarten, dass andere mich verstehen oder bewundern. Ihn haben die anderen nie verstanden, und das verlieh ihm große Freiheit, denn er blieb immer er selbst. Mir werden seine weitschweifigen Zitate fehlen, seine Pedanterie, sein falscher italienischer Akzent und sein trockener, respektloser Humor. Am meisten aber wird mir seine Weisheit fehlen, denn ohne sie bin ich verloren. Alles, was mir jetzt bleibt, sind die Worte, die er mich in der Vergangenheit gelehrt hat, und die ich mir in meiner Erinnerung wiederholen werde, im Bemühen, ein besseres Leben zu führen.«
Federica lauschte seinen Worten, die ungeordnet und ungehemmt von seinen Lippen fielen und aus ehrlichem Herzen kamen. Er sprach lange und ausführlich, stützte sich auf die Kante der Kanzel auf, sei es, weil er müde war, sei es, dass er eine Stütze brauchte. Er löste den Blick lediglich von Federica, um ihn auf den Sarg zu richten, als spräche er Nuno selbst an.
Als er geendet hatte, rührte sich niemand, gab niemand einen Ton von sich. Das Einzige, was zu hören war, waren Sams Schritte, als er langsam zurück zu seinem Platz ging.

Auf dem kleinen Friedhof vor der Kirche wurde Nunos Sarg in die Erde gesenkt. Die Familie und die engsten Freunde standen in der Kälte und sahen zu, wie Nuno seine letzte Reise antrat. Zurück in die Erde, wo alles begonnen hatte. »Wie ist er gestorben?«, flüsterte Federica Julian zu, der ernst und feierlich neben ihr stand.
»Er wusste anscheinend, dass er sterben würde«, erwiderte er, indem er sich herabbeugte und leise in ihr Ohr sprach. »Es war Dienstagnachmittag, und er gab erst Ingrid, dann Inigo einen

Abschiedskuss, ging in sein Büro und schlief in seinem Ledersessel sanft ein, während er Balzac las.« Federica zog die Brauen hoch. »Ingrid und Inigo hatten geglaubt, er würde sich zur Siesta zurückziehen; ihnen war nicht klar, dass er wirklich *Adieu* gesagt hatte.«

»Undurchschaubar bis zum Letzten«, sagte sie und fing Sams traurigen, hinter seinen Brillengläsern versteckten Blick auf. Er beobachtete sie, sah sie aber gar nicht. »Sam verwindet es sehr schwer«, fügte sie hinzu und lächelte ihm mitfühlend zu.

Doch der Kummer hatte seinen Blick getrübt. Er nahm überhaupt nichts wahr. Er drehte sich um und ging mit seiner Familie zu den wartenden Autos. Alle Trauergäste machten sich auf den Weg nach Pickthistle Manor.

Federica nahm Julian und Hal in ihrem vom Chauffeur gesteuerten Wagen mit. Hal war beeindruckt, Julian nicht. »Warum machst du nicht selbst den Führerschein, Fede?«, fragte er.

»Das habe ich nicht nötig.«

»Natürlich hast du es nötig, es ist eine Frage der Unabhängigkeit.« Federica beäugte ihn nervös und wies mit einer Kopfbewegung auf den Chauffeur. Julian zog die Brauen hoch. Federica wusste, dass Paul Torquil jede Kleinigkeit weitersagte.

»Ich finde es cool, einen Chauffeur zu haben«, bemerkte Hal. »Und ein tolles Auto. Du hast eine gute Partie gemacht, Fede.«

Julian sah, wie Federica ihrem Bruder zulächelte. Doch er ahnte das Unbehagen hinter dem Lächeln, denn ihre Augen waren trüb. Er nahm ihre Hand und drückte sie mitfühlend, doch Federica erwiderte den Druck nur unverbindlich, als wollte sie ihren Schmerz nicht preisgeben.

In Pickthistle Manor lockerte sich die Stimmung im Vergleich zu der Schwere, die wie unsichtbarer Nebel in der Kirche gehangen hatte. So wie der Wein seine Wirkung tat, schüttelten alle ihren Kummer ab, und Ingrid forderte die Gäste auf, Nunos Leben zu feiern, nicht zu betrauern. Das Wohnzimmer war bald

von Rauch, Alkoholdunst und der Körperwärme der zahlreichen Freunde Nunos erfüllt. Als Lucien einen Igel anschleppte, den er auf der Zufahrt gefunden hatte, brach Ingrid in Erinnerung an Nunos Abneigung gegen flohverseuchte Tiere in Tränen aus und stürzte ein halbes Glas Wodka hinunter.
Helena umarmte ihre Tochter und bewunderte ihr Designerkostüm. Dann setzte sie zu einem der üblichen Monologe über Hal an. »Im Augenblick ist er nicht sehr gut in der Schule«, erklärte sie pathetisch. »Wir werden durch die Abschlussprüfung fallen. Wir haben den Verstand, weigern uns aber, ihn zu benutzen.« Sie seufzte hilflos. »Zur Zeit durchleben wir eine besonders schwierige Phase. Wir haben das Herz zwar auf dem rechten Fleck, sind momentan nur ein bisschen fehlgeleitet.«
Federicas Aufmerksamkeit schweifte ab, wie immer, wenn ihre Mutter über Hal faselte. Sie war erleichtert, als Jake sich einmischte und von seinem Enkel ablenkte. »Hal ist in Ordnung, Helena. Das Problem ist nur, dass du ihn nicht loslässt«, bemerkte er weise.
»Er braucht seine Mutter, Dad«, entgegnete sie gekränkt. »Mir ist es gleich, was ihr sagt. Ich lasse ihn nicht stolpern, wenn ich ihm doch einen Halt geben kann.«

Molly war so gekränkt wegen Federicas Unbeständigkeit, dass sie sie nicht einmal grüßte. Sie beobachtete sie in der Menge, in ihrem perfekten schwarzen Kostüm, ihren perfekten schwarzen Schuhen, mit dem perfekten schwarzen Täschchen und dem perfekten schwarzen Hut, kehrte ihr den Rücken zu und entfernte sich in die entgegengesetzte Richtung. Doch Hester blieb und umarmte die Freundin mit der treuen Zuneigung, die sie schon während ihrer gemeinsamen Kindheit an den Tag gelegt hatte. »Du siehst gut aus«, sagte sie freundlich, bemerkte aber durchaus ihre aufgeschwemmte Figur und den blassen Teint und fragte sich nach der Ursache.
»Mir geht's auch gut«, erwiderte Federica.

»Und Torquil?«, fragte Hester, gespannt darauf, ob Federica sich ihr öffnen würde wie damals in ihrer geheimen Höhle. Sie wurde jedoch enttäuscht.

»Er ist traumhaft«, antwortete sie begeistert. »Wenn er heute doch auch hier wäre! Ich mag niemals von ihm getrennt sein, nicht einmal für eine Minute.«

»Wie schön«, bemerkte Hester tonlos. »Toll, dass du die Liebe deines Lebens gefunden hast. Ich suche noch.«

»Es gibt noch keinen Mann in deinem Leben?«

»Keinen einzigen. Da draußen ist eine Wüste.« Sie seufzte. »Molly hat den Hang, Bauarbeiter abzuschleppen«, fügte sie dann hinzu, um das Gespräch aufzulockern. »Auf Baustellen ist sie am glücklichsten.«

»Typisch Molly. Ich kann froh sein, dass Torquil mich so früh gefunden hat. Aber du bist noch jung, du brauchst jetzt noch keinen Mann zu finden. Genieße deine Freiheit, solange du sie noch hast.«

»Du hast Recht. Ich werde die Augen nach einem zweiten Torquil offen halten. Er hat nicht zufällig ein paar gut aussehende Freunde?« Sie lachten beide, doch es klang nicht echt.

»Sam geht es schlecht.« Federica sah zu ihm hinüber. Sam unterhielt sich ernst mit seinem Vater.

»Ja, er ist völlig fertig«, bestätigte Hester. »Seine Abschiedsrede war gut, nicht wahr?«

»Er ist unglaublich begabt.«

»Ich weiß. Und ich bin stolz auf ihn.« Sie seufzte. Dann berührte sie Federicas Arm und sah sie beschwörend an. »Geh zu ihm, sprich mit ihm. Er braucht Aufmunterung.«

»Sam, mein herzliches Beileid«, sagte Federica, als Inigo sich in den Schutz seines Büros zurückgezogen hatte.

»Federica.« Er küsste sie. »Ich freue mich, dass du kommen konntest. Wir wussten schon fast nicht mehr, wie du aussiehst.« Federica lächelte verlegen und dachte an ihre letzte Begegnung.

»Lass uns rausgehen, ich ersticke hier drinnen«, schlug er vor und führte sie den Flur entlang zu Nunos Büro. Drinnen schloss er dir Tür, und das Stimmengesumm verstummte. »Man kann verstehen, warum Nuno sich so gern hier aufhielt. Es ist so still«, sagte er und nahm in dem abgenutzten Sessel seines Großvaters Platz. Federica setzte sich aufs Sofa, darauf bedacht, den schadhaften Stellen auszuweichen, aus denen die weiße Schaumstofffüllung quoll. Sie zog anmutig die Beine unter sich. »Ich rieche ihn noch«, fuhr Sam fort. »Dieser hier ist der einzige Raum im ganzen Haus, in dem er buchstäblich gegenwärtig ist, selbst jetzt noch. Wenn ich hier eintrete, habe ich das Gefühl, er lebt noch und kommt jeden Moment zur Tür herein, um mich beim Stöbern in seiner Erotikabteilung zu erwischen.«

»Soll das heißen, Nuno hatte eine Erotikabteilung?« Federica lachte ungläubig.

»Aber ja. Nuno hatte viel übrig für erotische Literatur«, erklärte Sam. »Aber die Praxis lag ihm weniger.«

»Er muss es mindestens einmal getan haben, um Ingrid zu zeugen.«

»Einmal. Dann hatte er für immer damit abgeschlossen.«

»Tatsächlich?«, rief sie aus und senkte den Blick, weil Sam sie ansah und sie verunsicherte. »Er war so ein wunderbar vielschichtiger Mensch«, seufzte sie, um das Thema zu wechseln. »Ich kann mich glücklich schätzen, ihn gekannt zu haben.«

»Ja, das können wir alle.« Er stand auf und kramte in den Papieren auf Nunos Schreibtisch. »Wie kommt es, dass Torquil dich herkommen ließ?«

»Er würde mich doch nicht daran hindern, an Nunos Begräbnis teilzunehmen«, erwiderte sie kühl und hoffte, er würde nicht wiederholen, was er bei ihrem gemeinsamen Mittagessen gesagt hatte.

»Seit deiner Hochzeit bist du kaum noch hier gewesen.«

»Ich weiß.«

»Wahrscheinlich sorgt dieser zeitaufwendige Literaturkurs immer noch für Hektik?«

»Ich belege auch noch andere Kurse«, entgegnete sie. »Sie beanspruchen den größten Teil meiner Zeit.«
»Fede«, sagte er, warf sich in Nunos Schreibtischstuhl und leerte sein Glas. »Du liebst Polperro. Du willst doch nicht behaupten, dass du kein Heimweh hast?«
»Natürlich habe ich manchmal Heimweh, aber Torquils Leben ist ganz anders, wir gehen völlig anderen Beschäftigungen nach.«
»Und deshalb besuchst du deine Familie nicht mehr? Die Familie war früher dein Ein und Alles.«
Federica fühlte sich in die Enge getrieben. Dieser plötzliche Angriff auf den Lebensstil, für den sie sich entschieden hatte, behagte ihr nicht. »Die Familie bedeutet mir nach wie vor alles, Sam, aber jetzt bin ich verheiratet«, wandte sie gepresst ein. »Das Leben verändert sich. Ich möchte nicht schon wieder darüber reden.«
»Du bist verheiratet, aber glücklich bist du nicht«, sagte er, ohne den Blick von ihr zu lösen.
Federica erstarrte. Gut, sie hatte zugenommen. Na und? »Woher willst du wissen, dass ich nicht glücklich bin? Du beurteilst mich nach deinen eigenen Kriterien«, wehrte sie sich. »Aber ich hätte keine Lust, hier herumzusitzen und Bücher zu schreiben.«
»Du würdest gern hier herumsitzen und fotografieren.«
»Also wirklich!« Sie lachte. »Das ist lange her, wie ich schon sagte. Ich liebe London. Ich möchte nirgendwo anders leben.« Sie sah in Sams gequältes Gesicht und fragte sich, wieso er sich eigentlich Gedanken darüber machte.
»Du lebst in einem wunderschönen Schaufenster. Aber dahinter ist nichts, Fede. Schon vor zwei Jahren habe ich mir Sorgen gemacht, und jetzt ist es noch schlimmer geworden.«
»Du liebe Zeit, Sam, das ist doch lächerlich. Was geht dich das an?«
Er stand auf und trat ans Fenster. »Du bist eine gute Freundin«, sagte er leise und blickte in den nassen Garten hinaus.

»Weil du mich einmal in der Scheune geküsst hat.«
»Weil ich dich einmal in der Scheune geküsst habe«, wiederholte er mit einem bitteren Lachen. Er hätte gern hinzugefügt: Und weil ich dich gehen ließ, anstatt dich festzuhalten.
»Es bedeutet mir viel, Fede, weil ich dich hier habe aufwachsen sehen. Du bist Teil meiner Familie. Von dem Augenblick an, als ich dich aus dem See zog, bis zu den Zeiten, als du an meiner Schulter geweint hast, war ich immer wie ein älterer Bruder für dich. Du bedeutest mir viel. Herrgott, Federica, schau dich doch an!« Er drehte sich um und musterte sie mit seinen grauen Augen, das graue Gesicht verzerrt vor Qual. Federicas Brust schnürte sich zusammen; sie schluckte ihr Selbstmitleid hinunter. »Liebling, du bist nicht mehr du selbst. Er modelt dich um. Die Fede, die ich kenne, trägt keine Designerkostüme mit passendem Täschchen. Die Fede, die ich kenne, schlägt nicht die Beine übereinander, als wäre sie die Queen. Die Fede, die ich kenne, lächelt nicht so herablassend. Die lächelt mit ihren Augen, tief aus den Augen heraus. Die ist wie ein schöner Schwan auf dem See, aber dieser Mann, den sie geheiratet hat, der zieht sie unter Wasser.«
Sie sahen einander an und wussten nicht, wie es jetzt weitergehen sollte. Sam betrachtete sie verloren und bekämpfte den Drang, sie in die Arme zu nehmen und noch einmal zu küssen. Doch dieses Mal würde er nicht aufhören, er würde den Kuss ausdehnen bis in alle Ewigkeit.
Federicas Haut prickelte unangenehm. Sie blickte Sam verwirrt an, während der Mensch, der sie war, mit dem Menschen kämpfte, der aus ihr gemacht worden war. Schließlich drang doch eine dicke Träne durch ihre Mauer der Beherrschung, und ihr wurde klar, dass sie nicht mehr wusste, wer sie eigentlich war.
»Mir geht es gut«, sagte sie schließlich kalt. »Mir geht es gut, und ich bin glücklich. Du bist nur so aufgewühlt, weil dein Großvater gestorben ist«, stammelte sie und stand auf. »Ich bin es auch. Ich liebe Torquil, und er liebt mich. Ich glaube nicht, dass du das

Recht hast, mich zu kritisieren«, verteidigte sie sich, bevor sie den Raum verließ.

Sam drehte sich um und blickte trübsinnig auf den See hinaus. Der Himmel hing voll niedriger grauer Wolken, der Wind trieb einen Nieselregen vor sich her. Ein paar braune Blätter tanzten auf dem Pflaster vor dem Fenster. Wie Federica, dachte Sam, die nach dem Willen einer Macht, die bedeutend stärker ist als sie, tanzen muss. Er dachte an das scheue, befangene Kind, das mit Hester in den Höhlen gespielt und am Lagerfeuer Marshmallows geröstet hatte. Damals hatte er sie nicht wahrgenommen. Und die unbeholfene Halbwüchsige, die anfing zu stottern, sobald sie mit ihm sprach, und in ihrer ersten zarten Verliebtheit errötete, auch die hatte er nicht wahrgenommen. Er konnte sich nicht genau erinnern, wann er sie zum ersten Mal wirklich wahrgenommen hatte. Offenbar hatte sich das Gefühl völlig unbemerkt in sein Herz geschlichen, weil plötzlich seine Eifersucht geweckt wurde und die überraschende Macht seiner Gefühle ihn verblüffte.

Er hatte hilflos zusehen müssen, wie sie Torquil heiratete. Die Zeichen waren von Anfang an wie in großen Neonbuchstaben deutlich lesbar da gewesen, doch niemand hatte versucht, sie Federica erkennbar zu machen. Er erinnerte sich an Nunos weise Worte: »Man kann den Menschen Wissen beibringen, aber Weisheit, mein lieber Junge, erwirbt man durch Erfahrung.« Bisher hatte Federica nichts gelernt. Wie viel tiefer musste sie noch sinken, bis sie zu Selbsterkenntnis und innerer Stärke gelangte? Sam ließ sich in Nunos Ledersessel fallen und konzentrierte sich auf die Suche nach einem Weg, ihr zu helfen.

Federica kehrte ins Wohnzimmer zurück und bemühte sich, das merkwürdige Gespräch mit Sam zu vergessen. Sie zwang sich zu lächeln und tat ihr Bestes, um zuzuhören, was die Leute redeten. Doch Sams Worte hallten in ihren Ohren nach, und sosehr sie sich auch anstrengte, sie zu ignorieren, wusste sie tief im Herzen doch, dass er Recht hatte. Sie war nicht glücklich.

Der Chauffeur brachte sie zu Tobys und Julians Häuschen, wo sie übernachten wollte. Rasta saß neben ihrem Sessel, den alternden weißen Kopf auf ihren Schoß gelegt und blickte während des gesamten Abendessens anbetend zu ihr auf. Helena, Arthur und Hal kamen hinzu, und sie redeten bis tief in die Nacht. Als Federica unter die Bettdecke kroch, dachte sie über das Familientreffen nach. Es war genauso wie in alten Zeiten gewesen. Das Häuschen hatte sich nicht verändert. Der feuchte Duft des Meeres, vermischt mit dem Modergeruch des Herbstes hatte ihre Sinne durchdrungen und Heimweh nach den unbeschwerten Tagen ihrer Kindheit geweckt. Sie hatten in Erinnerungen geschwelgt, hatten über die alten, abgenutzten Geschichten gelacht, die schon zur Familienlegende geworden waren. Selbst Hal hatte seine Pubertätsbeschwerden zurückgelassen und begeistert mitgehalten. Helena war glücklich, weil Hal glücklich war, und Federica, weil sie sich selbst wieder spürte.

Doch niemandem war ihre Veränderung entgangen, und alle sorgten sich um sie.

Als sie am nächsten Morgen aus Polperro aufbrach, wollte das Heimweh sie erdrücken. Ihr grauste vor der Rückkehr nach London, zu der monotonen Aneinanderreihung von Dinner- und Cocktailpartys, Damenkränzchen und Einkaufsbummeln, und sie schauderte bei dem Gedanken an Torquils unablässige Versuche, sie zu schwängern. Sie senkte den Blick auf ihre Krokohandtasche und die manikürten Fingernägel und seufzte. Welchen Sinn hatte das alles?

Toby blickte Federica nach und hätte gern gewusst, wann er sie wiedersehen würde. Aus Monaten wurden Jahre, und sie entfernte sich langsam von ihnen. Ein kleines Floß, das den starken Strömungen eines riesigen Meeres von Enttäuschungen kaum standhalten konnte. Ihre Ehe war nicht das, was sie sich

erträumt, was ihre Familie ihr gewünscht hatte. Toby fand sich damit ab, dass er sie verlieren würde.
»Fede zu sehen, macht mich furchtbar traurig«, sagte er zu Helena.
»Oh, ihr fehlt doch nichts. Wir alle haben unsere Glanz- und Tiefpunkte«, erwiderte sie, zu beschäftigt mit dem traurigen Zustand ihrer Ehe, um sich lange um den ihrer Tochter zu bekümmern. »Torquil liebt sie«, setzte sie hinzu, um nicht so egoistisch zu erscheinen. »Es wird schon alles gut werden.«
»Dessen bin ich nicht so sicher«, entgegnete er trübe und ging zurück ins Haus.
Helena ärgerte sich. Alle redeten ständig nur über Federica. Wie unglücklich sie aussah. Wie sehr sie zugenommen hatte. Wie ihre Ehe wohl im Begriff war zu scheitern. Von den Applebys bis zu den Leuten aus dem Dorf wusste keiner was anderes zu sagen. Als Arthur dann noch seine Meinung zu den vielen anderen hinzufügte, riss Helena der Geduldsfaden. »Um Gottes willen, Arthur. Was weißt du schon über ihre Ehe? Du redest ja nicht einmal mit ihr. Ich verstehe nicht, wie es dir da plötzlich gelungen sein soll, in ihre ureigene Welt vorzudringen«, fuhr sie ihn hitzig an. Arthurs Geduld war allmählich durch ihre permanent schlechte Laune überstrapaziert. Sie schien angesichts theatralischer Streitereien aufzuleben. Wenn es keinen Grund zum Streiten gab, erfand sie einen, war glücklicher, wenn sie in Selbstmitleid schwimmen konnte, als wenn sie versucht hätte, einen Weg aus ihrer düsteren Selbstzerstörung herauszufinden.
»Jetzt hör mal zu, Helena. Mag sein, dass Federica mich aus nahe liegenden Gründen nicht sonderlich mag, aber ich habe sie heranwachsen sehen, und ihr Wohl liegt mir sehr am Herzen.«
»Mir auch«, gab sie zurück. »Sie ist meine Tochter, nicht deine.«
Arthur seufzte und kniff die kleinen braunen Augen zusammen, widerstand aber dem Drang, sie anzuschreien. »Ich wollte nur anregen, dass wir versuchen, ihr zu helfen. Sie hat es im Augen-

blick wirklich schwer. Sie braucht unsere Unterstützung«, sagte er sanft.

»Was willst du denn tun? Ihr auf einem weißen Ross zur Hilfe eilen?« Sie lachte verächtlich. »Fede will unsere Hilfe nicht. Sonst hätte sie darum gebeten. Schau sie dir doch an, von Kopf bis Fuß in Designerklamotten, mehr Geld als die Queen und ein Mann, der den Boden küsst, auf dem sie wandelt. Und wenn sie unglücklich aussah, nun ja, es war Nunos Beerdigung, falls du dich erinnerst, kein Moment für Fröhlichkeit.«

»Aber sie besucht uns nie.«

»Sie hat keine Zeit.«

»Sie liebt ihr Zuhause, unsere Gegend, die Applebys.«

»Sie hat sich fortentwickelt, Arthur, und keiner erträgt es, das einzugestehen. Sie hat uns alle hinter sich gelassen. Mir soll es recht sein. Sie hat sich ein besseres Leben ausgesucht, als hier in diesem verdammten Nest zu versauern.«

Arthur sah sie zornig an. Er verlor selten die Beherrschung, doch dieses Mal war Helena zu weit gegangen. Sein Gesicht nahm die Farbe einer reifen Tomate an. »Nun, Madam, wenn du mit deinem Los nicht zufrieden bist, dann geh doch!«, schrie er sie an und schleuderte seine Papiere zu Boden. Helena sah ihn überrascht mit offenem Mund an. Er erhob niemals die Stimme. »Geh doch, stopf dir doch den Mund mit deinem Geld, denn ich habe den Unsinn, der da herauskommt, von Herzen satt!« Und damit stampfte er aus dem Zimmer.

Sechsunddreissig

Was ist das?«, fragte Lucia und entnahm der Nachttischschublade, wo Federica es mittlerweile unter ihren Büchern versteckt hielt, das Schmetterlingskästchen.

»Weiß nicht«, sagte Torquil, richtete sich im Bett auf und zündete sich eine Zigarette an.

»Wie süß«, sagte sie, als sie das Kästchen öffnete. »*Adorabile*.«

»Was ist denn da drin?«

»Briefe.«

»Briefe?«

»Mhm.« Sie seufzte und nahm einen Brief aus dem Kästchen. »*Che carina*.«

»Von wem sind die, verflucht noch mal?«, fragte er wütend und riss ihr den Brief aus der Hand. Er öffnete den ersten gut erhaltenen Brief und drehte das Blatt um. Erleichtert ließ er die Schultern sinken. »Sie sind von ihrem Vater.«

»Süß«, bemerkte sie herablassend. »Wie besitzergreifend du bist.«

»Wie gesagt, sie ist meine Frau, sie gehört mir und ich bete sie an.«

»Und was ist mit mir?«

»Du gehörst doch jedem.« Er grinste fies.

»Torkie!«, flüsterte sie heiser und gab sich gekränkt.

»Schon gut«, gab er nach. »Du gehörst teilweise natürlich mir.«

»Ich schlafe mit sonst niemandem, weißt du?«

»Ja. Sonst würde ich dich auch umbringen«, sagte er und blickte sie fest und ungerührt mit seinen grünen Augen an.

»Gib mir so einen Brief, ich will ihn lesen«, bat sie aufgeregt. Es gefiel ihr, wenn er sich überlegen zeigte.

»Nein, das tust du nicht«, erwiderte er, faltete den Brief zusammen und legte ihn zurück in das Kästchen.
»Torkie, komm schon, sei kein Spielverderber.«
»Ich sagte nein. Hör auf.« Es machte ihm Spaß, seine Frau gegen Lucia auszuspielen.
»Sprich nicht so mit mir, nachdem ich dir gerade erlaubt habe, über meinen Körper herzufallen.« Sie lachte.
»Und du hast jede Minute genossen. Wenn ich so weit bin, nehme ich dich noch einmal.«
»Vielleicht lasse ich dich nicht«, reizte sie ihn.
»Ich bin stärker als du. Ich halte dich fest und dringe mit Gewalt ein. Glaub bloß nicht, du könntest mich daran hindern zu kriegen, was ich haben will, wann immer ich es will.«
»Ich mag es, wenn du so grob redest. Wie ein Gangster.« Sie lächelte und räkelte sich wie eine schöne Katze. »Ich wollte, Federica würde öfter außer Haus übernachten.«
»Ich aber nicht«, erwiderte er. »Je seltener, desto besser. Ich habe sie lieber in meinem Blickfeld.«
»Du bist ein eifersüchtiger Ehemann.«
»Sie gedeiht unter meiner Zucht. Sie braucht mich. Ohne mich wäre sie verloren.«
»Warum zum Teufel schläfst du dann mit mir?«
Torquil lächelte sie nachsichtig an. »Weil du, mein Engel, auf einer völlig anderen Ebene agierst. Fede ist meine Frau. Du bist meine Geliebte. Ich liebe euch beide auf verschiedene Art. Ich möchte keine von euch missen. Außerdem kennen wir zwei uns schon so lange. Das ist kaum noch eine Affäre. Eher die Fortsetzung einer alten Freundschaft.«
»Woher willst du wissen, dass sie nicht auch eine Affäre hat?«, fragte Lucia und fixierte ihn mit ihren großen italienischen Augen.
Torquil rauchte selbstzufrieden. »Weil ich über jede ihrer Bewegungen informiert bin, mein Engel.«
»Du kleiner Schnüffler«, sagte sie, wälzte sich auf den Bauch

und strich mit dem Fingernagel über seinen Brustkorb. »Spionierst du mir auch nach?«
»Das geht dich nichts an.«
»Es ist eine Schande, dass du so tief gesunken bist, deinen Frauen nachspionieren zu müssen.«
»Mit Spionieren hat es nichts zu tun. Offenbar begreifst du das nicht. Ich gebe auf sie Acht. Sie ist so jung und verletzlich.«
»Doch, du spionierst ihr nach. Wenn sie klug ist, schläft sie mit deinem Informanten. So würde ich es jedenfalls machen.« Sie kicherte.
»Und ich würde dich umbringen«, antwortete er und sah sie aus harten Augen an. Sie wand sich unter einer perversen Art von Lust, als sie das Drohende in seiner Miene bemerkte.
»Deine kleine Frau ist nicht mehr gar so klein.« Lucia grinste und leckte über ihren Daumennagel.
»Sie ist nicht dick, falls du das andeuten wolltest.«
»Nicht dick, aber dicker geworden.«
»So liege ich weicher auf ihr. Das mag ich«, sagte er. »Außerdem, wenn sie so dünn wäre wie du, könnte ich euch zwei in der Dunkelheit verwechseln.«
»Wir haben beide italienische Namen. Ich staune, dass du nicht schon längst mal ins Fettnäpfchen getreten bist.«
»Ich habe mich immer unter Kontrolle. Das solltest gerade du doch wohl wissen.«
»Liebst du sie?«, fragte sie schmollend.
»Ja«, antwortete er. »Ich liebe sie wahnsinnig.«
»Nun, dann führt ihr wohl eine überaus glückliche Ehe, wie?«, bemerkte sie sarkastisch. »Aber ich liebe dich auch.« Sie richtete sich auf und sah ihn schmollend an. Ihr langes schwarzes Haar fiel über ihre Brüste, die fest aussahen wie frisch geschlagenes Eiweiß. »Warum hast du mich nicht geheiratet? Ich bin schöner als sie, klüger, erfahrener, ich bin unabhängig und weltgewandt und zweifellos auch besser im Bett. Also, warum hast du mich nicht geheiratet? *Dimmi, perchè non ci siamo mai sposati*?«

Torquil drückte seine Zigarette im Aschenbecher aus und wälzte sich aus dem Bett. »Aus genau diesen Gründen, mein Engel«, antwortete er. »Aus genau diesen Gründen.«

Als Federica am frühen Nachmittag nach Hause kam, wartete Torquil bereits auf sie. Er nahm sie in seine ehebrecherischen Arme, doch Federica empfand nichts als eine prickelnde Taubheit.

Vor ihren Augen türmten sich diese schwarzen Wolken des Zweifels. »Geht es dir gut, meine Kleine?«, fragte Torquil und streichelte ihr Haar. »Du siehst erschöpft aus.«

»Es war sehr traurig«, antwortete sie, schüttelte den Kopf und wich seinem Blick aus.

»Du hast mir gefehlt«, sagte er. »Ich konnte kaum schlafen ohne dich.«

Federica lächelte gepresst. »Ich brauche jetzt ein heißes Bad«, murmelte sie und löste sich aus seinen Armen.

»Und eine Massage«, schlug er vor.

»Nein, wirklich, ein Bad reicht mir.« Sie seufzte, stellte ihre Handtasche ab und schlüpfte aus den Schuhen.

»Ich möchte dir den Kummer fortmassieren«, sagte er und folgte ihr die Treppe hinauf. »Ich weiß genau, wie ich dich aufheitern kann.«

Federica schauderte.

Torquil ließ ihr ein dampfendes, nach Lavendel duftendes Bad ein, setzte sich zu ihr und redete, während sie sich die Erinnerung an Sam und ihr Heimweh abwusch. Er berichtete, dass er einen langen, heißen Urlaub auf Mauritius mit ihr plante. »Du bist verkrampft, Liebling, kein Wunder, dass du nicht schwanger wirst«, bemerkte er.

Federica stieg die Panik in die Kehle, die sie zuschnürte und ihr die Luft zum Atmen nahm. »Was du jetzt brauchst, ist ein Entspannungsurlaub in der Sonne. Wir können uns den ganzen Tag lang lieben.«

»Ja«, erwiderte sie rau, wenngleich sie innerlich bei diesem Gedanken schauderte.

Als sie die angebotene Massage ablehnte und begann, sich anzukleiden, bestand er darauf, dass sie doch eine bräuchte. »Lieber Gott, bist du verspannt«, sagte er und rieb ihre Schultern. »Siehst du?«

»Mir geht's gut, wirklich«, beharrte sie.

»Leg dich hin.«

»Mir geht's gut, Torquil, bitte.«

»Kleine, ich weiß doch, was gut für dich ist, nicht wahr?«, fragte er und drängte sie zum Bett. »Tu jetzt, was ich dir sage, und lass mich deine Verspannungen wegmassieren.« Widerstrebend legte sie sich nackt auf den Bauch und schloss die Augen, denn sie fürchtete, sonst weinen zu müssen. Seine kräftigen Hände kneteten ihre Haut mit dem Lavendelöl, rieben die festen Muskeln an Schultern und Nacken. Es war warm im Raum, ihr war heiß nach dem Bad. Bald hatten seine Hände sie eingelullt und sie spürte, wie ihr Körper sich gegen ihren Willen entspannte. Die Gedanken an Nuno, ihre Familie und das Gespräch mit Sam verschwanden, sie konzentrierte sich auf das angenehme Gefühl, das seine Finger auf ihrer Haut erregten. Sie schwebte an der feinen Grenze zwischen Meditation und Schlaf, als ihre Sinne durch die plötzliche Veränderung seiner Haltung aufgestört wurden.

Mit einer flinken Bewegung öffnete er ihre Schenkel und warf sich über sie, drängte ins Innerste ihres Wesen vor, riss sie zurück ins Bewusstsein. Er ritt sie hart und egoistisch, als wäre er sich bewusst, dass sie ihn Tag für Tag weniger liebte. Federica öffnete die Augen und heftete den Blick auf einen Punkt an der Wand. Dann geschah etwas äußerst Merkwürdiges. Sie löste sich im Geiste aus ihrem Körper, und es war, als geschähe das alles nicht mit ihr, als wäre es eine andere, die da hilflos auf dem Bett lag. Sie reiste im Geiste zurück nach Chile, nach Cachagua, an den Strand, wo der Sand warm und weich war wie Lidias Mehl, und wo das Meer hypnotisch und tröstend ihr Unbehagen und ihre Demütigung ertränkte.

In den dürren Monaten, die folgten, wurde das Schmetterlingskästchen ihr zur einzigen Quelle des Trostes. Federica öffnete es, um ihrem Unglücklichsein zu entkommen. Sie las die Briefe ihres Vaters und schwebte auf den Erinnerungen davon, die der Zauber der fremdartigen glitzernden Steine heraufbeschworen. Als Torquil sie immer brutaler nahm, wurde das Schmetterlingskästchen lebenswichtig. Es war ihr Rettungsring. Es war das Einzige, was sie am Leben erhielt.

Als sie ihren tiefsten Punkt erreicht hatte, erhielt Federica einen anonymen Brief, der von einer Privatperson in den Briefkasten gesenkt wurde wie ein Evangelium direkt vom Himmel.

Wirklich frei bist du dann,
wenn deine Tage nicht unbeschwert
und deine Nächte nicht ohne Wunsch
und Kummer sind,
Sondern vielmehr, wenn diese Dinge dein Leben
beschweren und du dich doch nackt und
ungebunden über sie erhebst.

Sie drehte und wendete den Brief auf der Suche nach einer weiteren Nachricht, die erklärte, von wem er stammte. Doch sie fand nichts. Es war nur ein schlichtes weißes Blatt Papier, auf das die Verse getippt waren. Federica setzte sich und las sie noch einmal. Sie erkannte sie nicht. Noch einmal las sie sie langsam und dachte gründlich über jedes einzelne Wort nach. Wer immer der Absender sein mochte, er wollte ihr offenbar helfen, aber gleichzeitig anonym bleiben. Sie wusste nur von einem Menschen, der einen Grund haben könnte, seine Identität zu verbergen. Ihr Herzschlag beschleunigte sich, Adrenalin schoss durch ihre

Adern und weckte all ihre Lebensgeister, die vor Kummer träge geworden waren.
Ramon Campione. Der Brief konnte nur von ihrem Vater stammen. Wie typisch für ihn, eine anonyme Nachricht zu schicken. Er hatte sich ja niemals angekündigt. Er war stets unverhofft aufgetaucht. Es hatte ihre Mutter an den Rand des Wahnsinns getrieben, aber es war seine Art. Und auch der Inhalt des Briefs entsprach völlig seinem Stil.
Federica dachte an seine Geschichten, manchmal mystisch, oft auch spirituell. Die Formulierung erinnerte an seine Gedichte, vor allem aber an seine Philosophie. Er hatte sich immer so hoch über jegliche Sorge und allen Kummer erhoben, dass sie ihn nicht mehr fassen konnten. Sorgen hatten ihn nicht betroffen, nicht einmal, als die Sorgen und Bedürfnisse seiner eigenen Familie sie von ihm fortgetrieben hatten. Er hatte sie ziehen lassen. Früher einmal hatte Federica ihm viel bedeutet. Es hatte sogar einmal eine Zeit gegeben, als sie glaubte, seine Liebe wäre bedingungslos und ohne Ende. Doch sie war enttäuscht worden, bitter enttäuscht. Vielleicht war dieser Brief eine behutsame Bitte um Vergebung. Vielleicht versuchte Ramon, sich und seine Nachlässigkeit zu erklären. Doch Federica hatte ihn seit Jahren nicht gesehen. Warum dachte er jetzt so plötzlich an sie? Wo war er? Woher wusste er, wie unglücklich sie war? Warum kümmerte es ihn?

Später, als Federica in der Dunkelheit neben dem in weite Ferne entrückten Körper ihres Mannes lag, dachte sie über die Botschaft nach, die sie tief unten im Schmetterlingskästchen verborgen hatte. Ihr Vater sorgte sich um sie. Er hätte ihr den Brief sonst nicht geschickt. Sie lächelte vor sich hin. Ihr Vater wusste, dass sie litt, und wollte ihr helfen. Seine Botschaft enthielt eine deutliche Anweisung. Sie musste lernen, über ihren Problemen zu stehen. Das würde sie bewerkstelligen, indem sie sich nicht von ihren Problemen unterkriegen ließ, indem sie sie beherrschte. Es hing alles nur von ihrer Einstellung ab. Sie war unglücklich, weil sie zuließ, dass die alltäglichen Schwierigkeiten sie belasteten. Zum ersten Mal seit ihrer Hochzeit empfand sie einen Hauch von Aufregung, weil sie die ersten Schritte in Richtung Übernahme der Verantwortung für sich selbst unternahm. Sie war es leid, ein Opfer zu sein, es war an der Zeit, für sich selbst einzustehen. Sie würde endlich eine Diät durchziehen, sich in einem Sportverein eintragen und sich frei über all ihre Sorgen erheben. Aber das Wichtigste dabei war, dass sie nicht allein war. Sie spürte wieder die Sonne im Gesicht und schwelgte in der Liebe ihres Vaters.

Ramon setzte sich vor seine Schreibmaschine und begann zu schreiben. Seit Estellas Tod hatte er keinen Versuch mehr unternommen, einen Roman zu schreiben. Das lag nun schon drei Jahre zurück. Er hatte nur Gedichte verfasst. Lange Gedichte, gequälte Verse, und jede sorgsam durchdachte Zeile sprach von seinem Schmerz und seiner Reue. Er hatte Chile nicht mehr verlassen, wollte lieber bei seinem Sohn und in der Nähe von Estellas Grab sein, das er häufig aufsuchte, um sich ihr nahe zu fühlen, wenngleich sein Verstand ihm sagte, dass sie nicht in der Erde ruhte, sondern in übersinnlichen Gefilden zu finden war. Voller Stolz hatte er zugesehen, wie sein Sohn begann, seine Gefühle einem Tagebuch anzuvertrauen. Manchmal saßen sie am Strand, und Ramoncito las ihm vor, was er über seine Mutter gedichtet hatte. Zuerst waren es schwache, oftmals unbeholfene Verse, die von der Ungeduld diktiert waren, seinen Schmerz zu zeigen, der kein anderes Ventil finden konnte. Doch nach und nach hatte er seinen Stil verfeinert, hatte sich mehr Zeit gelassen und dann Gedichte von großartiger Klarheit und Schönheit zu Papier gebracht. Ramon war tief bewegt. »Mama wird stolz auf dich sein, Ramoncito«, sagte er und zauste seinem Sohn das Haar.
»Wie soll sie denn davon erfahren?«, fragte der Junge.

»Sie weiß es, weil sie dich sieht, mein Sohn«, antwortete Ramon, überzeugt, das Estella im Geiste bei ihnen war. »Denn die Liebe kennt keine Grenzen.«

Es war für beide nicht einfach. Doch während Ramoncito Ablenkung bei seinen Freunden durch die Schularbeit fand, blieb sein Vater allein, um in dem Haus am Strand, wo ihn alles an Estella erinnerte, in seinem Schmerz zu baden. Manchmal im Sommer stieg der schwere Duft von Rosen auf und wehte durchs Fenster, um seine Sinne zu entführen. Dann erwachte er aus seinen Träumen im Glauben, sie wäre da, läge neben ihm, bereit, ihn mit ihren Honigaugen und ihrem sanften Lächeln zu liebkosen. In solchen qualvollen Momenten spürte er den Drang, zu weinen wie ein Kind, ihr Kissen an sein Gesicht zu pressen und die in dem Leinen gefangenen Erinnerungen zu atmen. Deshalb schaltete er dann das Licht an und zeichnete seine Gefühle auf. Diese Gedichte bewahrten ihn vorm Wahnsinn. Und sie veränderten sein Leben.

Durch die intensive Erforschung seiner Gefühle hatte Ramon herausgefunden, warum er sein Leben lang davongelaufen war. Zuerst vor seinen Eltern, dann vor Helena, dann vor seinen Kindern und schließlich vor Estella. Er war vor der Liebe davongelaufen. Liebe hatte ihm Angst gemacht. Solange er allein war, weit fort von den Menschen, die ihn liebten, war er in Sicherheit vor der erstickenden Intensität ihrer Liebe. Die Verantwortung war ihm zu schwer. Deshalb hatte er sich aus der Ferne an ihrer Liebe erfreut und kam nur gelegentlich zurück, um sich zu vergewissern, dass sie noch da war. Bevor sie ihn überwältigen konnte, brach er wieder auf. Seine Absichten waren immer gut gewesen. Er hatte es schmerzlich bedauert, als Helena und die Kinder aus seinem Leben gingen, als er nach England reiste und Federica weinend vor der Kirche fand, weil sie ihn so vermisste, als er sie an jenem Nachmittag auf dem Fahrrad in die Sonne blinzeln sah.

Er hatte schrecklich gelitten, weil er sie alle liebte. Doch er hatte auch Angst gehabt vor seiner eigenen Fähigkeit zu lieben. Auch davor war er davongelaufen. Estella jedoch war anders gewesen. Anfangs war er genauso vor ihr davongelaufen wie vor Helena. Doch Estella hatte ihn geliebt, ohne in besitzen zu wollen. Sie hatte ihn genug geliebt, um ihm seine Freiheit zu lassen. Ihre Liebe war rein und selbstlos gewesen.

Ohne es zu bemerken, hatte Ramon von ihrer Liebe gelernt. Dank dieser Lektion hatte er beschlossen, ein Buch zu schreiben, nicht zur Veröffentlichung, sondern für Helena. Eine Allegorie mit einer verborgenen Botschaft. Sie sollte wissen, warum er vor ihr davongelaufen war. Und sie sollte ebenfalls aus Estellas nichts fordernder Liebe lernen.

Sam saß auf der Klippe und blickte auf ein Meer hinaus, das sich nie veränderte, gleichgültig, welche Jahreszeit herrschte. Der Winterfrost bemalte die grasbewachsenen Klippen mit eisigen Fingern, ließ Flüsse und Bäche zufrieren, doch das Meer blieb unverändert. Es konnte aufgewühlt sein oder ruhig, aber es ließ sich nichts von den Jahreszeiten befehlen. Es gehörte nur sich selbst.

Nuno hatte sich selbst gehört. Er hatte sich nie von irgendwem beeinflussen lassen. Er fehlte Sam. Das Haus hallte immer noch wider von seiner Präsenz, und man redete über Nuno, als ob er noch lebte, erzählte sich die lustigen Dinge, die er geäußert hatte, und die Merkwürdigkeiten, die er unternommen hatte. Inigo hatte Sam sein Büro überlassen. Sam hatte vor Rührung geweint. Sein Vater klopfte ihm fest auf den Rücken und sagte, er könne damit ganz nach Belieben verfahren. Doch Sam hatte nicht das Geringste verändert.

Ingrid rührte es, dass er das Andenken an ihren Vater in dem einen Raum des Hauses lebendig halten wollte, der ja wirklich der seine gewesen war. Sam räumte den Schreibtisch auf und ordnete sämtlich Notizzettel mit Nunos unleserlicher Handschrift in Schachteln, um nichts wegzuwerfen. Dann durchsuchte er seine Schubladen. Dort stieß er auf ein vergilbendes Buch: Khalil Gibrans *Der Prophet*, ein Buch, das er gut kannte. Nuno hatte häufig daraus zitiert und er hatte Sam zur Konfirmation eine Ausgabe geschenkt – und Sam hatte auch auf Nunos Beerdigung daraus zitiert. Doch Nunos private Ausgabe enthielt etwas zutiefst Anrührendes, denn er hatte seine eigenen Gedanken und Einfälle an den Rand geschrieben. Es war aber vor allem der dem Buch beigelegte Brief, der ihn inspirierte.

Als Sam ihn las, dachte er an Federica.

Der Brief war an Nunos Frau Violet gerichtet, Sams Großmutter, und datierte vom 8. Mai 1935. Er war in Rom geschrieben worden und sprach von Nunos tiefer Liebe zu Violet und seinem Wunsch, sie zu seiner Frau zu machen. Offenbar waren ihre Eltern gegen die Heirat, denn sie war in das dunkle Loch der Verzweiflung gestürzt, aus dem es anscheinend kein Entkommen gab. Nuno hatte nicht gewusst, wie er sie von jenseits des Meeres trösten sollte, und so schickte er ihr dieses Buch, versehen mit ermutigenden Sprüchen, die er neben die seiner Meinung nach Kraft spendenden Verse an den Rand schrieb. Sam war so bewegt von diesem Brief, dass er ihn mehrmals las. Dann las er die Verse und Nunos Kommentare. Offenbar hatten sie Wirkung gezeitigt, den sie hatten schließlich doch geheiratet und viele glückliche Jahre zusammen verbracht.

Sam dachte an Federica. Wenn das Büchlein Violet geholfen hatte, warum dann nicht auch Federica? Er setzte sich an den Schreibtisch und tippte einen Vers ab. Er hatte beschlossen, ihn Federica anonym zukommen zu lassen, weil er sich dadurch größere Chancen ausrechnete, dass sie ihn las und entsprechend handelte, als wenn sie wusste, dass er der Absender war. Immerhin hatte er schon zwei Mal versucht, zu ihr durchzudringen, jedes Mal ohne Erfolg. Und dann war er mit dem Zug nach London gefahren, um den Brief zu überbringen.

Er hatte unter einem schwarzen Regenschirm, damit sie ihn nicht erkannte, vor dem Haus gewartet. Über eine Stunde stand er auf dem Pflaster und sehnte Federicas Heimkehr herbei, bis ihm bewusst wurde, dass sie zu Hause sein musste. Er spähte durch ein Fenster und erhaschte einen Blick auf sie, wie sie im Bademantel durch die Zimmer schritt und Kartoffelchips aß. Es war später Nachmittag. Also war sie höchstwahrscheinlich allein. Er widerstand der Versuchung zu klingeln und schob den Brief stattdessen durch den Briefschlitz in der Tür, wandte sich zum Gehen und nahm den Nachmittagszug zurück nach Polperro.

Die gesamte Rückfahrt nach Polperro verbrachte er mit Gedanken an Federica. Der Anblick der jungen Frau, die im Bademantel durch die Räume ihres großen eleganten Haus wandelte und aß, um ihren Kummer zu besänftigen, hatte Zorn und gleichzeitig Mitleid in ihm wachgerufen. Er hätte Torquil am liebsten aufgelauert, um ihm eins über den Schädel zu ziehen und ihn endgültig aus dem Weg zu räumen. Doch ihm war klar, dass er Federica nur befreien konnte, indem er sie lehrte, sich selbst zu befreien, und er hoffte, der Brief möge sie so inspirieren, wie Gibrans Büchlein Violet inspiriert hatte. Er träumte davon, sie eines Tages selbst zu lieben, doch diese Träume waren nur zarte Wölkchen am Horizont.

»Weißt du, dass deine Frau zum Turnen geht? Sie hat auch schon abgenommen. Gestern Abend bei Blights hat sie nur einen Salat gegessen. Völlig untypisch für sie«, bemerkte Lucia verächtlich. »*Poverina.* Abscheulich, Sport treiben und Diät halten zu müssen. Sex ist die einzige angenehme Betätigung, um in Form zu bleiben.«

»Sie geht nicht zum Turnen«, entgegnete Torquil hochmütig. »Sie hat einen privaten Trainer, den ich ihr besorgt habe. Und das ist gut so, denn sie muss wirklich etwas abnehmen.«

»Süß.« Sie seufzte. »Und sie tut das alles für dich, weißt du?«

»Ja. Sie wirkt in letzter Zeit so abwesend. Ich kann gar nicht zu ihr durchdringen. Ihr Schweigen bringt mich zum Wahnsinn.

Ich weiß nicht, was mit ihr los ist. Vielleicht kann sie wieder lächeln, wenn sie ein bisschen abgenommen hat.« Er schüttelte den Kopf, um seine häuslichen Probleme zu verscheuchen, und lächelte auf seine Geliebte herab. »Wie wär's, wenn du jetzt mal in diese kleine schwarze Garnitur schlüpfen würdest, die ich dir gekauft habe?«

»Dann wirst du dich aber beeilen müssen, denn ich bin mit Fede im Mirabelle zum Mittagessen verabredet.«

»Nun, dann komm her«, sagte er, drückte sie an sich und strich mit der Hand an ihren Beinen entlang.

»Schläfst du noch mit Fede?«, fragte sie, als seine Finger dem Abschluss ihrer Seidenstrümpfe folgten.

»Natürlich.«

»Und noch kein Erfolg?«

»Nein.«

»Ich bin sicher, dass *ich* fruchtbar bin.«

»Ganz bestimmt, mein Engel«, sagte er und schlug mit der flachen Hand auf ihre nackte Kehrseite. »Ah, du bist schon bereit für mich.«

»Ich trage nie einen Slip, wenn du zu Besuch kommst«, sagte sie und lachte kehlig.

Doch sosehr Torquil sich auch bemühte, seine Sorgen in Lucias wollüstigem Fleisch zu verlieren, konnte er doch nicht aufhören, an seine Frau zu denken. Er spürte, dass sie sich entfernte, und das erschreckte ihn.

SIEBENUNDDREISSIG

Helena hätte erkennen müssen, wie unglücklich ihre Tochter war, weil sie selbst gelitten hatte und Unzufriedenheit in der Ehe besser kannte als mancher andere. Doch Helena war nie fähig gewesen, über ihren eigenen Tellerrand hinauszublicken. Sie sah nur Hal, weil sie ihn, im Gegensatz zu Federica, brauchte. Er war seit je der Teil von Ramon, den sie hatte festhalten können. Sosehr sie sich auch bemüht hatte, sich etwas anderes einzureden, hatte sie wohl doch nie aufgehört, Ramon zu lieben.

Arthur war lieb und mitfühlend, war großzügig und verwöhnte sie – war alles, was eine Frau von ihrem Ehemann erwarten konnte. Doch sie sehnte sich nach dem Zauber der frühen Jahre mit Ramon. Die Erinnerungen suchten sie des Nachts in Form von erotischen Träumen heim, die sie an jenes flüchtige Paradies gemahnten. Bei Tag manifestierten sie sich als ein unablässig nagender Kummer.

Je schlechter sie Arthur behandelte, desto mehr bemühte er sich, ihr zu Gefallen zu sein.

Zu Beginn ihrer Ehe hatte Helena seine Zuneigung dankbar angenommen, und sie hatte geglaubt, endlich alles zu haben, was sie sich nur wünschen konnte. Doch nach einer Weile zog es ihre Gedanken zurück übers Meer zu einem anderen Leben, in dem sie an einem gewissen Punkt, wie sie glaubte, das wahre Glück erfahren hatte. Sie konnte nicht anders, sie wünschte sich etwas anderes, etwas mehr, etwas Besseres. Sie war anscheinend immer unzufrieden. Doch Arthurs Geduld war grenzenlos. Er glaubte, seine Frau zu verstehen. Sie war vernachlässigt und verletzt worden. Sie brauchte Aufmerksamkeit und Verständnis, keine Strenge. Arthur war sicher, dass sie mit der Zeit weicher werden und sich ein wenig Glück gestatten würde. Er war sicher, dass seine Liebe das alles bewerkstelligen könnte.

Je wilder Hal sich aufführte, desto enger klammerte Helena sich an ihn. Als Kind war er eifrig darauf bedacht gewesen, ihr Freude zu machen, wenn er auch nie so unproblematisch wie seine Schwester war. Federica war seit je selbstständig. Wie ihr Vater war sie am glücklichsten allein mit sich selbst. Doch Hal hatte seine Mutter und ihre uneingeschränkte Aufmerksamkeit immer gebraucht, und wenn irgendetwas sie von ihm ablenkte, fand er schnell einen Weg, um sich wieder in den Mittelpunkt zu rücken. Helena verzweifelte dann jedoch an seiner plötzlichen Wesensänderung. Es war, als wäre er von einem fremden Geist besessen. Von einem Geist, der es auf Selbstzerstörung abgesehen hatte.

Hal war entschieden komplizierter, als seine Mutter glaubte. Wie in einem klaren Fluss war Hals Wesen überlagert von der dicken Schlammschicht, die eine lange Kindheit voll emotionalem Aufruhr angeschwemmt hatte. Schon die kleinste Störung bewirkte, dass der Schlamm aufwirbelte und das Wasser trübte. Die Hochzeit seiner Mutter mit Arthur und die darauf folgenden Ereignisse waren es, die sein Herz in Aufruhr versetzten. Der Samen war jedoch schon vor langer Zeit gelegt worden, während seiner Kindheit, in jenem Sommer in Cachagua.

Im Alter von vier Jahren war Hal sich der augenfälligen Zuneigung seines Vaters zu Federica schmerzlich bewusst. Da er nicht fähig war, seine Eifersucht anders als durch Tränen und Wutanfälle zum Ausdruck zu bringen, hatte Helena, selbstbezogen, wie sie war, angenommen, er spürte die Verstimmung zwischen den Ehepartnern und wollte sie vor Ramon schützen. Doch Hal sehnte sich danach, von seinem bärenstarken Vater in die Arme genommen und wie Federica geliebt zu werden. Er fühlte sich jedes Mal zurückgestoßen, wenn Ramon mit seiner Schwester das Haus verließ, und obwohl ihm seine Eisenbahn gefiel, war er doch neidisch auf die Beachtung, die Federica mit ihrem Schmetterlingskästchen fand. Als Ramon im Strandhaus blieb, statt mit ihnen nach Zapallar zum Essen zu fahren, hatte Hal es in seiner beschränkten Wahrnehmungsfähigkeit als Zurückweisung aufgefasst. Ramon beachtete ihn kaum, und jede neuerliche Nichtbeachtung lagerte sich in dieser Zeit im Schlamm seines Wesens ab, um eines Tages in Form von Niedertracht und Rebellion wieder an die Oberfläche zu treten. So hatte er wie eine Klette an seiner Mutter gehangen, erstickte sie mit seiner Bedürftigkeit, bis sie nur noch an ihn dachte. Dann hatte Helena es versäumt, ihm zu sagen, dass sie Chile endgültig verließen. Und sie hatte nur Federica einen Hund versprochen. Hal, nicht gewohnt, von seiner Mutter übergangen zu werden, verstand dies auch wieder als Zurücksetzung. Verzweifelt darauf bedacht, sie nicht zu verlieren, klammerte er sich mit aller Macht an sie, setzte es sogar durch, dass er des Nachts in ihren Armen schlafen durfte und nutzte so die Leere aus, die Ramon hinterließ, füllte sie mit einer Bedürftigkeit, die wiederum Helenas Sehnsucht nach Liebe befriedigte.

Je größer er wurde, desto stärker wurde er sich seiner selbst bewusst. Er fühlte sich schuldig, weil er seine Mutter mit solcher Intensität liebte, und litt unter schrecklichen Stimmungsschwankungen. Eben noch betete er sie an, im nächsten Moment verabscheute er sie. Er gab sich die größte Mühe, Arthur zu hassen, weil seine Mutter ihn liebte, doch er mochte Arthur gegen seinen Willen, teils wegen Arthurs guter Eigenschaften, teils aber auch, weil seine Schwester ihn hasste und weil er sah, wie sehr ihr Widerstand seine Mutter bekümmerte. Hal hatte Helena stets gefallen wollen, und so warf die Eifersucht in seinem Inneren still wie Teer Blasen und ließ sich nur beschwichtigen, wenn er spürte, dass seine Mutter Arthur nicht so sehr liebte wie ihn. Arthur schenkte ihm die Zuwendung, die sein Vater ihm hätte geben sollen, und Hal reagierte auf seine Freundlichkeit mit einer Gier, die sich im Lauf der Jahre noch verstärkte. Er umarmte ihn genauso bedürftig, wie seine Mutter ihn umarmte. Arthur nahm sich Zeit für ihn, hörte ihm zu, machte ihm Geschenke, unternahm Ausflüge mit ihm allein – all das, was Ramon mit Federica getan hatte. Arthur gehörte einzig Hal und seiner Mutter. Jetzt war Federica an der Reihe, draußen in der Kälte zu stehen – bis Helena ihr gestattet hatte, bei Toby und Julian zu wohnen.

Von diesem Zeitpunkt an empfand Hal die Trennung von seiner Schwester, zu der er aufblickte und die er verehrte, als schmerzhaft. Wieder einmal erfuhr Federica eine Sonderbehandlung. Er litt still, nicht fähig, seinen Kummer in Worte zu kleiden. So fand er Trost in der selbstzerstörerischen Welt von Alkohol und Zigaretten.

Mit einundzwanzig Jahren besuchte Hal die Abschlussklasse der Exeter Art School, wo er Kunstgeschichte studierte. Doch irgendwie gelang es ihm, Zugang zu Universitätskreisen zu finden, und für die Dauer des Schuljahres wusste niemand, dass er kein Examenskandidat an der Universität war.

Er bewohnte zusammen mit fünf von seinen neuen Freunden ein Haus mitten auf einer schlammigen Wiese, ohne Heizung. Elektrischen Strom erhielten sie nur, indem sie unablässig Münzen in eine dafür vorgesehene Uhr einwarfen. In den Küchenschubladen lag Mäusekot, draußen an der Mauer stapelten sich Müllsäcke, die keiner wegschaffen wollte. Das Haus war im Sommer kalt und im Winter eisig, doch dann machten sie Feuer und schliefen in dicken Pullovern. Hal arbeitete nicht. Er hatte nur in eine weiterführende Ausbildung eingewilligt, weil er sich nicht entscheiden konnte, was er eigentlich tun sollte. Solange er sich noch in der Ausbildung befand, musste er sich nicht entscheiden. Das gab ihm noch drei weitere Jahre, die er mit Nichtstun verschleudern konnte.

Er rauchte, weil alle anderen Jungen rauchten, und außerdem

redete er sich ein, es hielte ihn warm. Er trank, weil er dadurch seine Wertlosigkeit und seine Mutter vergessen konnte, die ihn jeden Tag anrief, um zu hören, dass es ihm gut ging, und um ihre Krallen noch tiefer in ihn zu schlagen, da ihr Mann es nicht schaffte, ihr Erfüllung zu geben. Alkohol gab ihm Selbstvertrauen. Unter seiner Einwirkung war er charismatisch, geheimnisvoll und selbstsicher wie Ramon Campione. Während solcher flüchtigen Stunden sah er sogar aus wie er.

Die Tiefpunkte waren unerträglich. Seine Ängste durchdrangen dann wieder den Panzer, den der Alkohol um ihn herumgelegt hatte, und vergifteten mehr und mehr sein Selbstwertgefühl. Wenn ihm das Geld ausging, gab Helena ihm mehr, ohne zu fragen, wofür er es brauchte. Sie fragte Arthur nicht, sie gab Hal einfach von dem Geld, das Arthur ihr gegeben hatte. Als das nicht mehr reichte, verführte Hal Claire Shawton, ein unscheinbares Mädchen mit schmalem, blassem Gesicht und langen dünnen Beinen, denn ihrem Vater gehörte Shawton Stahl und auf ihrem Konto wurde das Geld nie knapp. Darauf versessen, den dunklen, geheimnisvollen Hal zu halten, gab Claire ihm Geld für seine Trinkerei und seine Zigaretten, fürs Spielen und alle übrigen Extravaganzen.

»Ich bin kein Alkoholiker«, erklärte Hal ihr, wenn sie ihn zur Rede stellte. »Es entspannt mich. Ich zahl's dir zurück, versprochen. Ich habe im Moment Probleme mit den Vermögensverwaltern, das ist alles.« Aber es gab keine Vermögensverwalter, genauso wenig wie ein Vermögen. Es gab nur Helenas verblendete Großzügigkeit.

Claire Shawtons Nutzen reichte nur so weit wie ihr Bankkonto; sexuell konnte sie Hal nicht annähernd zufrieden stellen. Seine sexuellen Abenteuer nahm er mit der gleichen Zerstörungswut in Angriff wie alles andere in seinem Leben. Er schlief mit Dutzenden von Mädchen, versprach ihnen Treue und Fürsorge und ließ sie fallen, sobald sie auch außerhalb des Schlafzimmers eine Beziehung anstrebten. Claire wusste von seinen Eskapaden, aber statt ihr Scheckheft zu schließen und zu gehen, gab sie ihm immer mehr Geld und empfing die darauf folgenden Küsse mit bemitleidenswerter Dankbarkeit.

Als Hal in den Ferien nach Cornwall zurückkehrte, stellte Arthur auf Anhieb fest, dass er blass und mager war, nicht still sitzen und sich kaum konzentrieren konnte. Er verschlief den Großteil des Tages und saß bis in die frühen Morgenstunden vor dem Fernseher und sah sich Videofilme an. Als Arthur Helena darauf ansprach, entschuldigte sie ihren Sohn mit Übermüdung. Er studiere so eifrig und brauche die Ferien zur Erholung.
»Lass ihn in Ruhe, Arthur, er ist sehr empfindlich«, sagte sie, ihre Besitzrechte betonend. »Er hat sowieso schon ein schwaches Selbstbewusstsein. Überlass die Sache mir.«
Wieder einmal verdrehte Arthur die Augen und gab nach. Helena war in den letzten Monaten kalt und distanziert gewesen. Sie war völlig launisch, im einen Moment voller Begeisterung für ihn, im nächsten meilenweit davon entfernt, doch daran war er gewöhnt. Allerdings war er nicht an ihre permanent schlechte Laune gewöhnt, die inzwischen ihre Persönlichkeit zu bestimmen schien. Wie eine kürzer brennende Kerze wurde ihre Zuneigung zu Arthur von Tag zu Tag weniger spürbar. Wenn er nichts unternahm, würde die Kerze vollends verlöschen. Aber er wusste nicht, was er tun sollte. In seiner Verzweiflung fragte er sich, ob sie sich mit einem anderen Mann traf.

Helena traf sich mit einem anderen Mann. Sie traf sich mit Ramon. Wenn sie nachts die Augen schloss und wenn bei Tag ihre Gedanken abschweiften und wenn sie dann endlich in Diego Mirandas Armen lag, dann sah sie das angebetete Gesicht Ramon Campiones. Der einzige Mann, den sie, wie sie glaubte, je geliebt hatte. Auf ihr Leben zurückblickend hatte sie ihre Fehler erkannt. Mariana hatte Recht gehabt: Oft weiß man erst, was man besaß, wenn es verloren ist.

Sie wusste, wo Ramon sich aufhielt. Aber sie hatte seit Jahren nicht mehr von ihm gehört. Sie hatte sich nicht einmal die Mühe gemacht, ihn über die Hochzeit seiner Tochter zu informieren. Jetzt wünschte sie sich, sie hätte es doch getan. Es wäre ein guter Vorwand gewesen. Jetzt gab es keinen Grund mehr, ihn anzurufen.

Helena hatte sich nicht sonderlich darum bemüht, eine Affäre einzugehen. Sie hatte es nicht einmal in Betracht gezogen oder gewünscht. Ihr Herz weilte irgendwo in der Vergangenheit; sie nahm die Gegenwart noch kaum wahr. Sie war eines kalten Sommersonntags mit Arthur im Pub in Polperro gewesen, als ein fremder junger Mann mit langem schwarzen Haar und tiefschwarzen Augen sie versehentlich anrempelte und den Rotwein aus ihrem Glas über ihrem hellen Kaschmirpullover vergoss. Sie hatte den Rest ihrer geringen Geduld verloren, nicht so sehr seinetwegen, sondern wegen des Lebens in all seiner Elendigkeit überhaupt, hatte mit den Armen in der Luft herumgefuchtelt und wild geflucht.

»Es tut mir so Leid«, rief der junge Mann aus und wandte sich verzweifelt an den Barmann. Der Barmann reichte ihm einen Wischlappen, und der Mann begann verwirrt, ihren Busen abzutupfen. »Ich kann gar nicht sagen, wie Leid es mir tut«, sagte er, während Helena ihn entsetzt anstarrte.

»Ihr Akzent«, stammelte sie. »Woher kommen Sie?«

»Aus Spanien.«

Ihr Magen hob sich, ihr schwindelte von einem seltsamen Déjà-vu-Gefühl. Seine Stimme klang wie die Ramons. Als sie in seine Augen blickte, glaubte sie, dass auch diese denen Ramons ähnlich wären, bis sie ihn auf Grund ihrer übermächtigen Sehnsucht für Ramons Schatten hielt, durch Zauber von ihm gelöst und aus dem fernen Chile zu ihr gesandt.

»Diego Miranda«, stellte er sich vor und bot ihr die Hand.

»Helena Cooke«, erwiderte sie. »Ich habe früher in Chile gelebt«, fügte sie hinzu und vergaß den nassen Fleck auf ihrem Pullover.

»Tatsächlich?«, erwiderte er höflich. »Dann sprechen Sie sicher Spanisch.«

»Aber ja«, begeisterte sie sich mit vor Aufregung heiserer Stimme. »Aber ich habe schon seit vielen Jahren nicht mehr Spanisch gesprochen.«

»Eine Sprache wie Spanisch vergisst man nie.«

»Nein, da mögen Sie Recht haben«, pflichtete sie ihm bei, während sie seiner Stimme lauschte, die vom dunstigen Ufer der fernen Vergangenheit nach ihr zu rufen schien. »Was tun Sie beruflich?«, wandte sie sich an ihn.

»Ich habe mit Schiffen zu tun.«

»Ah, die Armada.« Sie lachte.

»So etwas in der Art«, erwiderte er nachsichtig. »Gestatten Sie, dass ich Ihnen meine Adresse gebe. Dann können Sie mir die Rechnung schicken.«

»Die Rechnung?«

»Ja, für die Reinigung natürlich«, sagte er und musterte sie belustigt.

»Ach ja, die Rechnung.« Sie kicherte, sah ihn lächeln, und wieder wurde ihr flau im Magen. »Wohnen Sie in Polperro?«

»Nein, ich bin nur auf der Durchreise.«

»Oh.« Sie seufzte und gab sich Mühe, ihre Enttäuschung zu verbergen. »Wo übernachten Sie?«

»Bei Freunden.«

»Tourist?«

»Ja.«

»Wie merkwürdig«, sagte sie und schüttelte sich erinnernd den Kopf. »Als ich Ramon kennen lernte, war er auch als Tourist in Polperro.«

»Wer ist Ramon?«, fragte der Mann.

»Ein anderes Leben«, antwortete sie, tat das Thema damit ab und lächelte in Erinnerung versunken. »Ich habe ihm die alten

Höhlen und Schmugglerverstecke gezeigt. Die Orte, die in Reiseführern nicht verzeichnet sind.«
Diegos Augen blitzten interessiert. »Tatsächlich?«, fragte er und lächelte sie mit seinen spanischen Augen an. »Ich fürchte, ich muss mit der Karte auskommen.«
»Heißt das, Ihre Freunde zeigen Ihnen die Umgebung nicht?«
»Sie haben keine Zeit, sie müssen arbeiten«, sagte er und sah, wie sie einen Mundwinkel hochzog.
»Falls Sie einen Führer benötigen, kann ich Ihnen ein paar Orte zeigen, von denen nur wenige wissen. Ich bin hier aufgewachsen, wissen Sie?«
»Es wäre mir eine Ehre«, erwiderte er, küsste ihr die Hand und verneigte sich.
Sie schenkte ihm ein breites, unbeschwertes Lächeln, bevor sie von Arthurs eindringlichem Winken vom anderen Ende des Raums her abgelenkt wurde. »Ach Gott!«, seufzte sie gereizt. »Ihn hatte ich ja völlig vergessen. Keine Sorge«, antwortete sie auf sein fragendes Stirnrunzeln und schüttelte den Kopf. »Wir treffen uns morgen um elf Uhr hier.« Er nickte zustimmend und zog eine Braue hoch, unfähig, sein Glück zu fassen. Ihre Ringe und die Sorge ihres Mannes waren ihm nicht entgangen. Schließlich war er Latino.

Diego war überrascht von Helenas begeisterter Bereitschaft für eine Affäre, und er nahm an, sie hätte schon zahlreiche erlebt. Sie fuhr ihn an der Küste entlang und gestattete ihm, sie im Wagen auf der Klippe mit Blick übers Meer zu lieben. Später lud sie ihn zu sich nach Hause ein und nahm ihn mit in ihr Bett. Sie genoss seine feste Hand, die selbstsichere Art, wie er sie küsste, seine sinnlichen Zärtlichkeiten. Sie schloss die Augen und verlangte, dass er nur Spanisch mit ihr sprach, dann schickte sie ihr Bewusstsein übers Meer und über die vergangenen Jahre hinweg in eine Zeit, als Ramon nicht weggelaufen und sie ihn nicht abgewiesen hatte.

Als es Arthur zum ersten Mal schwer fiel, den Hahn in der Dusche aufzudrehen, war er verwundert. Helena ließ ihn immer tropfen. Beim zweiten Mal war er ratlos. Beim dritten Mal sagte ihm sein Instinkt, dass ein anderer Mann die Dusche benutzt hatte. Er lehnte sich an die Wand, um nicht einzuknicken, als sein Herz zu stolpern begann. In den letzten paar Tagen war Helena freundlicher, glücklicher gewesen, sie hatte ihn nicht angefaucht oder einfach übersehen. Sie hatte ihn liebevoll und wahrscheinlich schuldbewusst umarmt. Er ließ das heiße Wasser auf seine Haut prasseln, ertränkte das Dröhnen in seinem Kopf, das ihn daran hinderte, einen klaren Gedanken zu fassen.

Er hatte geglaubt, ihre Distanziertheit wurzle in der Sorge um ihr problematisches Kind. Die Sorge um Hal war zur Vollzeitbeschäftigung geworden. Er hatte ihr Verhalten nicht als Symptom ihrer nachlassenden Zuneigung gewertet. Er betete sie an. Sex war nie ein Problem gewesen, selbst in schweren Zeiten hatten sie im Bett geliebt und gelacht. Ihm wurde übel bei dem Gedanken, dass sie sich einem anderen Mann hingab. Ihre unverhohlene Zurückweisung seiner Person trotz all seiner Bemühungen, ihr zu Gefallen zu sein, verletzten ihn.

Er fragte sich, wer der Mann sein mochte. Doch Arthur war nicht dumm. Er wünschte sich, er wäre es, denn es war alles viel zu einfach und deswegen umso schmerzhafter. Er hatte gesehen, wie sie im Pub mit dem dunklen Ausländer sprach. Sie war hochrot im Gesicht und völlig abwesend an den Tisch zurückgekommen. Immer wieder hatte sie zu dem Mann hinübergesehen, hatte ihn beobachtet und scheu den Blick gesenkt, wenn er sie ansah. Es hatte Arthur nicht gefallen, aber er ließ ihr den Spaß. An einem harmlosen Flirt war nichts auszusetzen, wenn er bewirkte, dass sie glücklicher war, sich attraktiver fühlte.

Bester Laune war sie mit Arthur nach Hause aufgebrochen und hatte im Wagen während der Heimfahrt unablässig geredet. Gewöhnlich schaute sie nur trübsinnig aus dem Fenster und reagierte einsilbig auf seine Versuche, ein Gespräch anzufangen.

Doch er hegte noch keinen Verdacht. Er hatte sich nicht vorstellen können, dass sie so hinterhältig wäre.
Auf die Verzweiflung folgte die Wut. Er schlug mit der flachen Hand gegen die nassen Fliesen der Duschkabine, seine Lungen füllten sich mit Zorn, was ein qualvolles Keuchen nach sich zog. Er dachte an ihren ersten Kuss, ihre erste Zärtlichkeit, an ihren Hochzeitstag und ihr anfängliches Eheglück und empfand nichts als Hass und Verachtung. Dann rief er sich genau all die Kränkungen ins Gedächtnis, die sie ihm gegenüber geäußert hatte, ihr liebloses Verhalten ihm gegenüber, und er biss sich voller Selbstverachtung auf die Lippe. Er hatte alles hingenommen, weil er sie liebte. Doch nun hatte er eine Demütigung zu viel hinnehmen müssen.

»Ich werde das Gesicht der Schönen aus Polperro nie vergessen«, sagte Diego und strich mit dem Finger an Helenas Gesicht entlang, um ihn auf den befriedigten Lippen verharren zu lassen, bevor er sie aufs Kinn küsste, es zu sich anhob und sie dann richtig küsste.
Helena seufzte vor Wonne. »Wann reist du ab?«, fragte sie und versäumte es, das verzweifelte Weinen in ihrer Stimme zu verbergen.
»Morgen.«
»Morgen?«, wiederholte sie, und Schweiß trat ihr auf Stirn und Nase. »Und das war's dann?«
»Weißt du, was dein Problem ist?«, fragte er kopfschüttelnd.
»Was denn?«, wollte sie wissen und löste sich verletzt von ihm.
»Du bist zu gierig.«
»Gierig?«, wiederholte sie. »Ich bin nicht gierig.«
»O doch, *mi amor*. Du bist gierig, und das erstickt mich. Du bist wie ein gewaltiger Tintenfisch. Einmal in deinen Fangarmen, hat ein Mann das Gefühl, nie wieder entkommen zu können.«
»Wie kannst du es wagen!«, fuhr sie ihn an und stieg aus dem Hotelbett.

»Helena, *mi amor*, ich will dich doch nicht kritisieren«, sagte er und lächelte belustigt über ihren plötzlichen Stimmungswechsel. »Du bist eine schöne Frau. Und es macht Spaß mit dir. Ich bin sicher, du hinterlässt in ganz Cornwall gebrochene Herzen.«
»Aber deines nicht.«
»Helena«, sagte er nachsichtig. »Komm her.« Schmollend ging sie zurück zum Bett, setzte sich auf die Kante und ließ zu, dass er ihr Haar streichelte. »Du bist wie ein gefallener Engel. Du hast mich gefunden, weil du einsam warst. Du bist eine unzufriedene Frau, das erkennt jeder Mann. Aber keine Angst, es werden andere kommen.«
»Was soll das heißen, andere?«, rief sie angewidert aus.
»Andere Männer. *Mi amor*, ich bin doch sicher nicht der erste Mann, mit dem du deinen Gatten betrogen hast?«
»Natürlich bist du das. Wofür hältst du mich denn? Für eine Hure?«
»Bitte, versteh mich nicht falsch«, fiel er ihr rasch ins Wort, bemüht, seinen Fehler wieder gutzumachen.
»Ich will, dass du jetzt gehst«, sagte sie eisig und bedauerte plötzlich, ihm je begegnet zu sein. Sie hörte das Echo von Ramons Gleichgültigkeit über all die Jahre hinweg und fragte sich, warum sie sich nur immer an den Zauber erinnert hatte.
»Helena.«
»Doch. Geh jetzt!«, verlangte sie, stand auf und warf ihm seine Kleider zu. »Ich wollte dich, weil du mich an jemanden erinnert hast. Aber ich war so dumm! Du bist genauso eine Illusion wie er. Ich habe geträumt, doch jetzt bin ich aufgewacht.«
Diego sah sie aus schmalen Augen an und versuchte zu begreifen, was sie sagte.
»Raus!«
»Komm, Helena. Sei nicht böse«, lockte er und stand widerstrebend auf. »Lass uns doch wenigstens als Freunde auseinander gehen.«
»Wir sind niemals Freunde gewesen«, entgegnete sie. »Wir

waren ein Liebespaar, aber das ist vorbei, und wir sind überhaupt nichts.«

»Was ist aus dieser ›Illusion‹ geworden?«

»Es hat ihn nie wirklich gegeben«, fuhr sie ihn an. »Genauso wenig wie dich.«

»Du bist zu versessen, Helena. Damit vertreibst du die Männer.«

»Raus!«

»Aber wir hatten Spaß im Bett«, sagte er grinsend und zog seine Schuhe an. »Du bist eine begehrenswerte Frau, Helena Cooke.«

»Ich will dich niemals wiedersehen!«, rief sie ihm nach. Die Tür schlug zu, und er war fort. »Himmel, was habe ich mir bloß dabei gedacht?«, stellte sie sich selbst zur Rede und ließ sich in einen Sessel fallen. Was blieb, waren das zerwühlte Bett und ein drückendes Gefühl von Ekel vor sich selbst. Sie stützte den Kopf in die Hände und keuchte vor Zorn. Wie konnte er es wagen zu denken, sie würde ihren Mann mit jedem X-Beliebigen betrügen? Wie hatte sie so in die Irre gehen können? Sie dachte an Arthur und schämte sich plötzlich. Was war aus ihr geworden? Arthur hatte sich lediglich ihrer Anbetung schuldig gemacht. Was hatte es für einen Sinn, sich an Ramons Schatten zu klammern, wenn Arthur doch Wirklichkeit und seine Liebe unumstößlich war? Sie hatte einen schrecklichen Fehler begangen.

Als sie zu Hause ankam, dämmerte es bereits. Die Spätsommersonne war hinter der Stadt untergegangen und hatte dem hellen Erntemond Platz gemacht. Helena war müde und geschlagen. Zu ihrer Überraschung sah sie Licht im Schlafzimmer, was bedeutete, dass Arthur zu Hause war. Ihre Laune sprudelte hoch, zuerst langsam, dann immer heftiger, bis es sie drängte, wie ein Kind zu ihm zu laufen und für die schlechte Behandlung, die sie ihm angedeihen lassen hatte, um Entschuldigung zu bitten. Die Vorstellung von Arthurs vertrautem Duft, seiner warmen Umarmung und seinem ermutigenden Lächeln erfüllten sie mit

Reue. Sie sehnte sich danach, sich an ihn zu kuscheln, wie sie es als frisch Verheiratete getan hatten, und dieses Gefühl der Sicherheit, der Intimität und Freundschaft zu erleben. Sie wollte Diego Miranda auf immer vergessen. Sie wollte, sie wäre an jenem Tag nie in dem Pub gewesen. Um ein Haar hätte sie wegen einer erbärmlichen Schwärmerei alles verloren. Warum nur jagte sie ständig Träumen hinterher?
Sie schob den Schlüssel ins Schloss und versuchte fassungslos, ihn zu drehen. Dann klingelte sie. Als Arthur nicht kam, um zu öffnen, rief sie zu seinem Fenster hinauf. Zu ihrem Entsetzen verlosch das Licht im Schlafzimmer, und sie stand allein auf der leeren Straße und blickte voller Angst zum Fenster hinauf. Er wusste es also. »Arthur!«, rief sie in Panik. »Arthur!« Doch das Haus blieb still und undurchdringlich. »Arthur, lass mich rein!«, schluchzte sie. Sie rief, bis sie heiser war, bis ihr Flehen von den kalten Mauern des Hauses abprallte und sie verhöhnte. Sie sank zu Boden und schluchzte. Arthurs Geduldsfaden war schließlich doch gerissen.
Arthur sah durch den Spalt im Vorhang, wie seine Frau schließlich ins Auto stieg und in die Nacht hinausfuhr. Seine Kehle schmerzte von unterdrückten Gefühlen, und das Herz schlug ihm heftig gegen die Rippen, denn er wusste, indem er sie ausschloss, riskierte er es, die einzige Frau, die er je geliebt hatte, zu verlieren. Doch er wusste auch, dass er nicht weiterhin als selbstverständlich genommen werden wollte. Er war an seine eigene Grenze gestoßen. Sie war zu weit gegangen. Es war an der Zeit, dass er ihre Achtung zurückgewann. Sie brauchte eine solche Erfahrung, um zu erkennen, dass das, was sie mit ihm hatte, etwas Kostbares, etwas Heiliges war, etwas, das gehegt und gepflegt sein wollte, das nicht aus Nachlässigkeit und Selbstzufriedenheit abgenutzt werden durfte.
Er setzte sich auf die Bettkante und ließ den Kopf in die Hände sinken. Zum ersten Mal seit vielen Jahren weinte er.

Hal hatte sich von Federica entfernt. Sie war jetzt verheiratet, und ihr Leben verlief nicht mehr parallel zu seinem. Deshalb war er überrascht, als sie ihn kurz nach Nunos Begräbnis anrief und ihn in den Semesterferien in London zum Mittagessen einlud. »Ich muss dich sehen, Hal«, sagte sie, und ihre Stimme klang verändert. Hal war froh, dem Haus seiner Mutter einmal zu entkommen. Sie drängte ihn hinaus mit ihren ständigen Fragen und ihrer unausgesprochenen Forderung, in sein Leben einbezogen zu werden. Sie wollte jede Einzelheit über Exeter wissen, wollte wissen, wer seine Freunde waren, ob er eine Freundin hatte, wie er seine Abende verbrachte. Er empfand ihre Beachtung als wohltuend und zudringlich zugleich. Sie erstickte ihn.

Hal und Federica trafen sich im Le Caprice. Ihm fiel auf, dass sie binnen weniger Monate stark abgenommen hatte. Ihr fiel auf, wie blass und mager er war. »Du siehst schrecklich aus, Hal. Was um alles in der Welt ist los mit dir?«, fragte sie und bestellte eine Flasche stilles Mineralwasser.

»Für mich eine Bloody Mary«, sagte Hal. »Mir geht's gut. Du siehst prima aus.«

»Danke«, antwortete sie. »Ich bekomme mich allmählich unter Kontrolle«, setzte sie stolz hinzu. Sie hatte nahezu sechs Kilo abgenommen.

»Schön für dich. Du bezahlst doch das Essen, oder?«

»Ja.«

»Gut, lass uns bestellen. Ich komme um vor Hunger«, sagte er und schlug die Speisekarte auf.

»Wie geht's Mama?«

»Gut, schätze ich. Sie nervt wie immer«, sagte er leise.

»Und Toby und Julian?«

»Warum fragst du sie nicht selbst? Du besuchst sie überhaupt nicht mehr.«

»Ich hatte so wenig Zeit.«

»O ja.«

»Nein, wirklich.«
»Ich nehme ein Steak mit Pommes frites«, sagte er und klappte die Speisekarte zu.
»Du siehst nicht aus, als würdest du häufig Steak mit Pommes essen. Du siehst eher so aus, als hättest du eine Ess-Störung.«
»Um Himmels willen, du redest wie Mama«, beschwerte er sich. »Überhaupt, was soll diese Einladung? Ich glaube nicht, dass sie nur aus reiner Höflichkeit erfolgt ist.«
»Doch. Ich habe schließlich seit Jahren nicht mehr richtig mit dir geredet.«
»Nicht meine Schuld.«
»Nein, das nicht. Aber ich brauche auch deine Hilfe.«
»Wie bitte?«, seufzte er und verdrehte die Augen. Sie hatte beabsichtigt, ihm von dem Brief ihres Vaters zu berichten, doch er war so feindselig und distanziert, dass sie es sich anders überlegte.
»Du sollst mir Abuelitas Telefonnummer von Mama besorgen«, sagte sie.
»Warum tust du das nicht selbst?«
»Weil Mama nicht wissen soll, dass ich die Nummer haben will«, erklärte sie. »Du brauchst doch nur in ihrem Büchlein nachzusehen, sie steht bestimmt drin.«
»Warum soll sie es denn nicht wissen? Abuelita ist deine Großmutter.«
»Und Papas Mutter«, sagte sie. »Hal, sei nicht so naiv. Mama hat buchstäblich seit Jahren nicht mit ihr gesprochen. Sie hasst Papa. Sie hat ihn auch dafür gehasst, dass er uns geschrieben hat.«
»*Dir*«, fuhr Hal sie an. »Mir hat er nie geschrieben.«
»Wie auch immer. Glaub mir, es ist einfach besser, wenn ich die Nummer heimlich bekomme.«
»Das kostet dich aber was.«
»Wie bitte?«
»Ja, das kostet«, sagte er energisch.
»Das ist doch nicht dein Ernst?«

»Doch, natürlich«, erwiderte er kalt. »Was hätte ich denn sonst davon?«
»Gut, wie viel willst du haben?«
»Hundert Pfund.«
»Einhundert Pfund?« Sie rang nach Luft. »Das soll wohl ein Witz sein!«
»Ich musste mit der Bahn fahren, Rückfahrkarte. Außerdem ist es eine Zumutung. Es ist das Mindeste, was du tun kannst. Es ist ja sowieso Torquils Geld, und der hat mehr als genug.«
Federica musterte ihren Bruder und erkannte den Hal, mit dem sie aufgewachsen war, kaum wieder. Sie furchte die Stirn. »Du bist heute so merkwürdig. Was hast du bloß?«, fragte sie und suchte in seiner Miene nach einem vertrauten Zug.
»Ich krieg das Geld, oder du kriegst die Telefonnummer nicht.«
»Adresse und Telefon in Cachagua und Santiago«, sagte sie fest.
»Gut, wird gemacht.«
»In Ordnung«, sagte sie und gab ihm die Hand. Er hieb sein Messer in das Steak.
»Ich will das Geld jetzt gleich«, sagte er und stand auf.
»Wohin willst du?«
»Zur Toilette. Bin gleich zurück.« Sie sah ihn unsicher durch das Restaurant wanken und hätte gern gewusst, ob ihr Vater auch ihn im Auge behielt. Dann fiel ihr wieder ein, dass Ramon Hal nie geschrieben hatte.

Helena schämte sich zu sehr, als dass sie ihren Eltern den wahren Grund hätte nennen können, warum Arthur sie nicht ins Haus gelassen hatte. Sie bezog wieder ihr altes Zimmer, wo sie wütend auf und ab stapfte.
»Die arme Helena«, beklagte sich Polly bei Jake. »Sie ist böse auf Arthur.«
»Nein, ist sie nicht«, entgegnete Jake schlicht. »Sie ist böse auf sich selbst. Wieder mal hat sie alles kaputt gemacht.«
Helena duldete nicht, dass jemand etwas gegen Arthur sagte. Als

sie Federica anrief, um ihr von dem Vorfall zu berichten, beendete sie das Gespräch abrupt, indem sie zornig den Hörer auflegte, weil ihre Tochter sogleich dem Stiefvater alle Schuld zuschrieb.

»Ach, Federica«, seufzte sie gereizt. »Du verstehst überhaupt nichts.«

Sie war am nächsten Morgen zu Arthur gefahren, hatte an die Tür gehämmert und war ihm sogar zur Arbeit gefolgt. »Arthur, ich kann dir alles erklären«, hatte sie gefleht, doch er wollte sie nicht anhören.

»Du bist zu weit gegangen, Helena«, sagte er tonlos. »Du hast mich ausgelaugt. Ich will dich nicht zurück, es sei denn, du änderst dich, und das kannst du nicht an einem einzigen Tag beschließen. Geh jetzt und denk darüber nach.« Schockiert über das augenscheinliche Verlöschen seiner Gefühle schleppte sie sich zurück nach Hause, um an der Schulter ihrer Mutter darüber zu jammern, dass Arthur sie nicht mehr liebte.

Nur Toby erfuhr die Wahrheit. »Ich hatte eine Affäre«, gestand sie ihm, als sie am windigen Strand saßen und versuchten, das Dröhnen der Brandung und das Möwengekreisch zu übertönen.

»Ach, Helena«, seufzte Toby. »Mit wem denn, um Gottes willen?«

»Mit einem Spanier.«

»Einem Spanier?«, rief er aus und schüttelte den Kopf über die Dummheit seiner Schwester.

»Mit einem verdammten Spanier«, erwiderte sie, verschränkte die Arme unter der Brust und schluchzte vor Selbstmitleid.

»Warum?«

»Weil er mich an Ramon erinnerte.«

Toby grub mit einem Stock im Sand. »Du bist von einem Geist besessen, Helena«, sagte er ernst.

»Ich weiß«, antwortete sie und fuhr ärgerlich fort: »Jetzt weiß ich es auch, verdammt noch mal!«

»Immer willst du das, was du nicht haben kannst.«

»Das brauchst du mir nicht zu erzählen«, fuhr sie ihn an. »Ich war dumm, das gebe ich jederzeit zu.«
»Hast du Arthur je geliebt?«, fragte Toby. Sie blickte über die Wellen hinweg auf die grauen Wolken, die rasch in ihre Richtung zogen, und dachte an den Zorn ihres Mannes. »Nun, hast du ihn geliebt oder nicht?«, drängte er.
»Natürlich. Ich habe es nur nicht erkannt.« Toby runzelte die Stirn. »Es ist nicht diese allumfassende Liebe wie bei Ramon«, erklärte sie. »Es ist irgendwie stiller. Ich habe sie wohl nicht gehört. Ich war zu sehr damit beschäftigt, auf das gewaltige Rauschen zu warten. Meine Liebe zu Arthur ist viel sanfter. Es hat eine Weile gedauert, aber jetzt höre ich sie.«
»Das Rauschen legt sich meistens ziemlich bald, und wenn du Glück hast, bleibt dir dann etwas viel Stärkeres und Dauerhafteres.« Toby lachte leise und dachte an Julian. »Arthur ist ein guter Mensch.«
»Das weiß ich jetzt. Ich kann es nicht fassen, dass eine nichtssagende, bedeutungslose Affäre nötig war, damit ich aufwachte und erkannte, wie viel mir Arthur bedeutet. Ich habe ihn so schlecht behandelt, habe ihn links liegen gelassen. Er hat sich einfach zurückgelehnt und zugelassen, dass ich mich so scheußlich aufführte. Welcher andere Mann wäre wohl so nachsichtig? Ich habe ihn nicht verdient.« Sie sah ihren Bruder mit traurigen großen Augen an. »Ich habe ihn verloren, nicht wahr?«, fragte sie.
Toby legte den Arm um ihre Schultern und küsste sie auf den nach Salz riechenden Kopf. »Ich weiß es nicht, meine Süße. Anscheinend lernst du nie aus deinen Fehlern.«

Achtunddreissig

Sam blickte hinaus in den Regen, der gegen das Fenster in Nunos Büro prasselte. Ein Feuer flackerte im Kamin, wo Nuno immer mit dem stählernen Schürhaken in den Kloben gestochert hatte, wenn er sich sammeln musste, und Trotzki lag im Schlaf schwer atmend auf dem Läufer. Doch Sam fror bis auf die Knochen und schauderte. Sein Blick ruhte auf dem Ledersofa, wo Federica gesessen hatte, und er dachte an ihre Augen, trübe vor Resignation, und an ihren unglücklichen Körper, der unter zu viel tröstenden Süßigkeiten litt. Er fühlte sich wie ausgehöhlt. Er hatte Nuno verloren, seinen geliebten Großvater und Freund, aber er hatte auch Federica an einen anderen, völlig unpassenden Mann verloren. Er seufzte hoffnungslos; er redete sich selbst etwas ein, denn er hatte Federica nie besessen, um sie verlieren zu können. Als er sie hätte haben können, hatte er sie nicht gewollt. Er stand auf und schritt im Zimmer auf und ab, um sich zu wärmen. Er zog sich die Pulloverärmel über die eiskalten Hände und zog die Schultern zusammen. Seit er nach Hause zurückgekehrt war, um zu schreiben, hatte er kein einziges Wort zu Papier gebracht. Er hatte mit dem Gedanken gespielt, sich ein Häuschen zu kaufen wie Toby und Julian. Ein junger Mann von einunddreißig Jahren sollte nicht mehr bei seinen Eltern leben. Doch er fand weder die Energie noch einen Anreiz, sich nach einem Haus umzusehen. Solange er in Pickthistle Manor lebte, brauchte er nicht draußen Gesellschaft zu suchen, nicht zu kochen, keine Miete zu zahlen und auch keine Abzahlung zu leisten. Sein Vater war dankbar für seine Gesellschaft und sprach vor dem Kamin im Wohnzimmer, wo Federica mit Hester und

Molly ihre ersten Marshmallows geröstet hatte, seine Theorien mit ihm durch.

Ingrid schwebte wie ein Gespenst in ihren wallenden Gewändern durch die Räume, zog eine Rauchfahne hinter sich her und nahm Sams Anwesenheit kaum wahr. Sie leitete weiterhin das Tierasyl, das so überbelegt war, dass Sam bei seiner Heimkehr aus London ein überwinterndes Eichhörnchen zusammengerollt in seinem liebsten Kaschmirpullover in der Schublade fand. Als er seine Mutter darauf ansprach, lächelte sie glücklich und antwortete: »Da ist Amos also abgeblieben! Weißt du, Schatz, ich suche ihn schon den ganzen Winter über. Du wirst ihn doch bis zum Frühling in Ruhe lassen, nicht wahr?«

Also borgte Sam die Pullover seines Vaters aus, die sämtlich Löcher aufwiesen, sei es von Motten oder von Mäusen, denn Inigo hatte in seinem Leben nicht ein einziges Mal körperlich gearbeitet und ging so selten aus, dass er kaum jemals das Tageslicht zu sehen bekam. Da Inigo die löcherigen Pullover, die Sam trug, nicht wieder erkannte, klopfte er ihm kameradschaftlich auf den Rücken und sagte: »Sam, falls du Geld brauchst, bist du doch nicht zu stolz zu fragen, oder?« Sam erwiderte, dass es ihm an nichts fehlte.

An den Wochenenden kamen seine zwei jüngeren Brüder heim. Lucien studierte in Cambridge, und Joey absolvierte sein letztes Schuljahr. Molly und Hester kamen, wann immer sie es ermöglichen konnten, denn beide hatten Vollzeitstellen und sehr wenig Freizeit.

Molly fand immer Gelegenheit zu einer beißenden Bemerkung über Federica, während Hester den Verlust ihrer Freundin betrauerte. »Wir waren einander so nahe«, seufzte sie oft. »Wir haben uns alles gesagt.«

»Tja, das passiert, wenn einem Reichtum und feine Gesellschaft zu Kopf steigen«, sagte Molly erbarmungslos. »Wenn du und ich bedeutender wären, Hester, dann hätte sie uns ganz sicher nicht wie heiße Kartoffeln fallen gelassen.«

Sam aber kannte die Wahrheit, denn er ließ sich nicht, wie Molly, von Eifersucht blenden. Er behielt seine Gefühle für sich und verkroch sich hinter der schweren Eichentür von Nunos Büro. »Sam ist genau wie Dad«, sagte Molly an einem Wochenende lachend, als er nur noch zu den Mahlzeiten auftauchte. »Und er wird allmählich genauso trübsinnig.«

Es drängte Sam, Federica anzurufen, doch er hätte nichts zu sagen gewusst, und sie sollte auch nicht wissen, dass der gewisse Brief von ihm stammte. Nach dem Gespräch am Tag von Nuno Begräbnis bezweifelte er, dass sie sich freuen würde, von ihm zu hören. So beschloss er aus seiner Frustration darüber, dass er nicht mit ihr in Kontakt treten konnte, Federica eine weitere anonyme Botschaft zukommen zu lassen. Er schlug Nunos Buch auf, setzte sich ans Feuer und zitterte vor Kälte, bis er ein paar Zeilen fand, die hilfreich für sie sein mochten. Die Zeilen, die Nuno angestrichen hatte, konnten nicht für Federica gelten, denn Violet hatte Ermutigung zur Liebe gebraucht, während Federica Ermutigung zum Leben benötigte – zu einem unabhängigen, nicht von einem fremden Willen dirigierten Leben. Er kaute an seinem Bleistift und blätterte in Gibrans Büchlein. Einen der Verse über die Liebe hätte er verwenden können, doch der traf eher auf ihn selbst zu, der er auf dem ›Dreschboden der Liebe‹ litt, weil Federica seine Gedanken heimsuchte und Wunden in sein Herz brannte. Er hätte einen der Verse über Schmerz anbringen können, denn das würde sie lehren, dass Freude und Schmerz nicht voneinander zu trennen sind, denn ohne das eine ist es unmöglich, das andere zu erfahren.
Dann stieß er auf einen Vers über die Freiheit und erkannte, dass nichts anderes passender sein konnte. Er tippte triumphierend mit dem angekauten Bleistiftende auf die betreffende Seite und sagte sich: Es liegt in Federicas Macht, sich zu lösen. Torquil behandelt sie so, wie sie es ihm erlaubt, sie zu behandeln. Sie kann jederzeit nein sagen, und sie muss nein sagen. Er las die

entsprechenden Verse Trotzki vor, der daraufhin die Triefaugen öffnete, gähnte und sich reckte, bevor er den Kopf auf die Seite neigte und aufmerksam die Ohren spitzte.

›*Denn wie vermöchte ein Tyrann die Freien, Stolzen beherrschen, so nicht Tyrannei in ihrer eigenen Freiheit und Schande in ihrem eigenen Stolze schlummerten? Und ist es eine Sorge, die ihr abwerfen möchtet, so ward diese Sorge doch eher von euch selbst gewählet als euch auferlegt. Und ist es eine Angst, die ihr vertreiben möchtet, so liegt der Sitz dieser Angst in eurem Herzen und nicht in der Hand des Gefürchteten.*‹

Sam setzte sich an den Schreibtisch vor Nunos Computer und tippte die Verse. Die nächste halbe Stunde verbrachte er damit, sie auszudrucken und den Umschlag zu beschriften, denn jede einzelne Handlung wurde mit äußerster Sorgfalt betrieben, so als handelte es sich um einen Liebesbrief, der die tiefsten Geheimnisse seines Herzens enthielt. Erregt von der Aussicht, einen Blick auf Federica zu erhaschen, nahm er am nächsten Morgen den Frühzug und starrte während der gesamten Fahrt aus dem Fenster, weil er zu unkonzentriert war, um zu lesen. Er kam im Taxi gerade noch rechtzeitig an, um zu sehen, wie Federica das Haus verließ und in den wartenden Wagen stieg.

»Folgen Sie dem Mercedes«, befahl Sam dem Fahrer, lehnte sich zurück und lauschte auf das Klopfen seines Herzens und auf die hoffnungsvollen Gedanken in seinem Kopf.

Ihre Erscheinung hatte ihn auf Anhieb in Erstaunen versetzt. Sie war schlanker geworden, und ihr Gang war wieder so beschwingt wie vor ihrer Hochzeit. Ihr Teint war nicht mehr fahl vor Anspannung, sondern von gesunder Frische. Er hätte gern gewusst, ob seine Botschaft diese Veränderung bewirkt hatte. Doch dann fiel ein düsterer Schatten über sein Gesicht: Vielleicht war Torquil der Grund.

Federica war begeistert von ihrer neuen Lebensweise, obwohl ihr der Übergang nicht leicht gefallen war. Sie hatte mit ihrem privaten Trainer schwer daran arbeiten müssen, Gewicht zu verlieren und ihre Essgewohnheiten zu ändern. Oft genug war sie völlig demoralisiert. Seit Monaten hatte sie sich nicht mehr richtig im Spiegel betrachtet, und wenn ihre Kleider nicht mehr passten, hatte sie einfach Torquil gebeten, ihr neue zu kaufen. Sie war viel dicker, als sie geglaubt hatte. Sie hatte über zehn Kilo zugenommen, und ihre Haut hatte unter der schädlichen Ernährung gelitten. Plötzlich konnte sie sich dann nicht mehr verstecken, denn montags, mittwochs und freitags kam John Burly, um sie zu wiegen, zu messen und in die Pflicht zu nehmen, bis ihr der Schweiß aus allen Poren brach und sie oft genug entmutigt weinte: »Ich schaffe es nicht. Ich neige einfach dazu, dick zu werden.«

Dann antwortete Burly: »Gut, wenn Sie dick bleiben wollen, bitte schön, aber dazu brauchen Sie mich nicht.« Und sie bat ihn weiterzumachen. Sie achtete darauf, dass der Kühlschrank nur Obst und Gemüse enthielt, und verfolgte ihre rigorose Diät in erster Linie deshalb, weil sie sich jedes Mal, wenn sie Appetit auf Kartoffelchips oder Schokolade bekam, daran erinnerte, wie Torquil sie neuerdings nannte. Dann knabberte sie lieber eine Möhre.

Statt Torquils Geld für Kleider auszugeben, ging sie lieber zur Visagistin, und so fing sie an, wieder stolz auf ihr Aussehen zu sein. Mit jedem verlorenen Pfund wuchs ihr Selbstbewusstsein. Außerdem zog sie Kraft aus der Botschaft ihres Vaters, die sie ganz unten im Schmetterlinskästchen aufhob und nur tagsüber hervorholte, wenn Torquil zur Arbeit war und sie mit ihren Gedanken allein blieb. Sie war überzeugt, dass ihr Vater in England gewesen war, sie gesehen und ihr daraufhin den Brief geschickt hatte. Sie wünschte sich, er hätte sie aufgesucht, verstand aber auch, warum er es nicht getan hatte. Er sollte wissen, dass sie es ihm nicht verübelte und dass sie ihn nach wie vor liebte.

Als es auf Weihnachten zuging und die Tage zunehmend kälter wurden, wartete Federica darauf, dass Hal anrief und ihr die

Telefonnummer ihrer Großmutter mitteilte, doch sie wartete vergebens.
Und dann unternahm Federica ihren ersten zögernden Schritt in Richtung Unabhängigkeit. Es war ein kleiner, aber bedeutungsschwerer Schritt. Sie fuhr in die Sloane Street und kaufte sich selbst neue Kleider, denn die alten waren ihr inzwischen zu groß. Es waren immer noch die grauen und marineblauen Hosenanzüge, die Torquil für sie auszusuchen pflegte. Der Umstand, dass sie allein einkaufen gegangen war, vermittelte ihr ein befriedigendes Gefühl von Auflehnung. Sie hatte ihre erste Rebellion inszeniert.
Zu ihrer Überraschung fiel Torquil nichts auf. Zu ihrer noch größeren Überraschung störte sie das nicht. Er lobte ihre schlankere Silhouette, nahm sie in seine übermächtigen Arme und küsste sie mit seinen ehebrecherischen Lippen. »Du bist so klug, meine Kleine, und ich bin so stolz auf dich«, sagte er. »Du bist fast wieder die Federica, die ich geheiratet habe.«
Sie hätte erfreut sein sollen, immerhin hatte sie seinetwegen abgenommen. Oder etwa nicht? Schritt für Schritt rückte Torquil weg vom Mittelpunkt ihrer Welt.

Sam folgte Federica nach St. James', wo sie aus dem Wagen stieg und zu Fuß weiterging. Er wartete, bis sie die Straße zur Hälfte überquert hatte, dann stieg er aus und folgte ihr. Sie trug einen langen schwarzen Mantel und schwarze Wildlederstiefel zu einem hellgrauen Hosenanzug mit cremefarbener Seidenbluse. Sie wirkte elegant und vornehm. Ihr langes weißblondes Haar hatte sie zu einem festen Pferdeschwanz gebunden, der ihr über den Rücken fiel. Sie war nicht mehr die magere Halbwüchsige, voller Unsicherheit und Zweifel, die er in Polperro gekannt hatte. Sie war voller und fraulicher, strahlte wachsendes Selbstbewusstsein aus. Seine Gefühle schnürten ihm die Kehle zu; so gefiel sie ihm noch besser. Er hätte es ihr von Herzen gern gesagt.
Sam ging etwa hundert Meter hinter ihr her, das Gesicht unter

dem Filzhut seines Vaters verborgen, die Hände in den Taschen seines von Hundehaaren bedeckten Mantels geschoben. Er zog die Schultern hoch und beobachtete sie durch seine Brillengläser, die auf Grund der Kälte und des Nieselregens immer wieder beschlugen. Er fühlte sich wie ein Sittenstrolch und errötete beschämt, wodurch seine Brille noch stärker beschlug, so dass er kaum noch etwas sah.

Er folgte Federica die Arlington Street entlang in Richtung Ritz, wo sie sich vermutlich mit jemandem zum Mittagessen traf. Doch zu seiner Verwunderung ging sie an den Türstehern, die sich alle mit weißbehandschuhten Händen an die Mützen tippten, vorbei und schlug den Weg nach Green Park ein. Sam ging schneller, wich Leuten aus, die aus der U-Bahn-Station kamen, und sah Federica den Park betreten. Er versteckte sich hinter dem Tor, als sie einer Bank unter winterkahlen Bäumen zustrebte. Dort setzte sie sich, stellte die Handtasche auf ihre Knie und blickte in den dunstigen Park hinaus.

Sam nahm die Hände aus den Taschen und umklammerte die nassen Eisenstäbe, die ihn von der geliebten Frau trennten. Es drängte ihn, ihren Namen zu rufen. Sein Klang auf seinen Lippen wäre eine Wonne gewesen, denn er sprach mit niemandem über sie. Doch er wagte es nicht. Er stand nur da, die Hände an den Gitterstäben, fragte sich, woran sie wohl denken mochte, und war dankbar, ihr nah sein zu dürfen. Er erkannte an ihren hängenden Schultern und dem nachdenklich geneigten Kopf, dass sie einsam war, denn er wusste, wie es war, einsam zu sein, und er verstand sie. Ein oder zwei Mal kratzte sie sich an der Nase oder schob sich eine Haarsträhne hinters Ohr, während Sam darauf wartete, dass sie aufstand und weiterging. Als sie jedoch nach einer Stunde immer noch keine Anstalten machte weiterzugehen, beschloss er, zu ihrem Haus zurückzufahren und den Brief einzuwerfen.

Widerstrebend verließ er sie und schlenderte in Richtung St. James'. Plötzlich schauderte er vor Kälte und schob die Hände

wieder tief in die Taschen. Von Neugier getrieben, ging er an Federicas Wagen vorbei und sah, dass der Chauffeur schlief. Ein langer Speichelfaden zog sich von seinem Mundwinkel bis zum Aufschlag seiner Uniformjacke.
Sam nahm die Gelegenheit wahr und schob den Brief durch das hintere Fenster, das Federica einen Spalt offen gelassen hatte. Der Brief fiel auf den Sitz, die Adresse nach oben, wo der Name Federica Campione mit Liebe auf den Umschlag getippt war.

Federica saß da und genoss den Umstand, dass Torquil nicht wusste, wo sie war. Sie liebte diese privaten Augenblicke, in denen sie allein war mit ihren Erinnerungen. Sie dachte darüber nach, dass sie nicht schwanger wurde, und kam zu dem Schluss, dass es nicht richtig wäre, ein Kind in eine so zerrüttete Ehe zu gebären. Vielleicht war es Gottes Wille, weil er ja den größeren Zusammenhang kannte. Sie dachte an Weihnachten und fragte sich, ob Torquil sie vielleicht nach Polperro begleiten würde, um das Fest mit ihrer Familie zu feiern. Jedes Jahr hatte er es ihr von neuem versprochen, und jedes Jahr war er stattdessen mit ihr auf irgendeine exotische Insel geflogen. Jedes Mal hatte Federica ihre Mutter angerufen und Torquil so vehement verteidigt, dass sie am Ende an ihre eigenen erfundenen Ausreden glaubte. Doch im Inneren hatte sie sich verzweifelt von ihm verraten gefühlt. Mehr als alles in der Welt wünschte sie sich, heim nach Cornwall fahren zu dürfen.
Sie dachte gern an ihre Jugend zurück. Ihre Erinnerungen trösteten sie und holten sie aus sich selbst und aus ihrem Unglücklichsein heraus. Sie dachte an die Picknicks am Strand, wenn der Sand über die Brote wehte und es so kalt war, dass sie sich in ihren Norwegerpullovern aneinanderkuschelten, bis Toby sie aufscheuchte und mit ihnen nach Seeigeln und Krabben suchte. Julian sammelte Muscheln und half ihnen beim Bau einer Sandburg, während Helena auf der Decke saß und sich mit ihrer

Mutter unterhielt und gelegentlich geistesabwesend ihre Bemühungen lobte. Es waren idyllische Tage gewesen.

Federica sprach mit Toby und Julian, mit ihrer Mutter und hin und wieder mit Hester, aber nicht mehr so häufig wie anfangs, als sie sich zu den Telefonzellen bei Harrod's geschlichen hatte. Zeit und Umstände hatten sich wie ein unbezwingbarer Berg zwischen sie geschoben. Auch dafür fand sie Entschuldigungen, doch wenn sie ehrlich zu sich selbst war, war der Grund darin zu finden, dass Torquil ihre Familie nicht mochte. Er hielt sie für Hinterwäldler, und er tat sein Bestes, um sie von Federica fern zu halten. Mit einiger Entschlossenheit würde sie diesen Berg bezwingen können, aber sie wusste nicht, ob sie den Mut aufbrachte, sich ernsthaft gegen ihren Mann aufzulehnen.

Für Federica war ihre Liebe zu Torquil so selbstverständlich, dass sie reine Gewohnheit wurde. Zu Anfang hatte sie ihn gebraucht, und diese Bedürftigkeit hatte er gehegt und gepflegt, bis Federica ohne ihn nicht mehr zurechtkam. Als Nächstes verlor sie die Fähigkeit, eigenständig zu denken. In den vier Jahren ihrer Ehe hatte Torquil sie langsam zu Boden gedrückt –, aber von dort aus blieb nur noch der Weg nach oben. Wie auffällig, dass ihr Vater ihr ausgerechnet am tiefsten Punkt ihrer Verzweiflung die geheime Botschaft hatte zukommen lassen, die sie aufforderte, sich selbst wieder aufzubauen und ihr verlorenes Selbstbewusstsein und die verlorene Kontrolle zurückzugewinnen. An diesem Punkt hätte sie nach jedem Strohhalm gegriffen. Allein hätte sie es nicht geschafft.

Sie dachte an ihren Vater und überlegte, wie sie ihn von London aus aufspüren könnte. Falls er in der Stadt gewesen war, hatte er sie inzwischen wohl schon wieder verlassen. Ramon hielt es nie lange an einem Ort. Sein Schatten holte ihn immer wieder ein und drängte ihn weiter. In diesem Moment hatte sie das Gefühl, heiße Blicke in ihrem Rücken zu spüren. Verlegen schob sie sich eine Haarsträhne hinters Ohr, wagte aber nicht, sich umzudrehen. Der erahnte Blick war ihr irgendwie vertraut. Angenehm vertraut. Sie stellte sich vor, es könnte ihr Vater sein, der nicht gesehen werden wollte und sie von der Straße aus beobachtete. Plötzlich mutig geworden, drehte sie sich um und suchte mit hoffnungsvollen Blicken die Menge unbekannter Gesichter im Winterdunst ab. Sie erkannte kein einziges. Enttäuscht seufzte sie auf, blickte auf ihre Uhr und beschloss, zurück zum Wagen zu gehen.

Sie schritt die Straße entlang, den Blick auf das Pflaster geheftet, und überlegte, wie sie das Thema Weihnachten ansprechen sollte. Beim Wagen angekommen, sah sie, dass der Chauffeur schlief, und klopfte ans Fenster. Er wurde ruckartig wach, drückte die Tür auf, wälzte sich aus dem Sitz und öffnete die Fondtür für Federica. Federica jedoch hatte bereits den Brief entdeckt und öffnete die Tür selbst. Sie forderte den Mann auf, sie heimzufahren, griff mit zitternder Hand nach dem Brief und las den Namen auf dem Umschlag, Federica Campione. Er stammte mit größter Wahrscheinlichkeit von ihrem Vater, denn er kannte ihren neuen Namen nicht, und niemand, den sie kannte, hätte sie Campione genannt. Sie riss den Umschlag auf und verschlang gierig die Worte, als wären sie das heilige Evangelium. Also hatte ihr Vater sie doch beobachtet.

›*Denn wie vermöchte ein Tyrann die Freien und Stolzen zu beherrschen, so nicht Tyrannei in ihrer eigenen Freiheit und Schande in ihrem eigenen Stolze schlummerten? Und ist es eine Sorge, die ihr abwerfen möchtet, so ward diese Sorge eher von euch selbst gewählet als euch auferlegt. Und ist es eine Angst, die ihr vertreiben möchtet, so liegt der Sitz dieser Angst in eurem Herzen und nicht in der Hand des Gefürchteten.*‹

Die Glut stieg ihr in die Wangen, ihr war heiß vor Scham. »Halten Sie an, ich muss aussteigen«, sagte sie plötzlich.

»Wie, jetzt?«, rief der Chauffeur aus und warf ihr im Rückspiegel einen Blick zu.

»Jetzt«, wiederholte sie.

»Ja, Madam«, antwortete er bestürzt. Widerwillig bog er in eine stille Seitenstraße ein und hielt am Straßenrand. Federica stieß die Tür auf und taumelte hinaus auf das nasse Pflaster. Hastig schritt sie die Straße entlang, bis sie ein kleines Café fand. Drinnen suchte sie einen Ecktisch, bestellte eine Tasse Tee und starrte entsetzt auf den Brief. Hatte sie denn wirklich überhaupt keinen Stolz? War ihr Elend tatsächlich nur auf ihre eigene Schwäche und ihren Mangel an Charakterstärke zurückzuführen? War Torquil, der Mann, den sie zu lieben glaubte, in Wirklichkeit ein Tyrann, der jede ihrer Bewegungen überwachte? Sie hatte so blind in ihrem Kummer geschwelgt, sich selbst so Leid getan, dass sie niemals zu glauben gewagt hätte, die Rettung könne einzig in ihren eigenen Händen liegen. Gehorsam war ihr von Natur aus geläufiger als Rebellion. Jetzt schämte sie sich über ihren Mangel an Kraft. Sie war erbärmlich. Sie las die Verse noch einmal, und plötzlich lag alles so deutlich auf der Hand. Den Blick auf die Teetasse gesenkt, betrachtete sie erbarmungslos den wahren Charakter ihrer Ehe. Was sie da sah, stieß sie ab. Sie hatte Torquil gestattet, jeden Aspekt ihres Lebens zu beherrschen, angefangen bei den Kleidern, die sie trug, bis zu den Menschen, mit denen sie verkehrte. Voller Bedauern erinnerte sie sich, wie klug er verhindert hatte, dass sie heim nach Polperro fuhr. Schritt für Schritt erinnerte sie sich jeder allmählichen Veränderung in Richtung Diktatur. Ihre Liebe hatte Torquil nicht gereicht, er wollte auch ihre Freiheit besitzen. Sam hatte Recht gehabt. Jetzt wünschte Federica sich, den Mut gehabt zu haben, seine Hand zu ergreifen, als er sie ihr reichte. Selbst Arthur hatte sie gewarnt, doch sie hatte nicht auf ihn gehört.

Am späten Nachmittag kam sie schließlich nach Hause zurück. Torquil war nicht daheim. Federica öffnete den Kühlschrank und nahm eine Flasche Grapefruitsaft heraus. Dann ging sie nach oben und ließ sich ein Bad ein. Vor Entschlossenheit zitterte sie am ganzen Körper. Sie würde Weihnachten in Polperro verbringen, ob es Torquil nun passte oder nicht. Ja, sie würde endlich anfangen, ihre Entschlüsse wieder selbst zu fassen. Sie kleidete sich aus und schlüpfte in ihren Bademantel, während sie probte, was sie zu Torquil sagen würde. Es erschien so einfach, doch sie fürchtete, die Worte könnten ihr im Hals stecken bleiben, wenn sie ihm Auge in Auge gegenüberstand.

Dann geriet sie in Panik, dass er längst irgendetwas anderes organisiert haben könnte. Sie dachte an seine Drohung, mit ihr nach Mauritius zu fliegen, und sie wand sich innerlich. Er hätte keinen Grund gehabt, sie zu informieren. Sie hatte ihn ja stets alles planen lassen, sie führte nicht einmal einen Terminkalender. Sie musste vorbereitet sein, damit er sie nicht manipulieren konnte.

Federica lief hinunter in sein Büro und öffnete sämtliche Schubladen seines Schreibtisches. Alles lag an seinem Ort, selbst die Bleistifte lagen, auf die gleiche Länge gespitzt, kaum benutzt, säuberlich in Reih und Glied. Als sie in den Schubladen nichts fand, setzte sie ihre Suche in den Schränken fort, fand jedoch auch dort nichts. Keine Flugtickets, gar nichts. Sie eilte nach oben zu seinem großen begehbaren Kleiderschrank, in dem blitzblanke Schuhe, jedes Paar mit Schuhspannern aus Mahagoni versehen, in militärischer Ordnung standen.

Plötzlich suchte sie nicht mehr nach einem Terminkalender, sondern nach etwas anderem, als wäre sie erwachsen geworden und endlich in der Lage, die Welt außerhalb ihres Kokons zu sehen, in den ihr Mann sie eingesponnen hatte. Fieberhaft kramte sie in den Taschen von Jacketts und Hosen, die perfekt ausgerichtet auf hölzernen Kleiderbügeln hingen. Ihr Herz raste vor Angst, denn Torquil konnte jeden Moment auftauchen. Ihre Neugier führte sie zu seiner Nachttischschublade, wo sie auf ein quadratisches Notizbuch stieß. Sie nahm es an sich und schlug es auf. Es war in Leder gebunden und enthielt handschriftliche Listen von Dingen, die erledigt werden mussten. Innen im Umschlag klebte das Bild einer jungen Frau, die nackt auf einem

Stuhl saß, hemmungs- und schamlos die Beine spreizte und im Wissen ihrer verlockenden Macht lächelte. Federica wurde kalt ums Herz. Sie erkannte das Gesicht und sie erkannte die Umgebung. Wieso hatte es so lange gedauert, bis sie dahinter kam?

Federica rief Hester an. Ihre Freundin bemerkte den seltsamen Klang ihrer Stimme und wusste sogleich, dass etwas Dramatisches geschehen war. »Was hat er dir angetan?«, fragte sie.
»Ich brauche dich jetzt«, flehte Federica, und Tränen stiegen ihr in die Augen. »Kannst du kommen und mich abholen?«
Hester legte den Hörer auf, griff nach ihren Schlüsseln und schlug die Tür hinter sich zu, ohne ein Wort zu Molly zu sagen, die den Kopf aus dem dampfenden Badezimmer steckte und sich fragte, was um alles in der Welt denn los wäre.
Als Hester ankam, stand Federica im Bademantel vor dem Haus, ein schlichtes Holzkästchen an sich gepresst. Sie lief die Stufen hinunter, blickte sich ängstlich nach allen Seiten um und sprang in den Wagen.
»So willst du fahren?«, fragte Hester erstaunt.
Federica brach in Tränen aus. »Ja, denn das ist alles, was ich mit in die Ehe gebracht habe. Mein Kästchen und mein Vertrauen.«

Erst als sie in der Wohnung in Pimlico in Sicherheit war, machte Federicas Schluchzen einem hysterischen Lachen Platz. Molly und Hester tauschten besorgte Blicke und erinnerten sich beide an Helenas Hochzeitstag, als Federica genauso hysterisch um Sam geweint hatte. Als sie sich so weit beruhigt hatte, dass sie sprechen konnte, trocknete sie sich mit dem Ärmel ihres Bademantels die Tränen und schniefte noch ein letztes Mal.
»Ist alles in Ordnung?«, fragte Molly besorgt.
»Oh, jetzt geht es mir viel besser«, antwortete Federica mühsam beherrscht. »Es ist nur, weil ich vergessen habe, das Badewasser abzudrehen.«

Neununddreissig

Als Torquil heimkam, lief das Wasser schon die Treppe hinunter. Voller Angst um Federica eilte er ins Schlafzimmer, rutschte auf dem glitschigen Teppich aus und hörte vor Angst das Blut in seinen Ohren rauschen.

»Federica!«, rief er, »Federica! Fehlt dir was?« Er taumelte ins Badezimmer, wo das Wasser in einem endgültigen Akt der Auflehnung über den Wannenrand floss. Torquil drehte die Hähne zu und zog den Stöpsel. Der Abfluss gurgelte befriedigt. »Scheiße!«, fluchte Torquil mit einem Blick auf die kostbaren Teppiche, die er sämtlich würde ersetzen müssen.

Er sah sich nach seiner Frau um, fand als einzige Spur jedoch nur ihre säuberlich zusammengelegten Kleider auf dem Bett. Er stellte fest, dass an den Haken an der Tür nur ein einziger Bademantel hing. Noch einmal rief er ihren Namen und durchsuchte das ganze Haus. Er erhielt keine Antwort, nur das Echo seiner eigenen Stimme hallte von den Wänden wider. Torquil setzte sich auf die Bettkante und rieb sich das Kinn.

Er machte sich große Sorgen. Federica war einfach verschwunden. Aber es gab keinen Hinweis auf einen Kampf oder einen Einbruch, da war nur das überschwemmte Bad. Schließlich griff er nach dem Telefonhörer und rief den Chauffeur an.

»Tja, Mr. Jensen«, antwortete Paul nachdenklich, »sie war ungefähr eine Stunde in St. James' einkaufen, und als ich sie nach Hause fahr, da will sie plötzlich, dass ich anhalte. Na, Mr. Jensen, Sie können sich sicher vorstellen, dass ich mir Sorgen gemacht hab. Sie sah mitgenommen aus ... Nein, ich weiß nicht, warum, Mr. Jensen, sie war nur so furchtbar blass. Sie rennt den

Gehsteig runter und verschwindet für etwa eine Stunde in einem Café. Als ich sie zu Hause absetze, ist sie wieder ganz normal. Da bin ich nach Hause gefahren, Mr. Jensen. Sie hat gesagt, sie braucht mich nicht mehr.« Darauf folgte Schweigen. »Mr. Jensen?«, fragte der Chauffeur, besorgt, vielleicht etwas falsch gemacht zu haben. »Mr. Jensen? Mrs. Jensen hat mich dann doch wirklich nicht mehr gebraucht, oder?«

»Schon gut, Paul«, antwortete Torquil, doch seine Stimme brach. Er legte den Hörer auf und kratzte nachdenklich sein stoppeliges Kinn. Dann fiel ihm etwas ins Auge. Die Nachttischschublade, die Federica nicht sorgfältig geschlossen hatte, stand einen Spalt offen. Solche Kleinigkeiten entgingen Torquil nie. Er öffnete die Schublade und sah, dass sein Notizbuch falsch herum lag, nicht so, wie er es zurückgelassen hatte. Er nahm es zur Hand und betrachtete es. Mit einem tiefen Seufzer sah er das Foto von Lucia, das er auf die innere Umschlagseite geklebt hatte. Jetzt ergab alles einen Sinn. Federica war in einem so aufgewühlten Zustand davongelaufen, dass sie vergessen hatte, im Bad den Wasserhahn zuzudrehen.

Er löste das Foto aus dem Büchlein und riss es in kleine Fetzen, die er wütend in den Papierkorb warf. Sie hatte alles vollkommen falsch verstanden. Das Foto war vor vielen Jahren aufgenommen worden. Er würde es ihr erklären, und Federica würde ihm verzeihen. Hastig sah er sich im Raum nach Hinweisen um, ob sie einen Koffer gepackt hatte. Nein. Sie hatte nichts mitgenommen, nicht einmal ihre Unterwäsche. Offenbar war sie im Bademantel weggelaufen. Er entspannte sich. Das hieß offenbar, dass sie zurückkommen würde. Im Bademantel kam sie schließlich nicht weit.

Federica erzählte Molly und Hester alles, ließ dabei nur die anonymen Verse aus, die ihr Geheimnis bleiben sollten, bis es ihr gelungen war, ihren Vater aufzuspüren.

Die drei Freundinnen saßen mit zwei Flaschen billigem Rotwein

vor dem Gasfeuer, und Kenny Rogers sang: ›It's a fine time to leave me, Lucille‹.
Molly war fasziniert von Federicas unglücklicher Welt. Bisher war es ihr nicht gelungen, hinter die Fassade von Designergarderobe und Krokotäschchen zu blicken.
Hester hörte ihr voller Mitleid zu. »Ich wusste, dass es dir schlecht geht, Fede, ich habe es gespürt. Was hast du jetzt vor?«
»Ich gehe nach Hause nach Polperro und fange von vorn an«, sagte sie schlicht.
»Heißt das, du willst Torquil verlassen?« Molly zündete sich eine Zigarette an.
»Natürlich verlässt sie Torquil«, sagte Hester. »Er ist ein Ungeheuer. Du hast etwas viel Besseres verdient«, fügte sie hinzu und drückte liebevoll Federicas Arm.
»Ach, solange ich lebe, werde ich keinen Mann mehr anschauen.« Federica schnaubte durch die Nase. »Ich möchte jetzt für eine Weile allein sein, meine Entscheidungen selbst treffen. Ich muss herausfinden, wer ich eigentlich bin. Ich glaube, im Moment weiß ich überhaupt nicht, wo ich stehe.«

Als das Telefon klingelte, erstarrten alle drei. Molly und Hester sahen Federica an, die ihren Blick angstvoll erwiderte. »Nimm du ab, Molly«, sagte sie mit vor Angst ganz dünner Stimme. Sie führte den Daumen an den Mund und begann, an der Nagelhaut zu knabbern. »Ihr habt mich nicht gesehen«, fügte sie hinzu.
Molly erhob sich vom Boden, und die Wirkung des Weins schwand aus ihrem Kopf. Sie war schnell wieder nüchtern. Bevor sie den Hörer abhob, atmete sie tief durch. Das schrille Klingeln hörte auf, und das Zimmer blieb in erwartungsvoller Stille zurück.
»Hallo«, antwortete Molly, um einen ganz normalen Tonfall bemüht. Ihre Schultern entkrampften sich. »Sam! Wieso rufst du mich ausgerechnet jetzt an? Weil wir in einer Krise stecken, deshalb ... Wie, jetzt? O Gott! Du wirst im Wohnzimmer

schlafen müssen, Federica schläft bei Hester ... Das ist eine lange Geschichte, wir erzählen dir alles, wenn du hier bist ... Gut, bis gleich.« Lächelnd legte sie den Hörer auf. »Ein weiterer Gast.« Sie lachte. »Holen wir noch eine Flasche Wein.«

»Sam hat seinen Zug verpasst«, verkündete Molly durch die Küche hüpfend.
»Typisch.« Hester seufzte. »Er lebt völlig in seiner eigenen Welt, seit Nuno tot ist.«
»Armer Sam«, sagte Federica. »Er hat Nuno wirklich geliebt, nicht wahr?«
»Mehr als jeden anderen Menschen. Mehr als Mum und Dad, glaube ich«, antwortete Molly, die mit einer weiteren Flasche Rotwein zurückkam. »Weißt du, Nuno hat viel Zeit mit Sam verbracht. Er hatte ja keinen Sohn und hatte sich bestimmt einen gewünscht, alter Chauvi, der er war. Also wurde Sam so etwas wie ein Ersatzsohn für ihn. Dad hat ihm Nunos Büro für seine Schriftstellerei überlassen. Gott allein weiß, was er da schreibt. Doch er verbringt den ganzen Tag hinter verschlossenen Türen, wie Dad. Der Einzige, den er in seiner Nähe duldet, ist Trotzki«, fügte sie hinzu und entkorkte die Flasche.
»Er sollte sich eine Freundin suchen«, sagte Hester. »Früher hatte er so viele Freundinnen.«
»Aber da hatte er ja auch noch Haare auf dem Kopf.« Molly lachte erbarmungslos.
»Er ist aber nicht Samson, Molly«, verteidigte Hester den Bruder. »Ich finde, er sieht auch mit seinem dünnen Haar unwahrscheinlich gut aus. Er ist nicht mehr so hübsch, aber er sieht herb und attraktiv aus.«
Molly rümpfte angewidert die Nase. »Jeder nach seinem Geschmack«, bemerkte sie hochnäsig und blies Rauchringe in die Luft.
»Eines habe ich von Torquil gelernt«, sagte Federica traurig. »Die äußere Erscheinung kann täuschen. Kein Mensch ist so

schön wie Torquil – und so egoistisch. Ich hätte lieber ein schlichtes Äußeres und dafür ein schönes Wesen.«
Molly senkte den Blick und schämte sich, weil sie für Torquil schwärmte.

Als Sam in der Wohnung eintraf, fiel Federica auf Anhieb auf, wie schnell der junge Mann verfiel, der einmal goldhaarig und schön gewesen war wie eine griechische Statue. Sein Gesicht war so grau wie auf Nunos Begräbnis, aus seinen Augen sprach eine gewisse Müdigkeit, denn seine Sehnsucht hatte ihn aller Begeisterung und Energie beraubt. Als er Federica sah, lächelte er verlegen, während er doch am liebsten zu ihr geeilt wäre, um sie fest an sich zu drücken.
Federica dachte an das peinliche Gespräch am Begräbnistag und erwiderte sein Lächeln, als Zeichen, dass es vergeben und vergessen war. Sie erhob sich, um ihn zu begrüßen.
Er umfasste ihre Oberarme. »Geht es dir gut?«, fragte er ernst.
»Jetzt, ja«, antwortete sie, befreite sich aus seinem Griff und rieb sich die schmerzenden Stellen. »Ich habe Torquil verlassen«, setzte sie hinzu und ließ sich wieder auf dem Teppich vorm Feuer nieder.
»Du hast Torquil verlassen?«, wiederholte er fassungslos und wandte sich ab, damit sie nicht sah, wie seine Augen aufstrahlten und ein triumphierendes Lächeln seine Mundwinkel hob. »Du hast Torquil verlassen?«, sagte er noch einmal.
»Es ist vorbei«, behauptete sie.
»Wir feiern das mit Wein«, fügte Molly fröhlich hinzu.
»Ich würde sagen, wir trauern mit Wein«, sagte Hester. »Die arme Fede hat weiß Gott was durchgemacht.«
»Was ist passiert?«, fragte Sam, schälte sich aus seinem Mantel und setzte sich aufs Sofa. Ihm war sehr heiß. Er zog sich den löchrigen Pullover seines Vaters über den Kopf und saß da in seinem blauen Hemd, dessen offene Manschetten um seine Handgelenkte baumelten.

»Ach, das ist eine lange Geschichte«, sagte Federica, nahm einen Schluck Rotwein und fühlte sich schon viel besser.
»Molly, gib mir auch ein Glas«, verlangte Sam. Seine Laune hob sich. »Fede, du bist stark. Ich bin richtig stolz auf dich. Was du getan hast, ist das Schwierigste auf der ganzen Welt. Und du hast es ganz allein geschafft.«
»Nicht ganz«, widersprach sie. Sam wandte den Blick ab. »Sagen wir mal so: Mir wurden die Augen geöffnet. Mag sein, dass ich auch ein bisschen erwachsener geworden bin. Ich kann es nicht fassen, dass ich so verblendet und schwach gewesen bin. Ich habe vier Jahre meines Lebens verschleudert.«
»Nichts ist jemals verschleudert, Fede. Du hast viel über das Wesen der Menschen gelernt, aber in erster Linie auch über dich selbst«, bemerkte er weise. Dann wechselte er das Thema. »Was hast du jetzt vor?«
»Ich will nach Hause. Mama und ich geben bestimmt ein tolles Gespann ab.«
»Ja, wir haben davon gehört«, sagte Hester. »Es tut mir so Leid.«
»Sie ist dumm.« Federica seufzte. Alle wunderten sich über ihre plötzlich veränderte Einstellung. Ihre Meinung über ihren Stiefvater war ja kein Geheimnis gewesen.
»Ich dachte, du kannst Arthur nicht ausstehen?«, mischte sich Molly ein und schnippte Asche auf den Teppich.
»Ich habe ihn wohl eher nicht richtig verstanden. Jetzt ist mir alles sehr viel klarer.« Sie lächelte Sam an. »Ich muss mich bei ihm entschuldigen. Er gehört auch zu denen, auf die ich nicht hören wollte, als sie es gut mit mir meinten.«
Sam bedankte sich mit einem kleinen Lächeln. »Ich kann dich auf der Zugfahrt begleiten, wenn du möchtest«, schlug er vor.
Federica nickte ihm dankbar zu. »Würdest du das tun?« Sie seufzte erleichtert. »Ich fühle mich schon viel, viel besser. Aber ich habe schreckliche Angst, dass Torquil mich findet und zu sich zurückholt.«
»Ich bring ihn um, wenn er es wagt, in deine Nähe zu kommen«,

sagte Sam, lachte dann aber, denn Federica sollte nicht wissen, dass er es völlig ernst meinte.

In dieser Nacht fanden Federica und Sam kaum Schlaf. Sie tranken Wein und redeten noch lange, nachdem Hester und Molly zu Bett gegangen waren. Federica lud ihre Sorgen und Geheimnisse vor ihm ab, und er hörte mitfühlend zu wie damals in den Glockenblumen. »Wenn ich doch den Mut gehabt hätte, dir damals bei unserem Mittagessen alles zu sagen«, schloss sie.

»Beinahe hättest du es getan.«

»Ich weiß.«

»Was hat dir Angst gemacht?«, wollte er sanft wissen.

Sie dachte eine Weile darüber nach und blickte in die goldenen Flammen des Gasfeuers, die lustig im Kamin flackerten. »Mir war nicht bewusst, dass ich unglücklich war«, sagte sie aufrichtig und schüttelte fassungslos den Kopf. »Ich weiß, es klingt verrückt, aber ich konnte es mir nicht eingestehen. Ich glaubte, dass ich ihn liebte.«

»Das klingt überhaupt nicht verrückt.«

»Nicht?«

»Nein«, sagte er und nahm ihre Hand. »Es war kein Fehler, dass du ihn geliebt hast. Es war sein Fehler, deine Liebe zu missbrauchen.«

Sie schenkte ihm ein liebevolles Lächeln. »Du verstehst alles so gut.«

»Nicht alles«, widersprach er. »Nur dich.«

Am nächsten Morgen borgte Federica sich Kleidung von Hester. Sie zog gerade ihre Jeans an, als Molly im Wohnzimmer aufschrie. »O Gott!«, rief sie. »Du liebe Zeit!« Sie liefen alle zum Fenster. »Nein, Fede, du nicht«, wehrte Molly sie ab und verstellte ihr den Weg. »Er ist hier! Er wartet auf dich«, flüsterte sie. »Er hat mich am Fenster gesehen.«

Federica lief im Zimmer auf und ab. Molly öffnete die Vorhänge und spähte hinaus auf den schönen Mann, der mit vor der Brust verschränkten Armen neben seinem Porsche stand.
»Scheiße, was soll ich tun?«, fragte Federica nervös und fing wieder an, an ihrem Daumennagel zu knabbern.
Sam hockte sich auf die Sofalehne. »Ich rufe ein Taxi, und wir brechen gemeinsam auf«, bestimmte er fest und griff nach dem Telefonhörer. »So einfach ist das.«
»Ich glaube nicht, dass ich ihm unter die Augen treten kann.«
»Natürlich kannst du das. Du hattest die Kraft, ihn zu verlassen, oder?«, redete er ihr eindringlich zu. »Dann findest du auch die Kraft, ihm zu sagen, dass es vorbei ist.«
»Ich glaube nicht, dass ich das kann.«
»Du kannst es und du wirst es tun«, sagte er ernst. »Sonst tu ich es für dich.«
»Du bist schon so weit gekommen, Fede. Jetzt kannst du keinen Rückzieher mehr machen«, redete Hester ihr zu.
»*Ich* jedenfalls hätte keine Lust, zu einem nassen Teppich und einem wütenden Mann nach Hause zu kommen«, sagte Molly. »Und wenn er noch so gut aussieht.«
Sam verdrehte die Augen und bestellte das Taxi. »Überleg dir genau, zu was du zurückkehren würdest«, riet er ihr behutsam. Er hielt den Atem an, während sie im Zimmer auf und ab ging, die Hände in die Hüften stemmte und ihren nächsten Schritt erwog. Sam fügte schlicht hinzu: »Fede, gefällt dir der Mensch, der du bist, wenn du mit Torquil zusammen bist?«
Sie sah ihn angstvoll an und schüttelte den Kopf. »Dann lass diesen Menschen hinter dir und komm mit mir.« Er stand auf und ergriff ihre Hände. »Du tust das Richtige.«
»Aber er liebt mich«, wandte sie matt ein.
Sam drückte ihre Hände. »Nein, er liebt dich nicht, Fede. Er will dich besitzen, wie sein Auto oder sein Haus. Wenn er dich liebte, würde er sich an deiner Freiheit freuen, an deinem wachsenden Selbstbewusstsein, an deinen Erfolgen. Wenn er dich liebte,

würde er dir zureden, deinen eigenen Weg im Leben zu gehen. Dann hätte er dir eine Kamera gekauft und deine Ausbildung bezahlt, statt dir lächerliche Schuhe und Handtaschen zu kaufen, wie für eine Anziehpuppe, mit der er spielen kann. Du bist keine Puppe, Fede, du bist eine Persönlichkeit mit eigenen Vorstellungen. Wenn du zu ihm zurückgehst, wird er dich so aussaugen, dass du eines Tages zu keinem eigenen Gedanken mehr fähig bist. Denk darüber nach.«

Sie sah ihm in die Augen und wusste, dass er Recht hatte. Sie war selbst schon zu diesem Schluss gekommen.

»Gut, gehen wir«, sagte sie fest. »Aber wenn wir das Haus verlassen, will ich mit ihm reden«, verlangte sie. Und als sie sah, wie Sam abwehrend die Augenbrauen hochzog, fügte sie hastig hinzu: »Ich muss es ihm selbst sagen. Ich muss mir selbst beweisen, dass ich es kann.«

Zwanzig Minuten später, als Sam und Federica die Stufen zum Gehsteig hinunterstiegen, rannte Torquil auf sie zu und umarmte sie. Sam versuchte sogleich, sie zu trennen. »Lass uns in Ruhe!«, knurrte Torquil. Es folgte ein kurzes Handgemenge, in dessen Verlauf sich Federica befreien konnte.

»Geh, Torquil!«, rief sie. »Es ist vorbei.« Dann bemerkte sie seine niedergeschlagene Miene, die blutunterlaufenen Augen und die erbarmungswürdig hängenden Schultern.

»Ich habe vor Sorge die ganze Nacht nicht geschlafen«, erklärte er und hob beide Hände zum Himmel. »Du hättest mich wissen lassen können, wo du warst. Ich dachte, du wärst entführt worden.«

Federica wandte sich Sam zu. »Warte im Taxi auf mich«, wies sie ihn an. Mit sorgenvollem Herzen ließ Sam sie stehen. Er wartete beim Auto, bereit einzugreifen, falls sie Hilfe brauchte, doch er hoffte, dass sie ihn nicht brauchen würde. Sie musste lernen, dass sie niemanden brauchte, nicht ihren Vater, nicht ihren Mann, niemanden. Wenn sie das gemeistert hatte, würde sie bereit sein,

richtig zu lieben. Ihm war es gleich, wie lange das dauerte. Er würde auf sie warten.
»Dieses Foto ist vor Jahren aufgenommen worden, meine Kleine. Ist dir nicht aufgefallen, wie alt es ist?«, erklärte Torquil und streckte die Hände nach Federica aus. Doch sie wich zurück und hob die Hände, um ihn abzuwehren. »Komm schon, Liebling, ich habe keine Affäre. Ich liebe dich. Ohne dich bin ich verloren. Wir gehören zusammen.«
»Torquil, es ist vorbei«, erwiderte sie und schüttelte den Kopf.
»Sei nicht dumm, Federica. Du bist jetzt wütend, das verstehe ich ja. Lass uns nach Hause fahren und vernünftig über alles reden. Wirf nicht alles, was du hast, einfach weg. Es ist etwas so Schönes«, beschwor er sie mit einem flüchtigen Blick auf Sam, der Federica zur Seite stand.
»Nenn mich nicht deine Kleine. Ich hasse das«, fuhr sie Torquil an und fühlte sich plötzlich stark dank seiner Verletzlichkeit. »Ich komme nicht mehr nach Hause.«
Torquil wollte ihren aufsässigen Ton nicht wahrhaben. »Es ist nicht so, wie du denkst, verflucht noch mal!«, fauchte er und unterdrückte mit zusammengebissenen Zähnen seinen Frust. »Ja, es war ein Fehler, dieses Foto aufzubewahren. Willst du mich dafür bestrafen? Wichtig ist doch nur, dass ich dich liebe. Lieben heißt auch verzeihen, verdammt!«
»Lieben heißt vertrauen«, entgegnete sie kalt.
»Dann vertrau mir doch, wenn ich dir sage, dass ich keine Affäre habe. Lucia ist eine alte Freundin, das Foto war ein Spaß.«
»Ich glaube dir nicht.«
»Glaubst du mir, wenn ich dir sage, dass ich dich liebe?«, bettelte er.
»Du liebst mich nicht, Torquil. Du willst mich besitzen, wie dein Auto oder dein Haus. Ich bin wie eine Puppe, du kleidest mich an, du holst mich gelegentlich hervor, um mit mir zu spielen, aber du liebst mich nicht. Wenn du mich lieben würdest, ließest du mich meine eigenen Entscheidungen treffen.« Federica

wurde nahezu schwindlig in dem Wohlgefühl ihres wachsenden Selbstvertrauens.

Torquil war verblüfft. So hatte sie noch nie mit ihm geredet. Er schnaubte durch die Nase wie ein wütender Stier, nicht mehr fähig, seine Wut zu beherrschen. »Wohin willst du dich denn wenden?«, fragte er leise und kniff aggressiv die Augen zusammen. »Gehst du wieder in dein Provinznest an der Küste? Zurück zu deiner neurotischen Mutter und deinen spießigen Großeltern?« Dann nickte er in Sams Richtung und setzte schneidend hinzu: »Oder zu dieser Familie von Exzentrikern?« Sam verbiss sich das Lächeln. »Ich kann dir alles geben, was du willst.«

Federica straffte sich kühn. »Was denn? Ein paar mehr Handtaschen, ein paar mehr Schuhe? Bitte, Torquil, glaub nicht, mich noch länger bevormunden zu können. Du bist innen hohl, und ich will nicht mehr mit dir zusammen sein. Wir verständigen uns durch unsere Anwälte, und versuch bitte nicht, mir zu folgen, denn, weißt du was? Sams Familie von Exzentrikern ist ansteckend, und du willst dich doch sicher nicht so infizieren, wie ich es getan habe, oder?«

»Du wirst es für den Rest deines Lebens bereuen. Ich will dich nicht mehr zurück. Es wird dir noch Leid tun!«, rief er, als sie zu Sam ging, der neben der offenen Tür des Taxis wartete. Sam lächelte sie voller Stolz an, als sie einstieg, dann folgte er ihr und schlug die Tür hinter sich zu. Als er zum Fenster von Mollys und Hesters Wohnung aufblickte, lächelten ihre glücklichen Gesichter ihm zu. Hester hob den Daumen und nickte.

Torquil fuhr davon; bei seinem Kavaliersstart hinterließen die Reifen des Porsche wütend rauchende, schwarze Streifen auf dem Asphalt.

Federica ließ sich in den Sitz sinken und merkte plötzlich, dass ihre Hände und Beine zitterten.

»Zum Bahnhof Paddington, bitte«, sagte Sam und legte Federica den Arm um die Schultern.

Sie ließ zu, dass er sie an sich zog, während sie still, erfüllt von

Erleichterung und Trauer, über die vergangenen vier Jahre nachdachte.

Zu Hause wurde Federica von einer Feststimmung empfangen, denn es war nicht nur Weihnachten, sondern alle freuten sich außerdem noch, sie zurück zu haben. Ingrid gestand nun, dass Torquil ihrer Meinung nach ein ›grauenvoller Mann‹ sei, und Toby und Julian berichteten, dass ihnen erst klar geworden war, woher sie Torquil kannten, als es schon zu spät war und sie nichts mehr hatten retten können. »Er war auch damals schon arrogant und selbstzufrieden«, sagten sie. »Wir haben dich bös im Stich gelassen, Fede.«

Helena war entzückt, jemanden zu haben, dem es genauso schlecht ging wie ihr, und sie begleitete ihre Tochter auf langen Spaziergängen auf den Klippen, um sich über Arthurs schmerzliches Schweigen zu beklagen. »Ich habe ihn verloren, Fede. Er spricht nicht mal mehr mit mir«, jammerte sie.

Jake und Polly nahmen sie an ihr Herz, wie sie ihre Mutter ans Herz genommen hatten. Plötzlich war die Familie im Kummer vereint. Polly kochte große Portionen Gemüselasagne und mächtige Puddings, und alle sieben saßen vereint am Tisch, umgeben von Jakes Modellschiffen, die jetzt von der Decke hingen, damit sie nicht von tollpatschigen Händen oder Ellbogen zu Boden geworfen werden konnten. Sie tranken Wein oder Pollys Holunderlimonade aus großen Gläsern und führten vier verschiedene Gespräche zur gleichen Zeit.

Federica zog gleich wieder bei Toby, Julian und Rasta ein. Den Hund nahm sie mit auf die ausgedehnten Spaziergänge mit ihrer Mutter. Sie half Toby, die Zimmer für das Weihnachtsfest herzurichten, und Julian nahm sie zu den Weihnachtseinkäufen mit in die Stadt. »Ich besitze keinen Cent«, sagte sie und dachte an die Berge von Geld, die sie in London zurückgelassen hatte.

»Aber ich«, sagte Julian glücklich. »Du kannst so viel davon haben, wie du willst.«

Sie verbrachte genauso viel Zeit auf Pickthistle Manor wie bei Toby und Julian. Das Eichhörnchen in Sams Schublade war vorzeitig aufgewacht, und Ingrid gelang es, sein Nest im Weihnachtsbaum anzubringen. Doch irgendwie hatte eine Mäusefamilie sich unter Sams Bett eingenistet, und so musste er in eines der Gästezimmer ausweichen, damit die Tierchen ungestört blieben.

Die beiden Familien feierten Weihnachten mit Alkohol und gutem Essen, und die Festlichkeiten setzten sich fort, als auch das neue Jahr schon längst mit Trinksprüchen und Champagner und Umarmungen eingeläutet worden war.

Als Sam Federica beim Neujahrsfest in die Arme nahm und liebevoll auf die Wange küsste, sagte er: »Das wird dein Jahr, Fede. Du wirst schon sehen.«

Sie hoffte, dass er Recht hatte.

Torquil schickte Federica lange Briefe, um sie zurückzugewinnen. Er schrieb von seiner tiefen Liebe und beteuerte, wie sehr er es bedauerte, jemals Lucia kennen gelernt zu haben. »Ich habe das alles immer nur für dich getan, weil ich dich schützen wollte. Mein einziges Vergehen besteht darin, dich zu sehr zu lieben«, schrieb er. Zuerst las Federica seine Briefe noch, doch als sie sich ständig wiederholten und der Ton immer winselnder wurde, zerriss sie sie ungeöffnet. Eine Zeile jedoch hatte sich in ihrer Erinnerung festgesetzt: ›Mein einziges Vergehen besteht darin, dich zu sehr zu lieben.‹ Aus der Feder des ehebrecherischen Torquil war es nur eine leere Phrase; auf Arthur angewandt, ergab die Aussage jedoch einen völlig neuen Sinn.

Arthur tat Federica von ganzem Herzen Leid. Sie wusste, wie schwer es war, mit ihrer Mutter zu leben, sie wusste aber auch, dass Arthur Helena unsäglich viel bedeutete. Schließlich hatte sie Helenas reuevolle Monologe auf den langen Spaziergängen über die Klippen zur Genüge angehört. Es war an der Zeit einzuschreiten.

Als Arthur Federica auf seiner Türschwelle sah, war ihm anfangs übel vor Enttäuschung. Er hatte geglaubt, Helena wäre gekommen. Doch dann verwandelte sich seine Überraschung in Staunen. »Was willst du hier?«, fragte er.

»Ich komme, um dich um Verzeihung zu bitten, Arthur«, antwortete sie. Er blieb mit offenem Mund in der Tür stehen.

»Darf ich eintreten?«, fragte sie.

»Natürlich. Natürlich«, stammelte er und trat zur Seite, um Federica einzulassen. Sie ging in die Küche und legte ihren Mantel ab.

»Nimm doch Platz, lass mich das machen«, sagte Arthur und hängte ihren Mantel über eine Stuhllehne. »Tee?«

»Ja, gern, es ist bitterkalt draußen«, sagte sie und rieb ihre geröteten Hände.

»Wie bist du hergekommen?«

»In einem Taxi.«

»Weiß deine Mutter, dass du hier bist?«, fragte er besorgt.

»Nein.«

»Das ist gut.«

Er reichte ihr eine Tasse Tee und setzte sich ihr gegenüber. Federica goss Milch in den Tee und sah zu, wie sich beides mischte.

»Ich habe Torquil verlassen«, verkündete sie schlicht.

»Ganz recht«, sagte Arthur behutsam.

»Ich hätte auf dich hören sollen.«

»Nein, bestimmt nicht«, sagte er hastig, entwaffnet von ihrer plötzlich so veränderten Haltung. »Es ging mich eigentlich nichts an.«

»Oh doch«, widersprach sie. »Du bist mein Stiefvater.«

»Ich war«, korrigierte er traurig.

Sie sah in seine angsterfüllten Augen und wusste, dass sie ihn nie richtig kennen gelernt hatte. »Du bist es immer noch«, sagte sie lieb. »Mama vermisst dich sehr.«

Sein Gesicht rötete sich vor Hoffnung. »Ist das wahr?«

»Sie glaubt, sie hätte dich verloren.« Federica sah, wie seine kleinen Augen feucht wurden.

»Ich weiß nicht«, sagte er, schüttelte den Kopf und presste die Lippen zusammen. »Ich weiß es einfach nicht.«

»Ich bin nicht gekommen, um einen Friedensvertrag auszuhandeln. Ich will dich um Entschuldigung bitten, weil ich dich schlecht behandelt habe. Du warst so gut zu Mama. Ich weiß doch, dass sie ein Albtraum sein kann.« Federica lachte leise. »Aber du warst gut zu ihr.« Sie blickte ihn fest an. »Du musst sie wieder an dein Herz nehmen, denn kein anderer weiß, wie er mit ihr umgehen muss.«

»Sie ist schwierig, aber niemals langweilig.«

»Was hat dich zu Anfang an ihr begeistert?«, fragte sie von Neugier getrieben, öffnete damit jedoch unversehens die Tür zu den glücklichen Erinnerungen, die er bisher mannhaft verschlossen gehalten hatte.

Er lehnte sich auf seinem Stuhl zurück und lächelte. »Ich habe gleich erkannt, dass sie schwierig ist. Und sie hatte Schweres durchgemacht, also verbarg sich unter der Eiseskälte ein kleines Mädchen, das sich verzweifelt nach Liebe sehnte ...«

Federica trank ihren Tee und hörte zu, wie Arthur die Geschichte ihres Kennenlernens und ihrer Ehe erzählte, das Gute und das Schlechte, bis ihm bewusst wurde, dass das, was er besessen hatte, den Kampf für seine Erhaltung wert war.

Es war schon spät, als Arthur Federica nach Hause brachte. Er ließ sie vor dem Haus ihres Onkels aussteigen und blieb dann zögernd am Steuer sitzen. Sollte er zu Helena fahren oder in seine eigene leere Wohnung? Er fühlte sich noch immer innerlich erwärmt von dem Gespräch mit Federica und lächelte unter dem Eindruck so vieler zärtlicher Erinnerungen. Und doch wusste er, dass, wenn eine Versöhnung stattfinden sollte, Helena den ersten Schritt tun musste. Sonst würde das Gleichgewicht der Mächte wieder zu ihren Gunsten stehen, und er wäre erneut der Verlierer. Mehr noch: Sie musste aus ihren Fehlern lernen und bereit sein, sich zu ändern. Er konnte nur hoffen, dass sie ihn noch nicht aufgegeben hatte.

Sam begleitete Federica an den Strand, wo er Holz sammelte, um Feuer zu machen und Marshmallows zu rösten wie in alten Zeiten. Er lieh ihr Bücher, um an einem munteren Feuer in Nunos Büro bis spät in die Nacht mit ihr über deren Inhalt zu reden, bevor er sie im Auto seines Vaters nach Hause brachte. Auf den Klippen wie in seinem Büro saß er in Hemdsärmeln da, weil ihm von innen her ständig warm war, ganz gleich, ob ein Feuer brannte oder nicht. Solange er in Federicas Nähe war, benötigte er wenig zum Leben, nur die Luft, die sie gemeinsam atmeten, und das Wissen, dass sie bei ihm war. Nach und nach wurde er Federica so vertraut und angenehm wie Nunos alter Sessel. Sie freute sich auf die gemeinsamen Spaziergänge und Ausflüge, auf die Mahlzeiten mit seinen Eltern und die Diskussionen über Literatur und Geschichte.

Die Wochen vergingen unbeschwert, und Federica dachte immer seltener an Torquil. Nur gelegentlich suchte ein Albtraum sie heim, der sie beim Aufwachen daran erinnerte, aus welchem Grund sie ihn verlassen hatte.

Die Botschaften ihres Vaters jedoch konnte sie nicht vergessen. Sie wusste, dass sie keine Ruhe finden würde, solange sie ihn nicht aufgespürt hatte.

Ein merkwürdiger Anruf brachte sie zu dem Entschluss, nach Chile zu fliegen. Sie wollte gerade das Haus verlassen, als das Telefon klingelte. Sie nahm höchst ungern Anrufe entgegen, weil sie immer damit rechnen musste, dass Torquil in der Leitung war, doch dieses Mal sagte sie sich, er könnte es nicht sein. Schließlich hatte sie seit Wochen nichts von ihm gehört. Trotzdem zitterten ihre Hände, als sie den Hörer aufhob.

»Hallo«, meldete sie sich zögernd.

»Hallo«, antwortete die Stimme einer jungen Frau. Federica entspannte sich. »Spreche ich mit Federica Jensen?«

»Federica Campione, ja, die bin ich«, antwortete sie fest. »Mit wem spreche ich?«

»Ich heiße Claire Shawton. Ich bin mit Hal befreundet.«

»Oh, hallo«, sagte Federica bedeutend freundlicher. »Was kann ich für Sie tun?«

»Nun, im Grunde geht es um ein reichlich heikles Thema«, begann die Frau. »Ich wollte nicht mit Ihrer Mutter sprechen, weil ich weiß, wie Hal zu ihr steht.«

»Ja«, sagte Federica und hätte gern gewusst, wie Hal zu seiner Mutter stand.

»Und mit Ihrem Stiefvater konnte ich auch nicht sprechen. Hal ist da sehr eigen.«

»Gut.«

»Aber er hat eine hohe Meinung von Ihnen«, fuhr Claire fort. »Ich habe Ihre Telefonnummer in seinem Adressbuch gefunden. Auf die Londoner Nummer meldete sich aber niemand.«

»Ich verstehe«, sagte Federica leise und versuchte, nicht an Torquil zu denken. »Was ist mit Hal?«

»Er ist Alkoholiker«, sagte die Frau. »Er braucht Hilfe. Er ist völlig am Boden.«

»Wie?«, rief Federica entsetzt. »Wieso ist er am Boden?«

»Er geht nicht mehr zu seinen Vorlesungen, er verschläft den ganzen Tag, trinkt die ganze Nacht hindurch. Er ist kaum noch ansprechbar, wissen Sie, völlig weggetreten.«

»Und Sie sind sicher, dass er Alkoholiker ist?«

»Ja. Ich weiß es genau, denn ich bezahle seit ein paar Monaten für seine Trink- und Glücksspielexzesse.«

»Glücksspiel?«

»Ja, Spielautomaten, Poker, Pferde. Ich bezahle für alles.«

»Warum?«

»Weil ich ihn liebe«, antwortete Claire beschämt. »Er hat kein Geld, und ich habe jede Menge. Aber es ist außer Kontrolle geraten. Er trinkt zu viel. Und er hat sich so verändert.«

»Wo ist er jetzt?«

»Er schläft.«

»Um diese Zeit?«

»Ja, verstehen Sie denn nicht? Er trinkt die ganze Nacht hindurch, dann nimmt er Schlaftabletten, weil er nicht einschlafen kann, und zwar eine Menge. Er kann nicht aufwachen. Er schläft wie ein Toter.« Sie stotterte, und ihre Stimme zitterte unter dem Ansturm ihrer Gefühle. »Ich weiß nicht, was ich tun soll!«, schluchzte sie.

»O Gott!«, seufzte Federica. »Was können wir denn tun?«

»Er braucht Hilfe.«

»Das verstehe ich ja. Ich komme. Aber ich muss jemanden mitbringen«, sagte sie in Gedanken daran, dass sie keinen Führerschein hatte.

Sam war gern bereit, Federica nach Exeter zu chauffieren. Sie besprachen den ganzen Weg über die verschiedenen Möglichkeiten. Sam bestand auf seiner Meinung, dass die Trinkerei nur ein Symptom einer viel tiefer liegenden Krankheit war. »Er trinkt, um sich vor sich selbst verstecken zu können«, erklärte er weise.

»Alle Fäden laufen bei Papa zusammen.« Federica seufzte. »Ich weiß es genau.«

Sie fanden Hal auf seinem Bett schlafend, mit teigigem, leblosem Gesicht, und Federica schüttelte ihn heftig, aus Angst, er könnte tot sein, statt zu schlafen. Als er aufwachte, waren seine Augen blutunterlaufen und leer. Er war nicht der Hal, den sie kannte. Sam schaute sich im Zimmer um, bemerkte, in welchem Schmutz Hal lebte. Zigaretten waren auf schmutzigen Tellern mit fettigen Speiseresten ausgedrückt, leere Weingläser und Kaffeetassen mit Schmutzrändern, Kleidungsstücke lagen auf dem Boden verstreut und schimmelten vergessen und feucht vor sich hin. Es stank schlimmer als in dem Kaninchenstall, den Hester als Kind besessen hatte.

»Hal, du bist krank«, sagte Federica sanft.

»Geh, lass mich in Ruhe!«, schrie er und schlug um sich. »Es ist nicht nötig, dass du herkommst und mir Vorschriften machst.«

»Ich sorge mich um dich, Hal. Du bist in einem schlimmen Zustand. Du haust hier wie ein Tier.«

»So schlimm ist es nun wirklich nicht«, wehrte er ab.
»Es ist entsetzlich. Du brauchst Hilfe«, sagte sie.
»Mir geht's gut«, beteuerte er.
»Du bist Alkoholiker«, sagte sie unverblümt.
»Ich trinke gelegentlich was. Das tun alle. Deswegen bin ich noch lange kein Alkoholiker«, behauptete er überheblich.
Claire trat aus dem Schatten. »Ich habe ihr alles gesagt, Hal.« Sie wischte sich die Tränen aus dem Gesicht.
Er starrte sie eine Weile an, blinzelte, bis er sie klar erkannte. Dann verzog er geschlagen das Gesicht. »Du mieses Weibsstück«, fauchte er.
»Ich habe es getan, weil ich dich liebe und nicht tatenlos zusehen will, wie du dich selbst zerstörst.«
Hal legte das Gesicht in die Hände und weinte.

Hal ließ sich schließlich von Sam und Federica mit nach Hause nehmen. Claire bot an, seine Sachen zusammenzupacken und sein Zimmer zu räumen. Federica bedankte sich herzlich bei ihr, ahnte aber, dass Hal sie wahrscheinlich nie würde wiedersehen wollen.
Hal saß im Fond des Wagens und zitterte vor Kälte und Unwohlsein. Seine Haut hatte eine ungesunde grünliche Färbung angenommen –, er sah aus, als stünde er bereits mit einem Fuß in der Leichenhalle. Federica und Sam beschlossen, die Wahrheit über seine Krankheit geheim zu halten, um seine Familie nicht zu beunruhigen. Sie kamen überein zu sagen, er hätte einen Nervenzusammenbruch erlitten. Federica war klar, dass Hal Abstand gewinnen, irgendwo anders neu anfangen musste, weit entfernt von Helenas besitzergreifender Liebe und dem Horror seiner eigenen Dämonen.
»Ich reise mit Hal nach Chile«, erklärte sie Sam.
»Wann?«, rief Sam erschrocken.
»So bald wie möglich. Er muss für eine Weile fort aus England. Es gibt nur einen Menschen, der ihm jetzt weiterhelfen kann.

Dieser Mensch hat auch mir aus meinen Schwierigkeiten herausgeholfen.«

»Wer ist das?«, fragte Sam, der das Gefühl hatte, ihm drücke jemand die Kehle zu.

»Mein Vater.«

»Dein Vater?«

»Ja. Er ist die Wurzel von Hals Problem.«

»Wie hat er dir geholfen?« Sam starrte vor sich auf die Straße und umklammerte das Steuerrad, um nicht die Beherrschung zu verlieren.

»Ich wollte es dir eigentlich nicht sagen, weil ich fürchtete, du könntest es lächerlich finden. Aber Papa hat mir anonyme Briefe mit wunderschönen Gedichten geschickt. Er wird sie selbst geschrieben haben, denn er ist schließlich nicht nur Schriftsteller, sondern auch Dichter.«

»Ich verstehe«, sagte Sam gepresst. Enttäuschung überflutete sein Herz, doch er brachte es nicht über sich, ihr Glück zu trüben, indem er ihr sagte, dass die Briefe in Wirklichkeit von ihm gekommen waren.

»Er ist sehr vergeistigt und philosophisch. Seine Briefe haben mir wohl die Augen geöffnet und mir geholfen, meine Lage klarer zu erkennen. Ich hatte das Gefühl, nicht allein zu sein, jemanden zu haben, der mir half. Er hat mir die Kraft gegeben, Torquil zu verlassen. Ich möchte ihm danken. Und ich glaube, er könnte Hal ebenfalls helfen.«

»Wie lange willst du bleiben?«

»So lange wie nötig. Hier hält mich ja nichts.«

»Nein«, sagte Sam tonlos und schluckte seinen Schmerz hinunter, um später, wenn er allein war, darüber nachzugrübeln. »Überhaupt nichts.«

Vierzig

Hal wollte gesund werden. Polly sagte, das wäre der erste Schritt zur Besserung, und noch dazu ein sehr mutiger Schritt. Helena war bestürzt, als sie von Federicas Plänen hörte, doch Federica blieb fest. »Er braucht einen Tapetenwechsel«, sagte sie. »Und ich auch.«

Helena beteuerte, dass sie selbst Hal gesund pflegen könnte. »Du musst ihn dazu nicht um die halbe Welt zerren, um Gottes willen!«, rief sie, gekränkt, weil Hal bereit war, sie zu verlassen, und gedemütigt, weil sie selbst ihm nicht hatte helfen können.

»Wir wollen Papa suchen«, gestand Federica schließlich. »Ich weiß, dass Hals Problem in seiner Kindheit in Chile seinen Ursprung hat. Er muss mit Papa reden.«

Helena wurde bleich vor Empörung, als hätte Federica sie persönlich angegriffen, weil sie Ramon verlassen hatte. Sie setzte sich wütend und presste die Lippen zusammen, schmorte in ihrem Schuldbewusstsein und in ihrer Eifersucht, weil sie nicht an dieser Aktion beteiligt wurde.

Arthur war so erleichtert, weil endlich jemand die Verantwortung für Hal übernommen hatte, dass er ihnen die Flugtickets nach Santiago kaufte.

»Bedank dich nicht bei mir«, sagte er zu Federica. »Ich tu's, um dir zu danken. Du hast ja keine Ahnung, wie dankbar ich dir bin.«

Federica wusste, dass er ihr, ohne es auszusprechen, für mehr dankte als dafür, dass sie seinem Stiefsohn die Gesundheit rettete. Sie küsste sein fleischiges Gesicht und flüsterte: »Vergiss die schönen Zeiten mit Mama nicht, ja? Sie überwiegen die schlechten.«

Arthur jedoch war entschlossen zu warten. Leider hatte er keine andere Wahl. Wenn Helena nicht aus eigenem Antrieb zu ihm zurückkäme, würde er sie ziehen lassen müssen.

Es schmerzte Sam, dass Federica Polperro verließ, und vor allem, dass sie keinen Grund zum Bleiben sah. Er hätte sie schütteln mögen, hätte ihr so gern gesagt, dass er sie von ganzem Herzen, mit jeder Faser seines Seins liebte, doch er wusste wohl, dass er sich dadurch alle Chancen bei ihr verderben könnte.
Sie würde zu ihm finden, wenn sie bereit war, oder überhaupt nicht. Er musste sich gedulden.
Am Tag vor ihrer Abreise ging er zu Tobys und Julians Haus, um Abschied zu nehmen. Er hatte ihr ein Geschenk mitgebracht und hoffte, dass sie jedes Mal, wenn sie es zur Hand nahm, an ihn denken würde.
»Ach, Sam, du hättest mir nichts schenken sollen«, sagte sie, als sie das Päckchen entgegennahm. Er stand da, die Hände in den Taschen, und sein von Motten zerfressener Pullover schützte ihn kaum vor der durchdringenden Kälte.
Federica löste das braune Papier und fand eine Pentax-Kamera.
»Mein Gott!«, entfuhr es ihr. »Das ist ja eine richtige Kamera.«
»Sie hat auch eine richtige Zoom-Linse«, sagte Sam und lächelte, um seine Verzweiflung zu verbergen.
»Du bist so lieb, Sam, danke!«, jubelte sie und küsste ihn auf die Wange. Er atmete den Duft ihrer Haut, der stets seine Sinne durchdrang, wenn sie in seine Nähe kam, und widerstand dem Drang, sie an sich zu ziehen und sie richtig zu küssen wie in jener Nacht in der Scheune.
»Vergiss deinen Freund nicht, ja?«, bat er, ohne seine aufgewühlten Emotionen preiszugeben.
Sie lächelte ihn dankbar an. »Du warst immer ein wirklich guter Freund, Sam. Ich bin dir so dankbar. Ohne dich hätte ich diese letzten Wochen nicht durchgestanden.«
»Nun, vergiss nicht, dass du es ganz allein geschafft hast«, sagte

er. »Du brauchst jetzt niemanden mehr, du bist selbst stark genug.«
Federica sah ihn nachdenklich an und stellte für sich fest, wie sehr seine Worte sie stets an ihren Vater erinnerten.

Mariana kam gerade von einem langen Strandspaziergang zurück, als sie das Telefon klingeln hörte. Sie nahm den Hörer ab, vernahm das Knistern einer Überseeverbindung und dann die Stimme einer jungen Frau. »*Hola, quién es*?«, fragte sie und hielt sich das freie Ohr zu, um den Lärm auszublenden, der von einem Schachwettkampf Ramoncitos mit seinem Großvater herrührte.
»Hier ist Federica.«
Mariana rang nach Luft. »Fede? Bist du's wirklich?«, hauchte sie auf Englisch.
»Ja, Abuelita, ich bin's«, rief Federica, von Sehnsucht gepackt.
»Es ist so lange her! Wie geht es dir?«
»Ich fliege morgen mit Hal nach Chile. Können wir bei euch wohnen?«
»Aber natürlich«, antwortete sie aufgeregt. »Ich kann es gar nicht fassen! Ich dachte, du hättest uns völlig vergessen.«
»Ich habe euch nie vergessen, Abuelita. Ich muss dir so viel erzählen, so viel ...«, sagte sie, und die Freude schnürte ihr die Kehle zu, so dass sie kaum sprechen konnte. »Ist Papa bei euch?«, fragte sie heiser.
»Er wohnt in einem Haus am Strand, zwischen diesem hier und Zapallar.«
»Wird er zu Hause sein?«
»Ja«, antwortete Mariana glücklich. »Ja, er wird zu Hause sein. Er wird sich so freuen, euch zu sehen! Ich schicke einen Wagen, der euch abholt und zu uns bringt.« Dann fügte sie hoffnungsfroh hinzu: »Wie lange bleibt ihr?« Und Federica musste lachen, denn ihre Großmutter hatte sich kein bisschen verändert.
»Ich weiß nicht«, antwortete sie, und dann fragte sie sich, ob sie jemals wieder aus Chile fortgehen würde.

Als Mariana freudestrahlend auf die Terrasse hinaustrat, hob Ignacio den Blick von seinem Schachspiel. »Was gibt's?« fragte er, gespannt, welche Art von Wunder es fertig brachte, seine Frau so strahlen zu lassen.

Mariana rieb sich die Hände, konnte ihr Glück nicht für sich behalten. »Ramoncito«, sagte sie. »Du wirst deine Halbgeschwister kennen lernen. Sie kommen in zwei Tagen und wohnen bei uns.«

Ramoncito blickte seinen Großvater an, dessen Gesicht sich in verzückte Lachfalten legte.

»Weib, du schaffst es doch immer wieder, uns in unserer Konzentration zu stören«, sagte er und lachte Mariana an. »Ich dachte, sie hätten uns längst vergessen.« Er setzte seine Brille ab und wischte sich über die Augen.

»Haben sie nicht, und was noch besser ist: Sie haben gar keine festen Pläne«, erklärte sie voller Hoffnung.

»Vielleicht kommen sie endgültig heim.« Ignacio sah seine Frau zärtlich an.

»Vielleicht.« Und schon huschte sie ins kühle Haus, um die Zimmer für ihre Enkel vorzubereiten. Sie wollte es persönlich tun, denn sie konnte sich nicht darauf verlassen, dass Gertrude es zu ihrer Zufriedenheit erledigte. Gertrude erledigte so gut wie nichts zu Marianas Zufriedenheit, aber Ignacio mochte sie aus einem unerfindlichen Grund, und deshalb konnte sie bleiben.

»Abuelito?« Ramoncito bewegte eine seiner Schachfiguren. Sein Großvater setzte seine Brille wieder auf und sah seinen Enkel über den Rand hinweg an. »Werde ich Hal und Federica mögen?«

»Ja, ganz bestimmt, du wirst sie sehr mögen. Aber du darfst auch nicht vergessen, dass sie als kleine Kinder von der Seite ihres Vaters gerissen worden sind. Sie kommen mit einer ganzen Menge Gefühlsballast. Hab Geduld mit ihnen, lass ihnen Zeit, sich zurechtzufinden. Dein Vater liebt dich, Ramoncito, und deine Mutter hat er mehr geliebt als jeden anderen Menschen. Vergiss das nicht.«

Der Junge nickte und wartete, bis sein Großvater wieder bereit war, sich auf das Spiel zu konzentrieren.

Sehr zufrieden mit sich selbst tippte Ramon die letzte Zeile seines Buchs. Es hatte eine reinigende Wirkung. Estella hatte ihm bewiesen, dass es möglich war zu lieben, ohne besitzen zu wollen, genug zu lieben, um dem anderen seine Freiheit zu lassen. Ihr Leben hatte das seine verändert. Er hatte irgendwie das Gefühl, dass sie sich unbewusst für seine Erleuchtung geopfert hatte. Sie hatte ein Exempel aufgestellt, und er hatte daraus gelernt. Er wünschte sich allerdings, er hätte die innere Bereitschaft gehabt, von ihr zu lernen, als sie noch lebte. Deshalb hatte er in einer Allegorie seine Schuldgefühle und sein Versagen bearbeitet, die sein Gewissen belasteten, seit er aus freien Stücken seine Kinder verlassen hatte. Es war eine Fabel über drei Vögel: den Pfau, der bedingungslose Liebe fordert, die Schwalbe, die vor der Liebe davonfliegt, und den Phönix, der der Schwalbe bedingungslose Liebe schenkt, ohne etwas für sich zu erwarten. Als der Phönix in den Flammen verschwindet, haben die Schwalbe und der Pfau endlich gelernt zu lieben, ohne einander besitzen zu wollen. Ramon war zufrieden mit seiner Arbeit. Er hatte seinem Buch den Titel *Wenn man genug liebt* gegeben und es denen gewidmet, die er geliebt hatte.

Er dachte an Federica und Hal. Es war zu spät für einen Versuch, seine früheren Versäumnisse wieder gutzumachen, und das machte ihn tieftraurig. Doch er hatte Ramoncito und goss über ihm all die Liebe aus, die in seinem Herzen für alle drei Kinder wohnte.

Ramon ließ sich in seinem Lehnstuhl nieder und las das Manuskript im Zwielicht seines Büros noch einmal von Anfang bis Ende durch. Die Läden schlossen die Hitze des frühen Nachmittags aus, doch das sanfte Wogen des Meeres drang ins Zimmer mit dem Duft von Geißblatt und Jasmin und liebkoste seine Seele, die immer noch um Estella weinte.

Als Ramoncito ihn später fand, war er in seinen Erinnerungen untergetaucht, saß da mit geschlossenen Augen und atmete schwer.
Ramoncito konnte es nicht erwarten, ihm die Nachricht zu überbringen, wusste er doch, wie glücklich sein Vater darüber sein würde. Er rüttelte ihn sanft an der Schulter. »Wach auf, Papa!«, flüsterte er. »Ich habe gute Nachrichten für dich.«
Ramon schlug die Augen auf und löste sich aus seinem warmen, nach Rosen duftenden Traum. Er blinzelte seinen Sohn an.
»Hal und Federica kommen in zwei Tagen aus England«, sagte er. Sein Vater sah ihn bestürzt an. »Wirklich. Federica hat heute Nachmittag bei Abuelita angerufen. Endlich lerne ich meine Halbgeschwister kennen«, sagte er und lächelte glücklich.
Ramon richtete sich auf und rieb sich die Augen. »Sag das noch einmal«, verlangte er verwirrt. »Federica und Hal kommen hierher? Bist du sicher?«
»Ja«, beteuerte Ramoncito glücklich.
»Und Helena?«
»Nein, nur Federica und Hal.«
»Sie werden doch bei meinen Eltern wohnen?«
»Ja.«
»Mein Gott, das habe ich nicht verdient«, sagte er leise und stand auf. Ihm wurde furchtbar schwindlig.
»O doch, Papa«, sagte Ramoncito. »Mama hat immer gesagt, du solltest sie unbedingt besuchen.«
»Und ich habe nicht auf sie gehört.«
»Sie würde sich jetzt sehr freuen.«
»Ich weiß.«
»Bist du schon fertig?«
»Mit dem Buch?«
»Ja.«
»Ja, es ist fertig.«
»Prima. Lass uns eine Flasche Wein öffnen. Jetzt haben wir zwei Gründe zum Feiern«, freute sich Ramoncito.

Doch Ramon hatte Angst. Federica und Hal wussten ja nichts von Estella und Ramoncito.

Federica und Hal gingen an Bord der Maschine, um die lange Reise übers Meer nach Chile anzutreten. Sie wussten nicht, was sie erwartete, hofften aber, die Gespenster der Vergangenheit stellen und vertreiben zu können. Hal war blass und zitterte sichtlich vor Unwohlsein, da sein Körper nach dem Gift verlangte, das ihn zerstören wollte. Federica zwang ihn, viel Wasser zu trinken, um es herauszuspülen. Sie bemutterte ihn wie ein pflichtversessenes Kindermädchen. Kaum waren sie an Bord, sank Hal in seinen Sitz, schloss die fieberkranken Augen und schlief ein.

Federica versuchte zu lesen, konnte sich jedoch nicht konzentrieren. Die Vorfälle der vergangenen Monate suchten sie heim und ließen ihr keinen Frieden. Sie dachte an Torquil. Sie war in ihrer Ehe von Anfang an unglücklich gewesen, doch sie hatte geglaubt, Torquil zu lieben, und um ihm zu gefallen, hatte sie alles getan, was er verlangte. Wie einfach es für ihn gewesen war, sie zu manipulieren und zur unterwürfigen Sklavin umzumodeln. Sie hatte alles hingenommen, jede Erniedrigung, bis sie sich schließlich so an seine Unterjochung gewöhnt hatte, dass sie sie nicht mehr als solche erkannte und nicht mehr wusste, dass es in ihrer Macht stand, sich zu widersetzen. Sie hatte eine Vaterfigur gesucht, jemanden, der für sie sorgte und sie vor der bösen Welt beschützte. Es war ein Wunder, dass sie in der erstickenden Atmosphäre ihrer Ehe überhaupt hatte erwachsen werden können, denn Torquils übermächtige Dominanz hatte sie permanent am Wachstum zu hindern versucht. Irgendwie hatte sie aber doch erkannt, dass sie sich nicht jemanden wünschte, der ihr das eigene Leben abnahm, sondern dass sie ihr Leben selbst führen wollte.

Rückblickend hörte es sich einfach an. Sie hätte viel früher gehen sollen. Sie war entsetzt über ihre eigene Charakterschwäche und gelobte stumm, sich nie wieder so behandeln zu lassen. Sie dachte an ihren Vater und an die Gedichtzeilen, die er ihr gesandt hatte. Dank seiner Unterstützung war sie in der Lage gewesen, ihre Ehe mit dem nötigen Abstand zu betrachten. Und dann war da Sam, der sie über Wasser gehalten hatte.

Als sie an Sam dachte, lächelte sie innerlich, bis das Lächeln sich auf ihren Lippen niederließ und ihre Mundwinkel hob. Sie stellte sich seine heruntergekommene Erscheinung vor: die schäbigen Pullover, die er zu tragen pflegte, die schmutzigen Schuhe, die nie mit Schuhwichse in Berührung kamen, sein überlegenes Gesicht und die intelligenten Augen. Als Junge war er sehr schön gewesen, erinnerte sie sich verträumt und dachte an ihre erste Begegnung auf dem See. Damals hatte er dichtes blondes Haar, das ihm in die Augen fiel, blassrosa Lippen, die spöttisch lächelten, frische Haut, die die Zufriedenheit und das Charisma eines jungen Mannes spiegelte, der weiß, dass er klüger ist als alle anderen.

Was war geschehen? Sein goldenes Haar war dem Älterwerden zum Opfer gefallen, die Erfahrung hatte ihn demütiger gemacht, und Nunos Tod hatte ihm die Zufriedenheit genommen. Er war jetzt noch liebenswerter, nicht mehr so distanziert. Doch Federica gestattete es sich nicht, ihre Gefühle für Sam zu analysieren; sie war noch nicht bereit, sich ihnen zu stellen. Sie holte das Schmetterlingskästchen aus ihrer Tasche und konzentrierte sich auf die Gedanken an ihren Vater und die Großeltern. So durchlebte sie noch einmal die herrlichen Zeiten ihrer Kindheit, bevor ihre Mutter sie mit sich auf die andere Seite des Meeres nahm.

Hal hatte den Großteil der Reise verschlafen, war nur aufgewacht, um zu essen oder die Toilette aufzusuchen. Erst als sie auf dem Flughafen von Santiago landeten, richtete er sich auf und sah aus dem Fenster. Der Anblick der Anden schlug eine vertraute Saite in ihm an, so dass sich seine Kehle zuschnürte und Tränen in seine Augen traten. Er schluckte heftig und umklammerte die Armlehnen seines Sitzes.

»Wir sind zu Hause, Fede«, sagte er erstickt und wandte sich ihr zu. Sie nickte, denn sie brachte vor tiefer Bewegung kein Wort heraus. Sie blinzelte die Freudentränen weg und schob ihre Hand in Hals.

Mariana hatte einen Wagen mit Chauffeur geschickt, der sie nach Cachagua fahren sollte. Er stellte sich als Raul Ferro vor, sprach jedoch kein Wort Englisch. Hal und Federica hatten ihr Spanisch vergessen, das sie früher so flüssig gesprochen hatten. Also verständigten sie sich mit Gesten und folgten ihm hinaus zum Wagen. In Santiago herrschte drückende Schwüle, doch Hal und Federica nahmen das Wetter so begeistert auf wie ihre lange verschütteten Erinnerungen. Zuerst saßen sie schweigend im Fond des Wagens und betrachteten die draußen vorbeifliegende Landschaft, die sich in den dunstigen Räumen der Vergangenheit verloren hatte. Dann, als sie aus der Stadt herausfuhren und die freie Straße durch die wüsten Berge zur Küste hin entlangrasten, lehnten sie sich zurück und sahen einander mit anderen Augen an. Nach Jahren der Entfremdung waren sie durch ihre gemeinsame Kindheit und die gemeinsame Sehnsucht nach ihrem Wiederfinden vereint.
»Ich war erst vier, als wir fortgegangen sind, aber weißt du, ich habe noch so viele Erinnerungen«, sagte Hal versonnen und wischte sich mit dem Hemdsärmel über die schweißnasse Stirn. »Mir geht es jetzt schon besser!«
»Ich hatte gedacht, es würde merkwürdig sein, alles wiederzusehen, aber mir ist, als wäre ich nie fortgewesen«, seufzte Federica und sah, wie sich weiter vorn auf der Straße die Hitze spiegelte wie Wasserlachen.
»Ich hatte nie wirklich das Gefühl, zu Papa zu gehören«, sagte Hal plötzlich.
Federica blickte in sein gequältes Gesicht und lächelte mitfühlend. »Ich weiß. Er hat dich ignoriert, nicht wahr?«, gab sie ihm leise Recht.

»Merkwürdig. Damals war ich noch so klein, aber ich habe seine Zurückweisung all die Jahre hindurch gespürt.«

»Aber dafür warst du Mamas Kronprinz.«

»Auch das hatte seinen Preis, glaub mir.«

»Ganz schön erdrückend, ich weiß.« Kopfschüttelnd dachte Federica an die überwältigende Gier ihrer Mutter nach Liebe und ihre ständige Unzufriedenheit.

»Sie ist eine zutiefst unglückliche Frau«, bemerkte Hal. »Ich bin mit der Verantwortung groß geworden, sie glücklich machen zu müssen, wenn es sonst niemandem gelang. Weißt du, auch Arthur hat sie aufgegeben, genauso wie Papa. Ich hätte wirklich gedacht, dass Arthur sie glücklich machen könnte.«

»Oh, gib Arthur nicht jetzt schon auf.« Sie lachte leise.

»Wie meinst du das?« Hal furchte die Stirn. »Ich dachte, du kannst Arthur nicht ausstehen.«

»Das war einmal. Damals habe ich ihm überhaupt keine Chance gegeben. Er ist ein guter Mensch, und Mama kann sich glücklich schätzen, dass sie ihn hat.« Sie bemerkte seinen verdutzten Blick und fügte erklärend hinzu: »Ich habe ihn besucht, Hal. Die beiden lieben einander immer noch.«

»Nun, das ist großartig.« Hal seufzte. »Sie ist gar nicht so übel. Nur irgendwie sehr irregeleitet.«

»Sie hat viel Zeit gebraucht, um über Papa hinwegzukommen, aber ich glaube, sie hat ihre Lektion auf die harte Tour gelernt. ›Große Weisheit birgt großen Schmerz‹«, zitierte sie weise.

»Du redest wie Sam Appleby«, sagte er.

Federica lächelte. »Tatsächlich?«

»Ja, seine Wichtigtuerei ist ansteckend. Anscheinend warst du zu oft mit ihm zusammen.« Hal schaute aus dem Fenster. »Was glaubst du, warum hat Papa uns verlassen?«, wechselte er zögernd das Thema. So wie jetzt hatten sie noch nie über ihren Vater gesprochen. Sie hatten es nie gewagt, solche Fragen zu stellen.

Federica senkte den Blick. »Ich weiß es nicht«, sagte sie und ließ

es zu, dass die Gedanken an Sam Appleby sich im Schatten ihres Vaters auflösten. »Aber ich werde ihn fragen. Ich muss es wissen, und du musst es auch wissen.«
»Wieso glaubst du eigentlich, dass er sich freut, uns zu sehen?«
»Ich weiß es einfach«, erwiderte sie fest.
»Er hätte uns jederzeit in England besuchen können, aber er hat es nicht getan. Warum sollte er sich dann jetzt freuen, uns zu sehen?«
»Ich weiß, was du damit sagen willst, Hal«, sagte sie vorsichtig. »Verlass dich auf mich. Ich weiß, dass er die Vergangenheit bedauert, und ich weiß, dass er uns noch liebt.«
Hal betrachtete die prachtvolle Landschaft um ihn herum, so weit entfernt von den kalten Klippen Cornwalls, und spürte ein tiefes Sehnen in der Seele. Ihm war, als füllte eine unsichtbare Macht seinen Geist mit etwas Schwerelosem, das ihn emporhob und Optimismus weckte.

Ramon saß auf der Terrasse des Strandhauses seiner Eltern und blickte auf das still im Morgenlicht glitzernde Meer hinaus. Er hatte vor Sorge und Schuldgefühlen kaum geschlafen – wie sollte er sich vor den zwei Kindern rechtfertigen, die er vor langer Zeit mit ihrer Trauer um ihn allein gelassen hatte? Wie sollte er ihnen Ramoncito erklären – und Estella? Würden sie ihn verstehen? Wie würde Ramoncito sich fühlen, wenn er die Liebe seines Vaters plötzlich teilen musste, nachdem er mit dem Exklusivrecht darauf aufgewachsen war? Ramon blickte auf die Uhr; sie mussten bald eintreffen. Ihm war flau im Magen vor Nervosität. Er hätte die beiden am Flughafen abholen müssen, doch er hatte dringend die moralische Unterstützung seiner Eltern gebraucht. Mariana hatte ihm beigepflichtet. »Es ist viel besser, wenn sie uns zusammen hier im Haus antreffen; hier ist die Anspannung nicht so groß«, hatte sie gesagt.
»Hier, mein Sohn.« Ignacio reichte ihm ein Glas Rum. »Du siehst aus, als könntest du das brauchen.«

»Ich weiß nicht, was mich erwartet«, sagte Ramon kleinlaut.
»Denk nicht so viel darüber nach.« Ignacio setzte sich Ramon gegenüber und setzte als Sonnenschutz seinen Panamahut auf. »Sie kommen dich besuchen, weil du ihr Vater bist, nicht, um dich zu quälen. Lasst Vergangenes vergangen sein und lernt euch ganz neu kennen. Das würde ich euch raten.«
»So viel ist inzwischen geschehen«, seufzte Ramon und starrte in sein Glas. »Estella, Ramoncito ...«
»Das Leben geht weiter. Es ist ein Buch mit vielen Kapiteln. Doch alle sind durch einen roten Faden verbunden:«
»Was ist der rote Faden, Papa?«, fragte Ramon mit einem tiefen Seufzer.
»Die Liebe«, antwortete Ignacio schlicht. Ramon sah ihn düster an, doch sein Vater nickte nur. »Ich bin alt und weise, mein Sohn, und so sollte es nach vierundachtzig Jahren auch sein. Ich habe in meinem Leben einiges gelernt. Und das gehört dazu. Lass dir von einem alten Mann etwas sagen.« Er lachte leise. »Die Liebe wird euch alle vereinigen. Du wirst schon sehen.«
»Das und die Bereitschaft zu vergeben«, sagte Ramon und leerte sein Glas. »Und zwar eine ganze Menge davon.«

Auf dem Weg längs der Küste gruben Hal und Federica mit wachsender Begeisterung Erinnerungen aus. Sie erkannten den Kiosk, an dem sie auf dem Weg zu den Großeltern immer Halt gemacht hatten, wo Ramon ihnen etwas zu trinken und *empanadas* gekauft hatte und wo die chilenischen Kinder jetzt unter den Platanen mit einer leeren Colabüchse Fußball spielten. Sie staunten beide darüber, wie wenig sich in so vielen Jahren verändert hatte. Es war, als führen sie durch einen sonderbaren leeren Raum, auf den die Zeit keinen Einfluss hatte.
Als sie die staubige Straße nach Cachagua entlangfuhren, waren beide zu aufgewühlt, um noch reden zu können. Hal ergriff Federicas Hand, was sie überraschte, denn sonst war es immer sie gewesen, die die Zeichen der Zuneigung gesetzt hatte. Sie

drückte seine Hand, dankbar für die Unterstützung, denn sie war ebenfalls nervös.
Die strohgedeckten Häuser waren dieselben wie immer, umgeben von grünen Bäumen und Büschen, aber sie waren zahlreicher geworden. Als das Auto vor den vertrauten Mauern des Hauses ihrer Großeltern hielt, glaubten beide, das heftige Klopfen ihrer Herzen zu hören.
»Ich habe Angst«, gestand Hal.
»Ich auch«, erwiderte Federica heiser. »Aber jetzt sind wir hier, also stürzen wir uns hinein«, sagte sie, bemüht, die Angst zu unterdrücken.

Ramon hörte das Dröhnen des Wagens und dann die darauf folgende erwartungsvolle Stille, als der Motor abgeschaltet wurde. Er hörte, wie Türen geöffnet und geschlossen wurden. Er sah hinüber zu Ramoncito und zu seinen Eltern, die alle aufgesprungen und auf dem Weg ins Haus waren. Marianas alte Beine waren nicht mehr so flink, dennoch huschte sie, so schnell sie konnte, durchs Wohnzimmer und atmete schwer vor Aufregung. Ramoncito konnte das Unbehagen seines Vaters nicht begreifen und ließ sich von der Begeisterung seiner Großeltern anstecken. Er hatte sich oft genug gefragt, wie seine Halbgeschwister wohl sein mochten, hatte sich oft vorgestellt, sie lebten in Chile, und er könnte den Spaß einer großen Familie genießen wie seine Schulfreunde, die oftmals bis zu zehn Brüder und Schwestern zum Spielen hatten.
Ignacio wandte sich seinem Sohn zu, der zögernd auf der Terrasse verharrte, blass im Gesicht und von Sorge gezeichnet. »Mein Sohn, es ist wie ein Sprung ins Meer; die Vorstellung ist unangenehm, doch sobald du im Wasser bist, ist es warm und wohltuend.« Er lächelte ihn verständnisvoll an. »Du musst einfach springen, ohne lange nachzudenken.«
Ramon nickte ihm zu und folgte dem unsicher tastenden alten Mann ins abgedunkelte Haus, wo es kühl war und nach Tube-

rosen duftete. Er stellte sich Federica immer noch so vor wie das fünfzehnjährige Mädchen, das er in Cornwall auf dem Fahrrad gesehen hatte. An Hal erinnerte er sich nicht so gut, und das verstärkte seine Schuldgefühle ganz besonders.

Als Federica und Hal die Großmutter zu ihrer Begrüßung aus dem Haus eilen sahen, stolperte ihr Herzschlag für einen Moment vor Unsicherheit, um dann vor Freude zu rasen. Mariana war viel grauer und wirkte kleiner, denn das letzte Mal, als sie sie gesehen hatten, waren sie noch Kinder gewesen. Doch in ihrem Lächeln und ihren Tränen kam ihr unverändert sanftes Wesen zum Ausdruck, das sie über beinahe zwei Jahrzehnte in der Erinnerung bewahrt hatten, und beide liefen ihr entgegen und umarmten sie.

Mariana wollte etwas dazu sagen, wie groß sie geworden waren, wie schön Federica war, wie gut Hal aussah, doch ihre Kehle schmerzte vor Rührung und ihre Lippen zitterten vor Schmerz, weil sie jetzt alt war und so viele kostbare Jahre der Entwicklung ihrer Enkelkinder versäumt hatte. Also umarmte sie sie noch einmal, und die Gebärden ihrer zitternden Hände und ihr ausdrucksvolles Gesicht verrieten all das, was sie nicht in Worte fassen konnte.

Als Nächster erschien Ignacio unter der Tür, denn Ramoncito, plötzlich von Schüchternheit befallen, hielt sich etwas zurück. Ignacio umarmte seine Enkel und lachte glücklich, denn auch er konnte vor Rührung nicht sprechen. Hal erinnerte sich daran, auf seinen Schultern geritten zu sein, konnte den bärenstarken Mann seiner Kinderzeit jedoch nicht mit diesem dünnen, verhutzelten Männchen, das nun vor ihm stand, in Einklang bringen.

Dann erschien Ramons große Gestalt zögernd an der Tür, zusammen mit seinem Sohn.

Federica sah die Angst in seinem Blick, schritt auf ihn zu und warf sich in seine Arme, wie sie es als Kind getan hatte. Ramon war sprachlos über die selbstbewusste Liebesbezeugung und nahm sie dankbar in die Arme. Zu seinem Erstaunen entdeckte er in ihren Zügen den Nachhall der jungen Helena, in die er sich auf der Landungsbrücke in Polperro verliebt hatte. Ihr Haar war weißblond und seidig, ihr Teint durchscheinend, und ihre Augen erstrahlten in dem gleichen klaren Blau wie die ihrer Mutter. Er umfasste ihr Gesicht mit den Händen und würgte an seiner Reue. »Du bist so erwachsen«, brachte er erstickt hervor. »Und das hast du ganz allein ohne mich vollbracht?« Damit zog er sie erneut in seine Arme.

»Nein, nicht ohne dich«, schluchzte sie und atmete seinen vertrauten Duft, der sie all die Jahre hindurch begleitet und ein Vergessen verhindert hatte. Ramon blickte über Federicas Schulter hinweg in das graue Gesicht seines Sohnes, der ihn mit gequältem Blick anstarrte. Er löste sich behutsam von seiner Tochter und ging auf Hal zu.

»Hal«, sagte er und reichte ihm die Hand. Hal wollte »Papa« sagen, brachte jedoch nur einen krächzenden Laut über die Lippen. Er sah seinem Vater ins Gesicht, suchte nach einem Zeichen von Liebe, fand jedoch nur Angst und Unsicherheit. Er schluckte schwer. Ramon war hilflos, wusste nicht, was er tun sollte. Er blickte zu seinem Vater hinüber und dachte an dessen Rat. »Hal, verzeih mir«, sagte er leise. Die Augen des jungen Mannes wurden milder, seine Mundwinkel zuckten. Ramon tat den ersten Schritt, er breitete die Arme aus und zog den zitternden Jungen an seine Brust. Hal reagierte mit einem Stöhnen, bevor sein geschwächter Körper von Schluchzen geschüttelt wurde. »Ich werde es wieder gutmachen«, sagte Ramon. »Das verspreche ich dir.«

Ramoncito betrachtete die Wiedersehensszene von der Tür her und fühlte sich ausgeschlossen. Tränen und Gefühlsausbrüche waren ihm fremd, denn er selbst hatte nicht einmal auf dem Begräbnis seiner Mutter geweint. Er beobachtete Hal und Federica interessiert und hörte sie in einer Sprache sprechen, die er nicht verstand. Federica sah Ramon überhaupt nicht ähnlich, Hal dagegen ähnelte ihm auf unheimliche Weise, wenngleich er dünn und krank wirkte. Ramoncito wollte vortreten und sich vorstellen, doch er war sich bewusst, dass er bei diesem Familientreffen keine Rolle spielte. Man betrauerte ja einen Abschied, der schon vor seiner Geburt stattgefunden hatte.

Plötzlich fiel Ramoncito seinem Vater wieder ein. Er straffte sich und wandte sich seinem Sohn zu, der verunsichert im Schatten stand. »Ramoncito«, sagte er. »Komm und begrüße deine Schwester und deinen Bruder.« Er sagte es auf Spanisch, doch Hal und Federica hatten verstanden und tauschten einen bestürzten Blick. Der fünfzehnjährige Junge trat ins Sonnenlicht. Er war groß und athletisch gebaut und hatte rabenschwarzes Haar und glänzende braune Augen, sanft wie Milchschokolade. Federica erkannte auf Anhieb Ramon in seinem trägen Lächeln und in seiner Haltung, wenngleich seine Haut von der Farbe dunklen Honigs war und sein ovales, sanftes Gesicht ihn von ihrem Vater unterschied.

Hal sah sogleich sein eigenes Spiegelbild in Ramoncitos dunklen Zügen, und er riss sich zusammen, ging auf ihn zu und schüttelte ihm die Hand. »Ich habe mir immer einen Bruder gewünscht«, sagte er.

Als Ramon übersetzt hatte, trat ein freudiges Lächeln auf Ramoncitos Gesicht, und er antwortete auf Spanisch: »Ich auch.« Federica nahm seine Hand und küsste ihn. Er errötete bis unter die Haarwurzeln. Federica lächelte ihn an. Abgesehen davon, dass das gleiche Blut in ihren Adern floss, hatten sie auch noch das Erröten gemeinsam.

Einundvierzig

Federica wie auch Hal erinnerten sich an die große Terrasse der Großeltern, von wo aus man weit aufs Meer hinaus blickte. Der Duft von Gardenien und Eukalyptus entführte sie zurück in ihre Kindheit – doch jetzt waren sie andere Menschen, und die Vergangenheit erschien ihnen wie ein anderes Leben. Sie saßen zusammen im Sonnenschein, die Hitze taute ihre Ängste fort, aber trotzdem herrschte eine verlegene Stimmung. Sie hatten einander so viel zu sagen, und keiner wusste, wie er beginnen sollte. Gertrude brachte *pisco sour* auf einem Tablett, reichte die Gläser herum und fragte sich, wie es möglich war, dass zur gleichen Zeit so große Freude und so große Traurigkeit in der Luft hingen. Ausnahmsweise einmal war ihre finstere Miene einem Ausdruck der Neugier gewichen. Sie musterte die beiden Fremden misstrauisch. Noch erstaunter war sie, als Hal um ein Glas Wasser bat.

»Ich kann es nicht fassen, dass ihr hier seid«, jubelte Mariana. »Nach all den Jahren – was ist über euch gekommen?«

Federica nippte an dem alkoholischen Getränk, das sie als Kind nie hatte kosten dürfen, und rümpfte die Nase. »Das ist ja furchtbar sauer!«, rief sie aus.

»Das sind die Zitronen«, erklärte Mariana. »Du gewöhnst dich daran.«

»Nach einem Glas bist du abhängig«, sagte Ignacio.

»Also, was hat euch bewogen zu kommen?«, fragte Ramon.

Federica seufzte und warf einen Blick auf Hal, der zurückgelehnt in seinem Sessel saß und durstig sein Wasser trank.

»Manchmal geschehen Dinge im Leben, die alles in das richtige

Licht rücken«, sagte Federica, sorgsam darauf bedacht, die rechten Worte zu finden. »Ich war unglücklich verheiratet, und Hal, nun, Hal hat auch eine schwere Zeit hinter sich. Wir mussten zurück zu unseren Wurzeln. Wir mussten euch wiedersehen. Es ist nicht natürlich, so lange von der Familie getrennt zu leben.« Sie senkte den Blick, wollte nicht, dass ihr Vater sich schuldig fühlte, weil er sie verlassen hatte. Mariana warf ihrem Sohn einen Blick zu und fühlte sich unbehaglich. »Es ist wunderbar, herzukommen und ein weiteres Familienmitglied vorzufinden«, fuhr Federica fort, damit das verlegene Schweigen nicht überhand nahm. Alle sahen Ramoncito an, der wieder errötete und verschämt lächelte.

»Könnt ihr überhaupt kein Spanisch mehr?«, wollte Mariana wissen.

»Ich fürchte, nein«, sagte Federica. »Ich verstehe ein wenig, aber das meiste habe ich vergessen.«

»Papa, wo ist deine Frau?«, fragte Hal und leerte sein Glas.

Ramons Gesicht verzog sich vor Schmerz. »Sie ist tot«, antwortete er.

Hal flüsterte eine Entschuldigung. Mariana bemerkte etwas über das Wetter, und Ignacio stand auf.

»Mein Sohn, warum machst du nicht einen Spaziergang am Strand mit Federica und Hal? Ihr habt vieles zu bereden. Wenn ihr dann zurückkommt, fangen wir von vorn an.«

Ramon wirkte erleichtert und übersetzte für seinen Sohn. Ramoncito nickte und blickte seinen Halbgeschwistern nach, als sie aufstanden und mit seinem Vater ins Haus gingen.

»Lieber Gott, das war unangenehm«, seufzte Mariana, als sie fort waren.

»Ruhig Blut, Weib, sie müssen es nur mal erst gemeinsam verarbeiten«, sagte Ignacio. »Wir wär's mit einer Partie Schach, Ramoncito?«, wandte er sich dann an seinen Enkel, der lächelnd zu ihm aufblickte.

»So ein schönes Mädchen, Abuelito!«, sagte er bewundernd.

Ramon ging mit seinen Kindern nicht zum Strand. »Ich möchte euch etwas anderes zeigen«, sagte er, schloss seinen Wagen auf und stieg ein.
»Wie ich höre, wohnst du in einem eigenen Haus am Strand«, sagte Federica. Ihr fiel auf, dass Ramons Haar an den Schläfen völlig weiß war und dass die dünne Haut unter seinen Augen vor lauter Melancholie schlaff herabhing. Er sah alt aus.
»Ja, aber wir fahren nicht dorthin«, antwortete er und bog auf einen Sandweg ab. »Ich will euch Estella vorstellen.«
»Wer ist Estella?«, fragte Hal.
»Ramoncitos Mutter.«
»Oh.« Hal hüstelte verlegen.
»Ich möchte an einem Ort mit euch reden, wo uns niemand stört«, sagte Ramon.

Der Friedhof lag in himmlischen Frieden gehüllt auf einem Felsen oberhalb des Meers. Es war heiß, und Blumen- und Tannenduft würzten die Luft mit der Heiterkeit der Natur. Ramon stellte den Wagen ab, und sie gingen durch den Schatten, darauf bedacht, nicht die Gräber schlafender Seelen zu zertreten, bis zu Estellas letzter Ruhestatt. »Hier ruht Estella«, sagte Ramon und ordnete die Blumen, die er am Morgen vor den Grabstein gelegt hatte.
»Sie hat einen schönen Ausblick«, bemerkte Hal, verzweifelt bemüht, seine Patzer wieder gutzumachen.
Ramon lächelte ihn an. »Oh ja.«
»Willst du uns von ihr erzählen, Papa?«, fragte Federica. »Sie muss sehr schön gewesen sein, denn Ramoncito sieht umwerfend gut aus.«
»Ja, sie war schön«, bestätigte Ramon traurig. »Aber lass mich am Anfang beginnen. Ich möchte mit euch anfangen. Mit Federica, Hal und Helena. Setzen wir uns hier«, schlug er vor und deutete auf den grasigen Abhang des Felsens.

Sie saßen in der Sonne und lauschten dem suggestiven Auf und Ab der Brandung unter ihnen. Ramon nahm seine Kinder bei den Händen. »Ich bitte euch beide, mir zu vergeben«, sagte er. Hal und Federica wussten nichts zu antworten und sahen ihn verwundert an. »Ich bin vor eurer Mutter davongelaufen, weil ihre Liebe zu fordernd war und ich an ihr erstickte. Wir hätten euch Kinder an die erste Stelle setzen und versuchen sollen, unser Problem zu lösen, aber wir waren beide zu egoistisch. Ich habe nicht um eure Mutter gekämpft, habe nicht versucht, sie zum Bleiben zu überreden, und sie hat nicht versucht, sich um meinetwillen zu ändern. Ich habe euch beide geliebt, wusste aber erst, als es zu spät war, was ich verloren hatte, und dann war ich zu beschämt, um mich den Tatsachen zu stellen. Deshalb bin ich davongelaufen und habe euch allein gelassen. Weglaufen war einfacher – schließlich bin ich mein Leben lang vor der Liebe davongelaufen.« Federica wie auch Hal waren erstaunt über seine Aufrichtigkeit.

Dann berichtete er von den Begebenheiten in ihrer Kindheit, die ihn berührt hatten, und von den kleinen Besonderheiten ihres jeweiligen Charakters, die er all die Jahre hindurch im Gedächtnis bewahrt hatte. »Hal, du hast dich immer an deine Mutter geklammert. Ich glaube, ich habe dir Angst gemacht. Du warst so sensibel, dass du das böse Blut zwischen deinen Eltern erahnt hast, und es hat dir zu schaffen gemacht. Du warst noch so klein, deshalb überließ ich dich Helena und unternahm Ausflüge mit Federica. Ich habe dich nie richtig gekannt. Aber ich würde gern noch einmal von vorn anfangen und dich kennen lernen«, sagte er, blickte seinem Sohn in die schwermütigen Augen und erkannte die Qual in ihnen. »Du bist mein Sohn, Hal, und nichts ist so wichtig wie Blutsbande. Das verstehe ich jetzt. Ich musste sehr viel Unglück erfahren, aber dafür weiß ich jetzt, was wichtig ist.«

»Das wäre schön, Papa«, sagte Hal leise, dessen Wortgewandtheit unter der Hitze und dem Alkohol gelitten hatte, der immer noch seine Leber vergiftete.

Ramon erzählte ihnen, wie er seinerzeit nach England gereist war, um seine Kinder zu sehen, und wie Helena sie vor ihm geschützt hatte. Wie er Federica auf dem Fahrrad gesehen hatte, aber Helenas Rat folgend weitergefahren war. »Macht eurer Mutter deswegen niemals Vorwürfe. Es war rücksichtslos von mir, in euer Leben zu treten, wann immer es mir passte, und damit mein Gewissen zu beruhigen. Helena hatte Recht, es hätte euch nicht gut getan.

Estellas Tod hat mich über den Wert des Lebens belehrt«, fuhr er feierlich fort. Sosehr Federica sich auch bemühte, sich an das hübsche junge Mädchen zu erinnern, das durch die Zimmer des Strandhauses schwebte und sie mit sanftem Rosenduft erfüllte, es gelang ihr nicht. »Ich hatte nicht geplant, Estella zu lieben. Sie stillte ein körperliches Bedürfnis, das sich dann zu etwas Dringlicherem, Tieferen auswuchs. Wenn ich bei ihr war, wollte ich nirgendwo anders mehr sein. Das hatte ich nie zuvor erlebt. Mein Leben lang war ich vor den Menschen davongelaufen, hatte mich danach gesehnt, allein zu sein, war nicht bereit, mich an irgendwen zu binden. Mit Estella war es anders. Sie stellte keine Forderungen. Sie erstickte mich nicht mit Bedürfnissen. Alles, was sie wollte, war meine Liebe. So schrieb ich am Strand, statt in der Welt herumzureisen. Ich brauchte nirgendwo hinzugehen, denn Estella war meine Inspiration, und während des Zusammenseins mit ihr habe ich meine besten Werke geschrieben. Ramoncito ist ein lebender Beweis unserer Liebe. Als Estella durch einen Verkehrsunfall starb, hatte ich das Gefühl, meine Welt wäre in sich zusammengestürzt. Die Reue verzehrte mich. Ich hätte sie heiraten müssen, aber es war bequemer für mich, ledig zu bleiben. Ich hätte ihr viel öfter sagen müssen, dass ich sie liebte. Auch euch beiden hätte ich sagen müssen, dass ich euch liebe, hätte mich stärker anstrengen müssen, Teil eures Lebens zu sein. Doch jetzt kann ich das immer noch tun. Durch euren Besuch gebt ihr mir eine zweite Chance. Eine zweite Chance bei Estella bekomme ich nie wieder.«

»Papa, wir verzeihen dir«, flüsterte Federica, nahm seine Hand in ihre beiden und drückte sie fest. »Jetzt sind wir zusammen, und wir können uns ganz neu kennen lernen, nicht wahr, Hal?«
Hal nickte. »Ohne deine Gedichte hätte ich nie die Kraft gehabt, meinen Mann zu verlassen«, fuhr sie fort.
»Tatsächlich?«, fragte Ramon überrascht und überlegte, welche Gedichte sie wohl meinte. Dann berichtete sie ihm von ihrer Ehe und wie das Schmetterlingskästchen, in dem seine Briefe aufbewahrt waren, ihr in der unglücklichen Zeit geholfen hatte.
»Du wusstest es nicht, Papa, aber du warst immer gegenwärtig. Du warst da, als ich dich am dringendsten brauchte«, sagte sie.
Ramon lächelte sie an, doch ihm fiel auf, dass Hal sehr wenig sagte.
Sie saßen auf dem Felsen, bis die Sonne zu heiß wurde und sie sich unter die Tannen zurückziehen mussten. Sie redeten über die Vergangenheit, überbrückten die Jahre, die die Entfernung zwischen ihnen vergrößert hatten, bis ihre knurrenden Mägen sie von ihren Gefühlen ablenkten und ihnen klar machten, wie schnell der Tag verging.
»Gertrude wird böse, wenn wir zu spät zum Mittagessen kommen«, sagte Ramon und zwinkerte Hal zu.

Gertrude war tatsächlich noch säuerlicher als gewöhnlich. Sie aßen auf der Terrasse zu Mittag, und dieses Mal herrschte Feststimmung. Sie schwelgten in der Vergangenheit, und Federica erzählte von ihrem Leben in England, von der Schönheit Cornwalls und den Eigenarten der Menschen, die dort lebten. Hal gab sich größte Mühe, den Weinflaschen zu widerstehen, die am Tisch die Runde machten, und stillte seinen Durst mit Unmengen von Wasser. Müde von der Hitze und der langen Reise zog er sich zur Siesta in sein Zimmer zurück.
Ramon nahm die Gelegenheit wahr, um Federica über seinen Gesundheitszustand zu befragen. »Ihm geht es sehr schlecht, fürchte ich«, gestand sie.

»Er sieht furchtbar aus, *pobrecito*!«, seufzte Mariana voller Mitleid und dachte an den kleinen Jungen, der so gern Eis und *manjar blanco* aß und auf den Schultern seines Großvaters ritt.
»Vergesst dabei aber nicht, dass er genug gegessen hat, um eine ganze Armee zu sättigen«, bemerkte Ignacio.
»Er ist tief unglücklich«, erklärte Federica. »Er war auf dem besten Weg, sich selbst durch Trinkerei und ein sinnloses, dekadentes Leben zu zerstören. Ich dachte, er könnte sich durch seinen Besuch hier von seinen Problemen befreien.« Dann blickte sie ihren Vater an. »Ich hatte gehofft, du könntest zu ihm durchdringen. Schließlich hast du mir auch geholfen.«
»Ich will's versuchen«, versprach er ernst.
»Wie hat Ramon dir geholfen, Fede?«, wollte Mariana interessiert wissen. Sie wünschte sich von Herzen, dass er seine Kinder vielleicht doch nicht so vollständig im Stich gelassen hatte, wie sie dachte.
»Er hat mir Gedichte geschickt«, sagte sie und lächelte ihn zärtlich an. »Es mag vielleicht seltsam erscheinen, dass ein paar Verse ein Leben verändert haben sollen, aber es war so. Ich war meiner eigenen Situation gegenüber so blind, und diese Verse haben mir die Augen geöffnet. Das Wissen, dass Papa an mich dachte, hat mir den Mut gegeben, Torquil zu verlassen. Ich wusste ja, dass ich nicht allein war.«
Ramon lächelte sie verlegen an. Federica begriff es als Bescheidenheit.
»Du Geheimniskrämer, Ramon«, sagte Mariana stolz. »Nach dem Essen würde ich dir gern die Familienalben zeigen, Fede. Darin gibt es wundervolle Fotos von dir und Hal, als ihr noch klein wart.«
»Und ich hole meine Kamera und fotografiere euch alle. Dieses Wiedersehen werde ich nie vergessen.«

Nach dem Essen suchte Federica ihr Schlafzimmer auf. Sie bemerkte auf Anhieb den Lavendelduft ihrer Laken und die hohen

Stängel von Tuberosen auf der Kommode. Die Läden waren geschlossen, damit es kühl im Zimmer blieb, aber Federica stieß sie auf und ließ den Sonnenschein herein. Er strahlte ihre Erinnerungen an, und sie erkannte manches Bild an der Wand und die Möbel wieder. Sie öffnete ihren Koffer und entnahm ihm die Kamera. Dann setzte sie sich aufs Bett, befreite das Objektiv aus seiner Schutzhülle und erinnerte sich, wie es gemäß Julians Anweisungen zu handhaben war. Sie dachte auch an Sam. Sie hätte ihn gern angerufen, um ihm zu berichten, wie das Wiedersehen verlaufen war. Doch sie beschloss, zunächst ein paar Fotos zu schießen, damit sie ihm berichten konnte, dass sie sein Geschenk schon benutzt hatte.

»Fede, darf ich hereinkommen?«

Sie wandte sich um und sah ihren Vater an der Tür stehen. »Klar«, antwortete sie. »Ich nehme nur gerade diese herrliche Kamera in Betrieb, um Fotos zu machen, die ich dann den Lieben in England zeigen kann.«

»Gute Idee«, sagte er und setzte sich auf das zweite Bett. »Was diese Gedichte betrifft ...«, setzte er an.

»Sie waren gottvoll«, schwärmte sie glücklich. »Ich bin jetzt ein anderer Mensch.«

»Ich habe sie dir nicht geschickt«, erklärte er.

Alle Begeisterung wich aus Federicas Gesicht. »Du hast sie mir nicht geschickt?«, wiederholte sie erstaunt.

»Nein«, sagte er und schüttelte den Kopf. »Vor den anderen wollte ich es nicht sagen, um dich nicht in Verlegenheit zu bringen.«

»Natürlich kamen die Verse von dir«, erwiderte sie verwirrt. »Es waren zwei Briefe. Einer wurde durch den Briefschlitz eingeworfen, den anderen fand ich im Wagen.«

»Waren sie unterzeichnet?«

»Nein.« Sie kniff die Augen zusammen.

»Ich war seit Jahren nicht in England«, gestand er ein.

»Ehrlich nicht?«

»Ehrlich nicht. Hör mal, wenn Hal aufwacht, fahre ich mit ihm in mein Strandhaus. Da habe ich ein Buch, das er lesen soll. Bist du damit einverstanden?«
»Natürlich«, antwortete sie verunsichert. »Ich kann es nicht glauben, dass die Briefe nicht von dir waren.«
»Es tut mir Leid«, sagte Ramon und stand auf. »Ich wollte, ich hätte sie geschrieben.«
»Es ist nicht mehr wichtig. Das Ergebnis bliebt sich gleich, ganz egal, von wem sie stammten«, sagte sie lässig, als wäre es von geringfügiger Bedeutung.
Als Ramon aus dem Zimmer gegangen war, starrte sie bestürzt auf ihre Kamera. Dann krampfte sich ihr Inneres zusammen, als sie begriff, dass einzig und allein Sam ihr die Briefe geschickt haben konnte. Plötzlich ergab alles einen Sinn. Sam hatte von Anfang an seiner Besorgnis Ausdruck gegeben. Er hatte ihr bei ihrem gemeinsamen Mittagessen und dann auf Nunos Begräbnis die Meinung gesagt. Sie hatte nicht auf ihn gehört. Natürlich würde er nicht noch einmal auf sie zugehen, bestimmt nicht offen. Wie nahe liegend es doch war, und sie hatte so sehr gewünscht, ihr Vater möge dahinter stecken, dass sie es schließlich fest geglaubt hatte. Wie gefühllos von ihr, diese Leistung nur Ramon zuzutrauen. Kein Wunder, dass Sam so niedergeschlagen war.
Als Mariana ihr die Fotos aus ihrer Kindheit zeigte, konnte Federica sich nur schwer konzentrieren, weil sie nur noch an Sam denken wollte. Sie war rastlos und blickte immer wieder zum Telefon hinüber. War es zu unverschämt zu fragen, ob sie nach England telefonieren durfte? Als Mariana auf ein Foto von Estella stieß, ließ Federica sich vorübergehend ablenken und betrachtete das heitere Gesicht der Frau, die ihrem Vater das Herz gestohlen hatte. Sie war schön und sanftmütig, und ihr ovales Gesicht zeigte den gleichen freundlichen Ausdruck wie das Ramoncitos. Instinktiv wusste Federica, dass sie die Frau gemocht hätte. Die Tragödie ihres Todes rührte sie tief an und erinnerte

sie an ihre eigene Sterblichkeit. Estella war zu jung und zu schön gewesen, um so früh zu sterben. Unvermittelt dachte sie an Topahuay und stellte sich vor, dass die Prinzessin genauso ausgesehen haben musste wie Estella. In beider Tod erkannte Federica die Vergänglichkeit allen Lebens, erkannte sie, wie wichtig es war, jeden Augenblick voll auszuschöpfen, weil der Tod immer gegenwärtig war.

Ignacio saß in ein Gespräch mit Ramoncito vertieft auf der Terrasse, wo sie ihre Schachpartie beendeten. Die Sonne brannte noch immer heiß, und hin und wieder nahm Ignacio seinen Hut ab und wischte sich mit einem weißen Taschentuch über die Stirn. Dann nahm Ramoncito die Gelegenheit wahr, das schöne Gesicht seiner Halbschwester zu betrachten, wenn sie sich unbeobachtet fühlte. Er konnte es kaum erwarten, Pablo und Maria Rega über die plötzliche Ankunft der beiden verlorenen Kinder seines Vaters zu berichten.

Als Hal nach langer, tiefer Siesta aufwachte, brauchte er eine Weile, um sich zu orientieren. Er sah sich im Zimmer um, sah die weißen Wände und schlichten dunklen Möbel und wusste wieder, wo er war. Sein Kopf schmerzte von der Hitze, sein Körper litt unter dem Entzug des Alkohols, der ihn fast zerstört hätte. Er richtete sich mühsam auf und wankte unter die Dusche. Der kalte Wasserstrahl spülte seine Erschöpfung und die letzten Spuren seines Unglücklichseins ab, die ihm womöglich nach Chile gefolgt waren. Als er auf die Terrasse trat, wartete Ramon schon auf ihn, um mit ihm zu seinem Strandhaus zu fahren.

»Kommt Federica mit?«, fragte Hal, als Ramon zum Aufbruch mahnte.

»Nein, wir zwei fahren allein«, antwortete Ramon. »Ich möchte dir etwas zu lesen geben.« Also folgte Hal seinem Vater zum Auto und fühlte sich so beschwingt, dass er sich schämte, weil er so erbarmungswürdig glücklich über diese Auszeichnung von Seiten seines Vaters war.

»Das war Estellas Haus«, erklärte Ramon, als sie beinahe angekommen waren. »Ich habe es ihr kurz nach Ramoncitos Geburt eingerichtet. Sie lebte so gern am Meer. Ich auch.«

»Es ist entzückend!«, rief Hal aus, als er endlich seine Stimme wiederfand. »Es ist wirklich entzückend.« Er bemerkte die üppige Kletterpflanze an den Außenmauern, deren Ranken über das Dach der Veranda herabhingen, und er bewunderte den Ausblick auf die gewaltigen Berge im Hintergrund. Plötzlich rührte ihn etwas an, was er nicht verstand. »Erinnert dich hier alles an sie?«, fragte er.

Ramon nickte. »Alles«, bestätigte er. »Kein einziger Tag vergeht, an dem ich nicht irgendwann an sie denke.«

»So würde ich auch gern lieben«, bemerkte Hal versonnen.

»Eines Tages wirst du es erleben, ganz sicher«, sagte Ramon. »Du bist noch sehr jung.«

»Ich weiß, und ich habe das ganze Leben noch vor mir«, sagte er. »Bislang habe ich es verpfuscht.«

»Es ist immer Zeit für einen Neubeginn.«

»Ich möchte von vorn anfangen, Papa. Und ich möchte hier anfangen«, erklärte er entschlossen. »Ich kann es nicht erklären, aber ich fühle mich diesem Ort verbunden.«

»Es liegt dir im Blut«, sagte Ramon.

»Vielleicht«, stimmte er zu. »Vielleicht liegt es mir im Blut.«

Ramon führte ihn durch das Haus, griff nach dem Manuskript, das er für Helena geschrieben hatte, nahm eine Flasche Wasser mit und ging mit Hal zum Strand. Sie setzten sich im schwindenden Sonnenlicht nieder und redeten, unter vier Augen, über das Leben und über die Liebe. Dann zeigte Ramon ihm sein Buch. »Ich habe es für deine Mutter, für dich und für Federica geschrieben«, erklärte er. Hal nahm es und blätterte es durch. »Es ist nicht sehr lang«, sagte Ramon. »Ich wünsche mir sehr, dass

du es liest. Kein Mensch kennt es bislang. Ich habe es auf Englisch geschrieben.«
»Ich fühle mich geehrt«, antwortete Hal ehrlich. »Ist es wirklich wahr, dass noch keiner dieses Buch gelesen hat?«
»Ja.«
»Warum hast du es geschrieben?«
»Weil es für mich eine reinigende Wirkung hatte, weil ich möchte, dass Helena versteht, was wir falsch gemacht haben.« Er unterbrach sich und lächelte Hal an. »Was ich falsch gemacht habe.«
»Du hast dich ordentlich mit diesen Schuldgefühlen herumgequält, wie?«, fragte Hal.
Ramon sah ihn an und lachte. »Glaubst du, ich habe übertrieben?«
»Ich glaube nicht, dass du es nötig hast, dich selbst zu kasteien.« Er erwiderte sein Lächeln.
»Du meinst, ich kasteie mich selbst?« Ramon versetzte ihm spielerisch einen Rippenstoß.
»Ein bisschen. Du brauchst dich deiner selbst nicht so zu schämen. So viele Menschen werden geschieden und lassen ihre Kinder zurück. Sie überleben es, oder? Wir haben auch überlebt, wenn auch nur knapp.«
Ramon sah ihn voller Zuneigung an und legte den Arm um Hals Schulter. »Weißt du, für jemanden, der so krank ist, hast du ein ganz schön großes Mundwerk.«
»Da bin ich aber froh. Ich dachte schon, es wäre mir abhanden gekommen.« Er lachte leise.
»Hattest du Angst, dir könnte sonst noch etwas abhanden gekommen sein? Deine Schwimmhäute vielleicht?«
»Willst du schwimmen gehen?«, fragte Hal begeistert.
»Wenn du mitkommst?«
Im verzauberten Licht des Sonnenuntergangs warfen sie sich in die goldenen Wellen des eisigen Pazifik. Hal kreischte, als die beißende Kälte ihn umfing und all seine Sinne zu völliger

Klarheit weckte. Ramon rief ihm zu, wie ein Mann kopfüber hineinzuspringen. Er folgte dem Beispiel seines Vaters, tauchte unter und spürte, wie seine Gliedmaßen taub wurden, bis er die Eiseskälte nicht mehr empfand. Er planschte, lachte und scherzte mit seinem Vater, während die sanften Wellen den Aufruhr der letzten paar Jahre fortspülten. Als sie schließlich wieder im Sand lagen und sich in den letzten Sonnenstrahlen des sinkenden Tages trocknen ließen, wusste Hal, wohin er gehörte. »Papa, was wäre, wenn ich nie wieder fortginge?«, fragte er und blinzelte ihn aus strahlenden Augen an.

»Zurück nach England?«

»Ja, was wäre, wenn ich nicht zurückginge?«

»Dann wärst du dort, wohin du gehörst, Hal. Und außerdem wärst du nach Hause gekommen«, sagte er und blickte seinen Sohn ernst an.

»Danke, Papa«, flüsterte er, richtete seinen Blick auf den Horizont und seufzte zufrieden. »Ich bin zu Hause.«

Federica fragte Mariana, ob sie nach England telefonieren dürfe. Natürlich gab Mariana ihr nur zu gern die Erlaubnis. »Ruf an, sooft du willst«, sagte sie. »Deine Mutter wird wissen wollen, wie es euch hier ergeht.«

Doch Federica rief nicht Helena an, sondern Sam. Das Telefon klingelte lange, bevor endlich jemand den Hörer abnahm. Es war Ingrid. »Ingrid, hier spricht Federica«, meldete sie sich.

»Ah, Fede, Schätzchen, wie geht es dir?«, fragte sie flüchtig.

»Ich bin in Chile«, antwortete Federica mit klopfendem Herzen.

»Wie schön.«

»Ist Sam zu sprechen?«, fragte sie.

»Nein, er ist fort«, antwortete Ingrid unbestimmt.

»Fort?« Federica stockte der Atem. »Wohin?«

»Er ist zu einer alten Freundin gegangen, glaube ich.«

»Zu einer alten Freundin?«

»Ja, zu einem Mädchen, das er schon sehr lange mag. Junge, es wurde aber auch Zeit, dass er anfängt, an seine Zukunft zu denken.«
»Ja«, sagte Federica leise, doch sie konnte den Schmerz in ihrer Stimme kaum verbergen.
»Er wird schließlich nicht jünger«, fuhr Ingrid fort und verstärkte Federicas Kummer noch.
»Hat er gesagt, wie lange er fort ist?«
»Nein, Schätzchen, du kennst doch Sam! Er informiert nie jemanden über seine Pläne.«
»Hat er eine Telefonnummer hinterlassen?«
»Wieder nein, Schätzchen. Aber falls es dir weiterhilft, ich glaube, es handelt sich um ein großes Haus in Schottland. Du weißt doch viel besser als ich, wer seine Freunde sind. Soll ich ihm sagen, dass er dich anrufen soll, wenn er zurückkommt?«
»Nein, nicht nötig. Sag ihm nur, dass ich angerufen habe«, bat sie und schluckte ihre Enttäuschung hinunter.

Ingrid hatte gerade den Hörer aufgelegt, als Sam mit den Hunden von seinem Spaziergang auf den Klippen zurückkam und ins Zimmer trat. »Wer war das, Mum?«, fragte er.
»Niemand, den du kennst, Schatz«, sagte sie, hob einen verwaisten Fuchswelpen auf und streichelte seinen feuchten Pelz. »Jemand, der wissen wollte, ob wir junge Hunde haben«, fügte sie hinzu und küsste das Füchslein. »Schade, dass sie kein Interesse an Little Red haben, nicht wahr, Little Red?« Sie sah Sams niedergeschlagene Miene und hoffte, dass Federica durch diese kleine mütterliche Finte endlich klar wurde, wie sehr sie ihn liebte. Sam nahm einen Apfel aus der Obstschale. »Wohin willst du, Schatz?«, fragte sie, bemüht, ihre Sorge zu verbergen.
»In Nunos Büro.«
»Du wirst dort irgendwann verloren gehen«, sagte sie mitleidig.
»Das hoffe ich.«

Während des Abendessens überließ Federica weitgehend Hal das Reden und ging dann früh zu Bett. »Du wirst schrecklich müde sein, Fede«, sagte Mariana freundlich. »Schlaf dich gut aus und steh auf, wann du Lust hast. Du bist jetzt zu Hause.« Federica ging von einem zum anderen und gab jedem Familienmitglied einen liebevollen Kuss. Ramoncito wurde glühend rot, als sie ihre Lippen auf seine Wange drückte, und auch während der restlichen Mahlzeit wich die Farbe nicht wieder aus seinem Gesicht. Hal und Ramon unterhielten sich lebhaft, die Gesichter beleuchtet von den flackernden Kerzen der Windlichter. Ignacio sah Mariana an und lächelte. Sie verstanden einander. Beide ahnten, dass Hal für immer bleiben würde, doch Federica war geistesabwesend, wie Mariana bemerkte – das war eine Frauenangelegenheit.

Federica hatte die Läden offen gelassen, so dass das Mondlicht und die nächtlichen Geräusche der Grillen und des Meeres in ihr Zimmer strömten. Sie lag im Bett und sah, wie die Schatten langsam über die Zimmerdecke krochen. Sie dachte an Sam. Ironie des Schicksals, überlegte sie, dass sie sich in England nach ihrem Vater gesehnt hatte und jetzt, da sie in Chile war, nach Sam verlangte. Seit ihrem Gespräch mit Ingrid war ihr unbehaglich zu Mute. Sie fragte sich, zu wem Sam wohl gegangen war, und litt mit jeder Faser ihres Seins an schmerzhafter Eifersucht.

Federica wälzte sich auf den Bauch und blickte hinaus in die schaukelnden Baumkronen und den sternenbedeckten Himmel. Sie sah Sams unrasiertes Gesicht vor sich und seinen gequälten Blick und hätte gern gewusst, ob er sich aus Freundschaft oder gar aus Liebe in ihre Ehe eingemischt hatte. Sie wagte nicht, ihre eigenen Gefühle zu analysieren, denn sie hatte Angst vor der Liebe.

Sie dachte an die langen Abende vor dem Kamin in Nunos Büro, bei Gesprächen über Literatur und Dichtung, die kühlen Grillfeste am Strand und die erfrischenden Spaziergänge auf den Klippen. Sam war ihr unersetzlich gewesen. Wenn er sich in eine

andere Frau verliebte, war er für sie verloren, und ihn zu verlieren, das ertrüge sie nicht.
Als der Schlaf sie schließlich überwältigte, übernahmen die Träume die Aufgabe ihres Bewusstseins und quälten sie weiter. Sie träumte von Sam – er lief die Klippen hinab, und sie rief seinen Namen, doch er hörte sie nicht, und so schnell sie auch lief, sie konnte ihn nicht einholen. Am Morgen erwachte sie genauso müde, wie sie am Abend zu Bett gegangen war.
Am nächsten Tag sprang Hal mit einer Energie aus dem Bett, die er bisher an sich nicht gekannt hatte. Er konnte sich nicht erinnern, wann er dem Leben zuletzt so positiv gegenüber gestanden hatte. Er atmete die Düfte seiner Kindheit, sog die Luft bis in die tiefsten Lungenspitzen. Er hatte das Buch seines Vaters, *Wenn man genug liebt*, gelesen und eine machtvolle Geschichte vorgefunden, die sowohl Ramons eigenen Weg zur Selbsterkenntnis als auch eine Philosophie der Liebe enthielt, die auch für andere Menschen taugte, für Brüder und Schwestern, Freunde, Liebende und Ehegatten. Er hatte bis in die frühen Morgenstunden gelesen, war jedoch nicht müde geworden. Seine Augen waren den Zeilen gefolgt, bis die zarte Morgenröte die Nacht vertrieb. Im Schlaf hatte sein Bewusstsein die Allegorie von Leben und Liebe weiter verarbeitet, und beim Erwachen hatte er das Gefühl, etwas Zauberisches habe sein Herz berührt. An irgendeinem Punkt hatte ihm jemand eine zweite Chance fürs Leben gegeben. Dieses Mal, so beschloss er, würde er es besser anfangen.
Er ging nahezu hüpfenden Schritts zur Terrasse, wo die Sonne schon strahlend schien und der Duft von Kaffee und Toast so lockte, dass er tief einatmete und über seine glückliche Schicksalswende nachdachte. »Guten Morgen allerseits«, sagte er, beugte sich herab und küsste seine Großmutter. »Wo ist Papa?«
»Er wird gleich kommen«, antwortete Mariana. »Wir dachten, es wäre nett, in Zapallar zu Mittag zu essen, wo ihr früher bei Cesar so gern *locos* gegessen habt, weißt du noch?«

»Oh ja«, erwiderte Hal und rieb sich glücklich die Hände. »Eine ausgezeichnete Idee«, rief er und butterte ein Croissant. Es machte Mariana große Freude, ihn mit so gutem Appetit essen zu sehen. Seine Wangen hatten schon etwas mehr Farbe, er wirkte glücklich und ausgeruht. »Abuelita, ich will Spanisch lernen«, sagte er plötzlich.
»Das lässt sich organisieren«, antwortete sie mit einem Blick auf ihren Mann, der die Zeitung sinken ließ und Interesse an der Unterhaltung bekam.
»Ich gehe nicht zurück nach England«, erklärte Hal beiläufig. »Ich möchte hier bleiben.«
Mariana konnte ihre Freude nicht verbergen. Sie lächelte breit und klatschte in die Hände. »*Mi amor*, ich bin so glücklich! Du gehörst hierher«, sagte sie und strich über seinen Arm. »Wie schön für Ramoncito, dass er jetzt einen Bruder hat. Was ist mit Federica?«, hakte sie nach.
Hal lächelte. »Nein, sie bleibt nicht«, sagte er. »Sie ist in England in jemanden verliebt. Sie weiß es nur noch nicht.«

Erst am fünften Tag, als Ramoncito und Hal in eine Partie Schach vertieft waren und Ramon und Ignacio am Strand spazieren gingen, fand Mariana Gelegenheit, allein mit Federica zu reden.
»Du warst in den letzten Tagen so abwesend, Fede«, begann sie und setzte sich aufs Sofa. »Geht es um diesen jungen Mann?«
Federica sah sie erstaunt an. »Um welchen jungen Mann?« Sie zuckte mit den Schultern.
»Der, von dem Hal gesprochen hat.«
»Was weiß denn Hal?«, rief sie aus.
»Vielleicht war er aufmerksamer, als du geglaubt hast.« Mariana lachte leise. »Er gedeiht unter der Sonne Chiles«, fügte sie hinzu und blickte zur Terrasse, wo er mit Ramoncito lachte, als hätten sie einander ein Leben lang gekannt.
»Ach, Abuelita.« Federica seufzte verwirrt. »Ich möchte hier

bleiben, denn es ist so schön bei dir und Abuelito, und es ist wunderbar, Papa wieder zu haben und eine Familie und die Vergangenheit hinter mir zu lassen. Wir sind jetzt Freunde. Mehr wollte ich nie. Aber ...«

»Aber du bist erwachsen geworden, Fede.«

»Die letzten zwanzig Jahre habe ich damit verbracht, mich nach Papa zu sehnen. Wenn ich unglücklich war, habe ich all seine Briefe gelesen, und ich erinnere mich an alle Geschichten, die er mir erzählt hat. Ich habe mich an meine Kindheit geklammert. Ich glaube, Torquil war ein Versuch, Papa in einem anderen Mann zu finden. Und dann ist da Sam«, sagte sie leise und ließ die Schultern hängen. »Ich glaube, ich liebe ihn.«

»Und wo liegt das Problem?«

»Ich glaube, ich habe ihn verletzt«, erklärte sie traurig.

»Auf welche Weise?«

»Nun, als Kind habe ich ihn sehr verehrt. Er ist neun Jahre älter als ich, exzentrisch und intelligent – einen Mann wie ihn gibt es nur einmal auf der Welt, solche wie Torquil gibt es zu Hunderten. Früher sah er sehr gut aus, aber jetzt nicht mehr, jetzt ist er einfach anbetungswürdig – und lieb. Während meiner Ehe mit Torquil hat er mir anonym Zeilen aus Gedichten geschickt, die mein Leben verändert haben. Er liebte mich aus der Ferne, half mir, Torquil zu verlassen, und unterstützte mich, als ich wieder zu Hause war. Ohne ihn wäre ich verloren gewesen. Ich habe geglaubt, die anonymen Briefe kämen von Papa. Aber sie waren nicht von ihm. Und ich habe gesagt ...« Sie hielt inne und wurde rot.

»Was hast du gesagt?«, drängte Mariana sanft.

Federica wand sich nahezu. »Ich habe ihm gesagt, ich würde nach Chile reisen, und ich wüsste nicht, wie lange ich bleibe, denn in Polperro gäbe es nichts, was mich hielte.«

Mariana tätschelte liebevoll ihr Knie. »O weh.« Sie seufzte. »Ich schätze, du solltest lieber heimreisen und ihm sagen, was du für ihn empfindest.«

»Das Problem ist, ich weiß nicht, was ich empfinde. Ich habe es nicht gewagt, etwas für ihn zu empfinden. Ich glaube, ich habe mit Absicht behauptet, in Polperro hielte mich nichts, um ihn zu zwingen, dass er mir seine Gefühle eingesteht. Doch das hat er nicht getan. Er sah nur so verletzt aus. Ich ertrage es nicht. Ich bin so ein Ungeheuer. Jetzt ist mir bewusst, dass er mir viel bedeutet. Sehr viel. Was ist, wenn es zu spät ist?«
»Warum sollte es zu spät sein?«
»Ich habe seine Mutter angerufen«, sagte Federica und senkte den Blick. »Sie sagt, er ist zu einer alten Freundin gefahren, und sie wüsste nicht, wann er zurückkommt.«
»Du glaubst doch nicht im Ernst, dass er sich so schnell in eine andere verliebt hat?«
»Ich weiß nicht. Könnte es sein?«, fragte Federica und sah ihre Großmutter hoffnungsvoll an.
»Liebes Mädchen, Liebe kann man nicht nach Belieben ein- und ausschalten. Das ist unmöglich. Wenn er dich liebt, dann wartet er auf dich. Wenn nicht, dann nicht. Und, Fede, wenn er nicht gewartet hat, ist er die Zitrone in seinem *pisco* nicht wert!«
»Was soll ich tun?«
»Flieg zurück nach England.«
»Aber ich möchte bei dir bleiben.«
»Liebes Kind, Chile liegt nicht auf dem Mond. Ruf mich an, wenn du zurückkommen willst, dann schicke ich dir das Ticket, oder Ramon. Es ist nicht mehr so wie vor zwanzig Jahren. Du lebst nur fünfzehn Stunden von uns entfernt.« Dann lächelte sie. »Vielleicht könntest du ihn mitbringen.«
Federica strahlte vor Glück. »Oh, Abuelita, das hoffe ich so sehr«, jubelte sie und fiel ihrer Großmutter um den Hals. »Danke«, fügte sie ernst hinzu und blickte tief in Marianas blitzende Augen.
»Nein, ich danke *dir*«, erwiderte ihre Großmutter und strich mit ihrer alten Hand sanft über Federicas Wange. »Alles ist so, wie es sein sollte.«

Zweiundvierzig

Polperro

Helena saß auf Tobys Sofa, teilte sich eine Packung Schokoladenkekse mit Rasta und litt unter dem plötzlichen Aufbruch ihrer Kinder nach Chile. Sie kaute verbissen und stellte sich das Wiedersehen mit Ramon und seinen Eltern vor, das Strandhaus in Cachagua und alles, woran sie sich noch erinnerte. Als sie die Packung leer gegessen hatte, waren ihre Gedanken bei Arthur angelangt, sie hätte aber nicht sagen können, warum.

Arthur hatte nicht den kleinsten Versuch unternommen, mit ihr Kontakt aufzunehmen. Nicht einmal während des Dramas wegen Hal oder anlässlich der darauf folgenden Abreise ihrer Kinder. Kein Wort. Sie fühlte sich verzweifelt allein gelassen und isoliert. Arthur fehlte ihr. Ihr fehlten seine Gesellschaft und sein Mitgefühl, doch was sie am meisten erstaunte, war der Umstand, dass sie ihn nach und nach auch wegen der Dinge vermisste, die sie früher nicht gemocht hatte: sein beschwingter Gang, seine Begeisterungsfähigkeit und gute Laune, seine Rundlichkeit und seine weichen teigigen Hände. Körperlich war er mit Ramon nicht zu vergleichen, doch ihr Herz verlangte nach Arthur, und sie gab sich allein die Schuld an seinem Fortgehen. Sie hatte ihn vertrieben.

Die letzten paar Wochen, in denen sie sich langsam von ihren Selbsttäuschungen gelöst hatte, waren schmerzvoll gewesen. Der Ramon ihrer Erinnerung war nicht der wirkliche. Er gehörte zu einer Zeit in der Vergangenheit, die längst eingetrocknet und verdorrt war. Genauso gut hätte sie sich nach einem Geist verzehren können. Die ganze Zeit über war es ihr nicht gelungen, die Qualitäten des Mannes zu erkennen, mit dem sie ihr Leben hatte zubringen wollen, der Wirklichkeit war und der sie brauchte. Sie war so dumm gewesen. Wie Toby so weise bemerkt hatte: Sie lernte offenbar nie aus ihren Fehlern. Sie war nie glücklich mit dem, was sie hatte, sie erkannte ihr Glück immer erst, wenn es verloren war. Doch trotz ihrer Fehler hatte Arthur sie immer geliebt. Sie zerknüllte die leere Keksschachtel und warf sie ins Feuer, wo sie in Flammen aufging und zu Asche verbrannte.

Helena wollte einen neuen Anfang wagen und dieses Mal würde sie es richtig machen.

Arthur saß in seinem Büro und blickte hinaus auf die Straße, wo der Wind tobte. Seit ein paar Tagen hatte es ohne Unterlass geregnet, feiner Regen, den ein heftiger Wind vor sich hertrieb. Arthur fühlte sich elend, kaum fähig, sich auf seine Arbeit zu konzentrieren, was ungewöhnlich war, denn sein Job bot ihm sonst immer eine Möglichkeit der Flucht vor häuslichem Stress. Er spielte mit seinem Stift und zeichnete traurige Gesichter auf seinen Schreibblock. Seine Sekretärin hatte er angewiesen, seine Anrufe zu übernehmen; er fühlte sich nicht in der Lage, sich auf wichtige Gespräche zu konzentrieren. Er konnte nur noch an Helena denken. Er hatte gehofft, sie würde um ihn kämpfen, versuchen, ihn zurückzugewinnen. Leider hatte er sie falsch eingeschätzt. Er hatte nichts von ihr gehört, ihr Schweigen dröhnte ihm in den Ohren. Hatte die Ehe ihr tatsächlich so wenig bedeutet?

Er blickte auf die Wanduhr und folgte dem Sekundenzeiger, der sich mit methodischer Regelmäßigkeit langsam um das Zifferblatt bewegte. Der Tag zog sich endlos hin. Alle Tage hatten sich hingezogen, seit er Helena aus dem Haus ausgeschlossen hatte. Ihr Rufen hallte noch in seinen Ohren wider, doch er gestattete sich keine Reue. Er hatte das Richtige getan. Helena war nicht zurückgekommen, und er musste sich nun der trüben Wirklichkeit stellen, dass sie niemals zu ihm zurückkommen würde. Er musste sie loslassen.

Schließlich raffte er sich auf, zog seinen Mantel an und verließ das Büro. Er stemmte sich gegen den Wind und ging zu seinem Wagen, dann kämpfte er sich durch den dichten Verkehr nach Hause. Den härtesten Kampf aber focht er gegen seinen inneren Drang aus, nachzugeben und Helena zu bitten, sie möge nach Hause kommen. Jeder Tag war ein Kampf, doch bisher hatte seine Entschlossenheit gesiegt.

Es war dunkel, als er zu Hause ankam. Mürrisch überlegte er, was er am Abend essen sollte. Er dachte an ein Schälchen Müesli oder eine Käseplatte mit Crackern und hätte gern gewusst, was das Fernsehprogramm zu bieten hatte – selten etwas, das anzusehen sich lohnte. Dann fiel ihm auf, dass im Haus das Licht brannte. Die Putzfrau, die zweimal pro Woche kam, hatte offenbar vergessen, es auszuschalten. Das war eigentlich das Mindeste, was er verlangen konnte, angesichts der Tatsache, dass sie so wenig bei ihm zu tun hatte. Sie hatte Helenas wegen aufräumen müssen, nicht wegen Arthur. Die Wohnung war ordentlich und steril wie ein Museum. Wie sehnte er sich nach dem Chaos, das seine Frau zu veranstalten pflegte und das das Haus mit Leben füllte!

Er schob den Schlüssel ins Schloss und öffnete die Tür. Kaum eingetreten, stiegen ihm aromatische Düfte aus der Küche in die Nase, und er erkannte auf Anhieb den vertrauten Geruch von Helenas Brathähnchen. Ihm stockte der Atem, sein Puls beschleunigte sich vor Hoffnung und Furcht, für den Fall, dass es nur ein Traum wäre und er enttäuscht aufwachen müsste. Ohne den Mantel abzulegen, schritt er unsicher den Flur entlang. Hinter der geschlossenen Küchentür hörte er Schritte und das Klappern von Geschirr. Er traute sich nicht, sie zu öffnen. Seine zitternden Finger verharrten auf der Klinke, denn er war sich des grauenhaften Schmerzes bewusst, der ihn anfallen würde, wenn er nicht seine Frau, sondern die Putzfrau oder seine Stieftochter oder sonst jemanden antreffen würde.

Dann nahm er allen Mut zusammen und öffnete die Tür. Er hob den Blick und sah Helena, die in einen dampfenden Topf blickte, gekleidet in Wildlederhosen und Seidenbluse, darüber seine eigene schmuddelige Kochschürze. Er blinzelte erstaunt. Sie legte den Deckel auf den Topf und wandte sich zu ihm um. Ihre stark geschminkten Augen konnten ihre Reue kaum verbergen. Sie lächelte ihn nervös an. Doch als sie die Sehnsucht in seinem Gesicht erkannte, fasste sie Mut, ging zu ihm und warf sich in seine Arme.

Sie sagten beide nichts. Es war nicht nötig. Arthur zog sie an sich und atmete tief an ihrem leise duftenden Nacken. Sie hielten sich lange so umschlungen, genossen wie nie zuvor die Macht ihrer Liebe. Schließlich löste Helena sich von ihm. Sie blickte in Arthurs glänzende Augen und flüsterte unter Tränen: »Ich werde mich nie wieder so aufführen.«

Arthur sah sie fest an. »Ich weiß«, antwortete er ernst, »denn ich werde es nicht zulassen.«

Ramon winkte, als der Wagen, der Federica zum Flughafen von Santiago brachte, in einer Staubwolke auf der sandigen Straße verschwand. Er lächelte noch, als seine Tochter schon lange nicht mehr zu sehen war, und erinnerte sich des herzzerreißenden Augenblicks vor zwanzig Jahren, als sie ihm tränenüberströmt zum Abschied gewinkt hatte, ohne zu wissen, wann sie ihn jemals wiedersehen würde. Doch jetzt war sie eine erwachsene Frau und würde selbst entscheiden, wann sie zu ihm zurückkäme. Er war sehr stolz auf sie und er war ihr dankbar, denn sie hatten sich nicht nur als Vater und Tochter, sondern auch als Freunde umarmt. Er hatte ihr sein Manuskript für Helena mitgegeben und sie gebeten, es während des Flugs zu lesen.

Federica hatte die Großeltern, Ramoncito und schließlich Hal umarmt. Doch ihre Tränen waren Tränen der Freude, nicht des

Schmerzes, denn sie hatten einander wiedergefunden, und außerdem lag Chile, wie Mariana bemerkt hatte, nicht auf dem Mond – es war ein Abschied, aber nicht für immer.
Ramon fuhr zum Friedhof, um mit Estella zu sprechen. Ramoncito wollte ihn nicht begleiten, weil er mitten in einer äußerst spannenden Schachpartie gegen Hal steckte. »Sag ihr, ich bin bei meinem Bruder«, trug er ihm stolz auf, und Ramon lächelte ihn an und nickte.
Ramon stellte den Wagen unter einer Baumgruppe ab und ging durch die langen Schatten zu Estellas Grab. Es war früh am Abend, und der satte Geruch von Gras und Blumen stieg in die Luft und mischte sich mit dem nicht greifbaren Gefühl von Tod, der über dem stillen Felsen lag. Wie so oft blieb er vor verschiedenen Gräbern stehen und las die in die Steine gemeißelten Inschriften. Eines Tages komme ich hierher, dachte er, für immer. Die Gewissheit des Todes schreckte ihn nicht, sie vermittelte ihm vielmehr ein friedliches Gefühl. Immerhin war der Tod in dieser unsicheren Welt das Einzige, dessen man sich sicher sein konnte.
Als Ramon sich der hohen grünen Tanne näherte, sah er Pablo Rega, der an den Grabstein gelehnt schlief. Das Kinn war ihm auf die Brust gesunken, den schwarzen Hut hatte er tief in die Augen gezogen. Er begrüßte ihn fröhlich, um ihn zu wecken. Doch Pablo rührte sich nicht. Er blieb so still und leblos wie eine Vogelscheuche. Und Ramon verstand, dass Pablo seine letzte Reise angetreten hatte. Er bekreuzigte sich. Er hockte sich nieder und tastete nach dem Puls des alten Mannes, um sicherzugehen. In seinen Adern regte sich nichts mehr, denn seine Seele hatte den alten Körper verlassen und sich zu den Menschen gesellt, die vor ihm gegangen waren, wie Osvaldo Garcia Segundo und natürlich Estella. Bei dem Gedanken verspürte Ramon einen heftigen, schmerzhaften Neid. Er war alt und allein. Seine Söhne würden sich zweifellos verlieben, wie er selbst seinerzeit auch, doch Ramon war zu alt, um noch einmal zu lieben. Estella

hatte sein unbeständiges Herz gezähmt; nun würde es ewig ihr gehören.
Ramon würde den Rest seines Lebens in der Erinnerung an die Liebe verbringen.

Federica sah tief unten die Anden schimmern, als das Flugzeug mit einem Rumpeln, das ihr in die Knochen fuhr, Flughöhe erreichte. Sie wäre so herzlich gern geblieben. Wie Hal hatte auch sie das Gefühl, in Chile heimisch zu sein; es lag ihr im Blut. Doch sie sehnte sich nach Sam, sie erstickte fast an ihrer Sehnsucht. Sie verglich die kindliche Schwärmerei früherer Zeit mit der Liebe, die sie jetzt für Sam empfand, und kam zu dem Schluss, dass ihre Ehe mit Torquil viel zu ihrer Reifung beigetragen hatte. Ohne diese Erfahrung hätte sie weiterhin in den Armen anderer Männer nach ihrem Vater gesucht, wie in Torquils Armen, und ihr wäre nie bewusst geworden, dass sie selbstverschuldet ein Opfer war, von Anfang an. Sam hatte sie befreit, und sie hatte ihm nicht einmal dafür gedankt.
Als die Stewardess den Gang entlangkam und ihr eine Zeitung anbot, nahm Federica eine an, um etwas zu tun zu haben, obwohl sie kein Spanisch verstand. Sie schlug das Blatt auf und warf einen Blick auf die erste Seite, erleichtert, sich mit etwas anderem beschäftigen zu können als mit ihren gequälten Gedanken an Sam. Als sie das Foto der vereisten Leiche eines jungen Inkamädchens sah, entdeckt in den peruanischen Anden, rang sie nach Luft und richtete sich verblüfft in ihrem Sitz auf.
Sie wandte sich an den Mann neben ihr und fragte ihn, ob er Englisch spräche. Als er bejahte, bat sie ihn, so freundlich zu sein und ihr den Artikel zu übersetzen. Er war froh, mit seiner hübschen Nachbarin ins Gespräch zu kommen, und begann, ihr den Bericht auf Englisch vorzulesen.
Federica lauschte und kaute an ihrem Daumennagel. Es handelte sich um die Mumie einer jungen Frau, fünfhundert Jahre lang

erhalten im eisigen Klima der Berge. Sie trug einen phantastisch geschmückten Umhang mit feinstem Webmuster, ihr Haar war noch geschmückt mit Kristallen, und sie trug die Überreste eines Kopfputzes aus weißen Federn. Man vermutete, dass sie den Göttern geopfert worden war.

Als der Mann Federica die Zeitung zurück gab, betrachtete Federica die Züge des jungen Mädchens. Sie erlebte den Schrecken, den das Mädchen in ihren letzten Augenblicken empfunden haben musste.

»Sie hielt das Kästchen an die Brust gedrückt und war in kunstvoll gewebte Wolle gekleidet. Ihr Haar war geflochten und von hundert glitzernden Kristallen durchsetzt. Auf dem Kopf trug sie einen großen Fächer aus weißen Federn, die sie in die andere Welt tragen und auf ihrem Weg dorthin die Dämonen verscheuchen sollten. Wanchuko war nicht in der Lage, sie zu retten.«

Nach ein paar Versuchen, ein Gespräch anzufangen, wurde dem Mann klar, dass Federica nicht reagieren wollte. Enttäuscht wandte er sich wieder seinem Buch zu. Federica starrte auf Topahuays Gesicht, als wäre sie Zeugin einer Auferstehung. All diese Jahre hindurch hatte sie die Geschichte geglaubt, obwohl ihr Verstand ihr gesagt hatte, dass es sich nur um einen Mythos handeln konnte. Sie lächelte vor sich hin. Vielleicht hatte das Schmetterlingskästchen doch Zauberkräfte.

Auf Grund der Rastlosigkeit seiner Seele wachte Sam früh auf und machte mit den Hunden einen Spaziergang auf den Klippen. Der Frühling meldete sich bereits mit ersten Knospen an, die den Wald wie von grünem Dunst durchzogen wirken ließen. Doch auch das konnte seine Stimmung nicht heben. Er zog den Mantel fester um sich, aber die Kälte kam von innen, und er fröstelte. Von Federica hatte er seit ihrer Abreise vor einer Woche nichts gehört, und er litt unter der schrecklichen Vorstellung, dass sie nie wieder zurückkommen würde. Wie sie schließlich selbst gesagt hatte, hielt sie nichts in Polperro. Die Wucht dieser

Worte wurde, je öfter er an sie dachte, keineswegs geringer; sie schmerzten ihn nach wie vor.

Ihm war immer noch nicht eingefallen, worüber er schreiben könnte. Jahre waren vergangen, seit er seine Stelle in London aufgegeben hatte, um, Nunos Rat folgend, seine Kreativität zu nutzen. Doch seine Kreativität war verdorrt. Er hatte ein-, zweimal begonnen, einen Roman zu schreiben, doch daraus wurden dann doch nur trübsinnige Gedichte über unerfüllte Liebe und den Tod. So hatte er Bücher aus Nunos Bibliothek ausgewählt, und statt zu schreiben, saß er nur noch in Nunos Ledersessel und las. Alles war ihm lieber, als seine Gedanken dem mörderischen Appetit seines Schmerzes zu überlassen.

Allein auf den Klippen im zarten Morgenlicht, erwog er die Möglichkeit, dass Federica nie wieder zurückkäme. Er musste sich den Tatsachen stellen, durfte sich nicht immerzu in Selbstmitleid suhlen. War es nicht genau das, was er ihr selbst durch seine anonymen Briefe vermittelt hatte? Er war, wie ein Arzt, nicht versessen auf seine eigene Medizin. Er musste sich zusammenreißen, zu einem Entschluss kommen, worüber er schreiben wollte, sich ein eigenes Haus kaufen, vielleicht einen Hund und ein Schwein, und sich aus seinem selbst erwählten Exil befreien.

Federicas Reise wäre nicht so lang und mühselig gewesen, hätte ihre fieberhafte Ungeduld ihr nicht unablässig die Brust zusammengeschnürt und ihr Kopfschmerzen bereitet, weil sie einzig durch Willensanstrengung Dinge ändern wollte, die sie nicht ändern konnte. Die Maschine musste zwanzig Minuten lang Heathrow umkreisen, bevor sie endlich rumpelnd landete.

Es war kalt und regnerisch, der Himmel über London zeigte das übliche Grau – ein freudloser Frühling. Sie schaffte es gerade noch, in den Zug zu springen, wo sie sich auf einen Fensterplatz sinken ließ und auf die monoton graue Stadt hinausblickte. Sie schloss für einen Moment die Augen, um sie ein paar Stunden

später erst wieder aufzuschlagen. Steif und am ganzen Körper wie zerschlagen erkannte sie, dass sie bereits durch die vertraute Gegend Cornwalls fuhr.
Beim Anblick der üppig grünen Wiesen dachte sie an die langen Spaziergänge mit Sam und überlegte, was er wohl sagen würde, wenn er sie sah. Hoffentlich war er aus Schottland zurück. Sie würde verrückt vor Enttäuschung, wenn er nicht zu Hause wäre. Still begann sie, sich das Gespräch vorzustellen. »Sam, ich muss dir etwas sagen... nein, das war zu plump ... Sam, ich liebe dich ... nein, das kann ich nicht, das kann ich einfach nicht sagen ... Sam, mir ist klar geworden, dass du mir die Briefe geschickt hast, und ich bin extra gekommen, um ... nein, nein, grauenhaft ... Sam, ich kann es nicht fassen, dass ich so lange gebraucht habe, um zu merken, dass ich dich liebe ... nein, ich kann nicht, ich kann einfach nicht so plump sein. O Gott!« Sie seufzte. »Ich weiß nicht, was ich sagen soll.«

Der Zug raste durchs ländliche Cornwall, und Federica betrachtete die Kühe auf den Weiden, die niedlichen weißen Häuser und die kleinen Gehöfte und fand alles unglaublich schön, trotz des grauen Himmels und des Regens. Sie träumte sich in ein kleines Häuschen mit Sam, vielleicht mit einem oder zwei Hunden, mit Blick übers Meer, und sie lächelte still. Reichtum war ihr gleichgültig. Es wäre ihr auch egal gewesen, wenn sie nie wieder einen Einkaufsbummel hätte machen können. Handtaschen und Schuhe hatte sie weiß Gott überreichlich besessen, und sie wusste, wie wenig ihr das alles bedeutete. Sie sehnte sich danach, in Sams Armen zu sein, und nichts anderes zählte.
Als der Zug endlich an ihrem Zielbahnhof hielt, schleppte sie ihren Koffer hinaus auf den Bahnsteig und blieb eine Weile im Regen stehen. Sie überlegte, ob sie nach Hause zu Toby gehen sollte, doch dann trieb ihre Ungeduld sie in ein Taxi, das sie geradewegs nach Pickthistle Manor brachte. Als das Auto in die Zufahrt einbog, klopfte ihr das Herz in der Brust wie ein

Schmiedehammer, vor Angst, Sam nicht anzutreffen. Sie hielt Ausschau nach seinem Wagen, doch er stand nicht an der üblichen Stelle vor dem Haus. Sie schluckte ihre Verunsicherung hinunter, stieg aus dem Taxi und schickte es zurück. Falls Sam nicht zu Hause war, würde sie Toby anrufen und sich abholen lassen. Außerdem wäre es schön, Ingrid zu sehen. »Verdammt noch mal«, flüsterte sie, »ich lüge mir selbst etwas vor! Falls er nicht da ist, will ich wenigstens in dem Haus sein, in dem er sich aufgehalten hat, in Nunos Büro sitzen, wo er gesessen hat, den Widerhall seiner Präsenz spüren – und warten.«

Sie betrat die Halle und stellte ihr Gepäck auf dem Marmorfußboden ab. Dann betrachtete sie sich flüchtig in dem goldgerahmten Spiegel an der Wand. Sie verzog das Gesicht und versuchte, ihr Haar zu richten und etwas Farbe in ihre bleichen Wangen zu massieren.

»Sam, bist du das?«, rief Ingrid von der Treppe her.

»Ingrid«, antwortete Federica heiser. »Ich bin's, Federica.«

»Fede, Schätzchen!«, rief sie glücklich und schwebte in einem wallenden türkisfarbenen Gewand die Treppe herab. »Wir haben dich nicht so bald zurückerwartet.«

»Ich bin heute Morgen angekommen«, erklärte sie und hielt Ausschau nach Sam.

»Du wirst müde sein. Du Arme. Möchtest du eine Tasse Tee oder etwas zum Aufwärmen?«, fragte sie. Dann musterte sie Federica durch ihr Monokel. »Schätzchen, du zitterst ja. Wirklich, du siehst krank aus.«

»Mir fehlt nichts, danke«, wehrte sie matt ab. »Ist Sam zu Hause?«, fragte sie dann, um Beiläufigkeit bemüht.

»Er ist draußen mit den Hunden. Schon den ganzen Vormittag.«

Federica konnte das Lächeln nicht unterdrücken, das plötzlich wie eine Frühlingsrose auf ihrem Gesicht erblühte. »Hättest du etwas dagegen, dass ich ihn suchen gehe?«

»Du musst einen Mantel anziehen, sonst stirbst du vor Kälte.

Sam hätte nichts von dir, wenn du vor Kälte umkommen würdest, oder?« Ihre roten Lippen bebten vor Entzücken.
Federica stieg die Glut in die Wangen; sie wurde rot vor Verlegenheit. Sie folgte Ingrid zur Garderobe und nahm die angebotenen Stiefel und den Schaffellmantel entgegen.
»Der hat Papa gehört. Und Sam liebt ihn sehr. Wenn der dich nicht warm hält, dann wird Sam es tun. Nimm den Fuchspfad zur Klippe hinauf. Ich schätze, er ist dort oben.« Sie blickte Federica nach, die nach draußen lief. In ihrer Aufregung vergaß sie, die Tür zu schließen. Ingrid hoffte, dass sie in ihrer Aufregung auch vergäße, Schottland zu erwähnen.

Federica lief durch den Regen. Dass sie nass wurde, störte sie nicht. Es war nicht einfach, in dem schweren, unförmigen Mantel zu laufen. Mit eifrigem Blick suchte sie die Klippen ab, forschte unter Bäumen und an Felsen nach einer Spur von den Hunden und ihrem Herrn. »Sam!«, rief sie, doch der Wind nahm ihre Stimme mit sich. »Saaam!« Hilflos stand sie da, blickte hinab auf die Brandung, die sich gegen die Felsen warf, und fragte sich, ob Sam tollkühn genug wäre, sich hinunter an den Strand zu wagen. Sie erinnerte sich schaudernd an ihren Traum. Sie kniff die Augen zum Schutz vor dem Regen zusammen und überschattete sie mit der Hand. Zuerst entdeckte sie zwei Hunde, dann die graue Gestalt Sams in langem Mantel und mit Hut. Er blieb stehen und starrte sie an. Nicht sicher, ob er seinen Augen trauen dürfte, blinzelte er und legte ebenfalls schützend die Hand über die Augen. »Sam!«, rief Federica noch einmal.
»Federica?«, antwortete er, und seine Stimme trieb auf dem Wind.
»Sam!«, schrie sie und lief auf ihn zu.
Die Hunde sprangen sie begeistert wedelnd und hechelnd an. Sie tätschelte ihnen das nasse Fell, froh, dass der Regen in ihrem Gesicht ihre Nervosität verbarg.
»Federica!«, rief Sam und kam näher. Sie hob den Blick und

blinzelte den Regen aus ihren Augen. »Seit wann bist du zurück?«, fragte er verwundert.
»Ich …«, setzte sie an, doch von Gefühlen überwältigt brachte sie keinen weiteren Ton hervor. Sie sah auf die Hunde hinab und tätschelte sie erneut, plötzlich völlig verunsichert.
Sam sah, dass ihre Hände zitterten. »Fehlt dir was?«, fragte er und trat zu ihr.
Sie schüttelte den Kopf und hob den Blick.
Sie legte die zitternden Finger an die Lippen und schluckte. Sie wollte ihm sagen, dass sie ihn liebte, konnte ihn jedoch nur stumm ansehen.
Sam legte die Hand auf ihren Arm. »Bist du meinetwegen zurückgekommen?«, fragte er.
Federica erkannte die Hoffnung in seinem Tonfall und nickte wild. »Ich liebe dich«, flüsterte sie, doch der Wind wehte ihre Worte fort. Sam neigte den Kopf zur Seite. »Ich liebe dich«, wiederholte sie, ergriff die Aufschläge seines Mantels und blickte voller Sehnsucht in seine grauen Augen. Sam brauchte keine weitere Beteuerung ihrer Liebe. Er zog sie in seine Arme und küsste ihr tropfnasses Gesicht. Sie spürte seinen warmen Mund und seine stoppeligen Wangen und schloss die Augen, damit nichts sie von seiner Liebe ablenkte.

Als Sam Federica im kleinen Dachzimmer des Hauses liebte, wurde ihr bewusst, dass sie zum ersten Mal im Leben in aller Intensität den körperlichen Ausdruck wahrer Liebe erlebte. Er hielt sie selbstbewusst in den Armen und sah ihr in die Augen, als könnte er nicht glauben, dass sie wirklich da war und seine Gefühle, die er so lange verborgen hatte, erwiderte. Jeder Kuss, jedes Streicheln seiner zärtlichen Hände war Beweis seiner Liebe. Sie lachten und redeten, und wenn die Wucht ihrer Gefühle sie traf, dann weinten sie. So viele Jahre unfruchtbaren Sehnens ließen nicht zu, dass Sam Schlaf fand. Er musste immerzu ihr weiches Gesicht im Schlaf betrachten, und er streichelte sie im

Geiste, bis die Macht seiner Gedanken in ihre Träume eindrang und sie lächelte.
Als Federica die Augen aufschlug, hatte sich die Welt verändert. Sie hörte das Bellen der Hunde auf der Zufahrt, als der Briefträger ihnen aus dem Wagenfenster ein paar Hundekuchen zuwarf, um dann eilig zur Veranda und zurück zum Wagen zu sprinten und die Tür hinter sich zuzuschlagen. Sie hörte das Knirschen der Reifen auf dem Kies, als er wieder abfuhr. Sie reckte sich genüsslich, während ihre Augen sich an den strahlenden Sonnenschein gewöhnten, der durch den Vorhangspalt ins Zimmer strömte und die fremden Wände eines Raums beleuchtete, den sie nur einmal zuvor gesehen hatte, und zwar damals, als Molly und Hester ihr Marmaduke, das Stinktier, gezeigt hatten. Errötend strich sie über ihr Gesicht, das noch heiß nachglühte von der Liebesnacht, und sie lächelte glücklich. Sie dachte an Sams Zärtlichkeit, an seine Küsse und das beglückende Gefühl danach, als sie in seinen Armen lag und wusste, dass sie endlich die Liebe gefunden hatte.
Sie drehte sich um und entdeckte ein kleines Sträußchen Glockenblumen auf Sams Kopfkissen, daneben ein abgenutztes braunes Büchlein. Sie setzte sich auf und schnupperte an den Blumen, die ihr Herz mit Frühlingsduft und Tau weit werden ließen. Dann betrachtete sie das Buch. Es war schäbig und mit Eselsohren versehen. *Der Prophet* von Khalil Gibran. Sie schlug es auf und entdeckte, dass es Nunos privates Exemplar war, in dem er Verse unterstrichen und mit seiner zittrigen Schrift Bemerkungen an den Rand geschrieben hatte. Federica erkannte in dem Büchlein die Quelle der Verse, die Sam ihr geschickt hatte. Dann fiel ihr ein Lesezeichen auf, und sie schlug die betreffende Stelle auf. Ein paar Zeilen waren mit Bleistift unterstrichen. Sie las sie sorgfältig, dann noch einmal, um die Bedeutung voll in sich aufzunehmen.

Schönheit ist Leben,
so es sein heiliges Antlitz entschleiert.
Doch ihr seid das Leben und
ihr seid der Schleier.
Schönheit ist Ewigkeit,
die sich in einem Spiegel anblickt.
Doch ihr seid der Spiegel und
ihr seid die Ewigkeit.

Als Sam mit einem Frühstückstablett das Zimmer betrat, hatte Federica die Nase in den Glockenblumen vergraben und las in Nunos Buch. Sie hob den Blick und lächelte Sam an, zugleich zärtlich und kokett. Er stellte das Tablett auf der Kommode ab und setzte sich zu ihr aufs Bett. Sie brauchten nichts zu sagen, denn ihre strahlenden Gesichter verrieten Gefühle, die sie niemals in Worte hätten fassen können. Sam zog Federica in seine Arme und wusste, dass er sie dieses Mal nicht wieder loslassen würde.

Ein paar Jahre waren vergangen, als Federica Appleby das Schmetterlingskästchen hinten in einem Schrank in ihrem Häuschen bei Polperro entdeckte.

Sam hatte mit großem Erfolg sein erstes Buch veröffentlich, *Nuno in Buchform*, und Federica war schwanger mit ihrem zweiten Kind.

Sie nahm das Kästchen aus dem Schrank und wischte den Staub von dem Deckel. Mit einem Gefühl von Heimweh lehnte sie sich an die Wand und öffnete das Kästchen. Traurig sah sie, dass die Steine, mit denen das Kästchen ausgelegt gewesen war, in einem Häufchen auf dessen Boden lagen und die groben Holzseiten freilegten.

Versonnen hob sie den Blick, um über die Vergangenheit nachzudenken, und sah zu ihrem Entzücken einen rot und orangefarben gemusterten Schmetterling, der sich auf der Fensterbank niederließ. Er verweilte einen Augenblick, wie in stummem Gespräch, öffnete dann leicht die Flügel, erhob sich in die Lüfte und verschwand draußen im Sonnenschein.